OPULENCIA

Sena Jeter Naslund

Opulencia

Una novela sobre María Antonieta

Traducción de Marta Torent López de Lamadrid

Umbriel Editores

Argentina • Chile • Colombia • España
Estados Unidos • México • Uruguay • Venezuela

Título original: *Abundance, A novel of Marie Antoinette*
Editor original: William Morrow, An Imprint of HarperCollins*Publishers* New York
Traducción: Marta Torent López de Lamadrid

© 2006 *by* Sena Jeter Naslund
  All Rights Reserved
© de la traducción 2008 *by* Marta Torent López de Lamadrid
© 2008 *by* Ediciones Urano, S.A.
  Aribau, 142, pral. – 08036 Barcelona
  www.umbrieleditores.com

ISBN: 978-84-89367-54-8
Depósito legal: NA-3.903-2008

Fotocomposición: Ediciones Urano, S.A.
Impreso por Rodesa S.A. – Polígono Industrial San Miguel – Parcelas E7-E8
31132 Villatuerta (Navarra)

Impreso en España – *Printed in Spain*

A mi querida hija

Flora Kathryn Naslund

¡Oh, vosotras mujeres de todos los países, de todas las clases sociales, escuchadme con toda la emoción que yo siento al deciros: que el destino de María Antonieta contiene todo aquello relevante para vuestro propio corazón. Si estáis felices, así lo estaba ella... Si habéis conocido la infelicidad, si habéis necesitado compasión, si vuestro futuro yergue en vuestros pensamientos cualquier clase de miedo, uníos como seres humanos, todas vosotras, para salvarla!

Germaine de Staël, de *Reflexiones sobre el proceso de la reina*, 1793

ÍNDICE

Nota de la autora.   15

ACTO PRIMERO

Una isla en el Rin, mayo de 1770   19
Estrasburgo.   28
En la carroza azul   35
¿Qué hay de la luz?   37
El mapa hacia el matrimonio   38
El convento de monjas   40
En el bosque de Compiègne.   42
En las profundidades del sueño   49
Un error en el castillo de La Muette   50
Versalles: una boda real; miércoles, 16 de mayo de 1770   57
La noche siguiente   75
La taza de chocolate.   78
Versalles: la alcoba   87
Pasa el tiempo.   91
Una carta de la emperatriz   95
Cazando en Compiègne   98
Tras la cacería   105
Una promesa.   112

ACTO SEGUNDO

La princesa de Lamballe, Carnaval de 1771   117

En el jardín: un dragón 127
Una tempestad 131
Madame, mi muy querida madre 136
La respuesta de la emperatriz. 139
El conde Mercy da consejos el último día del año,
    31 de diciembre de 1771. 141
Día de Año Nuevo, 1772 147
Madame, mi querida hija 155
Madame, mi muy querida madre 156
Entrada en París, 8 de junio de 1773 159
Madame, mi querida madre 165
El país de la fantasía: una noche nevada, 30 de enero de 1774. . . . 167
Ganando y a veces perdiendo, primavera de 1774 184
El país de las intrigas: una aventura en el castillo de Versalles 188
El caballero Gluck 193
La Galería de los Espejos 200
Ifigenia en Áulide, 19 de abril de 1774. 206
La doncella de Versalles 210
Catástrofe 214

ACTO TERCERO

El primer regalo del nuevo rey a su esposa 227
María Teresa a María Antonieta. 231
El castillo de Marly, junio de 1774 233
La modista. 236
Hambre y disturbios. 239
La entrada en Reims 244
Ante el trono de Dios 246
María Antonieta a su madre, la emperatriz de Austria 249
Un heredero al trono de Francia, agosto de 1775 251
Fontainebleau: una nueva amiga, la condesa de Polignac. 258
Distracciones. 261
La cama de la reina 264
Versos indecentes 266
Madame, mi queridísima madre. 268

Madame, mi muy querida hija 269

Amanecer 270

Una visita del hermano de la reina, José II, emperador de Austria. . 276

Carta de José II, emperador de Austria, a su hermano
    Leopoldo relativa a las relaciones conyugales del rey
    y la reina de Francia 282

Resultados de la visita. 283

Un baño, 18 de agosto de 1777 285

Mi querida madre 288

En honor del rey, inauguración de los nuevos jardines
    del Trianón 289

Madame, mi querida hija 291

Madame, mi queridísima madre. 293

Mi querida hija 295

Mi muy querida madre. 297

¡La «Generala» se retrasa!, abril de 1778 298

Elisabeth Vigée-Lebrun 303

El asunto bávaro 307

Madame, mi muy querida madre 310

El regreso del conde Axel von Fersen, de Suecia 312

Dando a luz, 19 de diciembre de 1778. 322

Despedida del conde von Fersen 330

ACTO CUARTO

La muerte de la emperatriz de Austria. 343

Una amiga 347

Carta de Axel von Fersen 350

Carta a Axel von Fersen 352

Medias rojas 355

La esperanza de Francia, 22 de octubre de 1781. 358

Bullicio alegre 362

Simplicidad 366

El regreso de Fersen de Norteamérica, 15 de julio de 1783 368

Montauciel. 375

Un amargo cumpleaños, 1783 381

Globomanía. 383
Un doble retrato, primavera de 1784 386
La época de la «aldea» 389
Retrato de una reina vestida de satén azul,
    sosteniendo una rosa de color rosa. 392
Teatro, 1785. 398
El nacimiento de Luis Carlos 400
Una caída desde gran altura 403
En pleno verano 405
El escándalo del collar 408
Días tristes. 414
El veredicto del juicio al cardenal de Rohan, etc. 420
Retrato en rojo 423
Cuestiones graves y económicas. 428
Sofía. 433
Paralelismos con el destino de Carlos I de Inglaterra 436
En la villa de Versalles, mayo de 1789 440
Pesar 444
La Revolución de 1789 445

ACTO QUINTO

Las Tullerías, París; otoño e invierno de 1789 473
El nuevo año, las Tullerías, 1790 482
Huida de París 493
Fersen 510
La Torre, 1792. 515
El terror, la furia y el horror sacuden los poderes terrenales 521
Fin de la monarquía 527
Hacia la Conserjería 533
La muerte de María Antonieta 542

Epílogo 567

Agradecimientos 569

NOTA DE LA AUTORA

La historia, como la ficción, es en muchos casos una cuestión de interpretación, de modo especial cuando uno intenta entender las motivaciones o ligar causas y efectos. Es posible que mis lectores se pregunten con qué precisión se presenta un retrato histórico en estas páginas de ficción. Basándome en lo primordial en los estudios contemporáneos, he intentado imaginar la historia de María Antonieta con precisión y conseguir un grado de comprensión de esta tradicionalmente incomprendida y a menudo injustamente tratada reina. Con frecuencia, he intentado emplear frases, traducidas al inglés, disponibles en los archivos históricos; recogidas en memorias por aquellos que oyeron sus comentarios o que perviven en cartas auténticas intercambiadas entre María Antonieta y su madre, la emperatriz de Austria.

En esta novela el lector oirá a María Antonieta cuando pone por primera vez un pie en Francia, y de forma espontánea les pide a sus anfitriones en Estrasburgo, Francia, que le hablen únicamente en francés, no en alemán, lo que denota lo mucho que deseaba adoptar su nueva identidad como francesa; de hecho, pronunció las palabras que se le atribuyen en esta recreación novelística de la ocasión. De igual modo, al final de esta novela, cuando María Antonieta sube al cadalso de la guillotina, las palabras que dice fueron sus verdaderas palabras. Muchos lectores esperarán encontrar en estas páginas a la María Antonieta de la tradición, una mujer de la que se dice que, al ser informada de que el pueblo de la Francia del siglo XVIII estaba hambriento, dijo: «Si no tienen pan, entonces dejad que coman pasteles». Pero esta célebre respuesta no aparece aquí. ¿Por qué? Ella nunca la dio, y los biógrafos contemporáneos, tales como Antonia Fraser, se han tomado la molestia de vindicar a María Antonieta en este aspecto. Esa despiadada frase fue pronunciada por otra reina, la esposa de Luis XIV, no de Luis XVI, cien años antes de que una jovencísima e inocente María Antonieta viajara en carruajes tirados por caballos desde Austria hasta Francia para contraer matrimonio con el Delfín destinado a heredar el trono de Francia.

El destino de esta encantadora, bella y extravagante princesa es bien conocido, pero a través de la imaginación, basada en la investigación, el lector será testigo de su vida tal como la vivió momento a momento. Llena de necesidades humanas, miedos y talentos, María Antonieta encaró la vida con abundancia de sentimiento y afrontó la muerte con heroico coraje durante el Reinado del Terror en la Revolución Francesa. He escrito esta novela desde la creencia de que su vida, a menudo marcada por la compasión y la alegría, como todas nuestras vidas, es valiosa.

ACTO PRIMERO

UNA ISLA EN EL RIN, MAYO DE 1770

Al igual que el resto del mundo, nací desnuda.

No me refiero a mi verdadero nacimiento, misericordiosamente oculto en los pliegues de seda de la memoria, sino a mi nacimiento como ciudadana de Francia (*citoyenne*, como dirían). Despojada de toda mi ropa, estoy de pie en una habitación de una isla en medio del Rin; desnuda. Mis pies descalzos pisan en este momento un suelo considerado neutral entre la querida Austria y Francia. La seda azul cielo de mi desechada falda corona mis tobillos, y yo me imagino que estoy de pie descalza en un charco de agua hermosa.

Mi pecho está tan plano como un escudo, sólo sobresalen los pezones, como capullos rosas. Me niego a tener miedo. En los meses siguientes a mi decimocuarto cumpleaños, he observado que estos capullos se han abultado un poco y están más rosas. Ahora los dedos y manos de mis sirvientes se alargan hacia mi nuca para quitarme un delicado collar de perlas austríacas.

Trato de imaginarme al chico francés, al que no he visto nunca, extendiendo sus largas manos hacia mí, atrayéndome. ¿Qué estará haciendo en este preciso instante, adentrado en el corazón de Francia? A los 15 años, un año mayor que yo, debe de ser alto y fuerte. Tiene que haber otras palabras en qué pensar, aparte de alto y fuerte, para describirlo, para ayudarme a imaginar y plasmar su realidad.

Mi madre, la emperatriz de Austria, me ha explicado cómo visualizar el encuentro de nuestros cuerpos y todos los acontecimientos de mi vida venidera; siempre estoy en sus oraciones. Todos los meses yo le escribiré y ella a mí, y nuestras cartas privadas viajarán a través de nuestros propios mensajeros entre Francia y Austria. Cuando intento imaginarme a mi futuro marido, Luis Augusto, de pie en los bosques de Francia con las manos y los brazos extendidos hacia mí, solamente puedo visualizar a mi queridísima madre, vestida de negro, sentada detrás de mí como una presencia oscura frente a su escritorio; aguarda a que el mensajero le traiga un paquete blanco rectangular, el sobre que me representa.

Tras mi boda en Versalles, cuando Luis Augusto y yo estemos solos en la cama, sucederán ciertos acontecimientos. Copularemos a través de la puerta que hay en la parte inferior de mi cuerpo; después me quedaré embarazada. Nueve meses después de mi boda daré a luz a un bebé. Habrá muchos testigos cuando mi cuerpo, que entonces tendrá 15 años, se abra para alumbrar a un futuro rey. Años más tarde, después de que mi marido haya muerto, este bebé será el decimoséptimo Luis, rey de Francia. Esto es lo que sé.

Mientras mis damas revolotean a mi alrededor como alegres mariposas, echo un vistazo a mi cuerpo desnudo, un gusano esbelto. Luis Augusto y yo debemos de ser muy parecidos, puesto que todos los seres humanos son realmente muy parecidos, salvo por la diferencia de sexo. Todos tenemos dos piernas (las mías son delgadas) que sostienen un torso; dos brazos que brotan a cada lado de una cavidad torácica, la cual contiene los intestinos y la vejiga en el compartimiento inferior y los pulmones, que se llenan y se vacían, y el corazón en la parte superior. En medio, las mujeres tienen la cavidad llamada útero. Desde el tronco se eleva un cuello como una pequeña atalaya cuyo remate es la cabeza.

El mío es un cuerpo grácil (fortalecido por el baile y la equitación) y de un color de porcelana lechosa. Recientemente me han salido unos cuantos rizos en el triángulo que hay entre mis piernas. Apretando un muslo contra el otro, procuro proteger este delicado jardín porque mi nuevo vello parece frágil y débil.

El término francés para él, el príncipe que se convertirá en mi esposo y rey, es *Dauphin*, y el término francés para mí, que seré su novia, es el mismo, pero con una pequeña letra «e», enroscada como un caracol en su duro caparazón, al final de la palabra: *Dauphine*. Tengo muchas palabras francesas que aprender.

Mis queridas damas austríacas navegan a mi alrededor en sus vistosos vestidos de seda (de color cereza, y esmeralda, azul oscuro con rayas amarillas); sus gargantas y mangas adornadas con encajes ricos y sueltos. Como bailarinas, se inclinan y agachan para recoger las prendas de las

que me he deshecho; otras damas, pacientemente de pie, sostie
nueva ropa francesa doblada sobre sus antebrazos, de tela dorada y vaporoso azul lavanda.

Un torrente de escalofríos me pone la piel desnuda de gallina.

«Antonia», pronuncian las preciosas bocas de mis damas, «Antonia». Sus ojos brillan por las lágrimas no derramadas, porque estoy a
punto de abandonar mi antiguo nombre.

Los estrictos franceses requieren que dé un paso adelante, desnuda,
sin ningún lazo, recuerdo, rubí o broche de diseño austríaco. Para mis
damas, enseño las palmas abiertas para que puedan atestiguar y afirmar
que me marcho con las manos vacías y que de ningún modo estoy en
deuda con mi Austria natal. Radiantes con sus magníficos colores, se
acercan, en un solemne círculo, para contemplar mis manos vacías.

Finalizada mi desnudez, ahora muero como María Antonia, archiduquesa de Austria, hija de María Teresa, emperatriz de Austria.

Para ser su digna hija, es mi voluntad que mi fría carne se desvele y
se vuelva toda suave y agradable. Noblemente vestida sin nada salvo mi
propia piel, descrita por algunos como perlada por su brillo translúcido,
empiezo a ponerme la ropa francesa, sin ser ya María Antonia sino mi yo
francés, ahora llamado: *Marie Antoniette*.

Inspiro (mi primera bocanada húmeda de aire francés en esta pequeña
isla rodeada por los brazos del impetuoso Rin) y recuerdo la advertencia de mi madre: «Haced tanto bien entre el pueblo francés que puedan
decir que les he enviado a un ángel».

Eso dijo mi madre, la emperatriz de Austria, y los amaré, y ellos me
amarán, y amaré a mi esposo, que es tímido, dicen, y al viejo rey, Luis XV,
que no es el padre de mi futuro esposo (ese Delfín murió sin llegar a
convertirse nunca en rey), sino su abuelo; y amaré a las tías solteras de
mi futuro esposo, Luis Augusto, que, Dios mediante, se convertirá en
Luis XVI (pero pronto no, pronto no, espero y rezo por ello, porque sé
bien que no sólo mi cuerpo inmaduro, sino también mi espíritu sigue
siendo el de una niña), y amaré al duque de Choiseul, el magnífico ministro de Exteriores de Francia, que ha sido el responsable de mi felicidad casándome con Luis Augusto, a quien todavía no he visto nunca; y
amaré al conde Mercy d'Argenteau, porque es austríaco (¡austríaco!)

y amigo de mi madre y nuestro (no, no «nuestro» sino «el») embajador de Austria en Francia. Los amaré a todos, especialmente a Choiseul, el ministro de Exteriores, y a Mercy, el embajador austríaco, aun cuando me han ordenado amar siempre a aquellos que promueven nuestra causa: la paz de Europa. Y encontraré nuevas amigas, mis propias amigas, a las que amaré como hermanas.

Pero ahora dicen que *Mops* no me acompañará. *¡Mops!* ¡Más preciado que cualquier adorno de plata u oro porque *Mops* es un ser vivo que corretea por mi corazón con sus cuatro rápidas y pequeñas pezuñas! Mi fiel compañero, ¡*Mops* no es una cosa que pueda ser abandonada! *Mops* tiene dulces sentimientos. Pero es esa misma lealtad, y la mía para con él, la que lo incapacita para el viaje.

Coloco los pulpejos de mis manos, como amplios tapones, sobre mis párpados cerrados, detrás de los cuales se acumulan cálidas lágrimas. Por desgracia, cuando presiono hacia dentro, las lágrimas brotan y resbalan por mis mejillas. Alguien me aparta las manos de mi cara. Debo ofrecer un semblante alegre a los franceses; no es necesario que nadie me lo recuerde. Mostrarme alegre es mi propio deber, una tarea que debo ahorrarles a estas bondadosas almas que me rodean. Dado que no llevo ningún pañuelo ni dispongo siquiera de una manga con la que secar mis lágrimas, levanto mis redondeados hombros desnudos, uno a cada lado, para enjugar mis ojos y mejillas.

Luego vuelvo a gritar: «*¡Mops, Mops!*», mientras mis manos suplicantes imploran al aire hueco. Él levanta su querida nariz chata redonda y negra y chilla y ladra. Apartándose el mechón de sus ojos marrones, forcejea para saltar de las fuertes manos femeninas que lo sujetan. No puede imponerse, así que sacude su cola como una pequeña y plumosa bandera, la mejor bandera, la bandera de mi propio corazón para intentar consolarme. «Au revoir, *Mops*.»

Las puntas desnudas de mis dedos tocan todavía la seda azul de Austria, arremolinada en el suelo alrededor de mis pies. Azul, azul como el Danubio que remolinea cruzando Viena en un soleado día azul. Creo que la seda y el agua comparten cierta volubilidad fluida.

Mis damas quieren que avance un paso. Es la uña más pequeña del dedo más pequeño del pie izquierdo la última en rozar la tela de la Casa de Habsburgo. Todo mi ser se centra en esta insignificante uña del pie, que no llega al tamaño de una lentejuela brillante o una escama de la piel de una trucha. La uña de mi pie es como el bucle de la letra «e» al final de una palabra: *Dauphine*.

«Auf Wiedersehen», le susurra mi pequeña uña a la seda. ¡Pensar que estoy enalteciendo así la más diminuta de las uñas del pie, la última parte de mí en contacto con mi hogar!

—¡Es como Venus saliendo del mar! —exclama mi criada austríaca, para hacerme sentir que me cubre la belleza. Pero estoy saliendo del Rin y soy hija del Danubio.

—Como Flora, diosa de las flores, y una diosa en sí —murmura otra, de modo que levanto mi mentón, para ser acreedora de ello, e inspiro el aire por las aletas de mi nariz como si realmente estuviese oliendo flores, como si me encontrara entre lilas en algún jardín encantado; sí, un jardín teatral, en un escenario floral. Preparada por los mejores profesores de teatro de Europa, levanto la vista y asumo mi papel.

—Me sobrestimáis en demasía —digo con suavidad, y sonrío.

—¡Con qué belleza habla!

—La adorarán —dicen.

La emoción habita en sus palabras de igual modo que la fragancia vive en las flores; el apoyo que me prestan está teñido de miedo.

¿Y si los franceses no me adoran, ni el rey, ni el Delfín ni el pueblo?

—Me apena dejaros atrás —confieso aparentando serenidad, pero, curiosamente, ahora experimento yo misma ese sentimiento que me he inventado por su querido bien.

Cuando me vuelvo para abrazarlas una vez más (¡qué raro resulta abrazar a alguien que está vestido cuando tú misma no lo estás!), sus faldas susurran y se arrastran suavemente contra mis muslos desnudos, mientras sus propias piernas firmes están cubiertas por capas de telas. Mi piel roza sus lazos de seda, galones de terciopelo y dura pedrería cosida sobre los colores de sus faldas.

Desnuda me siento menos humana que ellas, engalanadas.

En el exterior de esta habitación, *Mops* ladra una vez, a lo lejos, con su voz fuerte y aguda. «Punctuation!», solía exclamar divertida mi madre, la emperatriz, ante tales agresiones inesperadas al oído.

Rápido, rapido, mis queridas sirvientas austríacas me visten con una camisa de seda francesa de color crema, luego vienen las rígidas y rasposas enaguas de París. Las suaves medias, afirman, han sido tejidas en Lyon (pero ¿dónde está eso?), y los zapatos de punta afilada confeccionados en su corte, Versalles, y a continuación la falda de color lila y un corpiño dorado, bien ceñido, y, ¡oh!, una cinta nívea, medio etérea, se acomoda alrededor de mi garganta. Con ternura, toco mi cuello y percibo mi piel, más delicada que las plumas de un cisne.

¿Llevará todavía *Mops* su collar de seda azul, la hebilla de plata que le he abrochado esta mañana con mis propios dedos? Se lo han llevado.

En lugar del lanudo *Mops,* aparece el imponente príncipe Starhemberg. Quizá realmente sea *Mops* disfrazado, ¡transformado por las hadas! Si mi hermana, mi queridísima y mejor de las hermanas y también más querida amiga, si mi Charlotte estuviese conmigo, sonreiría ante mi imaginación. Su sensibilidad está conmigo: ¡jamás podrán arrancarla de mi alma! La emperatriz ha elegido al príncipe Starhemberg (bajo, robusto, de rostro arrugado) para ser mi fiel escolta durante todo el camino hasta el interior de Francia, pero me siento sola.

Clavando las uñas en los pulpejos de mis manos, de nuevo deseo que estuviera mi hermana María Carolina, a la que afectuosamente llamo Charlotte, que adoraba exactamente mis propios juegos de cartas favoritos y mi música y mis obras de teatro e ir en trineo y los mismos pasatiempos. Añoro a mi Charlotte, ya casada y convertida en reina de Nápoles, pero la llevo en mi corazón. «Divertíos, hijas», solía decir la emperatriz, «antes de que haya matrimonios y muertes, y alianzas que hacer.» Se dirigía a todos nosotros, no necesariamente a mí, la mayoría de las veces olvidada por ser la hija que ocupaba el décimo lugar en la cadena de matrimonios diplomáticos, por consiguiente, décima en las esperanzas de mi madre, y en su amor. «Divertíos», decía soltando un largo y lento suspiro que me recordaba el viento del norte, «que en la vida no todo es juego.»

Miro al príncipe cuyos ojos son como los de mi madre (directos, cómplices, discretos). Entonces, ¿puedo confiar en él? Debo hacerlo, pues ahora voy vestida y me llamo al modo francés, y ha llegado el momento de cruzar al otro lado, mi mano cogida a su antebrazo.

Cuando oigo las aguas del Rin remolineando alrededor de la isla, escucho el sonido del pánico, incluso a través de las paredes. ¿O es mi sangre que se precipita por los vasos de mi corazón? Aquí las paredes están forradas de tapices; contemplo los mitos de antiguos mundos tejidos, abarrotadas escenas por delante de las que el príncipe Starhemberg y yo debemos pasar caminando. Veo una mesa de banquete rodeada de flores, lirios y rosas. En una escena de boda, la mesa del banquete está repleta; allí, en un cuenco azul, hay manzanas tejidas maravillosamente redondas y rojas.

Vestida con la hermosura del color lavanda de Francia, atada con cordones dorados, avanzo en mis nuevas chinelas de seda, que me van raras e inclinan mi cuerpo en un ángulo desconocido. Debo caminar hacia delante. El propio ángulo me impulsa. ¿Intentará Luis Augusto visualizarme? ¿Estará por casualidad caminando hacia mí en este momento? ¿Alargará su mano, pero en cambio se detendrá para coger un libro encuadernado con cuero rojo y repujado en oro? Temo que quizá prefiera leer a conversar, por muy refinadas que sean las frases o musical el tono de voz. A mí no me gusta leer. Prefiero el jardín *(mille fleurs)* a la biblioteca y su miríada de insondables libros.

En casa, mi madre debe de estar dialogando con sus ministros. En Viena, los hombres brillantes prestan la flexibilidad de sus mentes a la de la majestuosidad, pero yo temo tanto a las mujeres como a los hombres que son demasiado brillantes y astutos. Mi hermana mayor, María Cristina, era muy inteligente, y cruel, con nosotros los pequeños, pero es la hija más amada por nuestra madre. María Cristina quería que sintiéramos que no contábamos. Tal vez mi madre lamente no haber podido convertir a María Cristina en Delfina. Sin embargo, el Destino, así como mi madre, me ha dado una carta importante que excede en mucho a lo que el matrimonio le trajo a Cristina. Con mi mano sobre el aterciopelado brazo del príncipe Starhemberg, me propongo no temblar mientras caminamos hacia delante, y mis curvos tacones franceses se hunden en la gruesa alfombra.

Atravesamos un corto pasillo, en veinte pasos lo recorremos, y soy conducida a una habitación gemela de la austríaca, que hemos dejado atrás. De nuevo, las paredes están forradas con tapices.

Una tela de terciopelo rojo cubre una mesa, que, me han dicho, representa la frontera de Francia, donde están sus emisarios de pie, esperando. Mi útero se agita, y pienso en la desgracia que supondría que mi sangre fluyese ahora, en este momento. Es demasiado pronto, ¡demasiado pronto! ¡Mejor que sea mi estómago, no mi útero, el que se agite! El terciopelo fronterizo es de un tono exacto al que produce mi propio cuerpo durante la visita mensual de nuestra «Generala Krottendorf». «Es posible que penséis en mí y en casa», me dijo mi madre, «cuando haya momentos de especial dificultad.» Confío en que, en Francia, los capullos de mis senos empezarán seguramente a hincharse y florecer, y no tengo que dudar de que esta maduración ocurrirá más de lo que podría dudar que el espíritu de mi madre la emperatriz, cuando le llegue la hora de morir, se reunirá con mi querido papá, que fue su verdadero compañero, en el cielo.

El maduramiento de mis senos es tan cierto como la resurrección del cuerpo. Es mi estómago y no mi útero el que se agita, porque mi útero se renueva con sus mareas rojas más tarde de lo que debería, pero nunca más temprano. ¿O es más temprano y nunca más tarde? Charlotte dice que la luna es un reloj perfecto para la llegada de su «Generala», pero mi reloj es irregular, ¿y en qué fase está hoy la luna? A mi madre no le gusta esta irregularidad en mí, aunque conviene en que escapa a mi control. No soy yo, sino la «Generala Krottendorf» la que dirige las mareas rojas de sangre, a los que algunos llaman la maldición y mi madre denomina la bendición.

Cuando mi cuerpo madure, la insuficiencia será sustituida por la abundancia. Mis pechos (mi madre levantó dos copas de cristal hacia mí, mostrándome el tamaño y la forma de sus cavidades transparentes y amplias) llenarán semejantes copas. Sin embargo, en este momento mis pulmones se han transformado en manos monstruosas que aprietan mi corazón mientras bordeo el extremo de la mesa de los franceses.

¡No puedo hablar! Pero mi cuerpo, precipitándose hacia delante, habla por mí.

Me arrojo a los brazos de Ella, la francesa condesa de Noailles, que se convertirá en mi Guía Maternal; mi madre, a medida que en Francia vaya creciendo hasta la adultez.

«En el preciso instante en que me arrojo hacia delante, he recordado el vuelo de un querubín, un genio, un cuerpo diminuto, sin duda alado, que no dudó en cruzar volando una estancia majestuosa. ¡Mozart! De seis años, justo mi edad, finalizada su asombrosa actuación al teclado, se lanzó a su destino, el regazo de mi madre, donde fue besado y bien recibido. "¿Me queréis ahora?", exigió más que preguntó. Guiada por el aleteo de las alas del niño genio, me lanzo espontáneamente, ¡sólo que con catorce años!, hacia Ella, la Desconocida.»

No soy bien recibida. No hay brazos rodeándome. Ante semejante rigidez hueca, reacciono. La condesa de Noailles permanece tiesa como una columna, un cuerpo al que ningún espíritu da vida. Mis ojos buscan su rostro, una nariz flanqueada por dos grandes círculos de colorete. Su diminuta boca se está moviendo.

Sus palabras caen sobre mí como notas muertas: no hay música en su forma de hablar. Me reprende por mi impulsividad:

—Estáis rompiendo el protocolo. —Debo detener el abrazo, retroceder un paso y darle el apropiado y ceremonial abrazo primero al conde de Noailles—. Primero a mi esposo —ordena—, no por su rango de noble francés, sino porque también es Grande de España. —Es verdad, he olvidado su rango, aunque en el pasado, en Viena, memoricé todos sus linajes.

Con perfecta gracia, aunque quizá me ruborice, acato su petición. Madame Protocolo, la apodo secretamente.

Me presentan a todas las nuevas damas de honor. Sí, el protocolo, además de la formalidad, es su preocupación, pero yo hablaré desde el corazón, a su pesar, con mi propia ligereza. «¡Qué amables sois… *Enchanté.*» Mis reverencias son seguras como una serie de pasos de baile, una composición con ligeras variaciones, cada una matizada, absolutamente grácil. Parpadeo y seduzco; mi rubor sonrosado, mi mandíbula levantada, mis mejillas de querubín, todo participa con la mayor exquisitez del minué de las formas. No se pueden resistir.

Y ahora, soy francesa.

Pero una francesa que será reina.

Al igual que el resto del mundo, estoy sola dentro de este cuerpo perlado; y tengo miedo.

ESTRASBURGO

Los cascos de los caballos chacolotean sobre el puente que une la isla neutral con la tierra de más allá.

—Francia —les comento a mis acompañantes en el interior de la carroza carmesí.

La condesa de Noailles se aclara la garganta. Los ojos de todos los demás simplemente miran al frente, evitando mi mirada.

—Para ser exactos —dice Madame Precisión—, las cabezas de los caballos miran hacia Estrasburgo, la cual pese a su nombre germánico, sabemos que es completamente francesa.

Le sonrío con suma cordialidad.

—Sí —digo, cuidando mucho mi acento francés—, para mi gran deleite, pronto estaremos en Estrasburgo.

—No tan pronto —me corrige ella.

—Tengo entendido que están preparados para recibirnos con la mayor de las ceremonias —añado—. Incluso los niños de la ciudad me traerán flores y me ofrecerán su mejores y cálidos deseos.

—Es una ciudad más que gentil, estoy convencida —contesta ella.

Quizás ahora le apetezca un breve silencio. La emperatriz me ha dicho que evite la excesiva curiosidad y el cotorreo.

«Al igual que todos morimos con Adán, Cristo nos vivifica a todos», decía mi madre devotamente. Bajaba de su silla para arrodillarse y se persignaba. Su brazo enfundado en negro pasaba rápidamente por delante de la tela oscura de luto que cubría su voluminoso pecho. ¡Pensar que soy su decimocuarta hija! Dios ha creado en ella una fuente generadora de hijos en lugar de agua. Todavía no he intimado con Jesús, pero la emperatriz ha prometido que acudirá en mi ayuda cuando realmente le pida algo a él o a cualquiera de los santos.

«La mortalidad debe inspirar humildad», me dijo. «Ninguno de nosotros sabe cuándo será llevado, de igual modo que fue llevado vuestro bendito padre. La muerte, como el nacimiento, nos sobreviene a todos, al margen del rango o la posición que se tenga en la vida.»

Sí, lo entendí, y entiendo que esta idea es cierta. Podría ser voluntad de Dios matar repentinamente a la condesa de Noailles, aunque eso sería terrible, y de ninguna manera deseo yo semejante acontecimiento. Asimismo, Dios podría acabar conmigo. En cualquier momento mi corazón puede dejar de latir. Presiono las yemas de mis dedos contra mi esternón. Muy ligeramente, noto los latidos detrás del hueso.

«Y, sin embargo, vos nacisteis para convertiros en reina», continuó mi madre la emperatriz. «Creemos en el derecho divino de reyes y reinas para gobernar, de igual modo que creemos en el derecho de Dios para hacer con nosotros su voluntad. La gente nace en su posición social en la vida, aun así debéis aprender ahora, y por carta, cuando estéis lejos en Francia, cuál es la mejor manera de prepararos para el día en que Dios se lleve al cielo a Su Majestad Luis XV, y vos y el Delfín os convirtáis en rey y reina.»

Me dijo que había asesorado a Amalia y a Charlotte antes de contraer matrimonio, al igual que me aconsejaba a mí. Le dijo a Amalia que dado que sería una extranjera en Parma debía complacer los deseos de su esposo, o sería enormemente rechazada. «Vos también seréis una extranjera y súbdita», me advirtió, tirando de mí para que me sentara sobre su rodilla. Como su barriga era tan grande, su rodilla era una pequeña superficie y temí que quizá resbalaría por el satén negro.

La emperatriz dijo que también le había comentado a Charlotte que no estableciera comparaciones entre las costumbres de Austria y las de Nápoles. «Charlotte, como vos, ha sido elegida reina, no una simple duquesa, como Amelia», me comentó, y pude adivinar que quería más a Charlotte, aunque a la que más quiere de todas es a María Cristina y la dejó contraer matrimonio con alguien que conocía: Alberto. Cuando Amelia quiso casarse con Carlos de Zweibrücken, al que realmente amaba, nuestra madre le dijo que debía casarse con otra persona, por la paz de Europa y el bien de Austria. Afortunadamente para mí, yo no amo a nadie.

Espero que Luis Augusto de Francia sea más simpático que el marido de Charlotte, Fernando, rey de Nápoles. Aunque Fernando tiene diecisiete años, hemos sabido a través de nuestro embajador en Nápoles que a Fernando le gusta gastar bromas a los cortesanos y les hace tropezar y caer. En cierta ocasión incluso persiguió a alguien con su orinal lleno de apestosas deposiciones.

La condesa de Noailles dice:

—La archiduquesa, Madame la Dauphine, ha pensado en algo divertido. Compartidlo con nosotros, por favor.

—Disculpad —contesto—. No es más que un recuerdo familiar. Tengo la sensación de que debería dedicar mis pensamientos al futuro en lugar de al pasado.

El leal príncipe Starhemberg dice con suavidad:

—Naturalmente, tenéis toda la razón en eso, Madame la Dauphine. —Mira por su ventanilla de la carroza para dar a entender que el asunto está zanjado.

Charlotte asegura que el rey Fernando no apesta, aunque es bastante feo. Espero que tenga los ojos bonitos. No podemos controlar en qué clase de cabeza están nuestros ojos metidos, pero los ojos en sí transmiten expresividad, y eso es un reflejo del alma.

Como mi madre tiene espías en todas partes, ve o se entera de cualquier cosa importante que ocurre por toda Europa. Escuché casualmente que alguien le decía que el rey Fernando de Nápoles a la mañana siguiente de la noche de bodas dijo que nuestra querida Charlotte dormía como una mujer muerta y sudaba como un cerdo. Lo odio por ese lenguaje obsceno, expresado con tanto descuido que llegó hasta Viena. ¿Y qué le hizo a Charlotte para que sudara?

En Francia, encontraré a una amiga a la que pueda querer tanto como a Charlotte.

Una espantosa explosión sacude el aire.

Están disparando el cañón en Estrasburgo, esta primera ciudad francesa que algún día gobernaré como reina. Mirando por la ventanilla de la carroza y hacia las copas de los castaños, veo el campanario de una iglesia y una campana que se balancea alegremente. El tañido de las campanas rodea nuestra carroza. Sus badajos golpean contra las paredes de hierro de las campanas para expresar la emoción de la gente. ¡Qué exuberante es todo esto!

¡Y aquí están ellos desfilando! Un grupo de niños de Estrasburgo vestidos de blanco, con los trajes de pastores y pastoras procedentes del país de las hadas, viene a recibir mi carruaje. Estos niños vestidos como pastores y pastoras se asemejan a corderillos con toda su natural inocencia.

La carroza se detiene; la puerta se abre, ellos avanzan y se agolpan, sosteniendo hacia mí cestos de flores, y yo me inclino para acercar mi nariz a sus dulces colores. Cuando miro sus caras, sonrío con todo mi corazón a estos encantadores niños. No son ni franceses ni austríacos, sino simplemente niños. En respuesta a mis sonrisas, sus rostros se iluminan desde dentro. Como el sol, puedo proyectar mi luz sobre ellos y hacerlos felices.

Sé una verdad: mi mayor placer siempre será dar placer a mis súbditos.

Bajo el peldaño para estar entre ellos. Es el impulso de mi cuerpo el que manda, y el príncipe Starhemberg susurra su aprobación. Para expresar majestuosidad, permanezco erguida, pero mi esternón sigue flexible como el de una buena bailarina, nunca rígido. Mientras camino junto a la carroza que avanza lentamente, los niños corretean hacia delante para esparcir en mi camino pétalos de flores, rosas, blancos, rojos, malvas y amarillos. Las doncellas con sus mejores vestidos tiran frente a mí pequeños ramilletes, los tallos de las flores están atados con hilo o un valioso lazo, que a veces me inclino para recoger.

Toda esta hermosa gente joven está embriagada de felicidad. Dándoles confianza con sonrisas y un semblante agradable, me doy confianza a mí misma.

Me quedo boquiabierta: ¡sus fuentes manan un líquido rojo! Pero es únicamente vino.

En la plaza están asando bueyes enteros, y perfuman el aire con su copioso aroma de crujiente grasa. Miembros del ayuntamiento reparten de unos enormes cestos pequeñas barras de pan entre los pobres. De los árboles cuelgan bolas de cristal, vistosas como la fruta excesivamente madura. Me rodean las madres de familia y los comerciantes y los ancianos de la ciudad, con vestidos de color azul oscuro y camisas amarillas, y algunos todavía con sus delantales de cuero marrón, y blusas blancas ribeteadas con hilo rojo. Con mi corazón golpeando contra mis costillas con tanta fuerza como esas lenguas de hierro contra sus campanas, permanezco en medio de todo ello, irradiando amor al bondadoso pueblo de mi nuevo país.

Esperándome en una elevada plataforma están los nobles y clérigos y las autoridades civiles, todos ellos cubiertos de sedas con colores tan ricos como el esmeralda, el zafiro, el rubí y el topacio, y esas relucientes telas están además adornadas con anchos cuellos de encaje y almidonados puños de encaje. El más suntuoso es el príncipe Luis de Rohan, cuyo cuello de encaje es una maravillosa telaraña de elaborados hilos blancos. Aunque está destinado a convertirse en un príncipe de la Iglesia, como su tío, me sonríe como si quisiera invitarme a bailar. Tímidamente, bajo la mirada.

Las autoridades me piden que suba a la plataforma, donde puedo ser vista incluso por la gente de la vasta y alegre multitud que está más alejada. El deleite que le causo a la gente y el que siento hacia este sencillo pueblo de Francia forman una verdadera alianza. Cuando comienzan los discursos de bienvenida, en alemán, interrumpo suavemente y le digo al amable orador:

—No me habléis en alemán. De ahora en adelante no quiero oír otra lengua que no sea el francés.

La gente chilla de placer, tanto aprueba mi gentil manifestación. El alcalde y las autoridades están sorprendidos por la firmeza de mi petición, y yo también. Todos sonríen ante mi requerimiento de que se me hable en francés. Tan delicioso es el momento que creo que «les gustaría comerme entera, como si fuera fruta azucarada».

El príncipe Starhemberg, mi cómplice escolta, me susurra al oído:

—Bien hecho, Madame la Dauphine. —Sé que habla en nombre de mi madre, la emperatriz. Detrás de mí, alguien le comenta por lo bajini a un amigo: «Brilla con tanta naturalidad como las cerezas maduras». Es el príncipe Luis de Rohan.

Las flores perfuman el aire. Algunas mujeres llevan peonías en el pelo, y las mozas se han prendido lirios blancos en sus mechones. Unos *boutonnières* (junquillos de color amarillo intenso) tachonan las camisas de hombres y muchachos como medallas y promulgan su buena voluntad.

Claros y frescos, sus discursos de bienvenida resuenan en el aire primaveral. Al final, pronuncio unas cuantas palabras de agradecimiento y reconocimiento de la belleza de la ciudad y de la celebración. Mis palabras llegan a cierta distancia entre la multitud, y luego veo a gente que se vuelve para decirles a aquellos que están detrás lo que yo he dicho, y aquéllos, a su vez, se vuelven y se lo dicen a la gente que está detrás, de modo que como una onda el contenido de mis frases es transportado hasta donde alcanzan mis ojos.

«Haced tanto bien entre el pueblo francés que puedan decir que les he enviado a un ángel», me pidió mi madre entre lágrimas maternales. He empezado. Con mucha naturalidad (pues también es mi propio deseo) ya he empezado a amarlos.

Con la nobleza me siento un poco menos cómoda. Aunque me agasajan con absoluta suntuosidad en el palacio episcopal del cardenal Luis Constantino de Rohan, tío del joven príncipe que osó compararme con un puñado de cerezas pudiendo yo oírlo. Me sorprende la ostentación de esta familia. Emplean los recursos de la Iglesia como si los ingresos de ésta fueran suyos. Por la mañana me encuentro más exhausta que descansada por la interminable conversación acerca de la importancia de la familia de Rohan, pero pido oír misa antes de proseguir con mi viaje. El príncipe Starhemberg me advirtió con susurros en privado que el príncipe Luis, el sobrino que está en la treintena, ya se ha labrado una reputación de libertino.

En la puerta de la colosal catedral de Estrasburgo, no me recibe el cardenal sino su sobrino, pavoneándose en su túnica clerical púrpura de coadjutor de la diócesis. Es un joven ambicioso. Espero que nunca herede el cargo de su tío como cardenal. Aunque pronuncia un fluido discurso para darme la bienvenida, no creo en su sinceridad. Intuyo que sabe que dudo de él, porque termina su intervención halagando a mi madre, pensando que será imposible no persuadirme elogiándola a ella:

—Seréis para los franceses la viva imagen de la querida emperatriz, admirada por toda Europa durante muchos años y cuya reputación seguirá siendo eternamente venerada. Gracias a vos, el espíritu de María Teresa de Austria se unirá al de los Borbones de Francia.

Inclino mi cabeza con grácil gravedad, pero el gesto está calculado para ocultar la incredulidad que debe de expresar mi rostro. Una vez dentro de la catedral, apenas puedo ver por dónde piso con la tenue luz. El príncipe me coge de la mano para guiarme hacia el altar y recibir los sacramentos. Noto los anillos con piedras preciosas en sus delicados dedos. Es la mano de la hipocresía y la inmoralidad, y me siento mancillada por ésta.

Sin embargo, antes de volver a subir a la carroza que ha de llevarme, experimento una renuencia a abandonar esta más que hospitalaria ciudad de Estrasburgo. Mientras subo el peldaño del vehículo, esta vez tapizado de azul, mi sonrisa es permanente; mi corazón tiembla y se estremece sólo un poco. Cuando estoy sentada, cierro los ojos y hundo mi nariz en un ramillete de diminutas rosas. Las beso.

Empezamos a movernos. El látigo del cochero restalla en el aire para lograr que los caballos avancen más deprisa. El pasado otoño, cuando aún tenía sólo trece años, derramé lágrimas por una rosa que había junto a mi cama que había muerto durante la noche. Por la mañana, la hermosa flor había pasado del color rosa al marrón, y su cabeza estaba plegada sobre su tallo como si se avergonzara de su mortalidad. Me solidarizo con la fragilidad de las flores.

En ocasiones prefiero estar rodeada de flores creadas con hilo, como éstas bordadas en el terciopelo azul que tapiza la carroza. Y adoro las campanillas esculpidas en las repisas de mármol de las chimeneas o los girasoles moldeados con metal, o la flor de lis azul representada en cuadros por habilidosos dedos humanos. Las flores artificiales tienen todas su belleza asegurada.

Las preciosas vidas de las flores reales son cortas.

EN LA CARROZA AZUL

De nuevo emprendemos el viaje, que me han dicho que se prolongará durante muchos días antes de llegar a nuestro destino. Tengo que encontrarme con mi marido en el bosque cercano a Compiègne, en el corazón de Francia, pero aun así a un día de viaje de la corte de Versalles. Entonces me presentarán por primera vez, en persona, a Su Majestad Luis XV, y a su nieto, el Delfín, del que se dice que es reservado y torpe, pero rubio como yo y muy atractivo en su retrato.

Debido a que aparecía arando, el primer retrato del Delfín fue rechazado por la emperatriz. A mí, sin embargo, me cautivó la imagen de un rey, cual granjero, con su arado. Quizá sólo estuviese fingiendo que araba. A mí me gusta bastante fingir, porque es la mejor manera de entretenerse jugando. ¡Y fingir es tan cómodo! Uno puede fingir en cualquier parte.

Cuando la emperatriz y yo vimos por primera vez el retrato del Delfín, su embajador también me obsequió con un broche de diamantes, que inmediatamente prendí a mi vestido, justo sobre mi corazón, para demostrar mi disposición a casarme con Luis Augusto. Dije: «Ya está cerca de mi corazón», y a mi madre le sorprendió y le satisfizo sobremanera lo apropiado de mi comentario, que ambas sabíamos que sería repetido cuando el embajador regresara a la corte de Versalles.

Mientras esta carroza se tambalea y balancea hacia delante, les pregunto a mis acompañantes qué le produce placer al Delfín, y contestan que le gusta abrir cerrojos con una ganzúa y crear cerraduras nuevas. Y le gusta cazar. A mí me gusta montar a caballo.

Cuando Charlotte dejó Viena para iniciar el viaje hacia su matrimonio concertado, detuvo la carroza para bajar de un salto y abrazarme y llorar sobre mi hombro porque se marchaba. En casa, cuando una de nosotras se ponía enferma, la otra también, para hacerle compañía. En nuestros retratos, uno apenas puede distinguir a Charlotte de mí, aunque la gente dice que soy un poco más guapa. Yo no lo creo, ni quiero serlo. Ella es mi hermana querida, y mi madre dice que puedo seguir escribiéndole, pero que nuestras cartas deberían ser enviadas pasando por Viena.

Cuando contraje matrimonio en casa, ceremonialmente, con un vestido plateado brillante que colgaba detrás de mí como un ala, mi hermano, el elegante Fernando, sustituyó a Luis Augusto y representó al novio. Yo me representé a mí misma. En el altar de la iglesia de los Agustinos, cuando me arrodillé con Fernando, con absoluta seriedad, esperaba que él me guiñara un ojo o que al menos sonriera. Un pequeño aro de oro se deslizó por los nudillos de mi dedo. Le di vueltas y vueltas al anillo como a una diminuta rueda en el eje de mi dedo.

Antiguamente, la costumbre exigía que hubiese testigos presenciando cómo la novia y el novio por poderes se metían juntos en la cama. ¡Y entonces! ¡Entonces...! ¡Sí, a él se le pedía que levantara su rodilla y la colocara entre los muslos de ella! Me hubiera reído a carcajadas, si mi hermano Fernando hubiese empujado su rodilla contra mí, pero esta farsa no es necesaria en los tiempos modernos. Es reconfortante pensar que a veces las prácticas ridículas se abandonan, pero ¿de qué manera? Quizás haya una erosión gradual. Sé que el agua puede erosionar una piedra.

Mi madre me ha enseñado el arte del matrimonio, y sé bien qué órgano representa una rodilla entre los muslos de una novia. Pero no puedo imaginarme a qué se parece ese órgano. Ciertamente a una rodilla no, ni siquiera a una pequeña, de lo contrario habría notado semejante forma en los pantalones de los hombres. Mi madre me dijo: «Su parte se volverá como un dedo; un poco más grande, sorprendentemente firme, recto y rígido».

«Todo depende de la esposa, de su disposición, dulzura y gracia», me ha indicado la propia emperatriz.

¿QUÉ HAY DE LA LUZ?

Este carruaje me aleja más y más de casa. Cuando en la isla del Rin me arrojé en los brazos de la condesa de Noailles, el resultado fue únicamente un sermón sobre el protocolo.

No siento más que pesar por no haber sabido complacer. Pesar (y no resentimiento), pues mi madre dice que el resentimiento es la más fácilmente visible de todas las emociones pecaminosas, pero el pesar puede acentuar la dulzura y el encanto propios. El resentimiento, asegura la emperatriz, es como una serpiente que anida en el pecho, y puede volverse y atacar a quien la alberga.

Al otro lado de la ventanilla del carruaje, más allá del velo de polvo que levantan nuestras ruedas, el paisaje está lleno de campos de cereales. A mí también me gustaría expandirme y sentirme verde. En los campos, veo a un millón de María Antonietas esparcidas a mi alrededor, como leales súbditas estirándose y deleitándose bajo el dorado sol. Cuando entramos de nuevo en el sombrío bosque, las hojas de color verde oscuro reflejan manchas y destellos luminosos como si aquí y allí estuvieran recubiertas de plata.

¿La luz es más plateada o dorada?

EL MAPA HACIA EL MATRIMONIO

A nuestras espaldas, en una fila larga y articulada, hay docenas de carruajes, todos integrantes de la procesión hacia Versalles. Lamento que tengan que respirar nuestro polvo. Suspiro. Algunas veces, cuando tomamos una curva, veo los caballos delanteros, sus grandes grupas y sus crines y colas largas y sueltas. Dado que los cambian con frecuencia, no tengo favoritos, pero disfruto especialmente con un gran caballo gris pinto que nos arrastra con su simple fuerza. En casa, durante un sinfín de horas pude estudiar a *Clara*, la peligrosa rinoceronte, u observar a *Hilda*, la inocente hipopótamo, repanchingándose por nuestro zoológico, que nuestro padre llenó con los más exóticos animales procedentes de lejanos continentes.

Ver a una criatura tan singular como *Hilda*, astuta y remojada, hace que todo el cuero cabelludo se frunza de placer, como si el cerebro estuviese a punto de estornudar. Para mayor deleite, mi querido papá solía decirme que uno olvida quién es y se limita a flotar y a brillar, como *Hilda* en su elemento.

En el interior, esta caja azul es siempre igual, y apenas puedo disfrutar de la nobleza de los árboles porque Madame de Noailles canturrea como una cornamusa o, como diríamos en alemán, como un *Dudelsack*. Me entristece pensar que ella es mi más distinguida dama y, sin embargo, es tan vulgar y aburrida. Sí, es un *Dudelsack*. Dudo que tenga algún talento que alegre su alma.

A cada giro que dan las ruedas de esta carroza tapizada de azul, el paisaje parece más francés a mis ojos. Las ruedas del carruaje rodarán durante muchos días, con paradas a lo largo del camino, antes de encontrarme con el Delfín y el rey. Es al rey, por encima de todos los demás, a quien debo complacer (pero, naturalmente, a mi esposo, Monsieur le

Dauphin, también), eso dice mi madre, pues el rey, si quiere, está en el derecho de enviarme de vuelta.

Mientras la carroza avanza traqueteando, extraigo de un estuche de suave cuero rojo marroquí, todo él labrado de oro, un mapa de la ruta completa desde el palacio de Schönbrunn hasta el corazón de Francia. Despliego con cuidado el mapa sobre mi regazo y estudio aquellos lugares marcados para que yo me fije. Debo encontrarme con el rey y su nieto, mi esposo, en un punto donde el extremo de este mismo camino cruza un río, junto al puente de Berne, en el bosque de Compiègne donde el rey y el Delfín gustan de cazar.

Pongo mi dedo derecho sobre el mapa para conocer mi posición real y mi dedo izquierdo sobre el puente de Berne, lejos. Pruebo a mover mi dedo derecho a lo largo del camino trazado en el mapa hasta que éste topa con el izquierdo. Parece que semejante distancia *puede* ser recorrida y que semejante encuentro *puede* ocurrir.

Pero ¿me querrán?

EL CONVENTO DE MONJAS

Durante el viaje, nos detenemos para visitar a Madame Luisa, una monja, y la más joven de las tías del Delfín; las otras tres tías (todas hijas de Luis XV, todas sin casar) me esperan. Pero Madame Luisa, al igual que yo, se ha cambiado el nombre para convertirse en la hermana Teresa Agustina. También ella ha vuelto a nacer, pero como monja que vive en un convento carmelita.

Me gusta su rostro, enmarcado por un lino almidonado del más blanco de los blancos. Tiene una mirada cálida.

Pero me apena que esté apartada del mundo. Hablo con ella de nuestro viaje, de la belleza de los castaños en flor y de cómo las panojas de color crema se yerguen entre las hojas como candelabros. Me pregunto si alguna vez contempla su vida como un error.

Cuando me dispongo a salir del convento, escoltada por el conde de Starhemberg, la hermana Teresa me atrae repentinamente de nuevo hacia sí. Me acaricia la mejilla con su mano santa y después me susurra al oído:

—De rostro y cuerpo sois la más perfecta de las princesas. —Inclina su cara acercándola todavía más a mí, y la oigo humedecerse los labios con la lengua—. Tenéis un aire —murmura en mi oído tan suavemente que sus palabras son para mí como un agradable sueño— de poseer grandeza, modestia y dulzura.

Se vuelve y, envuelta en su hábito negro, flota por el pasillo carmesí. Esas palabras, más preciadas que cualquier broche de diamantes, las prendo al interior de mi corazón.

Otra vez dentro de la carroza, juro, por el azul celestial de las cortinas que me rodean, que intentaré ser acreedora de sus palabras: de la grandeza, que debo a mis orígenes, a mi propia sangre real, el don de la dinastía

Habsburgo, de seiscientos años de antigüedad; de la modestia, que debo a mi sexo como descendiente de Eva y como mera hija humana de Dios; de la dulzura, que me debo a mí misma, porque es mi naturaleza auténtica.

Sin duda sus tres hermanas, esas tías del Delfín que siguen en el mundo y viven en la corte de Versalles, me guiarán y me querrán. Con un nuevo compromiso de obediencia, recuerdo la indicación de mi madre de pasar mucho tiempo con Madame Adelaida, Madame Victoria y Madame Sofía. «Estas princesas», dijo la emperatriz, «poseen muchas virtudes y talentos; sois afortunada de contar con ellas; espero que os comportéis de tal modo que merezcáis su amistad.»

Asimismo, mi madre le escribió al rey una carta hablando de mí, anticipándole ya que cometeré muchos errores. «Sus intenciones son excelentes, pero dada su edad, os ruego que ejercitéis la indulgencia ante cualquier error.»

Pero no cometeré errores.

EN EL BOSQUE DE COMPIÈGNE

Las trompas de nuestro séquito han sonado, y a través del bosque de Compiègne llegan los sonidos de respuesta de Francia. ¡Vuelvo a oírlos! Se encuentran en algún lugar de este bosque. Avanzamos apresuradamente, y ellos deben de estar también avanzando deprisa bajo los árboles. Una y otra vez las trompas se llaman unas a otras. Más y más fuerte a medida que nos vamos acercando, y me da la impresión de que tengo el corazón sentado en la lengua golpeándola como a un tambor. Me encanta sentir mi corazón latiendo, la excitación; ¡la *vida* de la vida! ¡Pero, oh, con qué voces de oro hablan las trompetas!

Su carroza real, la primera carroza (pura magnificencia), que me informan que transporta al rey de Francia, a su nieto y a las tres tías de éste, ¡aparece ante mi vista! A ellos los sigue un colosal espectáculo de colores, carrozas, los guardias, los soldados de la caballería ligera, los mosqueteros, todos con tambores, trompetas, timbales y oboes de sonido nasal.

De repente nos detenemos. Hemos llegado.

Una alfombra larga y ceremonial se desenrolla sobre el suelo del bosque desde su carruaje hasta el nuestro. Junto a la puerta de mi carroza está el duque de Choiseul, que ha dispuesto mi matrimonio, y a quien me presentará el príncipe Starhemberg, cuya honesta mirada no he sabido apreciar adecuadamente, pese a nuestro largo viaje juntos.

Mi mano tiembla mientras equilibro mi cuerpo, tan ricamente ataviado, con la puerta abierta y recogiéndome la falda a mi alrededor. El rostro del príncipe Starhemberg es todo seriedad (quizás esté triste de que nuestro viaje haya casi terminado y ahora deba entregarme). No debo arrojarme a los brazos de nadie; debo conservar mi porte y dignidad.

A Choiseul, cuyo terso rostro está orgulloso y satisfecho, le muestro al punto mi gratitud:

—¡Jamás olvidaré que hayáis sido el responsable de mi felicidad! —Mi frase no ha sido planeada, pero ahí está: la verdad exacta de mi corazón emana de mis labios.

—Y vuestra presencia es el motivo de la felicidad de Francia —contesta él, y yo sonrío ante su bonito elogio.

En el otro extremo de la alfombra, el rey y otros bajan de su carruaje, pero mi mirada está toda puesta en él, de quien se dice que no solamente es el más poderoso, sino también el hombre más guapo de Europa, y sin duda lo es (¿cómo es posible que tenga sesenta años?), con grandes pero penetrantes ojos de enorme negrura y una nariz majestuosa. Su mirada se deleita con mi rostro y figura. Le gusto.

Ahora vuelo hacia él, me arrodillo ante él, mi hermano de realeza, mi querido abuelo, que será mi papá, el rey. Confundida por su grandeza, no puedo moverme, pero él rápidamente me coge en sus brazos, levantándome y besándome una y otra vez en ambas mejillas. Apenas si puedo contener mi alegría por su paternal proximidad y la intensa sinceridad de su recibimiento. Con modestia, miro hacia abajo, pero ¡he visto sus ojos, su aprobación! Pensar que es a mí, llegada a destino, a quien sostiene entre sus manos. Estoy cercada y mi ser está rodeado por el círculo de sus brazos. Con una generosidad que me conmueve hasta lo más profundo, me llama su querida hija.

En el bosque, se yergue con la misma naturalidad que cualquier árbol, pero gloriosamente mayestático.

Dado que casi no puedo asimilar este momento como real, mi espíritu asciende hacia arriba y nos mira desde lo alto; desde allí arriba veo a multitud de gente y carruajes, banderas e instrumentos musicales (diminutos, todos nosotros), pinceladas de intensos colores entremezcladas en todo el verde de un boscoso cuadro viviente.

La piel del rey roza mi mejilla. Soy yo misma la que estoy de pie en el bosque, y sus cariñosos besos me afirman como hija, como Delfina, y la esperanza de su reino para su paz futura y prosperidad. ¡Qué honor y gozo el de este encuentro! ¡Qué distinción la de su persona y, no obstante, qué amabilidad!

Y aquí, al lado del rey, está mi futuro, el Delfín. Es tímido y patoso. Comprendo la verdad de esa descripción en el acto. Los párpados de los ojos le pesan, y parece vencido por el sueño. Adolece de coraje para hacer frente a este momento; pero no importa, yo le doy la confianza de mi rostro levantado (pues él es bastante alto) y al instante se tranquiliza. Se inclina hacia delante y me besa en ambas mejillas. Sus labios son gruesos, pero tiernos y cuidadosos. Se endereza y vuelve a ser todo torpeza.

No encuentra palabras que decirme. Sus ojos se levantan hacia el bosque: cómo desearía estar allí cazando; sí, cazar es su pasión, tal como me han informado.

—Estos bosques deben de estar llenos de caza —murmuro, y veo la sorpresa en sus ojos. No tengo miedo. Conquistaré su corazón demostrando que soy su amiga, y deseo que a él, por encima de todos los demás, mi presencia le produzca placer. Soy para él.

A continuación me presentan a las tres gracias, las hijas del rey y tías del Delfín, que también están junto al carruaje. Madame Adelaida aseguran que es una aficionada a la música, como yo misma he sido siempre, pero no es grácil, y me sorprende la pesadez de su cuerpo. (También Luis Augusto es mucho más grueso de lo que sugería su retrato en miniatura; sus cejas son intensamente tupidas y oscuras, y su semblante no presenta indicio alguno de la viveza de los oscuros y luminosos ojos del rey.)

Madame Victoria, que es aún más melómana y toca el arpa, como yo, quizás había sido guapa en otros tiempos, pero la miro y recuerdo que su padre la ha apodado «Puerca». El rey ya me llama hada y Flora. Mientras su mirada repasa rápidamente a estas damas para posarse en mí, me percato de la gran ventaja que supone poseer una silueta esbelta y grácil: en ella reside el poder.

Por último me presentan a Madame Sofía, que tiene la cabeza inclinada hacia un lado y parece asustada, como si tal vez quisiera huir. A ella la reconforto con mi más amable sonrisa: de mí no tiene nada que temer. Es cruel que en su infancia la apodaran «Gusano», según mi hermana Cristina. Mis tías me miran y me temo que me consideran austríaca, extranjera, pero mi madre me ha dicho que confíe en su guía, y yo me acurrucaré junto a ellas, tan inofensiva como un vilano.

Enseguida, el rey empieza a charlar. Está de lo más cómodo, veo, con chicas de mi edad, dirigiéndome una rápida pero intensa mirada y luego levantándola. Me está hablando de su propia madre, que también llegó de lejos para unirse a la familia real, quien murió cuando Su Majestad tenía solamente dos años, pero, dice, que por un momento, al verme, le he recordado la bondad y el encanto de su propia y joven madre.

—Creo que habría sido tan espontánea como vos —me dice, y se imagina y saborea de nuevo cómo he volado directamente hacia él y me he arrodillado humildemente.

Por el bosque, cerca del puente donde el camino cruza un pequeño río, avanzamos hacia el castillo de Compiègne para pasar la noche. Allí, muchos de los príncipes y princesas de sangre me son presentados, pero la que me produce una admiración instantánea por su hermoso semblante es la princesa de Lamballe. Durante el trayecto en carruaje, la condesa de Noailles me ha dicho que el rostro de esta joven viuda enmarcado por un cabello brillante refleja una naturaleza espiritual, y que no solamente parece un ángel, sino que también la han apodado «el Buen Ángel». Es medio alemana y medio italiana, pero el lado alemán le ha dotado tanto de un cabello rubio puro como de un aire de melancolía, que choca agradablemente con la belleza de su complexión. Mi madre desea que yo sea como un ángel para los franceses, pero cuando me comparo con la princesa de Lamballe, parezco más un duende de cristal verde esmeralda, mientras que ella es entrañable como un encantador cielo azul.

Con sus hermanos, Luis Augusto se muestra exactamente igual que conmigo: tiene poco que decir. Está de pie, incómodo, casi con una expresión hosca en su rostro.

De igual modo que a todas mis hermanas y a mí nos llamaron María, varios de ellos llevan Luis como primer nombre. Luis Javier, el conde de Provenza, tiene mi misma edad, pero es tres veces yo, tal es su gordura. Mucho más gordo que Luis Augusto, Luis Javier habla tanto como una cotorra, y animan su cara muchas expresiones alegres. Su cuerpo es pesado, pero su mente y su lengua son ágiles.

El tercero y menor de los nietos del rey es espectacularmente guapo y se parece a su abuelo Luis XV. Este hermano, que sólo tiene 12 años, Carlos, conde de Artois, es esbelto y de bello rostro, pero sus ojos carecen de la oscura calidez luminosa de «papá rey».

—Sois tan ágil —me dice el conde de Artois—. Algún día tenemos que hacer una carrera. —Cuando sonríe, parece tan dispuesto a divertirse como uno de mis propios hermanos.

—Ansío vuestra amistad —contesto.

Me imagino que Artois sería un grácil bailarín. Su hermoso cabello flota alrededor de su cara; le da un suave codazo al Delfín y no lo trata con el debido respeto.

Le comenta al Delfín:

—Supongo que es tan rápida como una cierva. Tendréis que quedaros sin aliento para alcanzarla. —Su amable sonrisa hace que olvide su atrevimiento, pero el Delfín levanta con brusquedad la cabeza, mira hacia el cielo y parece afligido.

Soy el centro de todo. Al no haberme visto antes en persona están llenos de curiosidad. Son demasiados para que yo me pueda permitir el lujo de la curiosidad, pero el color y el esplendor de sus vestimentas me aturde. En conjunto, el espectáculo de sus vestidos, sus joyas, sus despampanantes escotes, sus cabellos copiosamente empolvados, su manera de gesticular me canta en un tono distinto al de las galas nocturnas de Viena. La agitación de mi pecho en absoluto se manifiesta como un devaneo en mis maneras; ofrezco únicamente un destello sereno y grácil. A través de una cadena de susurros, el veredicto del rey me llega por el aire hasta el oído: «Es una absoluta exquisitez». Finalmente, el monarca se acerca a mí, y con su talante más paternal me comenta que como he hecho un viaje largo desde lejos ahora debería descansar.

Esta noche duermo sola, naturalmente, y mis nuevas damas me acuestan mientras charlan alegremente sobre vestidos y brazaletes y peinados y lazos. Mi madre tacharía de frívolo su rápido francés, pero a mí me gusta la ligereza de su parloteo. Hablan de mañana, que iremos al sur, al encantador castillo de La Muette para más festejos. La Muette está cerca, mucho más cerca, de Versalles, a tan sólo una mañana de viaje del lugar de mi boda.

Cuando se van, cierro los ojos con fuerza y pienso: mañana por la noche, cuando apoye mi cabeza en la almohada de mi cámara en el castillo de La Muette, será mi última noche como virgen. A la mañana siguiente de La Muette, que será miércoles, 16 de mayo de 1770, llegaré a Versalles, donde se firmará de nuevo mi matrimonio y la ceremonia nupcial volverá a representarse, pero esa noche compartiré mi cama por primera vez.

Mis manos buscan los frescos espacios vacíos que hay a cada lado de mí. ¿En qué lado se tumbará él? Como dos topos ciegos, las yemas de mis dedos exploran la estrecha y llana superficie que hay entre las sábanas.

Me imagino que es en sí un paisaje, donde campo y cielo apenas están separados. Quizá Madame de Noailles me informe de que hay una norma del protocolo que da respuesta a la pregunta. ¿Qué es el protocolo y para qué sirve? Hace que la vida esté bien ordenada, nos explicó en cierta ocasión la emperatriz a todos los pequeños a la hora de clase, porque en Austria también tenemos nociones de protocolo. Pero esta gente es consciente y está orgullosa de su protocolo de una forma distinta a la nuestra. Es como si estuvieran siempre bailando un minué.

¿A qué lado se tumbará? La naturaleza, no el protocolo, me da una respuesta: el Delfín se tumbará en el lado derecho de nuestra cama, porque entonces podrá cruzar con más comodidad su mano derecha por delante de su propio cuerpo para tocarme. Sus manos y dedos son tan grandes como los de un hombre.

La emperatriz estaría satisfecha de mi conducta hasta el momento. Esta noche, desearía que pudiera saber que ahora, en Francia, no he cometido ningún error; al menos que yo sepa. Al rey, que es por supuesto el más importante, le gusto y él me gusta a mí. Con éxito y sin errores, he saludado a las tres tías y las he tratado tal como mi queridísima madre me ha ordenado. Si aún no me he convertido en un ángel para los franceses, aquí he visto a alguien que, debido a su belleza, personifica la idea de bondad: la princesa de Lamballe. Me gustaría conocerla mejor.

Con los ojos totalmente abiertos, giro mi cabeza y presiono mi mejilla sobre la almohada para mirar a mi derecha. La pared blanca me recuerda la cara pálida de la luna, como si ésta hubiera bajado y estuviera cerca de mí, allá. Las paredes de la cámara han sido adornadas con arabescos dorados; los rayos de la luna transforman el brillo dorado en gráciles volutas y remolinos de luz. ¡Ah…, hay una ventana ovalada en lo alto, sin cortinas, que deja pasar la luz de la luna! Más allá de este castillo, nos rodean los infinitos árboles de Compiègne y los ciervos se esconden de los cazadores entre los árboles.

Ayer mismo viajaba yo, encerrada, en la carroza acristalada a través del bosque.

Pienso en mis tres nuevas tías, como en tres hadas buenas, metidas en carnes y quizá fofas, pero no lo sé, porque no me han abrazado. Mis pensamientos se retraen hacia mi interior como las sensibles antenas de los caracoles. Cuando cierro mis ojos al mundo visible, de inmediato, la luna vuelve al cielo.

Pienso en Charlotte y en cómo hizo detener la carroza. Abandonaba Viena para ir a Nápoles y vivir su vida de casada, pero detuvo la carroza para poder bajar y darme otro abrazo de despedida. Al abrazarnos, nuestros cuerpos se fundieron, y no supe cuál era el de Charlotte y cuál el mío.

Para mi sorpresa, ocultas tras nuestros sombreros, me besó justo en los labios y yo susurré: «Siempre te adoraré, mi preciosa hermanita».

El Delfín cerrará sus ojos y yo cerraré los míos y luego sentiré sus labios sobre los míos.

En mi mente soñolienta aparece la hermana Teresa Agustina. Se vuelve, alejándose rápidamente de mí como un cuervo por el pasillo del convento. Ese nevado día de San Nicolás cuando yo sólo tenía siete años, hace media vida, vi cuervos caminando en la nieve, dejando huellas a su paso. Con un rápido aleteo, todos alzan juntos el vuelo hacia las montañas del oeste. «Agarraos fuerte, María», susurran las montañas invernales. El trineo desciende por la nieve mientras observo hasta que las aves son meras motas negras en contraste con la estrecha franja azul del cielo. Parpadeo, y han desaparecido. «Agarraos, María Antonieta.»

EN LAS PROFUNDIDADES DEL SUEÑO

Debajo de un árbol hay una mujer encorvada; ahora vuelve su rostro, demacrado por la pobreza, hacia mí. ¿Es Adelaida la que está de pie junto al castaño, o la «Puerca» o el «Gusano», o la hermana Teresa Agustina? Cerca de su mejilla cuelga de una rama una bola de cristal transparente. La bola se convierte en una roja manzana cristalina y luego en un limón amarillo. Rápidamente, la mujer alarga el brazo para coger la fruta del árbol: «¡No!», exclamo, y sé, con horror, que es Eva, madre de la humanidad, y no la bienaventurada Virgen María. Arranca la bola del árbol y la muerde brutalmente. Se hace añicos en sus dientes, y los fragmentos de cristal amarillo caen de sus labios. Su boca está llena de sangre.

Cuando rechino los dientes y grito, cierta sirvienta, cierta desconocida, como si esperase junto a mi puerta precisamente con este objeto, abre mi cámara y corre a estrecharme en sus brazos. «No temáis, pequeña», susurra. ¿Estaré sólo soñando que ha llegado mi consuelo? ¿Será ella también un sueño?

Me parece que es el rostro de la princesa de Lamballe.

Pero ¿cómo ha podido encontrarme aquí?

Al despertarme, me visten, y viajo todo el día como suspendida dentro de una bola de cristal transparente. El mundo me rodea, pero estoy separada de él. Ningún reloj marca las horas, pero llego a La Muette, me desvisten y luego me visten de nuevo para las celebraciones.

UN ERROR EN EL CASTILLO
DE LA MUETTE

E s una cena, y los relámpagos destellan por los márgenes de las cortinas corridas. Son de damasco grueso amarillo y la luz no las traspasa, pero a su alrededor se cuelan los destellos plateados de una tormenta, aunque esté lejana. El trueno es un simple y leve gruñido, como si los leones de la lejana África estuvieran rugiendo.

Aunque estoy hambrienta, me resulta imposible hacer algo más que picotear de los bordes del infinito desfile de elaborados platos. Me apetecen dos sencillas manzanas en un cuenco azul. Hay demasiados ojos clavados en mí. Debo dar la constante impresión de que entablo agradables conversaciones, de lo contrario tal vez piensen que soy boba.

Silencioso y malhumorado, en el otro lado de la mesa está sentado Luis Augusto, pero sé que es solamente tímido y que quizás esté resentido por tener que soportar otra fiesta que le hace sentirse enjaulado y miserable. Le sonrío alentadora. Él mira hacia abajo, como avergonzado. Aun así seguro que no ha dejado de notar mi simpatía, y por mí puede permanecer tan callado como le apetezca. Nada me desanimará en mi intento por ser afectuosa.

Es una muestra de amabilidad hacia mí dejar que me familiarice con el Delfín mediante estos festejos, para que no tenga la sensación de que me caso con un completo desconocido.

A nuestro alrededor el ruido de la conversación es tan agradable como el golpeteo de la plata contra la porcelana. Aun así, me cuesta comer. Le pido a la condesa de Noailles que me cuente algo acerca de la bella viuda Lamballe y su marido.

La condesa de Noailles me explica:

—Su marido no era mayor.

—¿Y era tan guapo como ella? —pregunto.

—Bastante guapo —responde—. Pero proclive a los vicios. Vicios indecibles —susurra. Mira a su alrededor, poco segura de que el tema sea apropiado para una cena entre notables. ¡Cómo brillan los vestidos y las levitas a la luz de las velas! El olor de los polvos de las pelucas flota espeso en el aire—. Todos lo lamentamos mucho por ella.

Digo de la princesa de Lamballe:

—Tiene esa belleza especial que la tristeza deja en un rostro.

—¿Y cómo puede Antonieta saber nada de la tristeza? —La condesa me habla rodeada de sus miles de arrugas, me habla con suavidad, como animándome a ser feliz. ¿Hay una ligera burla en su tono?

Pregunto si la princesa de Lamballe puede volverse a casar.

—Si lo hiciera… —La condesa de Noailles habla con cierta arrogancia y se sienta incluso más recta en su silla—. Si lo hiciera, podría perder la posición de que ahora goza en la corte.

Cuando le pido que me dé más detalles, la condesa se explaya: el rango de la princesa proviene de la familia con la que entroncó.

—La princesa de Lamballe se debe al padre de su marido, el duque de Penthièvre. Su generosidad con ella es bien conocida, como su generosidad con los pobres.

El relato es interrumpido cuando el Delfín de repente me pregunta si he leído las obras del filósofo inglés David Hume.

Contesto que no he tenido el placer, pero siento un destello de irritación en mi cerebro, porque estoy mucho más interesada en la historia de la princesa de Lamballe.

—Conocí a David Hume cuando no era más que un niño —me explica el Delfín—. Y a menudo leo su obra.

—Mi hermano, el emperador José, me aconseja que dedique dos horas al día a la lectura —le comento—. Pero hasta ahora no he tenido tiempo para hacerlo.

—Hume escribe con un profundo conocimiento sobre la difícil situación de Carlos I.

De pronto, el hermano rechoncho del Delfín, Luis Javier, conde de Provenza, pone los ojos en blanco en su expresivo rostro.

—Pero, por favor, nada de temas sanguinolentos en la mesa.

El Delfín baja la cabeza, accediendo, y le dice gentilmente a la condesa:

—Os ruego que continuéis con vuestro relato de la hermosa princesa, a quien mi abuelo honra con su especial estima, como hacemos todos nosotros.

¡Ah…, a mi Delfín no le falta encanto social, cuando decide emplearlo!

—El propio duque, su gentil suegro, es nieto de Luis XIV. —Cuando la condesa reduce el tono repentinamente a un susurro, tanto el Delfín como Luis Javier apartan con cortesía la vista. Es el gesto que requiere el protocolo, advierto, cuando alguien del grupo que conversa le susurra a la Delfina; a mí. ¿Y quizás a cualquiera?

Consciente de que está entre caballeros, la condesa sigue susurrando confiada.

—El padre del duque era un hijo bastardo. Luis se apiadó de este hijo, llamado conde de Toulouse, quien poseía parte de la bondad patente en su bonachona e inmensamente acaudalada progenie, y lo declaró legítimo. —La condesa de Noailles parece tan petulante como si ella misma hubiese tenido el poder de declarar «legítimo» un resultado inmoral.

Al inspirar saboreo el aroma de setas con mantequilla, de faisán, de cerdo a la canela y manzanas asadas, de alubias con trozos de almendras, de un pastel de hojaldre relleno de trufas y cebollas, castañas y avellanas, pero pese a todo su encantador aroma, apenas picoteo. Estoy demasiado saturada de información e impresiones para que me quepa la comida real.

Al otro lado de la sala, reparo en cierta mujer que en Compiègne apenas vislumbré de lejos. No la princesa de Lamballe, sino otra mujer, menos etérea, pero quizás incluso más encantadora. En las cortinas de las ventanas los relámpagos resplandecen una y otra vez con tanta rapidez que varias personas hacen un breve alto en su conversación y observan las ventanas encortinadas. La encantadora rubia es una de ellas. Tiene los ojos azules muy grandes. Si la princesa de Lamballe me recuerda el frío refinamiento de la plata, entonces esta mujer me recuerda el brillo más cálido del oro. Ambas tienen los ojos azules y el pelo rubio, pero la princesa tiene ligeros rizos y esta mujer tiene un pelo rubio tremendamente abundante. Sus senos son de la más adecuada perfección, aunque su cintura es pequeña. Un caballero que está de pie cerca de mí también está mirando a este encanto.

—Ella tan sólo mira hacia la tela de la cortina de la ventana —comenta el caballero—, pero aun así su mirada franca contiene una caricia.

Me sorprende lo impropio de su observación.

—Creo que está mirando hacia los relámpagos —contesto—, y que tiene miedo.

Ahora la mujer receptora de la observación del caballero me lanza una mirada, como si percibiera que ha sido objeto de un comentario. Le pregunto a la condesa de Noailles, todavía sentada a mi izquierda, quién es la encantadora mujer, pues aún no me ha sido presentada.

La condesa no contesta enseguida. Coge su tenedor y juguetea con él, presionando las púas contra el mantel de la mesa. Como sigue titubeando, me vuelvo a ella y veo que, en realidad, se ha quedado sin palabras y las está buscando. Mi curiosidad aumenta, y pregunto otra vez:

—¿Quién es ella?

Finalmente, la condesa responde:

—Está aquí para darle placer al rey.

Yo me río y comento alegremente:

—¡Oh! En ese caso seré su rival, porque yo también deseo darle placer al rey. —Pregunto por su linaje, ya que a la condesa nunca le faltan respuestas en este tema: debe de tener diez mil nombres agolpados en su memoria.

—Marie Jeanne Bécu. No tiene linaje.

De pronto las tres tías se inclinan hacia mis hombros, hablando con reprobadores susurros. Dicen que no tiene ningún derecho a estar aquí; dicen que su presencia es una deshonra; dicen que ella es la escalera mediante la cual el rey puede descender al infierno. Su rectitud y odio borbotean a mi alrededor como salidos de un caldero.

Tía Adelaida zanja el asunto.

—Pero en respuesta a vuestra pregunta, ahora se la conoce como Madame du Barry. Recientemente se casó con un solícito y auténtico conde. Ahora él se ha ausentado convenientemente de la corte. No tenéis ninguna necesidad de hablar con ella.

Las otras tías están de acuerdo, pero la condesa de Noailles levanta el mentón y no da señales. Mesdames las Tías me dan palmaditas en los hombros y repiten que no hay necesidad de saludar a la mujer que está al otro lado de la sala. Cuando tengo la sensación en la piel de que un insecto recorre mi muslo, entiendo *con mi cuerpo* que la encantadora mujer no es mucho más que una zorra. Seguro que mi madre sabía de su existencia. ¿Por qué no se me preparó para su presencia?

—Os protegeremos de ella —afirma tía Sofía, inclinándose sobre mi hombro y ladeando la cabeza para poder ver mejor mi cara.

—El embajador inglés dice que tiene los ojos más lascivos que ha visto nunca —añade Victoria, justo detrás de mi oreja.

—Después de la boda —comenta tía Adelaida—, tomad por costumbre, por las mañanas, venir primero a visitarnos. El propio rey siempre viene, con su taza de café en la mano, y podréis verlo allí, sin ella.

Consciente de que el monarca me considera atractiva, me pregunto si mi propia inocencia podría ayudar a salvarlo de la influencia de semejante seductora. ¿Y la mira a ella con la misma calidez amable y paternal con que me miró a mí?

Inquiero:

—¿Qué dice Su Majestad de ella para excusar su presencia?

Adelaida contesta:

—Sabe que ella no es nada. Se limita a decir que es guapa y que lo satisface.

Decido que no hablaré nunca con ella y que gradualmente, mediante dulces palabras, contribuiré a apartar al rey de esa mujer. Él percibirá la compasión de mi alma por la suya. De nuevo, ella mira en mi dirección y toma nota de que las tías me ofrecen sus consejos. La mujer me esboza una sonrisa: como para decirme que no me desea nada malo. ¡Menudo lascivo encanto posee! No tiene miedo.

¡Ojalá no hubiese indagado la identidad de esa hermosa mujer! Al contemplar la generosidad de sus senos, me siento plana e ignorante. No creo que Luis Augusto ni ningún otro hombre dudasen en ser presa de su sensualidad, pero mi futuro esposo está sentado frente a mí, sus pesados párpados están tan cerrados que parece casi dormido. Me doy cuenta de que Madame du Barry es una persona de la que prefiere no hablar. Su existencia le hace daño. Junto con la condesa de Noailles, se ha ausentado de la conversación.

Quizás haya sido un pequeño error preguntar por ella; debo reprimir mi curiosidad. Mi madre ha identificado correctamente la curiosidad como uno de mis defectos. Pero todo esto no es más que una miga en mi falda verde brillante. Rozo ligeramente la seda con mis nudillos, como para sacudir una miga. Tal vez una hormiga la encuentre mañana en el suelo antes de que barran la alfombra. Y esa hormiga me estará agradecida a mí, la amable Delfina que le dejó una miga.

Con esta idea, rompo con mi uña la corteza de un panecillo. Dejo que mi mano cuelgue a mi lado y tiro al suelo una miga auténticamente real. *Bonne chance!*, les digo para mis adentros a las hormigas del mundo.

—¿Os gusta la comida? —me pregunta de repente Luis Augusto desde el otro lado de la mesa. Mientras habla levanta sus gruesas y oscuras cejas para intentar que todo el ojo se abra un poco más.

—Es tan considerado —anuncia tía Adelaida.

—Estáis tan guapo esta noche —afirma tía Sofía.

—Los postres son siempre nuestros favoritos, ¿verdad, querido sobrino? —dice Victoria alegremente, y otra vez recuerdo que por su gran volumen la han apodado la «Puerca» desde que era tan joven como mi casi corpulento Delfín.

—Ninguna carne tendrá un sabor tan dulce —le digo a él y le sonrío— como la que vos algún día me ofreceréis después de una exitosa cacería.

Él se ruboriza y baja la vista.

—¿Y cómo fue la última cacería —se apresura a preguntar Adelaida— antes de que partierais de Versalles?

—Versalles empezó como un pabellón de caza para Luis XIII —me informa Sofía.

—En la actualidad tiene muchas más cosas —comenta Adelaida, riéndose entre dientes—. Tenemos música y baile, y teatro y cartas. El banquete nupcial está previsto que tenga lugar en la Ópera, terminada precisamente para la ocasión.

—Pero ¿cómo fue vuestra última cacería? —vuelve a preguntarle Victoria al Delfín, adivinando correctamente que éste tiene poco interés en conversar acerca de las distracciones de Versalles.

—Nada —responde él. Agacha la cabeza y se ruboriza.

—Bien, pues —digo alegremente—, quizá, después de vuestro próximo éxito, pueda afirmar que os he traído suerte.

Luis Augusto alza la vista y me mira:

—Espero sinceramente, Madame, traeros buena suerte a vos y a nuestro pueblo.

Las tías se enderezan, sorprendidas de que haya hablado tan oportunamente. Resulta que no es ni grosero ni torpe. Nunca he pensado que lo fuera.

De pronto el esplendor de nuestras velas, espejos, diamantes, rubíes, esmeraldas y relucientes telas que llenan esta gran sala del castillo de La Muette se reduce a nada por una feroz descarga de relámpagos. Todos sueltan un grito ahogado, salvo el Delfín y yo.

Completamente imperturbable, digo mirando al otro lado de la mesa, como comunicándoselo tímida y únicamente a él:

—Creo que los relámpagos son preciosos.

VERSALLES: UNA BODA REAL;
MIÉRCOLES, 16 DE MAYO DE 1770

¡Versalles! Nuestro carruaje ha hecho un alto en una pequeña cima. Al otro lado de la villa, extendiéndose frente a otra meseta, está el castillo de Versalles. Con toda su magnificencia de verjas doradas y tejados coronados con oro reluciente, alarga sus brazos hacia mí.

El inmenso palacio está organizado a partir de una serie de tres patios en forma de «u», cada uno de ellos flanqueado por majestuosos edificios de piedra. Cada patio se abre al siguiente. Nuestra carroza entrará primero en el patio de mayor tamaño. El segundo patio, pavimentado con adoquines, es ligeramente más pequeño; los edificios que hay a cada lado del Patio Real están a menor distancia que aquellos que flanquean el Gran Patio. Los laterales del tercer patio están aún más cerca los unos de los otros; es casi íntimo en comparación con los demás; llamado el Patio de Mármol, está pavimentado con mármol negro y blanco. Con toda su magnificencia de verjas doradas, paredes y abundantes patios, con tres pares de armas, Versalles me da la bienvenida. ¡Mi nuevo hogar!

Cuando contemplamos desde lo lejos el espectáculo del palacio, mi corazón se inquieta, emocionado y ansioso por volar a este reino de leyenda. Todos los que me rodean se agitan por el entusiasmo, y la carroza es como una jaula de pájaros que aletean con su espléndido plumaje. Nuestro viaje de tres semanas concluirá en breve con nuestra liberación.

Impertérritos, nuestros caballos piafan, y sus colas dan latigazos a las moscas mientras esperan el tirón de las riendas que les indique que avanzamos. La condesa de Noailles señala el horizonte con un largo dedo y me pide que observe, en el centro del Patio Real adoquinado, una estatua ecuestre de bronce de Luis XIV, cuyos arquitectos vaciaron un pantano para crear ésta, la corte más majestuosa de Europa. La estatua está demasiado lejos para que la pueda ver con claridad, pero doy por sentado que no es un gran bulto, sino el Gran Rey Sol, que con tanta audacia proclamó: «L'État, c'est moi». El Estado soy yo.

Al fondo del patio más pequeño, enlosado con mármol negro y blanco, explica el conde de Starhemberg, se ubica el centro del poder: la cámara del actual rey, Luis XV. En un nivel elevado sobre el nivel del suelo, sus altas ventanas se alzan directamente como el límite posterior del Patio de Mármol. Su cámara está en el centro de todo, y toda la disposición de pasillos, habitaciones y edificios que se ramifican hacia fuera y hacia delante parten de su cama. Me doy cuenta de que no es aquí donde pasa el tiempo con la Du Barry, sino en algún camarín menos majestuoso.

Me relamo el paladar, ese diminuto espacio donde la carnosa lengua debe vivir. Humedezco mis labios, que están secos por el calor de mi asombro.

Sólo puedo decir en voz alta de Versalles, que se extiende ante mí en el horizonte: «Es magnífico». Tal vez mi tono transmita parte de mi veneración al esplendor y poder de Francia. Mis acompañantes en la carroza se muestran satisfechos de que apenas haya respirado lo bastante para emitir únicamente la más corta de las frases hacia este conjunto de asombrosa riqueza.

Nuestros propios palacios, el imponente Hofburg, en el corazón de Viena, y mi adorado Schönbrunn, ubicado a cierta distancia de Viena, al igual que Versalles está a cierta distancia de París, no se pueden comparar en magnificencia. Pero Schönbrunn es más bonito, me asegura mi corazón. Sí, por lo menos para mí. Sus medidas se han mantenido aptas para los humanos. Aquí, sin duda, uno debe tener alas y volar como un dios o una diosa. O un humilde pájaro ajeno a los logros de la humanidad.

Asiento, dando así la sencilla señal, rápidamente transmitida a nuestro postillón, de que los caballos pueden avanzar, hacia mi nuevo hogar.

Mientras descendemos, la estructura de tres patios de tamaño decreciente, enmarcada por los edificios que los cierran, pierde su diseño y se convierte en un embrollo, como un laberinto. Sin embargo, sobresaliendo a todos los demás edificios, aunque se halla apartada en el lado derecho, no tan centrada como la cámara del rey, la Capilla Real no deja de distinguirse y destacar con el máximo orgullo. Es adecuado que la casa de Dios sea la más alta. Bajo ese altísimo tejado, coronado con oro que resplandece a la luz del sol, hoy nos casaremos.

No sé dónde, en toda esta colección de suave piedra y ladrillo, exactamente dónde, en el interior de esos largos edificios, está nuestra cama. Mi cuerpo se agita curiosamente al pensarlo, pero bajo mi ropa permanezco inmóvil sin ningún movimiento indecente.

Hace varios meses, cuando todavía era una niña, mi madre me sentó en su regazo para explicarme las dos caras del matrimonio: el deber y el deseo. Habló de gozo, y de un dolor penetrante, de la «Generala Krottendorf», y de las intensas y embriagadoras emociones del amor de esposa. Al oírlo me moví nerviosa de placer, y ella me dijo que me quedase quieta; me siguió estrechando entre sus brazos mientras hablaba.

Sentada en este carruaje en movimiento, no permito ningún movimiento precipitado, tan sólo un leve giro de mi cabeza, como si alguna menudencia hubiese captado mi atención. Mi madre me dijo que sentiría deseo, como deberían sentir todas las buenas esposas, pero el sentimiento ha llegado demasiado pronto. Todavía no estamos casados. La impaciencia corre por mis venas y mis nervios.

¡Ah…! Muy pronto el carruaje avanza con retumbo, hacia la corte de Versalles, cruzando esta pequeña villa, donde las calles están repletas de gente feliz dispuesta a celebrar el matrimonio de su Delfín. Los franceses están bulliciosos de alegría por mí. Una mujer alarga el brazo para tocar la carroza a nuestro paso. «¡Tened cuidado! ¡Tened cuidado!» Las palabras brotan de mis labios, pues no quisiera que este día se echara a perder por una lesión accidental.

La carroza aminora la marcha, y yo me alegro. ¡Nadie debe ser atropellado! Ni tan siquiera el dedo de un pie quedará atrapado bajo mis ruedas.

¡Con qué desmesura se plasma la alegría en cada rostro! Me gustan sus grandes y afiladas narices, y altos pómulos, y el intenso color en sus mejillas. ¡Y hay una cara bien redonda! Y los ancianos tienen lágrimas en los ojos por haber vivido para presenciar el día en que su Delfín se casa. Me río en voz alta: una pescadera me mira directamente y se da unas palmaditas en la barriga y me dice con gestos, y radiante sonrisa, que pronto estaré encinta.

No puedo evitar reírme. ¡Me ha cogido tan de sorpresa! Su alborozo se une al mío, y ahora traqueteamos a través de la verja alta y dorada, entre los uniformes de guardias y soldados y la indumentaria de gente menos corriente. ¡Con qué delicadeza se ladean las plumas de avestruz sobre las cabezas de las damas! Los sombreros se parecen a muchos barquichuelos colocados sobre el pelo armado con una curiosa altura y anchura. Un encantador pañuelo de color azul cielo se ha caído sobre los adoquines.

Ahora casi podemos mirar a los ojos a Luis XIV, esculpido en bronce, su caballo lleno de vitalidad por exceso de energía. La maravillosa peluca del rey oculta sus hombros con rizos, y me gusta el estilo logrado en la actualidad. Los rizos de los hombres se han quedado en nada más que uno o dos formales y ordenados rulos, una peluca empolvada sobre sus orejas. Durante su largo reinado, Luis XIV conoció la gloria de una peluca larga, oscura y completamente rizada. ¡Ojalá podamos reinar tanto tiempo y tan bien!

Todas las ventanas de los edificios que nos flanquean están atestadas de gente que desea ver nuestra llegada. ¡Todas están inundadas de los intensos colores de los espectadores!

Y nuestra carroza llega por una rampa de madera a las escaleras que dan al propio Patio de Mármol, que resplandece en negro y blanco, como un tablero gigante. Ahora las ruedas giran con suavidad, y los cascos de los caballos chacolotean momentáneamente con una nueva tonalidad. Adornando las paredes del palacio, los bustos de adustos caballeros nos miran desde arriba. Alrededor del tejado se sientan figuras míticas. Aquí y allí sus piernas marmóreas y vestimentas cuelgan por el borde del tejado. Los dioses no están circunscritos a fronteras establecidas, sino que se repantigan y se relajan. Prefiero, con mucho, su naturalidad. Nunca me han gustado los bustos. ¿Quién quiere ser retratado sólo como una parte de su cuerpo? ¿Sólo la mitad de sí mismo?

Y ahora, dado que todos los viajes deben más tarde o más temprano llegar a su fin, nos detenemos.

Me entregan (noto el duro mármol debajo de las suelas de mis chinelas) y me llevan deprisa, deprisa (en un remolino de confusión) a un departamento donde me pondrán mi vestido de boda. Versalles, Versalles, no espera.

Han estado preparando estas estancias privadas durante dos años, aunque no están del todo preparadas y son, además, provisionales. «¡Ah…!», solía decir mi madre, «¿Estamos alguna vez realmente preparados para algo?»

Las damas colocan a la vista mi vestido de boda para que yo lo vea. Es enorme y se extiende como la vela de un trineo de vela. Pero la tela es de seda blanca brocada. Ha sido tan densamente trabajada con hilos que la mujer que se lo ponga apenas podrá llevarlo. Yo soy esa mujer. Allí, hay alguien sosteniendo el miriñaque que sujetará la amplia falda por ambos lados.

Pero aquí vienen las hermanas pequeñas del Delfín: Clotilde, de sólo nueve años. Tal como me han dicho, es «redonda como una campana». ¡Qué rostro tan risueño tiene! Su buen humor se plasma con evidencia en su semblante.

La llamo «mi querida», y ella hace una reverencia con suma elegancia, pero entonces parece atascada, como si hubiese olvidado cuál puede ser el siguiente movimiento. Se mordisquea la yema de un dedo. Camino hasta ella y le rodeo los hombros con mis brazos. Le digo que ya la quiero como a una hermana, y ella sonríe, recupera la movilidad, hace una nueva reverencia con una rápida inclinación, y se aparta a un lado. Cuando la invito a que presencie cómo me visten y le digo que debe asegurarse de que el vestido caiga adecuadamente, los mofletes de Clotilde se sonrojan de placer.

Ahora hace acto de presencia la diminuta y delgada Elisabeth, pero que tiene seis años. Es huérfana de madre desde los tres. ¡Ah…, ha heredado parte de la timidez de la familia!

—¡Qué hermosa sois! —le digo, y ahora me mira a los ojos, sonríe, y camina directamente hasta mis brazos. Mis brazos se extienden hacia ella como los brazos de piedra de Versalles se han extendido hacia mí. «Tratad a los demás», me han enseñado no tanto los curas como mi madre, «como querríais que os trataran.» La pequeña Elisabeth olvida por completo la reverencia, aunque varias damas le susurran desde los laterales. Me inclino y la beso en la cabeza, de igual modo que haría una madre.

—Tuve un perrito —le explico retrocediendo un paso para mirarla a los ojos—. Se llamaba *Mops*, y tenía la naricilla chata. Aunque no era ni mucho menos tan bonita como la vuestra. —Lentamente, para no asustarla, alargo el brazo para tocar su nariz con la máxima suavidad—. *Mops* y yo solíamos retozar y jugar juntos. Ahora vos seréis mi mascota y jugaréis conmigo, ¿lo haréis?

Ella responde con solemnidad que sí lo hará.

Elisabeth es tan delgada, es una delicadeza de niña. Entonces se me ocurre acordarme que es así como me considera mucha gente. Mi madre me llama «Pequeña». Le sonrío a Elisabeth porque es un encanto y apenas si puedo apartar los ojos de ella. Casi me gustaría ser ella.

De pronto levanta ambos brazos hacia mí otra vez, y yo me inclino hacia ella con el fin de que sus manitas puedan rodearme el cuello. Estas nobles damas no esperan que me incline, pero hago lo que me place: es el día de mi boda. Cuando mi mejilla entra en contacto con la suave mejilla de Elisabeth, siento una tristeza repentina: sí, nuestros destinos se funden, sin duda, en uno. Tenemos casi la misma dulzura, inexperiencia y ternura.

—Me pregunto si algún día me casaré —dice ella.

—No lo sé —respondo. Y reparo en las tres tías que están cerca, observándonos a nosotras, unas polluelas. *Ellas* nunca se casaron; el matrimonio habría rebajado su condición como Hijas de Francia. Es posible que Elisabeth también decida preservar su rango actual, en lugar de abandonarlo por su matrimonio. O quizá tome el hábito, como Luisa. Pero procuro que mis ojos se llenen de la pequeña Elisabeth tal como es ahora, una niña absolutamente adorable, con un sencillo vestido y un lazo rosa alrededor de su cintura. Ella también tendrá que engalanarse para la boda. Dejo que mis dedos toquen y enrollen un mechón de su suave pelo castaño. Me aseguraré de que nunca engorde.

Ahora Clotilde ha sido suficientemente paciente. Vuelve para otro abrazo, y yo las abrazo de nuevo a ambas, y las llevo a tocar la tela del vestido («si tenéis las manos limpias») y les digo que pueden quedarse tanto rato como sus damas consideren oportuno, pero ellas también tienen ropa especial que ponerse y también deben sentarse para que las peinen.

Miro a mi alrededor y veo que todas las damas, sobre todo las tías, están contentas conmigo, por mi amabilidad hacia estas niñas pequeñas y naturales; la verdad es que no me cuesta esfuerzo alguno mostrarme atenta con ellas: prácticamente me he olvidado de todos, menos de las niñas.

Traen una escalera para que se suba a ella una dama a ponerme las prendas desde arriba. ¡Da la sensación de que construyen una habitación a mi alrededor! Pero cada pieza es un gozo para la vista, tan maravillosamente confeccionada, con puntadas diminutas y fuertes, las texturas. El temible viaje a Francia ha finalizado: este desvestir y vestir es verdaderamente agradable en comparación con lo acontecido entre las impetuosas aguas del Rin.

El miriñaque encaja en mí como una jaula gigante. Y, por fin, el colosal vestido de boda blanco se desliza por sobre mi cabeza, cubriéndome entera. Soy como un pastel, y el vestido es alisado a mi alrededor como el dulce de caramelo. Tocarlo es una maravilla. Los hilos del brocado contribuyen a que la textura sea más interesante, tanto para las yemas de los dedos como para los ojos; el tejido es un intrincado laberinto.

¡Ah..., dicen que han llegado las joyas!

Cargados con un enorme baúl, entra una tropa de hombres, todos inclinando sus cabezas y maravillándose. No pueden contenerse. Les impresiona verme con el esplendor de mi vestido de boda, pero ¡yo no me dejaré impresionar por mí misma! Me río y más que nunca soy yo misma. El cofre que transportan es una caja casi lo bastante grande no simplemente para darme cabida a mí, sino también a alguien tan alto como Luis Augusto.

El cofre está rematado con una enorme corona revestida de terciopelo carmesí. Cuando abren la primera tapa, casi pierdo el conocimiento al ver las joyas que anidan en la seda azur. Simbolizan el precio pagado por mí, nada más que una chica esbelta y de carne y hueso ordinarios que aún tiene que desarrollarse. Cuestiono mi propio valor. La carroza carmesí en la que viajé primero cruza mi mente, y la tela carmesí que marcaba la frontera en la isla del Rin. En mis oídos la sangre ruge con más fuerza que el agua fluvial.

—¿Se desmaya? —pregunta alguien preocupado.

—Estoy bien. —«No, no me desmayaré de alegría. Pretendo vivir este momento, y todo el día que me aguarda, como la mejor de las actrices.»

En este gran baúl están ordenados los diamantes y gemas de María Leszczynska, valorados en dos millones de libras, que ahora me entregan a mí. Más que el cofre entero, aprecio un peculiar collar de perlas que sostengo con ambas manos. Las perlas son más grandes que mis dientes y de un lustre que hacen que desee llorar. Cada perla es una pequeña bola de suavidad, perforada y engarzada con extrema habilidad, todas unidas para conformar el tejido del collar. En otros tiempos este collar rodeó el cuello y los hombros de Ana de Austria, una princesa de Habsburgo que se casó con Luis XIII, y cuando este collar rodee mi propio cuello, la recordaré a ella con todo su coraje y su belleza.

Ana de Austria es una antepasada común a Luis Augusto y a mí. Por sus obsequios y su sangre, él y yo ya estamos unidos; somos parientes. Su Versalles era poco más que un palacete de caza, pero legó este collar a todas las reinas de Francia que la sucediesen. Dado que María Leszczynska está muerta, aunque yo soy sólo Delfina y no reina todavía, el collar me llega a mí por deseo de Luis XV, «papá rey», para honrarme. Cuando mis dedos acarician la suave redondez de las perlas, pienso en piedras de río mágicamente transformadas.

Espero algún día dejar algo de maravillosa belleza a todas las reinas de Francia que vengan después de mí. A aquellas que quizá lleguen a Francia desde muy lejos, como he hecho yo, y como hizo Ana de Austria, para casarse con mis hijos y nietos y las generaciones siguientes. Pienso en esas mujeres como hermanas; nos damos las manos en un círculo que crece más y más y ve en los ojos ajenos el pasar del tiempo.

Y aquí hay muchos obsequios enviados por el rey. Hay un cajón tras otro, fabricados en los laterales del inmenso cofre, repleto de deslumbrantes obsequios, pero el que más me gusta de ellos es un abanico con diamantes incrustados. Al agitar el reluciente abanico, cargado de gemas, centellea y reluce a la luz como si perteneciese al mágico mundo de un sultán. Su superficie en movimiento es toda una onda de luz, pero me pesa en la mano. Sé que empleo una fortuna simplemente para agitar el aire que respiro.

Contengo el aliento al ver mis propias iniciales, una «M» montada sobre una «A» (esas letras encajan de maravilla) en el cierre de una pulsera de diamantes. Esta «M» y esta «A» sirven tanto para María Antonia como para mi nuevo yo, María Antonieta. Mi monograma de diamantes está engastado en un cierre de esmalte azul oscuro. La pulsera en sí es un aro de diamantes lo bastante ancho para rodear mi muñeca. Cuando lleve esta pulsera, si quiero, puedo volver mi mano hacia arriba y allí en la muñeca, donde el pulso late más próximo a la superficie, tengo a modo de escudo mi propio monograma: la «M» y la «A» entrelazadas en un precioso diseño que constituye, casi, una nueva letra del abecedario, únicamente mía.

Aquí está Elisabeth, una nueva hermanita para mí, acercándose de nuevo, para ver conmigo el contenido del sinfín de cajones. Dejo que abra varios para mí, y Clotilde hace lo mismo. Clotilde exclama un «¡Oooh!» de un modo muy ensayado, una parodia de la exclamación cortesana que habrá oído de las damas mayores. Pero Elisabeth simplemente suspira con su voz aniñada cuando ve algún broche o collar asombrosamente hermoso.

Elisabeth, el hada, abandona la estancia y regresa con algo, creo, que sostiene detrás de su diminuta espalda.

—Toinette —dice, pues así le he ordenado que me llame, pese a las miradas de tediosa desaprobación de mi primera dama de honor, la condesa de Noailles—. Toinette. —(La palabra rueda claramente de su lengua; ella es la primera en esta corte que la utiliza.)—. Mi hermano, el Delfín, me ha pedido que os dé esto.

De detrás de su espalda me ofrece con encanto una rosa de color rosa tan perfecta que al principio creo que debe de ser de seda o porcelana.

—Oledla —dice Elisabeth.

Hundo mi nariz en el aroma, tal que ninguna joya de ningún precio pueden crear.

—Mi hermano, el Delfín, dice que habrá muchas más. Que os lo diga.

Miro rápidamente en dirección de la puerta, por donde, sí, pasa una grande y torpe silueta, ignorada por todos, incluso en el día de su boda.

De nuevo me inclino hacia la pequeña princesa.

—Por favor, dadle este regalo a vuestro hermano, el Delfín —le digo besando con suavidad su mejilla de pétalo—. Exactamente así.

Le ordeno con más detalle:

—Pedidle que se incline hacia delante para que podáis hablarle en privado al oído. Primero besadlo, después susurrad: «Ella también dice que habrá muchos más».

Antes de ir a dar el recado, Elisabeth retrocede, entonces se detiene para mirarme y Clotilde hace lo propio. Elisabeth está un poco desconcertada por mi promesa de besos futuros. Yo misma estoy un poco sorprendida; ayer no se me hubiese ocurrido tan *divertido* mensaje. Como si estuviese bailando, me vuelvo a un lado y a otro para mostrarles cómo me sienta el vestido, aunque todavía llevo el pelo suelto. Me

gustaría dar vueltas y cogerlas de las manos y bailar de verdad, pero sé
que me enredaría con mis galas, así que miro simplemente a izquierda
y derecha, alzando mis brazos en *port de bras*, como si estuviese a punto de saltar, de lanzarme, de tirarme por un escenario iluminado; *un
grand jeté*.

—Vuestro vestido es muy grande —afirma Clotilde—. Y hermoso
—añade con tacto.

—Parecéis casi tan pequeña como yo —comenta Elisabeth, perpleja.

—¿Realmente tenéis sólo doce años? —pregunta Clotilde—. He
oído a alguien decir eso. «No tiene más de doce», dijo.

Clotilde no espera una respuesta, sino que sigue y me da más información sobre el cotilleo.

—Todos dicen de vos: «¡Su porte es majestuoso!»

Atravesando la Capilla Real, la luz del sol de mayo, transformada por la
vidriera de colores que bordea las ventanas transparentes, ilumina los
dos niveles de la estructura. Gente de asombroso esplendor llena el edificio. Estoy entrando en un Reino de Luz y Dicha, preparado para mí
por Dios Padre. Unas arcadas de mármol en el primer nivel, donde yo
estoy, conducen al altar, donde yace Jesucristo muerto, en bajorrelieve
de oro, bajado de la cruz.

Me persigno por respeto.

Apoyadas en las pesadas pilastras de las blancas arcadas de mármol,
en el segundo nivel, las acanaladas columnas coronadas por capiteles
corintios son de un blanco puro. Esas ligeras y acanaladas columnas
preparan la vista para la multitud de tubos del órgano que cuelgan gloriosamente ordenados sobre el altar. Como dedos que acarician mi ace-
lerado corazón, este esplendor me sosiega y me llena de una placentera
humildad.

El suelo que piso es una delicia de mármoles de colores, rosáceo,
gris y crema, dobles círculos en forma de diamantes, estrellas dentro de
un círculo. Pronto mis pies los recorrerán hasta el resplandeciente altar,
donde yace Cristo ejecutado.

En el alto y abovedado techo hay un vasto fresco que contiene todos
los colores imaginables en una maraña de extremidades humanas y an-

gelicales, dobladas y combadas como un gran molinete, con Dios nuestro Padre en el centro. Dado que el Padre Todopoderoso, Creador del Cielo y de la Tierra, está suspendido en un espacio de azul cielo transparente, puedo ver la suela de su pie desnudo.

Los brazos de Dios Padre están abiertos bendiciéndonos a todos los que estamos debajo; el cuerpo sin vida del Cristo dorado en el altar resucitará de nuevo, eso promete Dios nuestro Padre, y veo que el Cristo resucitado está asimismo representado en el techo. Ahora empieza la música del órgano, y el espectáculo visual es absorbido por el sonido como un remolino de aire, sumamente rico, sumamente elegante, sumamente poderoso.

Aturdida por la música de Couperin, floto hacia delante mientras todo el mundo me observa; me deslizo cual cisne dentro de mi seda de alabastro. Estoy aquí, con mis pies tocando apenas el suelo de mármol, y estoy también allí arriba, en lo alto, entre la confusión de colores del techo abovedado, observándome a mí misma como si fuera otra la que avanza con ligereza hacia delante para hacer frente a su destino.

El Delfín se arrodilla conmigo delante del Cristo ejecutado. Nuestras rodillas se hunden en el cojín de terciopelo. Aquí la música es tan fuerte y maravillosa que siento, más que oigo, que el corazón me late en los oídos. Pueda él experimentarlo o no, veo que también el Delfín, *mi esposo*, *mi amor*, está envuelto en la gracia de Dios, aunque en este momento otros lo vean como a un chico ceñudo. La gracia le ampara hasta los mismísimos huesos, al igual que a mí misma.

A sus ojos me imagino que me parezco a una rosa solitaria, rosa y fragante, colocada en un jarrón de cristal, aguardando su caricia. Sus manos pegajosas tiemblan mientras él mismo, no mi hermano por poderes sino mi verdadero esposo, desliza la alianza que nos une por mi dedo. Pero no me atrevo a mirarle a sus ojos soñolientos de grandes párpados ni a contemplar sus pronunciadas cejas negras, aunque me las puedo imaginar negras como las alas de un cuervo. Miro por encima de nuestras cabezas hacia un palio de elaborada plata traído sobre adornados palos y colocado sobre nosotros como una molesta nube guiada hasta el interior.

Permanecemos arrodillados. Después de muchas bendiciones, nos ponemos de pie y nos giramos.

Mecidos por la Capilla Real, bañados por la luz santa, envueltos en la polifónica voz de Dios, hemos sido unidos en matrimonio y proseguimos.

Durante la firma del contrato, yo también tiemblo, y dejo que mi marido vea mi nerviosismo con la esperanza de que se apiade de mí. Mientras firma el contrato, el primero de nosotros, el rey, mi abuelo, me mira y sus ojos oscuros centellean de aliento y orgullo. Su firma es sencilla: no necesita más atributos o palabras de identificación:

Louis

En segundo lugar, mi esposo escribe su nombre con un perfecto control de su pluma:

Louis Auguste

Y es mi turno de escribir. Si pudiera bailar, mi firma, todo sería gracia. Pero a duras penas he escrito antes este nuevo nombre, y debo esforzarme para escribirlo bien. Aprieto demasiado fuerte y la punta de la pluma se engancha. Mancho la página, y luego la última mitad de Antoinette, la parte nueva, se inclina repentinamente hacia abajo. Pero allí está, para la posteridad:

Marie Antoinette Josephe Jann

Como en un sueño, cuando me despierto estoy en el banquete real, para seis mil personas, que llenan la Ópera de una suntuosa pared a la otra. No puedo comer, una vez más. Me paraliza pensar que toda esta profusión de opulencia y poder se da para celebrar mi boda. Nunca me he sentido tan pequeña, ni siquiera entre las nevadas montañas de casa. ¡Qué distinto sería todo si yo fuera una simple campesina que me casara con un chico de mi pueblo al que conociese de toda la vida!

No, esta cena de celebración en la recién terminada Ópera de Versalles no es por mí, me recuerdo a mí misma, sino por la unión de Austria y Francia, y estas miles de personas representan a innumerables cientos de miles y la bendición de vivir sus vidas sin la sombra de nubes de guerra.

Pese a toda su nobleza y devoción por el protocolo, los invitados se empujan para verme, la extranjera que ha venido para hacer feliz a su Delfín y asegurar el futuro del reino: María Antonieta Josefa Juana.

Al igual que la noche anterior en La Muette, los relámpagos visitan Versalles y el cielo empieza a temblar tras las cortinas, aunque no puedo oír la tormenta, ya que una orquesta de sesenta músicos está tocando «Perseo», de Lully. No puedo oír ni la música notablemente monótona ni la más interesante tormenta, salvo de forma discontinua, debido al retumbar de la conversación. Parte de la charla procede de mis propios labios, pues Luis Augusto apenas dice una palabra, y yo debo contrarrestar su silencio y reventar de placer. Desempeño tan bien el papel que yo misma me lo creo.

No habrá errores o titubeos, ni deslices en la cena, simplemente risas y labios sonrientes y miradas afectuosas: gracia para todos.

El duque de Croy regresa con nosotros para decirnos que ha subido al tejado de la Ópera.

—La vista es sumamente gloriosa desde allí. ¡Ah, Madame la Dauphine, si vierais Versalles desde el tejado!

Le ruego que me describa el espectáculo, y lo hace, diciendo que las antorchas y luces ocultas resplandecen por los jardines, y que las fuentes brotan con absoluta exuberancia. El Gran Canal, que aún no he visto, está repleto de barcas iluminadas que se balancean en el agua. Al aproximarnos al castillo por el este, el lado de la villa, no he visto los amplios jardines y estanques que se hallan al oeste, más allá del palacio. Los senderos de los jardines y bosquetes están atestados de gente. En el lado de la villa, hasta donde los ojos alcanzan a ver más allá de las verjas doradas, me informa el duque de Croy, la gente inunda las calles, regocijándose y esperando a que caiga la oscuridad y empiecen los fuegos artificiales que estallarán contra la noche. Muchos han venido hasta aquí a pie desde París.

Pero el duque añade que se está levantando viento, y que las nubes de tormenta se acumulan al oeste.

El rey me elogia una y otra vez (mientras que el Delfín permanece callado) y me dice a mí y a toda la mesa que parezco totalmente una hija de los Césares. Creo que el rey adora mi noble cuna tanto como me adora a mí, lo cual, diría mi madre la emperatriz, es como debería ser. El rey Luis XV está encantado de que le aporte a su nieto el nombre de los gobernantes del Sacro Imperio Romano, de seiscientos años de antigüedad. Con todo mi corazón, acojo y reflejo el amor de «papá rey», sea cual sea su origen y fundamento.

Un enorme trueno, y a continuación un aguacero torrencial.

No puede haber fuegos artificiales. El rey frunce las cejas.

Hacia nuestra mesa, el rey comenta afablemente:

—Pensé que los cielos serían más cordiales con la diosa del amor. —Inclina su copa de vino hacia mí y dice con galantería—: Por Venus —y luego se dirige a su nieto en broma—, y también por Vulcano. —Pero no es una comparación bonita, porque Vulcano era feo y estaba discapacitado; era cojo de un pie.

—Temo que el pueblo esté decepcionado —digo.

Sé que la gente ya está empapada y afligida, y tardarán tres horas en volver a París. Aquí en la villa de Versalles, los parisinos no encontrarán a nadie que pueda darles ropa seca.

—Temo que tengan frío —añado.

—Enviaré tinajas de cerveza caliente —asegura el rey— en vuestro bello nombre.

Incluso nosotros en el interior del castillo podemos sentir la fresca brisa que invade estas salas.

—A la cama —ordena el rey. Alarga su brazo para tocar a su nieto—. A la cama, Monsieur le Dauphin.

Mi corazón revolotea en mi garganta y late como un vibrato.

Camino al lado del Delfín, quien me agarra debidamente de la mano. El pasillo que conduce estancia tras estancia intercomunicada hasta nuestras cámaras es largo y húmedo. A lo lejos, tan lejos que parecen diminutos, hay dos miembros de la patrulla de la Guardia Real. Cada uno agarra una correa a la que hay sujetos dos pequeños spaniels. Pienso en *Mops* y digo que me gustaría acariciar a esos perritos. El Delfín me mira cariñoso y me explica que los perros están trabajando.

—¿Trabajando? ¿Esta noche? ¿Cuál es su función? —pregunto.

El Delfín me explica con tranquilidad que el palacio es tan amplio que cada noche es registrado en busca de cualquiera que pudiera entrar durante el día y esconderse en sus rincones y aberturas. Aunque los spaniels no son fieros, tienen un olfato excelente y están adiestrados para este cometido. A lo lejos, los dos hombres y los cuatro perros desaparecen de pronto de nuestra línea de visión, que sigue las puertas alineadas de las estancias majestuosas comunicadas entre sí. Aprieto la mano del Delfín con más firmeza.

Cuando lanzo una mirada hacia su mejilla y su generosa nariz, mi mano se calienta y se humedece. Detrás de estos salones, lejos de las ventanas junto a las que caminamos, hay pequeñas puertas casi invisibles hábilmente recortadas en las paredes. Estas puertas secretas conducen a otras estancias privadas y escaleras secretas y pasadizos que conforman las entrañas laberínticas del interior del palacio. La emperatriz ha descrito ese reino de conexiones ocultas en lo más recóndito del castillo y lo ha llamado el País de las Intrigas, que debo evitar, pero me produce curiosidad y prometo ir allí algún día.

Guiados por el rey, caminamos y caminamos. Nuestras sombras, proyectadas por la luz de las velas, se mueven con nosotros mientras pasamos por un lateral de las estancias públicas, con nombres de los dioses de la antigüedad. A nuestra izquierda, en ocasiones mi codo roza las cortinas cerradas de las altas ventanas. Las cortinas cuelgan como las lánguidas alas de los pesarosos arcángeles. A veces una ráfaga de la tormenta hace que se agiten. Por un instante, creo que veo la punta de una bota (un zapato gastado y fangoso como el que una campesina podría estar agradecida de llevar) sobresaliendo por debajo del dobladillo de una cortina. Enfrente, veo que se han cerrado puertas; este paseo terminará.

Nos detenemos delante de una inmensa puerta cerrada, la de nuestra cámara nupcial.

Ahora tendrá lugar el ritual real de acostarse.

Aquí no hay apoderados. Aquí desempeñamos los papeles de nuestros propios yos verdaderos. Soy yo quien debe estar a la altura de las expectativas del Delfín.

Hay una amplia cama y el gran dosel adornado que la cubre. Dentro de esta habitación es el propio rey quien le entrega al Delfín su camisa de dormir; la duquesa de Chartres, de todas las damas de la nobleza, la que se ha casado más recientemente, me coloca en las manos mi camisón doblado. El Delfín y yo, con nuestros sirvientes, nos escondemos detrás de dos biombos y somos ayudados a ponernos nuestra ropa para dormir. Quizá mi vida no es más que una serie de momentos de vestirse y desvestirse de nuevo para la tarea en cuestión. Quizá todas las vidas podrían ser calibradas de un modo semejante. En mi caso, el proceso es largo, porque tengo muchas capas que quitarme. Agradezco las útiles manos que se mueven como animalillos alrededor de mi cuerpo, soltando, desatando, quitando y sacándome con cuidado las prendas. No podría salir sola de esta crisálida de brocado.

Cuando me quedo desnuda, me siento como si debiera pedirles que sacaran brillo y pulieran mi piel para poder resplandecer para él.

El camisón me hace cosquillas en la piel como si fueran mariposas.

Tal como ha sido orquestado por nuestros sirvientes, el Delfín y yo salimos tímidamente de los biombos en el mismo instante.

¡Qué frágiles, casi desnudos parecemos, vestidos como fantasmas con gasas sueltas! En medio de todos los atavíos cortesanos de los demás, sólo nosotros parecemos simples y naturales.

Las colchas son retiradas y el arzobispo de Rheims bendice la cama con agua bendita. Veo gotitas de agua cayendo y mojando la ropa de cama aquí y allí. Fuera llueve con fuerza, y pienso en los fuegos artificiales que permanecen inactivos y son tristemente desperdiciados. El arzobispo rápidamente salmodia en latín mientras la lluvia canturrea melancólica.

Ahora el rey le ofrece su mano al Delfín para que avance y suba a la cama.

Y yo espero mi turno, de pie en mi sencillo camisón, el encaje tejido por las monjas. «De rostro y cuerpo», me dijo la hermana Teresa, «sois una princesa perfecta.» La duquesa de Chartres me ayuda a meterme en la cama. Su mano está helada, ¿qué experiencia debió de tener en su noche de bodas para dejarla tan fría? Mi madre me habló de éxtasis en el placentero dolor de una. Pero esta mano es de miedo.

Que tenga *coraje*, me ordenó mi madre, tocando suavemente su propio corazón y luego el mío, como para darme a mí parte de lo que estaba en ella.

Rechazo la porción de miedo que la naturaleza me proporcionaría.

Pasara lo que pasara en el lecho nupcial de la duquesa de Chartres, *llenaré* mi corazón de esperanza, pero la duquesa mide aproximadamente lo mismo que yo (también es ligera y grácil), y me compadezco de ella.

—Os agradezco vuestra amable atención —le digo, y sonrío con solemne modestia.

Sus ojos centellean agradecidos, pero no sonríe.

Todo se lleva a cabo con suma seriedad con toda la atención del Estado, pues es en nuestra cama donde se unen Francia y Austria. No, incluso una joven campesina daría la bienvenida a su lecho matrimonial con seriedad.

La corte, el rey, el mismísimo núcleo real de la amplia corte, se vuelve con toda su exquisitez y se va.

¡Han desaparecido!

Nos hemos quedado solos, por primera vez.

Nuestras cabezas se apoyan en las almohadas.

Sumamente mullida y divinamente cómoda, mi almohada acuna mi nuca y mi cabeza.

En su lado de la cama, la cabeza del Delfín se hunde como el plomo en la blandura. Automáticamente me medio incorporo de nuevo para mullir las suaves plumas un poco más, al igual que hacía de pequeña. Cuando lanzo una mirada hacia él, mis ojos encuentran los suyos, que me miran con fijeza y curiosidad, con extraña calma. Con su cuerpo en posición horizontal, las cejas azabache del Delfín me parecen tremendamente hermosas. Esparcidas por la habitación, resplandecen 12 velas lo bastante largas para arder toda la noche. Apoyada de nuevo en mi almohada, giro mi rostro hacia él y espero. Ahora ha clavado los ojos en el techo.

Mi madre me dijo que a lo mejor él alargaría un brazo y me cogería de la mano. Quizás es lo que hizo mi padre en la noche de bodas. Espero.

Sus párpados se cierran. Escucho el tamborileo y el gemido de la lluvia. Mientras espero, la lluvia cae incesante y golpea el cristal de las ventanas. Escucho y espero. Y espero.

De pronto, el viento resopla. No, no es el viento.

El Delfín ronca. El sonido áspero del aire al entrar en sus fosas nasales lo despierta momentáneamente.

—Os ruego me disculpéis —dice.

Y se duerme. ¿No habré sabido complacerlo?

Me parece oír un perro que olfatea junto a la puerta.

Yo también me adentro en el sueño.

«Pase lo que pase o no pase», me dijo la emperatriz, «no debéis preo-cuparos.»

Cuando me despierto con el sol de la mañana, 17 de mayo de 1770, un nuevo día, veo que mi esposo ya se ha vestido. Reparo en la achaparra-da hilera de velas consumidas con sus diminutas mechas negras inclina-das hacia un lado u otro.

Las cortinas han sido descorridas, y la luz del sol se cuela a raudales. Iluminado por un rayo de sol, el Delfín se sienta frente a su escritorio y abre un libro que sé que es su diario, su diario de caza. Escribe muy bre-vemente en él, la pluma rasca el papel.

Aunque estoy aún en la cama y jamás leería sus escritos privados, sé lo que ha escrito; la palabra que elige para expresar la inutilidad de un día de caza es ahora elegida para expresar las ceremonias nupciales de ayer y de anoche y de nuestro lecho matrimonial.

Escribe la palabra «*Rien*», que significa «Nada».

Más adelante, a mi madre, la emperatriz, tendré que decirle la ver-dad. Me *permitiré* decir la verdad, que él ni tan siquiera me tocó la mano.

LA NOCHE SIGUIENTE

De nuevo, nuestras cabezas, en el mismo momento, entran en contacto con nuestras almohadas. Pero esta vez su rostro está vuelto hacia mí, al igual que el mío está hacia él, y nos miramos el uno al otro más anhelantes.

Me encanta la caricia del hilo fresco sobre mi mejilla y espero que su almohada le dé a su mejilla el mismo placer suave.

Noto cómo mis labios se entreabren, pero ningún sonido perturba el aire. Muy levemente, las comisuras de mi boca esbozan una leve sonrisa.

—Vuestros labios tienen el mismo tono que la flor tan adecuadamente denominada rosa —me dice él.

—Gracias —digo con modestia. Y no digo nada más, pues todos mis instintos me dicen que *espere*.

Me siento hermosa a sus ojos. Rosa nacarada.

Su mano se mueve hacia mí. Lentamente, primero con la palma, la mano se acerca al suave fruncido que cubre mi pecho. Ha dado en el lugar adecuado, y la palma aprieta mi pequeño montículo de carne y mi pequeño pezón.

Retira su mano.

—Crecerán —digo tímidamente.

Él se limita a mirarme. Sus ojos, aunque comprensivos, están soñolientos.

—*Soy* una mujer —afirmo—. Dentro de mi cuerpo ya he cambiado.

Me gustaría abrazarlo, pero no me atrevo a moverme. De forma constante, debo ofrecer una manifestación dócil de mis encantos. Esperando, apenas sin respirar por mis labios entreabiertos, me relamo lentamente los labios, y luego, con la palma extendida, él me toca el pecho de nuevo, como preguntándose si antes su palma quizás había aterrizado en la zona equivocada de mi cuerpo.

—*Crecerán* —insisto con una leve sonrisa—, tan seguro como la resurrección.

Él echa la cabeza hacia atrás y se ríe a carcajadas.

—¿La resurrección?

—La resurrección del cuerpo y la vida eterna —explico, puesto que no ha entendido mi comparación.

Él controla su risa un instante, y luego se le vuelve a escapar. Se esfuerza por recuperar la seriedad que amerita la unión de Francia y Austria.

—¿Sois devota? —pregunta.

—No tengo deseo alguno de ser monja —contesto.

Ahora deja de estar sobre un lado y se vuelve boca arriba. Mira fijamente al techo. Todo regocijo ha abandonado su cuerpo.

—Veo que sois ingeniosa.

—¡Oh, no! —exclamo con sinceridad—. Eso es algo que jamás he deseado ser, pues el ingenio es cruel, y mi mayor deseo es ser siempre amable.

—Os creo, María Antonieta.

Otra vez él se gira sobre un lado para poderme ver mejor. Apoya un codo y descansa la cabeza sobre el brazo. Creo que tiene una nariz generosa, muy larga y poderosamente arqueada.

—Prefiero que me llamen Toinette.

Coloca su mano en mi cintura, pero no me atrae hacia él. Las yemas de sus dedos se entretienen haciendo pequeños remolinos en la tela de mi camisón holgado y movible. Habla despacio:

—Si no tenéis ingenio, ciertamente tenéis voluntad. Decidme lo que os gusta.

—Lo que más me gusta es complaceros —susurro, pues no quiero volverlo a asustar.

—¿Con una picante conversación sobre la resurrección... —inquiere él. Permanezco en silencio, esperando— cuando yo no tengo ninguna conversación que ofrecer? —concluye.

Estoy desconcertada y me pregunto qué querrá decir. Antes de pedirle una explicación recuerdo la advertencia de mi madre: debo reprimir mi curiosidad. Se forma una lágrima en el rabillo de mi ojo, y me siento avergonzada. Le estoy fallando a mi madre. Es siempre mi deber mostrarme ligera, alegre e inspiradora. Él ve la lágrima y la toca.

No, la *coge* con su dedo.

El Delfín de Francia se lleva el dedo a la boca para probar mi lágrima.

—No es necesario que lloréis —dice, y su voz es fría y contenida. Suspira—. No quisiera que llorarais, Pequeña.

Es el apodo que usa mi madre para mí, la más joven de sus hijas. Pero él no debe pensar en mí de forma maternal.

—Soy… —empiezo, pero mientras pronuncio esa palabra recuerdo la mirada lasciva y amorosa tan abiertamente exhibida por Madame du Barry. Antes de que mis labios hayan acabado la frase— la Delfina —la expresión sensual de la Du Barry se apodera de mi propio rostro, pues he sido bien instruida en las artes del teatro.

Mi esposo se deja caer y se gira de nuevo boca arriba. Mirando fijamente al techo, dice con cansancio:

—No tenéis que intentar pareceros a *ella*.

Es un momento chocante, puesto que ha adivinado mis pensamientos.

—La imperfección no es propia de vos —comenta, pero habla hacia el techo.

Creo que veo una lágrima formándose en el rabillo de *su* ojo.

Le tocó suavemente el hombro.

—¿Querríais coger mi mano?

Sin decir una palabra, él alarga el brazo hacia mí, y nuestras manos se encuentran como por arte de magia. Como dos imanes, nuestras manos vuelan juntas. Pero él no se vuelve hacia mí. Yo también me pongo boca arriba, y nuestras manos firmemente unidas reposan entre nosotros con los dedos entrelazados en un agradable nudo. Pienso en los sarcófagos revestidos de los reyes y reinas que yacen en marmórea majestuosidad uno al lado del otro. Su gran mano transpira contra mi piel.

—Otra noche —dice.

—Lamento mi torpeza —me disculpo.

Se produce un silencio, pero luego él da por concluida la conversación:

—Y yo la mía.

LA TAZA DE CHOCOLATE

Cuando me despierto, me informan de que el Delfín se ha levantado más temprano para unirse a la cacería, y las tías reales, Adelaida, Victoria y Sofía, esperan mi visita en el apartamento de Madame Adelaida, antes de misa.

Dado que las tías están solteras, no pueden imaginarse nada acerca de este par de noches en el lecho matrimonial como *yo* no podría haberme imaginado durmiendo una noche en la misma cama con un hombre cuando, estando todavía lejos del corazón de Francia, mi carruaje se detuvo en la cima de la meseta y yo miré hacia los tres patios de Versalles, cada uno de ellos más pequeño y más orientado que el anterior a las ventanas de la cámara del rey. En el núcleo del corazón de Versalles, apenas podía imaginarme cierto tipo de camas. Y eso es todo lo que *ellas* pueden imaginarse. Cuando me vean, exteriormente, yo seré la misma, maravillosamente vestida, alegre y optimista.

Pero sabrán, como sabe todo el mundo aquí, en qué estado estaban las sábanas de la noche de bodas a la mañana siguiente. ¡Y otra vez esta mañana! No hay sangre en las sábanas. Todavía no me he convertido realmente en esposa. Y lo más importante, no hay esperanzas de un heredero. Ahora ansío ese color corporal, ¡el rojo! Quizá cuando llegue la «Generala», dejaré parte de esa sangre en las sábanas con el fin de engañarlos a todos.

Pero tengo enormes y auténticas esperanzas de que el Delfín y yo muy pronto enmendemos de verdad este lento comienzo. Mi ánimo no es en absoluto lúgubre por naturaleza. He dormido tanto y tan bien que estoy impaciente por que me pongan en los pies mis chinelas de satén y surcar estos largos pasillos que cruzan las estancias majestuosas, como si tiraran de mí unos cordeles de plata. «Patinaje» en Versalles lo llaman, y todo mi baile en Schönbrunn y Laxenburg, e incluso en Hofburg garantizan que mi grácil manera de deslizarme sea la admiración de la corte. Ya lo es, según la preciosa y rellenita Clotilde.

—Mis queridas tías —las saludo, y las abrazo a todas por turnos, de la mayor a la más joven. Y claro, ¡oh, horror!, no he reparado primero en el rey ni he hecho una reverencia primero ante él. Pero no está disgustado (no mucho), le divierto y mis disculpas son muy elegantes, pues las hago más exageradas de lo necesario. Le digo que soy un pequeño cometa al que el sol ha deslumbrado tanto que me he confundido y he orbitado por error alrededor de los bellos planetas de mis adoradas tías en lugar de su egregia persona.

Él me dice que apenas me ha sido mostrado el esplendor del castillo y en absoluto los jardines, y que todavía me queda mucho por ver de la gloria de Versalles, y que él mismo (al igual que su ilustre predecesor, el verdadero Rey Sol, Luis XIV) será mi guía de vez en cuando.

—El Delfín espera matar una oca para vos —añade—. ¿Os gustan las ocas?

—Yo misma soy una oca —respondo—. Y desde luego admiro a mis primos plumados.

—Pero no una oca cebada —matiza él, sus ojos negros brillan. Sé que le gustaría pellizcarme, en broma, para ver si puede encontrar una onza de grasa, pero es demasiado cortés y elegante para rebajarse a algo semejante.

Sin embargo, las tías están asustadas y revolotean alrededor, como auténticas aves de corral que han detectado a un zorro con el olfato.

—No sé por qué queréis la compañía de nadie que esté fuera de las paredes de esta cámara —le comenta Madame Adelaida al rey con bastante coquetería—, cuando tenéis aquí una compañía tan excelente y de los más elevados principios.

—Comprendo que últimamente no os he admirado lo bastante a menudo —contesta el rey. Se siente cómodo con semejantes burlas, totalmente al contrario que Luis Augusto—. Parece, sin embargo, que hay una nueva luz en la sala —inclina su cabeza hacia mí— y todos los demás disfrutan con su resplandor.

—Es un encanto —interviene Madame Victoria.

—Ya la queremos como si fuera de la familia —añade Madame Sofía, un tanto inoportunamente con la cabeza inclinada hacia un lado. Sé
que no me está juzgando. Es sólo que sus torpes posturas se han vuelto
habituales.

—¡Qué cuadro tan hermoso! —comento para desviar su atención a
algún tema más interesante que yo misma.

—Se le conoce como *La taza de chocolate* —explica Madame Adelaida—. Es de Jean-Baptiste Charpentier, que hace sólo dos años pintó
a la familia del duque de Penthièvre.

—¿Esa familia tan querida, creo, por la princesa de Lamballe?

—¡Veo que os acordáis! —exclama Sofía con un tono de felicitación.

En el cuadro, que es realmente hermoso e íntimo, la composición se
centra en una pequeña mesa y la unifica el hecho de que cada persona
sostiene una taza de chocolate. A la mayoría de las siluetas no se les ven
las piernas, pero el cuarto hombre, el propio duque, está pintado de tal
forma que muestra desde la cabeza hasta las puntas de los zapatos, y el
modo como la luz se extiende sobre sus relucientes pantorrillas llama la
atención. Algunas de las siluetas miran directamente al espectador, pero
una de ellas, el segundo hombre, el hijo del duque, no mira hacia fuera,
sino hacia un lado, en dirección a su esposa, la princesa de Lamballe.

—Hay tantas cosas que admirar en este hermoso cuadro —comento.
Pero mi atención se fija en el rostro redondo y natural del joven príncipe
de Lamballe, ahora fallecido por una enfermedad que le sobrevino debido a su licencioso comportamiento. ¿Cómo pudo la princesa soportar
acostarse en la misma cama que su esposo?

—Siempre me deleita el pequeño spaniel —dice Madame Victoria
con sinceridad— y el hecho de que la bella princesa de Lamballe quiera
a su perrito y alargue el brazo para darle un poco de cariño.

De pronto mi corazón se agita, pues sé que Madame Victoria, como
yo, también valora recibir cariño de quienes la rodean, al igual que yo.
Pienso en *Mops*.

—Es muy inteligente por parte del pintor —aporta Madame Sofía— colocar un espejo al fondo con el fin de que uno vea el peinado de
la princesa de Lamballe por detrás y el perfil reflejado de la otra dama.
Al principio creía que había seis personas en el cuadro.

—Cuando murió el joven esposo de Madame de Lamballe —dice
Adelaida—, el mismísimo rey fue a visitarla.

—Ella es todo pureza y gracia —asegura el rey con un tono de genuina admiración.

—A ninguna otra alma viviente —comenta Victoria— le ha hecho jamás el rey una visita privada. Es la demostración de su altísima estima hacia una mujer de la más grande pureza al arrostrar una increíble dificultad.

Alude al hecho de que el marido de la princesa era un seductor empedernido. Y yo también sé que Madame Victoria desea contrastar el carácter de Madame de Lamballe con el de la Du Barry, aunque no lo dice directamente. Madame Adelaida es bastante astuta, y simplemente con esa indirecta sutil yo también tendría la esperanza de diluir de forma gradual la estima y afecto que el rey se ha permitido sentir hacia esa criatura.

Yo comento, sin mirar al monarca:

—Nada te convierte tanto en una dama, dice mi madre, como la virtud.

—La emperatriz de Austria —dice el rey— siempre excederá a cualquiera en Europa en rectitud moral, y debéis hacerle llegar a vuestra querida madre mis más cordiales saludos cuando le escribáis. —De esta guisa, desvía la insinuación de mi comentario.

Aun así, me ruboriza oír que elogian tanto a mi madre. Dado que es evidente que el soberano desea discutir otros temas menos acuciantes que la virtud femenina, alabo a todas las damas por su aspecto de esta mañana, pero personalmente creo que Madame Adelaida es la más atractiva. Lleva un vestido cortesano de terciopelo azul, con tiras de encaje blanco en las mangas y una tira fijada al escote. Un lazo azul le adorna la garganta justo debajo de la mandíbula. Madame Adelaida lleva una cantidad de colorete similar a la mía, con grandes círculos rosas en sus mejillas, pero no tan grandes ni oscuros como los nada sutiles círculos de colorete de sus hermanas. Semejantes manchas de color tan marcadas podrían servir de objetivo para un arquero.

Varios perros pequeños se repanchingan libremente por el suelo, y me gustaría jugar con ellos, pero me reprimo, pues no debo desaliñar mi atavío. En una mesa hay un libro de música encuadernada abierto y desplegado. Madame Adelaida sigue mi mirada y me dice que es música de Mozart.

Me apresuro a explicarle que él y yo somos de la misma edad y nos conocimos de pequeños en el palacio de Schönbrunn. (Me doy cuenta de que he ido demasiado lejos al pronunciar en voz alta el nombre de mi querido hogar austríaco.) Un tanto turbada, añado con gracia que realmente prefiero la música de Christoph Gluck, quien fue mi profesor de teclado, a la de Mozart.

—Tendremos al maestro Gluck aquí —dice el rey galantemente—, si ése es vuestro deseo.

Me siento realmente abrumada por la gratitud, pues el maestro Gluck es austríaco, y me profesa mucha simpatía.

—¡Tiene —comento— tal dominio del estilo italiano en sus composiciones!

Antes de ir a misa echo un nuevo vistazo al apartamento: es una sala muy hermosa, si bien un tanto sobria en su decoración. Una de las chimeneas está enmarcada por un mármol azul, o quizá lapislázuli, el tono exacto del vestido de terciopelo azul de Madame Adelaida, y supongo que se ha hecho confeccionar el vestido, en realidad, a juego, con el fin de que sus movimientos en este escenario parezcan especialmente armoniosos. Aquí las sillas son blancas, y todas tienen un medallón de flores rosas en el asiento y en el respaldo. La falda blanca de la princesa de Lamballe en *La taza de chocolate* también tiene grandes ramos del mismo color encantador que el bello corpiño rosa que asciende tan elegantemente de la falda. Reparo en que me equivoqué al pensar que todos ellos sostenían tazas de chocolate; la dama que está de pie a la derecha sostiene un diminuto ramillete de flores rosas.

Dirigiéndome a Madame Victoria, añado mientras nos vamos:

—Es el carácter íntimo del retrato familiar lo que le proporciona el máximo encanto, ¿no creéis?

Nos demoramos en llegar a la capilla donde se celebrará la misa pues somos, a menudo, abordados por diversas personas mientras atravesamos los majestuosos salones. Sus puertas se alinean formando una especie de pasillo; en lugar de tener una pared a nuestra derecha, tenemos visibilidad sobre el salón entero. Parece ser costumbre aquí que cualquiera pueda acercarse al rey mientras éste se dirige a misa. En cada salón nos detenemos un momento, después el soberano avanza, conversando, con la persona durante unos cuantos pasos. Por lo visto es un gran honor que el rey se detenga completamente para proseguir la conversación con más detalle, pero semejante gesto provoca que el receptor añada muchas florituras halagadoras a la esencia de su petición, obstruyendo así la transmisión del verdadero mensaje.

Estamos tardando mucho tiempo en cruzar el Salón de Marte, ya que es el mayor. Se llama Salón de Marte porque el dios romano de la guerra está representado en el panel central del techo en un enorme fresco llamado, me explica Madame Adelaida, *Marte en una cuadriga tirada por lobos*. Efectivamente, su cuadriga es tirada por lobos, una idea pictórica fascinante y repugnante a la vez. No me había fijado en estos perros de guerra (hay mucho que mirar en estas pinturas barrocas) y educadamente le agradezco a Madame Adelaida que comparta su erudición conmigo. A continuación nombra una obra más reconfortante: *Victoria sostenida por Hércules seguido de Abundancia y Felicidad*.

Cuando empezamos a movernos, clavo los ojos en un cuadro realmente aterrador. Mi cuerpo entero sufre un escalofrío involuntario. Madame Sofía, esperando sin duda ser útil y así elogiada, al igual que he elogiado a su hermana mayor, me informa del espantoso título del cuadro: *El terror, la furia y el horror se apoderan de los poderes terrenales*.

Me alegra ver que el rey asiente, lo cual obliga a retirarse al peticionario y podemos abandonar estas paredes de color cereza para pasar al Salón de Diana. En el techo hay un fresco llamado *Diana en su cuadriga dominando la caza y la navegación*, y no puedo evitar abrigar la esperanza de que ella esté realmente velando por la seguridad de mi esposo en esta mañana que está cazando.

Me quedo prendada, no obstante, de un busto en mármol blanco de Luis XIV. Al igual que en la estatua ecuestre de bronce del Patio Real, ha sido representado con una larga cabellera absolutamente magnífica. Se ondula sobre su pecho como el agua que se precipita y se encrespa sobre las rocas. Sus rizos enmarcan su magnánimo rostro con vital complejidad. Sus ojos poseen una gran inteligencia, y su nariz ha sido excelentemente cincelada, como sus labios. Hasta el encaje que hay debajo de su mentón ha sido creado con tal precisión que sugiere un tejido vaporoso en lugar de piedra. Cruzando la base del busto, hay una tela combada y descentrada, como una banda que hubiera traído el viento. El ímpetu de esa combadura a la fuerza sugiere la energía y el poder del hombre, aunque la estatua no sea más que un busto.

Este busto de Luis XIV contrasta de forma ostensible con los bustos antiguos de los tiempos romanos, asimismo exhibidos intercaladamente por el salón, donde su cortinaje cuelga con decoro pero sin vigor. Esa energía barroca es la que ha hecho posible la magnificencia de este palacio entero.

Al entrar en el Salón de Venus, el rey se detiene, alarga el brazo hacia atrás y coge mi mano.

—En el techo veréis, Madame la Dauphine, vuestra propia imagen, preparada para vos por el artista incluso antes de que supiera de vuestra existencia.

Miro hacia arriba a la vez que él. Al principio únicamente puedo ver los gruesos marcos dorados de todas las obras que se entrelazan en el techo. Los marcos dorados son de bajorrelieve, y de una complejidad tan intensa y abrumadora que mi mirada casi se satura y desvía de los frescos más delicados que enmarcan.

Entonces la veo, con los senos desnudos, y veo su cuadriga, tirada por palomas al vuelo, descansando sobre una nube. Brusca y brevemente contengo el aire.

—¿Y quién es el pintor?

—Houasse —responde Madame Adelaida, que es a todas luces la que más sabe de música y arte en la familia real.

El propio rey proporciona más información, y detecto que siente una antigua y especial atracción hacia esta diosa que con tanta elegancia enseña su cuerpo clásico:

—La obra se llama *Venus subyugando a los dioses y los poderes*.

Súbitamente tomo conciencia, con más fuerza que nunca, de que los hombres preeminentes no sólo reconocen el poder en la guerra y en la acumulación y ostentación de su gran riqueza: en ocasiones, están dispuestos a doblegarse al poder de la belleza, que es, en efecto, un gran poder en este mundo para aquellos que, mediante el don divino, la poseen. Al contemplar el atractivo de Venus, medio desnuda, no puedo por menos de preguntarme si debo esperar a inspirar la *puissance* de mi marido hasta que mi cuerpo alcance mayor madurez.

Como para leer mis propios pensamientos y apaciguar mi ansiedad, el querido rey dice:

—Vuestra belleza es únicamente comparable a la de Venus, la reina del Amor y la Belleza.

Sobre nuestras cabezas, tres simples doncellas de senos desnudos proceden a coronar a su reina con una corona rosa y verde, y un diminuto y alado Cupido, sujetando una encantadora flecha con una mano y su arco con la otra, se cierne justo sobre la corona. Formando una amplia «U», una ristra de flores mana de su regazo y de la nube donde está sentada descendiendo hasta el nivel inferior de los Poderes subyugados.

Con aspecto de Marte, ¿o es Apolo o Aquiles?, de pie en un hondo nicho de mármol, una combinación de héroe y dios, se encuentra una estatua de cuerpo entero de mármol blanco de Luis XIV. Al rey le fascina tanto esta figura imperial como Venus, que flota sobre nosotros. Dado que la estatua de Luis XIV se halla sobre un alto pedestal en su nicho marmóreo, todos los simples mortales, incluido Luis XV, debemos levantar la vista hacia su gloria al pasar. Veo la admiración, *involuntaria*, en los bellos ojos de mi soberano mientras contempla los de su fiero y despótico predecesor y bisabuelo.

—«Papá rey» —digo tímidamente—, en nadie más que en vos depositaría yo mi confianza y mi fe con más dicha.

Ahora el monarca bromea.

—¿Estáis diciendo que es mayor vuestra estima hacia mí que hacia vuestra querida madre, la emperatriz de Austria?

—No, quiero decir, sí. —Rápidamente recupero mi agudeza dispersa—. Me refiero no al marco del afecto natural, en lo relativo a su maternidad, que únicamente ella puede reclamar, y sí en lo relativo a mi nuevo estatus, donde toda mi lealtad, en cualquiera de sus manifestaciones, está en primer lugar dirigida a vos.

—La lengua de Madame la Dauphine es casi tan rápida como sus pies.

Con ese bonito cumplido, me agarra del brazo y nos precipitamos por el Salón de la Abundancia y lo cruzamos, atravesando el Salón de Hércules para llegar a la Capilla Real para la celebración de la misa. Para la ceremonia de mi boda con Monsieur le Dauphin, me coloqué en el suelo del primer nivel, rodeada por las recias arcadas de mármol que llegan hasta el altar; ahora entramos en la tribuna para ocupar el reino de la luz y las imponentes columnas corintias.

De inmediato la música de órgano de Bach me transporta, pues emana con todo su esplendor de los tubos dispuestos sobre el altar.

Como los vuelos de abejas doradas, la música lo invade todo y me lleva a un reino que está más allá de las palabras.

Discretamente, en el rabillo de mis ojos, imperceptible a cualquiera, aparecen esas dos perlas que consideramos que destila la sangre llamadas lágrimas.

VERSALLES: LA ALCOBA

Monsieur le Dauphin volverá a casa de la cacería demasiado tarde para cenar conmigo, pero ceno con mis tías, y ellas me miman y me consienten como si fuese su cachorro. ¡Tienen tantos perritos encantadores con los que jugar!; cockers y doguillos, blancos con manchas marrones, uno marrón con manchas blancas, uno gris pequeño y peludo con el pelo dividido por una raya en medio de su espalda. Les tiro pelotas y les hago ladrar y los engatuso para que bailen sobre sus patas traseras y le doy un dulce de premio al que baila durante más rato. Lo escupe sobre la alfombra, pero es todo muy agradable.

Las tías me sugieren que ignore a Madame du Barry lo máximo posible, y que, realmente, éste es el deseo del rey y que a sus ojos me elevará al estatus de la virtuosísima princesa de Lamballe, a quien él tanto respeta.

Pero me preocupa que critiquen al propio Choiseul, que organizó mi matrimonio, y habiendo logrado esa unión, ¿cómo es posible que no lo traten con el mismo cariño que me tratan a mí?

Quizás el conde Mercy, el embajador austríaco en la corte de Versalles, que representa la sabiduría de mi madre en todas las cosas, pueda explicarme estas contradicciones.

Tras haber jugado con Mesdames hasta bien entrada la noche a una serie de juegos de cartas, los cuales no me interesan lo más mínimo, regreso a mi departamento con la esperanza de que el Delfín haya llegado a casa. No ha vuelto. Les digo a mis sirvientes que se retiren, puesto que no quiero que me vean nerviosa, pero ahora estoy crispada por la ansiedad acerca de su seguridad. Pienso en ayer noche y en nuestra íntima conversación, y anhelo tumbarme una vez más en la cama y entrelazar nuestros dedos.

Al fin, decido desvestirme y llamo a mis damas para que me ayuden.

Las abochorna estar ayudando a una Delfina que no ha logrado despertar el interés de su nuevo esposo, pero se esfuerzan para alentarme con delicadeza. El tintineo de sus voces compone un divertimento, y yo no dejo pasar la oportunidad de prestarles atención y darles las gracias. Antes de retirarse, cada una ha recibido un halago o un cumplido verdaderamente adecuado a sus encantos únicos, y se marchan sintiéndose más felices consigo mismas de lo que estaban antes de entrar en mi cámara.

Sola de nuevo, cojo la pulsera de diamantes con el cierre de esmalte y diamantes que el rey me dio. Me la pongo alrededor de la muñeca y vuelvo a admirar cómo mis iniciales superpuestas «M» y «A» se solapan y encajan la una en la otra. Y mi propio pulso late debajo.

Para el deleite de mi nariz, voy a mi tocador y me froto perfume tras las orejas. Cuando se me cae el frasco y derramo el líquido por mi regazo, rompo a llorar. Ahora huelo como debe de oler una ramera apestosa, a pura osadía, cuando debería simplemente seducir. No quiero pedir otro camisón, pero no sé qué hacer. Si me pongo agua, me mojaré. Me acerco a la ventana y descorro el pesado cortinaje para mirar por ella.

La luna juega sobre las hileras de arbolillos geométricamente moldeados que se alejan del castillo. Pienso en los majestuosos castaños sin podar de los bosques que atravesé, y cómo parecía que sostuviesen sus panojas de flores como pequeños candelabros que iluminaran el paso de mi carruaje, mientras éste se balanceaba hacia delante. ¿Qué sabía yo entonces? Bien podría haber sido un bebé mecido en su cuna. Pero ¿qué conozco ahora? No el placer del abrazo amoroso de un esposo. No el dolor placentero que la emperatriz me había anticipado.

Sin embargo, está bien cogerse de la mano. Casi es suficiente.

Suficiente para mí, pero sin duda insuficiente para el rey, la corte y toda Francia, e insuficiente para contentar a mi queridísima madre, la emperatriz, pues debe haber descendencia para fomentar la paz y la armonía de los dos Estados.

Estas cortinas que enmarcan los jardines y la noche cada vez más oscura no son las que yo habría elegido. Algún día futuro decoraré las estancias que ocupo de modo que reflejen mi propio espíritu. Quizá pondría flores, flores rosas flanqueadas por helechos y en ramilletes sobre un campo blanco plateado.

¡Suena la puerta! El pomo gira. Doy gracias a Dios de que esté a salvo, pero en un impulso de picardía, de repente, me agacho entre los pliegues de la cortina. Después de todo, el Delfín no me encontrará aquí.

—Toinette —me llama—. Toinette.

Aunque recuerda cómo me gusta que me llame, decido no dejarme ver. *Petulancia*. Sí, soy toda petulancia juguetona.

Oigo el sonido de sus pasos sobre la alfombra. Deja caer algo en el suelo. Oigo que él cae pesadamente encima de la cama. Me sorprende que no pueda olerme, rociada como estoy de perfume. Titubeo y me pregunto qué debería hacer a continuación.

Desde el interior de la cortina protectora, miro por la ventana y veo el conjunto de árboles, todos apuntando hacia el cielo. A un lado hay otra demostración del arte topiario: todos los árboles consisten en tres bolas, de tamaños escalonados, la más pequeña arriba y la más grande en la base. Se yerguen dócilmente estáticos, y una nube pasa por delante de la luna. Ahora las sombras son más profundas y más espectrales. Ningún ser humano camina por el suelo. Un olor a cobre húmedo, a sangre, impregna el aire de la habitación.

Decido salir de detrás de la cortina. Tumbado en la cama, el Delfín duerme con su atuendo de caza. Ni siquiera se ha quitado su sombrero con pluma. Abre la boca y ronca. Ha venido a mí sin ser escoltado por ningún ayudante de cámara. Su ropa tiene salpicaduras de sangre de la cacería, y seguramente habrá manchado la colcha, que no se ha molestado en retirar. Sus botas están cubiertas de barro.

Con sigilo, me echo en el otro lado de la cama.

No le hablo, ya que es evidente que está agotado. Su tez está áspera y colorada tras la jornada cabalgando por el bosque. Tiene un arañazo transversal en el dorso de su mano, con diminutas cuentas de sangre endurecida formando una línea de puntos. No ha dedicado un minuto a lavarse o cenar con sus compañeros después de la cacería, sino que ha corrido a nuestra cama.

No cierro los ojos, sino que paso muchas horas mirando fijamente al techo. Visualizo el fresco de Venus en su nube, la corona sobre su cabeza, y al pequeño Cupido sobre aquélla. Pienso en casa, un país de ensueño, pero no me permito llorar. Recuerdo a *Clara*, la rinoceronte belicosa, cuyos pies grandes y de dedos separados, piel plateada y poderoso cuerno a menudo tenían una capa de barro seco. Me pregunto si ahora comparto mi cama con cierta variedad de criatura hasta el momento desconocida. Decididamente, el comportamiento de mi esposo es extraño en comparación con lo que mi madre me ha preparado para esperar.

Por la noche, él mascula:

—Cuarenta pájaros. Los he matado para vos.

Su voz parece proceder de una habitación lejana, y las paredes entre su habitación y la mía parecen muy gruesas. La distancia entre nosotros hace que desee saltar alto y dar rápidas piruetas, actuar con tal alegría que él desease unirse a mí desde su cámara remota. La soledad y esperanza de su voz hacen que quiera captar su atención.

Pienso en la mirada que hemos intercambiado hoy el rey y yo, frente a la encarnación marmórea de Luis XIV, *su* glorioso bisabuelo e inmediato predecesor en el trono de Francia. En cómo, cuando he hablado con «papá rey» de mi gratitud y confianza en él, *su* mirada ha sido de gratitud, y nos hemos transmitido cierta verdad. Desconcertada por la esencia de esa verdad, he pensado en saltar como un rayo. He pensado en la *inoculación* y en determinada duda sobre el amor.

Ahora pienso en ese sucio cordel utilizado para proteger a la realeza de la maldición de la viruela. Mi madre se encargó de que sus hijos fuesen *inoculados*, y dado que yo confiaba en ella con todo mi corazón, estuve encantada de dejar que me hicieran un corte en el brazo y que el cordel, que había sido empapado con el pus de una persona enferma, lo colocaran dentro de mi carne. No entendemos de qué modo esta práctica protege como no entendemos por qué sangrar ayuda a curar, pero confiamos en lo que la experiencia nos ha enseñado de su eficacia.

La tranquilidad con la que estoy tumbada y en silencio en esta cama me ofrece protección contra todos mis temores. Pero por la mañana daré piruetas por los salones de mi vida.

Por la mañana, descubro que mi esposo, que todavía no es mi esposo, dejó su morral de caza justo dentro de la alcoba. La sangre de los pájaros ha penetrado en la bolsa de lona y la alfombra, y, naturalmente, la carne se ha estropeado.

PASA EL TIEMPO

Horas, días, semanas, incluso meses han pasado.

Las frases de las cartas de mi madre me atormentan. Me escribe que no tengo más deber que complacer y obedecer a mi esposo; me dice que debo someterme a él en todas las cuestiones; me recuerda que la única felicidad auténtica que puede obtenerse en este mundo es la de un matrimonio feliz, y me recuerda su propio éxito a este respecto; un éxito que le da la libertad de aconsejarme. Toda la responsabilidad del éxito del matrimonio ella la supedita a «la esposa, a que esté dispuesta, sea dulce y divertida».

Y siempre, siempre, quiere que yo lea más, que lea libros de devoción religiosa y de historia, que los discuta con el abad Vermond, que ha venido a Francia desde Austria en calidad de preceptor y consejero espiritual de servidora, que le envíe listados de lo que leo, que anote esos listados. Quiere estar al tanto de cualquier enfermedad y de las visitas de la «Krottendorf».

Le escribo que, desde que he llegado a Francia, la «Generala» no me ha visitado en cuatro meses, pero añado que no estoy sin período por ninguna razón deseable. Sabrá que el matrimonio sigue sin consumarse.

Mi cuerpo está tan decepcionado con el matrimonio que rechaza la femineidad. Las mareas rojas cesan. Pierdo peso. Retrocedo en el tiempo hacia la niñez, en lugar de progresar hacia la madurez.

Pese a su aspecto de asceta, el abad Vermond tiene unos chispeantes ojos azules, y sus huesudas mejillas están arrugadas por unas líneas verticales porque sonríe con frecuencia. Me gustan su nariz aguileña, sus hombros ligeramente encorvados por estudiar sus libros con detenimiento. Y es amable. Lo mejor que puede, sirve a mi espíritu y mi mente, aunque yo no soy una alumna capaz, sino que me distraigo con demasiada facilidad. Cuando me confieso con él, me reconforta con ternura y me promete que sus pequeños sermones serán breves. Al igual que debería confiar en el conde Mercy para que me asesore en cuestiones de Estado y políticas, debo confiar en el abad Vermond para los consejos más personales.

Al día siguiente, durante mis clases de literatura, me habla incluso más tranquilizador.

—Vuestra memoria es excelente —dice con aprobación—. Tenéis excelentes hábitos auditivos. Escucháis en silencio y no olvidáis nada de lo que se os dice.

Le digo que me gustaría poder prestar más atención a las voces que proceden de las páginas de los libros.

—Pero no puedo. Me cuesta demasiado esfuerzo comprender lo que está escrito, mientras que simplemente escuchar cuando me hablan de verdad deja una huella mayor en mi mente.

—Sois música, querida Delfina. Las palabras habladas son más parecidas a la música.

—Continuaré intentándolo.

—Permitidme que os comente —prosigue él— que tenéis una excelente influencia sobre el Delfín. Ahora manifiesta mucha más predisposición, y su carácter es más amable de lo que nadie lo creía capaz. Es la influencia de vuestra dulzura.

En su deseo de alentarme, alarga el brazo y me da unas palmaditas en la rodilla.

Pero el Delfín acude a mi cama sólo contadas veces. Expreso mi alegría por su compañía. Él sonríe. Me dice que esta noche está cansado y que si le tararee una canción. Con su cabeza sobre la almohada, me mira con ojos afectuosos, y su cuerpo se relaja. Duerme.

Una noche me dice:

—Sois tan hermosa. Incluso vuestra voz transmite vuestro inigualable encanto.

Pero no me busca con la mano.

Yo sonrío. Mis párpados se entornan.

—¡Soy tan feliz de complaceros! —contesto.

Cuando hablo con el conde Mercy, le pregunto si él, como el abad, cree que he sido una buena influencia para el Delfín.

—Sin duda —responde con vehemencia. En el conde todo es vehemencia y orden. Su mente y su vestimenta están cortadas a partir de la misma tela elegante. Sin fisuras, su conducta y comportamiento están impregnados de sutiles connotaciones, que no comprendo, pero confío en él.

—Y al rey también le gusto —comento con un ligero tono de interrogación en la voz.

—Quizás hayáis notado, sin embargo, que el rey os expresa especialmente su cariño cuando acudís a su departamento *sin* la compañía de Mesdames, vuestras tías.

—Les gusta ir a todas partes conmigo.

—Como un rebaño de perros falderos —bromea con delicadeza.

—No podría vivir sin su devoción.

—Naturalmente, os esforzáis por promover sus causas —replica él.

Permanezco en silencio.

—En el asunto de la Du Barry —me explica—, mi consejo sería que la tratarais con más cortesía. Que hablarais con ella de vez en cuando. El rey os apreciará más por ello.

No puedo discutir con el conde; no soy lo bastante inteligente. Pero las tías me han dicho que hago bien recordándole al soberano que su relación con la Du Barry no es respetable.

Para mi decimoquinto cumpleaños, hay muchos festejos. Tanto el Delfín como Su Majestad me obsequian con regalos, aunque yo no necesito ni quiero nada. Lo mejor de todo es que, justo al día siguiente, la «Generala» me visita por la mañana.

El Delfín me cuida y me felicita mientras reposo en la cama.

Para mi sorpresa y placer, empieza a hablarme con absoluta franqueza.

—Mi querida amiga, mi querida Delfina —comienza—, deseo aseguraros, ahora que tenéis quince años, que realmente comprendo todo sobre el acto del matrimonio. Con bastante premeditación me he contenido hasta que ambos fuésemos un poco más mayores.

Lo observo con alegre estupor.

—He estado siguiendo un plan —continúa—. Sabéis cómo me gusta cazar en Compiègne. Al igual que a mi abuelo. La próxima vez que vayamos a Compiègne, asumiré allí el papel de hombre con vos.

Mi corazón me da la respuesta:

—Nada me complace más que obedecer la voluntad de mi esposo en el camino que nos conducirá a nuestra felicidad y la de Francia.

Con la máxima ternura, coge mi mano y la besa.

—Sois perfecta en todos los sentidos —afirma—. Os doy mi palabra. En Compiègne, os convertiré en mi verdadera esposa.

Cuando se aleja de la cabecera de mi cama y les pido a mis sirvientes que se retiren, me pellizco los pezones con la esperanza de estimular su crecimiento.

UNA CARTA DE LA EMPERATRIZ

P ara mi sorpresa, mi madre la emperatriz quiere ahora que tenga
más cuidado de no ofender a Madame du Barry. La emperatriz me
exhorta a cuidar mejor de mi aspecto. Tiene espías en todas partes, y la
princesa Windischgrätz, que vino aquí de visita y luego al palacio de
Schönbrunn, se ha ido de la lengua. Me siento frente a mi escritorio, con
los ojos de todas las damas que me rodean lanzándome rápidas miradas
rítmicas desde su labor para comprobar mi estado de ánimo. Con una
máscara de absoluta tranquilidad y ecuanimidad, leo la carta de la emperatriz:

> *Dado que la interrogué con preguntas directas, la princesa se vio*
> *obligada a admitir que no os estáis cuidando bien, ni siquiera*
> *en lo que atañe a mantener limpios vuestros dientes. Vuestros*
> *dientes son un elemento significativo para causar buena impresión,*
> *y recordaréis que antes de abandonar Austria, dedicamos mucho*
> *tiempo a enderezarlos con alambres, algo que se convirtió en*
> *necesario porque de pronto tuvisteis, por la gracia de Dios y las*
> *prematuras muertes de otros, la posibilidad de entroncar con el*
> *trono de Francia. Al ver que no sabíais leer ni escribir en ninguna*
> *lengua, nos dispusimos de inmediato a enmendar también esa*
> *situación. Cuando os marchasteis de Austria, vuestro aspecto era*
> *totalmente decente, incluso encantador, aunque se debe más a*
> *vuestra actitud que a vuestras cualidades naturales.*
> *La dentadura es un elemento clave en el panteón de la belleza,*
> *y aún lo es más vuestra silueta, que la princesa me ha comunicado,*
> *tras mis insistentes preguntas, que la encontró peor que nunca.*
> *Madame, mi querida hija por la que rezo cada día, debéis recordar*

*que vuestra silueta está ahora desarrollándose. Si me enviáis
vuestras medidas, pediré que os hagan corsés adecuados. Tengo
entendido que los que hacen en París son demasiado rígidos. Os
enviaré nuevos corsés a través del mensajero... Y la princesa me
ha informado de que vais mal vestida, de que a veces vuestros
atuendos son extraños, como si hubierais estado coqueteando con
un estilo indecoroso, y dado que todos los ojos están puestos en
vos, he recibido asimismo otras noticias de que vuestra cintura se
ha deformado y vuestro hombro derecho no está alineado.*

    *Ahora que tenéis quince años, vuestro cuerpo cambiará con
rapidez. Debéis mostraros siempre alegre con el Delfín. ¡Más
caricias, querida mía, más caricias!*

    *Habéis bendecido mi vida. Durante quince años, mi querida
hija no me ha dado más que satisfacciones. Mercy me escribe que
la mañana de mi cumpleaños, celebrasteis el día arrodillada,
rezando, y me conmueve profundamente vuestro encantador
pensamiento y buena acción, que era la mejor manera de celebrar
mi cumpleaños, manera que tan sólo puede complacerme
sumamente. Me sorprendió que en vuestras cartas vos no
mencionarais este dulce recuerdo de mi persona. Os mando un
beso con toda la ternura maternal y os bendigo, mi querida hija.*

    *Los informes de Mercy siempre os elogian y afirman que
gozáis de todos los atributos de docilidad y dulzura que harán que
todo el mundo os quiera, especialmente el rey y el Delfín, que tanto
disfruta de vuestra compañía. Debéis seguir siempre el consejo de
Mercy, que es íntegramente por vuestro propio bien, como lo es el
de vuestra leal madre. Pero debéis seguir el consejo de vuestra
nueva familia real, es decir, de vuestras virtuosas tías un poco
menos atentamente y jamás manifestar otra cosa que neutralidad
hacia Madame du Barry, desde luego nada negativo. La familia
real francesa no parece que sobresalga en público; no sabe cómo
divertirse de un modo adecuado; su conducta no ha hecho sino
ahuyentar al rey y precipitarlo por el sendero del descarrío, porque
el rey no la encuentra entretenida o divertida, y en consecuencia
debe buscar la diversión en otra parte.*

    *No evitéis ser el centro de atención, antes bien rodeaos de todo
el mundo. Debéis marcar la pauta en Versalles, y hasta el*

momento la habéis logrado a la perfección. Recordad que Dios os ha concedido muchísimas gracias, una dulzura especial y una docilidad con la que podéis desempeñar vuestro papel de una forma que complazca forzosamente. Saludad siempre al rey con entusiasmo y una predisposición a complacerlo en cualquier clase de conversación o diversión en la que parezca interesado. No os dejéis influenciar por la aprobación de Mesdames mostrándoos antipática o negligente con aquellos a quien el rey favorece y, sin duda, no os corresponde a vos tratar de influir o moldear a Su Alteza Real, de quien emanan todos los favores y bendiciones. Debéis seguir el dictado de vuestro propio corazón en sus afectuosos y complacientes impulsos hacia cualquier persona que sea tan afortunada como para estar ante vos.

Estoy ansiosa por tener ante mí un nuevo retrato vuestro, cuidadosamente vestida con un atuendo cortesano apropiado, no en un negligé o vestida como un hombre, sino con el aspecto de alguien que ocupa el lugar que vos ocupáis. Os mando un beso.

Sabéis que siempre seré
vuestra madre leal

CAZANDO EN COMPIÈGNE

El rey, el Delfín y yo nos divertimos mientras nuestra carroza avanza por la espesura del bosque, lleno de animales. El postillón avisa a gritos de que hay un ciervo atravesando a brincos el camino que tenemos delante, y todos asomamos nuestras cabezas por la ventanilla izquierda para observar cómo escapa entre los matorrales del bosque con la cola en alto, como una rígida bandera.

Entonces nos damos cuenta de que nuestras cabezas forman una línea, una encima de la otra, el rey arriba de todo, y debajo de él el Delfín, y luego yo, y todos nos reímos nerviosamente de nosotros mismos, y el Delfín parece feliz y relajado, y el soberano me mira con la mayor de las ternuras.

—Madame la Dauphine —me dice— debe volver a asegurarme que no corre ningún peligro cabalgando detrás de las jaurías de perros, pues ¿cómo podría yo nunca mirar a vuestra madre, la emperatriz, si una persona tan excepcional y preciosa como vos sufriese un contratiempo?

¡Cómo brillan sus ojos oscuros! ¡Con qué ligereza habla! Las frases se deslizan de su boca como arabescos salidos del pincel de un experto pintor.

—Mi madre la emperatriz quiere que acompañe a Vuestra Majestad y que mi presencia os traiga deleite, incluso en la cacería, aunque soy yo y no Vuestra Alteza quien encuentra el máximo placer en nuestra alegría y buen humor. —¡Ah…! Mi comentario también se eleva en forma de bucle y termina en un grácil descenso. Siempre y cuando se trate de hablar y no leer en voz alta, mis palabras bailan en lugar de caminar con pesadez, y disfruto con el ritmo de una frase. Incluso escribir me resulta más fácil que leer, porque la pluma solamente sigue el sonido de mi voz en mi mente.

El Delfín se limita a sonreírme; aún no puede soltar su lengua en presencia de su abuelo.

Continúo parloteando:

—¿Sabe Vuestra Majestad que ayer noche Monsieur le Dauphin y yo organizamos un pequeño baile en nuestras dependencias, simplemente para la familia, y con ello me refiero a que nuestra fiesta incluía principalmente a nuestros hermanos, el conde de Provenza y el conde de Artois?

—¡Ah..., sois una corte de gente joven y eso es sumamente apropiado! Me complace ver que sois amigos.

—En todo lo que hace la Delfina —asegura mi esposo sin timidez—, se comporta con una gracia absoluta.

El rey alarga el brazo y le da unas palmaditas al Delfín en el hombro.

Me contaron mis damas que cuando anoche yo bailaba con el conde de Artois, el Delfín hizo exactamente ese mismo comentario mientras observaba. Yo sabía que sólo con darle un pequeño empujón aquí en la carroza, él se acordaría, hablaría con galantería, y complacería al rey.

Ahora me toca a mí hablar, como siempre procuro hacer, con sinceridad y desde el corazón al tiempo que empleando las expresiones que corresponden a mi condición:

—Cuando el Delfín me sonríe, tengo la sensación de que puedo volar.

—Pero no peligrosamente alto —comenta el monarca—. No habéis cabalgado antes por este bosque, y debéis tener cuidado.

—«Papá rey», os ruego que me lo digáis si de algún modo os produzco desazón, porque ésa no es mi intención. Quiero que os deleitéis en todo lo que hago. Bastará una mirada vuestra y aminoraré la velocidad de mi caballo hasta que se arrodille y se arrastre.

Un postillón toca una corneta, y diviso la ahora conocida fachada del castillo de Compiègne detrás de los árboles. De manera impulsiva, extiendo mi mano hacia el Delfín.

—Este lugar siempre hará que mi corazón lata deprisa —le digo—, porque es aquí donde nos vimos por primera vez.

—Adoro estos bosques como ningún otro bosque —contesta—. Aquí es donde mejor se caza.

—Aquí, en este momento —matiza el rey—, la persona de la bellísima princesa está no solamente en Francia, sino en el corazón de la cristiandad.

—Mi presencia en Francia siempre se la agradeceré al ministro Choiseul —me apresuro a comentar, pero una sombra cruza el rostro del soberano. Sé que Madame du Barry y sus partidarios no aprecian a Choiseul. Sonrío efusivamente al ver el ensombrecido rostro de «papá rey»—. Espero que pronto no sólo bailaré con los nietos del rey —añado—, sino que también tenga el honor de acompañar a la persona a la que más debo mi felicidad y más admiro. —Bajo la vista sumisamente.

La sombra desaparece. La corneta suena triunfal; los cascos de los caballos del carruaje chacolotean sobre los adoquines del patio, y la carroza aminora: hemos llegado.

Con ojos alegres le vuelvo a hablar al rey:

—Espero que a Vuestra Majestad y al Delfín no les importe que monte a horcajadas.

El monarca se ríe.

—¿A horcajadas, mi pequeña princesa? ¿A horcajadas y dirigiendo al caballo? Montad como queráis. Como estéis acostumbrada y os sintáis segura.

—Con pantalones verdes.

El Delfín nos sorprende comentando que la naturaleza casi siempre se viste de verde. Añade:

—Sin duda, ese color, igual que todo lo demás, os sentará bien.

Cuando me visto para la cacería, me tomo cierto tiempo frente al espejo para ajustar la inclinación de mi sombrero. Debo esmerarme: este accesorio ha de darme un aire un tanto diferente del habitual con el fin de seducir al Delfín de una forma nueva y añadir otra encantadora impresión a la galería mental de retratos del rey. La inclinación del ala debería ser un poco atrevida, pero que enfatice la inocencia de la juventud. Debe parecer casual y espontánea, pues al soberano le encanta la espontaneidad, pero un poco más centrada y equilibrada (¡así!), ya que demasiada espontaneidad al Delfín le asusta.

Es mi forma de montar, más que mi sombrero, lo que asombrará al Delfín. Mi dama me ofrece que me ponga unos pantalones largos negros, pero le digo que no los necesito debajo de mis pantalones de hombre adaptados. Ella me recuerda que Madame de Pompadour cabalga-

ba con pantalones largos debajo de una falda. En respuesta a su impertinencia, me limito a sonreír sin dignarme a hablar.

Me pregunto qué se pone Madame du Barry en las cacerías; probablemente algo atrevido, pero todo el mundo afirma que ella es inferior a
Madame de Pompadour, a quien ha sustituido en su posición de favorita de Luis XV. Debe de atarse la melena de cabellos dorados con una
cinta a la altura de la nuca. Aunque el rey está completamente fascinado
por la Du Barry, creo que aun así puedo captar su atención de un modo
modesto y adecuado que mi madre no solamente aprobaría, sino que
aplaudiría. Sé que su actitud en ocasiones coqueta conmigo es, en parte, para enseñarle al Delfín cómo *éste* debería seducir.

¡Ah…! Adoro ver cómo las colas de los nerviosos perros de caza dan latigazos sobre sus espaldas en un centenar de movimientos aleatorios, y
cómo algunos de los lebreles, con las bocas abiertas y jadeando, dan la
impresión de que nos miran a nosotros, a lomos de los caballos, y nos
sonríen. A mi alrededor, las redondeadas ancas de los corceles (como
enormes corazones, una forma que adoro) empujan y relucen, mientras
sus grandes ojos miran salvajes y se ponen en blanco. Mi cabalgadura ha
sido maravillosamente adiestrada y obedece al toque más ligero.

No hay necesidad de que gradúe mi felicidad y entusiasmo aquí, y
entiendo mejor por qué al Delfín le gusta este deporte. Sus ojos ya no están soñolientos, y al igual que los caballos, ya mira en derredor con exceso de impaciencia, aunque no me mira a mí. ¡Somos más de dos docenas de personas listas para empezar!

Cuando el rey me pregunta si mi silla es cómoda y mi montura de mi
agrado, le contesto:

—Como si hubiésemos nacido para cabalgar juntas hoy. —El encaje de mi garganta me hace cosquillas en el mentón—. Le agradezco a
Vuestra Majestad que me haya adjudicado tan estupendo caballo. —De-
seando arrancarme el molesto encaje, bajo la vista hacia mis manos bien
cuidadas. El anillo de mi dedo meñique se ve realzado por la manera en
que mi pequeña mano sujeta suavemente las riendas. Debo ponerme
mis guantes. Ahora, yo también estoy más que preparada para seguir a
las jaurías de perros.

El Delfín guía su montura acercándola más a mí.

—No tengáis miedo de adelantaros en el camino —me dice—. Podríais cabalgar todo el día y no llegar hasta el final, aquí en Compiègne.

—Quiero saltar —le comento.

—Entonces seguidme —interviene el rey. Levanta la mano, suena la corneta y nuestros caballos se ponen a galopar.

Detrás de un mar de lebreles, seguimos un trecho del camino, el ruido sordo de los cascos de los caballos se asemeja a un trueno amortiguado, los árboles pasan volando a ambos lados, hasta que llegamos a un campo abierto. El soberano nos guía campo a través y veo que delante hay una amplia pero poco profunda zanja. Confío en que mi montura salte y, ¡aleluya!, a mi lado se eleva el Delfín, y juntos dibujamos un arco en el aire, aterrizando sanos y salvos al tiempo que él grita de felicidad y aguijonea a su caballo para que se ponga a la cabeza.

Atravesamos el despejado campo en un abrir y cerrar de ojos, y al llegar al margen arbolado, el Delfín y su abuelo nos guían (somos como una bandada de pájaros, pero de distintos colores, todos eligiendo cambiar de dirección en el mismo momento) de regreso hacia el camino.

Los muslos de mis pantalones verdes ya han adquirido un tono más oscuro, y con una mano me desabrocho el cierre superior de mi chaqueta. Estoy cantando, no, chillando de felicidad, y por un instante espoleo a mi caballo para que corra más, luego aflojo, pues la espolada lo sorprende. No sé quién cabalga a mi lado, una imagen azul borrosa, y no me importa.

La corneta suena indicando que estamos persiguiendo a un ciervo, aunque yo no puedo verlo. Lamentablemente, mi grupo de jinetes afloja la marcha, como para prolongar la caza. Los que van a la cabeza dejan a mi grupo atrás.

—Vuestro esposo cabalga allá lejos —el joven conde de Artois señala con su fusta, y veo que el Delfín con su tricornio va el primero de todos, montando con frenesí. Mi corazón late al ritmo del amor, un rápido latido que imita los cascos de los caballos. Otros han hablado de semejante excitación, pero yo jamás la había sentido. ¡Con qué facilidad se acelera el corazón ante la hombría de un experto jinete!

Pero ¡yo también seré una experta! Con un simple golpe, mi dócil montura adelanta a Artois de un salto y galopo directamente hacia el polvo cegador para unirme a mi esposo. Mi caballo sacude la cabeza para ajustarse la embocadura, pues necesita un poco más de libertad para avanzar entre estas numerosas y polvorientas siluetas. Nuestra vestimenta de espléndido colorido está cubierta de polvo del camino y el campo, y escucho con más atención para valorar mejor quién está cerca y quién se aproxima rápidamente por detrás. Mi caballo también escucha, y es un experto en todo esto, y sé que el rey me ha proporcionado una montura soberbia, y bendigo su preocupación por mi suerte.

Lejos de mi madre, esa oscura silueta en un lugar remoto, estoy marcando mi propia pauta en este soleado camino, y hundo mis talones en los ijares del caballo. Su paso se alarga y acelera a la vez, pero estamos a punto de pisar a un perro cojo, con la cola escondida entre las patas, que pensaba que podría cruzar delante de nosotros. El caballo no está contento; aminoro para volverme a ganar su aprobación y confianza, y prometo no volver a caer en la tentación de correr alocadamente. Al inclinarme más hacia la curva de su grueso cuello, doy las gracias por no llevar corsé. No lo llevaré, ¡me mande lo que me mande mi madre desde Austria!

Por suerte no cabalgo a una velocidad descabellada, pues más adelante el grupo se ha detenido. Al frente son todo hombres, y algunos se han apeado de los caballos. Siendo la primera de mi sexo en llegar, pongo mi montura al trote y después al paso y la guío por el bosque donde se internó el ciervo.

El rey y el Delfín están junto a una arboleda. Se han quitado los sombreros, con lo que todos los hombres sujetan con las manos sus emplumados tocados. Con el cuchillo preparado, el picador levanta la cabeza del ciervo con vida por un cuerno para mostrar la garganta. Aparto la vista hacia las copas onduladas de los frondosos árboles, donde el verde se mezcla con el azul. Aun así, oigo el borboteo de la sangre que mana de la garganta del animal. No vuelvo a mirar en esa dirección, sino que dirijo mi caballo otra vez hacia el grupo que espera en el camino y no se ha molestado en presenciar el clímax. Degollar un animal es un acontecimiento obsceno.

Me siento sola. Me inclino hacia delante, y con la palma de la mano doy unas palmaditas y acaricio el húmedo cuello de mi montura. Es noble, le digo. El caballo se muestra indiferente a mis caricias. El ritmo de mi corazón disminuye, cosa que me alegra y satisface, como todo lo demás.

Antes de regresar al castillo, se cazan diez ciervos más.

Como de costumbre, mi esposo los anotará esta noche todos en su diario, para no olvidarse.

Después de tan atolondrada exaltación, toda la naturaleza cobra nitidez; una zarza con zarzamoras colgando que crece en el margen del camino, y las delgadas espinas junto a las bayas parece que reflejen una innegable y significativa *puissance*. Cuando reparo en que mi caballo casi pisa unas violetas con sus hojas en forma de corazón, la fragancia de sus pequeños pétalos purpúreos es de una viveza tan asombrosa que las lágrimas asoman a mis ojos. Da la impresión de que las flores levantan sus pequeñas caras hacia mí, y me siento ridículamente contenta de que mi montura no las haya pisado. Así es como la cacería intensifica los sentidos y hace que el mundo sea más especial y auténtico.

Ya ansío otro día de caza.

TRAS LA CACERÍA

Dado que no hay un baño propiamente dicho en Compiègne, mis damas traen cubos con agua y palanganas de porcelana para lavarme el sudor y el polvo. Miro con disgusto el fláccido andrajo de encaje que llevaba en mi garganta. Tirado sobre un tocador, se asemeja a la lechuga mustia, y decido que en futuras cacerías luciré uno más vaporoso y duradero en mi garganta, algo más majestuoso; una cascada de encaje dorado.

En una palangana de agua flotan rodajas de naranja para aromatizarla. Recuerdo una caja de naranjas del Invernadero de Naranjos de Versalles siendo cargado en un coche de caballos, sin duda con este objetivo. De manera impulsiva, saco una rodaja de naranja flotante del agua limpia, rompo la cáscara con la uña de mi pulgar, la levanto con el fin de que la fruta aparezca ante mí en lenguas triangulares, y mordisqueo la totalidad de la jugosa fruta. A modo de refrigerio, de inmediato me ofrecen uvas en un plato, pero las ignoro y acerco mi nariz a la palangana blanca con las rodajas de naranja flotantes.

—Os ruego hagáis venir al perfumista para la cacería de mañana —pido—. Este aroma carece de complejidad. —Pero no puedo decir lo que tengo ganas de oler. Algo con lilas, quizá, con la intensidad de los lirios. Siempre ansío la esencia de rosas, y sin embargo ninguna acaba de satisfacer mis deseos.

Al levantar mi rostro del agua, me siento más mayor y más cínica que al inicio de la cacería. Sin reservas, he sucumbido al entusiasmo. Contemplo otra vez el anillo de mi dedo meñique. Después de mirarlo mientras estaba sentada en mi silla de montar, al levantar la vista, me he fijado en que el rey me había seguido con la mirada, y él también contemplaba mis manos. Más tarde, tras horas de montar, recuerdo la imagen de mi mano desenguantada friccionando la crin castaña empapada de sudor de mi caballo. Quería que el caballo notara mi mano desnuda. Ahora mis damas siguen todos mis movimientos y mi estado de ánimo, incluido este momento de ensoñación. Me saco el anillo para lavarme las manos, que las siento cansadas, entre las rodajas de naranja cortada. Extiendo y estiro mis dedos en el agua.

Al reunirnos para la cena posterior a la cacería, mi fatiga hace que me sienta nerviosa. Mientras beben sus copas de vino los demás se relajan y desprenden del cansancio con la bebida. Pese a mi tentación de unirme a ellos, recuerdo mi promesa a mi madre, y sé que en esto tiene razón. Jamás beberé vino. «Extraed vuestra alegría de vuestro propio corazón», me dijo. «Sed decorosa en este asunto y jamás lamentaréis la lucidez pura de vuestra mente.» En una alta fuente de plata con pie hay uvas de piel morada y melocotones azucarados y naranjas confitadas. Cojo una uva grande y mastico su fina piel con mis muelas. Saboreo la pulpa en mi lengua y coloco las pequeñas pepitas en la punta de ésta y las extraigo con el dedo índice, escondiéndolas en la palma de mi mano hasta que elijo el momento de deshacerme de ellas.

—¿Estáis de acuerdo conmigo —me pregunta el Delfín victorioso tras la cacería— en que el penúltimo ciervo era el más bonito? Era el que corría más deprisa, el que ligaba sus pasos con más elegancia.

—Tumbado en el suelo —digo—, no se ha dignado a mirarnos.

—Yo también lo he notado. Miraba hacia el cielo.

—O quizás hacia donde las copas de los árboles se encuentran con el cielo.

El olor de una sabrosa sopa perfumada con perejil incita mis papilas olfatorias, pero no quiero introducirme nada caliente en la boca. No me gustó que mis damas tuvieran que aplicarme círculos de colorete en mis mejillas aún acaloradas. El rey me pregunta si deseo algún recuerdo de nuestra cacería, y yo contesto que una cinta de encaje dorado, una que no se mustie con el calor.

—Nuestra cazadora bien merece el dorado —responde con entusiasmo—. Montáis como Catalina de Médicis.

—Yo creo que Vuestra Majestad guía a su caballo con las manos de Apolo.

—Pero él tenía una cuadriga —interviene el regordete conde de Provenza—. ¡Ojalá la tuviera yo!

El monarca me pregunta si he estado en una de las lindes del jardín de Versalles y he visto la fuente de Apolo que hay allí. Cuando digo que no, él se ofrece a acompañarme a nuestro regreso.

El Delfín se apresura a recordarme que nos quedan días de caza antes de marcharnos de Compiègne, y yo le sonrío alentadora, pues tampoco quiero irme hasta que todo mi ser esté tan cansado como mis manos. Y sonrío porque recuerdo su promesa de lo que ocurrirá entre nosotros, ahora que estamos en Compiègne. El Delfín me pregunta tranquilamente si cambiaría cualquier otra parte de mi vestimenta.

—¡Los pantalones no! —exclama el rey—. Me encanta con pantalones y cómo se levanta de la silla de montar para saltar.

Artois le dice con picardía a su hermano mayor el Delfín que yo cabalgo más deprisa que él, aunque no es verdad.

—Tendréis que quedaros sin aliento para alcanzarla —añade Artois, y recuerdo que ha pronunciado esta frase con anterioridad. Pero mi esposo no escatima esfuerzos en la caza; nadie podría aguijonear a su caballo o a sí mismo con más pasión. Cuando se detiene, tanto él como el caballo jadean, y sus miradas salvajes son parecidas. Ahora los ojos del Delfín miran hacia abajo, pesados, soñolientos y otra vez entornados. Desearía que no engullera la sopa caliente, pero asiente para que le sirvan otro cuenco con la cremosa sustancia en la que flotan isletas de mantequilla. Dejo la cuchara junto a mi plato de sopa para que la retiren.

El esbelto Artois también coloca la cuchara a un lado. Me pregunta si prefiero el rigor más ligero del baile a las alocadas salidas a caballo.

—Hoy prefiero la locura de la cacería —respondo—, pero tenéis que volvérmelo a preguntar la próxima vez que bailemos.

—La condesa de Noailles está organizando un pequeño baile en sus dependencias —comenta el rey—. Se ocupa de todos los detalles e incluso me consultó acerca de los invitados; tal es su deseo de complaceros.

De pronto me doy cuenta de que parte de mi sensación de libertad la produce la ausencia de Madame Protocolo. Detrás de su insistencia en las formas no hay más que envidia de mi juventud y energía.

—Vuestra Majestad es tan amable —digo yo— como para desear a toda su familia y sus súbditos la mayor felicidad posible en todos los momentos posibles.

—En eso —tercia el Delfín— se parece a Dios, según Leibniz…

—Uno de sus filósofos —interrumpe Artois.

—Pero vos también lo leéis —le rebate el Delfín a su inteligente hermano pequeño.

—Sin embargo, yo no hablo de él después de la cacería.

—Por favor —intervengo yo—, Leibniz es un nombre curioso… Supongo que es alemán.

—Veo que la princesa no se ha olvidado de todo lo alemán —comenta el rey, pero su mirada es bondadosa y está llena de comprensión.

—Mi madre quiere que lea devocionarios, al igual que el abad Vermond.

—Leibniz tiene sus propias ideas —prosigue el Delfín, pero con cierta reticencia debido a que su hermano ha criticado el tema—. Leibniz se formula la pregunta de cómo un Dios benévolo y todopoderoso puede permitir que exista el mal en el mundo.

Al instante, pienso en la repentina muerte de mi querido papá, y en lo injusto de su fallecimiento, pero nunca he manifestado ese pensamiento en voz alta, y no lo hago ahora. Cuando nos enteramos de la noticia de su muerte, mi madre me miró, en cambio, como si pudiera leer mi mente, y me ordenó arrodillarme, pasándome un cojín, y rezar por el alma de mi padre, cosa que hice en el acto con toda la perentoriedad de mi ser.

—¿Cuál es la respuesta? —inquiero con timidez.

—Monsieur, estáis asustando a vuestra esposa —advierte el rey. Aun así no hay siquiera un matiz de reprimenda en el tono de la advertencia que dirige a su nieto. Lo cierto es que quiero al monarca a pesar de su debilidad moral en la concupiscencia.

—La respuesta de Leibniz está llena de consuelo —replica el Delfín.

Recuerdo el décimo ciervo, su cuello mostrándose al cuchillo, sus ojos levantados hacia el cielo.

—Vuestra Majestad es tan amable que hace suya mi sensibilidad —afirmo—, pero no me da miedo… nada. —Nerviosamente, me río un poco de mí misma.

El rey se ríe entre dientes.

—Entonces vuestro corazón sigue siendo el de una niña que ha recibido unos cuidados perfectos.

—¿Acaso no somos todos hijos de Dios? —pregunta el conde de

Provenza—. Es una creencia que nadie cuestiona. Y, sin embargo, tenemos miedo. Nos falta control en tantos asuntos...

—Como en el orden de nuestro nacimiento —comenta con sarcasmo un atrevido Artois.

—Yo soy la décima hija de mi madre —digo—. Sin embargo, estoy aquí sentada entre Vuestras Altezas.

«¡Oh, no ha sido prudente decir eso delante de estos chicos cuyo lugar en el orden de sucesión al trono está detrás del de mi esposo y cualquier descendencia que podamos tener! Los lóbulos de mis orejas crepitan por el ardor que se apodera de ellas.»

«Papá rey» acude a mi rescate. Con una sonrisa que le da un aspecto de estar por completo a sus anchas en su propio poder y ordenación del mundo y en este instante absolutamente feliz, dice:

—Sin duda, la sabiduría de Dios gobierna la Tierra y todo cuanto ocurre. Nada podría bendecir más este momento que la presencia de nuestra querida princesa, décima hija de nuestra afortunada amiga, la emperatriz.

—Y eso es precisamente lo que argumenta Leibniz —concluye el Delfín—. Que éste es el mejor de todos los mundos posibles.

—¿Quién puede dudarlo? —El conde de Provenza habla con la boca llena de carne de venado, alza su copa de vino por su delgado pie de cristal, y la inclina hacia el exterior para brindar por el esplendor y la abundancia que nos rodean.

—Voltaire considera que la idea es absurda —corrige Artois con cierto desdén propio de él.

—¿Y dónde está Voltaire? —pregunta el rey.

Todos sabemos que está exiliado en Suiza por sus ataques contra la piedad y la religión en general, de modo que nadie dice nada.

—Voltaire... los *philosophes* —dice el Delfín en tono reflexivo—. Nuestros preceptores fueron elegidos, hermanos míos, principalmente para excluir a aquellos que simpatizaban con ese grupo.

Pienso en lo que detesta a su tutor Vauguyon, cosa que mi esposo me ha confesado en privado. Como otra uva de la fuente. Estoy comiendo muy poco esta noche. Me siento demasiado cansada para comer. Se me escapa un suspiro.

—¿Estáis pensando en vuestro hogar? —me pregunta el soberano—. Decidnos, ¿qué imagen os viene a la memoria?

—Pienso en el zoológico —contesto—. Mi padre coleccionaba muchos animales divertidos para nosotros.

—¿Monos? —inquiere el rey, repasando con la mirada la repleta sala, como para asegurarse de que todos sus invitados disfrutan de un trato alegre.

Recuerdo que Madame du Barry tiene un mono como mascota.

—No me gustan los monos —confieso—. Son demasiado burlones.

Artois se echa a reír.

—Tengo entendido que el mono de la como-se-llame ha armado un alboroto. Ha rebuscado en sus maquillajes y se ha empolvado con frenesí y se ha puesto colorete en las mejillas, al igual que su dueña. —Cuando Artois imita al mono, encorvando la espalda y castañeteando los dientes, todos estallamos en carcajadas.

—¿Qué animales del zoológico de Schönbrunn os gustaban? —me pregunta el monarca.

—*Clara*, la rinoceronte, con su armadura cubierta de polvo rojo. —No quiero hablarle de mi querida *Hilda*, la hipopótamo, flotando entre los jacintos, tan pacífica y *vulnerable*—. Y un leopardo de ojos dorados repanchingado a la sombra de una lila.

—Es preciso que tengáis una piel de leopardo —me indica el rey— para colocarla debajo de vuestra silla de montar.

Traen una pesada bandeja de plata repleta de pasteles de imaginativas formas, algunos como huevos, otros como estrellas o corazones. Una sección entera se asemeja a las casas y tiendas de una pequeña villa, y todos están cubiertos de brillante azúcar como si una fuerte tormenta de nieve hubiese sacudido esta encantadora aldea. Hay una bandeja de oro llena de bollería, sus envoltorios marrones dorados se han confeccionado en forma de nidos para mermeladas y compotas, albaricoques y peras espolvoreadas con canela, y algunos tienen un charco de chocolate deshecho en su centro. Una gran fuente de porcelana decorada con puentes chinos y sauces azules contiene un enorme pudin, y el aroma de pasas cocinadas y ciruelas y cerezas penetra por las aletas de mi nariz hasta mi estómago, y hace que éste se retuerza de gula.

Sin embargo, decido mordisquear una de las estructuras cubiertas de nieve de la aldea. El Delfín tiene el plato a rebosar con varias piezas de cada tipo de maravilloso postre, y el conde de Provenza tiene el plato lleno, y encima otra capa, un segundo piso, por decirlo de alguna manera, de postres construido en su plato. No me cabe duda de que se lo comerá todo, pero el delgado Artois, y yo, y el apuesto rey tenemos cierta medida en este asunto de comer. Lamento que el Delfín pida repetir.

El conde de Provenza dice:

—Procuro vivir en el más *delicioso* de todos los mundos posibles.

Llegado el momento de retirarnos, el Delfín me acompaña hasta la puerta de nuestra alcoba. Mira hacia la preciosa cama blanca, que está tan adornada con cojines de encaje cubiertos de satén como lo estaban las pequeñas casas de pastel de la villa glaseadas y con azúcar brillante, pero me dice que tiene una indigestión y que, en realidad, lo mejor será que duerma en otro sitio para no molestarme por la noche. Sabe que se encontrará mal y necesitará cuidados.

Todo mi entusiasmo se desvanece, pero hablo con sumo buen humor y auténtica preocupación por su malestar.

Sola en la cama, mis piernas están inquietas, ya que espero con ilusión el movimiento de la cacería de mañana. Recupero el entusiasmo, y pienso en estrechar al caballo entre mis rodillas para hacer que salte exactamente en el momento que yo decido.

Mañana nuestro objetivo serán los zorros, y recorreremos otra sección del bosque.

Seguro que mañana por la noche mi esposo querrá estar conmigo; si la caza es buena. Sí, será una señal. Si la caza va bien, seguro que querrá acostarse con su esposa.

UNA PROMESA

La jornada ha sido un delirio de polvo, velocidad, saltos, monta. Estoy exultante no por los animales que hemos matado, sino por la alegría de la caza, la excitación, los colores de la indumentaria, el sonido de la corneta, el ruido sordo y fuerte de los cascos de los caballos, la libertad de mi propio cuerpo, levantándose y sentándose, levantándose para volar, el agradable dolor en todas mis extremidades.

Al salir del bosque, he oído que la quietud reconquistaba el campo. Los árboles parecía que formaban parte de algo casi sagrado, una inmensa *cathédrale*. Pero era la quietud la que me atraía de nuevo hacia sí.

Durante la cena, hablamos en voz alta y nos alborotamos. El rey siempre mantiene su dignidad, pero los nietos manifiestan su alegría como niños pequeños, especialmente los hermanos menores. Mi Delfín a ratos se muestra taciturno, cosa que llevaba algún tiempo sin ver en él. Por fin, me dice:

—Cazaría ahora, en la oscuridad, si pudiera.

Lo entiendo: está aburrido; sólo ansía cazar. La abundancia que hay en la mesa, los humeantes pasteles de carne, las pilas de fruta pelada y montones verdes de judías son pobres sustitutos de lo que supone adentrarse en el bosque sobre una montura diligente. Como debe esperar para lo que él quiere, se abstrae y se enfurruña.

—La mañana llegará rápido —lo animo—. Descansados cabalgaremos mejor.

—¿También os gusta?

—Me gusta cazar, y todo lo que os complace a vos me proporciona doble placer, pues experimento tanto vuestra dicha como la mía.

Sus ojos me miran con cariño, con gratitud por mi comprensión, pero no van tan lejos como para prometerme ninguna alegría conyugal. Él necesita, y agradece cuanto recibe, pero no es lo bastante fuerte para dar.

Llegan las bandejas de dulces, nueces cocinadas en pastelillos de azúcar moreno, un pastel en forma de zorro cubierto de *fondant* de frambuesa con un ojo de uva verde. El Delfín se relame los labios. Una adorable concha de merengue contiene una empalagosa espiral enroscada de pudin de chocolate; en un cuenco hondo de borde dorado y ondulado descansan grandes montones de crema batida adornada con fresas y espolvoreada con cristales de azúcar blanco, y más y más; el Delfín se lo come todo.

Frente a la puerta de nuestra cámara, el Delfín cruza los brazos sobre su estómago y se inclina hacia delante por el dolor.

—Lo siento —se disculpa jadeando, y doblado de dolor se aleja de mí, corriendo todo lo rápido que puede, en busca de un retrete.

¿Aumentará mi desdicha en Compiègne? ¿Dejará pronto incluso de acompañarme a la puerta? No necesito ser una gitana para predecir el futuro. Sé que la respuesta es *sí*.

¿Y qué opciones tengo?

Seguiré siendo paciente. Y visitaré los jardines de Versalles, y exploraré los bosquetes, y me deleitaré con los estanques de aguas saltarinas. Soy su amiga. Aunque toda la corte se ría de él, de mí no recibirá más que apoyo, montones y montones de dulce preocupación, como si cada rechazo fuese el primero y no engendrara impaciencia.

ACTO SEGUNDO

LA PRINCESA DE LAMBALLE,
CARNAVAL DE 1771

Estoy tan ansiosa por llegar al departamento de Madame de Noailles que cojo al Delfín de la mano; todos casi corremos por las estancias del castillo de Versalles, y corremos al cruzar la Galería de los Espejos. Nos contemplo en los espejos a medida que nos apresuramos a salir de una arcada y pasar por delante de otra, y otra y otra. Nos deslizamos por Versalles, la superficie lisa como al patinar sobre hielo. Nuestros criados apenas pueden seguirnos. ¡Nos divertiremos, nos divertiremos! Recuerdo cómo recientemente cabalgábamos persiguiendo a los perros de caza, saltando zanjas y vallas a caballo.

Antes de que mi esposo y yo lleguemos a la entrada del departamento de Madame Protocolo, olemos el aroma de cerdo asado y manzanas y canela y aves de caza rellenas de salvia, y algo que debe de ser un guiso de venado con mucho apio y cebollas; todos los maravillosos olores a carne y platos a los que tendremos que renunciar cuando termine el Carnaval y la Cuaresma se apodere de nosotros y durante cuarenta días comeremos sólo pescado. Sé que el Delfín tiene un gran apetito, y que todo el mundo asistirá al baile con un especial afán festivo. Durante los meses de invierno, sin su querida caza, mi esposo ha engordado.

Ha llegado el momento de caminar con más tranquilidad. Lenta, lentamente, nos hemos ido haciendo amigos. Cuando viene a mi cama, parloteo y lo entretengo con gran éxito. En cierta ocasión, después de un ataque de risa, el Delfín se quedó de pronto dormido, con un potente ronquido. Yo misma estallé en risas al verlo, pero no se despertó. Entonces lloré. Tremendos sollozos que hicieron temblar la cama.

En cuanto a mí, esta noche, el joven Artois y yo bailaremos hasta que se nos caigan las chinelas, si me dejan, ya puedo sentir el brillo invadiendo mis ojos. Bailar, especialmente con el cándido y grácil Artois, es olvidar que estoy lejos de casa y que nunca volveré a ir allí para ver los resplandecientes rostros de mis hermanos y hermanas. Es Carnaval, mi primera celebración de Carnaval, y tengo 15 años. ¡Llevo aquí en Francia más de medio año!

Cuando la puerta se abre, ¿a quién veo si no a la hermosa princesa de Lamballe? Está acompañada de su suegro, el duque de Penthièvre, el hombre más rico de Francia después del rey; su ayudante de cámara carga dos sencillos tiestos de arcilla blancos con violetas naturales. Con gráciles ademanes, el bondadoso Penthièvre da a entender que uno es para su anfitriona Madame de Noailles y el otro es para su bella y viuda nuera.

Para mi sorpresa, la princesa de Lamballe rompe a llorar. Rápidamente alguien coloca una silla detrás de ella, y medio desmayándose, se sienta en ella y solloza.

—Su fragancia es demasiado intensa —afirma enjugándose los ojos.

Mi segunda sorpresa es que me doy cuenta de que las lágrimas han asomado enseguida a mis propios ojos y están a punto de caer. Las flores son tan encantadoras que parece que hayan sido arrancadas del suelo del bosque y traídas por mensajero con toda su frescura.

—Está abrumada por la frescura de las flores —dice el duque comprensivo refiriéndose a su nuera, y hace un ademán para que se lleven los tiestos de violetas.

Reparo en que estoy de rodillas al lado de la princesa, tocando su mano y mirándola a los ojos para consolarla.

—A mí también me conmovió la *intensidad* de su aspecto —comento— cuando cabalgaba detrás de los perros de caza en el bosque de Compiègne.

—No os las llevéis —solloza la emotiva princesa—. Aunque, queridísimo papá, dejadme que le regale mi tiesto a la Delfina, cuya sensibilidad comparto.

Y, de repente, me sonríe. El sol ha salido de detrás de las nubes y me cautiva la belleza de sus separados ojos azules y la firmeza de su mirada. Ni me tiene miedo ni le impresiona mi posición. Es de mi espíritu del que ella se declara afín. Y entonces recuerdo que tiene orígenes alemanes, al igual que yo. Continúa sonriéndome y me agarra a su vez de la mano, y pienso en Charlotte, mi hermana, y en cómo de pequeñas, en el palacio de Schönbrunn, nos mirábamos a los ojos y sosteníamos la mirada hasta que el pensamiento exacto era transmitido de una mente a la otra, sin pronunciar una sola palabra.

Lo mismo pasa ahora, y mi corazón se inunda y suspira de felicidad, porque he encontrado a una amiga.

¡Oh!, Mesdames llegarán dentro de un momento. Nos importunarán, pero el elegante conde Mercy avanza un paso y con sus manos nos coge a cada una por debajo del codo, a la princesa y a mí. Al igual que la princesa, me levanto por la presión de su mano paternal.

—Dejad que os conduzca a un canapé más cómodo —sugiere Mercy—, donde podáis hablar de flores y de la amistad que veo que florece entre vos.

Las tías no se atreven a seguirnos y entrometerse. El conde ha intuido mis necesidades y ahora se queda cerca, un elegante centinela, relajado y en absoluto control como guardián de nuestro *tête-à-tête*.

La bella princesa tiene 21 años y yo 15, pero la pureza la ha mantenido idónea para mi confianza. Compara al conde Mercy con su querido suegro por su clarividencia, y yo le digo cuánto me maravilló cómo estaba pintada la familia del duque de Penthièvre en el cuadro *La taza de chocolate* del departamento de Madame Adelaida, y cómo me hubiera gustado haber podido entrar en ese cuadro y formar parte de ese feliz retrato de familia.

Le hablo de cómo ese primer día, cuando vi el perrito en el cuadro y pensé en *Mops*, tuve miedo de llorar quizás, e inmediatamente, otra vez, las lágrimas se agolpan en sus propios ojos, en conmiseración con mi antigua nostalgia.

—¿Adoráis también a los perritos? —le pregunto sonriendo alegremente.

—Y a los gatitos —contesta en un estallido extático. Unas cuantas lágrimas rebosan de sus ojos y resbalan por sus mejillas, pero las combate con valentía.

—¡Y a los hipopótamos! —exclamo.

La cojo desprevenida y dice:

—No conozco los hipopótamos. ¿Qué son?

Resulta que tampoco ha oído hablar de los rinocerontes ni las jirafas, y yo me alegro, porque por una vez no soy la persona más ignorante en una conversación. Con cierto miedo (estoy casi temblando), le pregunto si le gusta leer.

—En ocasiones —responde la princesa, y parece preocupada, como temiendo que su respuesta quizá no sea adecuada.

—A mí igual —afirmo.

—Hay un libro que siempre me conmueve —comenta— y hace que sienta que hay otras personas sensibles en el mundo.

Cuando le pregunto por el título, me dice que su libro favorito (lo ha leído muchas veces) es una novela titulada *Julia o la Nueva Eloísa*. Ha olvidado el nombre de su autor.

—Es de Jean-Jacques Rousseau —le recuerdo—, pero todavía no he leído el libro.

—Habla de la naturaleza, y la amistad y el amor —me explica.

Durante unos instantes me limito a observarla. Va tan hermosamente vestida como yo, con gran dispendio. ¿Qué es lo que quiero compartir con ella? Rebusco en mi mente algo que me caracterice. Pienso en los pequeños árboles topiarios que hay aquí en el jardín de Versalles, y en esa noche en que me escondí entre los pliegues de la cortina y los observé a través de la ventana, tan inmóviles a la luz de la luna. Pero ¡eso no! Es lo *contrario* lo que quiero.

—El bosque siempre murmulla —digo—. Los grandes árboles hablan entre sí con el susurro de sus hojas.

—Juntan sus cabezas —titubea ella, luego sonríe— y comparten secretos, como hermanas.

¡Ya me quiere! Ahora la dejadez de mi esposo me importa un poco menos.

A nuestro alrededor se desarrolla la actividad propia de una fiesta en las postrimerías de la época de Carnaval. En un momento dado veo a Artois, que me mira como si se sintiera desatendido. Al recordar la cantidad de veces que ha acudido en mi rescate invitándome a bailar, me levanto para bailar con él, tras prometerle a la princesa que volveré.

Cuando me siento de nuevo junto a mi nueva amiga, nos obsequian con pequeñas mesas con sendos platos de comida que mis tías han preparado para nosotras. En el plato no figura ninguna de mis cosas favoritas, y hago que lo retiren. La princesa también rechaza la comida.

Me susurra:

—¿Cómo puede uno comer cuando el corazón está ocupado?

Le digo que tenemos que pasear juntas por los jardines al día siguiente o que nos lleven en nuestras literas, si el suelo está mojado.

—Compararemos nuestras fuentes favoritas —propone ella.

—Dejadme adivinar —digo yo.

—No sé si podría soportar que no lo adivinarais —comenta.

—Lo adivinaré —respondo con la misma seguridad que si estuviese hablando con María Carolina, mi Charlotte—. Vuestra fuente favorita es la de Flora entre los montones de flores.

—Es verdad —afirma ella, y suspira profundamente.

—Recordadme, por favor —le pido—, vuestros nombres de pila.

Ella empieza:

—Marie Thérèse...

—El nombre de mi madre... —la interrumpo.

—¿Quién es?

—La emperatriz de Austria —le indico.

—¡Oh! ¿Cómo se llama?

Me cuesta creer que la princesa no sepa el nombre de mi madre, quien ha dispuesto mi matrimonio y la Alianza Austríaca, pero comento con absoluta cortesía:

—María Teresa..., como vos.

—Es un buen presagio —dice ella—, puesto que soy mayor que vos.

—Entonces podréis adivinar fácilmente cuál es mi fuente predilecta, después de la de Flora.

—Decidme.

Comprendo que no ha estudiado nada sobre mitología, y luego me doy cuenta de que quizá la historia de cómo Flora fue arrancada de Ceres, su madre, y llevada por Hades al inframundo, sería demasiado desgarradora para la princesa. Ha tenido un aya como mi querida condesa Brandeis, quien protegió mi sensibilidad contra los sobresaltos, quien se aseguró de que tuviese tiempo para jugar y me enseñó muy pocas cosas.

—La fuente de Ceres, que era la madre de Flora. Ceres hacía madurar el trigo y todos los cereales y las flores. También las violetas —añado—, por cuyo obsequio siempre honraré vuestro carácter dulce y generoso de esta noche en adelante.

—Prometo llevaros en mi corazón —replica ella, y tengo la sensación de que he oído la verdad—. Siempre —agrega la princesa—. Hasta la muerte. —Parece asustada.

Ante tan sinceras palabras no puedo formular respuesta alguna, pero alargo la mano y aprieto la suya.

—Ahora debemos unirnos a los demás y bailar —sugiero— o empezarán las habladurías.

Ella se levanta alegremente, con desenvuelta ligereza, pero se vuelve para sonreírme, su rostro es todo ternura rodeado por un cabello suave, hermoso. Cuando bailo (con todos), en ocasiones le lanzo una mirada, y percibo una conmovedora melancolía en su cara que la hace aún más bella. Quiero cuidar de ella, pero no hay ninguna necesidad de eso, puesto que el bondadoso duque de Penthièvre se ha volcado en su nuera.

Mientras el Delfín y yo recorremos los salones de regreso a nuestras cámaras, él me toca suavemente la cintura de vez en cuando, y al pasar el Salón de Marte, manda a nuestros sirvientes que se retiren. Alzo la vista para volver a ver los lobos que tiran de la cuadriga de Marte. Al parecer, mi esposo desea más intimidad, pero sus leves insinuaciones de interés me han decepcionado tantas veces que no dejo que mi mente analice lo que estos suaves roces pueden significar esta noche.

Por el contrario, pienso en el grácil encanto de la princesa de Lamballe, su estrecha cintura, su disposición a compartir confidencias conmigo. Le preguntaré acerca de su esposo, el cual ya sé que murió de sífilis a la edad de 29 años, consecuencia de su feroz e insaciable apetito, y le hablaré un poco de mis propias decepciones, de las que, como el resto de la corte, seguramente ya estará al tanto. Aunque todos saben que el problema reside en el Delfín, me culpan a mí igualmente. De él se burlan.

La princesa conoce la realidad de mi situación; no puede saber mis sentimientos, pues los comparto únicamente con mi madre a través de cartas de lenguaje cuidadoso y cortés. Es posible que las decepciones de la princesa y las mías con los hombres a los que nos hemos unido se deban a tipos de comportamientos bastante diferentes, en lo que a los maridos concierne, pero los corazones heridos de la princesa y el mío propio son, sin duda, afines.

Esta noche casi no me importa si mi esposo se mete en la cama conmigo o no, o lo que haga o deje de hacer mientras esperamos a quedarnos dormidos.

Al cruzar el Salón de Venus, miro de nuevo hacia el techo. Cuando veo las dulces palomas tirando del carro de la diosa, pienso en el tierno rostro y suave pelo de la princesa cuyo nombre empieza por Marie Thérèse. Sentadas en el diván, ambas nos arrullábamos como palomas.

Cuando miro hacia abajo, veo que de la parte inferior de una de las cortinas sobresale la punta de una vieja y gastada bota, la que creo que vi en la noche de bodas. No pasó nada en nuestra cama esa noche, e interpreto el cuero rayado como un presagio de que esta noche no pasará nada. «Si no me protejo de las expectativas, me volveré loca.» Tengo que reducir mi esperanza; yo y sólo yo puedo regular mis sentimientos. Al palacio tienen acceso todo tipo de personas; una de ellas se ha dejado una bota. Ésa es la única explicación a la punta rayada de zapato que sobresale por debajo de la cortina.

Mañana por la mañana mi esposo escribirá «Nada» en su diario, eso si se toma la molestia de escribir un diario de su vida conyugal. Ciertamente, nuestro matrimonio es menos emocionante que cazar, aunque tal vez más importante para el destino de Europa.

La cortina se mueve. Mi esposo repara en el movimiento; cuando ve la bota, aparta el brocado.

Una silueta femenina, aproximadamente de mi estatura, está de pie vestida con una falda hecha jirones. Lleva una capa, como la que he visto en dibujos de la campesina Juana de Arco, y su capucha levantada. Su cara no mira hacia nosotros, como si hubiese estado mirando a través de la ventana hacia el jardín iluminado por la luna.

Durante unos instantes recuerdo mi pesadilla sobre Eva, madre de la humanidad, mordiendo fruta de cristal, y ahogo un grito.

—No temáis —dice mi esposo, pero le habla a ella y no a mí.

¡Tampoco es necesario! No soy de las que se asustan, no, no la hija de la emperatriz de Austria.

La joven lo mira directamente a la cara. Sus facciones denotan sólo una emoción: asombro. Su delicado semblante no tiene arrugas, es suave; no revela ningún indicio de pobreza, aunque su cuerpo está demasiado delgado. Su piel es transparente. Levanta una frágil mano y presiona sus largos y delgados dedos contra su mejilla. Es un gesto que parece preguntar: «¿Soy real? El rostro de ella se parece un poco al mío».

Pero a mí me dirige una mirada fugaz.

Me doy cuenta de que sólo necesita lanzarme la más breve de las miradas: me ha visto con anterioridad. En esa sola mirada está el *reconocimiento*. Quizá me vea todos los días, es mucha la gente que va y viene en palacio, pero su ropa es demasiado pobre como para que yo no me haya fijado en semejante silueta. Su vestido holgado es plisado y del color del musgo viejo. Parece tan pobre como las pescaderas del mercado. Quizá sea hija de una de ellas. Pero no, sus rasgos son demasiado suaves para proceder de semejante estridencia.

Demasiado tarde, caemos en la cuenta de que se está moviendo. Simplemente avanza bordeándonos y camina hacia el Salón de Marte. Sus gruesas botas producen ruidos suaves y sordos mientras ella se aleja a toda prisa, primero hacia el Salón de Diana.

Dado que las puertas de los salones están alineadas, espero verla atravesar el Salón de Diana y entrar en el de Marte, y quizás eso hace, pero cierro lentamente los ojos, luego los abro, y ella ha desaparecido. Tal vez haya usado una de las puertas ocultas que hay recortadas en la pared empapelada, las puertas secretas que conducen al País de las Intrigas.

—La hemos perdido de vista, ¿verdad? —inquiere el Delfín—. ¿Voy a buscarla?

—Tal vez esta noche tengamos otros destinos.

Mi voz es tan serena y neutral como el vestido verde grisáceo de la joven.

—¿Habéis oído esta noche la historia de la demente condesa de Guémené? —La pregunta de mi esposo guía nuestras mentes por otros derroteros y da la impresión de que volvemos al mundo conocido—. Dicen que últimamente cree que habla con los muertos.

—Yo hablaría con mi querido papá, si pudiera.

—Y yo con mi hermano mayor, el Delfín que murió de pequeño. —Mi esposo gira la cabeza para mirarme. La curiosidad por mi estado de ánimo tras este extraño encuentro es palpable en la expresión de su rostro, si bien no en sus palabras—. La condesa se comunica con el otro mundo —esboza una leve sonrisa— mediante sus perros y los incesantes ladridos de éstos.

Me río en voz alta.

—Venid conmigo —me dice mi esposo, y me conduce hasta su cama.

Con un montón de mullidos cojines tras nuestras espaldas, iniciamos nuestra conversación nocturna. Cada confidencia que compartimos es como una cinta que se alarga y nos enlaza. Me habla del hermano que falleció, el primogénito de sus padres, que habría tenido el derecho a ser el siguiente rey. Me cuenta que era un chico brillante y muy querido. Por el bien de su hermano, la educación del propio Luis Augusto se vio acelerada, ya que lo apartaron de su aya con el fin de acompañar a su brillante hermano en sus estudios. Para estimular el interés de ambos por la historia, el gran filósofo e historiador escocés David Hume fue invitado a verlos. El hermano mayor era frágil, y su devoto padre, que no quería que su primogénito estuviese nunca solo, empleó al segundo hijo para ese fin.

El Delfín habla durante mucho rato acerca de su infancia, la muerte de su hermano, el desgarro de sus padres por esa pérdida y la decepción que él mismo les causó.

—Tras la muerte del Delfín, me mantuvieron aislado con preceptores, como suele ocurrirles a los príncipes, y no desarrollé ninguna habilidad para conversar libremente con otros jóvenes estudiantes ni para calar rápido a otra persona.

—¿Habéis calado —le pregunto— a la joven que hemos visto esta noche? —Me deleito en la agradable informalidad de nuestra conversación—. No hemos comentado nada sobre ella.

Sus pies se agitan debajo de las sábanas.

—¿Era real? —me rebate en un tono de conjetura—. En ese caso, quizá fuese gitana. Mi hermano el conde de Provenza dice que están acampados en tiendas detrás de las verjas.

—¿Pueden dos personas compartir la misma delusión? —pregunto.

—Sí —afirma—. Un centenar puede compartir la misma delusión. Un millar o decenas de millares.

Abandona el tema de nuestra aparición. Hablamos hasta que nos quedamos dormidos, aunque yo sólo le hago preguntas que le ayuden en su discurso. Su rostro se llena de brillo a medida que me confía más y más experiencias de su infancia. Tal vez otra noche indague más en mi historia personal. Como el sueño tarda más en alcanzarme a mí, repaso la fiesta ofrecida por la condesa de Noailles. Incluyendo a la princesa de Lamballe, Madame Protocolo me ha obsequiado con una hermana especial. Con la princesa de Lamballe, primero una y luego la otra nos hemos ido contando cosas las dos. La tela de nuestra conversación se ha entretejido con la misma naturalidad que la urdimbre y la trama.

Sin embargo, antes de que se durmiera, le he expresado a mi esposo que lamento que el joven príncipe de Rohan sea ahora cardenal, para satisfacción tanto de la condesa de Guéméné como de la de Noailles, que son sus familiares.

—En Estrasburgo se mostró de lo más insolente —le he confesado.

Cuando amanece, me despierto antes que mi esposo. Duerme únicamente con una sábana cubriendo su cuerpo desnudo. Entre sus piernas la sábana forma una pequeña carpa, sostenida por un macizo puntal.

EN EL JARDÍN: UN DRAGÓN

Transcurren semanas antes de que pueda pasar más tiempo en compañía de mi nueva amiga. Su suegro tiene casi tantas fincas como el rey, y su familia, como la nuestra, viaja con frecuencia, con gran dispendio, de una a otra. Se marchó en dirección suroeste, a Rambouillet, mientras que la corte viajó al este, a Meudon, donde se dice que se respira el mejor aire de todas las fincas. Pero, por fin, un magnífico día de primavera, su familia y la mía vuelven a encontrarse en Versalles.

Acompañadas de nuestros criados, Elisabeth, la encantadora hermana pequeña del Delfín, la princesa de Lamballe y yo paseamos cerca de la fuente del Dragón, que por alguna razón está en reposo, aunque su enorme estanque está repleto de agua. Sumamente orgullosa de sus grandes perros, Elisabeth camina rodeada de sus galgos, e insiste en llevar su gorro de invierno de piel de conejo gris, aunque ya estamos en plena primavera.

—Si no fuera por la aversión que tiene el Delfín a los gatos —le confío a la princesa—, estaría rodeada de ellos.

—Me gusta cuando se sientan en mi regazo y ronronean —comenta ella—. Pero a veces sus uñas se enredan con un hilo y echan a perder la seda.

Me pregunto si la aversión del Delfín a los gatos no será una muy ligera rebeldía contra las preferencias de su abuelo, quien adora a los gatos; especialmente a una persa de color blanco puro, que está tan mimada y es tan presumida que, en secreto, la apodo *Du Barry*.

Lanzo una mirada a mi querida nueva amiga y me pregunto qué pensará la princesa de Lamballe de la Du Barry y de la inmoralidad del rey, pero como el esposo de mi amiga también era un libertino, no saco el tema, que posiblemente sea doloroso para ella. ¿Cómo evitó el contagio de la enfermedad que él llevaba en su cuerpo? La que acabó con su vida. Con su linda cara y su bonita ropa, ella parece la imagen de la salud y la satisfacción. Al igual que yo, disfruta de la compañía de mascotas, pero no creo que le guste retozar con los hijos de otras personas tanto como a mí.

Uno de los galgos trota de tal modo que su cabeza está justo debajo de mi mano por si acaso quiero acariciarla, suave y lustrosa. Alza la vista hacia mí; yo diría que compasivamente. Si estuviera con mi hermana Charlotte, haría el tonto: acunaría la cabeza gris del perro entre mis manos, lo besaría en su largo hocico, y diría: «Ahora, convertíos en el príncipe ideal».

Estos animales son un alivio (mansos y elegantes en comparación con los cockers de mis tías). Absolutamente dóciles, son tan fuertes que parece que salten con sus piernas mientras dan vueltas y vueltas alrededor de su pequeña dueña, Elisabeth.

El dragón está rodeado por estatuas de niños desnudos dorados montados en cisnes que nadan en las aguas del estanque. Los intrépidos niños apuntan sus pequeñas flechas hacia el monstruo. Levantado sobre las patas traseras, con las garras dispuestas para el ataque, el dragón es escamoso, su cabeza está echada hacia atrás y levantada hacia el cielo. Los niños y los cisnes son mucho más grandes que el tamaño real; tal vez *podrían* matar al dragón, a pesar de su inocencia. De proporciones míticas, hacen que los adultos que contemplan el estanque parezcan enanos.

De pronto, de la cabeza echada hacia atrás y la boca abierta del dragón dorado, con un ruido y un chorro tremendo, sale una impresionante columna de agua. Los silenciosos galgos rompen a ladrar. Se agazapan y gruñen mientras la columna de agua crece más y más hasta alcanzar una altura realmente considerable. Todos los canes ladran, y algunos de ellos saltan al estanque para sumarse al ataque de los niños montados en cisnes. Entretanto, nosotras admiramos el feroz valor de los perros, y nos reímos de ellos por su insensatez. Mientras se revuelcan en el agua y se agachan y saltan y ladran, Elisabeth les grita: «¡No es de verdad, no es de verdad!», pero ellos creen lo que les dictan sus propios sentidos. El chorro de agua que emana de la estatua del dragón hacia el cielo significa que el animal está vivo.

Me río tan fuerte que empiezo a notar que estoy a punto de sollozar, hasta que con un horrendo borboteo en la garganta, las lágrimas brotan de mis ojos.

En el acto, la princesa insta a Elisabeth y a sus perros y a los criados a que regresen al castillo. Elisabeth, primero me da un beso en la mejilla y me susurra a mí, su tía, que no tema al dragón. «No puede moverse.» Procuro silenciar los sollozos de mi boca, y asiento breve y tranquilizadoramente, pero en cuanto empieza a subir la cuesta de vuelta al castillo, con los galgos empapados correteando a su alrededor, sollozo de nuevo. Ninguno de los perros guardianes grises se ha quedado atrás, pero aquí está mi amiga, la princesa, conduciéndome a un banco de piedra.

Me pregunta por el origen de mi infelicidad, y al ver que no respondo, llora un poco conmigo. Sigo sin poder responder.

—Mirad lo alto que ha llegado el chorro de agua —comenta—. Parece que haga cosquillas a las nubes.

Pero mis ojos están cerrados con fuerza dibujando una firme línea mientras sollozo. La princesa de Lamballe me abraza e intenta calmarme. Con las frías yemas de sus dedos y la palma de la mano me acaricia la nuca. Al fin, exclamo con una cadencia entrecortada:

—¡Quiero ser madre!

Retrocediendo, la princesa me mira sobresaltada, y luego me doy cuenta de que se alegra de poder ahorrarse los ritos de la vida conyugal y el placer de la maternidad. Como nuera del hombre más rico y virtuoso del reino, está plenamente satisfecha; es como una niña grande.

—Todo mi ser teme que el Delfín nunca haga el amor conmigo —me lamento—. Mi cuerpo entero suspira por ser madre de un niño.

La princesa se sienta frente a mí con su encantador sombrero adornado con flores; sus ojos separados me observan como si deseara consolarme, pero se ha quedado sin habla. En su irremediable zozobra, creo que va a empezar a llorar otra vez.

Alargo la mano hacia ella.

—Todas las noches —le digo— doy gracias a Dios por haberme enviado a una amiga como vos.

Ella sonríe, y yo me obligo a devolverle la sonrisa. Enderezo el lazo rosa que extiende sus grandes bucles sobre su pecho. Es mi deber aprender a dominar mis sentimientos, o a ocultarlos.

Esta noche duermo sola porque el Delfín se ha ido a cazar a Fontainebleau, y dado que coincide con la visita de la «Generala», no he querido compartir su cama. Tampoco montaré a caballo con mi esposo, no vaya a ser que galopando me arriesgue a una hemorragia ocasionada por el exceso de ejercicio. Por descuido, no he organizado ninguna distracción para la noche.

Tumbada en la cama, el silencio es terrible. Quizá debería mandar llamar a la princesa para que me hiciera compañía. Casi me dispongo a levantarme y escribir cartas a mi madre o a mi hermana, pero decido no hacer ninguna de las dos cosas. En sí, el silencio y el aburrimiento me resultan espantosamente curiosos porque son *nuevos*. Quiero *explorar* el momento. Permanezco inmóvil, contemplando durante un rato el retrato de mi madre, después el de mi hermano, el emperador José. Sus imágenes son mis guardianes.

Cuando estaba en casa, nunca nos aburríamos ni nos asustábamos. Teníamos distracciones: jugábamos a cartas o a juegos, o bailábamos, o tocábamos instrumentos musicales juntos. Éramos tantos (me estremezco al pensar que la emperatriz dio a luz dieciséis veces), y chicos y chicas jugábamos juntos. Debido a que nuestras distracciones casi siempre estaban relacionadas con nuestros talentos (al teclado o con el arco, bailando, cantando o actuando), nuestra habilidad determinaba quién sobresalía y era más admirado.

Por la mañana, después de tomar café con mis tías en su departamento, mientras me dirijo a misa con el rey, le digo que necesito que haya más música en mi vida. Le pregunto si podrían traer a la corte a mi antiguo profesor Christoph Gluck para que me diera clases y representara sus óperas.

—Hay una enconada polémica ahora sobre las cuestiones estéticas en la composición de las óperas —comenta divertido Luis XV—. ¿Debería la música apoyar a la poesía o la poesía proporcionar simplemente la estructura para las acrobacias vocales? Ésa es la pregunta.

No. La pregunta es si moriré asfixiada por la amargura o la vergüenza. La gente dice que soy hermosa y tengo un gran atractivo, pero para mi esposo soy más abominable que un dragón. Desearía echar mi cabeza hacia atrás y eyectar mi desdicha. Desearía que los perros me hicieran trizas.

UNA TEMPESTAD

He hecho llorar a mi esposo.

Son precisos dos arrepentimientos: uno con el abad Vermond en el confesionario y otro por razones políticas.

Los chismorreos pronto alcanzarán al conde Mercy, quien me temo que le comunicará el asunto de un modo poco ventajoso a mi madre, así que debo decírselo yo misma, y en el proceso obtener más información acerca del rumor de que la hermana de la esposa del conde de Provenza está destinada a contraer matrimonio con el conde de Artois; entonces tendremos muchos miembros de la familia Saboya en Versalles.

Al entrar en mi sala de estar el conde Mercy me pregunta por qué he requerido su presencia en esta cámara privada y, naturalmente, expresa lo mucho que le complace satisfacer mis necesidades en cualquier momento.

Observo su bello semblante y agradable porte y sé que siempre se esfuerza por no asustarme. Ha llegado a mis oídos que tiene una querida a la que mantiene, pero lo perdono porque sirve a mi madre con íntegra lealtad y también es fiel a mi persona. En Francia, semejantes uniones entre hombres poderosos y mujeres comunes son ordinarias y aceptadas, pero eso no significa que yo tolere conversar con la condesa du Barry, aun cuando esté sentada en la misma habitación que yo. Si bien el conde Mercy peca, sus pecados no lo han corrompido, y además, sufre terriblemente de hemorroides, y ése es su castigo.

Quizá le duelan en este momento, pero como no solamente es curioso sino que asimismo se preocupa por mí, no hay ningún indicio de distracción en su rostro. Su mentón es un rasgo excelente en él, firme pero bien moldeado, con cierta delicadeza. Mi mentón tiene la prominencia un tanto excesiva de los Habsburgo, lo que para algunos me confiere un aspecto arrogante, mientras que los amigos hablan de mi dignidad. Mercy siempre yergue su cabeza con suma naturalidad. Es cuando uno lo mira a los ojos que topa con un intelecto de considerable astucia y dignidad. Y creo que veo allí también una astuta amabilidad reservada principalmente a mí y tal vez a su amante actriz.

Pido a los sirvientes que se retiren, señalo una silla, que el conde acerca arrastrando mientras toma asiento.

—¿En qué puedo ayudaros? —me pregunta con paternal buena disposición.

—Me consolaría que escucharais la historia de las lágrimas del Delfín de hoy. —Parezco tan serena en mi actitud que me convenzo a mí misma de que mi porte real es impasible—. Y os suplico me aviséis, si he omitido cualquier gesto necesario para restaurar la absoluta tranquilidad del hogar. ¿Os habéis enterado ya de que he hecho llorar al Delfín?

Con sinceridad, me dice que el incidente ha llegado a sus oídos; sencillamente una o dos frases que no me criticaban en modo alguno.

—Por supuesto, sabéis el lamentable estado incompleto en que vivimos el Delfín y yo. Lo he alentado sin cesar. Mi madre siempre dice que debo ser más cariñosa, y lo soy, pero en ocasiones tengo la sensación de que es la conversación lo que nos acerca más.

—Es un hecho, y una desventaja, que cuando Vuestra Alteza y Su Alteza se casaron, apenas se conocían el uno al otro. Eso nadie lo niega, mi querida princesa.

—Y a mi juicio, la conversación, de ser eficaz, a veces debe transmitir la verdad; verdades importantes.

Con una ligera sonrisa, él asiente y me anima a continuar.

—El día tiene las horas que tiene…; es así como empecé la conversación.

—Una observación irrefutable, princesa mía.

—Y si ocupamos el día y gastamos nuestra energía en una cosa, entonces no puede invertirse en otra.

—Y vuestro deseo era transmitir que quizás el Delfín…

—Podría pasar menos tiempo cazando.

En un tono de confidencialidad, el conde comenta con melancólica franqueza:

—Siente una pasión desmedida por el deporte, al igual que el actual rey y el que lo precedió.

—Sí, pero yo nunca pensé que una pasión transmitida de generación en generación sería decisiva en el impedimento de la perpetuación de la familia. —Decido describir los hábitos de mi esposo con más detalle—. El Delfín caza sin cesar y eso lo deja sin energía. Después de cazar y comer, cae redondo, noche tras noche. Hoy le he preguntado abiertamente, en presencia del conde de Provenza y la condesa de Provenza, si era consciente de que su adicción a la caza está destruyendo su salud, y que además está destruyendo su aspecto, volviéndolo vulgar y desaliñado.

El conde ofrece un semblante de absoluta neutralidad, lo cual significa que está sorprendido por lo que he tenido el desafortunado impulso de comunicarle al Delfín.

Sin embargo, prosigo mi relato:

—Lamento decir que mi comentario acerca de su aspecto ha herido mucho los sentimientos del Delfín, y sé que no debería haber comenzado como lo hice. Pero el conde de Provenza tiene tal sobrepeso y Josefina una complexión tan cetrina que para mí era evidente que, en cualquier caso, el Delfín los eclipsa a ambos con creces, y que él conocía este hecho y que no se ofendería porque, comparado con ellos, estar «desaliñado» era un defecto menor.

El conde alisa la tela de los muslos de sus pantalones. Mira hacia abajo y luego levanta la vista hacia mí, como pidiendo permiso para expresar su propio pensamiento, y con un respetuoso silencio le indico que puede hablar.

—Naturalmente, lo que a Su Alteza le duele no es el contenido específico de vuestra queja contra él, sino el hecho de que le han enseñado y aconsejado muchas veces que incluso en su familia, él debe estar por encima de los demás, y que nadie debe presumir lo contrario.

—Yo lo presumía —confieso.

Cuando recuerdo la expresión de desesperación del rostro del Delfín al ver que yo, que siempre lo he apoyado en cualquier situación, de repente le había fallado, me entran ganas de llorar.

Únicamente puedo argumentar una débil defensa de mi indiscreción.

—En ocasiones, el Delfín ha agradecido mi preocupación por su bienestar. Recordaréis que, hará cosa de un mes, en una de las fiestas de la condesa de Noailles, cuando le ofrecieron demasiados pasteles, ordené a los criados que se los llevaran todos, y le expliqué a Su Alteza que su digestión era delicada y que no podría soportar verlo sufrir por comer en exceso. Entonces se mostró encantado e interpretó mi comportamiento como una prueba de mi ternura hacia él.

—¿Es realmente la misma circunstancia? —me pregunta el conde con paciencia, como ha hecho tantas veces para intentar ayudarme a hilvanar mi camino en un laberinto de opciones. A veces habla con mucha seriedad y fervor, a veces con especial amabilidad, al igual que ahora, lo cual me hace pensar que probablemente ya le hayan contado la historia entera.

La circunstancia no es la misma, y así se lo digo, reparando en que, ciertamente, hay una diferencia entre un acto espontáneo, expresado bellamente, y una reprimenda.

—¿Qué ha pasado después? —quiere saber Mercy.

—Antes de que pudiera pedirle que modificara sus hábitos de caza, ha huido a su propio departamento. Pero yo lo he seguido y he continuado discutiendo las desventajas de un comportamiento, una indulgencia, que no sólo me lleva a mí a la desesperación, sino que es irresponsable en su deber para con el rey y los ciudadanos de Francia.

»La idea de que está privando al pueblo de un futuro rey ha humillado tanto al Delfín que se ha puesto a llorar. Me ha dicho que tengo razón y me ha suplicado que sea paciente con él.

»Entonces lo he acariciado, y he llorado con él, y le he dicho que mi amor por los franceses va detrás del que siento por él.

—¿Y cuál ha sido su respuesta?

—Me ha preguntado muy impresionado si es verdad, pues, que realmente lo amo, y yo he contestado que sí, y, es más, que lo respeto y que me rompe el corazón pensar que he sido tan malvada como para decir delante de su hermano cosas que deberían haber sido dichas de otro modo y cuando estuviéramos solos. Me he llamado gansa a mí misma, y entonces él me ha besado con ternura.

Aunque le hablo al conde únicamente de lo que se ha dicho y hecho, experimento de nuevo lo mucho que me ha sorprendido la pregunta de mi esposo de si lo amaba. Estaba tan vulnerable como un niño. Nunca me había imaginado que le preocupaba la cuestión de mis *sentimientos* hacia él, pensaba que se limitaba a aceptar que era nuestro deber estar juntos. La franqueza de esta pregunta formulada por Luis Augusto ha roto la dura coraza que había crecido (casi sin que yo me diera cuenta) alrededor de mi corazón.

—De modo que la reconciliación hizo que ambos intimarais más.

—Creo que sí y, sin duda, siento el máximo cariño hacia él —confieso en un estallido de franqueza propia—, puesto que tiene un carácter excelente y en lugar de enfadarse conmigo, me demuestra la sensibilidad de su naturaleza censurándose a sí mismo. Le he dicho que un demonio se había apoderado de mi lengua.

El conde me sonríe con afecto y luego me pregunta si el Delfín me ha sonreído.

—No hay nadie con más encanto que vos —afirma Mercy—, y le diré a la emperatriz que estoy satisfecho con el modo en que habéis hecho frente a esta pequeña tempestad. Quizá germinen flores de mayor cariño entre él y vos después de haberlas regado con lágrimas.

No le he explicado al conde que me he disculpado con mi esposo diciéndole que el supuesto demonio era a veces un heraldo de la inminente llegada de la «Generala Krottendorf».

—¡Oh, sí! —ha exclamado el Delfín—. Respetaremos la visita de la «Generala» y quizá después de ésta sellemos nuestra reconciliación de tal modo que satisfaga no solamente vuestras expectativas, sino las de Francia. —Me ha estrechado de nuevo entre sus brazos y me ha besado en la frente. Entonces ha añadido con galantería—: Así como mis propias esperanzas afectivas.

MADAME, MI MUY QUERIDA MADRE

*La pequeña tempestad en el mar tranquilo de mi buen
entendimiento con el Delfín pasó hace meses. Cuando nos
reconciliamos, nos demostramos ternura, pero entenderéis lo que
quiero decir cuando digo que no aconteció ningún progreso real.
Os lo cuento todo, y es preciso que creáis que puedo justificarme
en todos los demás asuntos que os preocupan tanto como para que
me escribáis sobre ellos reiteradamente.*

No, no puedo emplear la palabra *reiteradamente*. La tacho, la convierto en una mancha negra y desgarro el papel con la afilada punta de mi pluma, pero ahora sé que tengo que volver a copiar esta carta, pues la emperatriz me ha reñido por mi letra y falta de esmero tanto como por asuntos de mayor importancia. El corsé; bueno, se ha salido con la suya en lo del corsé, y los que hacen en Austria son más cómodos que los que hacen aquí, y ahora que estoy a punto de cumplir los dieciséis, incluso me complace necesitar llevar las prendas apropiadas de ropa interior femenina.

Soy una ingrata por no apreciar más sus consideraciones. El conde Mercy me ha dicho que mi madre está profundamente preocupada por la inminente partición de Polonia entre Austria, Prusia y Rusia. Los franceses no tienen conocimiento de lo que está a punto de suceder, porque el joven príncipe de Rohan, al que conocí por primera vez en Estrasburgo y a quien Luis XV ha nombrado embajador francés en Viena, está demasiado ocupado haciendo apuestas y asistiendo a fiestas como para ser siquiera consciente de la situación internacional. Mi madre, eso me explica Mercy, está lógicamente preocupada por el efecto que esta acción contra Polonia producirá en Francia y en la alianza francoaustríaca sellada con mi matrimonio. La emperatriz ha sido presionada para llegar a este acuerdo por mi hermano José, que gobierna con ella, así como por los gobernantes de Prusia y Rusia.

De su puño, ha tachado de su decreto conjunto la palabra *legítimamente* referida a su intención de dividir Polonia en tres zonas ocupadas. Su ansiedad por lo que ella considera un acto injusto le ha ocasionado un gran sufrimiento, y ese sufrimiento se ve agravado por los rumores que oye acerca de mi comportamiento (que soy coqueta, que paso demasiado tiempo jugando a cartas y distrayéndome, que desatiendo al Delfín y he creado una atmósfera fría con el rey porque no hablo con esa mujer inmoral que él mantiene en su presencia, ¡y en su cama!).

Me desespera la tristeza de que creáis lo que me veo obligada a llamar MENTIRAS y chismorreos de naturaleza malintencionada, en lugar de lo que Mercy y yo misma os escribimos acerca de la situación que hay aquí. Estoy <u>segura</u> de que el propio rey no quiere que hable con la Du Barry. Mesdames las Tías me lo han explicado: que él me respeta por mi tozudez en esta cuestión moral. Que él mismo espera que si sigo desdeñando a esa criatura, ella se irá y él se reincorporará al seno de su familia, junto a sus virtuosas hijas.

Veo que he llegado demasiado lejos en la carta al poner de manifiesto mi dependencia de mis tías en lo relativo a la interpretación y el consejo. Prescindiré de esas dos frases que aluden a ellas y diré en cambio que mi seguridad sobre lo apropiado de desdeñar a la Favorita se fundamenta en los consejos buenos y de fiar procedentes de aquellos que quieren mi bienestar.

Estoy convencida de que si el rey deseara que yo cambiara mi comportamiento hacia la Favorita me lo habría dicho, pero nunca saca siquiera el tema. Debido a que yo me niego a hablar con ella, el rey me ha recompensado incluso con mayor simpatía.
Parte del problema es que, si hablara con ella una vez, entonces ella y su círculo seguirían sin estar satisfechos. Me tendrían en su poder y me obligarían a entablar conversación con

ella habitualmente, una y otra vez. Eso sería intolerable para alguien que es la querida hija del parangón de la Virtud, la emperatriz, mi queridísima madre.

LA RESPUESTA DE LA EMPERATRIZ

Como os estoy escribiendo en la víspera de vuestro decimosexto cumpleaños, sé que esta carta os llegará dentro de varios días, pero de todas formas sabréis, hoy y mañana, que pienso en vos, puesto que conocéis mi corazón tanto como yo el vuestro. Doy las gracias a Dios cada día, y rezo para que os mantenga sana y salva con el fin de que podáis hacer el bien donde estáis y también hacer feliz a vuestra familia de aquí en la medida en que seáis capaz de celebrar la gloria del Creador y promover el bienestar de aquellos que dependen de vos.

Me alegra que me escribáis abiertamente defendiendo vuestro comportamiento respecto al tema de la Du Barry. Cada vez que sois franca y explicáis vuestra sensibilidad en una cuestión, os ganáis mi cariño. Sin embargo, no creo que vuestros sentimientos sufran por mis reconvenciones tanto como experimentáis impaciencia por mi deseo de guiaros y ayudaros. Me hiere los sentimientos que no habléis sobre vuestras tías en las cartas que me escribís cuando estoy segura de que ellas están en el origen de vuestra intransigencia en el asunto de ser más atenta con la Du Barry. Ellas son la fuente de todas vuestras ideas erróneas.

Os puedo asegurar que la simpatía del rey hacia vos (y Mercy ha hecho comentarios similares) es a pesar de vuestra forma de tratar a la Favorita y no debido a ella, como dicen las tías.

¿Os importan menos mi amor y mis consejos que los suyos? Eso es lo que realmente me hiere el corazón.

Mi corazón sangra cuando el embajador francés, el disoluto príncipe Luis de Rohan, difunde rumores sobre vos. No contento con levantar rumores sobre su propia e indignante excentricidad y desenfreno, también levanta rumores sobre vos. Por ejemplo, cuando corristeis a ayudar al amigo de Artois, el guapo Dillon, que se desmayó en público, y pusisteis vuestra mano sobre su corazón, este sencillo gesto de compasión fue interpretado por él como una muestra de coquetería. Vuestra castidad es vuestro tesoro. Incluso de vuestro aspecto debéis vigilar...

Lo que me consuela y me llena de felicidad es que vuestra hermana la reina de Nápoles está encinta, y que, además, el rey de las Dos Sicilias la convirtiese en una auténtica esposa la primera noche después de su boda. ¿Sabíais eso? Quizá Charlotte sea demasiado modesta para informaros de su éxito en Nápoles. Cuando la «Generala» la visitó tan pronto tras la boda, el rey Fernando expresó su enorme impaciencia.

En cuanto al rey de Francia, vuestro abuelo, os suplico que habléis con él a menudo (escribirle notas, aun cuando estén articuladas con esmero, no es un sustitutivo). Es fácilmente localizable, vive en el mismo castillo, y siente por vos un cariño genuino. Cuando prescindís de él en beneficio de otras distracciones, os imagino avanzando a zancadas con imprudencia y una serenidad nada realista hacia vuestra propia ruina, y temo que tendréis que sufrir mucho dolor antes de que podáis enmendar todos vuestros errores. Comprended que el lenguaje escrito no habla en vuestro nombre con el rey; al contrario, hay en vos algo tan enternecedor cuando estáis físicamente presente con vuestra actitud absolutamente grácil que conmueve todos los corazones.

El país sufre de malas cosechas, y también hay peligro de que surja una epidemia de viruela.

EL CONDE MERCY DA CONSEJOS
EL ÚLTIMO DÍA DEL AÑO
31 DE DICIEMBRE DE 1771

Tras recibir un mensaje del embajador austríaco de que le encantaría mantener una conversación en privado conmigo, le he invitado a la biblioteca del Delfín. Me gustaría hablar con él de muchos temas y confabularme con él acerca de cómo el príncipe Luis de Rohan podría ser retirado de Viena. Sus vicios hastían a la emperatriz. No lo quiere en su presencia, y lo cierto es que yo no siento nada más que aversión hacia este francés que elaboró una interpretación degradada sobre mi mano inocente buscando el pulso en el pecho del pobre Dillon.

Por encima de mi cabeza, puedo oír a mi esposo martilleando, pues se ha hecho instalar un yunque arriba para forjar hierro. Cuando empieza el invierno y el tiempo es demasiado lluvioso y frío para disfrutar de la caza, dice que la forja, con el alegre ardor del carbón y las tenazas candentes, es realmente el sitio donde mejor se está. Está forjando una rosa de hierro para mí.

Entretanto, yo bordo otra rosa, de color rosa salpicada de rosa más oscuro e incluso toques de rojo. Mis ojos se deleitan con las suaves madejas de hilo, y mis dedos disfrutan con el resbaladizo acero de la aguja. Estoy tejiendo la funda de reclinatorio para mi devota madre, como recuerdo de su cumpleaños, y sin duda me dirá que nada podía complacerla más. ¡En mi último cumpleaños, ella me ha enviado un pequeño escritorio con la advertencia de que debo pensar en ella cuando lo use y escribirle más a menudo a ella y menos a «papá rey»! Pero sé que en esto tiene razón.

El conde Mercy entra sigilosamente, sin pompa ni alharacas pero con los movimientos seguros de un amigo. Hoy tiene buen aspecto, pero sus mejillas están un tanto sonrojadas. Le digo enseguida que mi hermana Charlotte está encinta, y por su forma de mirar hacia los lados antes de mirarme a los ojos sé que la noticia me ha llegado, a través de la emperatriz, antes a mí que a él. Habla con una calidez sincera y serena.

—¡Qué buenaventura para ella!

—Nada podría hacerme más feliz, salvo poder comunicarle al mundo que estoy en el mismo estado. —Le he dicho la pura verdad al conde. Uno no puede evitar amar a cualquier persona cuyo carácter permite que el propio se manifieste con sinceridad.

—La generosidad os sienta bien —comenta, luego continúa—, aunque me duele hablar sobre la extraña conducta del Delfín, siento que debo recordarle a Vuestra Alteza *cómo* la reciente promesa que os hizo relativa a la debida y muy deseada consumación ha sido quebrantada. ¿Lo recordáis?

De inmediato le relato los hechos de una decepción reciente:

—El Delfín había prometido que en determinada fecha propicia me convertiría realmente en su esposa. Aunque en el pasado ha hecho semejantes promesas, no ha ocurrido nada. Esta vez, de nuevo, creí en él con todo mi corazón, y como rebosaba felicidad, le confié mis expectativas a mis tías, que me quieren y tratan siempre de animar al Delfín a que tenga buena opinión de sí mismo y confianza en su destreza.

Detecto una mirada rapaz en los ojos comprensivos del conde. Tiene la inteligencia y la rapidez de un halcón.

—De nuevo, no quisiera ofenderos —comenta—, pero os vuelvo a repetir si recordáis lo que hicieron Mesdames con la confidencia que fuisteis tan confiada de depositar en ellas.

Sobre el suelo del piso de arriba cae alguna herramienta pesada. La araña de techo se balancea sobre mi cabeza, y todas las velas titilan. Fuera, el día invernal es la personificación de un día gris. Comprendo por qué mi esposo recurre a dar golpes en el yunque para ser feliz.

—Lamentablemente, mis tías le dijeron *a mi esposo a la cara* que se alegraban de saber de su promesa… de convertirme en una verdadera Delfina a la que nadie querría enviar a casa por su fracaso. —He confesado la verdad; el conde ya está al tanto. Bajo la vista.

—¿Tuvieron la descortesía de emplear realmente semejantes palabras…? ¿«Su fracaso»?

Ahora me muerdo el labio porque me tiembla. No me gusta reconocer, ni siquiera ante mí misma, que en cierto sentido las tías me han traicionado. Pero yo sé que mi esposo, el hombre que está trabajando arriba en la forja (ese tipo honesto, de movimientos lentos y torpes), no miente.

—Sé que así fue, puesto que cuando el Delfín vino a decirme lo que habían dicho, las citó con suma precisión. Me pidió que me imaginara su sorpresa al ser tan directamente presionado por un asunto de una promesa íntima. Lo interrogué acerca de la cuestión del lenguaje con el que ellas se habían referido a mí, y él juró que dijeron exactamente lo que he reproducido. De hecho, las palabras «su fracaso» están marcadas en mi corazón como por un hierro candente.

Debido a lo avergonzada que me siento, mi mano se levanta y cubre mis ojos momentáneamente.

Tras una pausa decorosa durante la cual me recupero, el conde Mercy continúa:

—Y finalmente, querida princesa, ¿infundieron las palabras de Mesdames ardor y confianza en el Delfín?

—Me dijo, con cierta arrogancia, que ahora no podía cumplir con su promesa, pues la corte entera sabía de sus intenciones, y su curiosidad y la idea de que susurraran a medida que el día señalado se acercara lo hacían encogerse de vergüenza.

—Quebrantó su promesa. Considero que no es aconsejable que confiéis en Mesdames las Tías para que os aconsejen sobre cualquier materia.

Habiendo expresado lo que principalmente ocupa su mente y que, con toda seguridad, es la razón de su visita, el conde se aclara la garganta. Ese pequeño y discreto sonido es su comentario final a mi última humillación. Levanta una mano para tocarse los labios, y luego la baja, listo para abordar otro tema.

—Al igual que la cuestión de la sucesión, de un heredero, es importante, naturalmente, para el rey, hay asimismo otra cuestión, que en cierto modo también podríamos decir que, *naturalmente*, es importante para él. No podemos reparar el daño que las tías han ocasionado, pero podemos frenar el daño que producen todos los días cuando hablan mal de la Favorita del rey y cuando os animan a hacer alarde de vuestra determinación de contradecir los deseos de éste. —De repente la voz del conde cambia. Se vuelve seria y amenazante—. ¿Y a qué me refiero? Sois ingeniosa, a diferencia de la princesa de Lamballe. No os esconderéis detrás de una mente tímida y poco imaginativa, sino que por vuestro propio bien diréis directamente, con franqueza alemana, a qué me refiero.

—¿Por qué no es suficiente que vos habléis con la Favorita? —pregunto petulante—. Vos vais a su cámara y le hacéis compañía. ¿No es ésa suficiente atención de uno de nosotros?

El conde se limita a poner los ojos en blanco y mirar al techo. Espera de mí más franqueza.

Suspiro y articulo lo que él espera oír:

—Os referís a mi rechazo a hablarle con cortesía ceremoniosa a esa criatura, la Du Barry.

Súbitamente, el conde se pone de pie con agilidad. Camina de un lado a otro para captar mi atención y añadir énfasis a cada una de sus palabras. Observo sus pies elegantes mientras pisa los grandes penachos de plumas tejidos en la alfombra estampada.

—Opino, al igual que la emperatriz, quien tiene muchas fuentes de información sobre lo que acontece aquí en Versalles, y quien, debido a su amplia experiencia en el estilo de vida de la corte, atesora más sabiduría de la que yo jamás podría aspirar a alcanzar o, de hecho, de la que nadie podría alcanzar, excepto posiblemente el propio Luis XV, que la situación es crítica y debéis hablar. —El conde titubea en su paso como para concentrar todas sus ideas estratégicas.

Después continúa:

—Cuando aparece un grupo de damas con el propósito de hacer la corte a Vuestra Alteza Real, Madame la Dauphine, se espera de vos que habléis cortésmente con todos los presentes. Mañana es el Día de Año Nuevo, y sabemos que especialmente en esta ocasión ceremonial, las damas vendrán a visitaros. Sé, además, que la condesa du Barry estará en ese círculo de damas. Cuando Vuestra Alteza Real hable con esas damas, debería también hablar, una vez bastará, os lo aseguro, con la condesa du Barry.

—El año pasado simplemente hablé en general, al grupo del que ella formaba parte. ¿No puede ser suficiente otra vez?

—Su Alteza Real podría hacer un comentario, por ejemplo, sobre el vestido concreto que lleva la Favorita, o sobre el bonito abanico que sostiene en su mano, o algún otro objeto que constituya el elemento de una breve observación dirigida en ese momento, de la forma más natural posible, pero directamente a la condesa.

—Mis tías creerán que he perdido el juicio. —O mi moralidad. Pero, tal vez, pese a mi obstinado ensoberbecimiento, la emperatriz y el embajador saben que la moralidad *no puede* siempre anular la sabiduría. Me siento derrotada y a punto de llorar por la vejación.

—¿Que habéis perdido el juicio? —El conde habla en voz baja, amable y comprensiva—. Al contrario, si ellas presencian la escena, sabrán que ya no sois su juguete, que sois una mujer que discernís por derecho propio y no necesitáis obedecer a sus caprichos. Con gran pesar, he observado muchas veces que Madame la Dauphine es frecuentemente utilizada para expresar una aversión que *ellas* sienten hacia la condesa u otras personas, pero que no se atreverían a sugerir.

De repente, el conde coloca ambas manos en sus caderas; una postura incómoda y que expresa su extrema exasperación por la situación.

—Ellas no sólo os han alejado intencionadamente de la tan influyente condesa, sino que también han creado una distancia entre vos y el rey por este asunto. Dejadme ser categórico acerca del motivo de su deseo de hacer esto: temen que vos, con vuestra juventud y vuestra belleza, podáis desbancarlas del cariño del soberano.

—Son sus propias hijas —protesto.

—Carecen de encanto.

El conde vuelve a sentarse en su silla, como si estuviese agotado por el esfuerzo requerido para comunicarse conmigo.

Añade:

—Podéis comprobar la veracidad de mi afirmación de este modo: en cuanto os hayáis mostrado cortés con la Du Barry, la próxima vez que el rey os vea os tratará con una consideración y una ternura inauditas para expresaros su complacencia por vuestro gesto. Entonces sabréis que la emperatriz y yo os hemos dado un consejo magnífico. Y, por favor, sabed también, en ese momento, que estamos sumamente complacidos con vos y que nos deleitamos en vuestro triunfo.

—Mi amigo el conde parece fatigado.

—Hay otros asuntos de Estado. ¿Qué podéis buenamente prometer sobre este tema, que pese a su absoluta trivialidad tiene una importancia enorme?

—Prometo proceder tal como me habéis aconsejado, mañana.

—Vigilad especialmente a Madame Adelaida. Es ella quien tiene más arrojo para interferir. Sobre todo, no le digáis hoy lo que pretendéis realizar mañana. Recordad que malogró la excelente intención del Delfín. Ahora, con vuestro gentil permiso, me retiro.

Bang, bang, bang. Mi esposo está aporreando el metal. Tengo la sensación de que yo misma he estado encima del yunque, y que mi voluntad ha sido moldeada en una nueva forma. Mi nariz y mis ojos empiezan a llorar lágrimas por el disgusto. De mi manga extraigo un pañuelo y lo abro. El pañuelo está tan adornado con encaje que el recuadro de estopilla de su centro es sólo la mitad del tamaño del grueso cuadrado que encierra la palma de mi mano. Coloco mi nariz en el recuadro de estopilla y me sueno una vez. La capacidad del pañuelo es insuficiente. Contrariada, llamo a una criada para que me traiga un puñado de pañuelos y así poder ocuparme de este goteo.

DÍA DE AÑO NUEVO, 1772

Al despertarme, me asalta la terrible idea de que quizás haya sido el propio rey y no la emperatriz de Austria el que ha persuadido al conde a terciar en mi conducta. Mis mejillas arden de vergüenza, y aparto mi rostro de la luz que entra a raudales en la habitación este frío Día de Año Nuevo. ¿Habré realmente avergonzado al rey impulsándolo a pedir ayuda al embajador austríaco? Nunca lo sabré. Pero la lógica posible de todo ello me espanta. Me tapo hasta la frente con las sábanas y me doy cuenta de que se me ha caído el gorro de dormir. Sí, ha sido una noche agitada, llena de inquietud por mi promesa y su ineludible cumplimiento.

No es que no haya intentado hablar con la condesa du Barry con anterioridad. En agosto, hace prácticamente medio año, el conde Mercy me hizo prometer que le diría a la Favorita unas cuantas palabras. La idea me asustaba (era como contradecirme a mí misma) y le pedí a Mercy que estuviera presente para la ocasión, para darme valor. Primero él localizaría a Madame du Barry entre las numerosas mesas de juego y se colocaría junto a ella de pie; ése era nuestro plan. Después yo me acercaría a él y parecería casi una casualidad que yo le dirigiera unas cuantas palabras directamente a la condesa. Mercy me hizo prometer no contarles nuestro plan a Mesdames las Tías, y lo prometí, pero algún demoníaco impulso de honestidad hizo que quebrantara mi promesa de guardar el secreto.

Cuando vi que Mercy había localizado a la condesa du Barry, le hice llamar y le dije que estaba casi demasiado asustada para continuar. Él me animó, y de nuevo prometí hablar, pero me dijo que debía darme prisa porque la partida de cartas estaba finalizando. Rápidamente lo envié de vuelta al círculo de la condesa, pero ahora todos los ojos lo seguían a él, pues las tías les habían explicado a sus amigas lo que estaba a punto de ocurrir. Pude ver que Mercy había iniciado un animado y amistoso intercambio de palabras con la Du Barry, y yo sabía que él seguiría haciendo la comedia hasta que yo llegara.

Me dispuse a cruzar la sala; de hecho, me acerqué a dos pasos de distancia de su mesa cuando de pronto Madame Adelaida alzó la voz y me hizo detener con sus órdenes vehementes. Anunció que era tarde, nos habíamos entretenido demasiado rato, que todos nosotros debíamos irnos. «El rey acudirá ahora al departamento de mi hermana Victoria», me dijo. «Y debemos encontrarnos con él de inmediato.»

Al invocar el nombre del rey, me volví y obedecí como una niña.

Recordando este momento, me pregunto si Mercy tendrá razón. Quizá sea hora de que deje de depender de mis tías.

Es el primer día del año y estrenaré un vestido nuevo de un cálido tono rosáceo, porque, cuando miro por la ventana, veo que hay carámbanos que cuelgan de la nariz de la estatua más próxima, y mientras que los tejos conservan su verdor en compactas y pequeñas formas triangulares, el resto del mundo aparece sin vida y gris. Hoy debo obligarme a mí misma a abandonar mis prácticas habituales y obedecer el dictado de mi promesa a Mercy.

Ha llegado el momento del ceremonial del *despertar*. Todos los días, no solamente el Día de Año Nuevo, están plagados de estos aburridos rituales, que son una pérdida de tiempo y que giran alrededor de mi despertar y mi hora de acostarme. ¿Qué es peor, *despertarse* o *acostarse*? Por la noche me importa menos porque entonces ya estoy cansada, así pues *acostarse* no ocupa tiempo que podría invertirse de un modo mejor. Si el Delfín y yo nos convertimos algún día en reyes, quizá podamos abolir estas molestas ceremonias.

Mientras estoy de pie, tiritando y desnuda, la cuestión de quién tiene el privilegio de entregarme qué prenda debe renegociarse cada vez que una dama de rango superior a las presentes entra en la habitación. Veo mi camisa en manos de Madame C, pero entonces entra Madame B, superior en rango, y le dan mi camisa; después, entre Madame A, y ahora mi camisa, en lugar de usarla para cubrirme mientras permanezco desnuda y con frío, es entregada a Madame A.

—Esto es una locura —susurro—. Es increíblemente ridículo.

Al fin, empiezan a vestirme, comenzando por la camisa.

El sol se ha ocultado detrás de una nube, y las velas contribuyen poco a iluminar la melancolía de enero. Doy la bienvenida al colorete de mis mejillas, y pido que me pongan en lo alto de mi peinado otro lazo rosa de diminutos bucles en el extremo. El lazo moteado hará que me miren arriba y que parezca más alta, y al mismo tiempo completará el efecto de cálido rosa ya evidenciado por mi falda.

Hoy hablo con Madame du Barry. No he decidido lo que diré. (Mis damas y yo iniciamos el largo paseo hacia la sala de recepción.) Hacer un comentario sobre su vestido o su abanico me da la impresión de que sonará un tanto arrogante. La gente querrá convencerla después de que he sido desdeñosa o que mi cortesía no ha sido genuina.

Sin esperarlo, mientras atravieso los salones y camino bajo sus techos cubiertos de frescos con dioses y diosas clásicos y sus cuadrigas, me animo; se me ha ocurrido una idea. Hacer ejercicio andando me ha refrescado. Hoy toda la corte está de *enhorabuena*, pues puede venir a saludar a la familia real, ya que como compañeros de viaje que somos, empezamos todos un nuevo año. Juntos, viajamos por este mundo helado. Me detengo en mi camino para descorrer una cortina.

En el jardín, se ha drenado el agua de todos los estanques durante el invierno, pero es maravilloso pensar que dentro de unos cuantos meses la cálida primavera vendrá de nuevo. Debemos esperar que estemos todos aquí para dar la bienvenida a la primavera.

En mayo, haré una peregrinación hasta la fuente de Flora, con quien nos identificamos yo y todas las doncellas que deben separarse de sus madres e irse a vivir a las cortes de sus maridos. Suelto la cortina. No es que mi esposo se parezca en nada a Hades, pues su afecto persiste, es siempre amable conmigo y a menudo veo en el Delfín un afán de complacer. Pensar en sus admirables cualidades aumenta mi felicidad. Si, además de su bondad, es torpe, entonces debo alegrarme de que sean dos las virtudes.

Mientras atravieso los salones de camino a la recepción, pienso en aquellos que se alegrarán de verme tanto como yo de darles la bienvenida. Decido ser sensible a sus preocupaciones y tribulaciones. Aunque la princesa de Lamballe tuvo relaciones sexuales con su esposo, no pudo continuar siendo el centro de su atención o deseo. Pero creo que las cicatrices de ese matrimonio ahora están en su mayoría curadas. A pesar de que nuestro matrimonio sigue sin consumarse, no tengo ninguna duda sobre la lealtad de Monsieur le Dauphin. Sé que varios cortesanos, quizás incluso sus propios hermanos, han intentado despertar su interés por una querida, pero el intento ha sido un completo fracaso. Mis amigas me han dicho que él respondió sin una rabia impropia, sino controlando a la perfección sus sentimientos: «A mí sólo me atrae mi esposa», dijo dejando ahí el tema. Lo amo por hacerme sentir segura, por su inalterable adoración. Soy afortunada en muchos aspectos.

¿Será posible que algún día me quede embarazada, que me convierta en madre, que me identifique con Ceres, la madre? En el parque, las fuentes de Baco y de Saturno se suman a las de Flora y Ceres. No me gusta la estatua de Saturno, ya que se comió a sus hijos. Baco y su pasión por el vino y el desenfreno me asustan.

A través de la ventana, sobre el manto de nieve, repaso la lejana hilera de estatuas. ¡Mitología! ¿Acaso no creamos nosotros los mitos que nos importan? De todas las estatuas de mármol colocadas sobre pedestales, mi favorita es Pan, que siempre toca la flauta. Adoro sus piernas peludas y caprinas.

Si cumplo mi promesa de hablarle a la Du Barry, me tomaré la libertad de practicar más tiempo tocando el arpa, y tampoco me olvidaré de tocar el clave. Madame Victoria es una magnífica arpista. Nadie puede reprochar a Mesdames su amor por la música. Es cierto que tienen defectos. Mi estado de ánimo es bastante imperial y alargo el paso.

Mi falda cruje agradablemente, tela contra tela, mientras camino para unirme a mi familia y al mundo.

El rey me saluda con el centelleo de sus ojos oscuros; desde el primer día en que lo conocí en el bosque de Compiègne, he admirado la calidad luminosa de sus ojos. La memoria convierte la historia en mitología. Entonces él era el Rey del Mundo que había ido a visitar el bosque. Sus ojos eran los ojos del ciervo dominante, coronado por su cornamenta. Este Día de Año Nuevo, él es el alce que deambula por este reino de velas, cristal y crujiente seda. No hay nada aquí que recuerde el susurro de las hojas verdes o el silencio del suelo con fronda del bosque. Cuando hago una profunda reverencia al monarca, la sala permanece silenciosa por la admiración, pues nunca antes han visto una reverencia como la que acabo de hacer. Mi reverencia está hecha con el corazón. El rey está encantado de abrazarme, muy en su estilo habitual.

Aquí está mi esposo, erguido y alto, si bien gordo y engordando, recibiéndome con un gesto tierno en sus labios. Sé que desea complacerme, en todo. Este Día de Año Nuevo lleva puesto el disfraz de la mesura con naturalidad, pero yo he visto sus ojos cuando miraban tan salvajes como los de un caballo, que espera y quiere ser montado, ser dominado porque únicamente entonces puede el caballo expresar lo que lleva dentro, su anhelo de velocidad, persecución, poder. Y es un placer ver a mi hermanita Elisabeth, todo dulzura, y aún tan tierna, y a Clotilde, que ha ganado seguridad en sí misma además de volumen.

Mis tías me saludan con un agradable beso (están envejeciendo, pero han resistido y resistirán) y dejan paso a otros. Se deleitan participando en esta agradable ceremonia. Durante un breve instante pienso en las recepciones de Año Nuevo en el palacio de Hofburg, y en mi madre, que hoy seguramente irá vestida de negro como hace todos los días en honor a mi padre, y a su lado visualizo también a mi hermano el emperador José, cuidando bien de ella. Con lo maternal que es siempre, estará diciéndole a todo el mundo lo que debe hacer. ¡Cuánto me enriquece el amor que siento por mis familias!

Y aquí vienen la duquesa de Aiguillon y el mariscal de Mirepoix y con ellos la condesa du Barry.

Saludo primero a la duquesa, expresándole mis buenos deseos, y luego con una naturalidad desprovista de incomodidad, *porque no me siento incómoda*, y desprovista de hipocresía, *porque sigo siendo yo misma*, le digo a la condesa du Barry, como podría decirle a cualquiera, con amabilidad:

—Hay mucha gente hoy en Versalles.

La condesa ha sido reconocida. Su bello rostro se ilumina, y me doy cuenta de que me está realmente agradecida, y con toda franqueza, yo me siento mejor conmigo misma que hace un momento. Acto seguido me dirijo al mariscal. Cuando el trío se da la vuelta, uno no puede evitar admirar la abundante melena y la encantadora y generosa figura de la Du Barry. Su belleza es lo más destacable en ella, y en sí misma le proporciona gracia, aunque su forma de moverse no contribuye en absoluto a realzar la impresión que causa.

En lugar de mi indignación (o aversión), siento hacia ella una bendita indiferencia, al menos de momento.

Los primeros días tras mi llegada a Versalles, es cierto que su aspecto me fascinaba, al igual que la belleza de la princesa de Lamballe. Cuando pregunté quién era Madame du Barry y me enteré de que estaba aquí con el fin de entretener al rey, era ingenua respecto al contenido de ese concepto. Ella está tan guapa como siempre, pero yo he cambiado.

A día de hoy, al comprender la habilidad del mundo para presionarme hasta que haga lo que no hago, he madurado. Con qué actitud desempeño mi papel, eso depende únicamente de mí.

Ahora vienen otras personas, y vendrán más y más, a presentarnos sus respetos a todos los miembros de la familia real, y siento que en mi pecho sale el sol, pues ésta es mi gente, y el rey depende del apoyo de la nobleza y el clero, y yo estoy feliz por consideración a él de contagiar buena voluntad y felicidad todo el día.

Es un primer día de año inconstante, ya que el sol aparece y desaparece, y a veces la finca parece sombría y carente de valor y otras veces la vista es magnífica. Desde la Galería de los Espejos, si miro directamente más allá de los parterres sin agua y hacia la Gran Avenida, y a lo lejos, hacia el helado Gran Canal que llega hasta el horizonte, me produce asombro pensar que todo esto pueda seguir y siga eternamente.

Con mi aquiescencia a la voluntad del universo, he crecido: ahora empieza la segunda parte de mi vida. Recuerdo esa primera imagen de Versalles, cuando la carroza se detuvo en una colina y yo, una niña, miré más allá de las calles de la pequeña villa hacia los enormes brazos devoradores de Versalles. Con tres pares de brazos cada vez más anchos emanando del dormitorio del rey, en el centro del castillo, Versalles se extendía hacia mí. Ahora estoy al otro lado. Conozco el interior del castillo; no miro hacia los tres patios y la villa, sino en dirección contraria, pasado el reino del jardín, pasada la severidad del invierno con manchas de nieve y carámbanos que gotean, más allá de los bosquetes sin hojas y de las inertes fuentes con estatuas, más allá del estanque de Apolo y el colosal Canal helado, una gigante cruz de hielo, hacia el impreciso horizonte. ¡Ah...! Veo un puñado de aldeanos, pequeños como hormigas, patinando sobre el hielo del Canal. Deben de tener la sensación de que desde el interior del lejano castillo nosotros estamos demasiado ocupados para mirar a través de cualquier ventana, aunque hay muchas, y reparar en ellos.

A lo largo de este día de saludos y buenos deseos, de vez en cuando lanzo una mirada hacia ellos, tan diminutos y negros patinando a lo lejos, y recuerdo mi infancia, y lo *inmediatas* que me parecían la mejilla de un intenso tono rosáceo de mi Charlotte, a menos de un brazo de distancia, y la pierna levantada de mi hermano Fernando mientras se impulsaba por el hielo, y mi querida Madame Brandeis, que nos vigilaba a todos nosotros, pero especialmente a mí. Iba bien abrigada con un abrigo de lana de color malva, cuyas costuras estaban ribeteadas de piel marrón. Sus pasos sobre el hielo eran pequeños y cautos.

Tras presidir la cena, al levantarme de la mesa, pido que el conde Mercy venga a verme.

Cuando nos reunimos con Monsieur le Dauphin, le digo al conde:

—Como quizás hayáis oído, he seguido vuestro consejo. —Le sonrío a mi consejero con absoluta jocosidad—. Y mi esposo es testigo de la veracidad de mi afirmación.

El Delfín también sonríe al conde, pero no dice nada.

Entonces el demonio me da un pellizco y añado con una tenebrosidad que me sorprende:

—Aunque le he hablado una vez, he decidido que esa mujer jamás vuelva a oír mi voz. —Me asombra mi propia petulancia. Creía que sentía *indiferencia* por Madame du Barry. Me siento como una niña tozuda resuelta a ser destructiva.

Ni el Delfín ni el conde se muestran impresionados. Mi frase se hunde como una piedra en aguas profundas. Mi esposo no se inmuta, porque sabe que en esta corte ninguna resolución goza de una eficacia real. Mi consejero no se preocupa, porque cree que siempre puede convencerme de que vuelva a razonar.

En este momento aparece el rey en persona. Ha venido a darme las gracias. Todos le hacen una reverencia, pero viene directo hacia mí. Simplemente me besa, en ambas mejillas, pero con una ternura que nunca antes había sentido.

—Durante todo el día —me dice— os he observado o he oído encantadores comentarios acerca de vos, puesto que sois el ángel de esta casa. Cuando sonreís y nos saludáis, todos los corazones se elevan, y nos infundís valor para mirar hacia el futuro.

Nadie podría comportarse con más amabilidad y cortesía que las que el rey me ofrece ahora. La emperatriz y el conde Mercy han acertado en su interpretación del deseo del monarca de que reconozca a su Favorita, y yo estaba equivocada. Me complace el incremento de sus atenciones hacia mí. Era el deseo de mi madre en mi partida que los franceses, desde el rey hasta los campesinos, contemplaran mi presencia exactamente en esos términos con tanta cordialidad empleados por «papá rey».

Miro una vez más en dirección al conde Mercy, elegante y exquisitamente vestido de azul y plateado, su peluca empolvada a la perfección, para agradecerle su sabio consejo. No hay ningún indicio de regocijo en su semblante. Es impecable.

MADAME, MI QUERIDA HIJA

No os pido demasiado cuando exijo que le habléis de un modo natural a la Favorita cuatro o cinco veces al año. Si lo hacéis, os sentiréis más cómoda con el rey, y querréis hablar con él y hacerle compañía más allá de un mero saludo cortés. Os sentiréis más cómoda porque, habiendo cumplido su deseo y el mío propio dirigiéndoos periódicamente a la Favorita, no tendréis sentimientos de culpa (que siempre nos impiden expresarnos con naturalidad) o miedo de recibir implícitos reproches por un comportamiento descuidado o grosero.

Mi querida hija, os recomiendo que recordéis todo el amor que siento por vos y tengáis este extremo presente: jamás digáis a los demás o a vos misma que os estoy reprendiendo o sermoneando. Por el contrario, debéis pensar: «Mamá me quiere. Mamá se preocupa siempre de mi bienestar. Por eso debo tomarme en serio lo que me dice, porque sé que seguir sus buenos consejos la consolará de nuestra separación».

¡Mi querida mamá! ¡Cuántas veces ha botado sus barcos, cargados de críticas, bajo la bandera del amor! ¿Navegaré alguna vez con mi propia insignia?

MADAME, MI MUY QUERIDA MADRE

Soy más constante que nunca con mi querida arpa, y mucha gente dice que estoy haciendo buenos progresos. Canto todas las semanas en un pequeño concierto que damos en el departamento de la condesa de Provenza. Paso menos tiempo con las tías y disfruto muchísimo retozando con mi propio grupo de jóvenes. Os habríais reído al vernos intentando cargar nuestros baúles para irnos de viaje. Josefina de Saboya estaba detrás de un muro de equipajes, tratando de escribir una carta y consultándonos el contenido de ésta, mientras yo corría como una loca volcando cosas nada más ser metidas en las maletas, y mientras mi hermano el conde de Provenza cantaba, Artois contaba la misma historia por décima vez, y el Delfín leía en voz alta una tragedia con burlona solemnidad.

Pasando a temas más serios, si bien el rey está tranquilo, los nobles se han unido para escribirle una impertinente carta. Mal asesorado por la Du Barry, el rey abolió el Parlamento, cuya función principal aquí es tomar decisiones judiciales, y el monarca ha procedido a establecer otras cortes, afirmando que los viejos parlamentos son demasiado lentos y corruptos para servir a la población. Naturalmente, a los nobles sólo les preocupa la protección de sus propios intereses y en absoluto el bienestar del pueblo, que apenas puede comprar la harina con que hacer su pan, pero nuestra facción cree que el rey no debe granjearse la antipatía de los poderosos príncipes de sangre. En algunas provincias incluso han empezado las insurrecciones, y la gente comienza a hablar de la «Guerra de la Harina».

El pasado jueves, como parte del Carnaval, los jóvenes, incluido el Delfín (aunque la gente había pensado que se opondría a semejante salida), ¡fuimos al Baile de la Ópera de París! Todas las mujeres, pero pocos hombres, llevábamos antifaces, largas máscaras que ocultaban nuestros rostros, y todos íbamos con capas negras. La sala, bien iluminada, era inmensa. Todas las clases sociales estaban mezcladas e igualadas por la uniformidad de nuestros disfraces y máscaras. Todo el mundo bailaba al unísono al ritmo de la música; un mar negro de gente. No os podéis imaginar lo emocionante que fue.

Durante un rato nadie supo quiénes éramos, y hablé con mucha gente como si yo fuera simplemente una persona cualquiera y dije, con imprudencia, cuanto me apeteció, y bailé con todo el mundo, hasta que al cabo de una media hora nos reconocieron. Fue très amusant. Entonces el duque de Chartres y sus amigos, que estaban bailando justo en la puerta de al lado, en el Palacio Real, aparecieron por casualidad y nos suplicaron que fuéramos al Palacio Real y saludáramos a la duquesa de Chartres, pero creí que Monsieur le Dauphin y yo debíamos excusarnos, pues el rey nos había dado permiso para acudir únicamente al Baile de la Ópera.

Volvimos a las siete de la mañana, asistimos puntualmente a misa, y luego nos pasamos todo el día acostados.

Pero ahora que he visto la gran alegría que hay en París, estoy decidida a regresar lo antes posible. Es una ciudad de unos 600.000 habitantes, mucho mayor que Viena, y realmente la capital de Europa, si me disculpáis por decirlo. Siempre le estaré agradecida a mi querida mamá por haberme colocado en este rango, pues siendo la última de vuestras hijas, tengo una posición propia de una primogénita. De nuevo, hemos oído que el conde de Artois se casará con Mademoiselle de Conde o con la princesa de Saboya, hermana de la condesa de Provenza. Mercy cree que habría demasiados Saboya.

Su Majestad dispuso que Monsieur le Dauphin y yo habláramos con franqueza sobre nuestros cuerpos físicos con Lassone, el médico. El Delfín habló sin pudor, y fue asimismo examinado por el médico, quien lo encontró bien formado y bien dotado. Lassone le ha informado al rey de que el único problema es que somos torpes e ignorantes, y durante varias noches el Delfín se mostró más abierto conmigo. *Si bien a mí no comer carne durante la Cuaresma no me hace enfermar, me repugna, el Delfín se ha puesto enfermo con fiebre y la garganta irritada. Su enfermedad lo ha vuelto a frenar y el avance se ha retrasado de nuevo. Corre el rumor de que Monsieur le Dauphin ahora es realmente mi esposo, pero no es verdad. Los ayudantes de cámara, que siempre chismorrean y le cuentan todo a todo el mundo (hasta el rey de España, a través de los espías que tiene aquí, sabe lo que pasa en nuestra cama), han visto manchas de ciertas emisiones en la ropa de cama, pero Monsieur le Dauphin me ha contado que en el momento crucial, entrar le resulta doloroso, y los fluidos son depositados únicamente en el umbral y no dentro. De modo que es imposible que esté encinta, creo.*

Si tuviese la fortuna de tener un hijo, podéis estar segura de que solicitaría el consejo de mi querida mamá en todos los aspectos de su educación.

En cuanto el Delfín y yo seamos capaces de organizar nuestra entrada oficial en París, podéis estar segura de que nuestras vidas, especialmente la mía, serán mucho más felices. En esta ocasión no vi nada más que el interior del salón de baile. El salón podría haber estado en cualquier sitio; me refiero al lugar, pero no a la emoción, ¡eso desde luego que no! ¡El propio París me espera! Me centraré en esto. Versalles es un convento (para mí) y me liberaré. No temáis, todo se hará con sumo tacto.

ENTRADA EN PARÍS,
8 DE JUNIO DE 1773

El año 1773 ha estado marcado por numerosos pequeños momentos de íntima tristeza; en noviembre cumplí 17 años y sigo siendo virgen. Llevo tres años viviendo en Francia, y el rey todavía no le ha dado permiso al Delfín para nuestra entrada oficial en París. Dado que Su Majestad es más impopular entre el pueblo a medida que pasan los días, me lo ha contado el Delfín en confianza, el rey no quiere enviarnos a París hasta que seamos más mayores. Si no fuese una impertinencia, les recordaría a ambos que a mí la gente no me ha demostrado más que amor. En Estrasburgo esparcieron flores a mi paso, y de las fuentes manaba vino.

En este día de primavera lluvioso, ando de una ventana a otra de la grande y larga Galería de los Espejos y miro hacia los jardines con melancolía. Su rígida elegancia parece una burla a la vida. Los árboles, pequeños y gruesos, han sido tan cuidadosamente podados que sus ramas y hojas jamás se agitan con las brisas. ¿La vida? ¡Tengo 17 años! ¿Dónde está la vida?

Me siento enclaustrada en Versalles. Las visitas a los otros castillos no son sino réplicas de la vida aquí, aunque con diferentes palacios y jardines. Todos ellos son suntuosos en diversos grados, y todos ellos están aislados por un paisaje circundante de bosque, campos y prados. En Marly, contemplé el encantador río Sena y pensé en cómo, a una distancia no demasiado grande, discurría por París. Me imaginé elegantes puentes, con gente cruzándolos libremente de un lado a otro ataviada con la ropa primaveral más en boga.

El Danubio, que no he visto en tres años, también se habrá deshelado ya y discurrirá discretamente por Viena. Aquí en Versalles, observo las grises gotas de lluvia haciendo hoyuelos en la superficie del Parterre de Agua. La figura del Neptuno recostado, sosteniendo su tridente, domina las diminutas ondulaciones que se mueven por la superficie del agua debido a la ligera brisa.

—Neptuno siempre ha sido una de mis estatuas favoritas —dice una voz a mis espaldas. Es el rey.

Hago una reverencia.

—Durante los días lluviosos, la Galería de los Espejos es un lugar encantador para pasear, Vuestra Majestad.

—Prefiero que me llaméis «papá rey» —comenta—. Debido a la lluvia, en el vestíbulo no hay prácticamente ninguno de los habituales suplicantes de París. Y la corte está disfrutando de una tarde de juego.

—Con sus manos entrelazadas por detrás, el soberano está majestuosamente de pie a mi lado y contempla el día gris.

—Cuando llovía, a la emperatriz le gustaba siempre tener la chimenea encendida —le digo—, incluso en verano. Decía que la lluvia le daba ganas de escribir cartas a aquellos que quería y que estaban lejos.

—La manga de brocado dorado del rey se agita junto a mí, y entrelaza las manos sobre su estómago. Con las yemas de sus dedos le da vueltas al anillo de rubíes que lleva en la otra mano.

—Decidme, Toinette, si fuerais una sirena y tuvierais que pedirle a vuestro padre Neptuno un deseo, ¿qué le pediríais?

Cuando me giro para mirarlo, veo que los ojos de Su Majestad centellean de complicidad. Siente cariño por mí. Por muy lento que sea el Delfín en responder a mis encantos, el rey nunca me devolverá a Austria.

—Si me concediera permiso, le pediría nadar en el río Sena e ir a una hermosa ciudad, la más hermosa de vuestro fluvial reino. ¿Podemos mi esposo y yo visitar París?

—Concedido —responde el soberano—. Ahora debéis sonreírme y disipar la tristeza que jamás debería reflejarse en la frente más hermosa que conozco.

Once y media de la mañana de un día espléndidamente soleado, las trompetas suenan, tres cañones disparan salvas (desde los Inválidos, la Casa Consistorial y la Bastilla) y el Delfín y yo arribamos a las puertas de París. Durante la hora y media que hemos tardado en ir en carruaje desde Versalles hasta París no hemos visto más que la carretera y luego las calles de la ciudad bordeadas con gente feliz, que agitaba sus sombreros y banderas y lanzaba flores a nuestras ventanillas a nuestro paso. Hemos devuelto los saludos, y he recordado mi entrada en Francia, por la ciudad de Estrasburgo, pero esta llegada es doblemente gloriosa, puesto que estoy con mi esposo.

Aquí está el gobernador de la ciudad ofreciendo las simbólicas llaves de plata sobre un cojín de seda, y el teniente de policía, y el líder de los mercaderes de la ciudad, y las mujeres del mercado, vestidas con sus mejores ropas, ofreciendo bandejas de frutas y flores. Tras aceptar un ramillete de margaritas y pasárselo a mi dama de honor, sostengo con cuidado dos peras en las palmas de mis manos, y el Delfín sostiene en lo alto un gran pepino que se quedará en el carruaje, el resto será distribuido entre nuestro séquito.

Las pescaderas se llenan de júbilo ante el pepino del Delfín. «¡Hacednos un niño!», chillan. Doblan los brazos por el codo, lanzan sus puños y nervudos brazos al aire y gritan: «¡Dadle un niño!; es una hermosa mujer». Tanto el Delfín como yo nos reímos a carcajadas, pues no pretenden ofendernos.

«Cuando lo vuestro esté así, Monseigneur», gritan moviendo los antebrazos de arriba abajo, «nos daréis una tribu de herederos.»

Nuestro carruaje avanza por las calles de la ciudad, a veces bordeando el río Sena, donde cientos, no, miles de personas se han aglomerado para vernos pasar y para sonreírnos y saludarnos. El tamaño de la ciudad y el entusiasmo del pueblo hacen que nuestros corazones estén henchidos de alegría. Se han levantado arcos triunfales a intervalos, pero mi corazón se eleva hasta lo más alto al ver las torres idénticas de la catedral de Notre Dame irguiéndose en medio del Sena, en la Île de la Cité. Las vi en un grabado cuando era tan sólo una niña, en Viena, y alguien me explicó que se dejaron cuadradas, no llegando nunca a rematarse en punta. Ahora, no los diminutos trazos de tinta, sino el edificio monumental en sí se eleva sobre los árboles.

Cruzamos el Pont Neuf, ese antiguo puente con la estatua de piedra del magnánimo Enrique IV, y nos acercamos al gentío agolpado frente a las altas puertas arqueadas. Alzo la vista hacia las largas y elevadas gárgolas proyectadas hacia el exterior y construidas cerca de la parte superior de la *cathédrale*. Cuando hablo a la ligera de los demonios, no pienso en nada tan siniestro como estas realidades medievales, pero ahora caminamos rápidamente entre la multitud que nos aclama, y me zumban los oídos con sus alegres saludos. Una alfombra ha sido extendida para nuestros pies, a fin de que los adoquines no lastimen nuestros tacones.

En el interior de la inmensa catedral de Notre Dame de París, se inicia una misa solemne. El aroma del incienso, la imagen del humo que lentamente asciende en espiral cada vez más arriba, me llena de un profundo respeto. Mientras se celebra misa y oímos las palabras en latín, doy gracias a Dios en francés y en alemán por haberme hecho digna de aceptación entre la gente de mi nuevo país y por la dicha que todos nosotros compartimos al reunirnos en este día. Sin duda, los pequeños niños soprano no son mortales, sino ángeles elegidos por la pureza de sus voces.

Cuando salimos pasando por delante de los santos tallados que flanquean la puerta, la gente sigue allí, y expresa a gritos sus bendiciones. El Delfín aprieta mi codo con cariño, desmesuradamente satisfecho con las ovaciones y festiva buena voluntad expresada en cada rincón. En un momento dado me susurra al oído:

—¡El futuro, el futuro! Todo esto nos augura un buen futuro.

¡Jamás el sol ha brillado con resplandor más intenso que este día de junio! Tanto el Delfín como yo vamos vestidos de reluciente satén blanco. Nos movemos como espejos que reflejan la luz de nuestra ropa en los rostros de la gente. Esto es lo que significa ser amado y amar a cambio.

Lentamente, avanzamos en carruaje hacia el palacio de las Tullerías (residencia real ocasional), en cuyo interior nos aguarda una fastuosa cena. Mientras que el Delfín come con su buen apetito habitual, yo sólo puedo degustar un trozo de carne por aquí, unas cuantas nueces por allí, y varias cucharadas de sopa.

—¡Cómo resplandecen vuestros ojos! —me susurra el Delfín, y acordamos presentarnos ante la multitud una vez más, en la terraza.

Para mi sorpresa, la mayor masa de gente de todas ha tenido tiempo para reunirse en este lugar mientras cenábamos. Un impresionante clamor de amor se inicia en cuanto aparecemos.

—¡*Mon Dieu*, cuánta gente hay! —exclamo, y no puedo evitar sonreír y saludar con la mano, y entonces el segundo clamor es incluso más fuerte por su dicha ante nuestro reconocimiento. Nuestros anfitriones consistoriales se agolpan a nuestro alrededor, y el gobernador de París dice que espera que mi esposo no se tome a mal que doscientas mil personas estén eufóricas de amor por mí.

—¿Cómo iba a culparlas? —contesta él con elegante aplomo—. Sería una negligencia que no se enamoraran de mi esposa.

Para estar aún más cerca de la gente, decidimos bajar de la terraza hasta los jardines de las Tullerías, y cuando avanzamos, la multitud se precipita en masa hacia nosotros contra las barreras policiales.

—Que nadie se haga daño, nadie —le decimos el Delfín y yo al unísono al jefe de la policía, que comunica la orden a sus tenientes.

Durante casi una hora permanecemos de pie sonriendo y asintiendo, sin movernos hacia delante ni hacia atrás, pero cuando los dos estamos cansados y damos un único paso de regreso hacia las escaleras, y la policía grita en voz alta pero amablemente que es nuestro deseo marcharnos, la multitud abre sus filas con suma cortesía y celeridad. Mientras nos refugiamos en el interior de las Tullerías, seguimos saludando y sonriendo, aunque mi rostro está cansado de sonreír. Mi corazón está rebosante de una mezcla de sentimientos: amor, felicidad, triunfo, y ni mucho menos ocupando el último lugar de mis emociones, gratitud hacia los innumerables ciudadanos de París.

En el viaje de vuelta a Versalles, ni el Delfín ni yo podemos hablar. Estamos agotados, pero nuestros espíritus y recuerdos están llenos de gratitud (ambos hablamos de ello una y otra vez) por el amor que la gente nos ha demostrado. Sus clamores de amor son los del universo. Nuestros sirvientes están asombrados por la magnitud de nuestro triunfo y llenos de admiración.

A lo largo del trayecto, mucha gente ha estado esperando durante el día y por la noche, con la esperanza de presenciar nuestro regreso, y ocasionalmente abrimos la cortina de la ventanilla y sonreímos y volvemos a saludar con la mano, pero estamos demasiado cansados para continuar devolviendo saludos más de unos cuantos minutos seguidos cada vez. El Delfín y yo nos cogemos de la mano y nos arrimamos el uno al otro.

En el castillo, en cuanto bajo del carruaje, el conde Mercy me felicita cariñosamente y me dice que todas las almas que me han visto están embelesadas. Los mensajeros han traído las noticias antes de nuestra llegada.

Casi en un aparte, me susurra que la popularidad de que gozamos es inversamente proporcional a la estima profesada al anciano rey, cuya vida libertina ha conmocionado a todos.

—Vuestra juventud, belleza e inocencia prometen una nueva era —explica. El conde Mercy apenas tiene tiempo para ordenarme—: Aquí en el castillo expresad vuestra satisfacción por el recibimiento parisino con vuestro habitual y elegante tacto.

Cuando estamos ante el monarca, le digo con humildad:

—Señor, Vuestra Majestad debe ser inmensamente querida por los parisinos, pues nos han agasajado bien.

MADAME, MI QUERIDA MADRE

Mercy me dio vuestra preciada carta anteayer, y ayer una segunda carta, de manera que me siento doblemente conectada con mi querida mamá.

Ahora espero que mi carta sirva, a su vez, de canal que os transmita alegría hasta Viena. El pasado martes, el pueblo de París me agasajó de tal modo que no lo olvidaré jamás, viva el tiempo que viva. Fue nuestra entrada oficial en la ciudad y recibimos todos los honores imaginables. Pero no fueron los honores concedidos por los dignatarios lo que más me conmovió. Lo que me ha conmovido el alma es el amor y el entusiasmo que el pobre pueblo francés ha volcado en nosotros. Pese a estar abrumados por pesados impuestos, estaban embelesados de alegría, simplemente por ver a sus futuros monarcas. Mercy me comenta que todo el mundo alabó en voz alta mi belleza y mi encanto y lo mucho que se deleitan en nuestra juventud e inocencia. Ven en nosotros el renacimiento de la esperanza del futuro del país. Lo viví con suma intensidad y trabajaré con ahínco, al igual que el Delfín, para aliviar el sufrimiento de la gente.

Cuando salimos a la terraza al aire libre, tras la cena, y permanecimos allí durante media hora, no puedo describiros siquiera a vos, mi querida mamá, la intensidad del regocijo y el amor que manifestaron una y otra vez. Al mandarles besos con la mano, o sonreír, o agitar mi pañuelo hacia ellos, enloquecieron de alegría. Teniendo nosotros tanto y ellos tan poco, y que, sin embargo, nos dan su confianza y amor, sé que no puede haber experiencia más valiosa. Jamás olvidaré este regalo que me han hecho. Sentí y siento y siempre sentiré una profunda gratitud.

Aunque viviera cien años, no olvidaría la efusión del amor que nos ofrecieron cuando hicimos nuestra entrada oficial en la ciudad de París.

El rey lo celebra con nosotros. Dos días después de nuestra entrada, liberó a trescientas veinte personas encarceladas por endeudamiento. Su Majestad pagó la deuda contraída con las amas de cría que habían sido pagadas para amamantar a los hijos de los deudores. Me conmueve sobremanera que el rey quiera que los indefensos bebés sean alimentados de esta manera y que quienes proporcionan tal alimento sean respetados.

Me alegra saber que Mercy os ha contado que le satisface mi forma de entender los asuntos de Estado. En realidad, es en mi corazón donde me apoyo para comprender, no tanto en mi cabeza, pero Mercy me ha dicho que debo confiar en mi reacción inmediata y espontánea con las personas y sus palabras, y no ponerla en entredicho. Todavía más que en mi intuición confío en el consejo de Mercy, pues creo que es realmente vuestro consejo el que sigo al seguir el suyo. Sonreí al leer vuestra descripción acerca de que él piensa de un modo francés pero como un buen alemán. ¡Creo que en su perspectiva tenemos lo mejor de dos mundos!

Ahora que hemos hecho nuestra entrada oficial en París, el rey dice que podemos ir tan a menudo como queramos. Monsieur le Dauphin y yo tenemos intención de asistir todas las semanas a los espectáculos de la Ópera, la Comedia Francesa y la Comedia Italiana, y seremos recibidos con tanta pompa y regocijo como si fuese el propio rey quien llegase, es decir, con las salvas de bienvenida del cañón de los Inválidos y la fortaleza de la Bastilla. Ahora mi vida es mucho más feliz porque el pueblo de París me ha abierto su corazón. Si hubieseis oído el poderoso rugido del cañón de la Bastilla, habríais exclamado: «¡Menuda punctuation!»

EL PAÍS DE LA FANTASÍA: UNA NOCHE NEVADA, 30 DE ENERO DE 1774

Lleva toda la noche nevando, y el Delfín, que tanto me quiere, como un hermano protector, se ha preguntado varias veces en voz alta la conveniencia de viajar esta noche a París para ir al Baile de la Ópera. Le digo a mi esposo que con nieve París parecerá un País de Fantasía.

—Estos últimos seis meses habéis estado más feliz —me dice.

—Desde París... —empiezo—. Éxtasis. Éxtasis perpetuo. No sabía que la vida podía ser tan divertida, tan eternamente entretenida. —Estoy de un humor espléndido.

El conde de Provenza, quien no me quiere en absoluto (ni a mí ni a nadie más que a sí mismo), pero que en ocasiones puede ser divertido, insiste en que no dudemos en ponernos nuestras pieles y subirnos al trineo que nos espera justo al pie de las escaleras del Patio de Mármol. Él y su esposa no han intimado más que el Delfín y yo en la alcoba.

El conde de Artois, siempre divertido y la mejor pareja de baile que se puede tener, ya ha anunciado que él y su esposa prefieren divertirse esta noche en casa. Aunque Artois está constantemente bromeando acerca de sus placeres maritales, sabiendo que sus dos hermanos mayores sufren de una dolorosa fimosis, siempre lo perdono. Quizás alguna de sus bromas algún día incitará al Delfín a que avance en sus logros, pese al dolor, pero lo dudo. Quizá perdono al hermano Artois porque sus bromas no van dirigidas a mí. O quizá sea porque es delgado y vital y adora, como yo, el fingido mundo del teatro.

Mi compañero en la simulación. A veces cuando los seis actuamos juntos, simulo que es mi compañero de viaje, en lugar del flemático Delfín. De haberme casado con Artois, no seguiría siendo virgen a los 18 años. Claro que entonces no sería Delfina, una posición que estoy aprendiendo a disfrutar, desde que ahora podemos visitar París con la frecuencia que queramos. La estación otoñal ha estado atestada de teatro, ópera, cenas, bailes y recepciones. ¡Un pudin caliente de chocolate con trocitos de chocolate negro incrustados y glaseado con *ganache* de chocolate!

Tras ponerme mi capa de piel, avanzo hasta la ventana para poder ver la nieve del patio antes de que la estropeemos. Los trineos nos aguardan abajo, con cocheros y postillones, lacayos, caballos, pero sin nosotros la escena parece vacía e irreal. No, presencio un ejemplo de sencilla *existencia*, captada en un momento de quietud. No depende de nosotros para ser real. Un lacayo apoyado en un trineo mueve sus hombros hacia delante, pisa la nieve blanca, y la escena cobra vida. Existe perfectamente (está completa) sin mi presencia.

Suena a mis espaldas la desagradable voz del conde de Provenza, y Artois silba la melodía de una canción subida de tono. Es otra forma de jactarse de preferir su cálida cama de Versalles a un frío viaje en trineo a París. «Artois, en París, te puedo sustituir con otros galanes. Si no eres tú, algún otro joven me ayudará a pasar el rato. Necesito el estímulo de la ciudad. El propio París me distraerá de mi encarcelamiento en un cuerpo que no consigue seducir a su propia pareja.»

Los tres hermanos vuelven a discutir si el tiempo es demasiado inclemente para permitir nuestra asistencia al Baile de la Ópera. ¿Cuál es la velocidad del pensamiento? ¿De la imaginación intensa? Debe de ser más rápida que cualquier cosa que se mueve sobre la tierra, más rápida que una teja que se cae de un tejado, o un rayo. ¡Ojalá Artois viniese con nosotros! ¡Es tan divertido estar con él!

—Naturalmente que vamos —afirmo. Llena de júbilo, me aparto de la ventana dando la vuelta con tanta energía que las pesadas pieles de mi capa ondean.

—Parece tan grande, como un oso —dice el conde de Provenza. Su propia silueta gigantesca está cubierta de pieles de animales.

—Preferiría parecerme a un jabalí —contesto, y muestro mis dientes como si fueran colmillos y corro hacia él.

Haciendo un cuidadoso repaso, el Delfín pregunta de nuevo si tenemos nuestros antifaces y el atuendo adecuado para un baile enmascarado. Él sería el pastor de nuestro frívolo rebaño. Responsabilizándose de nosotros, se imagina que se prepara para asumir deberes reales más serios. ¿Por qué mi madre intercambió la ligereza del placer por su escritorio sombrío e interminable trabajo? Pero ella diría que siempre se toma tiempo para la diversión *debida*.

Mientras descendemos la escalinata, el frío de la noche sale a nuestro encuentro. Lo siento en mis pies, y después en mis tobillos, y sube por mis pantorrillas, aun cuando la capa de piel es larga. Al pie de las escaleras, mi criada me ata la capucha no integrada a la capa con una cuerda de seda debajo del mentón. Ahora parezco como dos bolas de piel puestas juntas, un gran cuerpo de pieles y una cabeza peluda más pequeña y redonda. Necesitaré toda esta protección, puesto que nuestro trineo está abierto a la noche. De la enguantada mano de piel del lacayo cuelga un pequeño hornillo de metal. A través de los agujeros del metal veo un resplandor rojo, ya que la estufa está llena de ladrillos incandescentes y carbón al rojo vivo para calentar nuestros pies.

Son las diez en punto, el momento perfecto para embarcarnos en un viaje estrellado. Cuando en el estrecho espacio me acurruco junto a mi esposo, las peludas mantas, forradas de lana tejida, nos tapan casi hasta nuestras narices.

«Agarraos fuerte, María.»

—¿Qué decís? —me pregunta él.

No puedo evitar reírme.

—No sabía que había hablado en voz alta. Me daba un consejo a mí misma, como me lo daban cuando era pequeña y estaba a punto de descender por una pendiente nevada.

—Pero ¿os llamaban María?

—En Austria me llamaban Antoine aquellos que me querían. O como nosotros decimos, Toinette. Pero de pequeña, a punto de bajar una pendiente nevada en las montañas, me parecía oír que me aconsejaban: «Agarraos fuerte, María». Me parecía que procedía de las propias montañas, o del futuro.

De pronto, otra frase inolvidable resuena en mi memoria, pero no la pronuncio en voz alta. «¿Me queréis ahora?», le preguntó el pequeño Mozart a mi madre.

El cochero ocupa su posición sobre nosotros, y el postillón se sube detrás. Reconozco al postillón, pero no logro recordar exactamente dónde lo he visto. Cuando el trineo se pone en marcha de repente, es como si mi cerebro estuviese enganchado a los caballos y le sorprendiese que alguna fuerza externa transformase su inmovilidad en movimiento.

Entre la negrura del cielo, con estrellas centelleantes, y la blancura del mundo cubierto de nieve, nos deslizamos hacia París. Ya puedo ver la gran sala, las máscaras, la música, los cuerpos abriéndose paso y el calor humano, la vibrante sensación de Oportunidad y Sorpresa.

—¿Y obedecisteis?

—¿Obedecer? —«Agarraos fuerte, María.»—. ¡Ah…, os referís a las voces de la autoridad! Sí, siempre he procurado obedecer. Por ejemplo, ¿no hablé con la tristemente célebre Du Barry?

—¿Aún os molesta?

—A vos no os gusta más que a mí. ¿Os molesta?

—Siempre, debemos ser prudentes. Entonces y ahora. ¿Habéis leído alguna vez *Historia de Inglaterra*, de mister Hume?

—Lo empecé, no sólo por obediencia, sino porque así lo deseabais. —Noto que mi nariz y mis mejillas se vuelven más rosas por el frío.

—¿Y?

—Me pareció bastante interesante, pero hay que recordar que lo escribió un protestante. —Sobre mi cabeza veo una estrella que me gustaría que alguien cogiera para mí. Ese deseo, al igual que la nieve, me hace pensar en mi querido papá, pues en cierta ocasión le pedí que me diera una estrella. Con una sonrisa, me dijo que no podía, sacudiendo la cabeza de un lado a otro. «Los príncipes os darán diamantes», me dijo, y me llamó su preciosa hija. Pero yo contesté que preferiría tener estrellas a diamantes, y él me besó en la mejilla.

—Maurepas, un antiguo consejero que ya no vive en la corte, le ha hecho llegar al rey el mensaje de que prevé el debilitamiento de Inglaterra —me confía mi esposo.

—¿Quién es este Maurepas que habla de Inglaterra? —vuelvo la cabeza y le lanzo una mirada para darle a entender que tiene mi atención en un tema que ha despertado su interés.

—No lo conocéis, ya que Maurepas lleva más de doce años exiliado.

Incluso con este frío vigorizante, al mirar al frente, los ojos del Delfín permanecen entornados y soñolientos. Como se levanta temprano para hacer el trabajo manual del que dice que «me convierte en un hombre», sé que debe de *estar* realmente soñoliento, pero sin manifestar una sola queja, tiene ánimos de divertirse.

—¿Aun así, este Maurepas aconseja al rey?

—Es un súbdito leal; ayudaría a su soberano a ver el futuro, si pudiera.

—¿Y por qué enviaron a Maurepas al exilio? —El Delfín a veces me ha expresado sus quejas por el uso de poder bastante arbitrario de Luis XV.

—Antes de Madame du Barry, la Favorita del rey era Madame de Pompadour, a la que Maurepas cometió la imprudencia de criticar. Por eso lleva en exilio estas décadas.

—Ya veo —respondo escuetamente. Mi madre la emperatriz y el conde Mercy deberían haberme hablado del destino de Maurepas. Quizá no deseaban asustarme. Pero se comenta que Luis XV no ama a la Du Barry con la misma intensidad que sintió hacia la Pompadour. Ahora, me imagino, reserva una parte de su cariño para mí.

—Con la Alianza entre Austria y Francia somos mucho más fuertes, ¿verdad? —pregunto—. Es vanidoso por mi parte sentir orgullo, lo sé, pero lo siento. —Me reconforta saber que mi matrimonio ha contribuido a fortalecer a Francia y asegurar la paz, al menos entre nuestros dos países.

—Vos y yo somos auténticos amigos —afirma felizmente—. Podemos hablar el uno con el otro de nuestros verdaderos sentimientos. No revelamos nuestras confidencias íntimas a los demás. Es posible que no sepáis lo raro que es eso en la corte de Versalles.

Por un instante me siento avergonzada al recordar lo imprudente que fui al contarles a las tías el plan de mi esposo para iniciar las relaciones conyugales en determinada fecha importante, pero no hablo de mi vergüenza ni le recuerdo mi error precisamente en el área que elogia. Con gratitud, pienso que es un alma bondadosa y compasiva, un corazón noble, y deseo parecerme más a él.

—¿Y qué acontecimiento ha provocado que Maurepas prevea el debilitamiento de Inglaterra?

El Delfín habla, pero continúa mirando al frente.

—Hay quienes dicen que las colonias norteamericanas están prácticamente sublevadas. Maurepas está de acuerdo.

—¿Apoyaríamos la sublevación de un pueblo contra su monarca?

—Si Jorge III perdiera sus colonias inglesas, su imperio sufriría. Dudaría si declararle la guerra a Francia y a Austria.

—Sí —replico—, debido a nuestra Alianza.

Aun así, me pregunto si es bueno que nosotros deseemos la revolución, aunque ocurra lejos de nosotros, al otro lado del Atlántico.

Los cocheros, cuyas altas espaldas se yerguen delante de nosotros, y la curva ascendente del trineo nos han resguardado del viento. El calor sigue calentándonos los pies. Escucho la alegre música de los cascabeles del trineo, y el silbido constante de las cuchillas sobre la nieve.

—Todo esto es muy hermoso —comento—. No es sólo un medio de transporte a París, sino un placer en sí mismo.

—Por eso he querido venir. Deseaba estar a solas con vos, en un lugar hermoso.

De nuevo me vuelvo a él y lo beso en la mejilla.

Oigo al postillón saltar a nuestras espaldas y correr unos cuantos pasos. Caigo en la cuenta de que debe de estar haciéndolo para que le circule la sangre, de que sus pies están fríos.

—¿Sabéis cómo se llama el postillón? —pregunto.

—¿Os resulta familiar?

—¿Quién es?

El Delfín alarga el brazo bajo la manta para coger mi mano.

—Érase una vez una bella princesa —empieza a relatar— que vino a Francia para casarse con alguien un poco tonto...

Me muevo y comienzo a protestar, pero él me dice:

—¡Chsss...! —Y después me recuerda—: Hemos prometido desnudar nuestros corazones cuando estemos los dos solos.

Celebro que no pueda verme sonrojar. Está de un humor extraño, sereno, aquí bajo los centelleantes ojos del cielo. Las palabras manan de él tan suavemente como nuestras cuchillas se deslizan sobre la nieve.

—Imaginemos que no es tonto de remate, sino un poco tonto. Aun así, percibía hasta cierto punto la bondad que podía haber detrás de un rostro hermoso. Le gustaba cazar, y afortunadamente para él, a su novia también, si bien hacerlo implicaba desobedecer las restricciones de su queridísima y adorada madre. Pero la madre vivía en un país lejano. A pesar de ello, la gente delató a la princesa; gente como el embajador de su madre...

—No —digo yo—, no creo que Mercy me delate. A veces presume de mí, y confieso que en cierto modo en ocasiones lo manipulo para que se jacte...

—Bueno, alguien que podía delatarla por cometer la travesura de perseguir a los perros de caza a lomos de un caballo, alguien (no diremos quién) que contaba con su confianza absoluta y que tenía espías repartidos por todas partes, pero cuyas intenciones eran buenas (ciertamente, sus intenciones son buenas... por los intereses de Austria), la delató repetidamente, pero la princesa se mantuvo firme ante la continua desaprobación de su madre, porque deseaba con fervor complacer a su esposo (que también desea complacerla a ella). En resumen, que ella siguió cabalgando por el campo, detrás de los perros de caza.

Y yo añado: cabalgó persiguiendo a los perros de caza por propio placer, por la euforia que produce.

Mi esposo continúa su relato en voz baja y confidencial:

—Como sucede en ocasiones durante una cacería real, las cosechas sufren daños accidentalmente. Este día concreto, un ciervo que estaba siendo perseguido irrumpió en los viñedos de un campesino viticultor. El hombre trató de defender sus vides, pero el ciervo enfurecido le dio una cornada. Dio la casualidad de que la propia Delfina estaba en las proximidades con su carroza. Al oír los lamentos de la esposa del hombre, se detuvo para investigar qué había ocurrido. Al ver la grave herida del pobre hombre, lo metió en su propia carroza para llevarlo a un médico, y, asimismo, en el acto, dio una limosna de su propio monedero para cubrir las necesidades apremiantes de la esposa y el montón de hijos (cinco o seis), así como para compensarlos por la pérdida de la cosecha. Cuando se supo que las heridas del campesino eran mortales, la Delfina tuvo más gestos de generosidad. Por todo ello, su esposo la bendijo, sin duda por las concesiones, pero más todavía por su valiente compasión y pragmatismo frente a la sangre y el dolor de la gente humilde.

»Aunque actuó con total altruismo, el pueblo francés oyó hablar de la pequeña samaritana. Su gesto fue honrado con grabados pictóricos, con imágenes tejidas en tapices y pinturas en abanicos. Con frecuencia, las imágenes de la adorable y compasiva Delfina llevaban la adecuada leyenda: "Un ejemplo de compasión". Y el pueblo de Francia no lo olvidó. Cuando ella hizo su entrada oficial en París, expresaron con gritos su buena acogida a la personificación de la bondad y la belleza.

Al principio no puedo hablar. Conmovida no tanto por la historia, precisa en todos sus detalles, como por la encantadora forma en que me es relatada, no encuentro palabras.

Nunca fui la más talentosa, inteligente o la más bella de las hijas de mi madre, pero he intentado ser buena y cumplir con mi obligación de cristiana, y siento que muchas antiguas heridas se curan al saber que ahora soy amada.

Al fin, digo con un hilo de voz:

—Pero os he preguntado por el postillón.

Aclarándose la garganta, pues el Delfín también está emocionado, simplemente contesta:

—El postillón es el hijo mayor del hombre al que el ciervo mató. Cuando fue adulto, vino a palacio para preguntar si podía servirnos en algún puesto sin pretensiones.

Y ahí está: una lección moral. Los buenos actos resuenan a nuestro paso, mucho tiempo después de que hayamos olvidado haberlos realizado.

Inspiro el glacial aire nocturno dando las gracias por todas las cosas buenas que nos ha dado Dios. Mi cerebro siente un hormigueo al pensar en la bondad de Dios que mora detrás de las estrellas. Tanto es el respeto que me inspira el reino estrellado que casi me da miedo. El cielo nocturno es remoto, austero. El cielo azul diurno está más bajo, siempre ha sido mi amigo.

El Delfín y yo seguimos avanzando. Nos sentimos extasiados por la oscuridad, el frío sagrado y el mundo prístino. Sin embargo, el trineo no tarda en aminorar la marcha y luego se detiene por completo en medio del inmenso vacío.

Uno de los cocheros baja de su alto asiento para acercarse a los caballos, y el joven postillón se une a él. Caminando hasta las cabezas de los caballos, se quitan un guante y luego colocan su mano desnuda sobre el hocico de cada uno de ellos. Tras la inspección, los caballos sacuden la cabeza, la mueven, y luego menean el cuello provocando el repentino sonido de los cascabeles del trineo.

—¿Les están dando azúcar? —pregunto. El suelo parece cubierto de brillante azúcar.

—Hace tanto frío que a los caballos se les congela el aire en las fosas nasales —me explica el Delfín—. Con el calor de sus manos, nuestros hombres liberan el hielo de las fosas nasales de los caballos para que puedan respirar.

De pronto caigo en la cuenta de que hace un frío tremendo, y la idea aviva mi entusiasmo.

—¡Qué divertido será el baile de esta noche! —exclamo.

Bailar, bailar con todo mi corazón parece una cuestión de supervivencia.

Al llegar a París percibo que hay poca gente por las calles, y muchos de los hombres y mujeres, de todas las clases, llevan gorros de piel o algún sencillo retal de tela anudado alrededor de sus cuellos, bocas y narices.

Casi lamento que nuestro viaje en la intimidad haya finalizado. Es una noche para enamorarse. El trayecto de Versalles a París ha tenido su propia magia.

De pronto, quiero saber más sobre el tema de política de que hablábamos antes. Le pregunto a Luis Augusto:

—¿Y qué hay de Inglaterra y las colonias? ¿Nos afecta su destino?

El Delfín contesta:

—No tiene por qué.

Súbitamente recuerdo que él tiene 19 años, y yo uno menos. ¿Qué vamos a saber nosotros de semejantes asuntos?

El Delfín continúa:

—Pero si Inglaterra pierde sus colonias, habrán perdido entonces una fuente de ingresos y el comercio se verá asimismo mermado. Sí, serán más débiles.

Los adoquines de las calles de París y las aceras están helados. La gente resbala, agita sus brazos y está a punto de caerse. Todo está tamizado por el tintineo de los cascabeles de los arreos de los caballos.

Nuestro trineo llega frente a la bóveda de la Ópera y se detiene. Con cuidado, me deshago de las mantas y, ayudada por un lacayo, abandono el cálido nido del trineo. No avanzo de inmediato, sino que hago un alto para indicarle al joven postillón que se acerque.

—Recuerdo bien a vuestro padre —digo—. Era un hombre valiente, quien, incluso mientras moría en mis brazos, habló de su amor por su familia. Le aseguré que nunca pasarían hambre.

El chico se cubre la cara con su mano enguantada y llora.

Desbordantes de júbilo y misterio, las paredes de terciopelo rojo y las cortinas de la Ópera jamás han resultado más acogedoras. Nos adentramos en un inmenso corazón, que vibra con las voces y la música, que late con la gente que se abraza y se saluda. ¿Quién es quién? ¡Nadie lo sabe!

Dado que el Delfín ha estado recibiendo clases de baile, me dedica una reverencia con más cortesía que nunca antes, la túnica negra que cubre su cuerpo ondula hacia delante mientras se inclina y me hace una sentida reverencia. ¡Me encanta lo teatral que es esto! Nos colocamos en el extremo del minué. Normalmente, como es lógico, cabría esperar que nos pusiéramos al principio de la fila, pero ¡aquí nadie nos conoce! Nos miramos salvando el pequeño espacio que nos separa, y el ritmo de la música empieza a movilizar nuestros cuerpos. Pese a que el antifaz cubre gran parte de su rostro, sé que el Delfín está tan contento como yo; me basta con ver sus ojos. De repente me guiña un ojo. Por el agujero de su máscara veo cómo el párpado de su ojo se cierra.

Ahora es el momento de levantar los brazos y tocarnos con las yemas de nuestros dedos, de girarnos, de pasear. Nos hemos unido al baile.

La noche está llena de bailes, siluetas, ritmos, estados de ánimo: gavota, alemanda, courante, una atrevida zarabanda. De pronto, me da miedo bailar la zarabanda, un baile que mi madre, de sensibilidad medieval, consideraba lascivo. Su ritmo requiere un golpe de cadera, con repentina pasión, en el tiempo débil. En la época medieval, la Iglesia lo consideró el baile de las prostitutas. Pero para mí, su ritmo activa el cuerpo como ningún otro ritmo. Hace que el corazón se debata entre la pérdida y el deseo. No, pondría mi alma al descubierto si bailara la zarabanda.

Oí por primera vez la zarabanda siendo una niña de 12 años, cuando me habían puesto alambres en los dientes para enderezarlos, después de que mi madre y sus consejeros decidieran que estaba destinada a casarme con el Delfín. Procedente de una habitación lejana en el palacio de Schönbrunn, oí que tocaban una zarabanda con un instrumento de cuerda grave. La anhelante música expresaba la vibración de mis encías; urgente, casi desesperada por ser liberada y aliviada. Más adelante, le pregunté a mi profesor, mi Gluck, qué música podía ser ésa. Me dijo que era de J.S. Bach, para violoncelo, de la Tercera Suite, tocada por mi hermano José. Añadió que mi madre también había oído la pieza y ordenó que jamás volviese a tocarse, ya que reconoció en ella la composición de una zarabanda, la expresión prohibida. ¿Estuvo mi madre tan saciada de mi padre mientras éste vivió que nunca sintió el punzante latido del deseo? Como en tantísimos ejemplos, mi hermano imperial sacrificó su propio placer a la voluntad de nuestra madre.

Si le escribiera que durante el Carnaval de 1774 me abstuve de bailar una zarabanda, probablemente estaría contenta conmigo. Esa fantasmagórica zarabanda que oí con 12 años... El recuerdo me produce el deseo de pedir ahora un chelo y clases para aprender a tocarlo.

Me sorprendo levantando un dedo para enjugarme debajo del ojo. Me desconcierto al topar con la tela de mi máscara. Tenía la sensación de que no la llevaba.

—¿Bailaríais el próximo baile conmigo, elegante dama? —me pregunta un desconocido. No lleva máscara. ¿He visto alguna vez a alguien tan guapo?

—¿Elegante dama? —replico—. ¡Todos parecemos exactamente iguales! Hacer distinciones es incurrir en un halago deshonesto.

—En absoluto, puesto que con vuestro porte, simplemente cuando andáis de aquí hasta allí, sin necesidad de bailar, todos los ojos siguen la delicadeza de vuestros movimientos. ¿Acaso tenéis ruedas en lugar de pies?

—Tendríais que levantarme la falda para saberlo.

—No me atrevo, y lo que es más importante, no lo haría, pues mi corazón cae rendido ante vos, como el ciervo ante Diana. ¿Sois vos la cazadora?

—No revelaré mi nombre. Mi máscara es mi nombre. Las demás damas se sentirían traicionadas, si las identidades reveladas empezaran a limitar nuestra libertad y encanto demasiado pronto.

—Juro por mi corazón ante vos postrado que nada podría disminuir vuestro encanto. Ni aun cuando fuerais la doncella de una dama que le ha robado el atuendo.

El hombre es alto, con la elegancia del conde Mercy, pero joven. En lugar de astuto, su rostro es de una coquetería inaudita. Es la personificación de un caballero, y aunque habla francés casi a la perfección, hay algo ligeramente extranjero en su pronunciación.

—¿Una doncella? No lo soy. —Percibo una seriedad inesperada en mi tono, pues sería incapaz de confundir a un caballero. Para él, si es tan mundano como parece, debe de ser una cuestión de honor (el *honor*, una cascada entera de niveles) aprovechar la ocasión.

—No, no sois eso, mi dama. ¿Me concederíais el permiso de daros mi nombre sin que eso mermara vuestro placer de libertad?

—Vuestra identidad no podría de ninguna manera incidir en mi placer.

El hombre reprime su aguda réplica. Hace una profunda reverencia. No podría ser más formal, o más elegante, si estuviésemos en la corte.

—Soy el conde Axel von Fersen.

Por su tono, entiendo que se toma en serio a sí mismo. No creo que mancillara su nombre más de lo que yo lo haría. Su porte es de absoluta humildad y sencillez.

—Estáis desprovisto de soberbia impropia, conde von Fersen. —Me aseguro de que en mi propio tono no haya arrogancia impropia. Hablo como una sencilla lechera podría hablarle a su señor, quien le gusta, aunque esté fuera de su alcance—. Si lo deseáis, seguidme por favor a un lateral y hablaremos un poco más.

Me ofrece su brazo, y caminamos hacia la pared de terciopelo. Al acercarnos a un candelabro de pared de reluciente cristal, juraría que la luz brilla con más intensidad. Dejo que se coloque de cara a las velas para poder rastrear los matices de su expresivo rostro.

—Y habéis viajado hasta aquí desde Suecia —aventuro. No quisiera equivocarme, pero es únicamente una conversación breve y casual, una pausa entre un baile y otro.

Ha empezado una giga, y me alegro de no estar bailando, aunque podría haber aceptado el reto. Ahora todo el mundo baila con entusiasmo, ya que han recuperado el aliento bailando la lenta y cadenciosa zarabanda. La gran sala vibra con los cuerpos, que van y vienen y dan vueltas, como peonzas en una palangana de agua.

—Vuestra suposición es correcta e incorrecta a la vez. —Se ríe con agrado.

—Lo que significa —insisto, aceptando el desafío de su acertijo— que vuestro país de origen es Suecia, pero que lleváis viajando... ¿dos años, quizá?

—¡Brillante deducción!

—Sois demasiado amable considerándome inteligente cuando es común que los hombres jóvenes de vuestra edad hagan un gran viaje para finalizar su formación.

—¿Y vos también sois extranjera en este sumamente sofisticado escenario?

—A ver si adivináis.

—Detecto un poco de lorenés en vuestro acento.

De pronto me pongo muy seria.

—Entonces es la influencia de mi padre lo que oís, puesto que era de Lorena.

Percibiendo mi cambio, vacila con serenidad. No me replica con una broma rápida. Con absoluta cortesía, espera mis indicaciones.

—¿Y habéis estado ya en la corte?

—Quise ir temprano el Día de Año Nuevo.

El Día de Año Nuevo de hace dos años tuvo lugar mi acercamiento formal y trivial a la Du Barry. Recuerdo cómo me desperté ese día, estremeciéndome mientras esperaba a que el decrépito engranaje del protocolo me trajera mi camisa.

—Estáis temblando. Tal vez estéis recordando el reciente frío glacial —continúa—. Era tan extremadamente frío, con tanta nieve y hielo colgando de los aleros, que pensé que debería esperar a tener una nueva capa de piel. Pero mi sastre iba retrasado. En realidad —sonríe del modo más natural y amistoso—, confieso que quería la capa tanto por el estilo como por lo que abriga. Pero acertáis identificándome como sueco, de ahí que mis huesos escandinavos reconozcan el frío intenso. Le concedo gustoso el respeto debido. El viento y el frío no respetan el rango de que uno goza en la vida. Mi salida hacia el castillo se retrasó hasta las nueve de la mañana.

—¿Y puedo preguntaros a quién conocéis?

—¡Ah..., a bastante gente! Varios días más tarde fui recibido por la condesa de Brionne.

—En su *toilette* oficial, me imagino. Mientras la peinaban. ¿Y fue *amusant*?

Sí. Divertido recordando la escena, parlotea, a veces gesticulando, de tal modo que deja entrever que se siente bastante cómodo en semejantes situaciones. Sin un ápice de desconsideración, habla de cómo ella usó un ingenioso cuchillito de plata para raspar y eliminar el exceso de polvos. Describe las variedades de colorete, seis frascos de diferentes colores.

—Muy oscuro e imponente —dice—. Uno era casi negro. Y apareció su hija… Como vos, procedía de Lorena, pero creo que más directamente que vos.

Casi se me escapa que Mademoiselle de Lorena es, en realidad, mi prima por parte de padre, pero me contengo justo a tiempo. Me gusta demasiado mi anonimato para traicionarme a mí misma, si puedo evitarlo. Sin revelar mi propia edad, descubro que él también tiene 18 años, y que es dos meses mayor que yo. Con una duración de varios años, sus viajes le han permitido practicar su italiano y alemán, lengua en la que también conversa con fluidez. Me complace que en sus viajes haya conocido a mi hermano, el archiduque Leopoldo, y que sin saber de mi relación con él, hable de él con cariño, aunque añade la salvedad de que se comentaba que no era tan confiado o tan firme como su hermano mayor, José.

—Pero eso es lógico —replico— en un hermano pequeño. Claro que él es mayor que sus hermanos Fernando y Max.

Por un instante, veo su desconcierto, atento a mi familiaridad con la familia Habsburgo.

—¿Sois vos una de las hermanas mayores o pequeñas? —inquiere.

—¡Ah…! No tenéis que intentar adivinar mis secretos —bromeo—. Pero dejadme que os conteste con una adivinanza: soy ambas cosas.

—¿Pero principalmente?

—Principalmente, soy una de las pequeñas. Y con eso ya he dicho bastante.

—Entonces bailemos el minué.

Y así nos ponemos a bailar, pero mi alma vuela. ¿Alguien ha bailado nunca tan bien como Axel von Fersen? Artois, casi. Pero está en Versalles con su esposa. El sueco y yo bailamos hasta casi las tres de la madrugada, momento en el que al fin soy reconocida.

De inmediato, todo el mundo se aglutina a mi alrededor, y el joven sueco muy educadamente se retira. Me mira con suma admiración, pero no le incomoda lo más mínimo saber que ha estado hablando con la Delfina, una archiduquesa de Austria. No, es el ser humano con quien él ha conversado; ¿qué importan los títulos y el rango? Pocas veces he visto semejante serenidad, semejante tranquilidad con uno mismo y con los demás, ni siquiera en hombres mucho mayores que el conde von Fersen.

—Dentro de un mes me voy a Inglaterra —me informa con cortesía mientras se retira.

Asiento, lo que equivale a decir que, sin duda, recibirá invitaciones para unos cuantos *bals à la Dauphine* antes de su viaje.

El grupo de gente que me rodea se vuelve agobiante, así que me refugio en un palco, donde me reúno con el Delfín. En el pequeño mundo del palco, tomamos chocolate caliente en unas preciosas tazas revestidas de oro, y charlamos agradablemente con el conde de Neville, cuyos vidriosos ojos azules y ágil conversación siempre han entretenido tanto al Delfín como a mí. La peluca del encantador Neville parece tan natural que en ocasiones me pregunto si no será su propio pelo níveo, empolvado sólo un poco para acallar los chismorreos. El conde habla de su próximo viaje a México, a las ciudades de la plata en las montañas del interior, y en particular a San Miguel de Allende.

Al unísono mi esposo y yo exclamamos con igual sinceridad lo mucho que lo echaremos de menos.

Durante unos instantes, me imagino ciudades construidas con plata, asentadas en las montañas, todos sus edificios resplandeciendo y reflejando la luz como un espejo. Es como una visión del cielo, sólo que más exótica. Pero el conde explica que en México los edificios se construyen con piedra, estuco y adobe (barro secado al sol). Las llaman ciudades de la plata, porque los españoles descubrieron plata en las montañas circundantes. Con bastante picardía, Neville afirma que en México le dan sabor al chocolate caliente con un pellizco de pimienta.

Estudiante de geografía desde hace tiempo, el Delfín ha estado atento mientras nuestro amigo describe la ubicación e historia de las cinco ciudades de la plata situadas en las montañas mexicanas. Salta a la vista que no son ciudades en el amplio sentido que conocemos (Viena, París), sino pequeños núcleos de ciudades nacientes. ¿Quién sabe en qué pueden convertirse?

—Tienen animales que no hemos visto nunca —comenta mi esposo, y sé que está visualizando la caza en las selvas del continente americano.

El conde comenta que la flora y fauna de México apenas han sido descritas en los libros. Prosigue contándonos que los libreros de París venden más libros de historia natural que de ningún otro tema, incluidos los piadosos.

—Pero Racine y La Fontaine siguen siendo muy demandados —añade.

Aunque entrado en años, Neville es capaz y decidido, está siempre bien informado, siempre abierto a nuevos horizontes.

—México —dice—. Quizá no sea el último sueño.

Cuando el conde se dirige a mí en concreto y comenta que la ópera francesa necesita desesperadamente ganar sabor con un pellizco de pimienta (o cualquier cosa que no sea más Lully del ilustre pasado), recuerdo lo tremendamente aburrido que fue el espectáculo de ópera en Versalles la noche de mi boda. Y entonces pienso de nuevo en mi antiguo profesor de música, en el hecho de que llevo mucho tiempo echándolo de menos, y de que la emperatriz ha escrito que Monsieur Gluck está deseoso de venir a París.

Le comento a Neville que Von Fersen abandona el baile.

—Naturalmente —replica el conde mientras me mira a los ojos—. Habiendo disfrutado unos instantes de la compañía de la Delfina, no tiene mucho sentido prolongar su estancia.

—Es un tipo excelente —interviene el Delfín—. Antes he hablado con él.

—¿Creéis que sabía mi identidad antes de ser reconocida? —pregunto.

—No —contesta Neville, que es sensible no sólo al procedimiento protocolario, sino a la cortesía auténtica—. De haber sospechado vuestra identidad, habría confesado ese hecho de inmediato. Conozco a su padre. El joven conde no se mofaría de la honestidad.

—A mí me ha dado la misma sensación —respondo.

—Que se marche en este momento es sinónimo de una expresión de su respeto hacia la posición y la persona de Madame la Dauphine —añade Neville.

El Delfín sonríe con indulgencia, sus ojos entornados bajo el peso de sus párpados. Preferiría estar durmiendo, en una cama solitaria soñando con tenazas y forjas, que estar sentado conmigo en este palco de felpa rojo. En cuanto a mí, me alegra haberme sacado la calurosa máscara negra de mi anonimato. Miro hacia la pared de espejo del fondo del palco. El espejo completa medio candelabro de pared que presiona contra el cristal, de modo que junto con su reflejo, el ojo del espectador capta un círculo completo de luz y reluciente cristal. Si bien el efecto no es perfecto, siempre he admirado esta particular ilusión. Entonces veo mi propio rostro, sonrojado, en el espejo pegado al candelabro. Me sorprende lo atractiva y viva que parezco. ¿Quién diría que son más de las tres de la madrugada? ¡Estoy demasiado fresca!

«¡Ah...!», pienso. «Si no puedo enamorarme del Delfín, al menos puedo quererme a mí misma.»

Entonces me pregunto: «¿Cómo es esto posible? ¿Cómo he conseguido en este último medio año el poder de quererme a mí misma?»

La respuesta viene en forma de eco del clamor de amor y admiración que oí cuando entramos en París. Puedo quererme a mí misma, tener confianza en mí misma (al igual que el joven Fersen, de mi edad, tiene confianza en sí mismo), y darme caprichos porque la gente me ama. ¡La idea resulta embriagadora!

GANANDO Y A VECES PERDIENDO, PRIMAVERA DE 1774

De todo nuestro sagrado dogma católico, la idea de las indulgencias es la que con más acierto se refiere a mí. Cuando le pregunté al abad Vermond si no podía enmendarme por adelantado por darme el placer con bastante profusión de apostar en las cartas, me contestó que no entendía el concepto de las indulgencias, pero, en respuesta a mi pregunta, no, los pecados por exceso no podían perdonarse antes de ser cometidos. Sus encantadores ojos azules parecían preocupados. Su explicación fue demasiado aburrida para escucharla.

Lo que sé es que, cuando me siento a jugar a cartas y cuando gano, borbotea de mi alma la más feliz de las risas nerviosas. Todo el mundo me felicita exageradamente. Dado que los juegos se basan sobre todo en la suerte, al principio creía que semejante adulación era una tontería, pero me he acostumbrado a ella, y me encanta cuando todas las caras se vuelven a mí con los ojos desmesuradamente abiertos y boquiabiertas, susurrando: «¡Oh! ¡Perra suertuda!»

La primera vez que oí la expresión, solté un pequeño ladrido. Todo el mundo estaba bastante desconcertado; entonces se produjo un elocuente silencio. Pero de pronto, para llenar el vacío, casi todos se rieron a carcajadas. Madame Protocolo me lanzó una mirada de absoluta reprobación. En la siguiente mano aposté todo lo que había ganado.

Cuando perdí y me sentí avergonzada, todo el mundo desvió la vista y fingió que no pasaba nada.

—Os veis tan encantadora mirando vuestras cartas —me dice alguien, y yo aleteo las cartas con coquetería. Llevo seis noches seguidas sentándome a las mesas de juego, y cada una de ellas ha sido más absorbente que la anterior.

—No le mostréis las cartas a Madame Guéméné —me advierte otro—. Nuestra querida amiga hace todas las trampas que puede.

—Pero yo intento no hacer trampas en absoluto —anuncio con descaro, sintiendo que tengo menos de dieciocho años. Pienso por un momento en lo aburridísimo que era jugar a cartas con mis tías y en cómo acabé por evitar sus interminables partidas—. Apostar es tan *emocionante* —le confieso a Artois, que está cerca de mí.

—¿Eso creéis? —replica—. Entonces hagamos un experimento científico.

—Al Delfín le encanta la ciencia —le digo—. No sabía que erais susceptible de ser contagiado. —Hablo con tal sutileza que tengo la sensación de que nadie puede ofenderse legítimamente, pero veo que las cejas de la condesa de Noailles se arquean.

—Es una aplicación distinta de la ciencia —explica Artois—. Será divertido. Intentad ir aumentando vuestras apuestas para ver si vuestra emoción se incrementa con las cantidades que apostáis.

Todo el mundo elogia con agrado la atrevida y novedosa sugerencia de Artois. Estoy feliz de acceder. Tras cada apuesta informo de mi nivel de excitación:

—Moderada —empiezo.

A medida que subimos la apuesta, exclamo:

—¡Aumenta!

En la siguiente apuesto el doble de lo que nadie se habría imaginado.

—¡Oooh! —exclaman todos.

—Y otra vez —digo, insistiendo en mi derroche.

—¿Cómo os sentís? —inquiere Artois con gran interés.

—¡Tengo la cabeza como un globo!

—¿Es agradable?

—¡Muy excitante! —respondo, y de pronto he ganado la apuesta, Siento que toda la sangre fluye a mis mejillas. Estoy ardiendo, y trato de respirar hondo para tranquilizarme—. ¡Otra vez! —me sorprendo exclamando.

Seguimos jugando y jugando, y empiezo a oír la expresión: «Tiene suerte». ¡Cómo admiran mi suerte! Les gusta ver a alguien con suerte, y apuestan con más valentía, comentando que quizá mi suerte se les contagie.

Y eso ocurre. De repente, lo pierdo todo.

—Siempre podéis apostar una fruslería —me recuerda Artois. Su esposa se ha alejado de su mesa y está de pie con una mano sobre el hombro de su marido—. ¿Cansada? —le pregunta.

—Son las dos de la madrugada —responde ella—. ¿Podríamos decir: «Continuará»?

Lanzando una mirada a su rostro, detecto no solamente fatiga sino ansiedad.

—Sí —me apresuro a decir—. Continuará.

Pero me retiro con renuencia y ansío que mañana continuemos la partida. En las mesas, raras veces había pensado en el Delfín. Inundada de un espíritu atrevido, había olvidado mi deber de aparentar alegría mientras rebosaba de mi perpetua mortificación.

Para mi sorpresa, detecto que muchos de mis amigos están ebrios. Necesitan apoyarse en los respaldos de las sillas o en amigos o cónyuges más sobrios para abandonar la sala. Alguien tropieza. A una dama se le sale un zapato del pie y se le queda atrás al tiempo que ella avanza cojeando. Pese a toda la emoción de ganar y perder, jamás se me ha ocurrido tomar siquiera un sorbo de vino, ya que no acostumbro a hacerlo. Mi corazón, sin embargo, martillea mis costillas, y sé que mi cara debe de estar muy rosa.

De repente, Artois me sujeta del codo y me obliga a detenerme.

—Un juego —me dice—. Otro juego. Uno que se llama «buscar y buscar».

—¿Y en qué consiste? —susurro también, un tanto abochornada.

—Finjamos que tenemos una cita. Levantaos a las tres de la madrugada. Yo haré lo mismo. Nos buscaremos el uno al otro. Si alguien nos sorprende, diremos honestamente que nos hemos encontrado por casualidad.

—No estoy segura —contesto con sinceridad.

—Mi hermano me ha dicho que esta noche no irá a vuestra cama, que suponía que quizá sería tarde cuando os retirarais. Es un juego, bastante tonto. Y somos inocentes como unos chiquillos. No estableceremos ningún punto de encuentro. ¡Usad el instinto, la intuición!

Pienso en los estrechos pasillos, repentinas escaleras, y salas privadas escondidas tras salones intercomunicados. En esos espacios intrincados, a los que se accede por puertas secretas, recortadas a la perfección en las paredes empapeladas, la gente vive vidas secretas. En ocasiones el Delfín ha entrado en mi habitación por una de esas puertas secretas.

Con creciente excitación, susurro:

—Sería pura casualidad que nos encontráramos. —Entonces llamo a Madame de Noailles—: ¿Seríais tan amable de prestarme vuestra capa? Siento un escalofrío.

EL PAÍS DE LAS INTRIGAS: UNA AVENTURA EN EL CASTILLO DE VERSALLES

Así pues, sin poner mi honor en riesgo, ¡repudio el desinterés del Delfín!

Aunque está lejos de mí en otra parte del palacio, en el mismo momento en que me levanto, Artois se incorpora en la cama; sigilosamente baja las piernas hacia el suelo, se levanta, se pone una bata, se inclina para introducir sus pies en unas suaves zapatillas planas, y sale a hurtadillas de la habitación. Yo hago lo mismo.

Su suave pelo rizado flota sobre su cara mientras se apresura por el pasillo. Éste no es momento para pelucas.

Hemos acordado no fijarnos ningún punto de encuentro específico. Si nos encontramos (¡y nos descubren!), será un encuentro casual en una noche agitada. Sé únicamente la ubicación de su punto de partida, y eso es todo cuanto él sabe de mí. Lo emocionante reside en la indeterminación de nuestra búsqueda. Esto no es el escondite; el juego es «buscar y buscar». Seguro que ambos sentimos, en el mismo momento, ¡la emoción!

La capa prestada por Madame de Noailles es un disfraz. Me cubro la cabeza agachada con su gran capucha. Ensayo su paso torpe. Temblores de diversión sacuden mi cuerpo. De incógnito, abro la puerta cercana a la cabecera de mi cama que está recortada sin marco en la pared empapelada, una puerta oculta, y me adentro en el vasto e incierto reino del interior, en sí una tierra desconocida. Decido no llevar ninguna vela, sino depender de la luz esporádica. Supongamos que los rumores empiezan por sugerir que Madame Protocolo fue vista acudiendo a una cita. ¡Qué agradable venganza por todas las formas en que me ha anulado!

Al instante, en el estrecho pasillo, veo a dos criados somnolientos, sentados en un pequeño banco, apoyados el uno en el otro, dormitando.

A sus pies, un farolillo titila tenuemente. Mi capa roza sus rodillas, y uno de los hombres se mueve. Paso. Si levanta la vista, sólo verá la espalda de Madame de Noailles alejándose. Intensifico mi cojera. Casi estoy tentada de decir algo, imitando su voz.

¿Qué salas estoy atravesando, pues muchos de los salones tienen sus salidas privadas al interior? ¿Y si fuera a parar a las dependencias del rey? ¿Cómo puede alguien llegar a memorizar los recodos y recovecos de estos pasadizos ocultos? Oigo que alguien se acerca; ¿pisadas conocidas? Aquí hay una puerta, y la abro, entro y cierro dejando sólo un resquicio. Descubro la capucha y me quedo aquí con la cabeza desnuda; mi cabello, una desaliñada maraña.

Por la estrecha abertura, veo pasar a una prostituta, más joven que yo. La oigo apretando el paso. ¿Y quién hay detrás? ¿Podría ser el conde Mercy? No, seguro que en eso me equivoco. Él tiene a su Favorita. Es demasiado elegante y discreto para corretear por estos pasillos. ¿En la habitación de quién estoy? A la tenue luz de esta gran habitación, veo a un hombre desnudo tumbado en la cama, y a su lado a una mujer de espaldas a él, su abultado gorro de dormir en su sitio, como un queso abombado.

Al abandonar su dormitorio me pongo de nuevo la capucha y bajo la cabeza para ocultar mi rostro. Me siento casi como podría sentirse una persona corriente. ¡Qué extraño vivir en un palacio con tanta gente que no conozco!; un revoltijo de casi trescientos departamentos existe detrás de las lisas fachadas. Más de quinientos dormitorios descansan bajo los tejados coronados con adornos dorados. No todos conocen a Madame de Noailles. Yo podría ser cualquiera.

¿Y con quién tropieza Artois mientras avanza por los pasillos del otro lado del palacio, pasado el patio, en otro nivel? Creo que está casi corriendo. Le importa menos que a mí que lo reconozcan.

De repente, se detiene. Aquí viene una doncella somnolienta. Su señora la ha llamado. Tras ponerse algo de ropa, prácticamente da bandazos por el pasillo, frotándose los ojos. Ahí está Artois, que la empuja contra la pared. Al reconocerlo, ella se sorprende; su hermosa boca se abre, y él la besa. Pero no duda en levantarle la falda. La penetra.

Ahora ella se imagina que un príncipe la ama. Su virtud le importa poco. Ahora está despierta y se mueve resueltamente. Se pregunta qué le dará él si vuelven a encontrarse.

Artois deja de pensar adónde puedo ir. Me visualiza, y sabe que mi corazón late deprisa, aunque no corra. Sabe que no sé qué pasará y que tengo miedo. Se siente como un zorro, lleno de astucia.

Será pura suerte que nos encontremos. Pero esta noche tengo suerte. Eso decían en las mesas de juego. Pero ¿no sería tal vez mala suerte? Artois sabe que yo jamás mancillaría mi virtud por él. No, por nadie. Aminora la marcha unos instantes. Recuerda cómo hemos bailado juntos, y mi emoción cuando en cierta ocasión mis senos (ahora tan hermosos y prometedores) lo rozaron. Él sabe que sentí un deseo trepidante, que se tradujo en que involuntariamente agarré su mano con más fuerza. Acelerando su paso, bordea una silla suelta que se han dejado en el pasillo, o un baúl.

Otra mujer joven viene hacia mí. Me pego a la pared y miro hacia abajo, mi rostro tapado por los laterales de la capucha. Su falda sosa y lacia no llama la atención de mi vista apartada, pero sus botas… He visto esas botas antes, las llevaba la chica campesina que se parecía un poco a mí. Esa noche la princesa de Lamballe me dio un tiesto de violetas; esa chica que el Delfín y yo encontramos entre las cortinas. Esta chica del pasillo llevaba algo (no he osado levantar la vista), pero llevaba algo con las dos manos, quizás una palangana, frente a ella. Y el olor fresco de algo de este mundo flotaba en el aire a su paso.

Oigo una voz: «Vuestra Majestad ha pasado una agradable velada». Es el propio rey, hablando de sí mismo ¡a alguna confidente! Con su *bonne amie*, el monarca apenas se ha molestado en hablar en voz baja. Están a la vuelta de una esquina, acercándose a mí. En su mente, no es una inmoralidad lo que hace, sino lo que él denomina sus derechos. Su voz es de absoluta tranquilidad y comodidad.

Reparo en un armario ropero abandonado en el pasillo. Abriendo su puerta, me meto entre las fláccidas faldas que cuelgan. Cuatro pasos más, ¡y pasa el rey! Con el fin de no estornudar, apenas respiro el rancio aire del armario. Mi mano errante topa con algo duro y frío, una palanca de metal que hay al fondo del armario. El fondo del armario es una puerta, y mis dedos rodean su pomo. No estoy en cualquier armario, sino en la entrada secreta a un departamento.

Abro la puerta y entro.

Estoy en una habitación muy pequeña sin amueblar. Me desplazo hasta el centro, y desde este punto, mi espíritu se expande o se disipa. ¡Podría poseer un espacio tan pequeño como éste! Podría llenarlo. La habitación tiene un techo bajo, y es de forma octogonal. Un pequeño candelabro de metal sin velas cuelga sobre mi cabeza. Encastrada en una pared hay una bonita y pequeña chimenea revestida de azulejos vidriados, y al otro lado de la chimenea hay una ventana.

Cuando voy hasta la ventana, reparo en que éste es uno de esos departamentos con vistas a un pequeño patio interior. El palacio está repleto de patios interiores, como las apolilladuras en un chal de lana. Sólo los pájaros que nos sobrevuelan pueden contar el número de estos pequeños espacios vacíos entre las habitaciones. Los patios traen un soplo de aire a los espacios interiores y les dan a quienes los habitan un recuadro abierto al cielo, aunque lo que se contempla enfrente no es sino otra pared con sus propias ventanas. Ahora, a través de esta ventana, la luz de las estrellas ilumina levemente la habitación.

Cuando mi pie resbala sobre un pequeño cilindro que descansa en el suelo, me agacho para cogerlo. Las yemas de mis dedos tocan cera; es una vela desechada. Pese a que no tengo forma de encenderla, la sujeto con mi mano desnuda levantada, como si pudiera mostrarme lo que podría ver.

¿Qué más ofrece este apartamento? Una habitación da lugar a otra, y todas ellas tienen el techo bajo, cada pequeña habitación tiene su propia chimenea diminuta e insólitos recovecos. A algunas las inunda una penumbra atemorizante, pero la mayoría tiene una ventana que da al patio interior o a otro agujero al descubierto. No sé con seguridad si el apartamento rodea un único patio o si serpentea hasta otro más.

Lo que más me gusta son las diminutas chimeneas, tan distintas de las inmensas cuevas pretenciosas que calientan los inmensos salones. Claro que tiene su lógica: chimeneas pequeñas para habitaciones pequeñas. Me he escapado del palacio, y ésta es una casa de campo donde una mujer dirige su propio hogar. *Abre un cajón polvoriento, guarda la vela que algún hijo descuidado o su marido ha dejado en el suelo. Por la noche, mientras ellos duermen, ella tiene intimidad, puede ser ella misma.* Pero el escaso mobiliario que hay aquí está polvoriento, no se usa desde hace tiempo, son los residuos del palacio. Se ve el contorno de una silla cubierta con una tela blanca. Este lugar ha pasado al olvido.

Recuerda a su marido, tumbado desnudo y sin pudor sobre su cama. Está orgullosa de él, agotado tras una jornada arando. Piensa en los surcos rectos de tierra removida que ha dejado tras de sí; está orgullosa de haber cosido hoy una costura recta y haber ribeteado una sábana.

¿Y dónde está Artois? Jamás podría acceder a este lugar. Aquí estoy a salvo de su frivolidad. ¡Con qué frecuencia me ha dicho mi madre que los franceses son una raza frívola! No saben que para divertirse como es debido hay que suprimir todo protocolo. Para lo cual uno debe vivir entre gente de confianza.

Yo no confío en Artois. En Francia, para divertirse se emplea el cinismo, como el timón de una barca, para dirigir el rumbo. O la suerte. La suerte me ha traído hasta aquí. Buscaba la emoción y he encontrado la intimidad.

Creo que volveré a venir a estas cámaras secretas, si puedo encontrar el camino de vuelta. Le describiré este conjunto de pequeñas habitaciones al Delfín, que es mi amigo y me ayuda a conseguir lo que quiero. Siempre he intentado hacerle sentir a gusto, jamás lo he rehuido, pero a veces me invaden la irritación y la impaciencia, para lo cual bailar y reír y gastarle bromas a alguien más son la única liberación. Ahora también están las apuestas.

El Delfín tiene su forja; se dedica a la ebanistería y carga adoquines y realiza otras tareas físicas pesadas junto con otros trabajadores. Con semejante trabajo (aunque realmente es un pasatiempo, ya que no es necesario hacerlo), se agota. ¿Por qué no puedo yo tener un lugar donde actuar, o descansar, algunas estancias privadas donde nadie entre sin mi invitación?

Es hora de volver a mi lecho legítimo, pero me llevo conmigo un nuevo deseo; la intimidad y un reino de imaginación de mi propia creación. Ocuparé estas habitaciones, y mis invitados serán gente de talento (pintores, compositores, actores, cantantes). Aquí nos deleitaremos con fruición.

¿Qué es lo que he visto a la luz de las estrellas sobre una mesa pequeña y deslustrada cercana a la ventana? Había justo suficiente luz para vislumbrar el color del cuenco: azul. Y también había rojo. Creo que la fuente estaba llena de manzanas.

EL CABALLERO GLUCK

Voy a tener un nuevo pasatiempo. Por fin mi antiguo profesor de música, *le bon Gluck*, vendrá a verme a Versalles.

Hasta su llegada, Monsieur Leonard, mi peluquero, disipará el aburrimiento. Es curioso cómo mi peluquero se ha convertido en una de las personas a las que más ganas tengo de ver. Leonard es un tanto insolente en ocasiones, pero eso lo hace interesante, y contrarresta su mordacidad con la dulzura de sus halagos y sus bromas. Su fisonomía es curiosa: una larga nariz francesa, ligeramente torcida aquí y allí, brillante, como un huesudo gusano en el centro de su cara. Mi Gluck descubrirá en Monsieur Leonard a un artista como él.

Monsieur Leonard está creando algo como una golosina (¿o es un nido elevado para un pájaro estrafalario?) en lo alto de mi cabeza. ¡Apenas llego a la parte superior de mi peinado! Junto a él, Leonard tiene un arsenal de elementos de ayuda: trenzas extras y rizos, frascos de productos para atiesar, redecillas ocultas a modo de andamiaje en el pelo empinado. Peinando mi pelo natural recto hacia arriba y estirándolo con pomada, crea un abrupto precipicio que arranca de la frente. En lo alto de este tronco de árbol de cabellos, insertará los adornos. Su maleta rebosa de frutas de toda clase, animales, especialmente monos, flores enjoyadas, carruajes, un rebaño de vacas, un velero que mide más de dos manos de alto con todos sus mástiles, cabos y velas en miniatura. He pedido que hoy me ponga algo musical en el peinado, en honor del caballero.

Sin peluca, sus mejillas como brillantes manzanas, ¡Gluck aparece inesperadamente! Mientras Leonard sujeta hacia arriba una gran parte de mi pelo atiesado (como una ridícula rienda para un caballo), me levanto para abrazar a mi viejo amigo, que ha envejecido y cuyo cuerpo está más fornido y tan redondo como su cabeza.

—¡Madame la Dauphine! —exclama arrebatado.

Me abraza con ternura, besando mis mejillas una y otra vez, como hago yo con las suyas. Entonces, del interior de su abrigo, de pronto extrae un perrito.

—¿Qué es esto? —pregunto, riéndome mientras el perro empieza a ladrarme.

—¡*Mops*! —exclama—. ¿Habéis olvidado a vuestro querido *Mops*? ¡Callad! —me susurra—. Nunca se enterarán de que os he traído a vuestro amigo austríaco.

Lamentablemente, ni *Mops* me reconoce a mí ni yo a él. Ha habido muchos perritos entre él y yo y la infancia que pasamos juntos. Pero lo levanto con las dos manos, por encima de mi cabeza, y digo:

—Su voz ha pasado de soprano a barítono. —Lo dejo en el suelo, y una de mis damas, sin necesidad de que yo lo ordene, aparece de inmediato con una correa para llevárselo—. Pero vos, caballero mío, estáis exactamente igual, sólo que más encantador.

—Mi pequeña princesa del teclado —dice con cariño.

—Ahora dejad que me vuelva a sentar mientras Monsieur Leonard me transforma en algo tan sobrenatural que creeréis que vivimos en la lejana luna.

—Monsieur, vuestro talento es ostensible —declara Gluck. Se deshace de Leonard con la misma habilidad con que yo me he deshecho de *Mops*. Ahora Gluck centra toda su atención en mí, como si Leonard y sus ocupados brazos no fueran más que una máquina de peinar, una suerte de huso que enrolla y alarga el cabello.

Gluck se despereza con ostentosidad.

—¡Ah...! Respiro aire francés —constata—. ¡Qué libertad!

—Nunca me he sentido especialmente libre aquí —comento en voz baja, aun cuando sé que todos mis secretos están a salvo con mi peluquero. Los Otros han retrocedido discretamente hasta las esquinas de la habitación, o permanecen justo en el exterior por si los aviso.

—Mi querida Antonia...

—Toinette —lo corrijo.

—Mi querida Toinette, la emperatriz ha arremetido contra la Comisión de Castidad creando un auténtico furor. No hay intimidad; tiene un ejército secreto, bien remunerado, de emisarios y espías. Su conocimiento de los asuntos privados ha sembrado terror en la corte. —Los ojos de Gluck brillan de placer—. ¿No es eso descabellado?

—¿A qué atribuís la rigidez de mi madre?

Leonard le da un tirón demasiado fuerte a mi pelo y busca mi mirada en el espejo, como para advertirme de que no traicione con *demasiado* atrevimiento mi entusiasmo por todas las cosas relativas a mi hogar.

—¡A su educación! A su madre, ¡la madre de nuestra emperatriz!, Elisabeth Cristina. El pesar de vuestra abuela por no haber concebido hasta nueve años después de haber contraído matrimonio ha proyectado esta larga sombra conocida como la Comisión de Castidad.

(Me estremezco al pensar qué me pasaría si mi maternidad se retrasara tanto.)

—Y luego el maltrato y muerte del infante Leopoldo y el obsesivo temor de vuestra abuela de que pudiera ocurrir algo en la corte que disgustara a la deidad. ¿Qué escribió el embajador francés sobre su estancia en Viena, en la época en que vuestra madre era una niña?

—Os ruego me lo expliquéis.

—El embajador francés dijo: «He llevado una vida tan asombrosamente devota en Viena que no he tenido siquiera un cuarto de hora de libertad». Juró que «jamás habría venido aquí, de haber sabido la devoción y abstinencia que se le requeriría a un embajador francés».

—Pero seguro que mi madre no ha sido tan estricta como su madre.

—*Au contraire*, he oído a Casanova quejarse. ¡Oh!, hay un montón de dinero y un montón de lujo que disfrutar en la corte de Viena. Pero ¡la intolerancia! La emperatriz ha dificultado sumamente cualquier placer carnal.

No deseo que parezca que critico a mi madre, ni siquiera delante de Gluck, pero no puedo evitar decir:

—Sin embargo, ella me exige que ignore el comportamiento de…, de…

Aquí Leonard abre repentinamente un pequeño abanico, que coloca junto a mi pelo, como probando su atractivo decorativo, pero el abanico tiene unas orejas pintadas, que lucen numerosos y auténticos pendientes; como una discreta señal entre ambos, el abanico está para desplegarlo cuando mi leal peluquero considera que yo debería recordar que siempre hay Otros escuchando. Justo a tiempo me retengo y *no* digo: «Me exige que ignore el comportamiento… del rey».

—… de la Du Barry —digo. Naturalmente, puedo hablar mal de esa mujer en mi propio salón.

—Recientemente —continúa Gluck—, la emperatriz ha escrito a la archiduquesa María Carolina diciéndole que se ha enterado (por sus espías) de que su hija la reina de Nápoles reza sus oraciones sin prestar atención. Nuestra Charlotte carece de la veneración adecuada, de la debida atención al significado de las palabras. Debe rezar con más sentimiento. ¡Oh, la emperatriz lo sabe todo! Vuestra madre le advierte a Charlotte explícitamente que su día irá mal si empieza desatendiendo sus oraciones.

No puedo evitar estremecerme. Por lo menos, hasta ahora mi modo de rezar en privado no ha sido criticado.

Leonard pliega el abanico. Nuestra conversación vuelve de nuevo a un terreno seguro. A modo de broma íntima entre los dos, Leonard engancha una campana de bronce en la cima de mi pelo para dar a entender que todos estamos sometidos a la autoridad de la Iglesia.

—Nada de campanas —protesto sacudiendo la cabeza. Mi pelo alargado se bambolea peligrosamente.

—Quedaos quieta, por favor, mi encantadora Madame la Dauphine.

Leonard se acuclilla para que su cabeza baje a la altura de la mía; ahora puede ver cómo mi peinado va avanzando desde mi propia perspectiva. Al acuclillarse se le escapa una ventosidad. El caballero Gluck se echa a reír. Los tres nos reímos; camaradas de ideas afines. Con el rostro impasible, un sirviente nos presenta una bandeja de porcelana de Meissen con dos tazas, una llena de chocolate, otra de café para Gluck. La vajilla del té es una de mis favoritas, con una ancha raya azul oscura rodeando el borde de las tazas.

—¡Ah…, café! —exclama el caballero—. ¿Y habéis oído «La cantata del café» de J.S. Bach, querida Toinette? —Cuando contesto que no, procede a explicarme que cuando el café llegó por primera vez a Europa y la población de las áreas alemanas empezó a beberlo para desayunar en lugar de beber cerveza, el café se consideraba una sustancia moralmente corrupta, demasiado estimulante—. La cantata de Bach contaba la historia de un padre tan preocupado por la nueva costumbre de su hija de beber café, que le prometió poder casarse con el hombre que eligiera, a cambio de que renunciara a su peligroso hábito cafetero.

—¿Y cómo termina la historia de «La cantata del café»?

—Creo que la ingenua inteligente encuentra la forma de tener tanto el café como al marido que elija. Es sumamente divertida. Os encantaría, y puedo ensayarla aquí entera, después de componer una ópera propia.

Leonard coge su propia jarra de café y la apura a grandes tragos. Después pone los ojos en blanco y gesticula alocadamente alrededor de mi cara con las manos, parodiando el comportamiento de un hombre que enloquece por el café.

Hablamos y hablamos. De los viejos tiempos que pasamos juntos en Austria, recordamos el éxito de la interpretación de *Il Parnaso Confuso*, obra para la cual Gluck compuso la música, y también cómo mi hermano Fernando y yo bailamos en *Il Trionfo d'Amore* en los papeles de pastor y pastora, con el pequeño Max haciendo de Cupido, para la boda de mi hermano mayor.

—¿Y cómo le va a mi hermano José? —inquiero, preguntándome si, como emperador gobernando con nuestra madre, está tan atado a su trabajo como ella.

—Se preocupa por vos —responde Gluck, y a continuación se apresura a elogiar las interpretaciones de hace años de las cuatro archiduquesas Elisabeth, Amalia, Josefa y mi Charlotte. Debo asegurar que este éxito fue del caballero.

Por fin, mi *toilette* hace rato que ha acabado. Informo al caballero, al igual que haré con la corte entera, de que el caballero Gluck puede venir a verme «en todo momento». No he disfrutado de semejante placer, semejante placer profundo, desde hace mucho tiempo. Uno por uno, al pronunciar sus nombres, las imágenes de mi familia y de nuestra feliz época juntos han desfilado ante mis ojos. Mi profesor de música es mucho más que un pasatiempo; me ha proporcionado un reconstituyente aroma hogareño.

Como toque final a nuestra cita, Leonard saca de su maleta de adornos un clip de pelo en forma de espineta (clavicordio pequeño) y lo engancha arriba de todo, a más de tres palmos de distancia de mi frente, en mi elevado peinado. Todos aquellos que me miren en este día sabrán que hoy mi amigo Gluck, eminente compositor y músico, ha llegado a la corte de Versalles.

—Quizá recordaréis —le comento, incapaz de dejar marchar a Gluck— que Franz Xaver Wagenschon me pintó tocando la espineta antes de irme de casa. Yo estaba ensayando, y vos estabais a punto de llegar para la clase. Llevaba puesto un vestido azul, como hoy. —Me levanto y me quito la enorme camisa que siempre protege a cualquiera que está siendo empolvado—. Este vestido también está ribeteado de visón, al igual que el del cuadro.

—He contemplado muchas veces el cuadro en la Sala Roja —reconoce Gluck con seriedad—. Cada vez he pensado en lo mucho que os echaba de menos y en cuánto me alegraría, algún día, venir a París y hacer música para vos y con vos de nuevo. Muchas veces, vuestra madre y yo nos hemos quedado juntos de pie frente a ese retrato vuestro y hemos suspirado hondos suspiros. El retrato plasma la cortina roja y el mobiliario rojo de la sala, así como otros retratos, bastante borrosos, en la pared que tenéis a vuestras espaldas.

—Espero no haberos decepcionado hoy.

—Estáis tan bella como siempre. Más aún, pues ahora sois una mujer. Monsieur —se dirige de pronto a Leonard—, en ese cuadro del que hablamos, la archiduquesa, a la que vos conocéis como Madame la Dauphine, es retratada con su cabello *natural*, hermoso y rubio. Una única y *sencilla* trenza, con perlas esparcidas por ésta, cruzaba su cabeza. Pero vuestra torre está totalmente *à la mode*, y me conmueve —se pone de pie con esfuerzo— que ambos hayáis conspirado para coronar esta feliz reunión con un pasador en forma de espineta.

Se marcha, aunque yo apenas soporto dejarlo marchar. Debo volver a una jornada llena de formalidades pero carente de sentimiento.

—Y en el cuadro —continúo— uno casi puede leer las notas de la página del libro de música. Las notas están pintadas de tal modo que no parecen exactamente notas, pero al mirarlas de lejos da la impresión de que es una partitura.

Como miembro de la familia que es, Gluck alarga el brazo para darme unas palmaditas en la mano. Al principio es simplemente una palmada, y luego con las yemas de sus dedos acaricia las yemas de los míos.

—¡Ah…, puedo sentir las durezas! Habéis estado tocando el arpa.

—Sí.

—Me alegro por vos. Cuando faltan otros lazos, momentos significativos en nuestras vidas, la música a menudo puede cubrir el vacío.

Creo que voy a llorar, tan profundamente me comprende mi antiguo maestro. Por el contrario, me enderezo y reprimo las lágrimas. La serenidad es una cualidad que se granjea el respeto; conozco bien esta verdad. Mi pobre amiga la princesa de Lamballe se ha puesto prácticamente en ridículo llorando en casi cada ocasión.

—Mi querido caballero —digo—, mi madre me ha escrito acerca de la oposición parisina a vuestra *Ifigenia*. Dejad que os asegure que será interpretada en París, y fastuosamente. La ciudad se rendirá a vuestros pies. —Le sonrío y recuerdo cómo solían terminar nuestras clases: tranquilizándole acerca de mi intención de ensayar; sonriendo, vuelvo a pronunciar las viejas palabras de la infancia—: Lo prometo.

LA GALERÍA DE LOS ESPEJOS

Bajo la tenue luz de las estrellas, estoy rodeada por las grandes y bellas cenefas de flores pintadas o tejidas: en el papel de la pared, en los tapices que rodean mi cama, en las cortinas y la tapicería de las sillas. Mi cámara es un saloncito rosa. El contorno ondulado del dosel de mi cama sugiere que la cama es una cesta de flores. ¿Me gustaría más si esto fuera un jardín de verdad que exhibiese la belleza de la naturaleza en lugar de la artificiosa? Únicamente si estuviese en el palacio de Schönbrunn, en Austria.

Aquí en Versalles, no concilio el sueño. Poniéndome una bata, me levanto y deambulo inquieta. Echo un vistazo a los retratos de mi madre y mi hermano José colocados sobre los espejos. ¿Qué creen la emperatriz y el emperador de Austria que es más bello, el arte o la naturaleza? Mi madre parece ligeramente divertida. Dice que no hay necesidad de escoger. No echo un vistazo al retrato del Delfín, mi esposo. Es su ausencia, la ausencia total de pasión en su cuerpo lo que me corroe el alma.

Algo suave y peludo se enrolla alrededor de mi tobillo; oigo un ronroneo. Es un gatito negro y blanco, uno de los nuevos favoritos del rey. *Chaconne*, lo ha llamado el monarca, una forma de baile similar a una zarabanda. Cojo en brazos a *Chaconne* y lo abrazo contra mis senos. Me acompaña desde mi cámara hasta el Salón de la Paz, en el ala suroeste del castillo, y luego entramos en la Galería de los Espejos, que da al oeste. Veo el gajo de la luna nueva descendiendo en el horizonte. Me vuelvo para ver si se refleja en el espejo que hay en el lado opuesto a la ventana.

Pero lo que allí veo es una imagen de Luis XV, mirándome. Rápidamente, compruebo si el rey se encuentra, en efecto, cerca de la ventana, contemplando también la luna más allá de los jardines.

—Vuestra Majestad —digo, haciendo una profunda reverencia, sujetando aún al suave gatito contra mi pecho.

—¡Ah…, es el ama de cría del gato! —comenta él en tono burlón—. ¿Cómo está mi hija? —Ya ha adquirido su tono más decoroso—. ¿Cómo está la siempre encantadora Delfina?

—No podía dormir.

—¿Las atenciones de mi gatito os despertaron?

—Ha sido la belleza de mi habitación, con sus nuevos tapices primaverales, los florales. Era demasiado emocionante dormir allí. Sin duda, pronto me acostumbraré a la decoración de primavera.

—¿Os emociona la belleza? —Camina lentamente hacia mí—. Desde el principio la Delfina me pareció una criatura excepcional y espontánea.

—Espero, también, manifestar paciencia.

—Sí —contesta él—. Eso, y más. Pero vuestra paciencia con mi nieto no pasa desapercibida ni carece de valor para mí. —Dado que él mira hacia el espejo para ver nuestro doble reflejo, yo también me giro para vernos.

—Esta noche no hay ceremonia —digo con dulzura.

—Iluminados únicamente por el brillo del cielo —constata él—. Normalmente, la sala resplandece con miles de velas, ¿no es así? Los candelabros están en su esplendor, las antorchas iluminan los rostros de los dignatarios. ¿Qué pensasteis la primera vez que visteis la Galería de los Espejos?

—La mañana que me acompañasteis a misa por vez primera, cruzamos deprisa esta inmensa sala. Vuestra Majestad me intimidaba demasiado para contemplarla con detenimiento.

—Pero nuestro avance por los salones fue más lento. Admiramos los frescos de los techos, los dioses en sus cuadrigas; Mercurio tirado por dos pequeños gallos franceses. Bastante inverosímiles, me han parecido siempre. Alegóricamente apropiados, supongo. Esas pinturas de los míticos salones son más fáciles de ver, no están a tanta distancia por encima de nosotros como éstas.

—¿Qué representan estas pinturas, Vuestra Majestad?

Efectivamente, están a mucha distancia sobre nosotros, un colosal remolino de intensos y oscuros colores de una abrumadora complejidad.

—Son todas de Luis XIV, mi bisabuelo. —Suspira—. La historia de mi predecesor inmediato.

—Siempre me ha encantado el gran retrato en forma de medallón de Vuestra Majestad en la pared del Salón de la Paz.

—Sí, tenía diecinueve años, más o menos vuestra edad. La figura femenina que aparece es Europa, a la que le ofrezco la ramita de olivo de la paz. La madre lactante representa a la Abundancia; la Prosperidad prometida por la Paz.

Nada más pronunciar las palabras percibo el paso del tiempo en su voz. Incluso en su rostro, bajo esta tenue luz, parece más cansado. Sus habituales ojos luminosos están apagados.

—Esta Galería de los Espejos —me apresuro a decir— personifica la grandeza y la gloria de Francia, en los viejos tiempos y en el presente.

—Fue diseñada para eso. Para dar una lección de humildad a todos los que entraran aquí.

La primera vez que vi esta imponente sala, con sus diecisiete ventanales en una pared y los diecisiete espejos reflectantes de la luz en la otra, con su longitud cavernosa iluminada por diecisiete candelabros de cristal, no me podía creer que nada más hubiera diecisiete.

—La Galería de los Espejos se prolongará toda la eternidad —comento—. Las ventanas, los espejos y los candelabros parecen tan innumerables como las estrellas de la noche.

En un momento sorprendente, recuerdo nuestro grandioso salón del palacio de Schönbrunn (nos parecía muy imponente) con dos candelabros de madera. La arquitectura y decoración de Austria de pronto me parecen rústicas. Toscas en comparación con la elegancia de Francia. Pero no le confiaré estos pensamientos a Luis XV; no menospreciaré la gloria de mi madre y mi hermano.

El rey se ríe entre dientes.

—Cuando mis hijas eran pequeñas, si es que podéis imaginaros eso ahora de Adelaida, Victoria y Sofía, tenía cabras, vacas y hasta un asno deambulando por este espacio para proporcionarles a *mes enfants* la más fresca de las leches.

—¡Vuestra Majestad era un padre adorable! —exclamo con afecto.

—La luna acaba de ser engullida por el horizonte.

—Debería regresar a mi cámara.

—Dadme el gatito, pues —replica con ternura—. Para que me haga compañía.

Cuando me vuelvo para irme, habla de nuevo.

—Hoy es una noche para la poesía, pero os hablaría, simplemente un momento, de política.

Estoy sorprendida. El rey nunca me habla de política.

—Escucharé encantada —respondo—, puesto que es tan poco lo que yo entiendo de esta materia.

—Sois hija de vuestra madre. Podríais aprender, si lo necesitarais. —Se lanza una mirada a sí mismo en el espejo—. A lo largo de mi vida la gente ha empezado a hablar de una manera diferente a como lo hacía durante la época de mi bisabuelo. Hemos conseguido la paz; vuestro matrimonio es una parte del futuro de ésta. Hemos construido la marina y la estamos incrementando, pero con un coste cinco veces superior al que estamos acostumbrados a gastar en ella. Todos nuestros gastos, la belleza que disfrutáis a vuestro alrededor, han aumentado. Recurrí a los Parlamentos, con la esperanza de que entendieran la necesidad de subir los impuestos. Pero se rebelaron contra la austeridad como niños desobedientes. Destinaron toda su energía a intentar limitar el poder absoluto de la monarquía. Hay un ministro osado que habla abiertamente de frenar el poder de la monarquía…, Malesherbes.

Al pronunciar ese nombre, la voz del rey se reduce a un susurro, seguido de una pausa.

—¿Es un traidor? —pregunto alarmada.

—No, Malesherbes no es un revolucionario. Pero se manifiesta en contra de lo que él considera «despotismo» y «tiranía». Él nos pondría límites. La gente solía decir con orgullo que servía al rey. Ahora no emplean la palabra *rey* tan a menudo. Lo que dicen es que están encantados de servir al *Estado*. Desean reinterpretar la historia afirmando que en mi propia coronación le hice un juramento a la nación. Yo contesto y he insistido en que mi juramento era a Dios.

De nuevo hace una pausa. Sé que la emperatriz también considera que el papel que desempeña es su deber con Dios y que su poder le ha sido otorgado por derecho divino, que recorre nuestra sangre de generación en generación. De pronto temo que el soberano me reprenda mientras estoy de pie en bata en esta grandiosa sala; no he dado a luz a un heredero, pero no es mi culpa. He estado dispuesta, he sido dulce y divertida (los tres atributos de seducción necesarios para complacer al esposo de una, según mi madre). He procurado atraer al Delfín a mi cama, pero los atributos de seducción de la emperatriz no lo han traído hasta mí.

El rey continúa:

—En marzo de 1766, cuando vos erais aún una jovencita, hablé sin llegar a ningún acuerdo en el Parlamento de París.

Ahora da la impresión de que se guarda ese momento para sí. Permanece erguido y respira hondamente, después habla en voz alta en la desierta Galería de los Espejos, sus palabras reverberan en todo el espacio.

—¡En mi sola persona reside el poder soberano! Sólo de mí proceden tanto la existencia como la autoridad de este Parlamento y de todos los Parlamentos. Semejante autoridad puede ejercerse únicamente en mi nombre. Jamás puede volverse contra mí. —La grandiosa sala resuena una y otra vez—. Todo el poder legislativo me pertenece a mí en última instancia. El orden público al completo emana de mí porque yo soy su guardián supremo, ungido por Dios. Mi pueblo y mi persona son una misma cosa. ¡La nación no tiene cuerpo separado del cuerpo del monarca!

Chaconne salta de sus brazos y en silencio huye del tronido de su voz.

Muy dócilmente, digo:

—De igual modo que la Santa Iglesia representa el cuerpo de Cristo. ¿Estoy en lo cierto, Vuestra Majestad, al pensar que las ideas son paralelas?

Con tranquilidad, él responde:

—Pronuncié ese discurso en el Parlamento de París. Y, sí. La Iglesia Católica Romana, Santa y Apostólica, es el cuerpo de nuestro Señor y Redentor. Hay quienes se atreverían a sostener que los intereses de la nación constituyen un cuerpo separado del cuerpo del monarca, pero los dos están necesariamente unidos. El bien de la nación está unido a mi propio bien, y el bien descansa sólo en las manos del monarca. En mis manos. Malesherbes, los *philosophes*, los enciclopedistas, Voltaire, Rousseau están en el lado opuesto.

Sus nombres resuenan en la gran sala, rebotando en el duro cristal de espejos y ventanales. En silencio, ambos estamos de pie y esperamos… no sé por qué motivo. ¿Hasta que el eco desaparezca y descienda la paz?

Permanecemos como sombras hasta que respetuosamente pregunto:

—¿Debo darle a Vuestra Majestad las buenas noches?

—¿Tenéis distracción para mañana por la noche? —inquiere en tono coloquial.

—La ópera de Gluck se estrena en París.

Hace una leve inclinación de cabeza. Se forma un cuadro en mi mente: los dos de pie un tanto separados, uno frente a otro en la oscura Galería de los Espejos; un hombre de edad y una mujer joven. De los bordes de los colgantes y adornos de cristal, únicamente destellos de tenue luz iluminan la oscura cámara. Al otro lado de la ventana está el mundo durmiente. El cuadro se titularía *La política triunfa sobre la poesía*.

—Buenas noches, Madame la Dauphine. Id con Dios.

—Sería un gran honor para todo el mundo, si Vuestra Majestad el rey decidiera asistir a la *Ifigenia* de Gluck.

—No… no —contesta, abriendo apenas sus labios para pronunciar las palabras—. Prefiero… no asistir.

IFIGENIA EN ÁULIDE, 19 DE ABRIL DE 1774

A diferencia de las óperas italianas de Piccinni, en las óperas de Gluck las *emociones* humanas fieles a la realidad manifestadas en los acontecimientos son lo más importante. Para Piccinni, la historia no es más que el marco donde ofrecer acrobacias vocales. En el estilo antiguo, se abandona por completo la historia humana, mientras que se exhibe la técnica musical. Uno pierde la sensación de tensión dramática y continuidad con el fin de centrarse meramente en la laringe del cantante o el gran *jeté* logrado por las piernas de la bailarina. Gluck está convencido de que es en beneficio de la poesía, los sentimientos fuertes y sutiles transmitidos a través de las palabras del relato, que debería existir la música de la ópera. La música debería servir de apoyo, pero no reemplazar a la historia.

Cuando ocupamos nuestros asientos, estamos aturdidos de alegría, y yo proyecto una imagen de seguridad mientras charlamos entre nosotros. Resplandeciente de joyas, el Delfín está soberbio. Veo a los partidarios de Piccinni dispuestos a silbar y abuchear a mi Gluck, pero no veo a su líder, Madame du Barry, aunque quizás esté oculta. He sido informada de que espió un ensayo de *Ifigenia* de tapadillo.

Cuando echo un vistazo al público reunido, pienso en lo difícil que es para la audiencia aceptar la innovación. Ha venido con ciertas expectativas basadas en experiencias anteriores; son demasiado vagos para esforzarse en modificar sus criterios e introducirse en el espíritu de nuevas ideas. La música de Gluck ya ha sido comparada con los aullidos de diez mil gatos y perros.

Pero el buen Rousseau, célebre crítico musical así como autor de la extraordinariamente popular novela *Julia o la Nueva Eloísa*, se encargó de asistir a un ensayo, y encontró que la música de Gluck expresa emociones auténticas; de hecho, consideró la música de Gluck humanamente poderosa y conmovedora. No puedo entender la aversión que el rey le profesa a Rousseau.

Es mi responsabilidad expresar mi aprobación en el momento más temprano posible de la actuación. Deseosa de complacerme, seguramente la audiencia seguirá mi iniciativa. Me tomo unos instantes para atraer la atención visual de mis amigos, de los hermanos del Delfín y sus esposas, y también de la duquesa de Chartres y el duque de Borbón. Los ojos de la princesa de Lamballe ya están llorosos por la empatía, y me sonríe alentadora. «Sí, hay mucho en juego», me transmite la expresión de su cara. «Percibo tanto vuestra alegría como vuestro temor ante esta ocasión.» Mis ojos se humedecen de gratitud.

De todos nosotros, la más adorable es la princesa de Lamballe. Aunque su cuello brilla con los diamantes que le ha dado su suegro, ella actúa como si no los llevara. Es simplemente ella misma, por muy suntuoso que sea su atuendo. El brillo rubio de su cabello, visible a través de los ligeros polvos, complementa los colores pastel de su vestido. Es una mujer joven que tiene lo que quiere: la admiración de todos por su virtud y belleza.

Si la condesa du Barry estuviera aquí, su atractivo lánguido y sensual no podría competir con el porte perfecto de la princesa de Lamballe. De pronto, la princesa me lanza un cariñoso beso desde las puntas de sus dedos. Acto seguido se oye un suspiro en la sala, y de nuevo recuerdo que somos observados muy atentamente. Donde miro, mira el público. Lo que decido ver, lo decide éste también. Varios de aquellos a los que conozco, al ver el gesto de cariño respetuoso de la princesa, también me envían besos con las yemas de los dedos.

Les sonrío y saludo con la cabeza a todos, y ellos se llenan de satisfacción mientras las superficies de sus vestidos reflejan la luz con pequeños destellos de diversos colores por toda la sala. El zumbido de la conversación, las fragancias de los perfumes inundan el lugar. Los miembros de la orquesta afinan sus instrumentos; los quintetos de cuerda, la velada carrerilla de una flauta.

Me pregunto qué estará ahora sintiendo mi querido Gluck. Es un meticuloso profesional. No creo que dude de sí mismo o de su talento en absoluto, y sin embargo, incluso el profesional más veterano experimenta, en ocasiones, cosquilleos en el estómago.

Relumbrante de diamantes, Madame du Barry toma asiento prácticamente en el último momento. En parte porque se la menosprecia y culpa por los excesos de la corte y la deplorable situación económica de Francia, la popularidad del rey es tan baja que no se atreve a aparecer por París. Anoche, en la oscura Galería de los Espejos, el soberano actuó como si hubiera decidido no venir, pero lo abuchearían si apareciese aquí. ¿Cómo es posible ser tan poco querido por el pueblo, que tiene una propensión natural a querer a sus monarcas? La Du Barry tiene aún a sus defensores, suficientes para que no dude de estar en público. Quizás haya venido en el último momento como precaución.

Mi Gluck sube al escenario. ¡Empezamos! Desde los primeros compases, la música de la obertura contiene tanto vivacidad como patetismo; es un anticipo de las embriagadoras melodías y ritmos que disfrutaremos durante las próximas cinco horas. La gente está aún colocándose bien su ropa y mirando a su alrededor para ver quién más está presente y cómo va vestido. Pero si escucharan, la música les encantaría. Para mi indignación, aunque mi rostro no deja traslucir nada, observo que Madame du Barry hace ademán de bostezar en diversas ocasiones durante la obertura. Apenas se sirve siquiera del borde del abanico para cubrir su boca abierta. La gente admira la uniformidad de sus dientes. Juguetea con los diamantes de su cuello. Con cierta satisfacción, recuerdo mi fulminante respuesta cuando ella intentó sobornar mi amistad ofreciéndome conseguir que el rey me diera diamantes de un valor escandaloso. «Tengo suficientes diamantes», le contesté.

Pero ahora empieza el recitativo de apertura del rey Agamenón, que se dirige con fervor a la diosa Diana, quien lleva una luna sobre su cabeza y aparece bajo un rayo de luz. Como auténtico padre que es, Agamenón suplica a la diosa que retire su petición de que él sacrifique a su propia hija, la amada Ifigenia, para que pueda soplar el viento y los barcos puedan navegar al encuentro del enemigo. El corazón del monarca está desgarrado por lo que él define como «el más horrible de todos los sacrificios», y acto seguido soy presa de la agonía de su situación.

¿Cómo puede esta diosa, la «refulgente creadora de la luz de la luna», no conmoverse ante la súplica de un padre? ¿Quién no se ha sentido desgarrado entre el amor a la familia y el amor a la patria? Mis manos se ponen a aplaudir. ¡La gente me imita! La sala entera retumba con el sonido de nuestra aprobación y placer por la unión de las palabras de Racine y la música de Gluck.

Racine, tanto como Gluck, merece este reconocimiento. Pero al instante comprendo el éxito de la innovación de Gluck: *sí*, la música enaltece e intensifica la poesía del lenguaje, sin arrollarla. Esta música no ha sido creada para acomodarse al egocentrismo de los cantantes mientras exhiben pura técnica y ornamentación virtuosa.

A medida que avanza la actuación, cada vez que aplaudo, o siempre que demuestro mi emoción, el público se permite sentir las mismas emociones y las expresa con vigor. Hasta la Du Barry entiende que debe sumarse, o correr el riesgo de que se rumoree que es una enemiga.

Mañana le pediré a Leonard que me coloque en el pelo un adorno en forma de luna, y quizás algunos lazos negros, pues esta historia tiene que acabar trágicamente.

En el entreacto, intento en vano enfocar con mis binoculares la expresión de Rousseau, que está sentado en el patio de butacas. Me gustaría ver si su rostro está animado de placer, pero tiene la cabeza inclinada, y está escribiendo abundantes notas en un bloc de papel. Nadie osa acercarse a él o interrumpirlo mientras escribe, de modo que no puedo deducir su estado de ánimo. A Gluck, durante el entreacto, le envío a un lacayo para expresarle nuestro triunfo total. Cuando vienen a felicitarme, mis amigos están jubilosos.

Tras el entreacto, empieza la tragedia. Toda mi atención está absorbida por el drama, aunque sé cómo acaba necesariamente. Sólo una vez el rostro de la Du Barry advierte mi mirada. Está hablando con su pequeño paje negro, Zamore. Sus rasgos son tiernos, maternales. Al igual que yo, ella vive sin saborear la dulzura de la maternidad.

Al término de la ópera, la ovación es apoteósica. Un amigo me trae un comunicado del experto Rousseau. El gran crítico musical me felicita por haber presentado con tanto éxito una obra de una originalidad que presagia un nuevo enfoque del concepto de lo que puede ser la ópera. Resplandezco con sus palabras. ¡Mi Gluck será valorado!

Como Delfina, puedo enriquecer otras vidas.

LA DONCELLA DE VERSALLES

Anquilosados por las más de cinco horas en la Ópera (nuestro triunfo), movemos nuestras piernas, aunque justo pasa la medianoche, con un paseo improvisado por los salones del castillo. (El Delfín ha anunciado que tenía ganas de dormir y ya se ha retirado.) Yo me siento demasiado sofocada por la victoria para pensar en dormir. Mi grupo está compuesto de diez de nuestros amigos. Giramos por la esquina noroeste del castillo y entramos en el Salón de la Guerra, la antecámara por este lado de la colosal Galería de los Espejos.

Una aparición se presenta ante todos nosotros. Me asombra su presencia.

—¡Es la doncella de Orleans! —exclamo, ya que una vez más su cabeza y hombros están cubiertos con una capucha y una capa marrones, como las que he visto pintadas en los cuadros de Juana de Arco.

Rápidamente miro a sus pies para ver si reconozco las botas más bien masculinas que he visto por lo menos dos veces antes; primero en la noche de bodas, después, cuando el Delfín y yo la encontramos juntos detrás de la cortina.

—No la asustéis —comenta la princesa de Lamballe—. La conozco. Cose para mi talentosa modista, Rose Bertin.

—Le hizo la mortaja a mi bebé —afirma la duquesa de Chartres.

A todos nos impacta la información.

—Lamento que deba producirse esta noche semejante recordatorio de vuestra pérdida —le digo a la duquesa. Tras el éxito de la ópera de Gluck, rodeada por mis amigos, no me agrada ser abordada por esta intrusa. Parece una emisaria de las tinieblas.

—La belleza de la pequeña prenda de ropa fue mi único consuelo —replica la duquesa. En eso se inclina hacia delante y abraza a la menuda costurera—. Dejad que os dé las gracias, María Juana, por vuestro trabajo con la aguja. Por vuestro diseño.

—¡Sabéis mi nombre! —exclama la doncella en voz alta pero suave.

¿No me dijo hace tiempo Madame Protocolo que la Du Barry se llamaba *María Juana*?

—Sí —continúa la duquesa de Chartres—, pues se lo pregunté a Mademoiselle Bertin. Le pedí que os expresara mi gratitud, y os diera también un abanico pintado.

A pesar de mi irritación inicial, de pronto, me conmueve sobremanera saber que el trabajo de esta persona anónima, quizás una campesina, podría haber ayudado tanto a la duquesa en un momento de tristeza.

Le pregunto a la chica:

—¿Y esta medianoche queríais verme a mí o a alguna otra de las personas que me acompañan?

—Tengo el don de consolar —confiesa la extraña joven.

—Entonces sois una enviada del cielo —respondo. Un temor corre por mis venas como el mercurio—. ¿Quién de nosotros necesita que lo consuelen?

—¿Dónde está el Delfín?

—Se ha retirado. —Siento una nueva oleada de irritación. ¿Quién es ella para preguntar acerca del paradero del Delfín?

—Entonces os ofrezco a *vos* mis condolencias.

—Pero nadie ha muerto —constato—. Rezad, María Juana —musito—, comparto vuestros dos nombres como parte de mi propio y extenso nombre, aunque me llaman Toinette. —De repente, me parece ridículo hablar de mi nombre de pila con una desconocida, una costurera—. ¿Podríais decirnos, María Juana, algo más de vuestra misión? —Le hablo con tanta dulzura y persuasión como puedo, y alargo las yemas de mis dedos para tocar el dorso de su mano—. Mis amigos están afligidos.

—¡Ayudante de cámara! —ordena el conde de Provenza en tono áspero—. Acompañad a esta intrusa a la puerta.

Aunque sé que, efectivamente, debería ser escoltada fuera, alzo mi mano para retrasar su expulsión con la esperanza de que hable primero.

—Se acerca el fin de una era —se limita a decir, y se gira. Se muestra dispuesta a marcharse.

Uno de los pequeños cockers guardianes, ladrando furioso, corre hacia su tobillo. Me da miedo que la muerda, pero de repente el ayudante de cámara se arrodilla e intercepta al pequeño animal marrón y blanco. Entonces el criado se vuelve, y sujetando el perro contra su pecho, me mira directamente a los ojos, suplicante. Lo reconozco: sirvió en el castillo como postillón, su padre fue corneado por un ciervo.

—Sí, misericordiosa Madame la Dauphine —dice—. Me habéis reconocido. Y ella es mi hermana, que ahora vive y trabaja en París.

Horrorizada, le pregunto:

—¿Acaso el dinero que le envíe a vuestra familia no bastó para permitir que vuestra hermana se quedara en casa con vuestra madre?

—Lo que nos habéis ofrecido es sumamente generoso. Estamos más agradecidos de lo que os podáis llegar a imaginar. —Los ojos del joven hombre son de intenso color marrón claro. Es muy atractivo, más que su hermana—. Mi hermana quiere ser independiente, cubrir sus necesidades de una forma en que emplee su extraordinario talento con la aguja y sus ideas de moda.

—Ahora debéis marcharos los dos —digo. Estoy a punto de decirles que se vayan «en paz», como haría un cura, pero me contengo—. Tal vez sea mejor —le digo a María Juana en tono dulce pero serio— que no volváis a venir por aquí. —No he hablado con dureza.

Ella baja los párpados, y la expresión de su rostro cambia, como si lo sintiera por mí. Se saca la capucha, dejando al descubierto la parte posterior de su cabeza, y sigue a su hermano, quien deja al cocker de nuevo en el suelo. El perro trota tras ellos, como si ahora fuese su mascota. Ella lleva el pelo corto, por la nuca, como el pelo de Juana de Arco, que se vistió como un chico para ayudar a los franceses a deshacerse del yugo de la tiranía extranjera.

¡Ojalá María Juana hubiese continuado apareciéndoseme únicamente a mí, o al Delfín y a mí! Habría podido ser algo así como un yo secreto para mí; un compañero.

Cuando entro en mi cámara, me sorprendo y me complace encontrarme a mi esposo allí. Perturbado por mi entrada, el Delfín se incorpora de pronto en nuestra cama.

—Ifigenia es ofrecida en sacrificio para complacer a la diosa —anuncia.

A continuación se recuesta de nuevo en la almohada y sigue durmiendo.

CATÁSTROFE

Durante una expedición de caza, el rey tuvo que retirarse enfermo. Dado que se sentía muy débil, de hecho, asistió a la cacería en su carruaje. Aunque ahora tiene 64 años, su constitución es inusitadamente robusta. Quizá de un modo perverso, la vida licenciosa de Luis XV haya contribuido a su vigor físico. Esta enfermedad nos ha pillado de sorpresa. Naturalmente, todo el mundo se toma en serio cualquier enfermedad del rey, y en París se han suspendido las distracciones frívolas.

Debido a la enfermedad del monarca, es imperativo que el espectáculo de Gluck concluya ahora tras sólo varios días. Lógicamente, está desesperado, pero yo no puedo intervenir de ninguna manera.

Después de que el rey fue conducido en su carruaje al Gran Trianón, su palacio privado en las lindes del jardín, ha seguido sintiéndose mareado. Si bien su indisposición podría haber sido causada por algo que le ha sentado mal (aunque Luis XV ha conservado su silueta principalmente por *no* excederse comiendo), también tiene fiebre alta. En el Trianón, por la noche, Madame du Barry es mandada llamar para aplicarle paños fríos en la frente, pues padece un terrible dolor de cabeza. No ha mejorado, pero no he sido informada acerca de si ella sigue allí.

Declarando que «Versalles es el sitio para un enfermo», su médico ha ordenado que lo saquen del Gran Trianón y lo lleven al castillo, un viaje seguro de tan sólo diez minutos. Cuando entro en la cámara del enfermo, repleta de médicos, me arrodillo junto a su lecho y digo:

—«Papá rey», todas mis oraciones son para vuestra recuperación.

Siempre galante, él contesta con los ojos cerrados:

—Simplemente veros me da fuerzas y una razón para vivir. Os agradezco vuestras dulces oraciones. —Con el fin de que la luz sea tenue y agradable, arden muy pocas velas. Como un reloj programado para sonar mecánicamente, sus palabras me parecen automáticas. Pese a expresarse de forma mecánica, el cumplido contiene su habitual encanto sincero ofrecido con afecto, aun cuando está muy débil. La congestión que transparenta su piel hace que me pregunte si no le practicarán una sangría pronto.

A mis espaldas, oigo que alguien murmura que la Du Barry ha sido invitada a cuidar de él por la noche, aunque no está entre los congregados presentes. Rápidamente, debo ceder mi sitio a uno de los médicos, que desea tomarle el pulso al rey una vez más.

Rodeando la cama hay seis doctores, cinco cirujanos y tres farmacéuticos. Los acompañan dieciséis ayudantes expertos en el arte de la asistencia médica. Las opiniones en cuanto al diagnóstico van y vienen en forma de susurro, pero ninguna gana consenso.

El propio soberano parece indefenso y desconcertado. Sabe que él, que ha gobernado toda Francia, está ahora a merced de la pericia de estos médicos. Cuando pide agua en tono suplicante, yo soy la primera en entender lo que desea, y me siento honrada de acercarle la copa a sus labios resecos. Él no sabe quién le ha ayudado. Le atendería más tiempo, en estas sencillas cosas, si estuviera permitido, pero mis tías, sus tres hijas, han llegado, y sé que tienen más derecho que yo.

Miro hacia sus rostros adustos y después hacia las cortinas de las ventanas, donde una estrecha abertura me indica que fuera la luz del día es todavía intensa. Creyendo que el resquicio de luz quizá moleste al rey, retrocedo hasta éste y en silencio procuro cerrar la abertura. Un sirviente ve que el cortinaje pesa demasiado para que yo lo mueva y viene con un gran alargue de bronce para desplazar las anillas por la elevada barra.

El monarca emite un largo y lastimoso gemido, y sus hijas, a su pesar, repiten su sufrimiento. El coro de la aflicción es extremadamente perturbador. ¿Es a esto a lo que se reduce —pregunto— la vida? Cuando gime por segunda vez, ellas dominan sus voces y no emiten ningún sonido, excepto la clase de chasquidos que hacen las madres para aliviar a sus hijos enfermos.

Por la noche, el Delfín y yo nos sentamos a esperar noticias en la sala que precede a la gran antesala. Una y otra vez las cuentas del rosario se deslizan entre mis dedos. La cara de mi esposo manifiesta una suerte de seriedad expectante que confiere cierta nobleza a sus rasgos. Vemos a la condesa de Noailles cruzar rápidamente la inmensa antesala, repleta de cortesanos, que separa la habitación del rey del Delfín y de mí. El vacío negro de la noche se aprecia a través de la ventana de forma ovalada, el ojo de buey, y da la impresión de que un ojo negro mira desde arriba a los mortales congregados. Ahora Madame de Noailles viene lentamente a hablar con nosotros. Incluso su rostro firmemente controlado sugiere pesar en lugar de protocolo. Cuanto más cerca está, más pequeña, asustada y aniñada creo que me vuelvo.

—A Su Majestad le han sangrado dos veces —anuncia—, pero todavía nadie conoce la naturaleza de su enfermedad. Me han enviado para llevaros hasta él y que le deis las buenas noches.

A medida que nos acercamos a la cama de Luis XV, nos recibe un hedor horrible. «Se está pudriendo», pienso, y me recorre una oleada de náuseas, seguida de cierto pánico. ¿Qué puede hacerse? Recuerdo a mi madre, y su extraordinaria calma cuando se enfrentaba con situaciones difíciles o alarmantes. Pese a estar caminando entre un aire infecto, levanto mi cabeza y no olvido que todavía puedo moverme con gracia.

Al entrar en la habitación veo que han preparado una cómoda cama junto al lecho real, y el rey está allí tumbado, descansando en esa cama más pequeña pero más accesible, con los ojos cerrados. Mis pies aplastan las especias que han sido esparcidas por el suelo para disimular el horrible hedor. La habitación tiene un grado de oscuridad que no me había imaginado, y es difícil saber cuánta gente está de pie en las sombras.

No intento acercarme demasiado, sino que digo con voz clara:

—Que durmáis bien esta noche, «papá rey», y os despertéis restablecido.

—Amén —añade el Delfín, y oigo su voz impregnada de dolor, no de esperanza.

De pronto, alguien enciende una antorcha y acerca su llama a la cara del enfermo. Entonces todos vemos las manchas rojas y pústulas que indican que tiene viruela. El soberano está dormido. Mientras la sala ahoga un grito, él no hace ningún movimiento de reconocimiento.

—Nos quedaremos para cuidarlo —se oye la voz de Madame Adelaida en tono decidido, lleno de compasión hacia su padre.

—Me inocularon —afirmo— cuando era pequeña. Dejad que me quede con él, Mesdames, puesto que corréis un gran riesgo.

—Yo no me moveré de aquí. —Es la voz de Madame du Barry, en la oscuridad. Incluso ahora hay algo lánguido en su voz, algo excesivamente revestido de dulzura.

Alguien le dice al Delfín que él y sus hermanos deben abandonar la habitación del enfermo y no volver.

—Pero el rey siempre ha dicho que pasó la viruela de joven —comenta el Delfín.

—Se equivocó —replica un médico—. Ahora debéis marcharos.

Requiere poco valor por mi parte decir de nuevo que estaré encantada de quedarme.

Después de que la viruela se llevara a tantos miembros de la familia, la emperatriz valiente e inteligentemente insistió en que yo y los demás fuéramos inoculados. Podríamos haber muerto por la inoculación, pero ella ponderó las ventajas y los riesgos y tomó con valentía la decisión correcta.

—Puedo cuidar del rey —repito mi ofrecimiento—, a quien tanto quiero, con más seguridad que vos, tías mías.

Noto una mano en el codo (una decidida a guiarme), la mano del conde Mercy, que me dice que en estos momentos debo acompañar a mi esposo. Recordando cuántas veces la emperatriz me ha dicho en sus cartas que ahora me habla a través de Mercy, accedo.

En el departamento del Delfín, enseguida se unen a nosotros los hermanos de Luis Augusto y sus esposas. Los seis jóvenes permanecemos sentados en silencio. Me alegro de que estemos todos juntos. Nos vamos a nuestras propias cámaras únicamente para dormir.

Nadie le comunica el diagnóstico al rey. Cada día que pasa está más enfermo. En un momento dado, se lo *tienen* que decir, ya que debe confesarse. Cuando nos visitan en nuestra cuarentena, expongo el razonamiento de que, en bien del alma del monarca, le informen de la gravedad de su enfermedad. Una y otra vez me dicen que todavía hay tiempo.

Es la noche del 3 de mayo y el soberano lleva enfermo desde el 27 de abril. Los parisinos acertaron suspendiendo los entretenimientos. Aun así, mi mente no puede asimilar el hecho de que cuando el rey abandone esta vida (lo que ocurrirá seguro, si no con esta enfermedad, entonces en el futuro), el papel del Delfín (y el mío) cambiará para siempre. No, no puedo imaginarnos sin que «papá rey» esté presente para tomar todas las decisiones mientras nosotros jugamos. Nuestra ignorancia es inmensa.

Camino hasta la ventana y dirijo mi mirada por el pequeño patio interior hasta otra ventana donde arde una vela. ¡Qué hermosa luz, llena de esperanza! Siempre y cuando arda, sé que el rey está vivo. La señal ha sido acordada de antemano: si muriera, alguien apagaría la vela.

Siento mi alma desolada.

Estos patios interiores son lugares yermos donde no hay nada verde o bonito visible. Estos cuadrados al descubierto únicamente dejan entrar aire, luz, olores, temperatura; son espacios olvidados, aunque al parecer necesarios. Nada los eleva en absoluto por encima de la mera funcionalidad. Me sorprendo a mí misma molesta con lo que les pasó por la cabeza a los arquitectos responsables de este negligencia. Cerniéndose sobre el hueco, se aprecia un trozo de cielo nocturno. La noche que aprendí el placer de las apuestas (ahora uno de mis pasatiempos favoritos) entré en un pequeño departamento del interior y suspiré por este cielo.

Al otro lado, una única estrella brilla sin cesar; tal vez la vela, como la estrella, continuará resplandeciendo y no será apagada jamás.

Con cariño, recuerdo cómo mi madre designó nuevos tutores para mí, mandó enderezar mis dientes, mejoró mi francés, abordó el papel de la religión en su vida, me habló de las necesidades e impulsos del cuerpo masculino, y de cien modos distintos intentó prepararme para el matrimonio y la vida en la corte de Versalles. ¿Ahora quién me preparará?

¿Nosotros? ¿En quién podemos confiar, y por qué nos han dejado vivir como si nuestros roles nunca fueran a cambiar?

De repente, hay alguien junto a mí. Una enviada de la habitación del enfermo, porque de su ropa emana la terrible putrefacción de esa habitación.

—El rey lo sabe. —Madame Campan, cuyo deber es leerme en voz alta cuando se lo pido, susurra—: Sabe que se está muriendo.

—¿Cómo lo sabe? —inquiero en el mismo tono discreto, pero en mi interior todo tiembla de miedo. ¿Debo, pues, saber yo también la verdad?

—Se ha mirado la piel de su propia mano y brazo, que ha acercado a sus ojos, y ha dicho sin titubeos: «Es viruela».

Oigo que el Delfín rompe a llorar. Teme a su abuelo, pero su compasión por cualquier ser humano que deba hacer frente a su mortalidad es infinita.

Mirando al otro lado, hacia la vela encendida, lo único que puedo decir es:

—La vela todavía arde.

Pienso en la larguísima carretera que va de Versalles a Viena. Probablemente la emperatriz se haya trasladado ahora al palacio de Schönbrunn, porque ya estamos en plena primavera. Como siempre, naturalmente, puedo confiar en mi madre. Pero ella ama a Austria más de lo que ama a Francia... o a mí.

No es su amor, sino el amor que me ha regalado el pueblo de Francia el que he recibido sin restricciones. Son ellos quienes hacen que sienta confianza en mi valía. A través del conde Mercy aprenderé lo que es mejor para Francia y para la Alianza, y Luis Augusto, cuando se convierta en rey, me escuchará.

—Ahora mi abuelo debe pronunciar su arrepentimiento —le comenta mi esposo a alguien—. Por la Du Barry, por todas ellas.

¿Nos convertiremos en rey y reina antes de que seamos verdaderamente marido y mujer? El hecho de no poder imponer mi voluntad siquiera sobre ese pequeño rectángulo del lecho matrimonial me inunda de una tristeza desaforada. He fracasado, pero *no* es mi culpa. Mi madre me critica por mi frivolidad, pero en tanto esta... reticencia... de mi esposo continúe..., tengo derecho a distraerme de cualquier forma que pueda, siempre y cuando mi virtud no se vea nunca comprometida. Las lecturas junto a la cama por la gentil Madame Campan no han servido durante mucho tiempo para apaciguar mi desasosiego.

4 de mayo, de nuevo noche cerrada. En estos largos días, no jugamos a cartas; no tocamos música. A veces los seis hablamos de otras muertes, en otras tierras. No les hablo de la muerte de mi padre, de cómo, como si hubiese tenido una premonición, él hizo detener la carroza, descendió, abrazó mi pequeño cuerpo una última vez. Aquí, ellos no son mi verdadera familia, y mi amor por mi padre es demasiado preciado para mostrárselo.

He enviado a buscar a la pequeña Elisabeth y a Clotilde para que se queden con nosotros. Las dos tienen miedo, y Elisabeth se pega a mi cuerpo tanto como los amplios aros de mi falda le permiten. Necesita mi calor corporal para calmarse. He pedido que sus perros y gatos favoritos vengan con ellas, y sus pequeñas manos parecen obtener consuelo en el acto de acariciar su pelo u observar cómo los perros y gatos se entregan a sus inocentes juegos.

Una anécdota del rey: le ha dicho a la Du Barry que debe dejar que el duque de Aiguillon la lleve al castillo de Ruel. Me pregunto si ella ha conservado la esperanza hasta este momento. Ahora, aun cuando él sobreviviera a esta devastación, si la echa y se arrepiente, no le pedirá que vuelva. Sin duda, ella sabrá la historia de la duquesa de Châteauroux, a quien, hace 30 años, echaron durante una enfermedad de la que nadie esperaba que Luis XV se recuperara. Al recuperarse, no pudo pedirle que volviera por miedo a ofender a Dios.

Comentan que le habló a la Du Barry con dignidad, diciéndole que debía despedirla, que no la habría retenido a su lado en la habitación de haber conocido la naturaleza de su enfermedad, que siempre sentiría por ella «tiernos sentimientos de amistad».

Pero ella está acabada.

Estoy demasiado triste por el rey (porque ha desperdiciado su vida, por ser una esclavo de la pasión) como para sentir un triunfo sobre esta mujer libertina. Cómo admiré su belleza dorada y voluptuosa silueta cuando vine aquí por primera vez con mis pechos incipientes y mi actitud ingenua. Sigue siendo hermosa. No puedo negar que me alegro de que su carruaje salga ahora (puedo oír el traqueteo) de estas verjas por última vez. Me siento liberada de una irritación, de una carga. Involuntariamente, respiro hondo y levanto la cabeza.

Los días de la Du Barry, aquí, han llegado a su fin.

La victoria no es mía, sino que el triunfo es de Dios y la naturaleza.

En la ventana del otro lado del patio interior, la vela aún arde.

Más noticias: ante la irrevocable marcha de esa criatura, a la que él intentó en vano pedirle que volviera, de cada ojo resbaló una gran lágrima por su rostro hinchado.

Dicen que la voz del rey en ningún momento fue más que un susurro, como el crujido de las hojas secas, pero la urgencia de su voz, ¡la urgencia y el remordimiento cuando la llamaba! Ella se había ido.

¿Es alegría o pena lo que siento?

Dicen que su rostro está cubierto de costras, y que la fiebre no acaba de remitir. ¡Ojalá pudiera acercarle agua fresca a sus labios llenos de costras una vez más!

El abad Mandoux, mi propio y buen confesor, ha querido servir al rey, pero debe esperar hasta ser convocado. En realidad, el duque de Fronsac cogió al cura por los hombros, lo hizo girar y le ordenó que volviera a su iglesia de Saint-Louis de Versalles. Hace muchos años, Luis XV puso la piedra angular de esa construcción. Cuando pienso en su frío interior de piedra y en el formidable órgano, me parece un santuario, una casa con un Dios incluido. Me gustaría que Dios, como su cura, saliera de su casa e intentara dar a conocer aquí Su presencia.

De inmediato, me avergüenzo de mi pensamiento impío.

Pero el rey está desesperado. Necesita auxilio.

7 de mayo. Apenas hay luz del día, pero Madame Adelaida está junto a mi cama.

—Administración del viático —me dice. Su voz sacude mis orejas como el tañido de una campana—. El rey está listo.

—¿Ha sido convocado el abad Mandoux?

—A las dos y media de esta madrugada.

Oigo que los tambores suenan en el exterior de las paredes del castillo y me incorporo en la cama. Mis damas están de pie detrás de Adelaida, preparadas para vestirme.

—La escolta y la Guardia Suiza está formando filas ahora en el patio —declara Adelaida con firmeza.

Al ver a mi esposo, reparo en que sus ojos están rojos y su cara hinchada de haber llorado. Lo abrazo para consolarlo, y toco los hombros de sus hermanas pequeñas para que sepan que no están solas ni desplazadas. Detrás del palio del Santo Sacramento, todos los príncipes y princesas de sangre se colocan en fila para una procesión ceremoniosa, porque hay que llevar la Sagrada Forma al rey. Portando velas encendidas, caminamos desde la capilla hacia la habitación del enfermo, entre una doble fila de la Guardia Suiza. Con sus bellas y sagradas vestiduras, el Gran Limosnero, una torre de ropa que se bambolea, nos conduce por las galerías del castillo hasta que llegamos al pie de las escaleras de mármol. Aquí el Delfín se arrodilla y reza. Con todo mi corazón, me apiado de mi esposo y su juventud. No debe acercarse más a su abuelo.

Me pregunto si los pensamientos del rey se han dirigido en algún momento al yugo que cae sobre su nieto, arrodillado sobre el duro mármol. Cuando, en cierta ocasión, le preguntaron cuál creía que sería el futuro de Francia, Luis XV murmuró: «Después de nosotros, el diluvio».

La confesión del rey se prolonga, y sólo tras una larga espera el Gran Limosnero reaparece para hacer público el arrepentimiento del soberano, quien ha aceptado con humildad su humillación.

—El rey me ha ordenado que os comunique que pide perdón por sus ofensas y por la escandalosa vida que ha llevado.

Los minutos, y las horas, y los días se eternizan. Dicen que se está poniendo negro, que su cuerpo se descompone, y sin embargo vive. Creo que hoy estamos a 9 de mayo, hemos sido informados, una vez más, de que el estado de Su Majestad está empeorando. Aseguran que su cabeza hinchada se parece a la del monstruo Moor (legendaria bestia mezcla de puma, perro y gato). La visión de su boca jadeante aterra a todos aquellos que lo ven, y el hedor de la habitación es insoportable.

Sin embargo, soportamos lo que debemos soportar; eso es lo que la emperatriz solía decirme.

10 de mayo. Vivo con cansancio esta interminable tarde. No son más que las tres, y acabo de pedir que descorran la cortina durante un cuarto de hora. Aunque el sol brilla con intensidad, oigo unos extraños truenos a lo lejos.

Es un sonido compuesto por muchos sonidos pequeños, todos muy parecidos entre sí. Recuerdo el clamor de las voces de miles de gargantas gritándome su amor en Estrasburgo, cuando vine por primera vez a este país, y de nuevo cuando el Delfín y yo, vestidos de blanco resplandeciente, entramos en París. El sonido aumenta; no las voces humanas, sino algo que resuena y se intensifica como los truenos. ¡El sonido viene hacia nosotros!

De repente, estoy de pie, y el Delfín a mi lado.

—¡Es el sonido de gente que corre! —exclamo.

Nos arrodillamos al unísono.

El tremendo ruido de pies, corriendo, corriendo, aumenta más y más.

La puerta de nuestra pequeña cámara se abre de golpe, y la condesa de Noailles viene corriendo a saludarnos; a felicitarnos por nuestras nuevas identidades.

Las palabras salen a la vez de nuestras bocas mientras nos arrodillamos.

—¡Querido Dios, guiadnos y ayudadnos! ¡Somos demasiado jóvenes para reinar!

En la habitación se arremolinan hombres y mujeres que quieren felicitarnos. Debido a la luminosidad del día, no nos hemos dado cuenta de que la vela ha sido apagada. Los guardias desenvainan sus espadas y exclaman al unísono:

—¡El rey ha muerto! ¡Larga vida al rey!

La luz del sol crea reflejos plateados en sus espadas, sostenidas en alto.

ACTO TERCERO

EL PRIMER REGALO
DEL NUEVO REY A SU ESPOSA

M e cuentan que el cadáver de Luis XV ha sido amortajado, desinfectado con especias y alcohol, y trasladado a su tumba. El carruaje ha viajado a una velocidad vertiginosa, como si fuese a una cacería, y los campesinos que han visto la carroza que pasaba traqueteando han aclamado el paso de su cadáver.

La imagen es terrible, adecuada para la pluma de los caricaturistas. No sé cómo el rey, antaño admirado y querido, pudo perder hasta tal punto la estima del pueblo francés, tan naturalmente dispuesto a amar a sus soberanos. Es el pueblo, no los nobles, cuyas vidas espirituales incluyen a la monarquía ungida y bendecida por Dios. Pero la gente abuchea a su difunto monarca.

Creo que debe de ser una reacción a la larga ansiedad de su enfermedad. Expresan su inapropiado alivio de que el sufrimiento del rey haya terminado, y de que la monarquía se renueve y renazca con mi esposo y conmigo.

Nuestro propio carruaje está listo desde hace días. Con la misma rapidez con que el antiguo soberano debe ser llevado hasta la tumba de sus antepasados en Saint-Denis, debemos nosotros ser conducidos a ambientes más sanos, al castillo de Choisy.

Los seis nos movemos de vez en cuando mientras nuestra carroza huye de la pestilencia. Es como si hubiésemos estado dormidos durante la enfermedad del rey. Ahora ha llegado el momento de despertar y volver a ser jóvenes.

—¿Piensa Vuestra Majestad en la bondadosa *Hilda*, la hipopótamo, o la belicosa *Clara*, la rinoceronte? —me pregunta el joven conde de Artois.

—¿Por qué lo preguntáis? —inquiero sorprendida.

—Porque veo una ligera curva en las comisuras de la hermosa boca de Vuestra Majestad.

Aunque tiene la precaución de dirigirse a mí con el rango adecuado, su tono es tan pueril y suelto como siempre. Sólo tiene 17 años. Me alegra mucho su juventud, y su semblante alegre es un antídoto contra la imagen de la máscara de negro sufrimiento del finado rey.

—Tenéis razón —le digo—. Estaba pensando en lo afortunados que somos por ser jóvenes y estar juntos en este carruaje. Y cuando pienso en la juventud, pienso en las santas patronas de mi infancia, santa Hilda y santa Clara. —Me santiguo con picardía.

El carruaje al completo, incluido el sombrío nuevo rey, estalla de risa.

Enseguida nos damos codazos unos a otros, y la risa nerviosa brota de nosotros ante la más mínima ocurrencia. Somos libres.

En el castillo de Choisy, mi esposo y yo damos un paseo por los jardines en la intimidad. Estamos henchidos del bien que esperamos hacerle a nuestro pueblo. Mientras caminamos entre los olorosos rosales, hablamos de la necesidad de tener asesores, y mi consorte menciona que su difunto padre, el Delfín que jamás se convirtió en rey, sentía un gran respeto por el conde de Maurepas, exiliado desde hace tiempo por escribir unos versos difamatorios sobre Madame de Pompadour. El rey arranca una rosa perfecta de color rosa de un arbusto y me la da. No acostumbrado a coger rosas, durante unos instantes sus gruesos dedos manejan con torpeza el delgado tallo.

Naturalmente, no manifiesto ninguna crítica hacia mi esposo, pero digo:

—Maurepas ha pagado un precio alto: muchos años de exilio.

Cuando hundo mi nariz en los pétalos de la flor, el aroma de absoluta dulzura me refresca y reemplaza al aire rancio y pestilente de las galerías de Versalles. El día de nuestra boda Luis Augusto me hizo llegar a través de la pequeña Elisabeth una sencilla rosa de color rosa.

—El pueblo confía en que nunca traicione mis obligaciones morales —comenta el rey orgulloso—. No habrá escándalos de amantes ni favoritas. No repetiré los errores que empañaron el reinado de Luis XV.

Yo contesto:

—Conservaremos la confianza que ellos nos concedieron en París. —No habituada a intervenir directamente, titubeo antes de hablar—. ¿Sería apropiado —inquiero— retirar al príncipe Luis de Rohan de su cargo de embajador en Viena? Su conducta inmoral hace tiempo que inquieta a mi madre. Debido a las habladurías que hace correr sobre mí, lo considero un enemigo personal. Mi madre contemplaría su retirada como una señal de vuestra consideración tanto hacia ella como hacia su inocente hija.

—Nada será más fácil de hacer —accede mi esposo galantemente.

Inspirando el aroma de la rosa, mi propia confianza se ve sacudida; porque quizás ahora Luis Augusto sentirá con más intensidad los impulsos masculinos, porque me conocerá en el sentido bíblico y crearemos un heredero. El pueblo necesita tener la sensación de *continuidad*.

Admiro los acianos azules a nuestro paso y me pregunto si fue su abundancia y agradable color lo que hizo que Luis XV eligiera este color para los uniformes de los criados de aquí, de Choisy, donde uno venía sólo con invitación.

De repente, el monarca se agacha y coge un puñado de acianos, a los que añade margaritas amarillas, y tréboles de lavanda, uno de los cuales arranca directamente de debajo de un abejorro. Después me quita de la mano la rosa de color rosa, la añade al grupo de flores y me lo devuelve.

—A vos, que tanto os gustan las flores —me dice—, os doy un ramillete entero.

Como se ha sonrojado por el placer de este gesto galante, me inclino hacia delante, de puntillas, y lo beso en la mejilla.

—Vuestra Majestad es mi deleite —contesto—. Gracias de todo corazón.

—¿Os gusta la casa pequeña, el Pequeño Trianón? —me pregunta.

Pequeño y cuadrado, construido en piedra, con ventanales en cada fachada, el más pequeño de los edificios conocidos como Trianón no se encuentra lejos del grande. Ambos están situados al comienzo de los inmensos jardines formales del castillo de Versalles.

—No podría haber nada de proporciones más exquisitas que el Pequeño Trianón —contesto, recordando que el difunto soberano lo construyó para Madame de Pompadour, que pese a su escasa moral tenía un gusto exquisito.

—La Du Barry raras veces iba allí —agrega Luis Augusto—. Lo primero que haré como rey es cedéroslo. Lo pondré a vuestro propio nombre.

Estoy atónita. Ni siquiera las reinas tienen propiedades a sus propios nombres.

—Pediré que os hagan una llave nueva con vuestro nombre. El Pequeño Trianón es el ramillete que os regalaré, como refugio privado propio, para que hagáis con él exactamente lo que os plazca, un refugio del protocolo de la corte.

No puedo hablar. Estoy absolutamente sorprendida, y embriagada de gozo lo vuelvo a besar, buscando sus labios.

—¿Y podré tener mi propio servicio allí?

—Podréis hacer exactamente lo que os plazca.

Tenía la esperanza de que algún día quizá tendría un departamento privado dentro del castillo de Versalles. Él me ha dado mucho más (una casa privada, casi en el campo, y el terreno que la rodea), el Pequeño Trianón.

MARÍA TERESA A MARÍA ANTONIETA

Cuanto oigo acerca de vos me alienta y me complace. Es difícil encontrar las palabras para expresar lo sumamente satisfecha que estoy. El mundo entero tiene razón de estar eufórico por el cambio de Francia. Ahora tendrán un rey joven, de sólo veinte años, y una reina de sólo diecinueve, y ambos sois conocidos por vuestra bondad, vuestra generosidad, por no mencionar la prudencia y hasta la sabiduría.

La religión y una vida decente serán vuestro lema, ya que son esenciales para atraer la bendición de Dios y para guiar la conducta de vuestro pueblo. Mi corazón se eleva sobre mí con las alas de la dicha. Ruego a Dios que os dé salud por el bien de vuestro pueblo, por el mundo entero, en realidad, y especialmente por vuestra familia, y por vuestra anciana mamá a la que habéis proporcionado tanto alegría como esperanza.

El regalo del Trianón, que tengo entendido que es un lugar de lo más encantador y cómodo para relajarse y está lo bastante cerca del castillo de Versalles para ir hasta allí andando en menos de media hora, es un indicio asombroso del cariño que el rey siente por vos.

Por encima de todo, estoy orgullosa de vos y del rey por rechazar el impuesto llamado don gratuit, aun cuando estáis en vuestro derecho de imponer impuestos al pueblo por el acceso al trono. En lugar de eso, os compadecéis de su situación de empobrecimiento rechazando el denominado Cinturón de la Reina, y os felicito por la ocurrente declaración de vuestra negativa: «Los cinturones ya no se llevan». Cuando uno puede unir el ingenio a la bondad, el pueblo lo recuerda, y las zonas rurales comentan vuestras propias palabras.

Esperemos que cuando se abra la caja fuerte privada del difunto rey se encuentren millones.

Debo expresaros también mi admiración por las tías al quedarse con su padre arriesgándose a contraer viruela; sin embargo, os aconsejo que, si han ido a Choisy, mantengáis al rey apartado de ellas.

Pensad en mí no solamente como vuestra madre, que os ama, sino como una íntima amiga. Si estáis demasiado ocupada para responder a esta carta de inmediato, tened la seguridad de que lo comprendo y de que sé que debéis ocuparos de vuestras obligaciones. Si el rey quiere escribirme más a menudo, instadlo a que lo haga prescindiendo del protocolo.

Recordad lo que os escribí en la última carta que os envié: intentad ser la amiga en quien confíe el rey; tanto su felicidad como la vuestra propia dependen de esa amistad.

EL CASTILLO DE MARLY,
JUNIO DE 1774

La mayor parte de la familia de mi esposo y sus hermanos, y la condesa de Artois están bastante enfermos. Por iniciativa del rey, todos han decidido ser inoculados contra la viruela. Con lo que paseo por el hermoso Marly prácticamente sola, únicamente seguida por mis criados. Rousseau pensaba que era bueno estar solo a veces y que quizá nuestras naturalezas florecían con la máxima pureza en esas ocasiones.

Es difícil decirme incluso a mí misma cómo es mi naturaleza. Sé que mi alma rebosa de alegría porque mi querida mamá está contenta conmigo. Sólo puedo ser feliz cuando ella está contenta conmigo, y por primera vez, creo que esto es un defecto de mi carácter. Debería tener la capacidad de ser feliz conmigo misma, de estar satisfecha con lo que soy. No como reina, sino con lo que *yo* soy.

Me alegra no haber tenido nada que ver en la decisión de Luis Augusto de ser inoculado en esta calurosa estación. Mientras que en Marly todo es verde, nosotros los humanos nos marchitamos con el calor, y creo que eso vuelve el cuerpo menos resistente a las enfermedades graves. Durante tres días, he estado realmente preocupada por mi marido debido a su elevada fiebre, pero cuando empezaron las erupciones de su piel, entonces bajó la fiebre.

No se desfigurará en absoluto, pero ha tenido grandes pústulas en la nariz. De haberse sentido menos débil y enfermo, habría sido cómico, pero él mismo se rió de sí al mirarse en el espejo. Soy afortunada por el sentido del humor que tiene. También sus muñecas y pecho mostraban erupciones, pero los médicos las sajaron de entrada, y, gracias a Dios, puedo escribir a mi madre diciéndole que él está mucho mejor.

Lamento tener que decirle que la caja fuerte del difunto rey resultó ser una decepción. Únicamente contenía cincuenta mil francos (que no es suficiente para que la tesorería sufra un aumento digno de mención). Dicen que el intenso calor dañará las cosechas de cereales de todo el país, puesto que esas plantas carecen de las profundas raíces de los árboles, que son capaces de ahondar en la tierra en busca de agua. Ahora que somos monarcas, casi me siento responsable del tiempo. Me preocupa que el pueblo nos responsabilice de todos los aspectos de su bienestar.

Desde la ladera de Marly, contemplo el hermoso Sena serpenteando hacia París. La vista es incomparable. Si yo tuviera que construir mi propio paisaje, uno artificial, sin duda incluiría agua. No como el Gran Canal o el Lago Suizo de Versalles con sus laterales rectos y uniformes, sino algo con orillas flexibles que se curvan aquí y allí, algo sinuoso como la forma del Sena.

Aquí en Marly, mis pensamientos se dirigen con frecuencia al Pequeño Trianón. Tras la muerte de Luis XV nos hemos ausentado durante unos seis meses (para asegurarnos de que Versalles esté convenientemente ventilado de la pestilencia), pero pronto regresaré y reclamaré ese hermoso y sencillo lugar para mí misma y los amigos que más quiero. Parte de mi promesa conmigo misma como reina es recompensar a aquellos que se han portado bien conmigo, que han sido una agradable compañía y han compartido mis momentos difíciles. Ahora puedo hacer lo que me plazca, y nombraré a mi amiga la princesa de Lamballe superintendente de mi casa, en lugar de la condesa de Noailles.

Cuando regreso a su habitación, le obsequio a mi esposo convaleciente con diversas flores del campo, como esas que me dio en Choisy. Las huele, y pedimos un jarrón, pero mientras esperamos se duerme de nuevo.

Me siento a su lado y me dispongo a escribirle una carta a mi mamá. Supongo que si hubiera muerto al ser inoculado, yo podría haber vuelto a Viena, pero me alegro mucho de que no muriera. Con el anciano rey desaparecido y la condesa du Barry enviada a un convento (fue Luis XV quien decidió que debería ir allí, no yo), me siento más cómoda, más libre. Este hermoso lugar, Fontainebleau, Compiègne, y todos los demás, son nuestros. No es el castillo, sino los hermosos árboles y prados y el cielo sobre ellos lo que más me gusta. De pequeña, en Austria, no apreciaba debidamente la naturaleza, a excepción de las montañas. Ahora todo me parece bello, y me encantaría poder abrazarlo.

—¿A quién escribís? —me pregunta de pronto.

—A mi madre, para decirle que estáis mejor.

—Ha sido muy cariñosa conmigo, y se lo agradezco.

Le pregunto si le gustaría añadir a mi carta algunas de esas palabras, de su puño y letra.

De buena gana, se incorpora, apoyado en almohadas, y coge la mesa portátil en cuestión. Aún tiene una enorme pústula blanca en la punta de la nariz, y puedo ver que ha estado rascándose las muñecas. Escribe:

Como dice mi esposa, he superado por completo la inoculación, mi querida mamá, y lo cierto es que he sufrido muy poco. Os pediría permiso para besaros, si mi cara estuviese más limpia.

Para seguir divirtiendo al rey, pido un tocado, mi «*pouf* de la inoculación». Bastante parecido a un sombrero, esta increíble creación debe llevarse en lo alto de mi cabeza, a unos noventa centímetros más o menos por encima de mi frente.

—Los tocados se llevan tan altos —le explico a mi esposo— que ahora las damas tienen que arrodillarse en sus carruajes para adaptarse a sus nuevas alturas.

Sus ojos brillan de alegría.

—¿Y de qué modo representa este *pouf* la inoculación?

—Aquí hay un olivo, y esto es una serpiente enroscada alrededor del tronco.

—¿Un Jardín del Edén? —inquiere.

—Pero aquí la serpiente no triunfa. Esto es un garrote hecho con flores, y vencerá a la serpiente. La ciencia en forma de garrote conquista la plaga del mal.

—¿Y en serio llevaréis semejante barbaridad sobre vuestra majestuosa cabeza?

—Con orgullo y dignidad.

Luis Augusto parece escéptico. Beso la yema de mi dedo y planto el beso en su nariz, junto a la verruga blanca.

—Es la moda —afirmo en un tono que no puede ser cuestionado.

LA MODISTA

Se han producido disturbios a causa de la carestía de pan por todo el reino, incluido París; el rey ha enviado tropas para restaurar el orden. Si Monsieur Turgot, Inspector General de Finanzas, se saliera con la suya, la coronación no tendría lugar en la antigua localidad de Reims, sino en París. Él asegura que allí sería menos costoso y también que la economía de París prosperaría, si la gente acudiera en masa a la ciudad para el evento. Luis Augusto cree que Reims añadirá dignidad e historia a su ascenso, y que Reims está más alejado que París de las zonas conflictivas. Me sorprende que el pueblo se amotine justo a nuestra llegada al poder, incluso en París, que ha demostrado tanto amor hacia nosotros.

Tengo una nueva modista, ¡Rose Bertin! Abre sus baúles de vestidos y sombreros como si estuviese sacando los disfraces para la más suntuosa de las obras teatrales. Diseñará mi vestido para la coronación, e iré simplemente incrustada de joyas.

Cuando viene hoy a mi departamento, le pregunto a Rose Bertin si tiene empleada a la pequeña costurera llamada María Juana.

—¿María Juana de Francia? —inquiere con un chorro de voz.

—Sí.

—Me robó.

En ese instante, Rose Bertin abre de golpe la tapa de su baúl, y asisto a tal colección de adornos y plumas como apenas he visto antes. ¿Qué dedos no sentirían un hormigueo al coger un broche con forma de pájaro de color esmeralda o un unicornio todo reluciente de diamantes, o una pluma de pavo real con su aterciopelado ojo azul verdoso?

—¿Qué os robó? —Sin duda, la costurera no tenía necesidad de robar.

—Un mendrugo de pan.

Estoy desconcertada.

—¿De pan de verdad? —pregunto.

—Como los que sólo las ratas saborearían.

—Me sorprende. Sé que su familia come bien. —Me pregunto si mi contribución para sus necesidades se habrá extraviado. Balbuceo—: No pasan ningún apuro.

—Dijo que era para su vecina.

De la bandeja de su baúl, Rose levanta un *pouf*. Para ser llevado sobre una torre de pelo, el *pouf* es un escenario en miniatura que representa la tumba de Eurídices, y junto a ésta aparece la figura en miniatura de Orfeo sosteniendo en una mano una flauta con un cuerpo salpicado de diminutas teclas de diamantes y una lira con el contorno de perlas en su otra mano. Me ofrezco a darle a cambio mi «*pouf* de la inoculación», ya pasado de moda, pero ella asegura con firmeza que debemos empezar de nuevo.

—Dejemos a un lado las ideas de ahorro de Monsieur Turgot —dice resueltamente.

Sólo he tenido un mínimo impulso de economizar, pero mi objeción es un mero guijarro fácilmente arrastrado por el torrente de sus palabras. Rose es un genio del diseño lleno de inventiva, y ¿quién soy yo para interponerme en su camino? La adoro.

—Es una lástima —me dice de pronto— que vuestro vestido para la coronación tenga que llegar arrugado.

—¿Arrugado? —Estoy horrorizada—. Dispuse que fuese trasladado en su propia funda hasta Reims.

—Pero ¿a qué precio? —inquiere Rose.

—Doce luises —respondo.

—La Dama del Tocador, la duquesa de Cosse, se ha negado a aprobar el coste.

—Es impensable que mi vestido viaje del modo ordinario —objeto. Me espanta que una subordinada rehúse pagar un gasto, pero por la expresión de sus ojos detecto que Rose tiene una solución al problema.

—Exacto —conviene conmigo—. Yo misma me ocuparé de su traslado.

—¿Doblado en un baúl? —Estoy nerviosa.

Rose resopla.

—En una funda hecha especialmente para albergar sus dimensiones.

—¿Puedo preguntar el precio?

—Naturalmente, es mucho más alto para un ciudadano que para un representante de la familia real. —Sus ojos brillan de verdad.

—¿Cuánto?

—¡Ah…! Os cobraré cuarenta o cincuenta luises —contesta Rose.

—Adelante, y no se hable más del tema. Sin doblar —le recuerdo—. En la funda especial. Bien protegido.

HAMBRE Y DISTURBIOS

Al igual que Catalina de Médicis, en 1547, para la coronación de Enrique II, seré una mera espectadora de la coronación de mi esposo. Los franceses apenas saben qué rol debería desempeñar una reina; los últimos tres reyes, Luis XV, Luis XIV, y hasta Luis XIII, eran demasiado jóvenes para estar casados en el momento de sus coronaciones. Bueno, me han comparado con Catalina de Médicis con anterioridad por mi habilidad de montar un caballo al galope.

Si el conde Mercy se saliese con la suya, me coronarían reina al tiempo que coronaran rey a Luis Augusto, pero no creo que vaya a salirse con la suya en esto, y sea como sea, no me importa. Coronada o no, soy yo misma, y es el amor del pueblo lo que me alienta y confiere brillo a mi presencia.

El 5 de junio de 1775, mi esposo y yo salimos de Versalles en dirección a Compiègne, donde descansamos dos días. Nuestro avance hacia el refugio predilecto del rey, ha sido por caminos flanqueados por espectadores; en cada villa y aldea, las campanas tañen a modo de celebración. Estamos agradecidos de que no haya ningún indicio de descontento o disturbio. Únicamente en un punto, cuando nuestra carroza gira por una curva del camino, vemos a un hombre solitario allí de pie. Quemado por el sol y demacrado, nos mira con la boca muy abierta. Con un solo dedo señala la pequeña cueva de su boca vacía.

—Hambre —interpreta el monarca en voz baja, simplemente para que lo oiga yo.

Entonces el rey aprieta mi mano para reconfortarme, que de pronto me parece muy blanca y rolliza.

En Compiègne, Luis Augusto viene a mi cama para hablar. Habla de la importancia de la ceremonia, pues supone la unión de Iglesia y Estado. Habla del derecho divino a gobernar, y cómo con la unción de su cuerpo con el óleo sagrado, ante la congregación de los nobles, rezará para que la fortaleza y la sabiduría le sean enviadas.

Le recuerdo la fortaleza que ya ha demostrado haciendo frente al pueblo, incluso cuando éste avanzó hacia Versalles para protestar por el precio y la calidad del pan que se les daba.

—Cuando se examinó parte del pan, al parecer estaba verde y negro de moho —afirma—, pero se descubrió que era un fraude. El pan estaba pintado.

Me sorprende esta nueva información, y le digo que mi madre me escribió elogiando su conducta y sospechando que era una conspiración lo que había detrás de las sublevaciones.

—Se comprobó que algunos de los arrestados, quienes aseguraban que se morían de hambre y estaban en la miseria, tenían sacos de oro —continúa. Sus ojos parecen heridos y preocupados. Hombre honesto donde los haya, no sabe asimilar el engaño.

Le digo a mi marido que espero que los disturbios por la harina no se hayan extendido.

Sentado a mi lado, sin la peluca, se pasa los dedos por el cabello, como si quisiera arrancárselo. Nunca lo he visto tan preocupado y consternado, y le recuerdo que Turgot, igual que mi madre, no ha tenido más que palabras de encomio por su conducta durante *La Guerre des Farines*.

Rápidamente, hace un resumen de los disturbios de la «Guerra de la Harina».

—Sin duda, el invierno de 1775 ha sido el más frío de que hay constancia…

Pienso en mis viajes en trineo con mis cuñados, en cómo íbamos engalanados con pieles, cómo los cascabeles de oro tintineaban en los arreos de los caballos, en mi enorme gorro de piel, y la risa atolondrada, mientras todo el rato el rey se preocupaba por el pueblo.

—En primavera casi no quedaban cereales para hacer pan. La cosecha de 1774 fue un desastre absoluto, y luego el frío extremo… A principios de primavera, en marzo, hubo motines en Meaux, Lagny, Montlhéry y Pont-sur-Seine. Al mes siguiente, en Dijon se produjeron manifestaciones incluso más desesperadas.

Me asombra el número de lugares involucrados; uno, dos, tres, cuatro, cinco… cuento sus nombres con mis dedos.

El rey continúa:

—Durante los últimos días de abril, la insurrección llegó a Beaumont-sur-Oise, y luego a Méru y Beauvais. Pontoise es uno de los principales proveedores de cereales de París, y los brotes se produjeron allí el veintinueve de abril, y el uno de mayo en Saint-Germain y Saint-Denis.

La extensión de la lista da que pensar. Once localidades descontentas.

Me estremezco al pensar que hay amotinados en Saint-Denis, donde yace sepultado el cuerpo destrozado por la viruela de Luis XV y de tantos antepasados reales.

—Era sólo dos de mayo, recordaréis que yo estaba a punto de salir a cazar, cuando llegaron a las verjas de Versalles.

—Y vos organizasteis a la Guardia Suiza, y la multitud fue dispersada. —Le sonrío alentadora, me incorporo más y apoyo mi espalda en un montón de almohadas de plumas. *Doce.*

—Lo que más me preocupa es que la policía de París no hiciera nada para apaciguar los disturbios.

Doce, ¿he contado doce?

—Pero la coronación no será en París —le recuerdo—. Será en Reims, lo cual es prudente no sólo en cuanto a seguridad, sino también conforme a la tradición, y es lo que todo el mundo espera.

—Si la coronación, tal como sugirió Turgot, fuera en París, la ciudad disfrutaría de cierta prosperidad que habría calmado los nervios del pueblo.

Me inclino hacia delante y le acaricio el codo.

—El invierno ha pasado. Los huertos ya han empezado a prometer una buena cosecha. —Sé poco de agricultura, pero no es bueno que el rey le muestre a la gente un rostro tenso o preocupado. De esto estoy segura. Añado—: Y el teniente de policía de París ha sido despedido y sustituido.

—Es la orquestación de las insurrecciones lo que temo. —Mira fijamente hacia la habitación, pero a nada en concreto. Continúa—: Tras Versalles, París fue saqueado dos días más tarde. —Sacude la cabeza lentamente por su incredulidad ante la gravedad de la atrocidad—. Cuatrocientas o quinientas personas, armadas con palos, asaltaron las tiendas de los panaderos de todo París desde las tres de la madrugada hasta las tres de la tarde.

—Pero vos actuasteis exactamente como debería actuar un rey. Os mantuvisteis firme.

—Tengo veinte años. —Gira su cuerpo para mirarme directamente a los ojos—. Confío en mis ministros mientras trato de entender la raíz del problema. Dejad que os repita lo que Veri le escribió a Turgot: «Que vuestro señor se mantenga firme por la felicidad de su vida. Un rey que sucumbe a la multitud no encontrará descanso, salvo en su tumba. Aun cuando haya sido un error establecer el libre comercio del trigo, la sedición perpetrada en nombre de la hambruna debe ser combatida. Sólo tras una demostración de fuerza podrá el rey hacer lo correcto para ayudar al pueblo; desde su propia posición de poder».

—Creo que eso está bien dicho —replico—. Hemos venido a Compiègne a descansar. —Ciertamente, el rey no tiene ánimos siquiera para que nos abracemos un poco. Sería prudente por su parte volver a su propia cama y dejarme a mí también reponerme con el sueño.

—Sí, pero si insistimos en limitar los privilegios de los nobles, ¿de qué base extraeremos nuestra fortaleza?

—Los nobles están felices. Habéis restablecido los viejos Parlamentos, tal como deseaban. Habéis restituido su poder. Habéis deshecho el trabajo de vuestro abuelo y de la Du Barry.

—La Du Barry —repite él, levantándose—. ¡Qué insignificante problema era ella después de todo!

—Mi madre me ha criticado por haberla echado.

—Pero fue mi abuelo quien la echó de su lecho de muerte y del castillo, y fue mi decisión que viviera una temporada en un convento; mi decisión, no la vuestra. El truco está en cómo mantener contentos a los nobles al tiempo que respondemos a las necesidades del pueblo. La estancia de la Du Barry en el convento será breve; recuperará el lujo, su encantador castillo en Louveciennes, si no el poder. Ni vos ni yo tenemos intención de abusar de nuestros poderes.

—Ya he pensado en lo que me gustaría decirles a aquellos que nos han contrariado en el pasado.

—¿El qué, paloma mía?

—Diré: «La reina no recuerda las rencillas de la Delfina».

Al oír mi comentario, Luis Augusto camina a zancadas hasta mi cama, se inclina y me besa en la frente. Se vuelve a poner la peluca y sale con seguridad, como si estuviese, realmente, preparado para gobernar. Pretende ser un monarca que se rige por un sentido de la bondad y la justicia.

Por la mañana, el rey se marcha temprano, pero yo continúo en la cama descansando hasta las ocho de la tarde, cuando me iré acompañada por mis cuñados.

LA ENTRADA EN REIMS

Como cae la noche, el camino que conduce a Reims está iluminado por la luz de las antorchas. Mi pecho está cubierto de joyas, tan brillantes y resplandecientes con la suave luz que parecen iluminadas por un hechizo. Una vez en mi cama en la ciudad de la coronación, sueño toda la noche con un sendero de finas joyas que relucen con suavidad a la luz de la luna, el cual serpentea por un bosque tupido.

Por la mañana, me despierto de un humor de lo más cortés. Dado que el rey aún no ha llegado, me corresponde a mí saludar a todo el mundo, y es un placer hacerlo. Jamás le ha parecido a mi lengua tan fácil elogiar a aquellos que han venido a presentar sus respetos, recordar qué actividades los han ocupado últimamente y qué asuntos familiares les producen felicidad. Tampoco comento nunca nada que pueda ensombrecer sus rostros. Son hermosos en su felicidad.

En absoluto fatigada, aunque el clima es bastante caluroso y el atuendo muy pesado, a primera hora de la tarde me siento en un balcón cerca de la catedral para esperar la llegada de Luis Augusto. Las calles están abovedadas con guirnaldas. Se han traído estatuas para añadir un aire regio, y los tapices adornan las calles.

A lo lejos, oigo gritos y sé que él ha arribado a las afueras de Reims.

Las ovaciones crecen aún más hasta que aparece su carroza, tirada por ocho caballos blancos con grandes penachos blancos. Las trompetas y timbales se mezclan con el tañido de la campana de la catedral para hacer el ruido más festivo y real imaginable.

Mi esposo mira a su alrededor buscándome. Cuando me ve en el balcón, se pone de pie para saludarme, y la multitud se vuelve loca de júbilo.

Esta noche duermo con la imagen, que cruza mi mente una y otra vez, del hermoso carruaje y los caballos blancos, andando con suma elegancia, y el descomunal sonido de la campana de la catedral que es equiparable al de mi corazón.

ANTE EL TRONO DE DIOS

Es por la mañana, y estoy en mi asiento para contemplar la procesión entrando en la catedral, que ha sido acondicionada con tantos palcos para invitados, suntuosos tapices y columnas corintias que apenas se asemeja a la austera arquitectura gótica de los grabados. En lugar de eso, es tan moderna como la Ópera, e igual de elegante y actual.

Veo al duque de Croy, un maravilloso testigo del boato, y recuerdo cómo vino a mi encuentro en mi boda y me habló de las vistas desde el tejado de Versalles. La princesa de Lamballe me cuenta que ha venido aquí a las cuatro de la madrugada para coger el asiento con mejor perspectiva, justo en el extremo de su banco. Veo al envejecido ministro del rey, Maurepas; ¡qué contento debe de estar de haber sido liberado de ese largo exilio por los versos escritos sobre Madame de Pompadour! Ahora está donde transcurre la acción, con un excelente asiento para presenciar la coronación de un joven rey. Las mejillas de Maurepas están secas y apergaminadas, como las alas de una mariposa nocturna desecada.

Veo vestidos de tal magnificencia que ni yo ni nadie de esta inmensa multitud de gente que llena la catedral hemos visto nunca antes. Los mantos de los dignatarios que presiden son de telas de reluciente dorado a la matutina luz del sol, y sus forros de armiño quedan a la vista de vez en cuando. Por último, el propio soberano se coloca debajo del palio levantado en el mismo centro de la cruz que forman la nave y el transepto de la catedral. Desde detrás de una mampara, tras el altar, los músicos del rey empiezan a cantar el *Veni Creator*, y mientras cantan, la procesión que porta el óleo sagrado camina solemnemente hacia delante.

El aceite lo ha traído hasta aquí desde la abadía de Saint-Rémy el prior montado sobre un caballo blanco. En la campiña, todos aquellos cuyas ordinarias jornadas se cruzaron con el sagrado viaje del prior han tomado buena nota. Yo misma desearía haberlo visto pasar a caballo, ya que sé que no me habría conmovido menos de lo que habrá conmovido hasta las entrañas a una persona cualquiera, hombre o mujer, que sabía que de este sencillo modo, en ese momento en que pasaba el caballo blanco, había pasado a formar parte de la historia.

Ahora oigo la voz de mi esposo prestando juramento ante Dios para preservar su Iglesia y proteger al pueblo. Su voz es clara sin ser alta. Es firme y resuena con la bondad de su entrega. Envuelto en un sobretodo plateado, parece la personificación de un rayo de luz. ¿La luz es más plateada o dorada?

—En nombre de Jesucristo prometo estas cosas a mis súbditos cristianos.

El obispo de Laon y Beauvais (¿no era ése uno de los lugares donde la gente, descontrolada, se sublevó por el pan?) pregunta si la gente acepta al rey. Los aquí congregados, servidora incluida, ofrecemos nuestro consentimiento con nuestro total silencio.

Ahora el monarca habla en latín, que no entiendo, pero sé que suena tan serio, tan sabio y tan entregado a Dios como cualquier cura. Por el modo como acentúa cada palabra, es como si pudiera oírlo decir: «*Je m'engage à cela de bon coeur*», «Lo prometo de todo corazón», ya que es el hombre más sincero.

Después de que Luis se acerca al altar, se saca su manto plateado y deja al descubierto su camisola escarlata. El color rojo simboliza la carne, la carne desnuda, pues así viene él, ante el trono de Dios, y esta prenda ha sido hábilmente confeccionada con aberturas, de modo que, en efecto, su propia carne será ungida por el óleo sagrado que le administren. A continuación, sus pies son calzados con zapatos de seda bordados con flores de lis. Pero es la espada de Carlomagno, ¡de Carlomagno!, llamada *Joyeuse*, que el arzobispo coge del altar, y mi esposo al ceñirse y desceñirse esa noble y antigua espada lo que más me conmueve.

—Coged esta espada que os es entregada con la bendición de Dios, por la cual, en la fuerza del Espíritu Santo, podréis resistir y repeler a todos los enemigos de la Santa Iglesia y defender el reino que os es entregado.

Es así como somos desvestidos y vestidos para simbolizar nuestras transformaciones.

Ahora, a través de las aberturas de su prenda de vestir, el cuerpo de mi esposo es ungido con un pequeño punzón de oro sumergido en Santo Óleo: primero su pecho, después entre sus hombros y luego el pliegue de los codos. Con este óleo sobre su carne, el inalcanzable Todopoderoso le hace llegar a mi esposo el derecho divino de su legado: ser uno de los reyes de Francia. Durante toda esta unción, el coro canta: «Zadok el cura y Nathan el profeta ungieron al rey Salomón en Jerusalén. Y toda la gente se regocijó y dijo: "¡Viva eternamente el rey!"».

A continuación, Luis Augusto es ataviado de un modo que a todo el mundo le recuerda la unión de la Iglesia y el Estado, con una dalmática de diácono azul, y encima de eso le colocan la túnica para la coronación, también azul y bordada con flores de lis, y con un forro de armiño. Alarga su mano y recibe un anillo y un cetro.

El momento de recibir la corona propiamente dicha, la corona de Carlomagno, ha llegado. Después de que los 12 pares de Francia se acerquen para estar junto al monarca, el arzobispo levanta la corona sobre la cabeza de éste.

—Dios eterno, poseedor de todas las virtudes y vencedor de todos los enemigos, bendecid a éste vuestro siervo que inclina la cabeza ante vos.

La corona se apoya en la cabeza de aquel que a través de los tiempos será conocido como Luis XVI.

Siguiendo con atención esas solemnes y culminantes palabras, el rey sube los escalones del trono, que ha sido erigido por encima de la mampara del coro, y cada uno de los 12 pares sube tras él para hacerle una reverencia y besarlo.

Y entonces las puertas de la catedral se abren de par en par, la gente entra en masa, miles de pájaros son liberados, las trompetas suenan con fuerza, todo el mundo llora y aplaude (aplausos que nunca antes se habían producido en este noble ritual), me saluda, y las lágrimas que derramo son tan copiosas que tengo que usar mi pañuelo, y todo el mundo llora con más intensidad por la dicha que nos ha sido dada al enviarnos Dios a un nuevo rey.

MARÍA ANTONIETA A SU MADRE, LA EMPERATRIZ DE AUSTRIA

Mi querida mamá:

La coronación fue absolutamente perfecta. Todo el mundo, fuese noble o plebeyo, parecía complacido y encantado durante cada instante y con cada detalle. En el momento de la propia coronación, la gente no pudo contenerse y se lanzó a demostrar su adoración, y esas alabanzas hicieron a todos los corazones henchirse de ternura. Intenté controlar mis emociones, pero fui tan incapaz de hacerlo como todos los demás, y las lágrimas de felicidad resbalaron por mis mejillas, y cuando la gente vio que estaba llorando, lloró aún más, jubilosa, y todos nosotros vibramos con los sentimientos ajenos.

Durante toda la jornada he intentado también en todo momento ser atenta con la gente, mostrarles que lo que sienten, yo lo siento, y lo que siento concuerda con sus propios deseos de bienestar para todos nosotros, en todo el país. Es asombroso y maravilloso que el pueblo crea en nosotros como lo hace, porque las sublevaciones han ocurrido muy recientemente y el elevado precio del pan continúa oprimiendo su existencia cotidiana. Los franceses tienen la extraordinaria cualidad de ser volátiles, pueden ir de un extremo a otro, de la aviesa sublevación contra el orden a la tierna y leal devoción por nosotros.

En cuanto a mí, tras haber visto su participación del espíritu de la coronación, pese a sus propias tribulaciones y angustias, sé que estamos más obligados que nunca a devolverles su amor trabajando tan duro como podamos en beneficio de su bienestar y felicidad. Esta verdad ocupa la mente y el corazón del rey tanto como los míos propios. Sé que jamás en toda mi vida (aun cuando tuviera que vivir muchos años, mi querida mamá) olvidaré mis obligaciones para con el pueblo, ni el maravilloso amor que éste expresó el día de la coronación.

UN HEREDERO AL TRONO DE FRANCIA, AGOSTO DE 1775

L a reina inglesa, Isabel, es conocida con temor reverencial como «la Reina Virgen», pero nunca se casó.

Cuando Madame Campan me despierta sacudiéndome suavemente los hombros, tengo la sensación de que paso de una pesadilla a otra.

—El bebé está en camino. —Como una pequeña llama caliente la voz de Enriqueta me lame la oreja.

Abriendo mis ojos en la oscuridad, sé que la condesa de Artois ha iniciado su *accouchement*. Es ella, y no yo, quien presentará el primer niño de la siguiente generación a la corte, al público, al mundo.

—Aquí está vuestra ropa —me susurra Enriqueta.

Por lo menos no tengo que ser vestida con el procedimiento ritual, una enagua esperando ceremoniosamente a la otra. Enriqueta me ayuda con destreza a ponerme mis cosas. Endereza mis cabellos. Sostiene una vela iluminada junto al espejo y mi propia imagen aparece allí. Enseguida, me sonrío a mí misma. Es algo maravilloso que un niño nazca en una familia. Y con igual rapidez, primero mis ojos y después toda mi cara se vuelven tristes. Me alegraré tanto como pueda.

Aquí hay una taza de chocolate para darme fuerzas.

Medio dormida, cojo la mano de Enriqueta para bajar los pocos escalones que nos conducen hasta la puerta de mi habitación. Cálida y firme, su mano en la mía me da fuerza. Pronto me uno a las docenas de personas cuyo rango las autoriza a presenciar el alumbramiento mientras nos apresuramos recorriendo estancia tras estancia, juntos, en la misma dirección. Como un imán, el acontecimiento nos atrae hacia la habitación del *accouchement*. En nuestros rostros hay una mezcla de excitación y ansiedad de que las cosas puedan no ir bien para la madre o para el niño. Cuando la princesa de Chartres se une a nosotros, me fijo en que su cara está completamente blanca, pero ha intentado camuflar este hecho aplicando con precipitación dos círculos de colorete a sus mejillas blancas. Veo las cuentas de su rosario colgando de las yemas de sus dedos. Su propio bebé nació muerto, y ella estuvo a punto de morir.

Al entrar en la habitación, la condesa está tumbada y apoyada en sus almohadas. El sudor del parto corre por su frente. Durante unos instantes, pienso en la muerte de Luis XV, y en su agonía. Pero aquí el dolor está mezclado con una feroz determinación, y la condesa gime y grita que ya falta menos, falta menos. Tiene el gorro de dormir torcido, y nadie dejaría de considerar un sacrilegio enderezar o corregir cualquier cosa relacionada con su figura.

El conde de Artois permanece orgulloso junto a su cabeza. No la mira ni se inclina para cuidar de ella de algún modo, sino que mira fijamente al frente, como una estatua orgullosa y bien vestida. La gorguera está almidonada y prístina, como si estuviese participando en una ceremonia de satén y oro en lugar de una de carne y fluidos.

Me coloco junto al pie de la cama. Nadie me impedirá ver el momento en que las sábanas sean retiradas de sus rodillas ocultas y esa puerta privada de su cuerpo se abra para expulsar al bebé, que de ser varón, ocupará el tercer lugar en la línea de sucesión al trono.

El nerviosismo de la condesa se contagia a todas las damas presentes, que están de pie por la habitación formando un arco iris de colores, como un montón de hadas buenas. Mientras que aquellas que ya han tenido hijos muestran rostros de paciencia y esperanza, a aquellas de nosotras que no los hemos tenido nos cuesta mantener el semblante sereno. Tememos por ella; nos encogemos con su dolor; nos gustaría gritar cuando ella lo hace, pero lo máximo que podemos permitirnos es retorcer las manos o cogernos y apretarnos las manos unas a otras.

Los hombres están extraordinariamente tranquilos. No miran directamente hacia la cama, y desde luego tampoco hacia la sábana que sube y baja por las rodillas bien dobladas de la condesa de Artois. Resulta reconfortante oír de vez en cuando las graves voces de los hombres haciéndose unos a otros algún breve y adecuado comentario. En ocasiones alguno capta la mirada de su esposa y le sonríe con afecto. «Éste es el destino de las mujeres», expresan sus miradas. «Por ello os honramos y dependemos de vos.»

La condesa ha empezado ahora a jadear, y los intervalos entre sus gemidos o gritos son cada vez más cortos. La sábana ha sido retirada, y un médico está cerca sujetando en las manos los dos mangos de un fórceps, como dos cucharones grandes y abiertos. Ha salido el sol, y las cortinas se descorren para iluminar el portal para la llegada del bebé. De vez en cuando la parturienta expulsa fluidos, y ocasionalmente se colocan toallas limpias, blancas y absorbentes, debajo de las desnudas nalgas de la condesa.

Josefina, su hermana, le coge de la mano desde un lado, y de pronto el conde de Artois se arrodilla con donosura junto a ella por el otro lado.

Contemplando el rostro surcado por las lágrimas y desfigurado de su esposa, éste dice elegantemente:

—El momento se acerca. Sed valiente.

Todas las damas inician un coro de breves palabras de ánimo, y de repente, sale con fuerza de entre las piernas de la condesa la húmeda cabeza del bebé. Mi cuerpo entero se estremece ante este sufrimiento, y mi ser se agita con su placer. Ayudado por las manos del médico, el lustroso cuerpecito se desliza hacia el exterior, y lo vemos, y todos exclamamos:

—¡Un niño, un niño!

—¡Dios mío, soy feliz! —chilla la madre.

En cuanto el niño está limpio y envuelto (mientras tanto, todos, emocionados, se congratulan unos a otros según el rango apropiado por su parentesco), y le es entregado a su madre, es mi deber y un placer felicitar a la madre. La maternidad embellece su rostro. La condesa de Noailles vigila con rigor el protocolo de todo ello.

Beso a mi cuñada con cariño y le digo que este nacimiento es una bendición para todos los presentes y que seré la más cariñosa de las tías y que el reino entero está feliz. Incluso mientras digo esto, se pueden oír las ovaciones del exterior, pues cientos de personas se han apresurado a venir desde París ante la noticia de que el parto había empezado.

Ahora me corresponde retirarme, pero antes beso de nuevo la mejilla de mi hermana con todo el cariño de mi corazón. Sólo deseo que fuera mi verdadera hermana, o haber podido estar presente cuando Charlotte dio a luz a su primogénito.

Apenas empiezo a avanzar hacia mi propia habitación, cuando reparo en que el camino está flanqueado por las pescaderas de París. Sí, me recuerdo a mí misma, para estas mujeres es costumbre que se las permita estar en las proximidades de los nacimientos reales. Pero sus caras no son amigables. Están enfadadas porque su reina no ha engendrado al heredero. Me hablan con brusquedad y en voz alta: «¿Dónde está vuestro bebé?», «¿Por qué no nos habéis dado un heredero?», «Os pasáis la noche bailando», «Habéis desatendido vuestra tarea como esposa», «¡Nosotras somos madres! ¿Por qué vos no?», «¡Deprisa, corred con vuestro esposo!», «¡Hacedlo esta noche!», «¿Acaso no podéis abrir vuestras piernas?», dicen. «¡Contemplad a la virgen!», comenta otra con sarcasmo. Una de ellas añade una palabra de apremiante cortesía: «Por favor», dice, «¡manos a la obra!»

Durante todo el rato evito que mis piernas se muevan más rápido. Durante todo el rato mi semblante debe permanecer sereno. Simplemente, actúo como si ellas no estuvieran presentes, o si una logra captar mi mirada, la saludo asintiendo con la cabeza. No me permito a mí misma el más mínimo indicio de incomodidad o impaciencia.

Ocasionalmente, digo en general: «Regocijémonos», o sonrío bellamente y comento: «Es un día para estar realmente felices».

Sólo cuando atisbo la puerta de mi propia cámara me permito apretar el paso.

Cuando me escurro por el umbral de la puerta, una alta vieja bruja con la nariz cubierta de protuberancias formula la última demanda: «¿Cuándo nos daréis un Delfín?»

En el interior, me apoyo en la puerta cerrada, jadeando aterrada. ¿Qué sería de cualquier niño tierno que realmente cayera en manos de unas criaturas tan burdas como esas mujeres?

Madame Campan me estrecha en sus brazos. Estoy convencida de que ha oído sus malévolas voces y ha visto cómo me han acorralado para insultarme.

—Cariño —me dice Enriqueta, y con esa palabra de conmiseración empiezan a brotar mis lágrimas.

Estoy bien. A salvo en los brazos de una amiga.

—No pretendían asustaros —me tranquiliza—. Son sólo las mujeres del mercado, que han venido desde París. Es su costumbre.

No le describo sus ordinarios gestos. Cómo formaban círculos con los dedos de una mano, y metían en ese espacio el dedo lascivo de la otra, cómo levantaban sus brazos y los subían y bajaban, cómo se daban palmaditas en sus propias barrigas o señalaban el lugar entre sus piernas y decían: «¡Dejadle entrar, dejadle entrar!»

Le digo a Enriqueta:

—Son repugnantes. Me han asustado. —Mi pecho respira agitadamente al tiempo que procuro reprimir mis sollozos—. ¡Qué costumbres tan bárbaras hay en Versalles! —exclamo jadeando.

—No pretendían heriros. Únicamente están ansiosas por tener un Delfín al que amar, un emblema del futuro.

—El rey y yo, nuestras personas, representamos el futuro.

—Así es —afirma ella—. Pero anhelan una línea de descendientes directa. Por el bien de los hijos de sus hijos. Un Delfín simboliza transiciones futuras pacíficas.

Me calmo.

—Sí —contesto. Me obligo a mí misma a mirar tranquilamente los bondadosos ojos de Enriqueta—. Vuestras palabras me consuelan. Lo que desean no es más que lo que yo misma llevo anhelando todos estos años. Son mujeres honestas.

—Ahora —dice Enriqueta—, dejad que os haga traer un poco de leche caliente espolvoreada con canela. Nos sentaremos aquí junto a la ventana, y miraremos a través de ella. Toda la muchedumbre está al otro lado del edificio. Venid aquí y contemplad la fuente de Latona.

Obedientemente, sigo las sugerencias de mi amiga.

—¿Cuál es la historia de Latona? —inquiero. Observo las aguas transparentes de la fuente, que está elevada sobre una serie de niveles circulares cada vez más pequeños, con agua que cae desde el nivel más alto hasta el siguiente. El sol de agosto juguetea en el agua que fluye en forma de cascada.

—¿Os habéis fijado en que las siluetas de la fuente se están convirtiendo en ranas y lagartos? —dice Enriqueta, para que mi mirada permanezca en esta obra de arte viviente. Algunas de las siluetas tienen cabeza de lagarto, sus manos se han transformado en las manos palmeadas de las ranas.

—Sí. Y hay muchas tortugas.

—Cuando la gente ridiculizó a Latona y a sus hijos, Diana y Apolo, aquélla pidió a los dioses que castigaran a los groseros campesinos. De modo que Venus los transformó en esas grotescas criaturas.

Creo que la historia de Latona constituiría una ópera interesante (una ocasión para disfrazarse): máscaras de ranas de ojos saltones, fundas para los pies que parezcan aletas. Siempre me ha encantado la idea de la metamorfosis. Diversos cuadros del Trianón representan a los clásicos de la mitología en el momento de su transformación en árboles o mirtos.

—¿Y por qué los campesinos ridiculizaron a Latona? —le pregunto a Enriqueta.

—Porque ella era una de las amantes de Zeus; Hera, por celos, dispuso que Latona y sus hijos fueran perseguidos de aldea en aldea.

Supongamos que, con un deseo, ¡yo pudiera haber transformado a las mujeres del mercado que me acosaban en un simple coro de grillos! De pronto, sonrío. Me viene a la memoria ese grandioso momento teatral en que el centro del cuerpo de una mujer se ha abierto y ha aparecido un nuevo ser humano. Me prometo a mí misma que algún día, sí, yo seré semejante portal. Siendo justa con Latona en su amor ilícito, comento que una mujer difícilmente podría resistirse a las caricias del rey de los dioses, pero entonces recuerdo a la Du Barry, a la que odiaba por su modo de actuar inmoral y seductor. Por primera vez, me pregunto si mi condena no era más política que moral, o quizá fuese personal; una especie de envidia de que «papá rey» la quisiese más a ella de lo que me quería a mí y de que la posición de ésta les permitiera a los dos hacer exactamente lo que les venía en gana.

Ya no soy una niña que perdió a su padre a la edad de 10 años. Como alguien cuyos oídos escuchan los comentarios que corren en la corte y cuya suma da un resultado inesperado, ahora sé que mi propio y querido padre, al igual que Luis XV, con frecuencia reaccionaba a un rostro nuevo y hermoso. Sin embargo, mi recuerdo de que éramos una familia cariñosa y leal en Viena permanece curiosamente intacto.

—Aquí tenéis vuestra leche —me dice Enriqueta mientras me da una copa con un pie compuesto por dos ramales de cristal enroscados—.

Ahora sentaos en esta bellísima y comodísima silla. —La tela con que está tapizada es alegre y amarilla con medallones de rosas de color rosa centrados en el asiento y el respaldo—. Aquí tenéis una banqueta para vuestros pies. Decidme cómo os sentís. ¿Un poco mejor?

Pienso en lo buena que está la leche, especialmente espolvoreada con canela o nuez moscada, y me pregunto por qué alguien podría preferir vino.

Si alguna vez tuviera un bebé, yo misma amamantaría al niño, como me han dicho que recomienda Rousseau. Seguro que hay un vínculo entre madre e hijo. Sí, una mujer debe de sentir un vínculo *natural* con un hijo, y que es mutuo, sobre todo cuando el niño es pequeño; un vínculo incomparable. Al menos en mi caso sería así.

FONTAINEBLEAU: UNA NUEVA AMIGA, LA CONDESA DE POLIGNAC

Quizá las postrimerías del verano sean, sencillamente, una época de aburrimiento. Todo está igual, aun cuando viajemos a Fontainebleau, y el cortinaje y los colores sean diferentes. Los días son interminables. Y ahora es el momento de otro baile. Otra noche sin fin.

La princesa de Lamballe no sabe cómo morar en los reinos de la diversión; es demasiado serena. Nada le supone un reto, sino que tranquilamente se acopla igual de bien al mundano círculo de Madame de Guéméné que a la leal servidumbre de Madame Campan. No cambia de actitud: es la misma ya sea montando a caballo a galope tendido o sentada con un guardafuego entre ella y el fuego de la chimenea mientras borda. A mí me encanta montar, me encantan mis labores de aguja, pero no soy la misma persona cuando hago una cosa o la otra. Los Habsburgo somos algo camaleónicos. Estoy cansada de su inmutable sensibilidad angelical, su rubia inocencia. Ella no *quiere* nada.

Y con un deseo… ¡vaya! En medio del baile veo a alguien nuevo. Su rostro es de una belleza tan perfecta como el de la princesa de Lamballe, pero esta dama desconocida es morena oscura. No tiene mucho pecho, pero posee una delicada figura. Hay modestia y gracia en su modo de estar. Rápidamente, me acerco a ella, le sonrío para no asustarla, y le pregunto por qué no la conozco todavía.

—Carezco de medios —me contesta con una voz de sencilla sinceridad, pero musical— para asistir con frecuencia a las grandes ocasiones.

¡Oh, no era necesario que temiera intimidar a esta alma franca!

—Demos un paseo juntas —sugiero, y deslizo mi brazo alrededor de su estrecha cintura. Mientras caminamos, ignoro a todos los demás y le susurro—: Jamás ha contestado nadie a ninguna de mis preguntas con tan modesta honestidad. —Y entonces me río nerviosamente, una cascada tan musical como cualquier chorro de agua desinhibido.

Ella responde riéndose.

—Una vez dicha la verdad, no se me ha ocurrido nada más que decir.

Ha encajado completamente con mi estado de ánimo. Como estoy paseando a su lado, no puedo ver su cara, pero puedo notar que su cuerpo sonríe, que se libera su tensión hasta que sus emociones coinciden con las mías. Es la condesa de Polignac.

—Es mi deseo inmediato y espontáneo —le comento— que asistáis a la corte regularmente, y debéis venir y alojaros en un departamento que destinaré para vos en Versalles.

A continuación la guío por varias puertas hasta que nos alejamos del concurrido salón de baile y salimos al calor veraniego. Al instante mi humor se vuelve lánguido. El propio aire es sensual. Nuestros cuerpos se enmustian y relajan mientras yo sigo rodeándola por la cintura. Le beso amistosamente la mejilla, y ella acepta este beso como el franco ofrecimiento que es.

Mi propia franqueza la lleva a hablar de su situación. Desea que la llame por su nombre de pila, Yolanda; y yo correspondo de inmediato: Toinette. Sin excusarse ni avergonzarse, reconoce que su esposo, el conde de Polignac, es el más complaciente de los maridos a la hora de dejar que ella tenga sus propias distracciones, y que disfruta de una relación con el conde de Vaudreuil, conocido por el divertido círculo de artistas y músicos que a menudo recibe como invitados.

—Una nunca se aburre con ese hombre gallardo —asegura.

¡Ah…! Al igual que la Du Barry, mi nueva amiga carece de la virtud de… ¿La virtud de qué?

La virtud de la virtud.

Me río en voz alta de mi propia ocurrencia.

He cambiado: mi impulso no es reprenderla, y mucho menos mandarla al exilio. Por el contrario, le pregunto por los artistas de los que son amigos, y le digo en confianza que nunca estoy satisfecha con mis retratos, no desde el que me hicieron cuando yo era aún una niña pequeña, recién llegada a Versalles, y llevaba un traje de amazona.

—Mi madre, la emperatriz, todavía guarda como un tesoro ese retrato —añado—, pero ahora, naturalmente, he cambiado mucho.

Del brazo de esta esbelta criatura, de pronto me llena de orgullo mi voluptuosa silueta.

De repente, digo exactamente lo que me ha venido a la cabeza.

—Soy casta y siempre lo seré, ya que ése es el único rumbo inteligente para mí…

—Por lo menos hasta que hayáis engendrado un heredero —puntualiza Yolanda de Polignac con suavidad.

—Pero me gustaría llenarme de evanescencia, de *efervescencia*.

Las dos nos tapamos la boca con las manos y nos reímos nerviosamente. Ella parece casi como si vomitara felizmente.

—Flirteo —afirma, dando con la palabra exacta que, sin duda, podría animar mi monótona existencia.

—Puedo fácilmente dibujar la línea de decoro entre mi persona y cualquier *galán*, puesto que soy la reina, el poder es todo mío.

Esta noche me voy a dormir bastante feliz, tras haber hablado con mi nueva amiga hasta mucho después de la medianoche. Me voy a dormir pensando en ella y visualizándola como si yo fuera un pintor. Su nariz es especialmente encantadora, pequeña y proporcionada, pero sus ojos son grandes, y su pelo moreno enmarca con suavidad su rostro. Su mentón es particularmente hermoso, justo del tamaño y la forma adecuados, suavemente redondeado. La pintaría con los labios abiertos para que sus perfectos dientes perlados quedaran a la vista. Por encima de todo, su expresión es de una relajada dulzura; su semblante es tranquilo, completamente natural, y carente de egolatría: Yolanda de Polignac.

DISTRACCIONES

Sus distracciones no son las mías. Él disfruta con la forja y la caza. No, no desempeñaré el rol de Vulcano. Si hiciera el papel de Venus y me quedara a su lado con largos y vaporosos trajes, él se disgustaría.

De modo que me busco distracciones. ¿Qué más puedo hacer? Me satisface revestirme de diversión, aun cuando en sus contornos no haya más que el encaje negro de la desesperación.

Tengo el teatro, tengo mis bailes, puedo pasarme la noche apostando y bailando.

Una inglesa, Georgina, la duquesa de Devonshire, se une a nosotras en las apuestas. Aunque no es una reina, es la versión inglesa de mí misma. Casada con un esposo poco cariñoso, disfruta con la moda. Pero son su encanto y gracia lo que la hacen brillar. Al igual que yo, se ha encariñado con Yolanda de Polignac, a quien llama «Pequeña Po». Al igual que yo, pierde grandes cantidades de dinero y enmascara su tremenda angustia con histérica hilaridad.

Las tres nos adoramos.

A veces apostamos durante toda la noche. No hay ninguna necesidad de yacer solas en la cama, esperando. ¿Cuál es el fruto del rechazo, de la soledad? Tan sólo lentas lágrimas que fluyen por el rabillo de los ojos. Son absolutamente silenciosas. Nada más las noto cuando se deslizan por mi cara.

¡Pero el rey me ha dado el Trianón! Mi propia casita, una llave con mi nombre. Desprecia la costumbre de que las mujeres no puedan tener nada significativo, ninguna pertenencia propia. Por eso le estoy agradecida a mi esposo impotente. Y me recuerdo a mí misma que tengo que estar de buen humor.

En ocasiones, ahora tiene erecciones. Hace intentos poco entusiastas por entrar. Tengo esperanzas. Las fiestas interminables no son más que una representación visible de mi alegría. Él necesita (el mundo necesita) saber que soy feliz, que no hay pasos más ligeros o decididos que los míos, que no hay una sonrisa más presta o deslumbrante.

Ahora hay que decorar el Trianón, y alrededor de mi casita de recreo hay que reestructurar todos los jardines al estilo chino-inglés, que sustituye la vegetación ordenada por el exuberante derroche de flores. Mi esposo ha sido bueno conmigo. Con buen humor, permanentemente, me abre su monedero.

De vez en cuando acompaño a cazar a mi marido. En este soleado día, mientras estoy sentada en la carroza en movimiento, contemplo las casas de los campesinos, y me pregunto qué será lo que más alegría les da en sus vidas. Quizá sea la luz del sol, que también me alegra a mí. Mirando por la ventanilla, veo a un niño rubio (de cuatro o cinco años) de pie en la puerta. Su rostro está sucio. Cazaremos en las proximidades. La cabaña donde vive tiene el techo de paja, y un manojo de violetas florece en el tejado. De pronto la carroza gira bruscamente. El niño ya no está en la puerta.

—¡Está debajo de los cascos de los caballos! —oigo que alguien grita, y chillo para que detengan la carroza.

Abro la puerta de la carroza y corro hasta él, que está acurrucado en el arenoso camino, y lo cojo en mis brazos, zarandeándolo suavemente para reanimarlo. De repente abre los párpados, y contemplo los ojos más azules que he visto nunca.

—¡Es mío! ¡Me lo quedaré!

Me sorprende oír mis gritos. El niño se agarra a mí tanto por miedo como por deseo. Naturalmente, está llorando. Pero no se ha hecho daño. Ni una sola huella de herradura le ha cortado o magullado sus brazos o piernas o su bella y ancha frente lo más mínimo. Sé que se ha lanzado al camino porque ha oído que mi corazón lo llamaba.

Una mujer sale de la cabaña. Afirma que es su abuela, y que su madre está muerta. Sí, ahora será mío. La abuela dice que en el interior hay cinco niños más como él.

Le informan de que soy la reina y que me gustaría llevármelo. Sí, ése ha sido mi apremiante susurro: «Que se haga realidad: que sea mío».

En tono dulce, como si estuviese tranquila, le prometo cuidar de ella y de todos los demás, para siempre, si me da al niño. (Mi necesidad de tenerlo es desesperada. No tengo hijos propios. ¿Por qué, si no, acabó bajo los cascos de los caballos y las ruedas y la mano invisible de Dios lo protegió?) Sí, estoy histérica. Me tiemblan las manos como cuando agito los dados y hago grandes apuestas. Aquí, en efecto, la apuesta es grande. Un niño. Un chico.

La abuela no tiene reparos en que yo me lleve a Jacques conmigo a Versalles. Ahora. Para siempre.

Nos dirigimos a Versalles. Envío un mensajero al rey. Durante todo el camino de regreso, tengo a Jacques en mi regazo. Asombrado, se limita a agarrarse a mí.

Una vez en casa, lo lavan y lo visten de blanco, el color de la inocencia. Le explico que el Delfín y yo íbamos de blanco la primera vez que fuimos a París. Jacques comerá la comida de mi plato. Exactamente como solía hacer *Mops* cuando yo era pequeña, en Viena, y nadie miraba.

¡Que vean las mujeres del mercado lo que tengo ahora! ¡Jacques! No hay niño más hermoso, vestido de blanco, de bella piel, cabellos como el heno maduro, ojos tan azules como los acianos.

Sí, me ocuparé de su educación. Sí, estará conmigo lo más a menudo posible.

Pero un día no veo a Jacques a la mesa, y no lo mando buscar. Me lo traen con menos frecuencia. Jacques siempre será una parte de nuestro hogar. Siempre le hablaré con dulzura.

Pero Jacques no ha redimido mi vida.

Jacques no es mío realmente.

LA CAMA DE LA REINA

Al principio el sueño es agradable: soy joven, tengo sólo cuatro o cinco años, y visito la cabaña de mi ama de cría y su hijo, Joseph Weber, que tiene mi misma edad, y que se alimentó, como yo, del generoso pecho de su madre. La emperatriz se ha asegurado de que conozca algo de la vida de los campesinos, de que participe en sus alegrías y penas, de que conozca el mobiliario de sus casas y la comida que comen.

En el sueño, me dan la bienvenida cuando entro en la cabaña de mi querida ama de cría, pero no hacen alharacas por mi presencia. Vengo aquí a menudo a jugar con Joseph Weber.

Entonces recuerdo cómo éste lloró varios días antes de que me marchara de Viena para venir a Francia a casarme. Pero, en el sueño, su rostro, rojo por la aflicción, se enrojece de rabia.

Entonces me ofrece su mano y por un momento es Artois, mi hermano, cuyo hijo recién nacido ocupa el tercer lugar en la línea de sucesión al trono. Artois, el joven padre, me pide que baile con él, pero no… Yo soy una niña que ha venido a jugar a una humilde casa austríaca, y todos los adultos con sus ojos vigilantes y críticos se han ido. El pequeño Joseph me ofrece su mano para ayudarme. Subo con facilidad, ligera como una semilla de algodoncillo transportada por el aire, al colchón de plumas de sus padres. Nuestros pies descalzos se hunden hasta los tobillos en las suaves plumas, y entonces nos cogemos de las manos y empezamos a saltar al unísono.

Saltamos más y más alto, sin aliento y jadeando, nuestras cabezas tan cerca del techo bajo que empiezo a temer hacerme daño. Entonces nuestros saltos adquieren un ritmo desigual, y cuando mi cara está abajo, la suya está arriba, justo debajo de las vigas cuadradas del techo, y su cara se ha convertido en la de una campesina enfadada. No es la cara de su madre, de tersas y rollizas mejillas, sino un rostro francés, el rostro de las tribulaciones y las maquinaciones del mercado.

Ahora la figura que está arriba se convierte en la de un murciélago o una arpía, que levanta su musculoso brazo para tumbarme de un golpe en la espalda. Su pico de ave y sus garras rasguñan mi cuerpo. Masajea mis senos desnudos («¡Oh, sí!, son grandes y atractivos», dice la figura, «¿y qué hombre que se considere un hombre no querría la abundancia de vuestro cuerpo?»), las yemas de sus dedos duras como cuernos exploran mis lugares secretos, y me despierto con un pequeño gañido, como el que haría una perrita cuando le pisan accidentalmente el pie.

Son mi propia mano y mis propios dedos sobre mis senos y en mi cuerpo. Lentamente los retiro de estos lugares prohibidos. Tras tumbarme de lado y acurrucarme en mi propia cama ornamentada, junto las palmas de mis manos, presiono mi mejilla en la almohada y rezo.

VERSOS INDECENTES

Mientras paseo por el jardín inferior, no demasiado lejos del Trianón, donde la reestructuración va progresando en el nuevo jardín y en la gruta del Belvedere, decido adentrarme en el Bosquete de Encélado, que representa a un hombre agonizante.

Hoy, para divertirme, visito a este agonizante.

Encélado ha intentado subir al Olimpo, y ha sido derrotado. Descansa, todo él suave y dorado en una isla, y está medio enterrado en ásperas rocas. La fuente es un estudio de contrastes: el suave y reluciente metal de su cuerpo y las ásperas rocas que representan la ira de la naturaleza.

El rey, que me acompaña, dice:

—Es un escarmiento contra el vicio de la soberbia. Debemos controlar nuestra ambición, y la de los demás.

—Os referís a los nobles, quienes consideran que tienen el derecho de recibir todos los privilegios sin la obligación de devolver nada.

—Sí. No debemos ser codiciosos.

¿Pretende mi esposo criticarme? ¿Está sugiriendo que mis gastos parecen ilimitados?

—Necesito cosas bellas —contesto—, como podréis imaginaros.

—Pero la asignación para vuestro guardarropa es de ciento cincuenta mil libras.

—Y mi deuda con Rose Bertin es de quinientas mil libras.

En este momento, siento la tentación de decir que en el pasado la Du Barry acumuló con Rose Bertin una factura de cien mil libras anuales *únicamente* para lazos y encajes, cuando de pronto los dos vemos un panfleto que ha sido pegado entre las hojas verdes de un topiario podado para parecerse a un gran jarrón verde. El rey arranca el panfleto (un poema) del arbusto.

Se titula «Novedades en la corte». El dibujo representa a una reina triste. Entre estrofa y estrofa, se repite la pregunta: «¿Puede hacerlo el rey? ¿No puede hacerlo el rey?»

Su rostro se ha vuelto escarlata de la vergüenza. Mis ojos se llenan de lágrimas y reflejan su vergüenza, pero seguimos leyendo lo que se ha escrito sobre las novedades de la corte. La purísima e inocente princesa de Lamballe aparece difamada: los versos sugieren que con sus pequeños dedos ha hecho el trabajo del rey. Mi madre, la emperatriz de Austria, es acusada de ser una persona a la que no le importa quién sea el padre del sucesor al trono con tal de que el acto de la fecundación se lleve finalmente a cabo. No puedo mirar a mi esposo.

Luis Augusto hace pedazos el panfleto y lanza los trozos en el estanque de agua que rodea a Encélado. En su reluciente miseria, ambos vemos reflejada la nuestra. ¿Quién osa hundirnos y pisotear nuestra dignidad?

De pronto dice mi esposo:

—Pagaré vuestras deudas, Toinette. Vuestra Rose y vos podréis crear cualquier diseño que satisfaga vuestra imaginación.

—Mi madre espera que mi hermano, el emperador, nos visite. Cree que tiene consejos que darnos, que nos ayudará.

—Sí, naturalmente que debe venir. —El rey me sonríe. Se alegra de pensar en algo que no sea el obsceno *libelle*. Hay lindeza en la frente de mi esposo cuando libera tensiones. Sonriente, intenta que mi momento sea feliz.

—Cuando venga José, quiero que los festejos sean más fastuosos que cualquier cosa que jamás haya sido organizada en Austria. —Mi mirada se posa en el cuerpo de la estatua que se agarra con fuerza y sigue el chorro de agua que se eleva por el aire procedente de la torturada boca del Titán hacia el hermoso azul del cielo—. Durante su visita, mi hermano no debe aburrirse nunca.

MADAME, MI QUERIDÍSIMA MADRE

Mi felicidad no es total, pero hemos progresado. El rey se muestra menos perezoso. Una noche llamó a la puerta (por decirlo de alguna manera). La siguiente, la abrió un resquicio. Lo llené de alabanzas con las frases más entrañables. Él lloró de alegría, y yo lloré con él.

Anoche, fue dos tercios de esposo conmigo. Dice que no cree que la temida operación de su miembro, de la que solamente acabamos de empezar a hablar, sea necesaria, y yo coincido sinceramente con él, como hago con todas sus opiniones relativas al lecho conyugal, ya que creo que toda mi contención será beneficiosa en el futuro. Sé que él quiere ser un hombre y un rey cabal. Yo me compadezco de él, y no sé realmente qué es lo mejor que puedo hacer, pero mi pequeña Polignac me dice que puedo considerar que nuestra situación ha sido consumada, o casi consumada si no del todo.

Lamentablemente, mi esposo me ha dicho en confianza que su cuerpo está experimentando una sequía y no produce fluidos ni siquiera cuando está dormido. Sigo con esperanzas y rezando, y estoy convencida de que mi querida mamá se une a mí en esto.

MADAME, MI MUY QUERIDA HIJA

Os escribo desde Viena, el segundo día del nuevo año, 1777. Este año cumpliréis veintidós. Lleváis en Francia y casada unos siete años. Dentro de un mes, el emperador os visitará en Versalles. ¡Como desearía poderme unir a mi hijo en su visita a nuestra querida reina de Francia!

Sé que hablaréis con él con la confianza y el amor que merece recibir. Unas afectuosas y buenas relaciones entre las casas de los soberanos de Europa es el único medio por el cual podemos garantizar la felicidad de nuestros Estados, nuestras familias, y la paz de Europa.

Hablad con vuestro hermano sobre vuestro estado conyugal con franqueza. Sé que será discreto y capaz de daros buenos consejos. Buscar su ayuda es de suma importancia para vos.

AMANECER

Mi amigo el conde de Neville me ha recomendado que me familiarice con la *Historia de los Incas*, de Marmontel, con el fin de hacerme cierta idea de las costumbres del Nuevo Mundo. Allí, la vida en realidad se parece mucho a como Rousseau ha descrito que debería ser, en su filosofía. La gente se comporta de un modo sencillo, natural. Está en armonía con la naturaleza; le rinde culto, cosa que no encuentro en absoluto incompatible con el amor hacia Dios, que creó cuanto existe. Esa gente tiene su propia versión del Génesis, de cómo Dios hizo la luz y puso esa inmensa bola de luz que llamamos sol en los cielos.

Al igual que los incas, la princesa de Lamballe y yo, acompañadas de la condesa de Noailles, otros amigos y nuestros escoltas, nos aventuraremos a salir a una zona remota de la finca donde no se ve ningún edificio. Acomodados sobre cojines y telas extendidas en el suelo, con tentempiés naturales de fruta y queso, bayas, nueces y leche, contemplaremos el amanecer.

La princesa de Lamballe está feliz de que la haya elegido a ella, y no a la condesa de Polignac, para que me acompañe. No estoy segura de que a mi Yolanda le gustase esta clase de excursión. Casi desearía poder ir completamente sola. Cuando cazo, a veces espoleo a mi montura para que galope tan rápido que durante unos breves instantes estoy sola entre los imponentes árboles del bosque. A menudo me hubiese gustado sentarme sola en la hierba, muy tranquila, y quedarme quieta, simplemente para contemplar los tonos de verde de las hojas y hierbas y musgo, y los pájaros que pasan volando. En ocasiones, se me ha ocurrido sentarme directamente en la propia hierba (aunque nunca he hecho tal cosa) sin un cojín, o me planteo la posibilidad de sentarme en una roca limpia y lisa, con mis pies bañados por un riachuelo helado, aunque en realidad no me gusta el agua fría. De hacerlo, lo haría tan sólo un momento, y luego envolvería mis pies en una toalla caliente.

Esta noche, para recibir el amanecer salimos a las tres de la madrugada sin habernos acostado todavía. De esta forma evito el tedioso ritual de mi *lever*, cuando me visten con una glacial ceremonia. Como quiero experimentar la oscuridad, nos ponemos en marcha cuando el cielo está todavía negro. Luis ha concedido permiso para esta excursión basándose en que su sueño no se verá de ningún modo truncado. Es la princesa la que me da la mano, y durante un instante pienso en lo buena amiga que es, una amiga que jamás me dice que no a mis ideas sobre cómo divertirnos, aunque ella tampoco propone nada.

—Gracias, querida amiga —le comento—, por acceder a sentaros fuera conmigo y esperar a que salga el sol.

—Creo que ya sabemos todo lo que hay que saber acerca de sentarnos *dentro* —responde alegremente.

—Es mi deber además de mi placer —añade la condesa de Noailles— asegurarme de que todo el mundo se sienta a la distancia adecuada de Vuestra Majestad, incluso en estos páramos, estando yo junto a vos, dispuesta a serviros de cualquier modo que deseéis.

—Me gustaría que el cielo fuera rosa al amanecer —le digo—. ¿Podríais arreglar eso? —Le estoy tomando el pelo, naturalmente. Siempre sobreestima y sobrevalora sus habilidades. El amanecer tiene su propio protocolo, y la condesa de Noailles no tiene poder en su reino.

Si la fiesta del amanecer es un gran éxito, haré que Leonard inserte lazos de los colores adecuados en mis mechones y cree un amanecer en mis cabellos. Se me ocurre la palabra «Aurora», una hermosa palabra. De pronto mis pies se apresuran sobre la hierba, y mis chinelas están húmedas por el rocío.

Se me antoja ordenarles a los criados que apaguen las antorchas, y ahora nos movemos realmente a oscuras. Durante unos momentos me ciega la oscuridad. Oigo el crujido de la hierba y el canto de un búho, un sonido que no había oído ni una sola vez en todos los años que llevo viviendo en Francia. Mis pies quieren titubear, pero no dejo que sean cobardes. Noto un guijarro debajo de la suela de mi chinela, y una zarza espinosa tira de mi falda, pero no me detengo. Sujetando la mano de mi amiga, navegamos como embarcaciones gemelas por las ondulaciones de la tierra, lugares donde una pequeña pendiente sube o baja. Dado que la naturaleza no siempre es simétrica, el terreno nos sorprende deliciosamente. Andar rápido en la oscuridad es una aventura para los pies. Alzo una mano pidiendo silencio para que todos puedan oír el sonido de las chinelas de nuestros pies moviéndose sobre la hierba. Nos volvemos tan misteriosos como un grupo de fantasmas. En la cima de una larga y herbosa cuesta, me detengo.

—¡Aquí montaremos nuestras tiendas de campaña! —exclamo.

Las telas y cojines (brillantes satenes en tonos rosas, grises y plateados) son extendidos. Pregunto en qué dirección está el este. Al igual que los incas en ese remoto continente, nosotros nos instalamos orientados hacia el este para esperar a que aparezca el sol.

—¿Y qué pasó —es el conde de Provenza quien formula la pregunta— cuando Apolo permitió que un conductor sin experiencia sujetara las riendas del carro del sol?

No acaba de gustarme que haga referencia al clasicismo griego cuando mi ánimo se inclina más hacia los incas y Rousseau.

Artois interpreta el significado de la pregunta de su hermano.

—Es un acertijo sobre política, queridos míos. Se refiere a nuestro ilustre antepasado Luis XIV, el Rey Sol. —Al ver que nadie hace ningún comentario, Artois añade—: Y a aquellos que han llevado las riendas del Estado después de él.

Ambos cuestionan la habilidad de mi esposo, su hermano, para gobernar, lo sé perfectamente, pero me niego a responder. Luis no necesita que lo defienda de sus ambiciosos hermanos. He visto a mis propios hermanos bromear con desenfado y competir por el rango, como jóvenes ponis.

Justo ahora un resplandor dorado de pálida luz de sol aparece en la parte inferior del cielo. No permitiré que nada estropee el glorioso momento. Con absoluta serenidad, respondo:

—Cuando Apolo dejó que un conductor inexperto transportara el carro del sol a través del cielo, éste perdió el control de los corceles; el sol colisionó con la Tierra y a eso le siguió un inmenso fuego. La Tierra se abrasó y se quemó.

La franqueza zanja la pregunta.

Ahora el cielo muestra franjas rosas y del color de la lavanda, y todo el este empieza a colorearse. ¡Qué brillo y majestuosidad todo ello! Nadie habla, pero oigo incluso a la vigilante del protocolo, Madame de Noailles, suspirar con melancolía al apreciar el quedo espectáculo del cielo. Una solitaria nube suelta pasa flotando, y sus esponjosos contornos aparecen delineados con un reluciente dorado y plateado.

—¡Qué maravilla! —exclamo—. ¡Es realmente hermoso! —No puedo evitar repetir esas palabras una y otra vez, mientras que todos los demás están sentados en reverencial silencio, sus familiares rostros sonrosados a la luz de Dios.

Vuelvo a coger la mano de la princesa, la aprieto hasta que noto sus huesos bajo su blanda carne, y susurro:

—En el último instante de mi vida recordaré este amanecer.

Los días posteriores a la contemplación de la salida del sol transcurren con una nueva tranquilidad. Ha pasado menos de una semana y estoy supervisando mis jardines próximos al Trianón cuando aparece el rey. Su ropaje es completamente cortesano, y me sorprende la nota discordante que sus galas imprimen al lado de la sencilla belleza de las flores. Luis me pide que dé un paseo con él hasta el Belvedere. Mientras paseamos, la pernera de satén de sus calzones choca con una especie de panfleto enrollado. Le hablo de algunas de las flores que plantaré: narcisos, jacintos, mirtos, laurel, y de cómo los jardines circundantes recordarán a mis invitados algunas de las pinturas mitológicas del interior del Trianón, de mortales que se transforman en determinadas flores. El rey murmura un tanto para demostrarme que está escuchando, pero está distraído y preocupado.

Nos detenemos junto al borde del agua para recorrer con la mirada su brillante superficie hacia la gruta.

—La gente dice que ese grupo de estatuas son las más bellas de Versalles —comenta mi esposo. Señala las figuras de titanes que bañan a los caballos de Apolo tras su jornada laboral tirando de la cuadriga solar a través del cielo—. Fueron esculpidas a partir de un solo bloque de mármol de Carrara —comenta. Otra estatua representa el descanso de Apolo entre las ninfas marinas de Neptuno—. Supongo —prosigue Luis— que en alguna parte de Grecia uno podrá realmente ver el sol saliendo de las aguas del este y asimismo hundiéndose en el mar por el oeste. Me gustaría ver esa maravilla algún día.

Recuerdo mi propio y adorable momento presenciando el amanecer, pero no digo nada. De pronto caigo en la cuenta de que el rey está temblando de ira.

—Mirad esto —dice, y desenrolla el panfleto que sostenía en su puño.

Se titula «La salida del sol». Han publicado algo acerca de mi contemplación del amanecer. De repente, el miedo hace que tenga frío.

—Fue un momento hermoso —declaro.

—Estoy seguro de que lo fue. Sin la más mínima incorrección.

—La condesa de Noailles estuvo a mi lado en todo momento. No podría haber sido más decoroso. Nuestros hermanos bromearon un poco. Pero la belleza del amanecer fue un acontecimiento edificante, como Rousseau...

—Ahora estamos contemplando una escultura —el rey me interrumpe— de una belleza trascendental, de suma pureza y poder: los nobles caballos, las encantadoras doncellas. Sin embargo, qué fácil sería para algún villano patán mancillarlo con unos puñados de barro. —Llena sus pulmones con una profunda inspiración, y sé que respiraría fuego si pudiera—. Prometo que quienquiera que haya escrito este panfleto descubrirá que en la Bastilla lo espera una celda. Ha tenido la desfachatez de dirigirse a vos, a vos misma.

—¿Qué dice que he hecho?

—Describe una orgía con alcohol que duró hasta el amanecer.

—¡Estuve rodeada de testigos, mi familia, la corte, los escoltas! ¿Cómo pudo alguien imaginarse que semejante cosa fuera siquiera posible?

—Asegura que os escabullisteis de la vigilancia arrastrándoos entre los arbustos.

—Pienso tomarme este libelo con absoluta indiferencia —anuncio, y entonces rompo a llorar.

Mi esposo apoya suavemente mi cabeza en su real pecho. Tengo la sensación de haber puesto mi mejilla contra el flanco de un volcán.

Al fin, levanto la cabeza y digo con serenidad:

—En el Trianón no hablaremos de semejante calumnia. Debido a la generosidad de Vuestra Majestad, este lugar idílico es mío y lo transformaré en un paraíso. Deseo que el Trianón y sus jardines sean un lugar donde nada pueda nunca disgustarme o alterar mi tranquilidad. ¡Mirad con qué intensidad brilla el sol! Aquí las flores siempre florecerán, y estos pequeños árboles crecerán tan altos como las volutas de una catedral e igual de imponentes, para que las futuras reinas de Francia los disfruten. —Durante un instante pienso en las preciosas perlas que Ana de Austria legó a las reinas de Francia, y pienso con orgullo que mi obsequio traerá consigo tanto placer o más.

—Será vuestro refugio —me asegura Luis—. Aquí no vendrá nadie sin que vos lo invitéis. —El Pequeño Trianón está lo bastante apartado del castillo de Versalles para darle un buen grado de intimidad.

—Y haré construir un pequeño teatro en las proximidades, ¿podré? Y cuando mi familia y yo nos cansemos de las bellezas de la naturaleza, nos subiremos al escenario y habitaremos un mundo de artificio.

Esta fantasía de construir mi propio y nuevo *petit théâtre*, que dista un corto paseo desde un Pequeño Trianón completamente renovado, alegra mi espíritu cuando regresamos a la corte. Entonces una de mis damas me cuenta en confianza que el príncipe Luis de Rohan se ha encargado de esparcir en todas partes la noticia del panfleto difamatorio «La salida del sol». De vuelta en Francia, la perniciosa mala hierba de Rohan quizá me cree más problemas que cuando estaba en Viena. Lo odio de verdad, aunque me persigno y pido perdón por el sentimiento. Pero ¡que contribuya a mancillar mi fiesta del amanecer! ¡No fue sólo un acontecimiento inocente, sino genuinamente espiritual en mi vida!

UNA VISITA DEL HERMANO DE LA REINA, JOSÉ II, EMPERADOR DE AUSTRIA

Mi hermano viene de incógnito, conocido únicamente como «conde Falkenstein». Dicen que viaja vestido de gris sin ninguna de sus medallas en el pecho, y que va en un carruaje abierto, sin fanfarria ni séquito. Aseguran que tiene la intención de dormir en una humilde posada sobre la piel de un lobo.

Dado que el conde Mercy está en cama con hemorroides, me encuentro con mi hermano prácticamente sola y sin la intromisión del protocolo. Cuando su carruaje llega, lo conducen directamente a mí, por una escalera privada. A solas con mi hermano, me rodea con sus fuertes brazos y me estrecha en el más largo de los abrazos, que parece nada más un instante, pero que, sin duda, forma parte de la eternidad entera. Durante mucho rato nos abrazamos en silencio, ya que no hay palabras adecuadas para expresar la profundidad de nuestra emoción mutua. Casi al final de nuestro momento, empiezo a percibir lo sediento que está de que lo abracen tras la pérdida por segunda vez consecutiva de una esposa.

Por fin, retrocede, todavía sujetando mi mano, saboreando mi presencia de la cabeza a los pies, y me dice que estoy tan hermosa que, de no ser su hermana, con toda seguridad querría casarse conmigo.

Hablamos durante dos horas, y el emperador está totalmente receptivo a todo mi animado parloteo. Sonríe y se ríe con absoluta comprensión y maravillosa confianza. No hay ceremonia entre nosotros. Cuando le explico mis ansiedades y batallas, su rostro se convierte en el espejo de mi angustia.

Cuando llevo a mi hermano a que conozca a mi esposo, por amor a mí, se abrazan el uno al otro con suma cordialidad. No puedo evitar llorar de alegría, ya que ésta es la culminación del sueño de mi madre y la razón por la cual me enviaron aquí.

Ante mi asombro, mi esposo le habla a mi hermano de una forma directa y confiada, como haría con un verdadero amigo. Dejando la timidez a un lado, Luis Augusto se divierte con mi hermano. Nuestros días pasan con alegre camaradería, y el emperador conoce a mis tías, así como a mis amigas.

Antes de nuestra intimísima cena en el Pequeño Trianón, José admira cada una de las seis estancias del Trianón, y comenta cómo la decoración completa las vistas que hay en todas direcciones desde los ventanales, y cómo la casa, con toda su elegancia, es en realidad una celebración de todo cuanto es bello en la naturaleza. Su estancia favorita es la sala de recepciones, y muestra su alegría al ver allí mi arpa, lista para ser usada, y un pianoforte. Levantándome la mano para tocar las yemas de mis dedos, dice con cariño:

—Noto vuestras durezas, lo que significa que habéis seguido practicando.

—Nuestro Gluck hizo una observación similar. Mi música siempre me transporta a Viena —le comento—, y los tiempos felices que allí vivimos cuando de pequeños practicábamos todas las artes.

Naturalmente, mi hermano ya era un hombre cuando yo era una niña, pero compruebo que mis palabras evocan escenas felices en su memoria de cuando él era más joven.

De pie sobre la alfombra rosada tejida con arabescos dorados de plumas, casi tengo la sensación de que es una alfombra mágica. Quizá se eleve y nos lleve a recorrer el mundo, ¡eso si podemos activar el embrujo! Mi hermano me pide que le explique la metamorfosis de cada una de las pinturas que hay sobre las puertas, de modo que señalo y hablo de Narciso, que se transforma en una flor que ahora lleva su nombre, y de Adonis transformándose en una anémona, y de Clytia convirtiéndose en un girasol, y luego de Jacinto.

Cuando nos retiramos hacia el comedor, admira las cuatro pinturas de las estaciones, especialmente las escenas de pesca y de la cosecha del trigo, y la pintura que hay sobre la puerta de Flora.

—A menudo me identifico con ella —comento.

—Debido a vuestro amor por las flores —contesta. Su sonrisa se parece tanto a la luz del sol que yo desearía, también, poder convertirme en una flor y disfrutar y crecer bajo la influencia de su resplandor. En presencia de mi querido hermano me siento protegida y comprendida.

—A mí, igual que a Flora, me sacaron del mundo de mi madre y entré en otro reino desconocido.

—Pero el rey está lejos de ser Hades —replica mi hermano con una sonrisa. ¡Qué mirada tan honesta tiene!

—En efecto —accedo yo, y luego digo con franqueza—: Ciertamente, como sabéis, no me viola.

—En este caso, la contención está lejos de la ternura. Estoy aquí para ayudaros a ambos en ese apartado.

Me ha escrito en sus cartas que cuando viaja siempre toma la comida del lugar, que este hábito le ayuda a entender mejor la constitución de la gente entre la que se mueve. Ahora saborea los copiosos estofados franceses, repletos de seis carnes que han sido cocidas a fuego lento con setas y trufas, los patos asados, el paté de oca cebada, pero estoy demasiado emocionada para hacer algo más que sorber un aguado consomé de pollo clarificado y zanahorias. Mientras él come, hablamos de nuestra familia, sobre todo de nuestra querida madre, por la que él tanto ha sacrificado.

Cuando lo llevo a dar un paseo por el jardín tras la cena, me sermonea.

Le desagrada mi colorete y me dice que podría fácilmente parecerme a una Furia si me pusiera color debajo de mis ojos y mi nariz, además de en mis mejillas. Con la yema más bien áspera de su dedo resigue el espacio entre mi boca y mi nariz para enseñarme exactamente dónde podría añadir más colorete. Se detiene para acercar su nariz a una rosa, entonces me dice que mis amigas no me convienen, que son frívolas y no saben nada. Me dice que debo tratar al rey con más ternura y cariño, que en su presencia parezco no solamente indiferente, sino fría, aburrida y hasta asqueada. Arranca la corola de una caléndula naranja que hay junto al sendero del jardín y me la regala. Mi hermano desaprueba mis apuestas y mis gastos en joyas y vestidos. Con la mano detrás de mi espalda tiro en secreto la caléndula sobre los guijarros. Durante toda la regañina del emperador, lo adoro y disfruto de su cariño familiar.

Estoy de acuerdo con él en casi todos los aspectos y prometo mejorar en todas las cosas. Desvío la conversación hacia el zoológico de casa, y él habla con cariño de que ha ido a ver a *Clara*, la rinoceronte, pero no recuerda a *Hilda*, la hipopótamo, y me dice seriamente que debo de habérmela imaginado. Habla con admiración de los elefantes que tenemos en Versalles, un macho y una hembra, y sugiere que se apareen.

Me promete de nuevo mantener una conversación franca con mi esposo.

En el transcurso de su visita, mi hermano me informa de que al rey no le faltan ideas, de que es un hombre honesto, pero débil e indeciso. Me dice que mis intenciones e instintos son buenos, que está de lo más satisfecho de ver que soy un persona tanto decente como virtuosa, pero que debo confiar en mi propio corazón (habla un poco como Rousseau) y no ser esclava de los hábitos y convenciones de los demás, que se basan en su propio egoísmo. Todo esto me lo escribe para que pueda leer sus palabras una y otra vez después de que haya regresado a Austria, y de buena gana le prometo hacerlo, y realmente creo que puedo hacer más para hacer feliz a mi esposo, y siento más cariño por él.

Mi hermano me reprende porque me quiere y se preocupa por el bienestar de Francia.

Sólo cuando José critica a mi Yolanda, me niego a aceptarlo. De pie junto a mi silla, afirma que ésta carece de sustancia y es ligera de cascos. Cuando le hablo de sus adorables hijos, Armand y Aglaïé, hace un gesto de desdén con la mano y me critica por los gastos que he destinado al bienestar de su familia. Él no sabe que he pagado todas las deudas de mi mejor amiga (unas cuatrocientas mil libras) o que le he proporcionado la dote de su hija de ochocientas mil libras, pero se ha enterado de muchos otros gastos, la comisión para su yerno además de su sueldo, una pensión para su padre, la designación del permisivo esposo de Yolanda como director general de correos, que todo el mundo sabe que es uno de los cargos más lucrativos en Francia. Mientras mi hermano camina hasta la ventana, me dice con rabia que la familia Polignac le cuesta a Francia un millón de libras al año, y cita al conde Mercy diciéndome que mi dadivosidad con mis amigos no tiene prácticamente precedentes:

—¡Nunca antes, en un periodo tan corto de tiempo, los favores reales han beneficiado tanto a una sola familia!

Lejos de provocarme vergüenza, la idea hace que esboce una sonrisa por haber empleado tanto poder a favor de la felicidad de mi amiga. Mi hermano prosigue enfurecido:

—Puede que digáis que vuestra mejor amiga es un ángel, pero esos párpados entornados y pudorosos ocultan su astucia. ¡Ni Madame de Maintenon, ni siquiera la Pompadour han supuesto semejante sangría para la tesorería real! —Esta idea la expresa mientras estamos de pie en la Galería de los Espejos de Versalles, y durante un instante mi hermano se distrae con la magnífica y extensa vista que hay desde el ventanal. Supongo que estará admirando la mera magnitud del Gran Canal y las pequeñas embarcaciones que reposan tan pintorescas sobre sus aguas—. ¡Y la moralidad de esta corte! —continúa, señalando que cuando cierto duque cometió la imprudencia de volver a casa a la hora equivocada y se encontró a su esposa en la cama con otro, se deshizo en disculpas con su esposa por su inoportuna llegada—. Vuestros amigos son tan malos como otros cualesquiera. Especialmente, el salón de Madame de Guéméné, que no es más que un antro...

Aquí lo interrumpo y le recuerdo la absoluta virtud de la princesa de Lamballe, la superintendente de mi casa, y, ciertamente, una amiga íntima. Ahora he jugado mi mejor carta, ya que nadie la pone nunca en tela de juicio. Mi hermano se apresura a tacharla de «idiota con pedigrí», y lo cierto es que no puedo defender su inteligencia. Pero, en realidad, ella no *necesita* en ningún momento tomar decisiones sobre lo que tiene que hacer o adónde ir. A ella, un ambiente le parece tan bien como otro. Hasta yo me siento superior a ella en ese sentido.

Lo que hace tolerables las críticas del emperador es que sé sin ninguna duda que habla únicamente por amor, que desea que yo cumpla con mis obligaciones. Y le agradezco que se haya comportado como un buen miembro de la familia con mi esposo, quien me ha dicho que mi hermano se ha mostrado cómodo, honesto y servicial en todas sus conversaciones con él.

Mi hermano me cuenta que nuestra madre le advirtió, antes de salir de Austria, de que quizá me encontraría tan hermosa y atractiva, tan capacitada para conversar con vivaz ingenio y encantadores modales, que se vería cautivado por mi zalamería, y eso, reconoce, *es* exactamente lo que ha pasado.

—Con qué frecuencia —afirma— me he sorprendido no solamente por vuestro ágil ingenio, sino también por la profundidad de vuestra perspicacia. Para mí, mi hermana es la mujer más encantadora del mundo.

CARTA DE JOSÉ II, EMPERADOR DE AUSTRIA, A SU HERMANO LEOPOLDO RELATIVA A LAS RELACIONES CONYUGALES DEL REY Y LA REINA DE FRANCIA

En el lecho conyugal, el rey tiene erecciones normales; introduce su órgano, permanece dentro sin moverse durante unos dos minutos y después sale sin eyacular, creyendo que evitando la eyaculación orgásmica protege SU SALUD. Todavía con el miembro erecto, le da las buenas noches a la reina. Sin embargo, el idiota me ha confesado que a veces tiene emisiones nocturnas durante el sueño, pero NUNCA durante el proceso de intentar concebir un heredero. Está feliz así. Me cuenta con franqueza que sólo realiza el acto llevado por el sentido del deber y que el coito le disgusta. ¡Oh, si yo hubiera únicamente podido estar en su habitación, me habría ocupado de él! Habría ordenado que lo azotaran hasta que descargara su esperma como un burro enfurecido.

Por desgracia, también me he enterado por él de que nuestra hermana es tan ignorante e inocente como una niña tumbada en la cama al lado de su hermano inmaduro. Ambos son unos completos incompetentes. ¡Unos torpes!

Dado que mi hermano ha regresado a casa, a Austria («casa»; ¿me he permitido realmente a mí misma siquiera pensar en esa palabra relacionada con cualquier país que no sea Francia?), repaso las notas que me ha dejado:

¿No estáis aburrida o abstraída cuando él os toca u os habla?
En ese caso, ¿no es una desconsideración por vuestra parte
esperar que un hombre que no tiene experiencia en los placeres
carnales sea capaz de estar en la intimidad, excitarse, y llevar
su amor a un exitoso clímax? Debéis centrar vuestra atención
en crear una conexión física entre ambos, pues ésa es la conexión
más fuerte que podéis forjar para la felicidad en vuestras vidas.
Jamás os debéis permitir sentiros desanimada, y debéis siempre
darle a él la esperanza de engendrar hijos. Nunca os rindáis.
Jamás os desesperéis. Vuestro único poder es vuestro encanto
y amistad.

Me ha recordado que nuestra madre quiere que mejore mi intelecto, que pase dos horas al día entre libros serios. Mi defecto más grave, afirma mi hermano, no son mis apuestas o mi afición a la diversión o las fiestas, sino el hecho de que no me gusta leer. La lectura, asegura, ampliaría mi experiencia del mundo. Las ideas que se encuentran en los libros serios darían profundidad a mis pensamientos sobre cada decisión que tomo. No entiendo cómo la lectura lograría que mi esposo fuera más apasionado en nuestro matrimonio.

En la mesa que está junto a mi silla, hay una de las novelas que el emperador ha condenado por su amoralidad. Pero esas novelas que describen el placer del amor *me ayudan* a ansiar mayores éxitos en el lecho marital, a mostrarme más cariñosa y atractiva con mi esposo.

Durante toda mi vida mi madre y mis hermanos y hermanas mayores, excepto María Carolina, ¡me han confundido con sus directrices! Me dicen que haga caso a mi corazón, pero cuando empiezo a recorrer ese sendero, ¡insisten en que vuelva mis pies en otra dirección!

Oigo que suspiro. Cojo la novela de la mesa redonda; mi mano está sedienta de tocar sus suaves cubiertas de cuero, del teatro que aporta a mi mente. Aunque añoro a mi hermano y desearía que aún estuviera aquí, pese a mi confusión y una cierta impaciencia, procuraré seguir sus consejos. Dejo el libro rojo brillante sobre la mesa. Intentaré crear una vida amorosa real en lugar de experimentarla indirectamente a través de las páginas de una novela. Necesito cambiar, y lo volveré a intentar.

El emperador me ha escrito estas muy serias líneas:

Me estremezco no únicamente por vuestra felicidad, sino por vuestra seguridad. He visto suficientes cosas en este país para saber que la economía y el bienestar del Estado se hallan en condiciones desesperadas. Vuestro matrimonio y la ausencia de un heredero es asimismo un asunto apremiante. A largo plazo, quizá mucho antes de lo que nadie comprende, será imposible que Francia continúe como hasta ahora. La revolución será cruel, y lamento decir que todo es por vuestra culpa.

UN BAÑO, 18 DE AGOSTO DE 1777

Algunas veces el agua de la bañera es de una temperatura tan agradable que es una felicidad absoluta sumergir mi cuerpo en el aromático líquido. Me pregunto si, después de la Caída, las aguas del Edén eran iguales que éstas, y si de todos los placeres de Eva, caminar entre las flores abiertas y acariciar las frutas redondeadas del jardín, quizá su preferido fuera bañarse. Mis criadas siempre prueban el agua, de modo que no esté ni demasiado caliente ni demasiado fría, pero no pueden regular el agua a una temperatura que sea constantemente perfecta, porque no tienen en cuenta la temperatura de mi piel. Esta mañana el agua está como la seda tibia.

Levantando el dobladillo de mi vestido de baño de seda, introduzco los dedos de un pie en la bañera. La suavidad del agua trepa por el arco de mi pie y rodea mi tobillo como la más delicada media y luego sube por mi pierna casi hasta la rodilla. Entonces le sigue el otro pie, y estoy en un medio ligeramente más caliente que yo misma. Mis pantorrillas se sienten alegremente rodeadas. La temperatura se acerca tanto al calor de mi propio cuerpo que la carne no se encoge lo más mínimo. La tibieza del aire veraniego deja paso a la tibieza más agradable del agua. Cuando desciendo por completo entrando en este universo de bienestar, se libera el aroma de esencia de rosas con tintura de naranja. Una vez sentada en mi bañera, no puedo resistirme y arrastro los dedos hacia delante en el agua para seguir liberando la fragancia.

Sumerjo la esponja redonda hasta que sus células y hendiduras se llenan de tibieza, y a continuación mi criada escurre el agua de la esponja sobre mi espalda, y luego frota mis hombros y columna con caricias circulares que estimulan la circulación y hacen que desee que me pase una y otra vez la tibia esponja mojada. Mi carne siente el deseo del movimiento de la esponja, y después se la quito a mi criada y acaricio, yo misma, mi nuca al descubierto y mis pechos.

Con un paño de seda, mi criada sigue el rastro de la esponja para alisar cualquier aspereza. Deslizando mis nalgas hacia delante en el interior de la bañera, me hundo hasta el cuello. La fina tela de mi vestido de baño flota a mi alrededor como una delicada hoja de nenúfar. Ahora mis rodillas rompen el agua frente a mí y se levantan como dos montañas gemelas de cimas redondeadas. Mis senos flotan y mi cuerpo entero quiere flotar. Sintiéndome como un pez que retoza (o una sirena), giro en el agua tibia de modo que mis pechos cuelguen, y de nuevo vuelvo a girar. Mi vestido de baño se enrolla alrededor de mi cuerpo. ¡Si tuviera una encantadora cola verde esmeralda para salpicar!; aunque produzco un buen chapoteo al girar.

Veo que mis criadas sonríen con mi juego, pero sus sonrisas son de comprensión. A ellas también les gustaría hacer cabriolas en un agua a la temperatura perfecta, suave y aromática.

—Alguna noche iluminada por la luna —comento— deberíamos unirnos a las estatuas que bañan a los caballos de Apolo. Podríamos ponernos bajo la cascada e imaginar…

—El rey está por aquí —me susurra de pronto mi criada—. Está paseando de un lado a otro, justo detrás de la puerta. —Durante un momento deduzco que se refiere al antiguo rey, Luis XV, cuya luminosa mirada siempre adquiría un brillo nuevo cuando contemplaba inesperadamente la belleza femenina, aun cuando yo tuviera 15 años y estuviese bastante plana.

—Dejadlo entrar —ordeno.

Con destreza, ella abre la puerta para dejarlo pasar, y con el mismo gesto mis criadas salen sigilosamente.

Mi esposo se queda de pie junto a la puerta abierta y me mira; de mi cabello sujeto sobre mi cabeza cuelgan medio sueltos unos rizos húmedos. Colocando mis manos en los bordes de la bañera, me levanto de repente, mi vestido de muselina completamente transparente y pegado a mi cuerpo. El agua emana de mí como si fuese una fuente viviente.

—¿Seríais tan amable de ayudarme? —le pido, y le ofrezco mi mano.

Galantemente, mi esposo alarga su mano para darme estabilidad mientras paso por encima del elevado borde de la bañera. El agua de mi vestido y mi cuerpo chorrea sobre el suelo.

—¿Quién era la consorte de Neptuno? —inquiere—. Os parecíais a ella, arrellanada contra la elevada pared de la bañera como si fuese un trono acuoso.

—Toinette, mi señor —contesto, y lentamente bajo los párpados a media asta, como le he visto hacer a la Du Barry un centenar de veces—. Una toalla, por favor, Vuestra Majestad.

—Antes dejad que os ayude con vuestro vestido mojado —replica.

Con ternura me baja la manga suelta y mojada por el hombro, un lado y después el otro. Levanto los hombros y la parte superior del vestido cae, de modo que mis senos desnudos quedan al descubierto. Despacio, me siento en el borde de la bañera que tengo detrás, la mojada muselina cae sobre mi regazo. El rey se arrodilla, sin importarle los charcos del suelo, y se introduce mi pezón rosa en la boca. Esto sí es la verdadera felicidad, supera el lamido del agua tibia. Mi pecho sube, mi cabeza se inclina hacia atrás, y sé que estoy jadeando.

Al fin, digo (apenas puedo hablar):

—Mi otro seno se está muriendo de celos.

Levantando la vista, él sonríe feliz y rodea mi otro pezón delicadamente rosa.

Enseguida se levanta, y dándole la mano, yo también me levanto. Con suavidad, mi esposo desliza con la mano el vestido empapado por mis muslos hasta que corona mis pies. Al pisar la tela siento que el agua se escurre entre mis dedos. Sin llevar nada más puesto que el lazo azul que sujeta mis cabellos, lo sigo mientras me pasa una toalla y me conduce a nuestra cama.

MI QUERIDA MADRE

Cada una de las fibras de mi ser se estremece de felicidad. Completa felicidad. Hace más de una semana que mi matrimonio fue completamente consumado. No creo que esté encinta todavía, pero ahora tengo esperanzas basadas en el hecho de que puedo estarlo.

EN HONOR DEL REY, INAUGURACIÓN
DE LOS NUEVOS JARDINES DEL TRIANÓN

Celebro una fiesta nocturna y estoy avisando a todo el mundo de que reúna objetos para vender. ¡Organizaremos una feria en los jardines que rodean mi pequeña casa de recreo! Sí, una feria como la gente del campo podría quizá llevar a cabo al final del verano, cuando empieza la recolecta. Tendremos tiendas donde venderemos no mantequilla y huevos y queso, sino objetos valiosos (brazaletes y plumas de pájaros exóticos, lazos y hebillas engarzadas con piedras preciosas, jarrones y broches). Cada mujer deberá vender algo que sepa que otros han admirado mucho, y las ganancias serán donadas a causas benéficas. ¡Sí, una feria campestre! Pero desplegando toda la elegancia y finura de la corte. Las propias damas de la corte montarán las tiendas, y yo me vestiré como la propietaria de un café.

Mis amigas podrán servir esos pasteles que al rey siempre le encantan, y por una vez le permitiré comprar y comerse todas las exquisiteces que desee. Quizás hasta le cobre un beso, que creo que ahora me concederá con cordial buena voluntad, ¡y no con una pizca de vergüenza!

Organizando esta feria al aire libre, una fiesta nocturna de las postrimerías del verano, dejaremos que la gente sepa que deseamos que compartan nuestra dicha, que no recluimos egoístamente nuestra felicidad en cámaras cerradas adornadas de terciopelo, sino que la exteriorizamos bajo el cielo nocturno iluminado con antorchas, para que todos la disfruten. Convertiremos la noche en día.

Yo misma, vestida como una chica campesina, serviré de mi jarra en los frascos de todos mis amigos la abundancia de la tierra: la sidra especiada será la nutritiva bebida con bastones de la canela más excepcional, y en la parte superior de cada bastón en forma de espiral haré que fijen una perla de cierto tamaño y valor, como recuerdo de cuando el rey y la reina celebraron su matrimonio y la reina le agradeció al rey el espléndido regalo que le hizo no sólo del pequeño palacio del Trianón, sino también de los jardines, reformados, que florecían con despreocupación y profusión.

¡Y la música! Sí, la Guardia Francesa suministrará sus músicos, quienes darán vueltas y tocarán y soplarán y harán reverencias, y tamborilearán hasta que los oídos se saturen, y las aletas de cada nariz estén llenas de las fragancias de las flores, y los ojos se llenen hasta nublarse con la belleza que ofrecen la naturaleza y el artificio, y los corazones florezcan de felicidad.

La semilla del rey está dentro de mí. Pronto podré estar encinta.

MADAME, MI QUERIDA HIJA

Las gacetas y otras fuentes me cuentan que vuestra manía de apostar es más grave que nunca, y lo peor de todo es que estáis despierta hasta muy tarde, cuando al rey le gusta irse pronto a la cama. Vuestro hermano ha dicho cuanto hay que decir sobre las apuestas, y yo no diré nada más. Estáis perdiendo dinero del que el rey y vos podríais hacer mucho mejor uso, y deberíais prohibir las apuestas en la corte. Todo el mundo sabe que estáis dilapidando enormes cantidades y que vuestra economía está esquilmada, y que dedicáis todo vuestro tiempo a susurrarle al avaricioso oído de la condesa de Polignac, que os alienta en todas vuestras disipaciones y hace que ignoréis al resto de la corte. No debéis aislaros de la nobleza. Vuestro hermano está tremendamente preocupado por la situación de Francia, y llegará el día en que necesitaréis rodearos y protegeros con toda la lealtad de la nobleza y las lealtades que ésta impone en sus propiedades.

Vuestro hermano es aún más drástico con respecto al futuro de Francia.

La noticia de la consumación de vuestro matrimonio me ha llenado de dicha, pero lamento mucho enterarme de que al rey no le gusta dormir toda la noche con vos; por supuesto, no tan sólo por el hecho de tener hijos, sino porque dormir en la misma cama fomenta la unidad y la confianza, que también es espiritualmente relevante. Escribidme cada mes acerca de vuestro periodo. Temo que a menudo mi joven reina olvide dar cuenta de esta importantísima cuestión. Por ahora no os prohíbo montar a caballo, siempre y cuando no sea a horcajadas, pero no os acaloréis demasiado. El traqueteo de un carruaje puede ser peor que montar a caballo.

Beso, en efecto, delicadamente a mi querida mujercita, a la que quiero y cuya bondad esencial no pongo jamás en duda.

MADAME, MI QUERIDÍSIMA MADRE

Aunque ahora estamos en pleno octubre y hemos pasado ocho días en Fontainebleau, a menudo tengo sofocos y me doy muchos baños para refrescarme. El rey ha agarrado un fuerte catarro desde que llegamos, pero su salud no le impide cazar todos los días. Comprendo la importancia de que pasemos la noche entera juntos, pero cambiar sus hábitos lleva tiempo. Estoy totalmente dispuesta a sacrificar mis distracciones con el fin de hacerle compañía. Ahora sé mejor cómo pasar el tiempo, que lleno leyendo y haciendo costura.

Realmente me gusta bordar, ya que me lleva a una especie de trance. No me transporta a otro mundo como me sucede con el teatro o incluso cuando leo un libro fascinante, pero mientras creo flores con hilo entro en un lugar profundo y tranquilo de mi interior. Me siento relajada y feliz, lo cual contrapesa bien la excitación de la mesa de apuestas, aunque ahora apuesto mucho menos y únicamente en mi propio departamento; en lugar de eso, juego al billar con frecuencia.

Lo más importante es que he empezado a pintar otra vez, y sabiendo cómo habéis valorado siempre las pinturas de María Cristina, espero poder pintar algún día un cuadro digno de enviároslo a vos. Incluso aquí, en Fontainebleau, recibo la visita de dos maestros de música, uno de voz y otro de arpa, y mi profesor de arpa me dice que puedo repentizar piezas para arpa de un modo digno de un músico profesional. Me gusta interpretar música que exprese mi estado de ánimo, y, de hecho, me sorprende con qué perfección la música refleja hasta los más íntimos sentimientos de anhelo y felicidad.

Éstas son mis disipaciones (mis diversiones) y el término francés dissipation *no puede ser debidamente interpretado en un sentido moral, como lo interpretan los ingleses, no sea que hayáis leído el panfleto acerca de las disipaciones de la corte en las que jamás se me ocurriría involucrarme. Estos panfletos no son siquiera rumores que contengan medias verdades. Son viles patrañas.*

Apenas monto ya a caballo porque la gente cree que impide que una engendre niños, pero estoy convencida de que no es perjudicial. Sin embargo, ahora soy cauta con cualquier cosa que pueda ser malinterpretada como una falta de sensibilidad por mi parte hacia la felicidad futura de este país. No puedo explicaros lo mucho que me duele que los enemigos hayan intentado destruir el amor con que los franceses me agasajaron profusamente nada más llegar a Francia. Afortunadamente, mi hermano Fernando me ha escrito diciendo que está bien y que José lo ha puesto al corriente de cuanto aquí acontece y le ha dado un informe de mí excelente.

MI QUERIDA HIJA

Viena, 5 de noviembre de 1777

Vuestra carta del mes pasado me encantó porque estaba llena de importantes detalles. Tened la seguridad de que jamás me aburre el más mínimo detalle porque me preocupan mucho vuestra buena salud y buena reputación. Me hace sentir especialmente feliz saber lo de vuestra música, vuestra costura, y sobre todo vuestra lectura. Las apuestas son un placer terrible, porque generan otro mal comportamiento, y no podéis ganar, en última instancia, al faraón, aunque el juego os hechice para que continuéis jugando e incremente vuestro deseo de ganar, pero, a la larga, los jugadores honestos nunca ganan. Si sumáis las cantidades que vos apostáis y perdéis, vos o cualquiera, daréis con la verdad matemática del asunto.

Asimismo, estáis perdiendo mucha popularidad, especialmente en el extranjero, porque la gente cree que os entregáis a las apuestas impulsivas mientras vuestro país carece de las necesidades básicas. Sé que cuando estáis frente a la mesa apostando no pensáis en otra cosa que en ganar, y que os permitís una excesiva excitación y estimulación por la emoción casi corporal que acontece cuando ganáis o perdéis, porque las apuestas fomentan tanto la dicha desmedida como el deseo desesperado, y entremezclan y confunden estas sensaciones. Lejos de la mesa, vuestra mente está ocupada con otras cuestiones, y como os quiero entrañablemente, es mi deber pediros que frenéis este hábito, y si no lo hacéis, vuestra madre tendrá que pedirle al propio rey que os salve de este enorme peligro.

Me alegra el corazón que me pidáis el cuadro donde aparecéis bailando sobre el escenario con vuestros hermanos cuando érais una niña pequeña e inocente, y os lo enviaré para que lo colguéis en el Pequeño Trianón, pero antes debéis enviarme un retrato vuestro de cómo sois ahora, el cual llevo esperando unos ocho años. Como madre, ansío ver de nuevo vuestro rostro.

Lamento que los rumores afirmen que ni siquiera guardáis las formas de vuestra amistad con la princesa de Lamballe, sino que le concedéis todos vuestros favores a la condesa de Polignac, y que incluso tratáis a la princesa de Lamballe de tal modo que la gente puede fácilmente apreciar (y que vos queréis que lo aprecien) que os molesta y aburre la compañía de alguien conocido por su virtud.

Es preciso que os deis cuenta de que la Polignac se alinea con el duque de Chartres y la familia Orleans (a quienes les gustaría ser los gobernantes de Francia). La princesa es de la facción de Choiseul, que está formada por gente que favorece la Alianza entre nuestros países.

MI MUY QUERIDA MADRE

Debido a la diarrea y a un catarro, bailé muy poco en los bailes de diciembre, que acaban de empezar. Fui al baile, pero no bailé, cosa que estoy convencida que a mi muy querida madre le encantará oír.

Releo con horror lo que le he escrito a la emperatriz. Me da vergüenza. Nunca antes me había permitido semejante tono de impertinencia e ironía en mis cartas a ella, por mucho que me exasperaran sus críticas o control. No le doy al mensajero la repugnante y breve carta.

¡LA «GENERALA» SE RETRASA!, ABRIL DE 1778

¿A quién se lo puedo decir?

La princesa de Lamballe guardaría mi secreto; la condesa de Polignac, no. Y, en cierto modo, esos dos hechos hacen imposible que confíe en ninguna.

Antaño, habría corrido hasta las cámaras de mis tías; me habría sentado entre las tres al tiempo que ellas me hubieran acariciado y halagado como si yo fuese su más hermoso perro faldero; habría tomado a sorbos una taza de chocolate caliente, y sobre su borde dorado mis labios habrían pronunciado las palabras, sin ostentación: «Creo que estoy encinta». ¡A continuación se produciría su feliz trío de exclamaciones! Sus preguntas discretas brotando de las comisuras de sus labios con ansiosa excitación para saber todo lo que hubiera que saber. Pero ya no soy su mascota. Cuando no estoy con ellas, jamás pienso en ellas.

Esta mañana, Rose Bertin, de rodillas, estaba midiendo mis caderas. De pronto, se ha detenido, se ha acercado más para observar exactamente qué raya marcaba la medida final. Entonces, con su pulgar, ha recorrido el interior de la cinta métrica para asegurarse de que no estaba doblada o se había desviado en su recorrido rodeando mi silueta. No, la cinta hacía su habitual y suave vuelta. Tan sólo una vez ha levantado la vista y me ha mirado. ¿Era una pregunta *triste* lo que he visto en su mirada? Yo no he dicho nada.

—Quizás esta semana midáis una mera raya más de ancho —ha dicho Rose en voz baja.

Yo no he dicho nada, pero he notado que mi postura se enderezaba más, y he levantado el mentón. Sin duda, parecía una reina altiva (aspecto del que me han acusado aquellos que no me conocen), pero sabía que levantaba mi cabeza y alargaba bien mi cuerpo para encajar mejor en mi destino. Soy una Habsburgo desempeñando el papel reservado para mí como madre de los Hijos de Francia. Quizá.

No debo decírselo a mi propia madre hasta que esté segura. «¿Habéis visto a la Generala Krottendorf?», podría preguntarle enigmáticamente. «Este mes no ha hecho su acostumbrada visita por Versalles.» ¡Cómo se dispararía el corazón de la emperatriz con esa pregunta! Pero no haré que su pulso se acelere en vano. Demasiadas veces he expresado mi esperanza, y se ha quedado en nada.

«No montéis más a caballo», me diría ella ahora. «No, desde luego que no», contestaría yo.

Pero siento el impulso de pasear por los jardines, de desfilar por delante de la larga hilera de estatuas y de rodear las fuentes. Me llevaré a Elisabeth conmigo, mi hermana pequeña cuya ferviente dulzura es tan inmensa como la de la princesa de Lamballe, pero que es mucho más sensata, a pesar de su juventud. Los formales senderos de los antiguos jardines de Le Nôtre son magníficos, al menos por su vasta extensión, ya que carecen de privacidad y alegría desaforada. Con Elisabeth, estoy en familia. ¿Quién mejor en este momento para caminar junto a mí? Quizá se esté gestando en mí un niño que algún día contemplará estas mismas hileras de árboles rigurosamente podados y los meticulosos bordes que forman los parterres, que están tan bien delimitados como desenrolladas alfombras estampadas.

Elisabeth sabe cuál es su papel en este mundo, de la misma manera que un pie reconoce un zapato bien hecho. Los pasos de su contradanza son siempre los adecuados para cumplir con las obligaciones de su nacimiento real. Ha hallado el truco para llenar sus zapatos con su propio yo verdadero, y le satisface hacerlo. Ahora está callada porque sabe que mis pensamientos andan atareados. No parlotea, sino que espera a que a mí me plazca entablar conversación con ella. Mirando en derredor, se entretiene gustosamente con la lejana vista o con una flor cercana.

Al igual que Elisabeth, mi hermana pequeña, la condesa de Polignac también es la personificación de su propio yo natural, pero ella es directa (¿sencilla?) en lugar de dulce. Bendecida con una buena naturaleza, mi amiga tiene el cabello casi moreno, y cuando ella está cerca, siempre reparo en lo oscuro que es su pelo, y cómo la luz lo toca de tal forma que algunas veces brilla morado como la berenjena o iridiscente como el ala de un cuervo.

Como ese pájaro, mi Yolanda siente atracción por los objetos brillantes, y en beneficio propio, sin embargo, se lo toma todo con tal naturalidad (los ingresos, los cargos de su familia) que nunca pienso en ella como alguien de ningún modo dominante. A diferencia de mi madre, jamás me crea un instante de estrés cuando anuncia que le complacerían éste o ese nombramiento. Aun así hay muchas transferencias de mi monedero al de la familia de Polignac. Pero Yolanda acepta mis defectos, y eso es lo que me hace sentir tan cómoda a su lado, además de su ternura, y por eso lo único correcto es que yo también la acepte como es, y acepte sus necesidades. Con orgullo, levanto mi cabeza; pues soy reina, y mi mayor placer es servir a mis amigos.

Sonrío a Elisabeth y le concedo el placer de elegir la dirección de nuestro paseo. Piso con cuidado la pequeña gravilla que hay bajo los pies, no sea que mi pie resbale y me caiga. De modo protector, caigo en la cuenta de que me he puesto una cariñosa mano en mi barriga justo debajo de mi cintura. Sí, protegeré al pequeño ser que vive allí, el fruto de mi útero, el primogénito del rey, por quien mi cuerpo se ha convertido en una casa.

Elisabeth ha visto mi gesto, quizá. En cualquier caso, desliza su esbelto brazo alrededor de mi cintura y me atrae hacia ella. Mi hermana está todavía inmadura, y puedo percibir la diferencia entre nuestros cuerpos, cómo el mío es más delicado y mujeril, como el de Yolanda, que ya se ha convertido en madre. Desearía que mi madre pudiese verme madura. Sí, habrá un nuevo retrato. La emperatriz está tan lejos, en otro país, los pormenores de cuyos jardines y estatuas son ahora bastante tenues en el recuerdo en comparación con estas figuras de mármol sobre sus pedestales; pasamos por delante del flautista, mi favorito, con sus extremidades hirsutas y rizos pétreos. En Viena, probablemente en el laberíntico palacio de Hofburg (ya que el clima no es todavía lo bastante cálido para trasladarse al bello palacio de Schönbrunn), la emperatriz está sentada y va de luto. Toda ataviada de negro, trabaja frente a su escritorio, leyendo aprisa con sus ojos redondos y brillantes los papeles del Estado. Absorta en el trabajo, no piensa en mí. Es ella, y no Yolanda quien se parece a un gran pájaro negro, que agarra una peluca invernal con patas amarillas.

Aquí es primavera, y llevo un capullo en mi interior. Estoy convencida de ello.

Ahora Elisabeth me acompaña en mis paseos a menudo, ya que el ejercicio suave es bueno para ella en su juventud y para mí con mis expectativas. Mientras paseamos, le pregunto si se fijó en cómo cuando el baile paró en mi *bal à la Reine* los hombres elegantes alzaron sus puños en el aire y chillaron con alegría, exactamente como si un anuncio de guerra no fuese sinónimo de lodo y privaciones, sudor, terrible fatiga, peligro, sangre y sufrimiento.

—¿Y en cómo las damas agitaban sus abanicos con nerviosa aprobación? —añado.

—Me estremecí —contesta el alma dócil— cuando me enteré de la alianza con los norteamericanos.

—Cuando el conde de Provenza lo anunció, recién llegado del Consejo Real, ¿notasteis que hasta el último poro de su rostro cuadrado estaba repleto de petulante satisfacción?

(Mientras yo estaba bailando con delicadeza, meciendo mi secreto en la cuna de mi cuerpo, en otra sala, mi esposo había estado eligiendo la muerte y la guerra.)

—El rey me explicó hace mucho tiempo que el debilitamiento de los ingleses es el objetivo de nuestra alianza con sus colonias. —(Tal vez sea porque quizá llevo en mi interior el futuro que deseo una Tierra segura para todos los que en ella residen)—. Nunca me ha parecido glorioso humillar a los demás…, sean ingleses o no —le comento a la princesa.

Ella no contesta, pero señala una bandada de gorriones cantores que alza el vuelo en una única nube polvorienta desde la gravilla.

—Quizá con la excepción de la Du Barry —matizo con honestidad.

En un apretón reconfortante, la princesa Elisabeth estrecha su brazo alrededor de mi cintura.

—¿Recordáis —gorjea con su dulce voz— cuando le dijisteis al agraviante caballero: «La reina no recuerda las rencillas de la Delfina»? Fue entonces cuando supe que seríais la mejor de las reinas.

—Me prometí a mí misma sobreponerme a mis impulsos de venganza.

Nuestras piernas se mueven en tándem mientras caminamos, la princesa y yo, por los amplios jardines de Versalles. Nuestras faldas se balancean hacia delante al unísono, orbes de colores azul claro y verde claro, ya que en el interior de la seda nuestras piernas se alargan hacia delante en el mismo momento. Ahora realmente triunfaré sobre la Du Barry. Si estoy encinta, mi poder sobre el rey y el reino aumentará.

Pasan los días. Lentamente, uno a uno. No hay rastro de la «Generala». Sí, sé que mi hermano José ha invadido Bavaria sin siquiera consultárselo a mi madre. Sí, sé que ella me ha suplicado que intervenga en los asuntos de Estado, que le suplique a mi esposo que apoye la agresión austríaca. Pero Luis XVI no es alguien que se deje persuadir por su esposa; tampoco puede la madre de un futuro rey de Francia defender ningún paso que pudiera poner en peligro nuestro reino dentro de unos años.

ELISABETH VIGÉE-LEBRUN

En mi bañera, aparto la muselina mojada a un lado para ver si mis pezones están más rosas. Sonrió. Sí, están más rosas, pues tengo una vista que puede recordar el tono exacto de cualquier color. Después de pedir un espejo, examino mi rostro: mis mejillas han adquirido parte del mismo rosa de mis pezones. El marco del espejo rodea mi semblante con una corona bien forjada de flores plateadas, repujada. ¡Cuánto mejora el arte la naturaleza! El óvalo del marco dirige mi mirada, la mirada de cualquier espectador, en busca de otros óvalos (la mandíbula redondeada, la curva de la mejilla) y lo vuelve armonioso. Tal vez sea el momento de hacer que pinten mi retrato, el momento de conocer a la joven artista que tiene mi misma edad, que tan a menudo me ha recomendado el conde de Vaudreuil, el amigo especial de mi Yolanda.

Quizás en los próximos años contemple este nuevo retrato y piense: «En ese momento todavía guardabais vuestro secreto. Pero ¿veis la esperanza en vuestros ojos, el color en vuestras mejillas? Entonces vuestro cuerpo sabía, aunque no vuestra mente, que llevabais una nueva vida dentro, un precioso secreto».

Cuando veo a Madame Lebrun, veo un duendecillo de cabello oscuro, con rizos sueltos sobre sus hombros, muy parecidos a los de Yolanda. La Lebrun no entra en mi departamento con la relajada seguridad de Yolanda. Es una persona que se abre camino no por su cuna, sino por su talento. Titubea al saludar. Al ver que prolonga la reverencia, esperando una palabra mía, me apresuro a hablar con mucha ligereza.

—Tengo la sensación de que ya somos amigas, Madame Lebrun, ya que veo que ambas amamos la naturaleza. Somos de la misma edad, y vos sois la amiga de unos amigos muy queridos, los cuales hablan de vos y vuestro talento para pintar con cariño y admiración.

Ella se levanta con donosura, se ruboriza, lanza una rápida mirada hacia abajo, luego levanta de nuevo la vista, esta vez con una mirada de curiosidad a través de las inquisidoras lentes de un artista.

—¿Qué aspecto tengo? —le pregunto alegremente.

—El que cualquier reina se moriría por tener. —Su voz tiene más seguridad de la que me había imaginado—. El que cualquier mujer abrigaría la esperanza de tener; lleno de vida y bondad.

—No creo que podáis pintar cualidades tan abstractas. —Le sonrío.

—De hecho, si me perdonáis por decirlo, creo que sí puedo. —Cuando me devuelve la sonrisa, veo unos diminutos hoyuelos junto a las comisuras de su hermosísima boca. Sus ojos recorren mi rostro y cuerpo de un modo que es un placer ser observada, ya que disfruta viéndome. No está asustada; únicamente un poco nerviosa.

—¿Podéis adivinar mis colores favoritos? —le pregunto mientras me siento. Ahora levanto la vista hacia ella, todavía de pie, y cada una de nosotras puede contemplar a la otra desde un ángulo distinto. Como ahora estoy sentada, una cálida luz inunda mi semblante, un reflejo de la seda rosada que cubre mi regazo.

—¿Tengo entendido que Vuestra Majestad quizá tiene cierta inclinación por los pinceles y los lienzos?

—Todas mis hermanas, y yo, recibimos clases de todas las artes. Disfruto dibujando y pintando, pero mi mayor gracia no reside en mi mano, sino en mis pies.

—La gracia del porte de Vuestra Majestad así como la belleza de vuestro baile son conocidos en toda Francia.

Me pongo de pie otra vez, gesticulo y vuelvo mi cabeza, como si me estuviese dirigiendo a un público invisible.

—Tengo dos formas de caminar —le explico—. Una es para expresar mi felicidad cuando estoy dentro del círculo de mis amigos y familia; la otra la empleo para expresar dignidad entre los cortesanos o visitas extranjeras, pero está desprovista de arrogancia. Por lo menos procuro que no haya ninguna rigidez en ella. ¿Os lo enseño?

—No debería aspirar a presenciar semejante demostración.

Con bastante modestia, ella baja los ojos, y al hacerlo yo me siento desvalida. Preferiría mucho más contemplar su cálida y nítida intensidad.

—Creo que somos opuestas —comento alegremente—. Mi cabello es rubio y mis ojos azul grisáceo. Vuestro encantador cabello es castaño y vuestros ojos de un marrón más oscuro. —Ella levanta la vista de nuevo hacia mí—. Vos prosperáis únicamente por vuestro talento, mientras que yo nací para vivir una vida cortesana. Creo que somos igualmente afortunadas.

—Vuestra Majestad me sobrestima en demasía.

Con esa frase, recuerdo de pronto mis últimos momentos en suelo austríaco, los últimos momentos con mis damas, coloridas como mariposas, cuando estábamos en una isla en medio del Rin, con el sonido de sus poderosas aguas precipitándose alrededor de las paredes. Mientras ellas revoloteaban junto a mí en un remolino de amor, les dije con modestia: «Me sobrestimáis en demasía». Recuerdo los tapices que había en esas paredes, representaciones de banquetes y celebraciones, manzanas rojas tejidas acunadas por un cuenco azul. Más tarde alguien me dijo que los tapices eran el orgullo de Estrasburgo, prestados únicamente en mi honor, y que representaban la boda de Medea, de la época de la antigua Grecia.

—¿Conocéis la historia de Medea? —le pregunto súbitamente a la pintora.

—La conozco, puesto que algún día aspiro a pintar los temas de la mitología, o los de la historia.

—Acabo de acordarme de algo de mi propia historia. Vuestra frase «Me sobrestimáis en demasía» tiene una gracia impactante. Y es una frase que dije en cierta ocasión, cuando era poco más que una niña cuyo mayor deseo era complacer, ser amada. Abandonaba Austria para venir a Versalles, para casarme.

Me sorprende mi franqueza al hablarle de Austria a esta niña. No es una niña, sino una mujer joven de mi propia edad, pero como es más esbelta, va menos maquillada con colorete y polvos en los cabellos, parece más joven que yo.

—Normalmente —le digo en confianza—, no llamo por su nombre a mi país nativo. A los franceses no les gusta recordar mis orígenes.

—Vuestra Majestad debe decirme lo que le plazca. —Habla con cautivadora seriedad—. Como artista, espero poder estar por encima de los prejuicios comunes, ver con mis propios ojos y oír con mis propios oídos, sintonizados como a mí me convenga. —Hace una pausa, buscando mi mirada de la forma más cálida y confiada—. Y diciendo eso, yo también estoy siendo más franca de lo que normalmente me atrevería a scr. Pero creo que lo mejor es que una artista sea internacional en sus gustos. De lo contrario, se pierde demasiadas cosas que quizá nutran su espíritu.

Alargo mi mano hacia ella.

—Entonces somos camaradas —afirmo—. Y debéis caminar a mi lado mientras os muestro la locomoción *à la Reine*.

Juntas paseamos por la habitación, y yo le señalo los retratos de mi madre y de mi hermano José II. Cuando pregunta si podría ver el retrato a cuerpo completo de Luis XIV, la acompaño a través de los majestuosas salones hasta que llegamos donde se encuentra éste, en el Salón de Apolo.

Recuerdo cómo fue cuando «papá rey» me acompañó por estas cámaras y señalaba las pinturas mitológicas de Marte, Diana y Venus en los techos, pero ahora soy yo la guía. Recuerdo lo apabullado que se sentía incluso Luis XV, hace prácticamente una década, por las representaciones de Luis XIV. Le comento que siempre he admirado mucho el busto de mármol de Bernini del joven Luis XIV, pero a ella le interesa más su retrato a cuerpo completo, que exhibe su elegante pierna, preferencia totalmente comprensible, dado que ella pinta al óleo.

Con un susurro le comento que encuentro dureza y crueldad en el rostro de Luis XIV (él tenía más de 60 años). Me siento casi como si mi hermana Charlotte estuviese conmigo; tan libre, tan despreocupado es realmente nuestro intercambio de ideas y preferencias. Charlotte, que es tres años mayor que yo, siempre *me* cogía de la mano y me conducía de aquí para allí, pero ahora yo domino y quizás esté encinta. Me río nerviosa al pensar en mi dominio y felicidad.

Madame Lebrun me lanza primero una mirada inquisitiva con sus ojos castaños (no se esperaba semejante actitud frívola), luego de placer. De pronto me ruborizo, avergonzada, pues la mano que sujeto no es la de una niña, sino la de una artista consumada, pese a toda su juventud y belleza. Todo el mundo asegura eso, e incluso los cortesanos acuden a sus fiestas, celebradas en pequeñas viviendas burguesas. No manifiesta indicios de soberbia, ¿y por qué debería? Sus talentos, como los míos, le fueron dados desde la cuna. Aun así, ella se ha esforzado por cultivar su talento y sus gracias. Verdaderamente, se ha *ganado* la admiración de todos los que la conocen. Sí, Elisabeth Vigée-Lebrun pintará mi retrato.

EL ASUNTO BÁVARO

Me da la impresión de que Bavaria, que se ha quedado sin herede-ro debido a la muerte prematura del elector bávaro, sería más lógico que se convirtiera en parte de Austria antes que en una anexión de Prusia y Federico II. Si mi esposo compartiera la sospecha que mi hermano tiene del belicista rey de Prusia…, pero Luis y José realmente no coinciden en este asunto. Podría complacer al tiempo que impresio-nar a la emperatriz si pudiese persuadir a mi esposo de que considerara un aspecto del asunto bávaro la importancia de la Alianza entre Austria y Francia, de la que nuestro matrimonio es el sello sagrado. En el pasa-do mi corazón siempre ha estado en Austria, pero los intereses de Fran-cia quizás estén ahora creciendo dentro de mi cuerpo.

Como ocurre con frecuencia en los momentos de confusión, apare-ce el conde Mercy y le permiten entrar en mi departamento justo cuan-do me dispongo a abrir una carta de mi madre. Sus criados deben de ha-ber visto al mensajero de la emperatriz bajando las escaleras.

Me hace una reverencia, y de nuevo, como siempre, admiro su porte. Aunque yo realizo la versión femenina de la reverencia, es de él y no de mi profesor de baile de quien he aprendido a transmitir tanto en un ges-to. Su reverencia me indica que es mi amigo, que es inteligente y que me ayudará a comprender la enmarañada madeja de las lealtades.

—La reina está preocupada —comenta con amabilidad en cada sí-laba.

—Tengo una carta de Viena…

—He visto al mensajero en el patio.

—¿Podríais leérmela?

Le doy la carta a mi íntimo amigo para que me la lea.

Él lee:

—«La enfermedad de Mercy llega en un momento muy malo en que necesito que esté activo —no levanta la vista, sino que mantiene los ojos fijos en la misiva—, de igual modo que necesito vuestros propios sentimientos de lealtad hacia mí, hacia la Casa de Habsburgo, y hacia vuestro país nativo, Austria. Debéis tomároslo en serio y decirle a vuestro esposo que el rey de Prusia carece de escrúpulos, y que si se formara una alianza entre Francia y Prusia, estaríamos en grave peligro. Prusia únicamente teme vuestra…»

—Dejadme leer a mí —lo interrumpo. Mi corazón está henchido de orgullo porque mi madre reconoce nuestra importancia. Sigo leyendo para mí, en silencio: «La Alianza entre Francia y Austria es la única natural, y aunque aquí no puedo entrar en todos los detalles, debéis recurrir al conde Mercy tan pronto como él pueda veros. Os aclarará no sólo lo provechoso de la Alianza para ambos nuestros países, sino también su eficacia. Me opongo a cualquier cambio en nuestra Alianza, <u>lo cual me mataría</u>…»

Al asimilar esas palabras suelto un grito, y siento que la sangre se retira de mi cara.

—La reina se ha puesto muy pálida —constata Mercy.

—Leed lo que ha escrito mi madre. —Le doy la hoja a mi consejero.

—«… cualquier cambio en nuestra Alianza, <u>lo cual me mataría</u>.» —Sus elegantes dedos tiemblan mientras sostiene la hoja. El conde titubea y me mira directamente, su rostro lleno de preocupación. Con aire pensativo, dice—: La emperatriz ha subrayado esas últimas palabras.

Me siento mareada, como si me fuese a caer de mi silla, y me agarro al borde de la mesilla que hay frente a mí. Aunque me da la impresión de que las elegantes sillas giran entre las paredes de la habitación, sé cuál es mi opción. Muy conscientemente me dirijo al conde:

—Tenía previsto consultaros para que me ayudarais en mi confusión. Después de esto, yo misma sé qué camino seguiré con el rey. De vos únicamente necesitaré los detalles para un argumento razonado. El espíritu y la dirección que deben tomar mis observaciones los tengo sobradamente claros. Usaré todo mi poder e influencia con mi esposo para garantizar la Alianza con Austria.

—Aun en su evidente angustia, nadie habla desde el corazón con más claridad que mi reina —replica el conde. Sus propios ojos transparentes emiten destellos de su aprobación de mis palabras. Vuelve a fijar

la mirada en la carta de mi madre y resume sus palabras en tono sosega-
do. Su mano y su voz son firmes——: Dice que mucha de su gente está enferma y que besa a «mi querida hija». Dice que pronto espera poder
añadir la frase «mi querida mamaíta» a la frase en la que os envíe su
amor a vos, su queridísima hija. Para finalizar, dice que todas las personas que conoce rezan por vos y por que podáis estar encinta. «Siempre
soy toda vuestra.»

Mi corazón rebosa de amor por mi madre, y de culpa por no haberle hablado todavía de mis esperanzas. Incluso mientras se preocupa por
la política de Europa, nada le hace olvidar mi situación. No dice nada de
mis hermanas y hermanos. «Siempre soy toda vuestra.» Ésas son sus últimas palabras.

Ahora centraré toda mi atención en el conde Mercy mientras me explica cuáles serán los mejores argumentos para proteger al rey de la persuasión de Prusia. Invito a mi amigo a sentarse. Con un sencillo gesto separa las aberturas de su abrigo, se sienta, descansa sus afiladas manos
sobre sus muslos, y procede a mi instrucción.

—Los ojos de mi reina son hermosos, incluso cuando están ensom-
brecidos —dice con galantería—. Pronto los cielos de los ojos de Su
Majestad volverán a tener su habitual azul transparente y encantador.

Jamás he escuchado con tanta atención. «No sólo…, sino también»,
me explica, y *además*, y *sin embargo*. *Perfidia, insinuación, calamidad.*

MADAME, MI MUY QUERIDA MADRE

*El conde Mercy puede deciros que me puse pálida con vuestras
palabras y que estoy decidida a que ninguna cuestión en áreas
donde yo misma ejerza influencia debilite de ningún modo la salud
y el corazón de mi querida madre. Resulta doloroso recordar
vuestro dolor por la partición de Polonia, ¡y ahora este asunto
bávaro! Soy perfectamente consciente de que en esta delicada
situación vuestra peor pesadilla es que los reinos de vuestros hijos
estuvieran en guerra unos contra otros, y me serviré de mi propia
preeminencia para garantizar que ninguno de nuestros países se
convierta en combatiente.*

*Federico II ha creado nubes de confusión en el rey, pero he
hablado con Mercy con el fin de aprender lo suficiente para disipar
cualquiera de esas oscuras nubes provocadas en mi esposo. El rey
de Prusia es un pozo sin fondo de insinuaciones pérfidas e
insistentes; ya ha enviado a cinco mensajeros a nuestra corte en
menos de medio mes. El conde Mercy me ha explicado la política
tan bien que puedo ver por mí misma lo que ha confundido a Luis,
y esas pequeñas nubes que otros han provocado pronto
desaparecerán, con lo que no habrá cambios en nuestra Alianza,
que está basada no solamente en la familiaridad de nuestro afecto,
sino también en su utilidad para el bien general de Europa.
Además, creo que nadie puede estar más volcado en nuestro
objetivo que yo.*

*Aquí se ha empezado a hablar de que, cuando el Gran
Limosnero fallezca, el joven cardenal de Rohan heredará su cargo.
Nada podría resultarme más repugnante, pero él tiene poderosos
allegados tanto entre la familia Noailles como en la Guéméné.*

Estoy instando al rey para que resista a sus presiones. Que la salud de mi hermano Fernando esté mejorando es una noticia de suma importancia para mi propia felicidad.

EL REGRESO DEL CONDE
AXEL VON FERSEN, DE SUECIA

Cuando mi esposo se acerca a mi cama para cumplir con sus obligaciones conyugales, lo sorprendo (todo ha sido orquestado) ofreciéndole una taza de chocolate caliente por encima de las colchas.

—Recostémonos juntos —le digo, y le sonrío. Llevo un lazo azul en mi pelo, y he peinado los suaves rizos rubios sobre mis hombros al igual que lleva el cabello la pintora Elisabeth Vigée-Lebrun. Me siento como una pastora contemplando a su galán—. Intercambiemos cotilleos y noticias durante unos cuantos minutos. —Entonces añado con absoluta honestidad—: Quisiera compartir un secreto.

—La reina está sumamente hermosa, y lo que es más importante, muy feliz —comenta.

Él mismo está relajado, ya que ahora sabe que puede realizar el acto y su confianza en sí mismo ha aumentado mucho. Por desgracia, también se ha vuelto más firme y activo en sus decisiones políticas, pero esta noche no diré nada de Prusia y Austria.

Esta noche le hablaré como miembro de su familia y como alguien que, en pleno invierno, traerá una nueva vida al seno familiar. En mi imaginación, el pequeño ser que llevo dentro (pues estoy convencida de su existencia en mi vientre) se convertirá en una ofrenda de amor ante los ojos de todo el mundo, mostrada entrañablemente, entre nosotros, en los brazos de sus dos padres.

Luis se sienta a mi lado en la cama, y en cuanto está recostado y ha apoyado cómodamente su espalda en las mullidas almohadas, le doy su taza, una hermosa taza verde de porcelana de Sèvres decorada con un grueso borde dorado y dibujos rómbicos de rosas de color rosa intenso.

A continuación cojo mi propia taza, de un verde tan subido y gratifican-te como el propio bosque.

—Por Compiègne —digo levantando mi taza para brindar.

—Por Compiègne, siempre con abundante caza —afirma, y espera discretamente a oír mi explicación. Puedo ver las preguntas formularse en su expresión, y también su amor hacia mí como amiga y no sólo como la mujer que debe engendrar un heredero.

—Pues estoy completamente segura —comento— de que el retraso de esa visita mensual, a la que mi madre llama la «Generala», es señal de nuestro éxito.

—A menudo se os adelanta… —empieza a decir.

—Pero nunca se retrasa —finalizo yo.

De repente, en una imagen borrosa de chocolate deshecho, lanza su taza y su platillo al aire (no se rompen, ya que escucho su golpe amorti-guado sobre la alfombra) y me abraza con los dos brazos. Ha derrama-do el líquido caliente por todo el frontal de mi camisón blanco en una mancha marrón alargada. Dejo la taza y el platillo, a un lado, y atraigo al rey a mi pecho.

A medida que el verano avanza, con frecuencia le suplico a mi esposo que se oponga a Prusia (incluso les hablo en términos duros a sus ministros Maurepas y Vergennes), pero Luis los escucha a ellos y no a mí. En su fa-vor debo decir que nunca me dice una palabra violenta, y de hecho se muestra absolutamente comprensivo cuando le hablo de mis miedos por el corazón de mi madre. Sin embargo, no cambiará de opinión sobre el asunto. Ahora sé que la invasión es algo que hizo mi hermano, a escondi-das de mi madre, y que ella considera sumamente insensato. Detesto que haya sido otra mujer, la emperatriz Catalina de Rusia, quien haya humilla-do a Austria amenazando con aliarse con Prusia. Pero mi madre es más inteligente que orgullosa (no sacrificará a su pueblo por vanidad) y ha ac-cedido a ceder algunas partes de Bavaria, quedándose únicamente Silesia.

En cierto modo, la gente sabe que yo he apoyado la causa de Aus-tria, y me han puesto el desagradable sobrenombre de *L'Austrichienne*, la Austríaca, aunque sé que a medida que mi embarazo avanza me vuel-vo más y más francesa. El apelativo enturbia mi dicha, ya que alude a una traición.

Los panfletistas lascivos tienen la osadía de sugerir que el rey no es el padre del hijo que llevo dentro; proponen una ridícula lista de nombres. Mi esposo y yo tan sólo nos reímos de ellos: sabemos la verdad. Lo que más me duele es que mi cuñado, el conde de Artois, es el primer nombre de la lista de padres putativos, y Yolanda me ha susurrado que mi otro cuñado, el conde de Provenza, bien podría haber pagado a los panfletistas para que emprendieran una campaña en mi contra. Con un parto exitoso, el conde de Provenza ya no ocupará el siguiente puesto en la línea de sucesión al trono.

Pero yo estoy introduciendo un maravilloso estilo nuevo de vestidos; yo y Rose Bertin.

A veces arrodillada, a veces subida a una escalerilla de mano, me cubre con ligeras telas de seda de los colores que más me gustan: azul pastel, un amarillo pálido suave como la luz del sol y un turquesa entre azul y verde que engaña al ojo.

Cuando me mide las caderas, Rose finge que no puede rodearme entera. En lugar de eso, camina resueltamente a mi alrededor con la cinta métrica, comentando como un personaje de una comedia:

—¡Qué distancia, qué viaje tengo que hacer ahora! —Detrás de mí, empieza a jadear y resoplar teatralmente. Al ver que me divierte y me complace, pisotea el suelo sin desplazarse para prolongar la farsa. Por fin, aparece resollando frente a mí, cierra la cinta y exclama—: ¡Diez centímetros, os habéis *ensanchado* ya diez centímetros!

Estallo de risa, pues en toda mi vida jamás ha empleado nadie siquiera la sombra de la palabra *gorda* para referirse a mi persona.

—Recuerdo la obra de Racine —comento— y cómo la sacerdotisa judía vestía prendas de ropa holgadas de sorprendente atractivo. No tengo la intención de aprisionarnos a esta criatura y a mí en ninguna clase de corsé.

—Que yo recuerde nunca os han gustado nada los corsés. —La cara bien redondeada de Rose está adornada por su sonrisa y sus centelleantes ojos. La adoro porque conmigo es tan alegre y franca como una campesina.

—Mi madre solía reprenderme por los corsés —confieso. Con discreción, recuerdo cómo la última correspondencia de mi madre ha estado repleta de asuntos mucho más serios, y que pese a todos mis esfuerzos la verdad es que no he sido eficiente ayudándola. Una nube de inquietud por su salud cruza mi mente.

—A estos vestidos de gasa —comenta Rose— quizá los hayan llamado levitas por una de las tribus de Israel.

Al término del verano sé que estaré agradecida de tener ropa lo bastante holgada como para permitir que las brisas entren y ventilen mi cuerpo.

Una vez que estoy dormida, duermo y duermo y me embebo todavía en más sueño, como si fuese un frasco de néctar, pero en ocasiones tengo dificultades para quedarme dormida. Mi apetito es excelente, y nunca me he sentido más feliz. Fui feliz cuando mi matrimonio fue enteramente consumado, pero ése era sólo el primer acto de esta obra teatral: creo que únicamente la maternidad en sí puede eclipsar la dicha del embarazo.

Tan sólo una vez he sentido un mínimo malestar. Cuando le escribí a mi madre que vomitaba un poco, me contestó que se alegraba hasta de enterarse de mis náuseas, ya que es una característica común de un embarazo normal. Le confesé a mi madre que como había anhelado y ansiado y esperado tanto tiempo, rezando para poder tener un hijo, en ocasiones temía que mi estado actual, aquí en pleno verano, quizá fuese solamente un sueño. «Sin embargo», escribí, «el sueño continúa...»

Jamás me he sentido más viva o más satisfecha con la vida que vivo. El rey y yo hablamos con suma afabilidad de nuestros planes para el cuidado y la educación de nuestro hijo. Tras pasear hasta el final de la Gran Avenida desde el castillo, nos sentamos en un banco al aire libre (el aire fresco es buenísimo para mi salud, pese a su tibieza veraniega) y admiramos el estanque de Apolo. Cuando los caballos de Apolo tiran del carro que lleva el sol fuera del agua, sus fuertes hombros y patas delanteras se elevan sobre la superficie del estanque. La brisa trae gotas que se desvían para refrescar nuestros rostros con la tenue calima.

—Quizás amamante yo misma al niño, al menos un tiempo —anuncio. Ansío sentir la boquita del bebé en mis senos.

Mi esposo no se ha asustado. Acepta todas mis ideas sobre nuestro próximo bebé con suma ternura.

—Tampoco permitiré que lo venden —comento—. Tendrá la libertad de moverse y su habitación estará en el primer piso, por su mayor comodidad para acceder al mundo exterior.

Luis muestra su aprobación agarrando mi mano en la suya y apretando muy suavemente mis dedos. Extasiado de felicidad, ahora es la viva encarnación del rey y a la vez esposo.

Un diablillo me hace decir:

—Creo que vos también estáis engordando conforme pasan las semanas.

El rey se sonroja, y no tiene respuesta. Lamento haberlo incomodado.

—Pero es natural —me apresuro a añadir—, pues vamos envejeciendo.

La imagen de su abuelo, Luis XV, me viene a la memoria, suscitada por otro diablillo, y recuerdo cómo, incluso siendo anciano, ese rey era considerado el hombre más guapo de Europa; un título que mi Luis jamás poseerá. Durante un instante me avergüenzo de mi propia superficialidad.

—Sois tan buen rey —le digo—. Toda la gente lo dice.

De nuevo mi esposo se ruboriza, pero esta vez de placer. De nuevo no encuentra palabras con las que responder.

Al fin, dice bastante enigmáticamente:

—Rousseau.

Le sonrío alentadora.

—Habéis captado las ideas de Rousseau, parece que del propio aire. No creo que ninguna de las reinas de Francia, en doscientos años, se haya planteado ahorrarles a sus hijos la opresión del protocolo y las tradiciones. Los infantes reales de Francia han sido simplemente entregados a otros. Yo lo fui.

—Entiendo que hay virtud en la maternidad —respondo. Estoy orgullosa de que las inclinaciones de mi corazón sean congruentes con el pensamiento del reverenciado filósofo Rousseau—. Incluso cuando nuestros hijos sean bebés, yo misma desempeñaré el papel de madre.

Le digo que quiero que mi querida Yolanda se convierta en algún momento dado del futuro en la institutriz de los Hijos de Francia, que la he visto con sus propios y adorables hijos y no hay nadie a quien pueda confiar tan plenamente el bienestar de mi hijo o hija. Luis accede tan rápido que su misma aquiescencia me hace recordar por un momento, en contraste, el grave rostro de mi hermano José cuando criticó a mi Yolanda por superficial y manipuladora, pero no siempre estamos de acuerdo con José. Fue la decisión de éste de anexionar Bavaria la que ha costado las vidas de muchos soldados y ha debilitado el corazón de nuestra madre.

—Tal vez deberíamos regresar al castillo —comento— y prepararnos para recibir a los invitados.

Sólo me aburro un poco. Durante el buen humor de mi embarazo la corte me ha parecido más divertida de lo habitual. Mientras ascendemos lentamente la pendiente en dirección al castillo, oigo que las aguas de la fuente de Apolo son cada vez más débiles, como la lluvia lejana.

—El pueblo de París no cabía en sí de gozo —asegura el rey entusiasmado— cuando se enteró de vuestro embarazo.

La pendiente es pronunciada, hace mucho calor y la contrariedad hace que visualice no la dicha, sino la dura fiereza de las caras de las mujeres que me insultaron tras el nacimiento del primogénito de Artois. Parecían hasta peligrosas…, pero eso fue hace años.

Mi madre solía recordarme que la contrariedad ponía de manifiesto un defecto de obediencia, la virtud cardinal en una princesa. De repente me siento cansada, y me detengo en nuestro camino cuesta arriba y vuelvo la vista hacia la figura de Apolo. De abundante oro, reluce dorado bajo el sol agostizo.

Aunque tengo la tentación de exclamar: «¡Qué cuerpo de hombre tan magnífico!», me contengo. Quizá mi esposo sentiría que está siendo desfavorablemente comparado con la divinidad. El sudor gotea por su frente debajo del borde de su peluca.

—Mi madre ha escrito diciendo que está convencida de que la felicidad expresada por los ciudadanos de París no podría igualarse al éxtasis que ha recorrido Viena cuando ha llegado la noticia de mi embarazo. —Mi tono es petulante.

En la corte, el calor de agosto agobia a muchos. Las mujeres no dudan en abanicarse, con la seria intención de producir una brisa. Los hombres cambian de posición apoyándose en un pie y en el otro; en ocasiones dejan abiertos sus chalecos profusamente bordados para dejar que entre el aire. Pero yo inspiro profundamente el perfume de mi pañuelo (lavanda refrescada con menta) y me siento bastante cómoda y feliz. La limonada de mi copa me refresca aún más. El calor es como el frío: cuando el cuerpo se amolda a él, entonces una se relaja y está cómoda.

Sé que a los cortesanos les encantaría lanzar sus pelucas empolvadas, en masa, al aire para refrescar sus coronillas. Sonrío ante la cómica imagen y me siento incluso más satisfecha con el mundo.

Pese a su gran incomodidad, sus elegantes atuendos multicolores hacen que sea hermoso contemplarlos, y además, yo estoy cerca de una ventana abierta por donde entran bocanadas de aire fresco de vez en cuando.

Yolanda de Polignac está junto mí, y la princesa de Lamballe también. Hoy no tengo problemas para hablarles a las dos en tono suave como las perlas. Aunque sus rizos oscuros están húmedos sobre su nuca, Yolanda acepta el calor del verano como un estado natural y no se queja. La princesa de Lamballe tiene un corazón (y una mente), creo, que se mueve más lentamente que la mayoría y jamás la hace acalorarse; la piel de su nuca y pecho es como la porcelana y, de tocarse, estaría fría. Las dos están igual de felices que yo, y como las tres Gracias, alegramos gradualmente todos los corazones.

No, es el simple hecho de mi embarazo lo que los complace a todos. Lanzo una mirada hacia mi barriga con enorme satisfacción, ya que es más hermosa que un gran ramillete de las flores más atractivas.

La muchedumbre que nos precede se mueve como un organismo gigante, como una bandada de vistosos pájaros o como margaritas inclinadas a la vez por una brisa unificadora. De reojo detecto una pose y un movimiento tan elegantes que por un momento pienso que debe de ser el conde Mercy, pero la silueta es demasiado alta.

Y demasiado joven.

Y hasta demasiado atractiva.

El hombre me resulta conocido, pero no inmediatamente familiar, como una figura del pasado o de un país extranjero, un recuerdo o un viajero demasiado bueno para ser verdad.

—¡Ah, es un viejo amigo! —exclamo atrayendo la atención de sus ojos suecos de color azul claro.

Asiento, y la muchedumbre se abre para permitir que se aproxime.

Él hace una reverencia, sí, con toda la elegancia del mundo, a la que se suma la gracia de la juventud, y empieza a hablar, pero yo le interrumpo, así que decimos su nombre a dúo:

—Conde Axel von Fersen.

Nos reímos, y yo simplemente digo:

—Ha pasado demasiado tiempo desde que nos vimos. —Pero sé que mis ojos chispean. Es el muchacho, convertido en un hombre, que vi en pleno invierno cuando yo tenía 18 años en el baile de la Ópera de París. Tenemos exactamente la misma edad, recuerdo.

—Cuatro años y medio, Vuestra Majestad —contesta él, e inclina su cabeza respetuosamente, pero no es solemne ni está intimidado por mí; no más de lo que estaba en el baile. Su porte es absolutamente sencillo, el de un ser humano que habla con otro al que respeta del modo más natural.

—La nueva felicidad de Vuestra Majestad ilumina no solamente su rostro, sino la sala entera.

Asiento para agradecer su cumplido; ha reparado en mi embarazo, lo más importante de mí.

Con picardía, le confío con un susurro juguetón:

—Cuando veo el brillante disco de la luna llena, le saco la lengua a Diana y a todas las diosas virginales sin relieve que no han conocido nada de la redondeada plenitud de la maternidad.

Él echa hacia atrás su hermosa cabeza y se ríe. Pienso en Tritón tocando su caracola. No es que su risa sea excesivamente fuerte, pero da la impresión de que procede de otro reino. Hay rubíes en su risa.

—¿Y dónde habéis estado estos años? —inquiero.

No se toma ni demasiado tiempo ni demasiado poco, no adorna en exceso sus frases con ornamentos retóricos ni habla con demasiada brusquedad, sino que me cuenta en un estilo justamente gratificante que se marchó a Inglaterra con la intención de contraer matrimonio, pero que su pretendida no quiso dejar su país nativo por un hogar extranjero.

—En resumen, no me quería —contesta con súbita informalidad.

—Parecéis feliz y sano.

—Intentaré la carrera militar, alistándome para servir en países extranjeros, como hizo mi padre.

—Incluso hoy en día, se habla con admiración y gratitud del buen servicio que vuestro padre prestó a Luis XV —comento—. Entonces deduzco que gozáis del beneplácito de vuestro padre.

Oigo que Yolanda dice *sotto voce*:

—Parece el héroe de una novela.

La duquesa de Chartres replica al otro lado de ésta:

—Pero no de una novela francesa.

—Mi padre es mi amigo más sabio —continúa el sueco, ignorando el gorjeo de mis damas— y cuando viajo nos enviamos muchas cartas el uno al otro. —Tan seguro está el joven conde de su independencia que no se justifica en lo más mínimo por obedecer a su padre. Veo solidez en el rostro de este extranjero, y ternura. Nunca se ve semejante nobleza en un rostro francés, sea ficticio o real.

Bajo sólo un poco el tono de voz y deseo que estuviéramos hablando en privado.

—Lo mismo ocurre entre mi madre y yo. —Para mi sorpresa, me sacude una ternura por mi madre que no había querido reconocer ni siquiera ante mí misma. Sin duda, la quiero, pero hay un nuevo elemento en mis propios sentimientos sorprendentemente accesible para mí.

Fersen comenta:

—Demostrasteis un gran valor creando un nuevo hogar lejos de vuestro país de nacimiento.

—Pero comprendo bien, ahora, aunque no a los catorce años, que vuestra dama haya podido dudar si hacerlo, sobre todo porque su viaje habría sido por mar.

—Presumo que Vuestra Majestad atravesó el Rin. —Una leve sonrisa se asoma a las comisuras de sus labios.

—El Rin es una mera zanja en comparación con el Canal —observo. Nada más cruzar las palabras el aire hasta su oído me avergüenzo de haber descrito ese imponente río en términos despectivos. Recuerdo cómo el sonido de las aguas torrenciales del Rin inundaban mis oídos de miedo, ¿o era mi propia e inexperta sangre, que buscaba un lugar donde esconderse mientras yo estaba de pie, desnuda en esa isla neutral entre dos países rivales?

—Todas las aguas de Austria tienen su encanto. —Me habla con comprensión, su frase es cualquier cosa menos una corrección—. Y Vuestra Majestad es hija del Danubio.

—Mi madre siempre ha dicho eso mismo —añado diplomáticamente—. Hace mucho tiempo que yo misma no pienso de ese modo. —Pero al añadirlo digo una verdad de mi persona que no tenía la intención de revelar. Sus ojos son los de un viajero que trae en las profundidades de éstos algo de cada lugar que ha visto—. Vuestras palabras me devuelven a mi juventud.

—Entonces pensáis en las palabras como en un sinfín de pequeños cestos, que llevan noticias de tiempos pasados y de cosas aún por suceder. —Es imposible que se haya dirigido a mí como «vos». No, debe de haber seguido diciendo «Vuestra Majestad» con absoluta corrección. Descosa de intimidad familiar, mis oídos han tergiversado las palabras del conde Axel von Fersen.

Mis noches son un lujo de completa relajación, ya que en cuanto mi embarazo fue una realidad consolidada, sugerí que la seguridad requería que nos abstuviéramos de nuestras relaciones conyugales, y el rey accedió con la absoluta ternura que algún día lo convertirá en un padre querido por nuestro hijo. Esta noche de agosto, hago llamar a Madame Campan para que se siente junto a mi almohada y me lea cuentos de hadas y encantamientos, de Puck y Oberón, y bailes a la luz de la luna.

Ella lee hasta que me alejo de las realidades de mi cama, la colcha tejida y la voz que canturrea, para viajar hacia una luna hecha de cuarzo rosado. Aparezco en una góndola veneciana en forma de sonrisa, con una sola vela, como aquellas a bordo de las cuales tenemos el privilegio de subir aquí para flotar por el Gran Canal de Versalles. El timón de mi góndola no lo gobierna ningún italiano, sino un noble del norte. Para iluminar el camino, a través del azul de medianoche, sostiene una vela en un puño. Como un susurro que avanza, nos elevamos de las aguas hasta el cielo, la proa de nuestra embarcación verde separando el velo de nubes.

Llena de paz y quietud aletargada, apoyo mi mejilla en las suaves plumas de una almohada; un delicado anillo de estrellas corona mi frente y me llamo a mí misma la Reina de las Nubes.

EL PARTO, 19 DE DICIEMBRE DE 1778

Les comento a mis amigos que el sueco debe ser invitado a todas las fiestas, y así es. A medida que crece mi redondez y estoy cada vez más serena, también crece mi amistad con Axel von Fersen. Con él no tengo el impulso de flirtear, como puedo haber hecho con otros cortesanos. Ya hable o permanezca en silencio, su presencia es infaliblemente viril a la par que grácil. Es fiel a sí mismo, y por eso todos los hombres de Francia debieran envidiarlo. Todas las mujeres lo adoran, y yo destaco su cortesía con todos con gran aprobación. No le escribo a mi madre nada sobre él, y supongo que el conde Mercy tampoco lo menciona. Dado que ella no me dicta ninguna sentencia sumaria o directriz relativa a este amigo, la emperatriz debe de ignorar su existencia.

Mercy me cuenta que todo el mundo está celoso de las deferencias que prodigo a Von Fersen, pero estoy segura de que estarían celosos de cualquiera que se interpusiera en la luz de mi favor.

—Es mejor que sea un extranjero —replico—. Él no me pide nada. Únicamente recibe mi atención.

Mercy me explica que todos los cortesanos creen que Fersen me «ha arrebatado el corazón», y me advierte que *ellos* (refiriéndose al círculo de Polignac, y ahora puedo reconocer que *son* un círculo) se han conchabado para que así sea, porque si quien se convirtiera en favorito de la reina fuera un francés, podría «conseguir todos los favores de cargos e ingresos para sí o sus familiares».

Por su parte, Madame de Polignac y su amante Vaudreuil me animan a completar la expresión de mi estima hacia el guapo conde, a darle los placeres de la carne. Me hace reír que la gente se imagine que cualquiera podría manipular a Axel von Fersen, puesto que su respeto por su padre le ha proporcionado una sabiduría superior a la que le correspondería por edad. Él y yo nos entendemos a la perfección: nuestra dicha es espiritual.

Miradme: ¡estoy enorme!

En su presencia, mi corazón es ligero. Con absoluta serenidad, observo el avance de la estación otoñal. Cada día oscurece más temprano. Las hojas de los árboles de Versalles están medio caídas, y veo las esqueléticas ramas negras emergiendo del follaje cada vez más escaso. Los atardeceres son más espléndidos con un intenso rojo y un dorado opaco.

En ocasiones, el pequeño ser que llevo dentro da una patada con su diminuto pie, y me rasco en el sitio donde el bebé busca espacio y todavía más espacio para su crecimiento. El rey resplandece de felicidad por mí, y una vez en presencia del conde coloqué la mano de Luis en mi costado para que sintiera el movimiento. Sin la más mínima turbación mi esposo exclamó: «¡Ah, Fersen, cómo es esto de ser casi padre!» Tampoco Fersen estaba incómodo lo más mínimo. Los tres somos muy naturales entre nosotros. Dejando la realeza a un lado, somos simplemente tres amigos. Los dos me quieren, y estamos en perfecto equilibrio.

En cierta ocasión, Fersen nos comentó que, en la naturaleza geométrica, el triángulo es la forma más estable. Los tres estábamos admirando un frontón con esa forma; su comentario no aludía ladinamente a nosotros. Por lo menos él no era consciente de que así fuera. Pero de la misma manera que él conoce los escondrijos íntimos y silenciosos de mi mente, yo puedo percibir la sombra de sus pensamientos, de la cual no es consciente.

Una vez vi que Elisabeth, mi cuñada, miraba a Fersen como si ella también estuviese a punto de sumarse a las hileras de damas que casi se desmayan ante su mirada. Sus ojos se vidriaron cuando lo vio con su uniforme militar sueco, con aspecto de actor en una función, una escena de gloriosa hombría, pero auténtica y placentera.

—Elisabeth —dije yo con suavidad, ya que ella no podía contenerse.

Abrió sus labios y dio la impresión de que se estaba despertando de un estupor.

—Sus botas son tan hermosas —musitó. Entonces sus ojos sinceros se encontraron directamente con los míos—. Me alegro tanto de que Vuestra Alteza tenga tan noble amigo —dijo—. Podríamos seguirlo hasta el fin del mundo.

—Es bueno que haya hombres así —contesté—. Al rey le cae bien y confía plenamente en él.

¡Mediocres palabras! La verdadera esencia de este momento es que en sus pliegues íntimos he visto la sinceridad de mi cuñada. Ella no quiere lo que es mío. Siempre ha habido un lazo entre nosotras, desde el día en que llegué para mi boda y ella (una niña perfecta y natural, pese a toda su realeza) revoloteó a mi alrededor. Fue la pequeña mensajera que trajo la rosa de color rosa del Delfín. Y ahora desempeña su papel a la perfección: es mi verdadera amiga. Prácticamente no quiere nada para sí. Cuando está cerca de Luis y de mí misma, es su voluntad y ferviente deseo realzar (de cualquier forma) nuestra posición. No conozco la manera de devolverle su generosidad.

Siento que empiezan los dolores del parto poco después de que el reloj dé las doce. No hay necesidad de apresurarse o alarmarse. En su momento estaré rodeada por docenas, quizá cientos de personas, pero este instante es mío. ¿Quién es esta personita que llama a la puerta del mundo? ¡Y qué extraño portal es el cuerpo humano femenino! Así es como empieza: dolor donde no había dolor. Una rigidez y una contracción, y el dolor pasa. Mientras espero sé que estoy sonriendo.

Pienso en mi madre y en la alegría que sentirá. Para ella, yo y mi llegada no fuimos ningún misterio. ¡Había tantos hermanos y hermanas antes que yo! «Otro más», pensó probablemente. «¿Y qué haremos con ella?»

Pero para mí es el comienzo. Estoy haciendo lo que nací para hacer, pero más loablemente de lo que ni siquiera mi madre hubiera osado esperar. Daré a luz al próximo rey de Francia, si Dios quiere. Este nuevo ser está hecho de la sangre real de cientos y cientos de años. El anciano Luis XV debe de estar sonriendo desde su tumba. ¡Qué contento estaba de unir mi Casa de Habsburgo de 600 años de antigüedad a la línea borbónica!

Pero el niño que está en camino (mi cuerpo lo vuelve a oprimir, rezo para que no le duela) no es más que un niño. No sabe nada de estos pensamientos ufanos. Pero creo que percibe que su mundo está cambiando. Nacimiento y muerte; creo que morir debe de ser como esto: sólo cambiamos un mundo y sus estrechos límites por un reino más amplio.

Aquí, en la oscuridad que inunda mi habitación, pienso en la luz de la eternidad. Mi madre me pediría en este momento que rezara por Francia y la felicidad de Europa, así como por la nuestra, y estoy encantada de hacerlo. Las cuentas de mi rosario se deslizan con sus aristas y lisuras entre las yemas de mis dedos; que estén conectadas unas con otras me conecta a mí con el intangible más allá.

El reloj da la hora, son las doce y media de la noche. ¡Qué solitario suena ese gong!

Sin embargo, me encanta esta oscuridad, estar sola. Quiero recordar esta negra paz. Puedo ver las cortinas de las ventanas. Supongo que pronto me levantaré y pasearé. Vendrá el rey, y sentiré su amor hacia mí y yo hacia él porque juntos hemos creado esta pequeña vida. Desearía que María Carolina estuviese conmigo. Uno detrás de otro, sus hijos han nacido con facilidad. Ella me diría qué va a pasar y cuál es la mejor manera de contribuir al avance. Cuando ahora cierro mis ojos, puedo notar sus labios besando mi frente. ¡Cuánto amor! El dolor ataca de nuevo. Si pudiera, Charlotte alumbraría por mí. ¡Con qué frecuencia me cogía de la mano, cuando estábamos juntas de pequeñas, para encabezar algún juego nuevo! ¡Para ir al zoológico! Para ver a *Clara*, la rinoceronte, plateada como un caballero de antaño, pero polvorienta.

Aquí viene otra vez el dolor.

El reloj vuelve a sonar. Me concedo a mí misma otra media hora de soledad. Entonces llamaré al timbre, y su esperanzador sonido anunciará el acontecimiento inminente. Probablemente nunca en toda mi vida vuelva a estar tan sola como estoy en este momento. No estoy asustada. Bendita soledad. ¡Dulce secreto! ¿Es posible que lo que ahora está en mi interior pronto esté fuera, y separado de mí? Pero mis brazos lo tranquilizarán y lo estrecharán contra mi cuerpo, esta pared exterior de la habitación de su vida nonata. «Recordad», le diré, «que hace tan sólo unas horas estabais dentro.» Mis manos ablandan y calman mi gran barriga cuando se vuelve a poner rígida por el dolor.

Compruebo el ritmo contando hasta sesenta, y sí, esos momentos desaparecen y puedo contar otro minuto. ¡Así es la vida! Así es la vida: los momentos que van pasando, ninguno más o menos real que otro, puesto que todas sus diferencias importan. El rato que tardo en mover mis ojos de izquierda a derecha es tan real como un momento de amor o miedo. Repaso el camino que he de recorrer para cruzar la habitación, empezando desde el alto marco de la puerta de la izquierda, nombrando las cortinas y armarios, sillas y cuadros hasta que llego a la otra pared y veo la puerta alta de la derecha. Así pasamos nuestros momentos, que tienen su propia voluntad y que seguirán pasando, seamos o no conscientes de ello. Supongamos que pudiéramos regalar el tiempo, como un brazalete resplandeciente. La pulsera de lapislázuli que recibí cuando llegué para mi boda me viene a la memoria, un aro ancho, con diamantes, y el cierre que me ha gustado llevar pegado a mi pulso. Mis iniciales «MA», con las letras entrelazadas, dos montañas con tres picos entre ellas. «Agarraos fuerte, María Antonieta»; es la voz que oía en casa cuando íbamos en trineo por la nieve, la voz de la emperatriz dándome un buen consejo. Desearía que nevase esta noche de diciembre, ya que el mundo necesita estar nuevo y puro como el lino blanco, tan blanco para mi bebé como las plumas del cisne.

Me alegra que sea diciembre, el mes del nacimiento de Cristo, cuando la propia María tuvo a su primer hijo y lo envolvió en pañales y capas de ropa. «Santa María, llena eres de gracia, bendita eres entre todas las mujeres.» Y bendita soy yo. «María, madre de Dios, María, mi santa patrona, y la de todas mis hermanas y de nuestra madre, que el fruto de mi vientre sea bendecido, por el bien del pueblo, por Francia, a la que amaré más de lo que la he amado nunca antes.»

¡Tan, tan! El reloj toca de nuevo, la una y media de la madrugada, 19 de diciembre de 1778, y llamo al timbre para avisar a aquellos que han de atenderme. Pasan sólo unos cuantos minutos, y aquí vienen. Primero la princesa de Lamballe, como superintendente de la casa, su pálido rostro es un rombo de amor, quien comunica la noticia a toda la familia real de Versalles y más allá, mediante los pajes, que hacen llegar la noticia a Saint-Cloud y a París. Los hombres se van corriendo, luego salen del palacio al frío, a caballo, son portadores de las noticias sobre mí. Alargo mi mano para que me ayuden a bajar de esta majestuosa cama, y dejo la huella de mi calor en el lecho. Antes de volver a esta cama habré dado a luz. Me levanto para iniciar mis paseos, que acelerarán el proceso y evitarán que mi sangre se coagule.

Son las ocho de la mañana y los dolores se producen a intervalos demasiado cortos, y mi cuerpo está demasiado cansado para seguir caminando. Miro hacia la pequeña cama blanca que ha sido preparada para el alumbramiento de mi hijo. De ser mi tumba, me echaría en ella ahora, para descansar. La luz del día aparece por una grieta vertical donde se juntan las cortinas.

Es el rostro de mi esposo y rey lo que más me tranquiliza ahora. A Luis XIV lo llamaban el Rey Sol, pero es la gran cara redonda de mi esposo, sonriéndome, la que más se parece al sol. Sus ojos serenos y entornados brillan para darme aliento. A todos los demás los ignoro. La habitación es sofocante porque la gente está apiñada (debe de haber doscientas personas agolpadas a mi alrededor), hay muchas caras conocidas, las de todos los cortesanos dignos del honor de estar presentes, pero detrás de ellos se agolpan los curiosos que han venido a pie desde París, y otros que estaban casualmente en el palacio. Veo a la costurera menuda entre ellos, pero su nombre ha desaparecido de mi mente exhausta. Creo que se llama Rose, pero ése es el nombre de su maestra, no su propio nombre; Rose Bertin, que me ha embellecido con vestidos delicadamente holgados durante mi embarazo, con suaves plumas para mis cabellos. «*Mon Dieu!* ¡El dolor!» Y hay dos desconocidos encaramados a altos armarios para tener una magnífica vista de mí, aquí tumbada, intentando abrir mi cuerpo. «*Mon Dieu!* ¡El dolor!» Son como las gárgolas de Notre Dame. «*Mon Dieu! Mon Dieu!* Cuento once sonidos del reloj, *mon Dieu!*» Si dan las doce del mediodía, y no he alumbrado, me moriré. Estoy resignada a ello.

Y, sin embargo, pienso en mi madre, que alumbró quince veces, como si no fuese más difícil que estornudar con fuerza. La respiración de la muchedumbre me deja sin aire.

Agito mis manos hacia las ventanas, selladas por el frío del invierno, pero nadie entiende que me ahogo por falta de aire, que suplico que abran las ventanas de par en par.

—¡Usad la fuerza! ¡Usad la fuerza! —les ordeno, pero se creen que me refiero al bebé que llevo dentro, y unas manos horribles entran en mí, buscando. No gritaré. «Jamás dejéis que os hagan chillar», me aconsejó la emperatriz. «Jamás, por ningún dolor o herida que sea vuestra, personal. Una grita por el Estado, únicamente por el reino.»

¡Tan, tan! El reloj marca las once y media. Es Yolanda de Polignac la que nos dice a todos:

—Ahora, ahora se ve la coronilla del bebé. —Y la quiero con todo mi corazón por esa noticia. Abro los ojos, solamente un poco, para ver su cara una vez más antes de morir. Su semblante está relajado y feliz. No ve nada extraño. Su mirada encuentra la mía—. Falta muy poco —anuncia en voz baja como el ronroneo de un gato. La creo.

Empujo, luego me relajo; el bebé ha nacido. En la habitación reina el silencio. Temo que esté muerto: eso es lo que significa su silencio. No hay aplausos, no hay exclamaciones de alegría. El calor de la habitación me engulle. Me hundo en los fuegos del infierno.

«Agarraos fuerte.» Sí, el trineo iba deprisa, en bajada y cogiendo velocidad. Más velocidad. El viento helado me golpea en la cara, se cuela por las aletas de mi nariz. Los trozos de hielo se pegan a mis mejillas mientras me precipito hacia abajo y, más deprisa, con más frío, hacia abajo.

Pero no estoy en Austria. Han abierto las ventanas. El aire de la habitación es fresco, y es francés. Cae sobre mí como el rocío de la nieve.

El rey me muestra a nuestro hijo y me dice que tenemos una hija, sana y robusta.

—Abrigadla —me insta.

«¡Ah, la han recibido en silencio porque no es un Delfín!»

—Pequeña María Teresa —le digo, alargando los brazos hacia ella, mi hija. Nunca había oído tanta ternura en mi propia voz—. Toda Francia deseaba que fuerais un niño, pero no importa. —Contemplo su cabecita, una versión diminuta de mí misma, de bella tez con encantadores cabellos claros—. Para mí no podría haber niño más querido. —Acaricio su mejilla suave como un pétalo con el dorso de mi dedo—. Ahora sois mía. —Tras salir de mí al mundo, alguien a quien acariciar y ver y oler, sé que ella es más mía que cuando estaba encerrada en mi interior—. La corte, el pueblo, habrían tenido un niño, pero vos —le repito—, queridísima pequeña, sois mía. —Está dormida y envuelta en ropa; compruebo las telas del pañal, y no le aprietan demasiado. La estrecho en mis brazos. Mi aliento roza su rostro—. Cuidaré de vos, y compartiremos nuestras vidas y buscaremos consuelo la una en la otra.

Comento a los presentes que estoy bastante repuesta: es preciso que cierren bien las ventanas, no sea que el aire invernal enfríe a mi hija.

—¡Ha nacido hace tan poco! —afirma mi esposo perplejo, y yo lo miro. Su semblante expresa todo lo que yo sabía que expresaría. Continúa—: No podría estar más contento con ella, o con vos.

La bondad de mi esposo hace que llore. Sé que los cortesanos piensan que estoy decepcionada por haber alumbrado a una hija, pero no es eso en absoluto. El dolor del parto ha terminado y empieza un nuevo capítulo de mi vida. He tenido un hijo. Puedo tener otro.

—Mi pequeña hija se alimentará de mis propios senos —le digo a mi esposo.

Él asiente, y yo sé que me apoyará en todo lo que pida.

DESPEDIDA DEL CONDE VON FERSEN

Con tres meses de vida, mi hija está en la cámara contigua; si gimotea, y sigue gimoteando, entonces dejaré a todos estos señores y damas para darle a mi pequeña tirana los pechos que más le gustan.

La gente comenta lo hermosa que estaba yo anoche en el baile de la Ópera. Naturalmente, el rey estaba demasiado ocupado como para asistir, pero yo acudí con el conde von Fersen y, en efecto, hubiera sido una gran pena no estar radiante, puesto que yo no me sentía más que fulgurante. Siempre atento a mis estados de ánimo y pensamientos, siempre elogiador, y siempre él mismo, él y yo, ambos, sentíamos una felicidad absoluta, ya que somos almas gemelas. Mientras hoy paseo y hablo con amigos, en mi mente camino de nuevo con él, mi queridísimo amigo secreto. A la mágica luz de las velas, reflejada de forma prismática, con todas las joyas para acudir a la ópera centelleando a nuestro alrededor como lucecillas de colores, resplandecíamos desde nuestro interior.

Y, sin embargo, esta escena diurna es también encantadora, con flores (tulipanes y narcisos, ramas de sauce blanco y forsitias inclinadas formando un arco amarillo), flores de árboles frutales y hojas maravillosamente dispuestas en jarrones allá donde uno mire. Como mejor se ven las flores es con la luz del día, y adoro los vestidos más ligeros del día que complementan los pétalos de las flores casi tanto como los trajes principescos nocturnos. El día se asocia con la libertad y la naturaleza, la noche con el esplendor de las joyas y los atuendos majestuosos.

Llega hasta mis oídos el rumor de que una de las damas ha dicho que está agradecida por no haberse enamorado del conde sueco; «¡qué indefensa está una delante de él, sea dama o reina!», ha dicho.

Yolanda de Polignac pregunta si habrá música esta tarde, y yo contesto:

—Estoy precisamente esperando a Gluck... y a Axel von Fersen.
—Puedo confiar en ella casi tanto como puedo confiar en él, pero la naturaleza de mis confidencias varía en función del oído que esté inclinado hacia mí. Con Yolanda, soy mi yo más perverso: imperiosa, un tanto codiciosa de lo que aún no es mío, criticando mucho a los demás y quitándole importancia a su vanidad y lastimoso juicio. Si bien no hago alarde de mi poder, mi soberbia estriba en que puedo darle cualquier cosa que ella desee.

Mientras medito, rodeada de mucha gente, mis dedos suben y bajan por los nódulos grises y vellosos de una rama de sauce blanco, y recuerdo cómo recientemente, en pleno invierno, mis dedos acariciaron las duras cuentas de mi rosario al tiempo que rezaba para que el parto fuera bien.

Con el conde (al igual que con mi hija), soy mi mejor yo, siento mis impulsos más profundos, experimento el placer en todos los niveles de mi alma ante la belleza de una hebilla o de una canción. Los dedos del músico al teclado jamás me han parecido más ágiles o auténticos como cuando el conde está a mi lado. Los matices de las flores en sus jarrones, las creaciones florales y su colocación, nunca me satisfacen más como cuando él está cerca. ¡Ah, sí! Al igual que en las personas, las corolas de las flores tienen posiciones distintas y sus hojas se yerguen de manera diferente. Cuando Fersen está de pie a mi lado, elegante, afectuoso, inteligente y bondadoso, no siento el impulso de criticar o quejarme de nada ni de nadie; con cada respiración quiero disfrutar, disfrutar. Segura de mi felicidad, sé que él nunca me pedirá nada.

Y aquí está mi amigo Axel von Fersen, de Suecia, viniendo de nuevo como ha venido un sinfín de veces a mis espectáculos. Me limito a sonreír y asentir; la muchedumbre se abre; desaparece de mi vista, se funde mientras su silueta absorbe toda mi mirada. Llena el marco de mis ojos con la misma seguridad que si fuera un cuadro que requiriera toda mi atención.

Lejos de inmovilizarse en la eternidad del arte, avanza hacia mí, a través de la luz dorada de la tarde, entre las flores de marzo, pasando por delante de los jarrones cuyas mismas formas rompen el corazón con su gracia, el rostro del conde es más hermoso que cualquier lirio. Los colores de la alfombra que precede a sus pies son más intensos de lo que han sido jamás.

No estoy en absoluto asustada; aunque hoy su aspecto es más irresistible que nunca antes, claro que pienso exactamente lo mismo cada vez que tengo el placer de mirarlo. Como tengo su aprobación, su perfección mejora cualquier defecto que yo pueda haber percibido alguna vez en mí. Lo recibo igual que a los demás, con la misma alegría. Todo es perfectamente adecuado; nadie puede afirmar haber sido saludado por mí con menos alegría. Los complazco a todos, hoy aquí reunidos, a los príncipes, los duques y los condes, y a mis damas, y no me cuesta esfuerzo.

—Contadnos todas las novedades, puesto que ahora que os encontráis entre nosotros —le digo para que todos puedan oírlo—, estamos todos y nuestra felicidad es completa.

Él entrechoca suavemente los talones, se lleva la mano al nudo de encaje de su garganta, hace una leve inclinación de cabeza y habla:

—Todas mis noticias son buenas, ya que el deseo de mi padre ha dado fruto. Tengo muchos amables amigos a los que agradecérselo. El rey de Suecia ha hablado con el conde de Rochambeau, y mis sueños de hacer la carrera militar tendrán una oportunidad.

—Os han asignado una misión —comento con una sonrisa, pero puedo notar cómo una nube cruza mi frente. De hecho, me toco la frente como para ahuyentarla. Yolanda está a mi lado. Me susurra al oído, pues es su privilegio, pero no puedo oír lo que dice, aunque sus labios me hacen cosquillas en el portal de mi oreja.

Lleva un abrigo de intenso color clarete, un color que siempre ha estado entre mis favoritos, y aunque no bebo vino, siempre estoy encantada cuando los demás beben clarete para poder admirar su color en el cristal levantado, cuando el sol atraviesa el líquido.

De nuevo inclina su cabeza.

—Será del agrado de Vuestra Majestad saber que me han nombrado edecán del conde de Rochambeau.

Un zumbido recorre la sala, o las abejas han entrado en mi frente confundiéndola con una colmena.

El conde de Rochambeau es el comandante en jefe, y embarca sin dilación hacia las colonias norteamericanas. Se me hiela el corazón. «Manifestad el miedo como placer producido por la presencia de todos los presentes, ya que sus ojos estarán en vos», eso me enseñó mi profesor de teatro antes de salir de los bastidores y flotar sobre el escenario, hace mucho tiempo, cuando era hija del Danubio.

Yolanda me susurra al oído:

—Los norteamericanos no han hecho más que crear problemas desde que existen.

—Debéis decirle adiós a mi pequeña —le digo a Axel von Fersen— y despediros de ella antes de zarpar. Quizá para entonces sea lo bastante mayor para articular una frase con sus propios labios. —Me siento confusa. Temo que la sala empiece a dar vueltas, aunque mis ojos están clavados únicamente en sus ojos. De repente, la princesa de Lamballe está a mi lado.

—¡Oh, mirad! —exclama con gran espontaneidad—. Es el caballero Gluck, que ha venido a deleitarnos con exquisita música.

Desvío mi mirada sólo lo justo para ver que mi viejo amigo ha llegado. Parece que mi Gluck jadea, como si hubiese venido corriendo; su cabello está pésimamente empolvado, y deja entrever gran parte de su color natural. Su silueta achaparrada de poca estatura siempre es sumamente bienvenida, pero mis ojos se apartan de él y vuelven al elegante conde. Con modestia, éste espera hasta que yo me dirija a él de nuevo, pero no puedo.

Yolanda le pregunta:

—¿Y a qué hora zarparéis por la mañana? Lamentamos mucho pensar que no os veremos durante un tiempo.

¿Es posible que haya dicho *por la mañana*?

—Pido disculpas a Su Majestad y a todos mis amigos por haber llegado tarde a nuestra reunión únicamente para anunciar que me marcho temprano por la mañana. Pero el caballero Gluck está aquí, y no debemos dejar que se retrase más el tiempo de la música.

Su forma de mirarme me indica que entiende mi pesar, que debe irse, puesto que es su obligación, que debemos continuar estando alegres, lo cual también es nuestra obligación.

—Exijo mi privilegio de tocar en primer lugar —declaro—, ya que después de que Gluck haya tocado para nosotros, ningún simple *amateur* osará sentarse a tocar el clave.

—Dado que la actuación del *amateur* surge del amor —me dice el conde, y sonríe con exquisita donosura—, esa música es siempre la que más me conmueve.

Me siento despacio en la dura banqueta. De pequeña, en Viena, Gluck me explicó que es preciso que la banqueta sea dura, con el fin de que nuestras espaldas nunca estén tentadas de encorvarse. Extiendo mi falda a mi alrededor, hoy es de color lavanda, que ya siempre asociaré con la muerte. En cada codo hay un bullón redondeado de color morado claro.

—Sí, un *amateur* es aquel que toca por amor —digo en voz baja—. Y espero que haya cierto encanto en mi esfuerzo para todos los que seáis tan amables de escuchar.

Coloco las yemas de los dedos sobre las suaves y lisas teclas. ¡Qué frías están en su reposo, esperando a hablar cuando las toque!

—Escuchad, pues, con vuestros corazones, puesto que yo toco con el mío, y disculpad a mis dedos si yerran. —Ciertamente, me siento insegura, pero levanto la vista hacia el conde y empiezo.

Canto un aria de *Dido*. Mis dedos recorren las teclas bastante bien, pero mi voz traiciona mi sentimiento y tiembla. Para controlarme («para actuar, actuar»), me imagino la dramática realidad, el mundo de Dido, y no mi propia angustia. Canto sus palabras: «¡Ah…, qué feliz pensamiento me condujo a admitiros en esta corte!», pero articulo mal la palabra «corte» y suena casi como *«coeur»*, corazón. Sí, lo he dejado entrar en mi corazón; no importa que venga o no a mi corte.

Aunque lo miro únicamente a él, sus ojos miran humildemente hacia abajo. Por lo que a mí respecta, ninguno de sus actos traiciona jamás el lazo que hay entre nosotros. Todo lo hace como para pasar desapercibido, para no dejar traslucir el hecho de la posición especial que ocupa con respecto a mí. El egoísmo no menoscaba su compasión natural; no pide nada. Mis ojos se llenan de lágrimas. Y si los demás ven mis lágrimas…, ¡no me importa!

Cuando me levanto del teclado, le indico a mi antiguo profesor de música que ahora nos deleite él, y lo hace, tocando *Las barricadas misteriosas* de Raumeau. Lamentablemente, las barricadas que a mí me aprisionan son cualquier cosa menos misteriosas. La música de Raumeau brota con energía, tocada en el más alegre de los modos mayores. Desaparezco entre el grupo, y enseguida Fersen, sin desplazar a nadie, está de pie junto a mí. Lo oigo respirar profundamente: es lo opuesto de un suspiro.

—Espero que escribáis cartas a vuestros amigos franceses cuando estéis en Norteamérica.

—Nada me complacerá más. Para aquellos que son verdaderos amigos, sin embargo, la distancia, y sé que Vuestra Majestad está de acuerdo, no puede separar sus espíritus.

Se aleja deslizándose. Les comento a mis invitados:

—¿Acaso no son noticias maravillosas? —digo alegremente—. Y tengo entendido que Lafayette también va.

En el momento de la despedida, alargo mi mano hacia el noble conde. Él se inclina y la besa, levanta la vista una sola vez, su alma está en sus ojos levantados; entonces incorpora su cabeza y su pecho, recoloca sus hombros, sonríe, entrechoca suavemente sus talones, se vielve y abandona la sala. Mi mirada sigue su espalda (recta sin rigidez, toda relajación, toda gracia) y desaparece tras doblar una esquina. Trato de escuchar el sonido de sus pies en los escalones de mármol, pero no oigo señales de su paso. El dorso de mi mano hormiguea con el susurro que allí ha dejado la pluma de su beso.

Más tarde por la noche Yolanda viene y me dice que no tengo buen aspecto.

—Tengo un poco de fiebre —le digo con sinceridad. No le daré información alguna de mi corazón.

Cuando me pide ver los dorsos de mis manos, le doy la que Fersen no ha besado.

—Esas manchas rojas de vuestras hermosas mejillas podrían ser indicio de sarampión —contesta con la voz llena de preocupación—. Se dice que varias personas que asistieron a la velada musical tienen la enfermedad.

—¿Acaso no ha sido una tarde deliciosa? —Estoy ardiendo y apática.

—He oído por casualidad un interesantísimo intercambio de palabras entre la duquesa de Fitz-James y nuestro conde.

—Adelante —la insto, y me siento más animada, interesada.

—Ella ha dicho: «¿Qué es esto, Monsieur? ¿Abandonáis vuestra conquista en favor de la libertad de Norteamérica?» Y él ha contestado con absoluta compostura: «Si hubiera hecho una conquista, no penséis que la abandonaría. Dado que me marcho totalmente libre de lazos, me voy, tanto peor para mí, sin que ninguna otra persona sienta ningún pesar especial».

—Él no exhibe indicio alguno de soberbia —constato más que satisfecha por la discreción de mi amigo.

—Y, sin embargo, creo —replica ella sacudiendo su morena cabeza— que él sería capaz de hacer absolutamente feliz a cualquier dama que deseara concederle su gracia y verdadera confianza.

Sonrío a mi amiga con total ecuanimidad, pero su comentario no me parece divertido.

—En efecto, he oído testimonios precisamente de tales felices damas —añade examinándose las uñas, ajustándose un brazalete de diamantes que le he dado no hace mucho, porque he visto cuánto admiraba el mío con el cierre de lapislázuli y mi monograma.

Me alejo discretamente y miro por la ventana. De haber podido hacerlo, Yolanda me habría instado a sellar mi relación con el conde, antes de marcharse. No necesita ser sellada: mi confianza en su lealtad no pueden hacerla tambalear los rumores.

—Cuando sea verano otra vez —digo, observando a los jardineros transportando carros de rosas hacia los macizos para ser plantadas—, quizá deberíamos volver a dar paseos nocturnos, entre los bosquetes y las fuentes, como hacíamos cuando estaba encinta, con una aromática música flotando en la brisa.

—Madame Vigée-Lebrun, la pintora, me dice que no hay música más alegre que la de Mozart. Vaudreuil considera dignas de atención todas sus opiniones sobre cuestiones estéticas.

—Me han informado de que Mozart vino y se marchó durante mi embarazo, declinando la oferta de alguno que otro cargo.

—Muchos afirman que aventaja a Gluck como compositor.

—Tiene mi misma edad. Lo oí tocar de niña. La emperatriz le dio a Wolfgang un traje espléndido que a mi hermano Max le iba pequeño.

El recuerdo me trae unos piececillos correteando por la gran sala del palacio de Schönbrunn, él corriendo hacia mi madre, sentándose confiado en su regazo. Sí, me encantaría abrazar a un niño, mi propio niño-querubín con mejillas regordetas y alas cortas en mi regazo.

¡Cómo ha cambiado mi vida, cómo he crecido desde que envidié a Mozart cuando besó a la emperatriz!

—Supongo que ahora habrá crecido, como todos. La verdad es que no me encuentro bien —le confieso a mi amiga—. Tengo que hacer llamar al médico.

Cubierta de las manchas rojas más horrendas que se puedan imaginar, me he trasladado al Trianón y he habitado allí (ahora día y noche) durante tres noches.

La primera vez que me miro al espejo, lloro al verme. Abro la boca para inspeccionar mi lengua, para ver si tiene siquiera manchas, pero antes de poder verlo, estallo de risa. ¡Qué pensaría Axel von Fersen ahora de mi belleza!

Mando llamar a mis cuatro amigos varones más divertidos y les digo que serán mis cuidadores, y que su obligación es hacerme reír durante todo este asedio de manchas. El barón de Besenval, aunque coronel de la Guardia Suiza, cuenta las historias más deliciosas, que remata con ocurrentes diálogos. ¿Le importa al rey? En absoluto; lo que a mí me complace, lo complace a él. Lo único que lamento es que él y nuestra hija deben mantenerse alejados hasta que yo ya no sea una fuente de contagio.

El conde Esterhazy, mi favorito de los cuatro, pues es quien más me quiere, me dice que toda la corte y medio París se están riendo, ¿y qué pasaría si el rey contrajera el sarampión, tendría cuatro damas para cuidarlo y entretenerlo? Ante tales dardos, me defiendo con la dura piel de un rinoceronte. No podría haber sobrevivido al ataque de los panfletos obscenos que continuamente circulaban sobre mí de no haber aprendido a ignorar todo, salvo lo que yo misma sé que es la verdad. Mi esposo ha contratado espías para tratar de dar con el origen de tan horribles impresiones, pero yo sé que no puede detener el flujo de la marea, pese a toda su furia e indignación.

Esta noche, Luis está de pie bajo mi ventana (distancia considerada prudente por los médicos) y habla conmigo, y me explica lo mucho que me echa de menos y cómo come nuestra pequeña. Está creciendo, asegura, aunque ahora sólo tiene la leche de su ama de cría. «¡Dios mío! ¡Cómo ansío amamantarla!» En sus cartas, mi madre me recuerda una y otra vez que yo no crecí más que con la leche de la madre de Joseph Weber. La leche es leche, sostiene. Mis pechos me duelen mucho por la leche no sacada. Ella teme que dar de mamar disminuya mis probabilidades de otra concepción, pero yo pongo en duda la base científica de semejante creencia.

Es la voluntad de Dios que yo sea fértil o no, en el momento en que él diga, de igual modo que calienta la Tierra y la vuelve fértil cuando él quiere que así sea. Tampoco miro supersticiosamente hacia las estrellas en busca de guía; las cosas de esta Tierra y la gentileza de los árboles y las flores y los prados donde yo misma puedo caminar alegran mi espíritu. Las jardines de esta Tierra son para mí el paraíso y me dan esperanza. ¿Por qué iba mi imaginación a buscar respuestas sobre la esencia del universo?

—He pensado en construirme una aldea cerca, como las que habitan los campesinos y la gente humilde —le explico a mi esposo. Vestido con colores suaves, mis palabras caen sobre él, que espera abajo entre los rosales recién plantados. «Siento que mis pechos me van a estallar.»

—¿Qué tenéis planeado? —inquiere.

—Habrá un molino para moler el trigo, y un lago donde la gente pueda pescar, y tendré jardines boscosos y casas rústicas.

—¿Cómo os imagináis las casas de campo? ¿Pequeñas?

—Bastante pequeñas. Y de aspecto viejo; pintadas con grietas en el yeso y con techos de paja para que armonicen con la naturaleza. Las casas de campo construidas con vigas y yeso, con ventanas con bisagras y nidos para palomas. Con escaleras de caracol de madera que conduzcan a balcones abiertos, con clemátides trepando por sus pilares. He visto una aldea así en Chantilly, con aspecto de haber estado mucho tiempo rodeada de naturaleza, aunque el trabajo humano ha armonizado la aldea con los árboles.

—Las estrellas nos hacen guiños.

—No miro hacia arriba cuando puedo mirar hacia abajo, al rostro de mi querido y generoso esposo.

Influido por mi ternura, cambia el peso de un pie a otro.

—Tal vez necesitéis un faro en vuestra aldea —comenta el rey—, no sea que alguien se pierda en el mar.

—¿En el mar?

—Me imagino vuestro lago lo bastante grande para sugerir un mar en miniatura.

Por ese buen pensamiento, le tiro un ramillete de lilas primaverales a mi esposo y le pido que hunda su nariz en ellas.

Casi anhelo el momento en que me are de nuevo. Un súbito gorgoteo de carcajadas emana de mis labios. Cuando aún vivía en casa y me enviaron un retrato del Delfín con su apero de labranza, ¿era eso lo que daba a entender? ¿Que algún día araría mi cuerpo, que sería el agricultor que cosecha abundancia en los campos que labra?

—Me vestiré como una pastora —afirmo. Me alegro de que la oscura noche oculte mi rostro lleno de manchas.

—Y yo como un pastor.

Le lanzo un beso.

—Con toda seguridad, siempre me esfuerzo por ser un buen pastor para mi pueblo —anuncia, y percibo la bondad en su voz—. Soporta cargas tan pesadas. ¡Si los nobles se unieran a mí para pedirles a los granjeros y jornaleros que contaran con nosotros para ser amparados! Pero a los nobles les parece una atrocidad la idea de pagar impuestos equitativos.

Percibo su angustia por el pueblo, pero no se me ocurre ningún consejo que darle. En cuanto a mí, es mi deseo vivir con más sencillez; no sólo porque me apetece, sino también por el bien del pueblo. Mi «aldea» recreará la vida que viven los campesinos. Giro el brazalete de diamantes que rodea mi muñeca.

—Nunca más —digo— me hagáis regalos de diamantes. No quiero esas joyas que podrían servir para comprar un barco para nuestra flota o pan para los hambrientos.

Y, sin embargo, sé que construir la aldea será muy caro. Habrá que remover la tierra, y desviar un río. Aun así el embellecimiento del terreno no parece inmoral en el mismo sentido en que lo sería adornar mi muñeca o mi cuello con diamantes. Su realidad encarnará y celebrará el ideal de simplicidad. Desearía que los príncipes de sangre tuvieran el corazón noble de mi esposo, pero son únicamente sus títulos los que rebuznan su nobleza. ¡Ojalá él pudiera rodearse de hombres como Axel von Fersen!

—Las cargas oprimen con fuerza los hombros de los campesinos —añade Luis con tristeza—, cuando lo que yo les daría es paz y prosperidad.

ACTO CUARTO

LA MUERTE DE LA EMPERATRIZ
DE AUSTRIA

El 11 de octubre de 1780 le escribo a mi queridísima madre:

He estado muy preocupada durante las últimas tres semanas, porque mi hija ha tenido dolor y fiebre al salirle varios dientes de leche. Estaréis orgullosa de que, aun cuando ha experimentado un dolor y un sufrimiento considerables, en todo momento ha manifestado dulzura y paciencia. Me conmueve profundamente su coraje. Debido a mi querida madre y a mi querida hija, que lleva su nombre, me siento inspirada hasta el tuétano para ser siempre valiente, sea lo que sea lo que la vida me pueda deparar.

Estoy en el Trianón mientras el rey se ha ido a Compiègne a cazar, cosa de la que él tanto disfruta. Estos jardines que adoro están acabándolos de preparar de cara a la estación de invierno que se aproxima. Sin flores y follaje, me alegra que desde las ventanas se puedan contemplar las pequeñas pero sumamente encantadoras construcciones que hay en todas direcciones. La arquitectura y las estatuas no conocen los límites de las estaciones en su habilidad para inspirar placer.

Ahora estoy sentada en mi pequeño secrétaire, colocado de modo que estoy de cara a la ventana, y veo el bello y circular Templo del Amor, construido en una pequeña isla y unido a la orilla por encantadores puentes que cruzan el foso. Una alfombra de doradas hojas otoñales flota lentamente en el agua, que refleja una o dos nubes blancas. Dentro del pórtico del templo con cúpula se encuentra la estatua de mármol de un esbelto y joven Cupido, que da forma a su arco con el mazo de Hércules.

Siempre me ha encantado ese pasaje de las Sagradas Escrituras en el cual las podaderas se hacen a partir de lanzas y de las herramientas de agresión salen los utensilios que simbolizan el amor, la cosecha y la abundancia. Cómo desearía que finalizaran todas las guerras, y que los hombres valientes que luchan por la libertad pudieran regresar sin contratiempos con aquellos que los aman, y yo rezo por todos ellos, pues estoy convencida de que mi querida madre la emperatriz también lo hace. Siempre, cuando contemplo la belleza, como la de las aguas en calma, las hojas doradas y los cielos azur celeste, y casi la venero, pienso en mi queridísima madre, la emperatriz de mis afectos.

Quizás hayáis oído hablar de la pintora Elisabeth Vigée–Lebrun, quien, al igual que nuestro querido Gluck, se ha encumbrado en la vida enteramente por su propio talento artístico y su carácter sociable, alegre y natural. Es mi pintora favorita, pero he modificado mi forma de vestir desde la última vez que me pintó. Ahora prefiero la muselina al satén o la seda. Creo que quizá Madame Lebrun tenga no sólo los recursos estéticos, sino también la amabilidad de hacerme un nuevo retrato que complaciera a mi querida madre para que cuando contempléis el parecido sintáis la esencia de mi presencia. Solíais reprenderme por la sofisticada artificiosidad de mis atuendos y peinados, pero ahora comprobaréis que la moda ha cambiado en Francia. Sigo vistiendo a la moda, pero ahora tengo influencia sobre la vestimenta y la decoración. Los nuevos estilos son mucho más cómodos además de económicos.

Me produce un gran placer mirar desde las ventanas las combinaciones de naturaleza y arte en donde mi Trianón y yo estamos refugiados. Me gusta imaginarme que mi querida madre, libre de las preocupaciones de Estado, está sentada junto a mí.

¿Puedo pedir permiso para tomar prestadas las alas de Cupido, a continuación cruzar volando toda la distancia que nos separa y besar allí a mi querida mamá con el máximo cariño, con toda mi alma?

El 3 de noviembre de 1780 la emperatriz dedica tiempo a pensar en mí y a escribirme:

Dado que ha sido vuestro cumpleaños, pasé el día de ayer más en Francia que en Austria. Os visualicé siendo saludada por vuestros amigos y sentándoos a disfrutar de una deliciosa cena o un espectáculo divertido. La memoria me permitió rescatar, además, tantísimos momentos felices compartidos, ahora desaparecidos para siempre. Aun así, la memoria es un gran consuelo para los ancianos, al igual que pensar en la vida nueva y joven, como la de vuestra tan dulce pequeña. Y puesto que me aseguráis que vuestra relación con el rey es buena, pienso en el futuro y en las que, sin duda, serán las consecuencias de esa buena relación conyugal. Pensar que pronto le daréis un heredero al trono de Francia, uno que una la sangre de las casas Borbón y Habsburgo, pues fuisteis enviada a Francia para conseguir la paz mundial, es el mayor consuelo que me puedo imaginar. A mi edad necesito ayuda en mi trabajo y consuelo para mi espíritu, porque uno tras otro he ido inevitablemente perdiendo a los de mi propia generación, y estoy bastante abrumada.

A causa de mi tremendo dolor reumático en el brazo y la mano que sostienen la pluma, os escribo con menos control. Aunque las cartas que redacto tengan quizás un aspecto de trazo poco firme, y creo que con esto debo terminar, fijaos no en su forma, sino únicamente en su mensaje, que os garantiza de manera inquebrantable todo mi amor.

Así finaliza nuestra correspondencia.

De modo que vuelvo a leer la última carta de mi madre, la emperatriz de Austria, fechada el 3 de noviembre de 1780.

Apenas puedo ver sus letras torcidas porque las lágrimas me ciegan, pero esta página que sostengo en mi mano es mi último vínculo con ella. Era su propia mano derecha la que descansaba sobre esta hoja mientras escribía, deteniéndose para tener la fuerza de continuar, volviendo a agarrar la pluma con las yemas de los dedos de vez en cuando. ¡Ojalá pudiera cubrir su mano con mis besos y humedecerla con mis lágrimas para que ella supiera que la quiero! Cuando me enteré de la noticia, creí que me iba a estallar la cara de pena.

Ahora es diciembre. Mi madre falleció el 29 de noviembre de 1780.

Respiro hondo, tratando de reunir fuerzas para seguir viviendo. No me puedo imaginar un futuro donde no reciba cartas de ella. Durante estos 10 años que llevo en Francia, ella ha sido mi guía, el puntal de mi alma. Me ha enseñado a rezar, y no olvidaré sus enseñanzas.

A mi hermano, José II, 10 de diciembre de 1780:

> *Aunque me cuesta mucho no mojar la hoja con cada respiro, estoy deshecha por la desgracia de nuestra pérdida, y no puedo parar de llorar. ¡Oh, mi hermano, mi última conexión con mi tierra natal austríaca, mi amigo! Nuestra madre y protectora ha desaparecido. Cuidaos para velar por vos mismo; en cuanto a mí, no puedo ver para escribir. Sin duda, no olvidaréis que somos amigos, aliados, como ella deseaba que fuéramos siempre.*
>
> *Os imploro: queredme. Besadme.*

A través de la ventana, veo las amplias terrazas, un mundo vacío cubierto por la nieve de diciembre, ¿y dónde hay una colcha para abrigar mi corazón?

UNA AMIGA

Aquí está mi amiga, mi Yolanda, que ha venido para acompañarme silenciosamente. Espera. Yo levanto la vista hacia ella y sé que ve la roja tristeza de mi rostro por el llanto. Me sonríe alentadora. Sí, lleva en sus manos una pequeña bandeja que contiene la poción que a menudo me calma cuando mi ánimo asciende muy alto o se hunde demasiado abajo.

Agradecida, cojo el cáliz de agua de azahar; ella vacía una cucharada de vigorizante azúcar en el líquido y lo remueve.

Noto que el cristal está caliente, pues ha calentado mi poción de agua de azahar para contrarrestar el frío del clima.

Yolanda me pregunta si me gustaría que corrieran la cortina para protegerme de la desapacible vista del patio helado, pero yo sacudo la cabeza.

—No, querida amiga —le digo, y de nuevo ella me sonríe, y sus ojos emiten destellos de amor—. Debo ver las cosas como son realmente.

Tiene muy buen aspecto, bastante delgada ya tras el nacimiento de su nuevo hijo. Le pregunto cómo está el niño.

—Han pasado nueve años desde los nacimientos de Aglaïe y Armand —comento—. Pero veo que no habéis olvidado cómo ser madre.

—Ni lo olvidaré jamás. Tened, dejad que os ponga mi chal alrededor de los hombros.

Es una maravillosa prenda tejida de lana y resplandeciente seda, los suntuosos rojos y dorados del pasado otoño se entremezclan; una fantasía que simboliza su alma. Se lo regalé como símbolo de mi cariño.

De manera impulsiva, alargo el brazo y le cojo la mano. Mientras bebo el tibio líquido con sabor a azahar, ella, siempre paciente, se une a mí y mira por la ventana.

—Pronto llegará la primavera —murmura.

—Nada os perturba —replico—. Ni la oleada más fría de calumnias.

—¿Y por qué iba a perturbarme, cuando la reina me ha elegido como amiga y confidente?

Ella siempre es directa en su lenguaje y alude a la esencia de cada actitud.

—¿Y no os enfureció que el pasado otoño ciertos panfletos aseguraran que yo, la reina, era el *padre* de vuestro hijo? —Le sonrío con tristeza.

—El propio rey vino a vernos a mí y al bebé a mi casa de París. ¿Por qué iba a temer los rumores, cuando el rey me dedica así su favor? Nadie más ha recibido semejante signo de distinción.

—El rey agradece cuánto os volcáis conmigo.

—En realidad, sois los dos quienes hacéis mi vida tan completa.

Suelto su mano, ya que oigo llorar a su bebé justo al otro lado de la puerta. Sé que querrá ir con él y arrebatárselo de los brazos a su cuidadora.

—Id —le susurro, y siento que una leve y auténtica sonrisa curva las comisuras de mis labios. Con su aureola de negros rizos, es fascinante contemplar su rostro.

Nada más darle esta suave orden, mi esposo nos trae unos cuantos dulces de chocolate blanco en unos moldes en forma de oveja. Están recubiertos con cristales de azúcar.

—También tengo una caja para vos —le dice a Yolanda—, pero creo que preferís las frutas en gelatina a los bombones de chocolate.

—Vuestra Majestad se acuerda de todo —contesta ella.

—Habéis estado a nuestro lado cuando estábamos muy necesitados de consuelo, mi querida condesa —afirma él, y le coge afectuosamente la mano con la suya durante un instante. Su bebé vuelve a lloriquear.

Yolanda se aleja de nosotros. Quizá Dios me dé un hijo esta vez. Escucho el llanto del bebé varón en la habitación de al lado y memorizo los sonidos de su vocecilla masculina.

Los miembros de la corte dicen que el amante de Yolanda, el conde de Vaudreuil, es el padre de su hijo. Protegida, ella hace caso omiso de semejantes habladurías. Sin duda, ella no se avergüenza, sino que vive su vida como la vive, con la cabeza alta. Ha cautivado hasta a mi esposo, a quien no le gustan mucho las mujeres, a excepción de mi persona. Como siente devoción por mí y por nuestro deber como monarcas, no temo que el rey la tuviera a ella o a cualquier otra mujer de amante.

Decido persuadir a mi esposo de que en verano le dé a mi amiga un nuevo título: duquesa de Polignac.

Tal vez yo viva una vida dichosa, afortunada gracias a mi marido y a mis amigos. A los 25 años, todavía soy joven. Si ya no soy hija de ninguna mujer con vida, entonces debo volcarme en ser madre. Y dando a luz a un hijo, haría realidad no sólo el ferviente deseo de mi madre, sino también las esperanzas de mi esposo y de Francia.

Sueño que estoy en el palacio de Schönbrunn, escondida entre las faldas de mi hermana y las damas de nuestra corte, y estoy observando al pequeño Mozart, el *Wunderkind*, el niño prodigio, desde el otro lado de la sala. Mientras interpreta sus maravillas al teclado, en ocasiones balancea sus talones, que cuelgan a mucha distancia de la alfombra. Sus notas suben en espiral y descienden como los arabescos que hay debajo de sus pies colgantes. Cuando las teclas se cubren con una tela extendida, sigue tocándolas todas con absoluta precisión.

Entonces llega el momento de audacia. Después de que las notas del clave hayan caído de sus pequeños dedos como una asombrosa lluvia plateada, el pequeño Mozart se desliza de la banqueta y cruza corriendo la sala como si tuviera alas para lanzarse sobre el regazo imperial de mi madre. Yo me he convertido en Mozart y la beso con fuerza en su desnuda mejilla y le pregunto: «¿Me queréis ahora?»

Ella lo besa (de nuevo a Mozart) como si fuera su propio y querido hijo.

CARTA DE AXEL VON FERSEN

Mi querida amiga:

Recién recibida la horrible noticia de la muerte de vuestra queridísima madre, me apresuro a escribiros que mi más sinceras condolencias se unen en todo momento a vuestro pesar. Conozco vuestra naturaleza y cómo su dulzura y sensibilidad la hacen asimismo vulnerable a los más profundos sentimientos de pérdida. Dejadme expresar la idea, que espero os consuele, de que incluso cuando lamentáis su pérdida la estáis honrando.

Quizá yo sepa mejor que nadie que tenéis la capacidad de prolongar un lazo íntimo basado en la afinidad espiritual; de ahí que vuestro espíritu y el suyo jamás puedan ser realmente separados. La muerte no es un obstáculo insalvable, no más de lo que lo son nuestras limitaciones terrenales de espacio y tiempo.

Sé que esta carta tardará varias semanas en llegaros a través de las aguas del ancho Atlántico, mas al sostenerla en vuestra mano, ahora, en este momento, sois consciente de que mi espíritu está con vos. ¿Qué importan el tiempo y el espacio?

Lo mismo sucede con vuestra querida madre. Buscadla en vuestro corazón. La encontraréis allí.

Puedo deciros que ahora mis hombres y yo estamos animados. Nos obligaron a quedarnos aquí, en Rhode Island, durante el pasado verano, y en invierno, mientras un navío británico fuertemente armado custodia el puerto.

A veces he intentado imaginarme qué pensarán los oficiales del barco británico. Seguramente creerán que son los amos del mundo. Dan por sentado que tienen derecho a colgar a cualquier hombre que no esté donde debiera, y seguramente habrán destrozado cartas de mi querida hermana Sofía, cuya salud siempre es de sumo interés para mí.

Nuestros soldados han sido inmovilizados durante el largo invierno. Estoy convencido de que podréis imaginaros su inquietud y desesperación; tan lejos de sus seres queridos y de la vida nocturna de París. He tenido que elegir cuidadosamente mis palabras al hablar con los demás oficiales. De lo contrario, nos vemos inmersos en discusiones sin sentido.

Mañana nos dirigiremos a Philipsburg y después a Nueva York. En mis fuerzas hay centenares de hombres y seguro que Lafayette tiene un millar más. Junto con las tropas de Washington, no me cabe duda de que nos impondremos.

En octubre, conocí a George Washington en las afueras de Hartford. Es un hombre famosísimo; un héroe de nuestra época. Su bello rostro es suave y cortés y revela su carácter moral. Es ecuánime, parco en palabras y, sin embargo, bondadoso y amable. Hay una tristeza en sus ojos que me intriga. Sus hombres caminan por la nieve, muchos de ellos sin zapatos. Si es preciso, dejan un rastro carmesí de pisadas, pero siguen adelante. Estoy rodeado de un espíritu de coraje.

También vos, la más querida de las mujeres, poseéis semejante coraje. No estáis sola, ni lo estaréis jamás.

Vuestro fiel servidor

CARTA A AXEL VON FERSEN

Mi valerosísimo amigo:

Es exactamente como habéis dicho. Mis ojos devoran vuestras palabras; mis dedos sostienen vuestras páginas con ternura entre sus yemas, y vuestro espíritu está conmigo. En mi interior, siempre os estimo, y con esta conexión tangible siento que existo dentro del aura de vuestra compasión. La luz inunda mi alma cuando me recordáis que estáis conmigo y lo estaréis siempre.

Desearía que sintierais mi presencia, pese a la paradoja de mi ausencia, con la misma intensidad. A veces temo que os sintáis solo, que mi espíritu no sea lo bastante fuerte para ser una presencia real en vuestra vida. Sin embargo, ¡no quiero que penséis demasiado en mí! Quiero que seáis libre para hacer frente a cualesquiera peligros que haya en Norteamérica con absoluta atención.

La pérdida de mi madre reposa como una piedra en mi garganta. En este momento, es una piedra lisa, un peso, un impedimento para la felicidad, pero las lágrimas que he tragado la han erosionado puliéndola. Durante el primer mes, sentía la punzada de los afilados bordes y la áspera crueldad de su muerte.

A vos, a quien puedo confiaros todo tranquilamente, os puedo contar la verdad de lo mucho que quería a mi madre y de cómo valoraba cada muestra de su afecto hacia mí. Al mismo tiempo, en ocasiones me daba miedo. No temía a su persona, sino disgustarla. Con su muerte, siento que me ha perdonado mis defectos, que desde su posición celestial entiende mi fragilidad humana y debilidad.

Es sobre todo en relación con mi locura por las apuestas que me siento perdonada. (¡Qué lujo supone no sentir la necesidad de ocultaros nada sobre mí!) Malgasté enormes cantidades de dinero en las mesas de juego. No tengo excusa. ¡Jamás! Pero desde la perspectiva actual, sí tengo la sensación de que entonces vivía desesperada. Me sentía como un sapo. No es de extrañar que mi esposo rehuyese mi cama. Mi miedo de perder dinero, mi deseo de ganar fortunas asombrosas eran embriagadores. Peores, estoy convencida, que cualquier vino o licor. En las mesas de juego, entraba en trance, como se dice que algunos hacen cuando se comunican con los muertos. Allí yo escapaba de mi propio cuerpo, de mi falta de encanto, mi imperfecto mentón, mi labio inferior demasiado grande, mis hombros desiguales. Vos lo habéis visto todo, aunque nunca veis mis imperfecciones. No deseáis cambiarme.

Pero mi madre siempre ansiaba que yo mejorara.

A veces me lleno de angustia por si quizá la he decepcionado. Entonces pienso en vos y me deleito con el resplandor de vuestro afecto.

Doy gracias a Dios por permitir que nuestro lazo exista. Que vuestra amistad con mi esposo sea tan firme como la que tenéis conmigo hace que mi felicidad sea total.

Rezo por vuestra seguridad. Desearía poder visualizaros más exactamente en ese primitivo país al otro lado del océano. Tal como solía escribir mi madre, me complace conocer todos los detalles de vuestra vida cotidiana. Supongo que su general Washington os debe de parecer un líder admirable. Aunque carezca de sangre noble, estoy segura de que se sentiría como en casa en la Galería de los Espejos, aquí, en Versalles, al igual que se sintió Monsieur Franklin.

A veces observo a nuestra nobleza y pienso que es un conjunto carente de valor. ¿Habéis tenido alguna vez esa sensación? Eso dijo el rey en cierta ocasión cuando nos sorprendió jugando a juegos prohibidos en las mesas de juego. Él nunca reprende. Me avergüenza decir la cantidad de veces que ha pagado mis deudas.

Nuestra deuda con vos por vuestra lealtad hacia Francia (sí), pero por vuestra amistad personal y devoción jamás os podrá ser recompensada. *No obstante, podéis estar seguro de que se os devolverá en especie.*

Releo esta carta y veo que no os he relatado mi huida de mis ataques de histerismo que sólo podían disiparse dejándome absorber por el juego. Convertirme en madre ha hecho que me sienta realizada. Ser recordada por el más querido de los amigos es como tener un ángel que custodia mi felicidad.

Una nueva alegría es que estoy de nuevo encinta. Por supuesto, tenemos la esperanza de que este hijo sea el ansiado heredero al trono, pero en cualquier caso espero con impaciencia el momento en que me tumbe para iniciar el alumbramiento. Casi ansío su dolor. Me entusiasma la idea de sentirme llena (llena hasta rebosar) con mi embarazo.

¡No os olvido en ningún momento! Pensar en vos (el simple pensamiento) hace que todos mis momentos sean dichosos.

MEDIAS ROJAS

Los así llamados «del Norte» llegan hoy, pero en realidad son los herederos, viajando de incógnito, al trono de la zarina Catalina de Rusia. Una cosa es desempeñar el papel de reina de Francia entre la mera nobleza y otra cuando la realeza viene de visita. Mientras observo su espléndida carroza aproximarse al Patio de Mármol, bebo un gran vaso de agua para intentar controlar mis nervios. Por lo menos mi Rose Bertin ha tenido la gran amabilidad de decirme que la «duquesa del Norte» le ha encargado los vestidos más a la moda para no inquietarse por su atuendo durante su visita a Versalles.

De repente, mi miedo escénico desaparece y siento que cada fibra de mi cuerpo vibra de aplomo y elegancia. Esto es Versalles, construido para intimidar a los visitantes de cualquier parte del mundo.

Son las tres de la madrugada y todavía no se han ido, pero la cena estaba exquisita, y en el Salón de la Paz he ordenado que interpretaran la hermosa música de Gluck para *Ifigenia en Áulide*. Seguirán muchos más festejos, y naturalmente cada uno debe ser más esplendoroso que el anterior.

¡Cielos! El zarevich me ha confesado una información de lo más inapropiada sobre su madre. Mi cara debe de haberse vuelto de color carmesí. Sin duda, los Habsburgo nunca nos rebajamos a revelar tales secretos privados. Y luego la zarina ha tenido la desfachatez de mencionar el nombre de Madame du Barry. Yo me he limitado a responder que sus necesidades han sido cubiertas con una lujosa casa en Louveciennes.

—¿Y cuándo se trasladó allí? —pregunta la duquesa del Norte.

—Creo que fue aproximadamente a los dos años de morir Luis XV —contesto—. No estoy al tanto de su vida.

—Pero vuestro hermano la fue a ver, ¿verdad? José II aseguró que ella estaba feliz.

Ante esta sorprendente noticia no respondo. ¿Acaso no se dan cuenta de que el silencio indica que no quiero hablar del tema? Cambio de conversación, por favor.

Por el contrario, el zarevich añade:

—Tengo entendido que el duque de Brissac la ha hecho feliz y que su enfermiza esposa no se da cuenta.

—Se comenta que De Brissac tiene un carácter encantador, además de ser guapo y alto —dice con efusividad la zarina.

¡Ojalá pudiera cerrarle los labios!

—Para la última noche de vuestra visita —anuncio—, celebraremos un gran baile de máscaras en la Galería de los Espejos.

No podría estar más encantada con mi disfraz para el baile. Con un vestido de plateada gasa satinada, mi cabeza coronada con enormes plumas blancas de avestruz, sujetadas con pasadores de diamantes, represento a Gabrielle d'Estrées, la amante de Enrique IV. Mi embarazo no es demasiado evidente, ya que el contorno de mi silueta se disimula con la vaporosa gasa.

Con nuestros reflejos en el espejo y los reflejos de las miles de llameantes velas, la Galería resulta cautivadora con su brillo y resplandor. En cierto modo parece algo sencillo; que los rusos vinieran a visitarnos desde San Petersburgo, que tanta distancia pudiera ser recorrida, y todos nosotros, pese a todas nuestras relucientes galas, somos, al fin y al cabo, meras personas. ¿Cómo pude olvidarme de este hecho varios días atrás cuando veía llegar su carroza y me preguntaba si podría desempeñar mi papel adecuadamente? Aun así, me alegraré de que se marchen.

En el preciso instante en que los tradicionales fuegos artificiales empiezan a estallar en el cielo, otro color capta mi atención: el rojo. ¡Unas medias rojas! ¿Y quién se pondría unas medias rojas para esta ocasión? ¿Y quién osaría venir sin invitación? ¡El cardenal Luis de Rohan! ¡Viva en Estrasburgo o incluso en Viena!

Al punto, exijo saber quién lo ha dejado entrar. ¡Qué desdeñosamente lamentable que, al ver que no era bien recibido en el baile en honor de los «del Norte», deseara tanto estar presente que se rebajara al soborno!

La respuesta es que ha sobornado a un mozo. Su difunto tío, el anciano cardenal que conocí en Estrasburgo, se pondría de color carmesí por la vergüenza.

En cuanto el mozo fue identificado, lo mandé destituir de su puesto, pero la querida Madame Campan ha hecho que se reincorpore. Lo hizo del modo más sencillo. Una noche, tras la partida de los rusos, Madame Campan me estaba leyendo para que me quedara dormida un cuento de hadas sobre un criado que ofendió a una reina. El despido de éste por parte de la reina hizo que su familia pasara un hambre terrible. Yo derramé un par de lágrimas, y mi querida lectora me preguntó si, después de todo, no podíamos permitir que nuestro mozo retomara su función.

Me alegra haber dicho que sí. Una leve y astuta sonrisa se insinúa en las comisuras de los labios de Madame Campan. En ella todo está en equilibrio: las comisuras de sus labios, sus mejillas ligeramente curvas, sus ojos dulces, los *poufs* de cabello empolvado a cada lado de su cara, el sencillo y fino echarpe blanco que rodea sus hombros y está atado con un nudo entre sus senos, su tendencia a equilibrar la justicia y la misericordia. No disculpa en absoluto al cardenal intruso y sus delatoras medias rojas, sino únicamente al mozo que aceptó el soborno de éste.

LA ESPERANZA DE FRANCIA, 22 DE OCTUBRE DE 1781

Me despierto con suaves movimientos en la barriga. Reconozco sin ninguna duda estas sacudidas subterráneas: un niño desea nacer. Pero no me centro en el proceso de inmediato; por el contrario, me vuelvo a dejar llevar por el sueño. (Quizás esté recordando lo largo que fue el proceso para dar a luz a mi primera hija; ahora mismo no deseo precipitarme y anticiparme al acontecimiento.)

Sueño con la última visita de mi hermano, el emperador José II, una visita breve. En ese momento yo estaba embarazada de siete meses. Mi hermano fue tan amable conmigo como siempre. De hecho, en mi sueño está tan orgulloso que presume como si él mismo fuera el padre.

Entonces el sueño se vuelve oscuro, y él es sustituido por mi amiga Yolanda de Polignac. «No importa», asegura ella. «Yo soy el verdadero padre.» Rechino los dientes por la angustia, pues me imagino estas palabras saliendo de su boca en un pequeño bocadillo, como en los burdos dibujos de los obscenos panfletistas.

Entonces me sacude una contracción, y me despierto. Permanezco un instante perpleja pensando qué habrá unido a mi hermano y mi amiga de este modo tan desagradable. Y lo recuerdo. El sueño es mi venganza: ella lo ha criticado. Quizá no sea de extrañar. Ya en su primera visita, en plena alegría mía por nuestro encuentro, mi hermano no tuvo reparos en hablarme del carácter de mi nueva amiga o de su círculo. Tan sólo deseaba guiarme porque me quiere; sin embargo, me he dado cuenta de que no tolero muy bien que ella lo critique a él. Creo que mi cariño hacia ella se ha enfriado a causa de eso.

La idea me aterra, y prometo hacer algún gesto apropiado que la acerque de nuevo a mí. Descarto el impulso de planear: tengo trabajo por delante y me gustaría tener la mente clara y pura mientras lo hago.

Otra convulsión sacude mi abdomen. No es fuerte. ¡Qué raro es no tener prisa, ninguna en absoluto! Pido que me llenen la bañera.

Mientras disfruto en el agua caliente, creo que me parezco a una gran tortuga, con el abultado caparazón puesto en el lado contrario. Pienso en cómo floto en la bañera, y el bebé flota dentro de mí.

—¿Cancelo la cacería? —oigo que me pregunta el rey junto a la puerta.

Arrastro mis dedos extendidos por el agua de la bañera. Visualizo a mi esposo cabalgando por el bosque en busca de un ciervo temeroso, con las astas muy largas.

—Sí —contesto, y me doy cuenta de que mi intención era decir no, pero que nada de eso supone diferencia alguna. Sí, ahora estoy suavemente atenazada por mi cuerpo, y lo que el resto del mundo haga o deje de hacer me importa poco. Pronto la naturaleza me estrujará con fuerza. Alargo mi mano para que me ayuden a salir de la bañera, ya que no sería conveniente caerme ahora.

Dejo que me sequen, las toallas pulen un poco mi gran barriga. Es un momento delicioso. Me siento como una granada y desearía que mi piel pudiera adquirir su color, una mezcla de naranja, rojo y rosa, un toque de dorado, varias gotas de negro, la pequeña corona de su parte superior encaja por su forma, si bien no de tamaño, para ser colocada sobre la cabeza de un bebé real, un niño que será rey. Soy la madre de una granada.

Sí, creo que ha sucedido, está sucediendo (todos estos acontecimientos) tal como prometió mi madre antes de que me marchara de mi país. La veo ahora, una oscura presencia frente a su escritorio; se levanta: «Copularéis, os quedaréis embarazada, nueve meses después daréis a luz, daréis a Francia un heredero. Dirán que les he enviado un ángel».

De pronto sacudo la cabeza para ahuyentar estos pensamientos contemplativos.

—Esta vez —dice mi esposo— sólo habrá unas cuantas personas presentes. La princesa de Lamballe, el conde de Artois, Mesdames las Tías... —Sigue enumerando solamente unos cuantos nombres más, y pienso en su bondad al romper unas tradiciones de hace más de cien años para darme un mínimo de intimidad.

—No —le sonrío—. Esta vez no será como la anterior.

De nuevo me acerco a la pequeña cama blanca para el alumbramiento y me tumbo, sin miedo, curiosa por saber en qué se parecerá este parto al anterior o no se parecerá.

—Habrá abundante aire fresco —afirma mi esposo—, nada de desmayos por falta de aire.

Él mismo abre la ventana, y percibo los olores de las polvorientas hojas otoñales, nada que ver con el glacial aire de diciembre de hace casi tres años.

Los dolores vienen extrañamente seguidos, y son mucho menos aterradores porque me resultan familiares. Oigo el largo *tan, tan* de un reloj, y aunque no cuento los golpes, ahora estoy lo bastante familiarizada con esta secuencia, desde un punto de vista musical, como para saber que el reloj debe de haber dado las 12 del mediodía.

—¿Las doce? —pregunto, y mi esposo consulta su reloj y asiente.

Se produce el alumbramiento. Y es recibido con silencio. ¡Ah…, sé lo que este silencio significa! El bebé es una niña, pero me callo y sonrío.

Será una amiga para María Teresa. Me las imagino dándose la mano, corriendo por las estancias de Versalles, como hacíamos Charlotte y yo cuando yo era la feliz hermana pequeña, en el palacio de Schönbrunn. Vuelvo a ver las adorables paredes de celosía de nuestro cuarto de jugar, con hiedra enroscada en los intersticios y pájaros pintados aquí y allí: azul, rojo, amarillo. Creo que hay una pequeña laguna en la conciencia, aunque no me desmayo. Un hibisco pintado con las hojas en forma de trompeta rojas anaranjadas; todo apiñado, los puntos de polen dorados en su centro sobresalen más allá de los pétalos, esperando las patas de las abejas. Soy consciente de que el rey y el bebé han abandonado la habitación. ¡Ojalá estuviera mi madre! Veo los ojos dulces y bondadosos de la princesa de Lamballe, separados y húmedos por la emoción, pero no puedo interpretar lo que dicen. «Dejad que mi nueva hija viva», rezo.

El rey entra con el recién nacido, pequeño y bien envuelto, un bebé precioso. Un rostro dulce y diminuto.

—Ya veis que me estoy portando muy bien —le susurro a mi esposo—. No he hecho preguntas.

—Madame, habéis colmado nuestras esperanzas y las de Francia; sois la madre de un Delfín.

Mi corazón se llena y se desborda. Inclinándome hacia delante, beso la mejilla de mi madre. ¡Promesas y esperanzas *colmadas*! No puedo hablar, de felicidad. Noto su mejilla contra mis labios.

El rey rompe el silencio.

—Exactamente a la una y cuarto, pues lo he mirado en mi reloj, habéis dado a luz a un varón.

BULLICIO ALEGRE

¡Oh, qué deleite y qué triunfo todo el parto! Dos semanas han pasado desde que mi pequeño Luis José llegara al mundo, y el mundo está enfervorizado de júbilo; mi esposo me lo ha contado todo al respecto.

De parte de las celebraciones yo misma he sido testigo. Por ser la institutriz real, a la princesa de Guéméné le fue entregado el bebé, lo abrazó contra su pecho y se sentó en una silla, que fue paseada por todo el castillo de camino a sus departamentos. Pude oír los gritos de alegría y exclamaciones de admiración mientras desfilaban, aun cuando yo estaba tumbada en mi cama. El rey lo presenció y me dijo que la muchedumbre que veneraba a nuestro hijo era enorme, y que muchos lloraron de felicidad por Francia. Nos enteramos de que en una mansión, la del marqués de Bombelles, el hombre aturdido corrió literalmente por su casa, gritándole a todo el mundo: «¿Un Delfín? ¡Un Delfín! ¿Puede ser cierto? ¿Es posible? ¡Oh, qué están diciendo y haciendo en Versalles!»

El propio rey estaba tan emocionado que lloró durante la ceremonia de bautismo, llevada a cabo al día siguiente del nacimiento del niño, y Madame Campan me cuenta que, siempre que puede, mi esposo intercala las palabras «mi hijo el Delfín» en su conversación.

El ama de cría en realidad se llama Madame Poitrine, que significa Señora Pecho (¡cómo me complace!), y cualquiera puede ver que es la encarnación en persona de la salud robusta de una campesina. La zarina de Rusia ha obsequiado a nuestro hijo con un sonajero hecho de coral y multitud de diamantes. Todos estos detalles se cuentan y se repiten en cada aldea y en las calles de París, donde de repente los desconocidos se abrazan unos a otros. Con un gran desembolso, el rey ha hecho iluminar la ciudad con antorchas que arden en los cruces, y todas las fuentes se han llenado de vino.

¡Cómo desearía haber podido levantarme de mi cama para ver a los comerciantes que vinieron desde París en una larga procesión de carromatos decorados o carrozas que finalizó en el Patio de Mármol! El gremio de deshollinadores trajo una maravillosa chimenea de la que salía un niño diminuto que representaba al Delfín, y los cerrajeros (¡cómo disfrutó Luis contándomelo, siendo él un creador de cerraduras!) hicieron una cerradura con un pequeño Delfín en el interior. Asimismo, me explicaron que la liga de amas de cría transportó a una mujer en una silla de manos que se mostraba en el acto de amamantar a un niño. ¡Ah, Rousseau! ¡Hoy estás siendo vindicado!

Hoy las mujeres del mercado han insistido en venir hasta mi cama. Vestidas de seda negra (sus mejores galas), recitan versos para ensalzar el acontecimiento. Una de su grupo (tiene una voz espléndida y firme, casi como la de un hombre) lleva el discurso escrito en el dorso de su abanico. Sabe leer, y de vez en cuando consulta su guión, primero entornando los ojos hacia el abanico, luego poniendo los ojos en blanco y agitando el abanico con coquetería. ¡Qué escena tan cómica!

A continuación las pescaderas recitan pareados compuestos por ellas mismas; ¡algunos en el acto! El rey y yo nos reímos y pedimos un bis, y el espectáculo se repite alegremente hasta que no podemos dar más gritos de alborozo.

Ordenamos que a todo su grupo les sirvan un copioso banquete.

Me gusta repasarlo todo mentalmente y contarme a mí misma una y otra vez los detalles de las celebraciones. Pero nada es comparable con contemplar a mi hijo pequeño mientras lo tengo en mis brazos. Tiene una cara más delicada que su hermana, y sus ojos ya parecen pensativos, con una extraña luz en ellos. Me alegro de que reciba toda la grasa de la leche que los generosos pechos de la Señora Poitrine le suministran. A diferencia de mi hija, él es el heredero al trono. ¡Es un tesoro que no puede ser amamantado por una simple madre!

¡Ah! Y hay más alegría y bullicio, por la guerra, ya que nos hemos enterado de que los norteamericanos, ayudados por los franceses, han triunfado en Yorktown, y el general británico Cornwallis se ha rendido. Dicen que Lafayette pronto estará en casa, y el conde von Fersen y todos los demás apuestos y jóvenes soldados. Pensar que han estado tres años fuera.

¡Qué difícil tiene que ser para las madres ver cómo sus hijos se van a la guerra! Espero que mi querido pequeño nunca tenga que llevar a su país a una batalla.

Mientras mi esposo y yo contemplamos su cuna, le pregunto:

—¿Por qué nos regocijamos con la feliz conclusión de esta revolución norteamericana? Sé que esta guerra ha debilitado a Inglaterra, pero se han rebelado contra su legítimo rey.

—Jorge III y su Parlamento impusieron gravámenes onerosos a las colonias sin tener en consideración su prosperidad. Debido a que el rey no ha actuado como un buen padre con sus hijos norteamericanos, éstos han sentido la necesidad de rebelarse.

—Pero ¿era realmente correcto hacer eso?

El rey suspira y acaricia la pequeña mejilla de nuestro hijo.

—Debemos intentar ser buenos monarcas para nuestro pueblo, para que estén contentos y nos quieran.

Me da la impresión de que no ha contestado a mi pregunta directamente, pero no quiero insistir en el tema. Mientras que Fersen y Lafayette han regresado, sanos y salvos, seguramente mucha gente ha sufrido y muerto en esta guerra al otro lado del océano.

—Con el fruto de vuestro vientre se produce la felicidad de Francia —me dice mi esposo, alargando su mano hacia mí.

—Habláis desde la generosidad de vuestro corazón —le digo— y vuestras palabras son hermosas. Estoy feliz.

No pronuncia una sílaba, sino que se inclina para besarme. Tímidamente, su lengua entra en mi boca. Jamás he recibido un regalo más valioso.

—Quizá como muestra de mi agradecimiento por el nacimiento del Delfín —comenta el rey con tranquilidad—, me permitiréis que os amueble alguna cámara pequeña dentro del palacio de Versalles. Un lugar tranquilo e íntimo como los que tanto os gustan, pero que esté cerca para que no sea necesario que vayáis hasta el extremo de los jardines, hasta vuestro Pequeño Trianón. ¿Os gustaría tener un apartamento privado?

De repente, recuerdo los apartamentos sin utilizar que descubrí en lo más hondo del laberinto del palacio cuando jugué a «buscar y buscar» con Artois. Pienso con tristeza en que ahora no somos tan buenos amigos, en que él y su hermano el conde de Provenza sucumbieron a los celos en cuanto el rey y yo empezamos a tener hijos. Con el nacimiento del Delfín, sus propias esperanzas de que ellos o sus hijos reinen algún día se han reducido, sin duda, a nada.

—Sí —contesto lentamente—. Puedo pensar en un espacio así de íntimo. Sus habitaciones tienen techos bajos y muchos pequeños recovecos y ángulos extraños. Las chimeneas son pequeñas e ingeniosas. Podría disponer de un sofá cama, de una meridiana, para poder descansar por las tardes.

—La *Méridienne* —dice el rey, bautizando mi refugio para las siestas vespertinas—. Habrá muchos símbolos del Delfín allí.

Pienso en el estilo bucólico de mi Pequeño Trianón y decido que el estilo de esta cámara será totalmente diferente. Tendrá el novedoso estilo, llamado «antiguo», que refleja la cultura romana, con esfinges griegas e incensarios para perfume a modo de esculturas doradas en las paredes, el revestimiento de madera y la ornamentación labrada toda en oro y blanco. La tapicería será de damasco azul claro con dibujo pequeño para el cortinaje que rodee mi pequeña cama, y la colcha y las sillas. Sí, dorado y blanco y azul.

Estoy bastante abrumada por el deseo de mi esposo de rodearme de las comodidades y bellezas que más estimulantes me resultan.

El mero hecho de que el cardenal Luis de Rohan, ahora instituido Gran Limosnero, sostenga en sus manos a nuestro precioso hijo en su bautizo me perturba. Cuando tenga lugar el acontecimiento, sé que mi corazón se rebelará contra el hipócrita Príncipe de la Iglesia. Sin embargo, la gente me dice que él haría cualquier cosa por ganarse mi favor y ser admitido en mi círculo de íntimos amigos. Estas ideas hacen que me estremezca. Por lo visto, tiene que aparecer en mi vida de vez en cuando como un hada mala.

SIMPLICIDAD

Me gustaría vestirme con más sencillez. Aquí, en el Trianón, no llevo una vida pública sino privada, y es absurdo ponerme grandes círculos de intenso rojo en las mejillas, recorrer los senderos de mi jardín impedida por faldas de amplios miriñaques. En ocasiones, un rosal se asoma un poco al sendero y se engancha en mi rígida y engorrosa ropa a mi paso. Es un toque de atención de la naturaleza. La muselina sería mejor, ¡y se necesitaría mucha menos cantidad! ¿Más de treinta y dos metros y medio de tela para vestir a una sola persona? ¡Ridículo!

Leonard me ha cortado el pelo corto y ligero como las plumas para ayudar a fortalecerlo tras los estragos del embarazo. Siento toda mi cabeza más ligera y ventilada. Cuando paseo por el jardín otoñal, simplemente llevo un sombrero de alas anchas en lugar de un elevado peinado coronado con un desgarbado montón de plumas de terciopelo y de avestruz.

¿De dónde proceden estas nuevas ideas de moda y decoración? Del aire. Del espíritu del cambio. Las ideas y los sentimientos, más invisibles incluso que las nubes, pueden colarse en cada cerebro y susurrarle: «Debemos abandonar las viejas costumbres»; son demasiado restrictivas e inadecuadas para nuestro temperamento y necesidades actuales.

Mi hijo, detrás de mí, en brazos de su niñera mientras yo paseo, balbucea amorosamente. Tal vez sea su presencia la que hace que quiera un mundo nuevo para su inocente y adorable ser.

Detrás de mi hijo, otra niñera sujeta la mano de mi hija, que insiste en caminar por su pie, aunque eso hace que nuestro avance sea lento y casi tedioso. Suspiro. Estoy agradecida de que haya tantos hermosos jardines y pájaros que observar. Me inclino hacia delante y arranco dos ásteres, fragmentos del cielo en forma de estrella que han crecido junto a mi sendero.

Luis José duerme, su cara está fruncida por la luz del sol. Me vuelco y sostengo una flor a cada lado de las mejillas rosas de mi hija. Sí, el color de las flores va a juego con sus ojos, azules como los ásteres ingleses en otoño. Ella se dispone a coger las flores y yo se las doy. Beso sus diminutos nudillos y regreso a la cabeza de la procesión para continuar con mis cavilaciones y nuestro paseo. Un arrendajo azul sobrevuela mi camino, emitiendo su estridente grito.

Creo que si Dios me mirara desde arriba, vería a una pastora dando un sencillo paseo, en un remoto rincón de Francia, con sus bebés y las niñeras de éstos, entre las últimas flores del otoño, y daría su aprobación. A él le gusta la simplicidad, pues es el Dios de la naturaleza, y es su primera creación. «Fijaos en los lirios del campo, ellos no se afanan, tampoco tejen. Sin embargo, Salomón, con todo su esplendor, no fue creado como uno de éstos.» (Luis José emite un llanto débil, como si estuviese hambriento, pero yo sé que eso no puede ser.) Aquí, en el Trianón, y en la decoración de estancias nuevas en otros castillos, me esforzaré por lograr la simplicidad.

Si estuvieran al tanto de ello, los panfletistas describirían esta tranquila media hora con mis hijos como una oportunidad para el libertinaje, con un surtido de amantes (hombres y mujeres) escondidos detrás de cada peral, debajo de cada montón de hojas otoñales.

EL REGRESO DE FERSEN
DE NORTEAMÉRICA, 15 DE JULIO DE 1783

¡Vuelve mi soldado! Cuando entra en la sala, los cortesanos se apartan a un lado formando un pasillo para que él se acerque. Se separan como las aguas del mar Rojo, para que pase Moisés. Relajado, el conde camina enérgicamente, como si regresase tras una ausencia de tres días en lugar de tres años. Uno de los héroes de Yorktown, está ileso, intacto, tan sólo su piel parece más deteriorada. Sus ojos están casi iguales, pero han cambiado porque han leído mis cartas mientras estaba fuera. Incluso de lejos, sus ojos encuentran los míos con el amor de un verdadero amigo, y con la bondad y comprensión que envuelven el amor al igual que la cáscara encierra el cereal. Toda su conducta es absolutamente apropiada: regresa junto a la reina del país para el cual ha luchado; de ningún modo pretende más. Su modestia reside en su elegancia.

Ahora es el momento: se coloca la mano en el corazón e inclina su cabeza, bajando los ojos. En ese instante yo me levanto de mi silla y le hago una reverencia.

La sala se queda boquiabierta por el favor que le demuestro, pero es lo adecuado: él es un héroe que ha servido a los intereses de Francia en las tierras salvajes de Norteamérica, que ha luchado en una guerra victoriosa contra los ingleses. Cuando levanta la cabeza, ve que estoy de pie y se ruboriza.

Alargo las manos hacia él. ¡Ah…, unir mis manos con las suyas! ¡Es él de verdad! Durante este breve momento ceremonioso él coge mis manos con las suyas. Nuestra piel tiene una temperatura similar, y ese dato es nuestro secreto y sólo nuestro, ya que los cortesanos nada más saben lo que ven. Nuestros corazones se encienden y encuentran con la misma calidez, pero nuestros ojos no revelan nuestros sentimientos. Nos gustaría estrecharnos las manos por el arrobamiento, pero no lo hacemos. Nos tocamos. Nos soltamos. Mis manos resplandecen.

—Nada podría jamás producirme mayor placer —le digo— que daros la bienvenida a una corte que espero consideréis vuestro hogar.

—Agradezco de todo corazón a Vuestra Majestad el honor con que me obsequia. Que Dios me conceda que me sea permitido servir las causas de Vuestra Majestad todos los días de mi vida.

Me llama *Majestad* con absoluto decoro, pero sus ojos les dicen a los míos: «Más que reina, adorable mujer, rindo mi corazón y mi vida a vuestros pies».

—Veo que venís condecorado. ¿Y qué es esta nueva medalla?

—La nueva medalla es la Orden de Cincinnatus.

—¿Y quién o qué es Cincinnatus? —le pregunto. Conozco la respuesta, pues sus cartas me han hablado de la condecoración, pero es mi deseo que los señores y las damas congregados sepan de su gloria.

Muy levemente, hunde el mentón para indicar su renuencia a hablar de su propio valor.

—Cincinnatus era un cacique de una tribu entre los indios americanos que vivía en el valle del río Ohio. —Percibo una nube de melancolía cruzando su rostro, pero no estropea en absoluto su atractivo; de hecho, añade a su semblante un grado de madurez y profundidad—. Le pusieron ese nombre por un estadista romano de la Antigüedad.

Invito a todos a que saluden individualmente a nuestro conde sueco, y no tardan en arremolinarse a su alrededor en mareas de color y relucientes joyas, y también sus caras están radiantes de felicidad. Debido a que es extranjero, sus saludos son más auténticos y menos calculados que si fuera uno de ellos.

La princesa de Lamballe está de pie a mi lado y comenta:

—Si ha cambiado en algo, sólo ha sido a mejor.

La duquesa de Polignac afirma:

—Vuestra Majestad está de nuevo encinta, y de nuevo el conde viene a la corte; una conjunción de estrellas afortunadas. La reina está siempre en su mayor esplendor cuando está embarazada, su piel está radiante; sus ojos centellean.

—Queridas mías —contesto—, soy indeciblemente feliz.

Pese a toda la franqueza de mi recibimiento, de pie en la corte entre mis dos queridísimas amigas, procuro no parecer demasiado jubilosa. El amante de Yolanda, el conde de Vaudreuil, se ha ido con mi cuñado menor a combatir a España. Echo de menos al conde, ya que de nuestros actores *amateurs* es el que más talento tiene, pero es un dandi, sus deudas de juego y gastos son enormes, y en suma, carece totalmente no sólo del noble porte, sino también del noble carácter de Axel von Fersen.

Para nuestra sorpresa y deleite, el rey aparece de pronto para darle él mismo la bienvenida a nuestro héroe de la Revolución Norteamericana. Besa a Fersen en ambas mejillas y luego le da unas palmaditas en el hombro y le sonríe radiante. Como dos hermanos, los hombres se alegran de verse y de nuevo admiro el equilibrio en el decoro del conde; es absolutamente respetuoso, sin pizca de familiaridad, pero al mismo tiempo, su talante es de amigable comodidad. Debido a que está seguro de su propio carácter, no se vuelve artificial ante la presencia de la realeza.

Cuando me uno a ellos, mi esposo elogia mi aspecto radiante. Sólo nuestro círculo más íntimo sabe que estoy encinta, pero naturalmente a un amigo tan querido como el conde le he insinuado en mis cartas mi feliz estado. Rodeándome con un brazo para atraerme hacia sí, el rey prosigue su alegre conversación con Axel, y todos parecemos una familia que se reúne.

Otro día, en el Trianón, mientras paseamos un poco alejados de los demás, puedo preguntarle al conde cómo han ido sus planes para contraer matrimonio, puesto que sé que la vana esperanza de su padre era que Axel se casara con una heredera inglesa.

El jardín está en plena floración veraniega, y jamás habíamos tenido semejante abundancia de rosas. Su aroma hace que el propio aire resulte embriagador. Voy vestida con la sencilla muselina blanca que tanto me gusta, y el conde ha expresado su admiración por mi sombrero de paja con un lazo rosa que cuelga del ala posterior. Dice que el sombrero es muy afortunado por permitírsele embellecer la cabeza de la mujer y reina más hermosa del mundo.

Responde a mi pregunta con la franqueza y la honestidad que tanto aprecio en él:

—Estoy muy contento de que la señorita Leyell de Inglaterra esté ahora casada. Naturalmente, ya no me volverá a ser mencionada por mi padre. Es mi ferviente deseo que no me proponga otro posible matrimonio. Prácticamente me he decidido; no deseo casarme. Para mí, semejantes lazos conyugales irían en contra de la naturaleza en este momento. No puedo pertenecerle a la única persona a la que quiero pertenecer, la que realmente me ama, por tanto no quiero pertenecerle a nadie.

Como estamos casi solos y el sendero se curva junto a un enorme rosal, puede detenerse y mirarme a la cara mientras pronuncia esa última frase. Aunque el viento transportara sus palabras a algún oído a la espera, no habría incriminación en lo que ha dicho; una confidencia a una amiga íntima, que lo escucha comprensiva. Con suma comprensión, mis ojos se pierden con deleite en los suyos.

—Vivo en vuestros ojos —no puedo evitar susurrarle.

Él reanuda el paseo.

—Por eso nos entendemos el uno al otro —afirma.

Le miro y veo los bellos músculos de su mejilla que se flexionan. Su hombría hace que las rodillas se me derritan y tiemblen. Seguimos andando.

—Nos entendemos —repito.

Alguien corre detrás de nosotros, y es el conde de Vaudreuil, que ya ha regresado de su pretendida marcialidad, persiguiendo a Yolanda, cuyo rostro está tan rosa como una frambuesa por correr.

—¡No dejéis que me pille! —le grita ella a Fersen mientras nos adelanta.

Siempre galante, el conde se vuelve para enfrentarse a la embestida de Vaudreuil y alarga los dos brazos.

—Os ordeno en nombre de una dama anónima… —Fersen se ríe— que abandonéis esta alocada persecución.

Vaudreuil se detiene, con absoluta buena disposición.

—Fingía que era Almaviva. Beaumarchais tiene una nueva obra. Bastante revolucionaria, en realidad.

—¿Revolución? Ya he visto bastante de eso —replica Fersen.

Debido a la canícula, la cara de Vaudreuil está empapada de sudor. Se quita la peluca empolvada y la golpea contra su muslo. Lo cierto es que su aspecto es lamentable.

—Algún día tenemos que liberarnos de estas abominaciones —dice a la ligera—. ¿Pasaba vuestro George Washington revista a sus tropas con la peluca puesta? —La pequeña nube de polvos que ha creado se dispersa entre los tréboles .

A lo lejos, Yolanda chilla:

—¡He llegado la primera al columpio! ¡Venid a empujarme!

—Hace algún tiempo concebí tener una aldea, una villa donde jugar, aquí detrás, más allá de los jardines del Trianón. El columpio es un precursor de la diversión campestre que habrá.

—Si yo fuera artista —contesta Fersen mientras contemplamos a la adorable Yolanda, que nos espera sentada en el columpio—, sin duda, querría pintarla.

Es una escena encantadora. Las largas cuerdas del columpio están atadas a las ramas de un enorme castaño; sus hojas son de color verde negruzco y son de una densidad y abundancia asombrosas.

—Boucher ya ha pintado a una dama columpiándose tan alegremente que su chinela sale volando por el aire. Tendremos un mundo de alegre naturalidad, aquí, cuando mi aldea de campesinos esté acabada.

Éste es el mejor y más despreocupado verano de mi vida. Ocasionalmente, a primera hora de la mañana tengo vómitos, pero para cuando el conde realiza su visita diaria estoy bastante bien y ansiosa de disfrutar de su querida compañía. No me gusta acostarme demasiado tarde porque la fatiga de mi estado me visita a las diez de la noche, pero antes de eso, paseamos al atardecer mientras los músicos tocan. Si estoy acalorada, paseamos (mis damas y yo, a veces con el conde, en ocasiones con el rey) cerca de una fuente, y su fresco rocío brumoso me refresca.

Una noche, mientras paseo con Axel, mi mano sobre su brazo, no sea que me tuerza el tobillo, acompañada de Elisabeth, mi cuñada, así como de muchos otros, comento:

—Ahora, desde que me he convertido en madre dos veces, y pronto confío en que una tercera, es con Ceres con quien más me identifico.

La duquesa de Polignac dice fervientemente:

—Rezad para que ninguno de vuestros hijos, pues, sea raptado y llevado al inframundo.

Su comentario me asusta y me pregunto si habrá notado algún cambio en la salud del Delfín. El suyo no es un comentario bienvenido durante una noche de verano.

—Mis hijos siempre prosperan en verano —constato—. No es necesario vigilarlos tan de cerca.

Axel von Fersen me pregunta si conozco el cuadro de Botticelli titulado *Primavera*. Le digo que no. Dice que lo vio en sus viajes con su tutor antes de venir por primera vez a Francia. En un lado del cuadro aparece una adorable y rubia Flora, me explica, con un vaporoso vestido blanco estampado con muchas flores de colores.

—Lo notable es que está en avanzado estado de gestación. En su rotundidad, está incluso más hermosa que la figura central.

Llamo a mi pintora amiga, Madame Vigée-Lebrun, que esta noche nos acompaña, y le pregunto si tiene conocimiento de esta obra. Contesta que ha visto grabados de ella, pero no el cuadro en sí.

—¿Habéis visto también el cuadro del nacimiento de Venus saliendo del mar? —le pregunta la pintora a Axel.

Él le responde que sí lo ha visto.

—Nace de la espuma del mar —dice, y yo sé sin que él me lo diga que su silueta es hermosa y está desnuda, ya que todos nacemos desnudos. Recuerdo aquella escena de mi propia desnudez infantil cuando volví a nacer como *citoyenne* francesa, pero no hablo de ello. Fue hace demasiado tiempo.

El rey llega en una silla de manos y nos saluda. Está bastante grueso y la noche es muy calurosa como para que recorra a pie cualquier distancia sin poner en peligro su salud. Siempre considerado con mis necesidades, ha hecho que traigan una segunda silla para mí, puesto que el sendero de vuelta desde el parque hasta el castillo es todo cuesta arriba.

Acepto que me transporten con mucho gusto.

Mientras vuelvo al palacio iluminado, pasadas las diversas fuentes, admiro en particular la fuente de Latona. Hace mucho tiempo que las mujeres del mercado me hicieron sentir angustia tras el nacimiento del hijo de Artois, y que Madame Campan señaló por la ventana la fuente de Latona entre los anfibios. Al igual que ella, tengo dos hijos, pero yo vivo completamente a salvo, mientras que ella fue obligada a deambular de aldea en aldea. Agradezco que mi esposo sea un cónyuge más leal que Júpiter.

Es agradable ver cómo lo transportan cómodamente, no lejos de mí, pero cada uno en una silla distinta, avanzando hacia el palacio hermosamente iluminado. Tal como es costumbre cuando estoy encinta, le insto a no mantener relaciones conyugales y mi esposo accede de buen grado, encantado de no tener que desempeñar ninguna obligación real, encantado de proporcionar con su abstinencia mayor seguridad al hijo nonato.

Mis dos niños no son hijos de los dioses y las diosas, pero son niños humanos queridos. Siento una punzada de culpa porque mis atenciones con Axel von Fersen han hecho que desatienda un tanto a mis pequeños, no de ningún modo perceptible, sino sólo un poquito, dentro de las paredes de mi corazón.

A veces, enmarcadas por los ventanales de la Galería de los Espejos, puedo ver las titilantes luces de los candelabros, o sus reflejos en los espejos. A veces oigo unas cuantas notas de arpa en el aire y deduzco que mi tía Victoria está practicando su instrumento. La silla de manos abierta nos permite disfrutar de las ligeras brisas veraniegas. Casi tengo la sensación de que asciendo mágicamente hacia el hermoso castillo y mi descanso. En su silla, el rey dormita y emite suaves ronquidos. El suelo pasa deslizándose mientras los hombres llevan mi silla, y escucho sus pasos sobre la hierba o la gravilla.

Estas noches, estos días… ¡son una bendición! Todos estamos felices porque el conde von Fersen se ha comprado un regimiento con la ayuda de su padre y la recomendación de su soberano, Gustavo III. Axel es quien está más feliz de todos; de hecho, dijo que toda su felicidad dependía de su adquisición del regimiento. El desembolso ha sido de 100.000 libras.

MONTAUCIEL

Mi único pesar, que el verano desemboca en septiembre, duró hasta que surgió un pesar menos esperado: ese mismo rey de Suecia que contribuyó a la concesión de un regimiento para Fersen se retractó; ahora el deseo de Gustavo es que el conde se una a su séquito en sus viajes. En lugar de dirigir un regimiento propio, Axel será el capitán del cuerpo de seguridad de Gustavo. Absolutamente fiel a la monarquía, su obediencia es instantánea. Tan sólo percibo que aprieta su bien cincelada mandíbula, lo cual en ocasiones revela que se esfuerza para dominar sus inclinaciones naturales en beneficio de su deber.

El día antes de su partida, el 20 de septiembre, asistimos a un espectáculo sin precedentes: los hermanos Montgolfier han pedido permiso a mi esposo y recibido su permiso para elevarse con un globo de aire caliente desde el amplio patio que hay entre el palacio y la villa de Versalles. Demostrando un sorprendente grado de expectación y curiosidad, miles de espectadores, llegados aquí por su propio pie, en carruajes, en sillas de mano, atestan el patio.

Los periodistas han especulado con que si el ascenso tiene éxito abrirá una nueva era de posibilidades, y no sólo en los medios de transporte. Muchas cosas nunca antes logradas podrán ocurrir. De la publicación *Correspondance Secret*, el rey lee una declaración sumamente humorística a todos aquellos congregados para el espectáculo: «¡El invento de Monsieur de Montgolfier ha supuesto tal conmoción para los franceses que ha devuelto el vigor a los ancianos, la imaginación a los campesinos y la constancia a nuestras mujeres!»

Estamos separados de la multitud en nuestra propia área panorámica ligeramente elevada, pero la gente está apretujada aquí en el amplio patio. Si el globo cayera sobre la muchedumbre, podría extenderse el pánico, con muchas vidas perdidas. Pero todo está previsto, pese al grado de ansiosa excitación que se respira, y el sol brilla con intensidad.

Unas cuantas nubes pasan lánguidamente sobre el elevado caballete ornamentado de la capilla; lo cierto es que cuesta creer que ningún invento realizado por el hombre pueda flotar hasta semejante altura como el tejado de la capilla. Quizás el globo se eleve sobre el suelo sólo a la altura de los hombros de un hombre, bastante parecido a un carruaje, pero sin ruedas ni caballos.

Es un día curiosamente excitante, aunque se me encoge el corazón cuando recuerdo que Axel von Fersen pronto se irá; ¡mañana! Por lo menos tenemos la seguridad de que Gustavo no planea ninguna aventura transoceánica, sino que limitará sus viajes por Europa.

—¿Participarán personas en el ascenso? —le pregunto con inquietud a mi esposo. ¡Qué presagio tan horrible que la gente cayera del cielo justo el día antes de la partida del conde von Fersen!

—No —contesta el rey—. El globo levantará una cesta que contendrá una oveja, un pato y un gallo.

—Por lo menos el pato tiene el don de volar con sus propias y fuertes alas —comento— en caso de que el experimento fracase.

—Creo que la puerta de la cesta de mimbre estará cerrada —responde Luis—. Tal vez los animales hayan sido entrenados para descorrer el pestillo de la puerta, en caso de que sea necesario un desembarco de emergencia.

—¿Y qué pasa con la oveja? —inquiero—. Una vez fuera de la jaula, con toda seguridad morirá de la caída. —Mi cuerpo entero se encoge al pensar en el indefenso animal lanudo llamado *Montauciel* cayendo contra la dura tierra de abajo, sea el suelo del patio o las colinas del campo.

—Confiemos en estos científicos —aconseja Fersen.

El rey se ríe entre dientes:

—Para no asustar a las damas.

Fersen le devuelve la sonrisa.

—Exactamente como Bottom, que en la obra de Shakespeare prometió no rugir demasiado fuerte cuando representase al león; para no asustar a las damas.

—¿Lo leéis en inglés? —le pregunta Luis, pero ya sabe que Fersen habla inglés con fluidez y que también ha leído en inglés a su querido Hume.

Veo que la joven Elisabeth lanza una mirada a Fersen con suma admiración. De aspecto esbelto y marcial, parece una roca esculpida convertida en un hombre. El rey está más fofo y grueso por las muchas horas que pasa sentado frente a las mesas del consejo y frente a su escritorio, o leyendo, a pesar de que la caza a caballo es dura. Los rumores lo comparan con un cerdo, una descripción que me duele, por él. Yo le recordaría a la gente que es un hombre justo y culto, que tiene en cuenta el bien del pueblo y no solamente la comodidad de la nobleza.

—No quiero que el Delfín presencie un desastre —continúa mi esposo. Coge cariñosamente en brazos a nuestro hijo de dos años—. Vayamos a examinar el globo —propone. A Fersen le añade en voz baja que no ha habido tan indistinta muchedumbre apiñada en los patios de Versalles desde los disturbios por la harina, a poco de convertirse él en rey. Pero ésta es una multitud feliz, en un día festivo.

De unos diecinueve metros de circunferencia, el globo forma un inmenso charco azul sobre el suelo. Con los ojos desmesuradamente abiertos por la extensión de la tela, el Delfín señala con su pequeño dedo lo que identifica correctamente como la insignia de su padre pintada de amarillo en el enorme globo. Los criados levantan su gigantesca boca y echamos un vistazo a la caverna azul. Pronto se erguirá, como una tienda, por un sistema de ganchos y poleas sujeto a los extremos de dos grandes palos de madera. Se encenderá un fuego debajo de su abertura con el fin de que la tela minuciosamente tejida atrape y retenga el aire caliente hasta que el globo se infle. Cuando la enorme burbuja esté lo bastante llena y su góndola cargada con los animales y las cuerdas de amarre cortadas, veremos si asciende o avanza por el suelo, o quizá se derrumba.

Desde nuestra tribuna observamos cómo encienden el fuego, abrimos nuestros cestos de picnic y servimos limonada a nuestro grupo. Compartimos nuestra comida con dos jóvenes ingleses, William Pitt y William Wilberforce, miembros de la Cámara de los Comunes de Inglaterra, que han venido aquí atraídos por su admiración por la cultura francesa y su deseo de dominar nuestra lengua.

Pasan varias horas antes de que a la una en punto de la tarde se oiga un asombroso redoble, y las grandes hachas, lustradas para la ocasión, se levantan preparadas. La pobre oveja, llamada *Montauciel* («Sube al cielo», les explica Fersen a los ingleses), bala lastimosamente. No le gusta la proximidad del pato. Más aún, teme el afilado pico del gallo, que cacarea con fuerza como para demostrar su propia importancia en este gran experimento, y luego le da picotazos a la oveja en los ojos. De pie junto al fuego que hay debajo del globo, está Étienne Montgolfier, vestido con mucha sencillez, todo de negro, el alma de la modestia. Aplausos ensordecedores para el creador del globo se unen al tambor mientras sigue redoblando. Entonces Montgolfier alza una mano. La multitud se calla; los redobles paran de pronto. Hay una tranquilidad estupefacta, las hachas caen, las cuerdas de amarre se cortan y, muy despacio, el globo empieza a ascender majestuosamente.

La multitud emite un grito tremendo de alegría mientras el globo continúa ascendiendo majestuoso. Por un lado, el pato asoma su cabeza entre las barras de su jaula, y por el otro, aparecen la brillante cresta y la papada del gallo. La boca de la oveja está abierta, pero ya no oigo sus balidos de angustia. Ahora el globo asciende más deprisa, la multitud lo anima a seguir como si fuera un caballo de carreras. Hasta donde alcanzo a ver en el gentío, lágrimas de alegría resbalan por las mejillas de la gente común. El globo asciende hasta el nivel del segundo piso de los edificios circundantes, y sigue hasta el tercero. Ahora está a la altura de las mansardas de los tejados.

¿Ascenderá de verdad por encima del tejado de la capilla, coronado de oro resplandeciente? Hacerlo parece casi un sacrilegio. Pero, sí, el globo se eleva superando la casa de Dios. La multitud chilla atemorizada, ¿y si su orgullo abovedado es divinamente derrumbado, al igual que todos los congregados debajo que celebran esta conquista del aire, hasta ahora el reino de los ángeles y los pájaros? Aunque flota alejándose de nosotros, el globo no asciende tanto como para llegar a las nubes; yo no podría soportar que llegase tan arriba.

Aun cuando Dios consintiera semejante milagro humano, mi corazón estallaría de miedo por lo que el ser humano se ha vuelto capaz de conseguir.

Ahora muchas personas de la multitud salen precipitadamente de los patios en un intento de seguir al globo mientras se aleja flotando majestuoso. Es como una gran seta azul, que lleva con orgullo la flor de lis dorada de la monarquía. La oscilante cesta circular es enana al lado de la circunferencia del globo y parece que se arrastre tras éste, una ocurrencia tardía. El globo se ladea un poco, como haría una vela, debido a la brisa imperante.

De pronto aparece una grieta en la parte superior de la envoltura del globo por la que sale cierta cantidad del caliente humo gris. El globo se bambolea y la multitud grita de horror, pero prosigue su viaje alejándose en dirección al campo.

Consultando su reloj, el rey comenta que el globo lleva unos tres minutos en el aire.

—Los usos posibles de semejante máquina son un desafío para la imaginación —afirma Fersen.

Por primera vez su semblante me parece feroz. Como si percibiera mis pensamientos, rápidamente me mira y me sonríe.

—¿Lo considera Vuestra Majestad un hermoso espectáculo?

—Estoy temerosa y feliz a la vez —contesto con sinceridad.

—Mirad los rostros de la gente —propone mi esposo.

Vemos su asombro. Quizá tengan la sensación de que ellos también se han elevado un poco del suelo cuando el globo ha ascendido. Parece que caminen de puntillas.

El rey sugiere que todo el séquito real regrese a palacio para escuchar música y celebrarlo.

En la Galería de los Espejos, en esta víspera de la partida de Fersen, bailamos afectados minués, gavotas y alemandas. Nuestras faldas crujen y basculan sobre el suelo de forma parecida a como lo haría un grupo de globos de aire caliente. En un rincón está de pie la oscura columna de Montgolfier y todas las damas, con faldas de gran colorido, se aglomeran a su alrededor, algunas con peinados que sugieren globos.

Las damas agitan sus abanicos, decorados previamente a este encuentro con dibujos de globos entre las nubes. Unos cuantos abanicos lucen la silueta de Montgolfier con la vestimenta negra de un deshollinador de pie junto a una chimenea. Reservado, el hombre de ciencias presta poca atención a la coquetería de nuestras damas.

Debido a mi embarazo (aunque mi cintura no ha aumentado mucho), tengo la precaución de no bailar demasiado. Mientras descanso en una silla al lado de Luis, a nuestro alrededor los cortesanos especulan con las posibilidades de que el ser humano viaje en globo; que podría ser utilizado para el contrabando, que podría dar lugar a guerras en los cielos con sangre que caería en forma de lluvia sobre todos los que estuvieran debajo. Alguien manifiesta su preocupación de que el ascenso del globo menoscabe la religión, porque la Asunción de la Virgen al cielo podría dejar de parecer milagrosa.

Algún bromista sugiere que, con la ayuda de globos de aire caliente, los amantes podrían quizás entrar por las chimeneas de las casas y luego volver a subirse a sus globos, que los estarían esperando, con las hijas de esas casas, vestidas únicamente con sus camisones. Lanzándole una mirada al conde, me cubro la mano con mi abanico y suelto una risita.

Nos enteramos de que el globo ha volado durante ocho minutos antes de aterrizar en el bosque a varios kilómetros del castillo. Con el aterrizaje la cesta se abrió y la oveja *Montauciel* fue encontrada mordisqueando la hierba, como si no hubiese sido la primera oveja de la historia en volar. El gallo y el pato estaban acurrucados en un rincón de la góndola.

Antes de despedirse formalmente, el conde elige el único momento en que estamos solos para darme consuelo. Me mira, se inclina hacia mi oído y me dice tranquilo, pero con intensidad:

—Naturalmente, es imposible que nos separen jamás.

Por miedo a que alguien del baile haya aprendido el arte de leer los labios, me limito a asentir.

UN AMARGO CUMPLEAÑOS, 1783

Es mi cumpleaños. He perdido el hijo nonato el día de mi cumpleaños. A poco de irse Fersen, el rey y yo admitimos que nuestro querido Delfín Luis José no es robusto, y este nuevo hijo era muy deseado. Le confesé a mi esposo una de mis pesadillas, que oigo al Delfín llorar por las noches, su pequeño cuerpo ardiendo por la fiebre.

Y ahora un aborto. Un hijo que nunca llorará.

Es una amargura.

Por mi cumpleaños, el rey me ha regalado un libro de horas, un precioso volumen iluminado titulado *Las muy ricas horas del duque de Berry*. En realidad, las ilustraciones, maravillosas copias del original medieval, son fascinantes. Algunos de los colores parecen vitrales. Otras escenas poseen todo el encanto de la vida real, la vida de las cosechas y los campesinos que vivieron en la Francia del siglo XV, hace mucho tiempo. Paso las páginas distraídamente. ¿Horas ricas? El título del libro parece irónico en un día en que he perdido a un hijo nonato. Estas horas son plúmbeas.

¡El pobre rey! Sentado a mi lado, ¡llora como si se le fuese a desgarrar el corazón! Se cubre su alargado rostro con su larga mano, y llora.

Estoy casi demasiado débil para pensar. Demasiado débil para ver mi regalo o para darle consuelo a mi esposo. ¿Cuántos cestos llenos de paños empapados de mi sangre se han llevado? Uno tras otro, con un trapo limpio doblado encima para que yo no tuviese que ver la prueba del desastre. Pero he visto la sangre a través del trenzado del cesto, en una ocasión, y he visto una gota caer y ser absorbida por la alfombra.

Dado que Fersen ha estado aquí durante los meses de verano de este embarazo, pensé que Dios me había enviado un buen presagio, puesto que siempre ha venido durante mis embarazos.

¡Cómo me ha deleitado Fersen con su presencia! Cada instante ha sido un tesoro. Todo el mundo ha dicho que su mirada se ha vuelto más fría desde que ha participado en la guerra de independencia de las colonias norteamericanas, que ahora raras veces sonríe. Su reserva tienta a las damas, ya que cada una desearía poder tener el poder de volver a animar su espíritu.

Pero yo no percibo tal falta de ánimo en su espíritu o sus rasgos. A mí siempre me sonríe.

Sufro por la desdicha de esta pérdida.

El primer día que Fersen apareció en la corte, este julio, volví a decirle: «¡Ah…, un viejo amigo!», que es como lo saludé la vez anterior, tras una larga ausencia. «Cierro los ojos; sí, es mejor para recordar las horas, días y tardes vividas años atrás.» Él reconoció la frase, sonrió, entrechocó con suavidad sus talones, y entre nosotros todo estaba exactamente como había estado antes, magnificado, porque ahora sabíamos que nuestro afecto había sobrevivido al tiempo y la distancia.

Él me dijo qué alegría suponía estar una vez más en mi círculo social íntimo.

Ahora, casi quiero sonreír. Su presencia me animaría en este momento.

GLOBOMANÍA

Tras varias semanas en cama recuperándome del aborto, me siento lo bastante bien para cenar con mis amigas. Yolanda ha prometido un rato divertido. Normalmente no emplea la palabra *divertido*, así que me invade la curiosidad.

La cena es agradable, pero no puedo decir que me haya divertido. No obstante, he tenido buen apetito y he comido carne de vaca, porque mi médico dice que fortalece la sangre.

—De postre —anuncia Yolanda, su rostro sumamente feliz—, tenemos tartas de fruta y fruta.

Traen una fuente muy grande con tapa de plata. Ante un gesto de Yolanda, un criado retira la tapa y veo las tartas y la fruta… ¡Pero, oh maravilla! ¡La fruta empieza a ascender! Ante mi asombro…, ¡sí, gran diversión!; manzanas, naranjas, una piña, limas, peras, un racimo de uvas, ¡ascienden a un ritmo constante!

—Son globos —exclama— llenos de gas metano.

—Son más ligeros que el aire —explica el rey emocionado—, por eso se elevan.

No ha pasado mucho tiempo desde que los globos en forma de frutas se levantaron de la mesa, por encima de las jarras de jerez y oporto, hasta el nivel de las figurillas aladas que hay cerca del techo, cuando mi esposo viene a mis estancias privadas del castillo para leerme un artículo que describe la primera ascensión en globo: un joven físico apellidado Rozier, de 26 años de edad, en compañía de un oficial del ejército han sido los primeros tripulantes de un globo de aire caliente. Mientras el rey lee, yo hago mi encaje de aguja. Luis me explica que el metano puede explotar muy fácilmente como para ser fiable para semejante aventura en estos momentos. Los globos grandes que llevan gente es mejor llenarlos de aire caliente.

El rey sigue leyendo en voz alta la vida de Pilâtre de Rozier. Para relacionar a la gente con los científicos excluidos de la Real Academia, creó un Museo de las Ciencias, que está abierto al público y tiene una biblioteca y aparatos científicos en París. No sólo hombres, sino también mujeres pueden ser admitidas en el museo (pero únicamente si van recomendadas por tres miembros varones). Rozier ha escrito un libro titulado *Electricidad y cariño*.

—¿Qué es la electricidad? —inquiero.

—Fue descubierta por el estadista norteamericano Benjamin Franklin. Es la fuerza de los rayos que ilumina el cielo y tiene el poder de matar a la gente y destrozar la corteza de los árboles.

—¿Qué tiene que ver con el *cariño*?

El rey deja a un lado sus impertinentes.

—No lo sé —contesta.

Los dos nos miramos, estupefactos. Entonces nos reímos.

Es la primera vez que nos reímos juntos desde el aborto.

El día 1 de diciembre, cenando ceremoniosamente, el rey anuncia:

—¡Qué meses éstos!

Todos esperamos para oír qué dirá a continuación. Levanta una copa de vino de Burdeos para proponer un brindis. Todos nos ponemos de pie (da la casualidad de que estamos cenando con sus dos hermanos, el conde de Provenza y el de Artois, y sus esposas, organizando las celebraciones de la época de Navidad), aunque no sabemos todavía qué solemne ocasión acaba de producirse.

—Felicito a Messieurs Charles y Robert. Desde los jardines de las Tullerías de París han surcado los cielos durante noventa minutos, han vuelto sin percances a la tierra, y al bajar de la góndola han sido recibidos por el duque de Orleans.

Todos gritamos hurra, como si fuéramos nosotros los aeronautas triunfantes, pero me doy cuenta de que el rey, con todo su ser, desearía haber sido él quien tuviese el honor de recibir a los héroes.

Me fijo en que los ojos de mi esposo se centran con interés en otro asunto de su pergamino, debajo de la parte enrollada.

—¿Hay algo más de la historia? —le pregunto.

—No, no —contesta—. Únicamente que aquí dice que en su cocina cada cual puede hacer un globo en miniatura con la membrana de la vejiga de un buey.

Todos los demás estallamos en carcajadas.

Luis parece un tanto avergonzado.

—Pone que hay que usar gelatina de pescado —añade.

UN DOBLE RETRATO,
PRIMAVERA DE 1784

Arrebatada de entusiasmo, aunque procuro no demostrarlo, observo a mi amiga pintando a mis hijos. Estamos todos en el exterior del Trianón, y ellos están sentados en un peldaño de la escalera. Al ver cómo ella traslada su belleza real al mundo del lienzo, irradio placer. ¡Qué arte tiene Elisabeth Vigée-Lebrun!

No hace mucho tiempo, el Delfín estuvo en cama tan enfermo con una fiebre tan brutal que no podía tragar agua, y su cuerpo estaba hinchado. Los médicos explicaron que semejante calvario fortalece a un niño de futuras enfermedades y que, sin duda, se recuperaría. Sí, dije yo, es impensable que no se vaya a recuperar. Y lo hizo, pero cuando lo miro ahora, vestido de satén azul claro al lado de su hermana, tengo ganas de decirle a ella: «Agarradlo con más fuerza».

El brazo de ella rodea los pequeños hombros de su hermano; la dulce mano de éste toca el antebrazo de ella. En el cuadro aparecen sosteniendo a unos pajaritos grises, aunque en realidad los pájaros son producto de la taxidermia. Cuando mi amiga los pinta, ella se los imagina de nuevo con vida; pinta el que está en la mano del Delfín con el pico abierto.

Sus dedos envuelven al plumífero pájaro, una alondra, muy suavemente, como si lo último que quisiera en el mundo fuese apretarlo y matarlo. En la mano que descansa sobre su regazo, María Teresa sostiene el nido con varios ocupantes más.

Los ojos del Delfín nos miran directamente a nosotras, pero están melancólicos, y puedo ver enseguida los rastros de enfermedad en su expresión. Mi amiga lo pinta justo así (con ojos grandes y cansados), pues conoce mi angustia y cómo por su delicadeza lo valoro como a un tesoro.

Mi amiga no es menos precisa captando la expresión de mi hija: su sonrisa que se curva ligeramente hacia abajo, la leve y firme presión que a menudo hay entre sus labios. Su vestido de tafetán es la pieza maestra de la técnica del cuadro: rayas de colores melocotón y azul, lisas aquí pero ligeramente arrugadas allí, reflejando la luz de cien maneras distintas. Un pequeño fular suaviza su escote, mientras que una flor rosa (¿es una flor de manzano?) está prendida en un lado. La mirada de mi hija está en parte en su hermano y en parte en el nido; su mirada parece parcialmente perdida, como si estuviera meditando. A veces yo me siento justo así; un poco ausente. La puntiaguda punta de una chinela blanca de satén se asoma por debajo del dobladillo de su falda.

Adoro la suavidad de los trazos de Madame Vigée-Lebrun, la viveza de sus colores, aun cuando sean pastel. ¡Ojalá hubiese habido un pintor así en Viena para captar el encanto de mi propia infancia!

Mis hijos sostienen un nido, pero ellos mismos son pequeños pájaros con los picos abiertos, que necesitan el cuidado esmerado de aquellos que los sostienen con ternura.

La corte llama *frivolidad* al tiempo que les dedico a mis hijos. Me critican por desear ocuparme de mis propios hijos, ya que tienen la sensación de que desatiendo mis obligaciones como reina, en otras palabras, que no paso tiempo con ellos en la corte. Pero ¿qué quieren de mí? Únicamente favores y cuchicheos. Se han quedado atrasados, pues no valoran el atractivo de los niños, y cuando sean ancianos, lamentarán haber preferido sujetar las rígidas cartas de juego en sus manos en lugar de los confiados dedos de sus hijos, y haber estudiado las caras de las sotas y las espadas en lugar de los dulces ojos y los labios de la inocencia.

Cuando mi amiga me pintó con mi vestido de muselina, los cortesanos exigieron que el cuadro fuese retirado del salón. Dijeron que era indecoroso retratar a la reina en camisa, en ropa interior, si bien enseño menos pecho que si llevara un vestido cortesano. Además, estos mismos cortesanos aceptaron el retrato que Adélaïde Labille-Guiard hizo de Madame Mitoire amamantando a su bebé, un tema nunca representado en la pintura moderna. Cuando desdeñaron el escaso encanto de mi sombrero de paja, sabía que todas sus críticas de mi retrato eran, en realidad, un ataque contra mí. Me apodan Madame Déficit. Creo que querían criticar la rosa que sostenía en mi mano, pero es mi cuadro favorito de mí misma, y el que más afín es a mi espíritu. Y esa ropa tan sencilla es menos costosa.

Ahora mi amiga me propone volverme a pintar en la misma postura, sólo que esta vez vestida de satén azul.

Me alegra que el Delfín lleve satén azul para este retrato, ya que no podría soportar que criticaran a mi hijo. Querría huir a otro país, ¡y entonces no tendrían rey ni futuro! Querría que nos encerráramos tras unas verjas que jamás pudieran abrir, y allí tendríamos un idilio ininterrumpido, mi querida familia, mis verdaderos amigos y yo.

LA ÉPOCA DE LA «ALDEA»

El conde von Fersen me escribe diciendo que últimamente todas mis cartas giran en torno a la construcción de la «aldea», y que cada vez menciono con menos frecuencia el teatro. Esta observación me sorprende; seguro que no es una crítica. Es una observación de un cambio que quizá sea tan lento que yo apenas lo noto.

Temo tales cambios. En ocasiones me pregunto si el Delfín no estará empeorando poco a poco, y como el cambio es gradual no lo percibo debidamente. Los médicos están tan decididos a no perturbarme que a veces dudo de la veracidad de sus explicaciones. Cuando le comento mi temor al rey, él se limita a mirarme con tristeza, sus párpados a media asta. Gruñe con preocupación y comprensión. No me da su opinión. Cuando lo presiono, dice que debemos confiar en los médicos.

Es cierto que pensar y hacer planes para la «aldea» me complace. Tenemos una maqueta de cómo se construirá todo. Cuando miro la maqueta, me siento casi como una diosa contemplando la Tierra desde el Olimpo, sólo que ésta es una tierra muy francesa, con diminutas vacas francesas y ovejas francesas maravillosamente colocadas en los pastos de la explotación agrícola en miniatura, que será emplazada en la linde de la aldea y suministrará los saludables productos que comeremos allí, nuestro queso y nuestra mantequilla.

Pero, sin duda, también he disfrutado con el teatro. La pasada primavera representé a Babet y Pierrette, las dos sencillas y adorables chicas de campo. Por contra, esta primavera hablo sin parar con Hubert Robert y Richard Mique sobre nuestros diseños para la «aldea». Tendré más de mil macetas de porcelana blanca, decoradas de azul con mi propio monograma, inspirado en esa encantadora superposición de las letras «M» y «A» del cierre del brazalete que recibí cuando me casé. Estos tiestos rústicos serán colocadas en la escalera de madera que sube en espiral al balcón y en el propio balcón, alineadas como un montón de pequeños soldados. Y también adornarán la escalera de caracol que sube al faro Marlborough, con vistas al lago. Creo que en las macetas plantaré geranios rojos, pero el aire de la «aldea» será fragante desde la primavera y durante todo el verano con el aroma de lilas, rosas, jazmín y mirtos. ¡Y tendré ruiseñores que cantarán en las horas del atardecer! Vivirán en libertad, pero estarán tan bien alimentados con las más deliciosas semillas que jamás querrán irse.

Puedo llevar mis vestidos blancos de lino, atados con una sencilla cinta, coronados con un sombrero de paja, cuando estoy en el mundo de artificio de la «aldea» o cuando recibo invitados en el propio castillo. Pasar de un mundo a otro…, ¿no es ése el origen de las almas?

Ya he hablado con los artesanos de Sèvres sobre mis lecheras, hechas de porcelana para que se parezcan a la madera tosca. Cada detalle será artísticamente perfecto, y ya he llamado a las vacas *Blanchette* y *Brunette*.

Así pues, ¿he apartado mi atención del teatro? Creo que estoy bajando del mundo de la imaginación del escenario al mundo real. Los escenarios ya no son planas figuras de papel recortadas que salen deslizándose de los bastidores al resplandor de las lámparas teatrales, sino lugares reales, donde uno puede entrar y salir.

Ahora mientras la «aldea» está a medio terminar, parece que me debato entre dos mundos. La maqueta de la aldea era como una semilla, pero está la realidad a tamaño real, medio concluida. Yo misma a menudo me he sentido a medio crear, debatiéndome entre mi pasado y mi futuro.

Cruzo el umbral de una puerta e inspiro el aroma de la madera recién cortada. Con la misma facilidad, vuelvo a salir entre los travesaños de una pared sin terminar, una improvisada y provisional puerta. En el futuro, este acceso será tan impenetrable como las paredes de una prisión. Miro hacia la lisa piedra donde mis hijos se sentaron para que los pintaran. Ahora la piedra está vacía, pero yo me imagino que los llamo y ellos se levantan, luego dan un paso y salen del plano mundo del lienzo para unirse a mí entre las casas de campo.

Admiramos la tupida y gruesa paja del borde de un tejado acabado. Una alondra acude para extraer una caña para su nido, pero la paja está demasiado compacta y la alondra se va volando sin nada. Celebro estar al aire libre bajo las esponjosas nubes. Los albañiles están allí sentados debajo de un castaño, comiendo.

Volveré andando al castillo, me cambiaré de vestido, me prepararé para que me retraten, para que me coloquen en un lienzo liso. En este momento, lleno mis pulmones del dulce aire del campo. Con total abandono, recuerdo mis juegos al aire libre de la infancia.

RETRATO DE UNA REINA VESTIDA DE SATÉN AZUL, SOSTENIENDO UNA ROSA DE COLOR ROSA

Tras haber oído que la flor de la juventud empieza a marchitarse cuando una cumple 28 años, he decidido que me vuelvan a pintar, y esta vez ansío posar, ya que Elisabeth Vigée-Lebrun será la retratista. Mi petición es que se presente en mi apartamento privado, donde todas las habitaciones son pequeñas y acogedoras. Hace tiempo, el rey me dio estas pequeñas estancias, y yo las he reivindicado como mi propio nido íntimo, exquisitamente decorado. Cuando no puedo escaparme al Trianón (justo como había previsto mi esposo), me proporcionan intimidad. Si bien fui pintada con mi arpa, por Gautier-Dagoty, en 1777, rodeada de mis amigas, una cantante y una lectora, no me gusta la expresión que éste le dio a mi rostro; más parecida a la de una muñeca que a una persona viva. Aquí seré yo misma, con una verdadera amiga.

Madame Vigée-Lebrun monta su caballete con un experto y rápido movimiento de las patas de su trípode, y extrae una nueva paleta de madera sobre la que mezclar sus colores. Mientras prepara los demás utensilios de su arte (pinceles, trapos, trementina), me lanza una mirada fugaz, como si estuviera reteniendo impresiones y buscando exactamente el ángulo adecuado. Paseo por la habitación un tanto inquieta, pues es prudente disipar el exceso de energía antes de intentar permanecer inmóvil para la artista.

Como si leyera mis pensamientos, Madame Vigée-Lebrun me dice que no necesitará que me quede totalmente quieta. Entonces me pregunta si he olvidado ponerme mis perlas. Al tocarme el cuello compruebo, ciertamente, que tiene razón y mando buscarlas. Cuando me pintaron *en chemise,* no llevaba collares ni pulseras. Quizá fuese la ausencia de joyas la que hizo que a los cortesanos le pareciera que estaba desnuda o a medio vestir.

Es una delicia entregarse a una artista; la verdad es que no puedo explicar el placer que se deriva simplemente de ser observada por un ojo estético, sobre todo cuando esa persona es una amiga. Noto que levanto mi pecho y que mi piel parece que resplandece, como si una vela mágica se moviera debajo de ésta. Resulta satisfactorio, de igual modo que es satisfactorio dejar que el chocolate amargo se derrita en la boca. De hecho, la voluntad se derrite. Ahora una no está al mando; ahora una es maleable y está a punto de ser recreada. Es como si la mente se vaciara de preocupaciones.

—Me pregunto —le digo a mi amiga— si Adán y Eva disfrutaron cuando Dios los creó.

Ella me mira con curiosidad. A continuación me pregunta:

—¿Disfrutáis siendo pintada?

—Normalmente, no —contesto—. Pero hoy me siento toda yo *derretida* por la expectación. Mi cuerpo está en un estado de languidez.

Estoy de pie junto a un gran ramillete de rosas de color rosa, puesto que hemos convenido en que sea de nuevo retratada entre las flores que tanto me gustan. De pronto mi amiga extrae una de ellas del grupo y enrolla hábilmente una cinta de seda blanca alrededor de su tallo verde, como para proteger mis dedos de sus espinas. Dejando que cuelgue un extremo de la cinta, me entrega la flor envuelta. Una serie de hojas de rosa enganchadas y dos grandes capullos forman parte del arreglo, junto con los sépalos de tres o cuatro flores más que ahora han desaparecido.

—¿Me haría Vuestra Majestad el favor de sujetar el extremo suelto de la cinta con vuestra otra mano para que las dos manos estén bastante cerca?

Obedezco, al igual que hice cuando me pintaron la vez anterior, haciendo que la cinta pase entre mi pulgar y mi dedo índice, y disfruto sintiendo su sedosidad entre mis dedos. Sin dejar de prestarme atención, mi amiga me enseña a través de la mímica la postura que desea que yo adopte, y al instante noto que la posición de mi brazo cruzando por delante de mi cuerpo crea una elegante curva debajo del escote y, de forma paralela, en mi vestido.

—Y queréis que el collar de perlas repita la curva de la mejilla —digo mientras una criada ata el collar doble alrededor de mi cuello.

—Tenéis un cuello griego encantador —asegura mi amiga.

Me extraña que no quiera ningún adorno para los lóbulos de mis orejas, pero no digo nada. ¿Quién soy yo para cuestionar las decisiones de la artista?

Mi vestido es de satén azul de intensidad media, con un doble volante bordeando el escote y un lazo a rayas azules y plateadas directamente en la parte frontal. Las mangas llegan hasta los codos y terminan en un volante de encaje fruncido.

Durante un instante giro la rosa con el fin de poder mirar su centro, que es de color rosa subido, mientras que los pétalos externos, un cáliz perfecto de pétalos superpuestos, son de un rosa más pálido. Al mirarlo, el centro más oscuro dota de profundidad al cáliz perfecto de la flor.

—Pero tenéis que dejar que la rosa mire al espectador —comenta ella—, una versión pequeña de vos mirando hacia nosotros, para inspirar admiración benigna.

Mientras habla, siento el ligero peso circular de mis rizos contra mi cuello y descansando sobre mis hombros. Para este retrato me han empolvado con polvos plateados que combinan con el brillo plateado del satén azul al doblarse alrededor de la parte superior de mi brazo.

Mi amiga traza un bosquejo y prueba pinceladas de color, una combinación de azul, blanco, tonos de color carne y rosa.

—El fondo será bastante oscuro… Un árbol grande con un tronco macizo, en un ángulo parecido al de vuestro brazo, pero en segundo plano.

—¿Cuál es el sitio más hermoso que conocéis? —le pregunto.

Ahora hace una pausa, sujetando en el aire el pincel sumergido en azul intenso. No era mi intención interrumpir el flujo de su trabajo, pero ella sabe con exactitud cuánto tiempo puede titubear antes de que la inspiración se disipe.

—Marly-le-Roi —contesta—. Lo vi de niña, y lo recuerdo perfectamente. A cada lado del palacio había seis cenadores conectados con paseos cubiertos de jazmín y madreselvas. Detrás del castillo había una cascada y un canal de agua, donde nadaba un grupo de cisnes. Había una fuente cuyo chorro subía hasta tan arriba que la parte superior de su columna se perdía de vista en las nubes.

No logro imaginarme un chorro que alcance tan asombrosa altura, aun cuando la espuma de nuestro dragón cercano al estanque de Neptuno asciende a una altura estupenda.

—¿Qué edad teníais cuando lo visteis?

—De hecho, era bastante joven y tenía poca experiencia en contemplar lugares imponentes.

—Pero ahora, con vuestro éxito —le digo bromeando—, son lugares corrientes, y costaría mucho impresionaros.

—La belleza de la sencilla rosa que sostenéis en vuestra mano y el modo en que la sostenéis, como si conocieseis su frágil valor, casi me dejan sin aliento.

—¡Ah! —exclamo.

Creo que no hay nadie con quien me gustase más hablar que con esta artista. Ella dice la verdad. No es pretenciosa, y todas sus experiencias en el mundo parisino del arte y la música me interesan.

—Me parece que pintaré brazaletes de perlas casi del color de vuestra piel alrededor de cada una de vuestras muñecas. Tres vueltas de perlas, junto a la muñeca, para marcar la curva de la mano y para unir la parte superior e iluminada de la muñeca con la inferior sombreada.

—¿Encargo tales brazaletes? Puedo pedir que los hagan exactamente como deseéis para otra sesión.

Mientras su pincel se mueve afanosamente por el lienzo, la artista no levanta la vista, pero responde:

—No será necesario, Vuestra Majestad, puesto que las veo con mis imaginativos ojos y veo exactamente qué función desempeñan en mi composición. Me guío por las perlas de vuestro cuello, aunque estas perlas imaginarias necesitan ser más pequeñas para armonizar con la muñeca en lugar del cuello.

En ocasiones deja a un lado el pincel, y paseamos. Cuando me siento frente al clave, ella canta las canciones de Grétry conmigo y su voz es pura y auténtica; más que la mía propia.

Cuando reanudamos nuestra sesión, mi amiga vuelve a hablar de Marly-le-Roi.

—Fue más tarde, en Marly-le-Roi —dice en tono informal—, cuando vi por primera vez a Vuestra Majestad. Vuestra Majestad paseaba por el parque con damas de la corte, pero todas llevabais vestidos blancos. Todas me parecieron tan jóvenes y hermosas que creí que estaba viviendo un sueño. Yo caminaba con mi madre y me sentía cohibida, y por no querer entrometerme cogí la mano de mi madre para conducirla por otro sendero cuando la reina me detuvo. Vuestra Majestad adivinó mis intenciones de mostrarme discreta, y me invitó a continuar en la dirección que yo prefiriese sin prestarle atención a ella misma ni a sus damas para disfrutar del parque sin restricciones.

Aunque intento traer la escena a la memoria, no puedo recordarla, sin embargo la visualizo fácilmente a través de las pintorescas palabras de Madame Vigée-Lebrun.

—Quién iba a pensar —añade— que algún día me invitarían a este apartamento en el corazón del castillo de Versalles para pintar a Vuestra Majestad en la intimidad.

Sólo una vez, durante las muchas sesiones requeridas para finalizar el retrato, veo que la inquietud cruza la frente de mi amiga artista mientras pinta. Cuando le pregunto qué la perturba, ella se yergue y deja caer ambos brazos a sus lados, una mano sosteniendo el pincel. Sí, está exasperada.

—Es vuestra piel —anuncia—. Majestad, no os elogio cuando digo que es la más brillante del mundo. Es tan transparente que no contiene ni una pizca de ocre. Pero carezco de los colores, los delicados tonos, para pintar semejante frescura. No pude captarla la vez anterior y no puedo captarla ahora. Jamás había visto una complexión tal como la vuestra en ninguna otra mujer. —De nuevo levanta su pincel para continuar su trabajo—. Aunque estoy encantada de pintaros, vuestra belleza es un desafío para mi arte.

Mientras habla ladea un poco su cabeza primero hacia un lado, después hacia el otro, como para hacer que la luz entre por la pupila de sus ojos en ángulos ligeramente diferentes. Reanudando su trabajo, ahora con aspecto de satisfacción, comenta:

—Aunque no importa. Sois deliciosa y así os refleja mi cuadro.

Ante semejante elogio, siento que un brillo florece debajo de mi piel, especialmente por mis senos. Casi estoy tentada de subirlos con mi respiración hasta que salgan por encima del escote de encaje de mi vestido. Me ha llenado de orgullo, orgullo justificado: soy una madre que ha amamantado a su primer bebé, y eso me ha dejado más bella, más complacida de la abundancia de la vida, de la abundancia del amor y la belleza, de la satisfacción de colores tales como el rosa y azul.

De manera impulsiva, le confío:

—Mi piel siempre brilla más cuando estoy encinta. Pero no se lo digáis a nadie todavía.

—Me alegro muchísimo tanto por Vuestra Majestad como por vuestro esposo. Nadie podría querer más a sus hijas de lo que vos y yo queremos a las nuestras, pero rezaré para que tengáis otro varón y por el futuro de Francia.

Sí, prefiero hablar con la sincera y sensible Elisabeth Vigée-Lebrun que con cualquier otra persona.

A los pocos días el rey anuncia al mundo que estoy de nuevo encinta.

TEATRO, 1785

He pedido que mi amigo y consejero el conde Mercy venga a visitarme a mi apartamento privado y escuche mi razonamiento sobre cierta decisión. Como siempre, dota de distinción cualquier espacio que él ocupe, aunque no puedo evitar fijarme en que se dispone a tomar asiento cautelosamente, y temo haberle causado molestias reclamando su presencia en un momento en que su estado quizá sea delicado.

—Mi querido amigo —me apresuro a decirle—, ¿seríais tan amable de utilizar este nuevo cojín?

—Vuestra Majestad es siempre gentil —responde cortésmente.

—Entonces permitidme que lo ponga en el asiento de vuestra silla.

—Me complace que vayamos a tener otro infante real. —Durante un instante mi viejo amigo y yo nos limitamos a mirarnos el uno al otro. Ambos estamos pensando en la emperatriz. Enseguida reanuda la conversación—: Tengo entendido que François Blanchard ha sido el primero en cruzar el canal de la Mancha en globo.

—El rey me mantiene informada de todos los temas científicos. Los ingleses tienen más motivos que nunca para resarcirnos. El canal se convertirá en una defensa tan anacrónica como un foso medieval.

Recuerdo que mi esposo me ha mostrado algunas de las viñetas de sus diarios representando una invasión a gran escala de los franceses, en globo, pero estas fantasías estrambóticas me resultan menos interesantes que otro asunto de naturaleza teatral.

Le pregunto al conde qué le pareció la obra *Las bodas de Fígaro*, de Beaumarchais.

—¡Menudo revuelo el de la pasada primavera! —exclama—. Aun así, la obra ofrecía una imagen tan depravada de la nobleza que creó en el pueblo bastante predisposición a pensar lo peor de nuestra moralidad. —Se mueve para sentarse más cómodamente—. Ahora veo lo que no vi entonces, que la obra anima a la insubordinación y la rebelión de las clases bajas y les da una imagen sumamente inteligente y emprendedora frente a sus señores.

—Yo la encontré muy entretenida. El público se volvió loco de júbilo en la actuación. Lamento que el rey se viese en la posición de creer que debía cancelar cualquier representación futura. La culpa no es de Beaumarchais. Tengo pensado que mis amigos y yo escenifiquemos *El barbero de Sevilla* en Versalles.

—¿Y a quién representará Vuestra Majestad?

—A Rosina, la joven cuyo anciano tutor desea casarse con ella.

—Pero no en un futuro próximo, me imagino.

—El verano próximo empezarán los ensayos. Cuando esté bastante recuperada del parto de mi nuevo hijo. La idea de actuar en la obra me dará algo agradable en qué pensar cuando me sobrevengan los dolores del parto.

El conde se levanta con cuidado para marcharse.

—Le agradezco a Vuestra Majestad el cojín. Os recomendaría uno aún más mullido, de plumas de ganso en lugar de simples plumas. Os enviaré uno de mi apartamento.

Camina cuidadosamente hacia la puerta, y por primera vez me doy cuenta de que se hace mayor. Yo misma pronto cumpliré 30 años.

—Sí, otra obra —dice deteniéndose en la puerta—. Recuerdo que me contaron que cuando el alcalde de París pronunció un discurso extremadamente bien redactado en contra de *Fígaro*, todo el mundo aplaudió con entusiasmo. Luego consultaron sus relojes para no llegar tarde a la representación.

EL NACIMIENTO DE LUIS CARLOS

Mi vientre es tan voluminoso que hasta yo misma creo que voy a dar a luz gemelos. De hecho, han preparado dos lazos azules que simbolizan la Orden del Espíritu Santo por si doy a luz a dos príncipes. Mi voluminoso vientre ha hecho que mi esposo se dirija a mí, con inofensivo humor, como su «globo». Aún es de noche en este Domingo de Pascua cuando empieza mi alumbramiento.

Mi querida duquesa de Polignac ha reducido todavía más el número de gente que tendrá acceso a presenciar este acontecimiento. No estoy mucho rato de parto hasta que nace el bebé.

¡Un niño! No gemelos, sino un niño como su hermana María Teresa, de excepcional vigor y salud. Viene al mundo a las siete y media de la mañana del 27 de marzo de 1785, se llama Luis naturalmente, como se llaman todos mis hijos, y su segundo nombre es Carlos por su madrina la reina María Carolina de Nápoles, mi querida Charlotte. El bebé es entregado a mi jubilosa Yolanda, ahora institutriz real de los infantes de Francia, pero durante un instante sus rodillas ceden y ella se tambalea:

—El peso de mi alegría casi me supera —dice entrecortadamente, de modo que yo casi me río por los nervios, y la segunda institutriz se apresura a ayudarla.

¡Ah…, dar a luz riéndome de gozo! Me siento inmensamente dichosa, ahora que soy madre de dos varones. Mi buen estado de ánimo parece que cura mi cuerpo hasta tal punto que a medida que va pasando el día decido invitar a la princesa de Lamballe a cenar conmigo. Me incorporo en mi cama grande y traen bandejas para las dos, un consomé caliente de pollo sazonado con apio y zanahorias, y un poco de *pâté de foie gras* extendido sobre una tostada. Me encantaría pedir un poco de chocolate, pero temo que agrie mi leche y me gustaría amamantar a este niño durante uno o dos días antes de entregárselo a las amas de crianza.

La princesa se apresura a decirme lo hermosa que estoy, bastante juvenil. Ella es unos cuantos años mayor que yo, y por primera vez caigo en la cuenta de que ya no está en la flor de la juventud, aunque su complexión de alabastro y adorables rizos dorados siempre harán que se distinga como una belleza encantadora. Ella, naturalmente, nunca ha tenido hijos, de modo que su regocijo por Luis Carlos contiene una especial admiración.

—¿Cómo es posible? —dice una y otra vez—. ¡Es impresionante crear una vida nueva!

—Lo llamaré mi *chou d'amour* —digo en respuesta a su aniñado entusiasmo—. Su hermosa cara es tan redonda como una col sana.

—No podría haber niño más robusto que éste.

Le doy mi dedo y exclamo:

—¡Tiene una fuerza extraordinaria!

Nunca me he sentido tan unida al rey. Su dicha por el nuevo hijo es enorme y se ha complacido en comprarme la finca de Saint-Cloud, además de otra propiedad, pero Saint-Cloud, al igual que el Trianón, está escriturada a mi nombre, lo que significa que puedo disponer de ella como me plazca. La ubicación es fabulosa; el jardín se prolonga colina abajo hasta el Sena, y me resulta fácil imaginarme a nuestros hijos corriendo felices cuesta abajo. Por supuesto, algunas personas consideran que es una tremenda incorrección que la reina posea propiedades a su nombre, pero siempre he ignorado semejantes críticas mezquinas.

Sin embargo, cuando el joyero Boehmer intenta una vez más persuadir a mi esposo de que me compre un distinguido y magnífico collar de diamantes, cuyas piedras forman una letra «M» lo bastante grande para cubrir el pecho entero y valorado en cerca de dos millones de libras, vuelvo a rechazarlo. Deseo fervientemente una vida sencilla. De hecho, ya he rechazado el collar dos veces antes, incluso cuando Monsieur Boehmer se arrodilló y me suplicó que lo comprara, a fin de no arruinarse por haber invertido tanto dinero en el estrafalario artículo. Le recuerdo al rey que sería mejor gastar el dinero en un buque de guerra.

Mi dicha aumenta cuando el conde von Fersen regresa y acompaña al séquito real al bautizo oficial de Luis Carlos en mayo.

Resulta extraño decirlo, pero cuando mi carruaje entra en París no hay una alegría efusiva entre la gente. La recepción es más bien fría. El rostro de mi esposo permanece impasible mientras recorremos las calles, pero reparo en que el conde parece melancólico. Debido a que la economía del pueblo, así como la del Estado, es una causa de inquietud creciente, buscan a alguien a quien culpar. ¿Quién mejor que una extranjera como yo?

Lo único que lamento es que el cardenal de Rohan, cuyo mal comportamiento en Viena causó tal escándalo, se las ingenie para volver a celebrar la ceremonia del bautizo. Estoy convencida de que lleva una vida disoluta, pese a su sotana clerical. Una criatura odiosa; detesto que sostenga a mi nuevo hijo en sus brazos incluso aunque sea un momento.

UNA CAÍDA DESDE GRAN ALTURA

Una bonita mañana de junio, me incorporo en mi cama y disfruto de mi café, con rodajas de naranja y una galleta crujiente de jengibre. Las colgaduras que rodean la cama y que hay detrás de las ventanas están cubiertas de flores (tulipanes, rosas, lilas, pensamientos, ramas de manzano) dispuestas en ramos y ramilletes. La habitación es un reino floreado. Mis criadas zumban a mi alrededor como un montón de alegres abejas, y yo me siento como un lirio en mi camisón blanco bordado en oro. Se me antoja pedir que traigan mi perfume con aroma de lirio, y decido que cada mañana de junio al despertarme fingiré ser una flor diferente.

Para mi sorpresa, el rey aparece súbitamente, sin ser anunciado. Todas le hacen una reverencia. Saca un diario de debajo del brazo, que agita en dirección a mis acompañantes para que se retiren. En cuanto se marchan, dice:

—Tengo que comunicaros la más grave de las tragedias.

Estoy convencida de que me pongo tan pálida como el lirio más blanco.

—Noticias del canal. ¿Os acordáis del joven físico Pilâtre de Rozier, el aeronauta aficionado?

Asiento, y un gran temor sacude mi corazón.

—Está todo aquí; en la explicación del diario. El globo explotó, incluso antes de sobrevolar el mar. Ante la mirada de los espectadores que observaban desde el acantilado, Rozier y su acompañante cayeron quinientos metros y se estrellaron contra las rocas de abajo.

—Entonces, ¿se mató?

—La explosión le amputó un pie. Dicen que cayó en un charco de su propia sangre. Su cuerpo quedó destrozado.

El asombro por el desastre me abruma.

—Estamos muy acostumbrados a tener buenas noticias relacionadas con los globos —comento.

—La gravedad se ha cobrado sus primeras víctimas del cielo.

Se pellizca la nariz entre los ojos. Me conmueve la sinceridad de este mundano gesto de aflicción, y alargo mi mano hacia él.

Él emite un tremendo suspiro de pesar.

—Haré que acuñen una medalla en su honor.

Me pregunto cuál sería el estado de ánimo de Rozier y su acompañante mientras caían del cielo. ¿Les invadió el terror? ¿Mantuvieron su coraje hasta el final?

EN PLENO VERANO

Tras el terrible accidente, muchos de nosotros tenemos pesadillas de que nos caemos. A veces sueño que estoy volando en globo con mis tres hijos; una nube negra nos persigue y nuestra cesta empieza a balancearse por el viento. Espero reunirlos a mi alrededor, pero el pequeño Luis José ha desaparecido. La cesta se ladea y mi pequeño Luis Carlos cae de cabeza… Me despierto gritando. He soñado variaciones de este sueño en más de una ocasión.

Cada día Luis Carlos parece más fuerte y muestra más sonrisas de bebé y encantadoras expresiones. Todo el mundo comenta que está mucho más adelantado que otros bebés de su edad. A su hermana mayor le gusta enseñarle juegos, aunque naturalmente él está todavía en su cuna. Aun así, ella le habla con seriedad de la vida.

Un día me sorprende oír que llama a Luis José para que se acerque a la cuna. Mira repetidamente los rostros de sus dos hermanos. Luis José parece tan transparente como un pequeño ángel, sus grandes ojos están confiadamente clavados en su hermana.

—Veréis —dice ella—, estoy decidiendo quién de los dos será algún día el rey de Francia. ¿Qué opináis?

Luis José mira por encima del hombro de su hermana hacia mí y contesta con voz firme y clara:

—Eso es algo que decidirá Dios.

Siguiendo su mirada, ella se vuelve y me ve.

—Sólo jugábamos a las adivinanzas —asegura.

Me preocupa su falta de sinceridad.

—Pero la respuesta es la que vuestro hermano ha dado. Deberíais buscaros otras distracciones, más susceptibles de ser divertidas.

El crecimiento corporal de mi hija no me preocupa, pero algunas veces me preocupa su crecimiento espiritual. Es arrogante, y no entiende que todas las personas son hijas de Dios al margen de su condición en la vida.

En cierta ocasión oí a Elisabeth Vigée-Lebrun decirle:

—Admiro muchísimo a vuestra madre, la reina. Nunca deja pasar la oportunidad de hacer a cualquier persona en su presencia más feliz de lo que era.

He invitado a una niña campesina para que juegue con mi hija y crezca con ella, pero María Teresa no quiere jugar con la otra niña, y le habla con grosería. Al ver mi inquietud por mi hija, Elisabeth trata de tranquilizarme:

—Todavía es muy pequeña. Cuando vea más ejemplos de bondad a su alrededor, aprenderá gradualmente a tener en cuenta los sentimientos ajenos. Cuando yo era pequeña, me dijeron: «Se atrapan más moscas con la miel que con el vinagre». Eso cambió completamente mi actitud.

—¿Y tuvisteis una infancia feliz, Elisabeth?

—Me pasaba el día entero haciendo pequeños cuadros. Dibujaba con carboncillo en baldosas de pizarra y con un palo en el barro. Al final me dieron tizas de colores y luego pinturas. Era feliz cada minuto que dedicaba al arte, y los pensamientos artísticos llenaban mis horas.

—Yo disfrutaba con la música y el baile, las funciones de teatro —contesto yo—. Pero no llenaba todo mi tiempo de esa forma.

—Vuestra Majestad tenía muchos hermanos y hermanas con los que ser feliz.

—Sí. Éramos muy felices. Mi madre se ocupaba de todo.

Como sé que el mundo teatral ofrece un refugio del mundo en el que debo vivir, empiezo a aprenderme mi texto de la ingenua Rosina en *El barbero de Sevilla*. En plena concentración en mi papel, recibo una nota del joyero Boehmer que guardo para más tarde.

En mi habitación se la leo en voz alta a Madame Campan:

—«Madame: nuestra felicidad es suprema… Los últimos arreglos propuestos… Nueva demostración de nuestra devoción por… Vuestra Majestad. El conjunto más hermoso de diamantes… La más grande y mejor de la reinas.»

—¿Qué pasa aquí? —le pregunto a la primera dama de mi cámara—. Vos sois experta en resolver acertijos en el diario *Mercure de France*.

—Esta carta no tiene ningún sentido. —Madame Campan parece cansada.

Como esta nota tampoco tiene ningún sentido para mí, la estrujo, la acerco a la llama de mi vela y tiro las cenizas en un plato. En lugar de pedirle a Madame Campan que me lea para dormirme, decido tumbarme en la cama y reflexionar sobre mi papel en la obra.

¿Se siente Rosina de algún modo atraída por su posible seductor? De repente, recuerdo al antiguo rey, Luis XV, y su especial amabilidad conmigo. Siempre pude hablar con él de una forma que él encontraba encantadora, pero en muchos sentidos su presencia me incomodaba. Siempre he pensado que mi incomodidad con él se debía a mi conocimiento de su moralidad con relación a las mujeres, a que yo carecía de autoridad para poner fin a su escandalosa relación con la Du Barry.

Pero al mismo tiempo, ninguna mujer podía dejar de sentirse atraída por sus ojos luminosos, por el encanto de tener su favor.

Ahora sé que mantenía algo así como un harén de jóvenes prostitutas exactamente de la edad que yo tenía entonces.

Unas líneas de *Fígaro*, de Beaumarchais, me vienen a la memoria: «¡La nobleza, la fortuna, el rango, la posición enorgullecen tanto a un señor! ¿Qué habéis hecho para merecer estos beneficios? Nacer, eso es todo».

Mi esposo juró que la fortaleza-prisión de la Bastilla tendría que ser demolida antes de consentir la representación de semejante texto subversivo. Entonces los Polignac tuvieron la desfachatez de decirle al rey que estaba actuando como un déspota. A continuación, Beaumarchais dijo que eliminaría las partes censurables. Dando por sentado que su talento valía tanto como su palabra, nunca me tomé la molestia de leer la revisión, pero tan sólo realizó unos cuantos de los cambios prometidos. Confié, cuando quizá no debería haberlo hecho; ¡pero la obra era tan brillante y divertida!

El barbero de Sevilla se representó hace 10 años. Es pura ligereza y banalidad; a nadie le ha parecido nunca que sus ideas sean censurables.

EL ESCÁNDALO DEL COLLAR

¡Jamás había visto a Madame Campan tan afligida! Al volver de un paseo por los jardines, me disponía a sentarme frente al arpa cuando un lacayo me informó de que Monsieur Boehmer, el joyero, deseaba verme ¡aquí, en el Trianón! ¡Qué molesto ser importunada en un lugar donde todo el mundo sabe que se accede sólo con invitación expresa! Sacudí la mano indicando mi negativa, entonces le pregunté por casualidad a Madame Campan si ella tenía alguna idea de por qué Boehmer persistía en sus atenciones.

De pronto su cara se volvió afligida.

—Majestad, ¿recordáis la nota misteriosa de hace dos o tres semanas? —Sin esperar mi respuesta, se apresuró a seguir—: Anoche, en mi casa de campo, se presentó el joyero Boehmer y me habló como si se hubiera vuelto loco. Me dijo que Vuestra Majestad se había comprometido a comprar el collar de diamantes, a través del cardenal de Rohan, que el collar está en vuestra posesión y ahora hay que pagar cuatrocientas mil libras.

—Imposible. Aborrezco al cardenal de Rohan. Jamás lo usaría de intermediario. Y no tengo ningún collar de diamantes nuevo, como vos bien sabéis.

Madame Campan no es una mujer dada a la histeria, y ahora permaneció tranquila.

—Eso mismo le dije a Monsieur Boehmer. Y le pregunté qué le hacía pensar que vos habíais realizado semejante encargo. Él me dijo que tenía en su haber unas notas que la reina le había firmado al cardenal.

—Si él tiene esas notas —replico con tanta tranquilidad como soy capaz—, son falsas. Yo, desde luego, no tengo ningún collar de Boehmer ni del cardenal. —Esa última idea me hace estremecer.

—Boehmer estaba angustiado —me explica Madame Campan—. Me dijo que hay banqueros involucrados, que le prestaron dinero avalados por las cartas escritas al cardenal que, al parecer, llevaban vuestra firma.

¡Mi firma! Me he quedado sin habla.

Madame Campan continúa:

—Le dije a Monsieur Boehmer que se lo consultase a Breteuil, dado que es el secretario de la Casa Real. Por el contrario, el joyero fue a buscar directamente al cardenal.

Pienso al instante en recurrir al asesoramiento del conde Mercy, pero sé que su enfermedad, las hemorroides, se ha vuelto excesivamente dolorosa.

—Hablaré yo misma con Breteuil —le anuncio a Madame Campan—, pero también con el rey.

—El cardenal o es un canalla o es un necio —gruñó el rey cuando le hablé de mi supuesta adquisición de un estrafalario collar.

A pesar de sus más de 670 diamantes, el collar ni siquiera me pareció nunca bonito. La única vez que accedí a probármelo, hace años, colgaba como un cabestro alrededor de mi cuello.

—Creo que es ambas cosas —contesté.

—Como joyero de la Corona, Boehmer es un servidor bajo juramento de esta corte. Su deber es consultarle a Breteuil o a mí mismo antes de semejante y escandalosa adquisición.

Procurando ser justa con el joyero, añadí dócilmente:

—Supongo que si el cardenal, como miembro de la casa de Rohan, le enseñó una carta con mi firma, él dedujo que había recibido suficientes garantías.

No creo haber visto nunca tan enfadado a mi esposo, y de nuevo tomo conciencia de su bondad y su lealtad hacia mí.

Ha pasado un mes lentamente, ni siquiera los ensayos apartan de mi mente mi ansiedad por este asunto del collar de diamantes. El rey ha investigado el asunto del collar desaparecido hasta donde le ha sido posible y lo ha discutido con Breteuil y con nuestro fiel asesor el abad Vermond, los cuales odian al cardenal tanto como yo. Me alegra mucho que mi esposo incluya a Vermond, que primero nos sirvió como mi tutor y luego como mi consejero espiritual desde que yo llegué a Francia.

Algunas veces Vermond y Breteuil hablan con regocijo de este asunto del collar, que constituye una oportunidad para destrozar a Rohan, y yo reconozco que en ocasiones también me gustaría hacer eso. Agradezco ser completamente inocente en el asunto. Debido a mi ansiedad, en realidad no me importa si destrozan al cardenal de Rohan, por el que siento aversión desde hace años, lo único que quiero es que mi reputación siga siendo intachable. Claro que he sido objeto de panfletos falsos durante años. No sé hasta qué punto la gente se habrá creído tales patrañas. Yo he considerado que no merecían mi atención.

Estamos a 15 de agosto, la fiesta de la Asunción de la Virgen María, a quien mi madre, todas mis hermanas y yo debemos nuestros nombres. Hoy, cuando se abra paso con su sotana roja (me imagino que sus medias serán también púrpura) para celebrar misa, el cardenal será requerido ante el rey y su secretario para dar una explicación de este sórdido asunto. Sin duda, puedo interpretar la coincidencia de la fecha como un buen augurio; hoy el nombre de María Antonieta quedará libre de cualquier vil asociación con este misterio del collar de diamantes. Por lo visto, nadie sabe dónde está.

Fue a Breteuil a quien se le ocurrió la idea de requerir al cardenal de manera tan pública, en todo su esplendor, para producirle el máximo bochorno. Breteuil, le explico a Madame Campan, no olvida que cuando al cardenal se le pidió volver de Viena, Breteuil fue enviado en su lugar. Pero la labor de éste como embajador la echó a perder el cardenal, quien cortó por despecho los contactos que Breteuil necesitaba en Viena para ayudarle a servir eficientemente.

Madame Campan responde que quizá sea mejor que esos insultos en Viena permanezcan en el pasado.

Contesto:

—Debido a que el cardenal de Rohan contribuyó a deponer a Choiseul, a quien le debo la felicidad de mi matrimonio, yo, como Breteuil, tengo viejas rencillas que saldar con él. —No menciono que su comportamiento me ofendió hace mucho tiempo.

No sin satisfacción, aunque temo enormemente el enfrentamiento que está a punto de ocurrir, pienso ahora en cómo el rey, en calidad de defensor de mi buen nombre, también podrá ultrajar y desacreditar al cardenal. Es una muestra de la absoluta confianza que mi esposo tiene en mí que insista en que yo esté presente; «de esta forma siempre estaréis completamente segura de mi postura en este asunto y de lo que se haya dicho», me dice. Puedo percibir el pesar de su mirada por mi preocupación por semejante disgusto. Es mediodía, y permanecemos callados mientras estamos sentados en la cámara interior del rey, esperando el momento en que oigamos al cardenal aproximarse a la habitación.

Cuando entra, el esplendor de su vestimenta, la riqueza de la tela y del encaje de su garganta me impresionan tanto que por dentro me acobardo y agradezco que sea el propio rey quien dirija el interrogatorio. Despliega toda su firmeza real y majestuosidad en cada sílaba mientras le reprocha a Rohan la adquisición de los diamantes y luego exige saber dónde están. Durante todo el rato miro fijamente el bordado del alba del cardenal, que parece demasiado hermoso para ser tocado por los dedos de un ser humano.

—Tengo la impresión —responde el cardenal, no desprovisto de su propia dignidad clerical— de que los diamantes le fueron entregados a la reina.

—¿A través de qué intermediario le debían ser entregados?

—La encargada era una dama llamada condesa de La Motte-Valois.

Ante esta información (el nombre de una mujer famosa por diversos embrollos en los que ha estado involucrada, si bien personalmente una completa desconocida para todos nosotros) no podemos contener un grito ahogado. ¡La condesa Jeanne La Motte!

El cardenal prosigue:

—Yo creía que estaba complaciendo a Vuestra Majestad, porque recibí una carta de Vuestra Majestad encargándome que me ocupara de la adquisición.

—¿Cómo pudisteis siquiera imaginaros, señor, que *yo* os pediría a *vos* que hicierais algo semejante? —No puedo ocultar mi indignación ni mi rabia—. ¡No os he dirigido la palabra en ocho años! Desde que regresarais, expulsado, de Viena, no os he dicho una sola palabra. De hecho, no os trato sino con frialdad, y pese a vuestras tenaces peticiones, jamás os he concedido una audiencia. Nunca elegiría como intermediaria a una persona como la que habéis nombrado. —Estoy a punto de llorar, pero hago acopio de toda mi dignidad y lo miro, en cambio, llena de ira.

—Tras ver la inquietud de Vuestra Majestad —se limita a decir el cardenal—, ya tengo las ideas bastante claras. Sin lugar a dudas, me han embaucado. Mi ferviente deseo de servir a Vuestra Majestad me ha cegado.

Para nuestro asombro, ha venido a este encuentro un tanto preparado. Extrae una nota de su manga. Con falsa humildad, ladea su cabeza y sostiene el trozo de papel. Al instante mi esposo se lo arrebata y empieza a leer. Mi corazón late con increíble rapidez contra mi pecho.

Con absoluta severidad, el rey dictamina:

—Esta carta no ha sido escrita ni firmada por la reina. ¿Sois vos, señor, de la casa de Rohan? ¿Sois vos el Gran Limosnero? ¿Cómo es posible que os imaginarais que la reina firmaría como «María Antonieta de Francia»? Su nombre de pila solo, siempre representa a la reina. Todo el mundo sabe quién es. No ha habido una sola ocasión en la que ella añadiera las palabras «de Francia». ¿Qué necesidad tiene «María Antonieta», la reina, de poner «de Francia»? Es más, *todas* las reinas y reyes se limitan a firmar sus documentos con sus nombres de pila. ¡Seguro que vos y vuestra familia están al corriente de esta costumbre! La carta es una falsificación palpable, y lo único que puedo preguntaros es cómo pudisteis ser tan villano.

El rey le ordena al cardenal que se retire a una habitación adyacente para redactar su explicación del asunto. Nada más salir él de la habitación rompo brevemente a llorar. Recupero enseguida la compostura y al punto nos ponemos todos a hablar de lo estúpido de falsificar una carta firmada «María Antonieta de Francia». El rey nos comenta su intención de que arresten al cardenal, ofrezca la explicación que ofrezca. Cuando el Guardián de los Sellos pregunta si es oportuno arrestar al cardenal cuando lleva su sotana escarlata, mi esposo responde: «El nombre de la reina es muy valioso para mí y ha sido menoscabado». Nada más reaparecer el cardenal en la habitación, ahora con aspecto bastante asustado, el rey pone a Berteuil, enemigo del cardenal, al frente de la investigación. Veo que el prelado palidece al oír pronunciar el nombre de Breteuil como la persona que conducirá la investigación.

Cuando mi esposo le informa al cardenal de que en breve será arrestado, éste le suplica que tenga en cuenta «la reputación de mi apellido».

Luis le contesta en tono brusco e irónico que intentará proteger a los familiares del cardenal del oprobio.

—Hago lo que debo hacer, como rey y como esposo.

A continuación le ordena al cardenal que se retire y después dispone que el arresto tenga lugar cuando éste cruce la Galería de los Espejos, donde estará congregada toda la corte. El cardenal será directamente llevado a la Bastilla. Breteuil será el encargado de precintar la residencia del cardenal y todos los documentos que éste tenga allí.

Mi corazón rebosa de gratitud por la defensa que mi esposo ha hecho de mi nombre, y por su firme determinación.

Es así como en una sola tarde soy vindicada por mi campeón, el rey.

Es una gran placer empaparme del papel de Rosina. Incluso mientras represento el papel sobre el escenario, una parte de mi mente dice: «No sois la reina calumniada; sois la joven y sencilla doncella Rosina». Entonces siento sus emociones, su alegría, su temor, su energía con una intensidad mil veces mayor. Artois está espléndido de conde de Almaviva. Vaudreuil podría haberlo interpretado tan bien como él, pero está adorable en el papel de Fígaro, de *El barbero de Sevilla*. Le aporta su vitalidad al papel, y a Yolanda le divierte lo indecible verlo de barbero.

Yo le saco el máximo provecho a mi papel. Los privilegiados que pueden ver la representación proclaman a los cuatro vientos que interpreto el papel tan bien como cualquier actriz. El rey está encantado con mi actuación, y el diminuto teatro a pocos minutos a pie del Trianón nunca ha sido tan encantador.

Como por dentro es azul, pienso en el interior azul del globo con *Montacieul*, la oveja, a bordo. En mi teatro, me siento como si hubiese entrado en el globo y aquí viviera en un mundo encantado donde todo acaba bien.

DÍAS TRISTES

Estos días estoy feliz de estar con el rey, ya que sigo estando tan agradecida como lo estuve en el momento en que me protegió como esposo y como monarca. Soy más afectuosa con él cuando viene a mí, y estoy más decidida de lo que lo he estado nunca a que disfrute en nuestra cama. Aunque sé que soy completamente inocente en el embrollo que concierne al cardenal, me siento culpable; quizá por extravagancias pasadas. Cuando el rey y yo estamos juntos, me proporciona una especie de placer perverso sentir que estoy cumpliendo con mi deber, como debería hacer una buena esposa, sea reina o campesina o la mujer de un comerciante.

Nada más finalizar la representación de *El barbero de Sevilla* partimos hacia Saint-Cloud. Cuando de nuevo llega septiembre con su cambio de estación, paso mucho tiempo al aire libre, en el carruaje abierto con el conde de Artois, cuya lengua maliciosa y pícara me hace reír y reír y olvidar su lado ambicioso.

En ocasiones cabalgo por el bosque de Boulogne. He hecho traer a Saint-Cloud el gran cuadro realizado en 1783 del rey y yo montando en una cacería. No es del estilo tierno de Vigée-Lebrun, pues el pintor es Luis-Augusto Brun, pero Elisabeth no pinta caballos. Lo cierto es que parece que voy a caerme del caballo, pero la gran ventaja es que mi postura muestra mi equipo gris de montar y sombrero de altas plumas. Mi caballo está pintado en el preciso instante en que salta una zanja. Debajo del arco de sus patas delanteras se ve a lo lejos una fila en miniatura de otros jinetes. En realidad, es bastante encantador, pero supongo que es por cosas de la edad que ahora prefiero contemplar el cuadro y obtener un placer indirecto en lugar de correr riesgos.

En ocasiones, oigo rumores o información veraz que se suma a la historia cada vez más escandalosa del collar de diamantes. Algunas personas, como cabía esperar, creen que el cardenal efectivamente me dio el collar a cambio de determinados favores carnales. Tan absurda idea casi me da risa, pero entonces noto que mis ojos se llenan de lágrimas por semejante atrocidad. El rey me comentó que le dio al cardenal a elegir entre ser juzgado por el Parlamento de París o por la justicia real, y que ha elegido el juicio.

Alguien dijo que en el momento de su detención, Rohan pudo darle disimuladamente un nota a su ayudante de cámara ordenándole que sus papeles, en cierta valija roja, fuesen de inmediato destruidos. En cualquier caso, los investigadores de Breteuil encontraron poca cosa en la residencia del cardenal que fuera digna de ser precintada.

Aquí, en Saint-Cloud, dejo que la gente que viene desde París pasee por los jardines y mire embobada a la familia real. En ese sentido, es bastante distinto a la vida en mi Trianón. De hecho, han aparecido fondas en el trayecto para dar de comer a la gente durante sus excursiones dominicales. Parecen tan encantados de verme con el Delfín o mis otros hijos que de nuevo me siento querida por el pueblo.

Me concedo el capricho de hacerme construir un barco, y en octubre disfruto muchísimo navegando por el Sena hasta Fontainebleau. Cuando pasamos por delante de los Inválidos, los cañones son disparados rindiéndome un magnífico homenaje, como hicieron cuando entré en París por primera vez. Pero no nos detenemos en París.

En Fontainebleau siempre hay la oportunidad de asistir a conciertos y espectáculos, pero prefiero recluirme en el apartamento que tengo allí. A menudo me descubro a mí misma medio echada sin hacer nada, ni siquiera mis queridas labores de aguja. Me sobreviene una gran lasitud. Hasta que este escándalo esté zanjado, parece que estoy desconectada de mí misma y de mi vida.

Cuentan que alguien me suplantó en los jardines de Versalles, que el cardenal recibió una carta falsificada de Jeanne La Motte pidiendo una cita con él. De hecho, contrató a una prostituta, una mujer llamada Olivia, que guardaba un misterioso parecido conmigo, para que hablara con él. Su encuentro fue breve, y ella iba muy cubierta con telas negras, dicen, pero él estaba seguro de que era yo.

En el juicio, estoy convencida, la gente verá a esta ramera y aquellos que me conocen comentarán el parecido. Yo no asistiré, y el rey me ha prometido que mi nombre será pronunciado sólo cuando sea imprescindible.

El rey se presenta sudoroso y polvoriento tras cazar en los bosques de Fontainebleau. Dice que ha venido pronto, que tenía la premonición de que quizá yo tuviera algún desconsuelo. Ha venido a consolarme. Extiendo mis brazos hacia él.

El cubrecama de seda se ensucia cuando él viene a mí medio vestido, pero hay muchos otros guardados en los armarios. La cuidada armonía y los tonos de los colores de la habitación no se verán alterados.

Después de tomar un baño, mi esposo y yo nos sentamos ante una pequeña mesa redonda.

—La gente dice —comenta el rey— que el cardenal es más necio que canalla, que Jeanne La Motte, que era su amante, lo engañó. Quizá no fuera su cómplice, sino su víctima.

Ni él ni yo podemos dar ninguna credibilidad a esta explicación.

Para Navidades le pido a la fábrica de Sèvres que prepare vajillas con joyas incrustadas. Serán las más caras que jamás haya encargado, pero cuando sostengo en mi mano una de las tazas de muestra, el gran rubí de la taza capta la luz exactamente de tal modo que hace que tenga la sensación de que me dispongo a beber luz líquida. La fantasía me complace.

—¡Ah…, esta taza me transporta al país de las hadas! —le digo al rey, que siempre delega totalmente en mí el surtido de la porcelana para los días festivos.

—Entonces es preciso que tengáis platos y fuentes en abundancia —afirma él.

—Algunos con topacios —sugiero—, algunos con esmeraldas.

Ninguno de los dos menciona los diamantes. De hecho, la piedra en sí con su dureza y aristas afiladas ahora me parece tan nociva como fea.

Me plantearía no adquirir una vajilla decorada con joyas, pero la industria de la porcelana depende de nuestro apoyo anual. La industria de la seda me acusó de intentar arruinarla cuando empecé a vestirme con muselina.

Es Navidad y tengo la sensación de que he engordado demasiado. Con mucha frecuencia experimento náuseas por las mañanas. Creo que todo es producto de mi ansiedad por el desenlace del episodio que rodea al cardenal. A la gente le encanta oír detalles de su libertina y estúpida vida. Nos hemos enterado de su relación con Jeanne La Motte, pero también de la existencia de un sinvergüenza que presume de tener poderes místicos porque es una reencarnación de un antiguo egipcio; se trata del conde de Costigliano, que ha engañado al ingenuo cardenal. Alguien ha dicho que éste es capaz de creer en casi cualquier cosa, excepto en Dios.

Mientras las historias lo ridiculizan, a duras penas me ridiculizan menos a mí.

Ni tan siquiera los villancicos de la época, cantados en alemán, pueden levantarme el ánimo.

Escribo a Charlotte, y ella siempre me contesta que debo ser valiente y creer en mi inocencia. *Soy* inocente. Creer no es la cuestión.

Ni siquiera el conde von Fersen puede animarme durante estos deprimentes meses de invierno.

Febrero. No puedo seguir negando la verdad: vuelvo a estar encinta. Me parece que he tenido suficientes hijos. No deseo tener más.

Cada cosa que veo u oigo me recuerda algo triste.

Desde mi ventana he visto cazadores, y la escena ha hecho que recuerde la vez en que sufrí una terrible caída de un caballo. Más tarde, cuando me vio mi hija, alguien le dijo que yo me había caído y que podría haber muerto. Ella contestó que no le importaba. Mi amiga no creía que mi hija entendiera cuanto decía, pero la pequeña María Teresa aseguró que sí: cuando uno moría, se iba y no volvía jamás. Mi hija dijo que se alegraría de que yo sufriera semejante destino. Dijo que yo no la quería, que cuando íbamos a visitar a las tías, yo nunca miraba hacia atrás para ver si ella me seguía o se rezagaba, pero que su papá siempre le daba la mano y se preocupaba por ella.

En cierto modo, temo que esta historia salga a colación en el juicio de Rohan, y que el jurado decida que no soy una persona digna de respeto y amor, aunque en aquel momento me limité a infligir un leve castigo a la niña por su lengua impertinente y enseguida olvidé el asunto.

No es una niña hermosa, aunque Elisabeth así la pinte, y a veces me da miedo que su interior, que es mucho más importante, quizá también sea menos atractivo de lo deseable.

Aunque la emperatriz consideró que era su deber recalcarme que no soy hermosa (a pesar de las adulaciones del mundo), yo nunca tendré la dureza de poner un espejo delante de mi hija.

Dicen que la condesa La Motte envió el collar desmontado a Londres, a su marido o su nuevo amante (los tres tienen una especie de acuerdo triangular), y que su recuperación es improbable. Me enfurece pensar cómo las tretas de Rohan han hecho sufrir al pobre y tonto de Boehmer. Tengo entendido que se ha dirigido a la Du Barry, que es asimismo una de sus clientas, para pedirle ayuda.

En ocasiones, me pregunto si el destino de la Du Barry no ha sido más dichoso que el mío propio. Todo el mundo afirma que parece una reina en su castillo del pueblo de Louveciennes, que es muy querida y que allí nadie vive en la miseria. El pueblo de Francia en su totalidad es demasiado extenso para que nadie obre semejantes milagros de rehabilitación. Me pregunto si Zamore, su pequeño paje negro, la seguirá atendiendo. A veces lo vestía como un húsar con botas y con un sable encantador, otras veces como un joven marinero. En fin, yo ahora tengo la carga de un nuevo embarazo. Sólo el rey puede mantener su buen humor en mi compañía. Los demás son un reflejo de mi propia cara avinagrada.

Este marzo de 1786 se han vendido 20.000 copias del sumario del juicio a la prostituta Nicole d'Oliva, que se hizo pasar por mí, tan ávido está el público de escándalos morbosos.

La primavera llega poco a poco, pero mi volumen aumenta rápidamente. Ahora debo escribir mi propia versión de lo que pasó con relación al collar. Tengo pesadillas con la escena entre D'Oliva y Rohan en el bosquete de Venus. ¡Qué astuta fue La Motte planeando un encuentro en un bosquete tan apartado, y con un nombre tan sugerente! Dicen que La Motte le escribió docenas de cartas de amor, haciéndose pasar por mí, y éstos son los papeles que se destruyeron antes de que su casa fuera precintada. Gracias a Dios que ordenó su destrucción. En mis sueños, empiezo a escribirle una respetable carta a Fersen, pero resulta que en su lugar he escrito el nombre de Rohan.

Cuando insistí en que Fersen me contara cómo había sido recibido el escándalo en la corte sueca, parecía apenado y luego habló con sinceridad: todo el mundo cree que el rey ha sido engañado.

Nadie que me conozca puede mirarme sin compadecerse de mí. Y, sin embargo, ¡todo es inmerecido! Yo no he hecho nada. No sabía nada. Ni siquiera pensé que mereciera la pena guardarme la nota que recibí en julio del joyero y la quemé con mi vela para lacrar. Toda mi preocupación era Rosina, ¡una figura imaginaria!

Me produce cierto placer pensar que la representación de la obra ha sido un éxito. No tenía ni idea de que el asunto del collar se prolongaría tanto. Aun así, cuando pienso en mi pequeño y encantador teatro, una sonrisa asoma a las comisuras de mis labios.

Ahora no tengo energías para el teatro o para bailar. Preferiría jugar al *backgammon* o a otros juegos de mesa. Artois es muy amable intentando siempre ayudarme a superar mi depresión.

EL VEREDICTO DEL JUICIO
AL CARDENAL DE ROHAN, ETC.

31 de mayo de 1786

Para el jurado la cuestión es si Rohan fue cómplice de la estafa o si fue embaucado, como él asegura.

Deciden que Nicole d'Oliva, que me suplantó, lo hizo tan involuntariamente que la absuelven con una amonestación. (Sin duda, estaría al tanto de nuestro parecido, y fue por ese parecido que cobró por encontrarse con alguien en el bosquete de Venus. Pero es lamentable leer que ella creía que de algún modo me estaba sirviendo a mí. La miro y recuerdo a la chica parecida a mí que mucho tiempo atrás merodeaba por Versalles. ¿Podría ser ella? No quiero indagar.) Vestía un sencillo vestido blanco de muselina con un escote fruncido, como aquel con el que me ha pintado Elisabeth Vigée-Lebrun. Como el declarado indecente por aquellos que lo vieron exhibido en el salón. ¡Ese sayo de lo más inocente y sencillo!

El hombre que falsificó mis cartas (ha confesado haber escrito cientos de cartas de amor en mi nombre al cardenal) ha desaparecido, y todas sus pertenencias han sido confiscadas. No eran muchas. Me imagino que significaban mucho para él. ¿Y cuánto disfrutó fingiendo que era yo cuando cogía su vil pluma?

¿Los La Motte, marido y mujer? El marido, ausente, ya que con toda seguridad está en Inglaterra (vendiendo diamantes), ha sido condenado a ser azotado, marcado con hierro candente y a cadena perpetua. Jeanne La Motte, la instigadora de todo este misterio, ha sido desnudada y luego azotada por el verdugo público. A continuación fue marcada con hierro candente, chillando y forcejeando con tal fuerza que la candente letra «V», de *voleuse*, que la estigmatiza como la ladrona que es, ha sido grabada en su pecho en lugar de en su hombro. Me entristece pensar en su dolor, aunque es odiosa por haber mancillado mi nombre. Fue llevada a la prisión de mujeres de La Salpêtrière, donde pasará el resto de su vida.

Y el cardenal de Rohan. Entró en la sesión del Parlamento de París con su sotana púrpura, que es el color que quizá lleva un cardenal para expresar su duelo. Su poderosa familia al completo, vestida de negro, asistió al juicio. Además, toda Europa, hablando en sentido figurado, lo estaba observando. Tal como Federico el Grande dijo: «El cardenal de Rohan se verá obligado a usar todos los recursos de su gran intelecto para convencer a sus jueces de que es un necio». El propio abogado del cardenal, un hombre llamado Target, sostuvo que Rohan había sido víctima de un engaño. Habiendo confesado ya el falsificador; habiendo reconocido la impostora del bosquete de Venus, Mademoiselle d'Oliva, que ella representó el papel de la reina; habiendo apremiado el propio cardenal a los dos joyeros para que fueran a darle las gracias a la reina el mismo día en que se hizo el contrato… «Admitidos todos estos hechos», sostuvo el abogado defensor, «puede demostrarse de forma convincente que el cardenal es un necio» y ya ha recibido su castigo.

Previa imposición de determinadas formalidades, el tribunal absolvió a mi torturador y ha quedado en libertad.

El tribunal exige que el cardenal pida disculpas por su temeridad criminal al creer que había tenido un encuentro nocturno con la reina de Francia, y debe obtener el perdón de los monarcas. Debe renunciar a su cargo de Gran Limosnero, dar limosna a los pobres (de sus propias arcas, no de las del rey) y abandonar la corte.

A pesar de estas condiciones impuestas al cardenal, debe ser considerado un hombre inocente y libre. Los jueces fueron aplaudidos. La orden del rey dada a través del *procureur général* había sido que el cardenal admitiera que había actuado de forma «maligna» y que sabía que la firma de la reina era una falsificación mediante la cual podía engañar a los joyeros. Ninguna de estas instrucciones a favor de la posición de la reina fue aceptada ni ejecutada. Tampoco se le mostró respeto al rey.

¿Dónde me deja a mí todo esto, la reina en cuestión, aquella cuya reputación estaba siendo juzgada, aunque no estuviera presente? Significa que ellos creen que estaba justificado que el cardenal diese por sentado que yo soy una de esas mujeres que accedería a encontrarme con él en la oscuridad del bosquete de Venus. Creen que yo soy una persona de la que podría esperarse que hiciera cualquier cosa necesaria con tal de adquirir un collar de diamantes, y que es razonable, dado el contexto de mi historia, que un cardenal crea que yo podría escribir un centenar de cartas describiéndole mi lujuria por su cuerpo, aunque en realidad nadie ha leído ninguna carta semejante, ni siquiera en su condición de falsificación. Significa que el honor de un príncipe de la casa de Rohan se toma más en serio que el de la reina de Francia.

El veredicto significa que el espíritu y el corazón de la reina, que no le ha hecho nada al pueblo de Francia y que ha trabajado para su paz y prosperidad, se rompen y son pisoteados.

La gente no se acuerda de que viniendo aquí desde Austria para casarme con el Delfín di mi existencia en favor de la Alianza que todavía protege la paz de Europa. Olvidan que los protegí del impuesto adicional que era mi derecho legal tras contraer matrimonio. Olvidan o no están enterados del centenar de otras veces que he recordado sus cargas, al igual que el rey, cuya autoridad ahora desprecian.

Pido ver a Madame Campan en mis estancias privadas, que desde el principio ha estado al corriente de mi inocencia y de mis dificultades bajo el peso de tales suposiciones crecientes. «No hay justicia en Francia», le digo, y ella no sabe qué responder.

Después de pedir que lo reciba en mi cámara, el rey dice tranquilamente que el Parlamento de París estaba decidido a ver nada más la sotana de un cardenal, cuando en realidad era simplemente un hombre codicioso necesitado de dinero. El rey está convencido de que Rohan les ha robado el collar a los joyeros.

Me da la impresión de que mi mente se ha convertido en una nube de confusión densa y opaca. ¿Y en qué se ha convertido la parte de mí a la que aludo cuando digo «yo»? Estoy perdida en la niebla. No tengo muy claro quién soy. Pero sé que no soy quienes ellos insinúan.

RETRATO EN ROJO

Aún no me ha pintado con mis hijos, y es con ellos, acordamos, que restauraré mi reputación; como la madre-reina fértil. El vestido es de terciopelo rojo, ribeteado de piel oscura, con un sombrero de plumas a juego. Con mis pies sobre un cojín con borlas, estoy sentada junto a una gran cuna donde será colocado mi nuevo hijo. El Delfín señalará la cuna con una mano y con su otra mano hacia su hermano pequeño, Luis Carlos, la «col de mis amores», todo vestido de blanco, que se sentará regordete y feliz en mi regazo. A mi otro lado, cuando la traigan para su sesión, apoyada en mí, arrimada a mí en actitud de adoración, estará mi hija.

—No idealicéis mis defectos ni me pintéis demasiado hermosa, Elisabeth. No deseo suscitar envidias.

—Dignidad, maternidad —repite ella—. ¿Un adorno en la garganta?

—Nada de collares. De ninguna clase.

—Tengo entendido que el rey se ha ido a Cherbourg y al puerto marítimo para examinar la instalación naval.

—Y el conde von Fersen, tras seguir el juicio, se ha marchado a Inglaterra y luego con su regimiento.

—¿Está previsto que vuestra hermana venga el mes próximo?

—María Cristina, nacida el día del cumpleaños de mi madre. Cuando yo era sólo una niña, ella siempre intentaba hacerme sentir pequeña e insignificante. La duquesa de Polignac también está en Inglaterra. Me ha escrito diciendo que los ingleses se refieren al conde von Fersen como «el Cuadro», por su atractivo físico. Algún día me gustaría ver los jardines ingleses por mí misma.

—En este retrato pintaré un jardín de rosas a vuestros pies. En la alfombra. De esta forma traeremos el exterior al interior, con un cálido e intenso fondo dorado para las rosas y el follaje.

—La alfombra como jardín será mi parte favorita del retrato. ¿De qué color será el vestido de mi hija?

—Madame Royale viste de clarete intenso, más oscuro que vuestro vestido rojo. Clarete con una buena pizca de negro mezclado.

Como aquellos a los que más quiero están lejos, tengo la sensación de que estoy un poco abandonada. Pero cuando me siento para un nuevo retrato, una nueva imagen, con Elisabeth Vigée-Lebrun, siento que empiezo a curarme de mi humillación. Ser contemplada por ella, sentarme delante de ella mientras trabaja, adorando su trabajo, me da paz. En cierta ocasión estoy a punto de decirle: «Vuestro pincel... Mientras me crea nuevamente en el lienzo, casi siento que me lame, me cuida, como haría una gata con su gatito».

No necesito decirle esto. Ella, como Fersen, intuye mis sentimientos y no tengo que expresarlos con palabras. Es una observadora tan entusiasta que repara en que mientras me pinta, yo me relajo, me siento cómoda conmigo misma, mis ojos y mi piel cobran vida y resplandecen.

—Me gusta mucho —me comenta— el nuevo encaje de aguja que estáis haciendo. Pintáis las flores con vuestro hilo.

Le explico que es para un chaleco del rey.

—Me fijé en el magnífico encaje que adornaba al cardenal, cuando el rey lo convocó a su cámara interior. Me gustaría que el rey tuviese algo incluso más delicado. Los colores son los del Trianón, verdes claros y azules, rosa y flores de lavanda. Pasteles y colores primaverales. Cuando se lo ponga, recordará que tiene un refugio cuando me visite en mi pequeño palacio que tan amablemente él escrituró a mi nombre.

Cuando mi esposo regresa de la costa, es un hombre muy feliz.

Los tres niños y yo lo esperamos en el balcón del castillo, encima del Patio de Mármol. Con gran excitación, vemos cómo su carroza se vuelve más grande a medida que se va aproximando. Cruza la verja exterior y el amplio patio donde observamos el ascenso del globo de Montgolfier, pasa por delante de la estatua ecuestre de bronce de Luis XIV (no puedo evitar recordar el primer día que vine aquí, aún no había cumplido los 15, y cómo cada patio se volvía más pequeño y los laterales de los edificios me rodeaban cada vez más estrechamente). Quizá nos vea aquí de pie, la reina con sus tres hijos, saludándolo. Cuando la carroza se detiene, los tres niños gritan: «¡Papá! ¡Papá!» Él sale precipitadamente del carruaje para correr hacia nosotros, resoplando y jadeando, y luego abraza a nuestros tres felices hijos: Madame Royale, el Delfín, el duque de Normandía, y también a mí.

Han pasado diez días desde que regresara mi esposo. Tras haber visto el mar por primera vez, Luis intenta denodadamente describirme su efecto *sublime*. Aunque algún día me gustaría ver el océano, sé que las cosas de enorme tamaño (el cielo estrellado, por ejemplo) a menudo me asustan con su magnificencia natural.

—Para mí, los jardines son recordatorios del paraíso —digo con una sonrisa.

—Sois medievalista de corazón —bromea él—. Tenéis que ver los tapices de Cluny, la dama en su jardín cercado, con su unicornio y su león. Es una devota de los cinco sentidos, como vos.

—Si bien me gustan realmente los tapices, no necesito un jardín cercado —contesto en tono jocoso—. Los jardines del Trianón se extienden hasta lo lejos.

—Sí —dice él—, una vez se accede a ellos. De hecho, toda la finca de Versalles está cercada. Lo que pasa es que los muros están demasiado lejos para que vos os fijéis mucho en ellos.

Cuando lo felicito de nuevo por el éxito de su visita a Normandía, él me contesta:

—El cariño de mi pueblo toca las fibras más profundas de mi corazón. Juzgad vos misma si no soy el rey más feliz del mundo.

Siento los preludios del parto, pero decido ignorarlos con el fin de poder ir primero a misa. Desde mi humillación, entrar en la Capilla Real forma parte de mi curación, disfrutar del espacio entre el colorido esplendor del suelo marmóreo y el alto techo pintado, donde con tanta inocencia fui desposada, y ser amparada tomando la Sagrada Comunión. Cuando la música para órgano de Couperin empieza a emitir las notas valientes y profundas de unos tubos tan anchos como mi cintura, el sonido siempre me hincha el corazón y gustosamente doy las gracias por la bondad del Creador. Las mismas palabras de la liturgia me dan una sensación de conexión y renovación de mis creencias: «Dios Padre, Omnipotente, Creador del Cielo y de la Tierra...»

Sonrío a Mesdames las Tías mientras estamos en la capilla y recuerdo cómo me recibieron cuando tenía 15 años; las he perdonado por cómo intentaron utilizarme para separar al anciano rey y a su amante. Estoy feliz de haberlas complacido sugiriéndoles que si el nuevo bebé era una niña se llamaría Sofía, como una de ellas ya fallecida. No revelo mi secreto: que el parto ya ha empezado, puesto que hacer eso únicamente incrementaría la duración de su ansiedad por mí.

Regreso a mi cámara para dar a luz. Tres horas después de que los ministros del Gobierno sean convocados para presenciar el alumbramiento real, a las siete y media cuando aún no ha oscurecido en esta noche de julio de 1786, doy a luz a otra hija.

Me gusta el mensaje enviado por el embajador español al rey: «Aunque Vuestra Majestad debe mantener a sus príncipes a su lado, con sus hijas tiene los medios para ofrecer regalos al resto de Europa». Aun así, recuerdo cómo yo misma fui en su día un regalo con el que obsequiar a Francia en nombre de una Alianza y la paz de Europa.

No disfruto especialmente con la visita, tan sólo tres semanas después del nacimiento de Sofía, de mi hermana María Cristina, a quien nuestra madre permitió casarse por amor. El conde Mercy (siempre ávido de lazos más fuertes entre mi persona y cualquiera que sea austríaco) me ha instado a desechar mis viejas ideas sobre ella. Sospecho que fue ella quien mantuvo a la emperatriz tan bien informada de cuanto concernía a mi vida. Sé que ha enviado a mi hermano el emperador algunos de los ignominiosos panfletos que han circulado para destruir mi reputación. Ella se considera bastante superior a mí, y no tengo la intención de invitarla al Trianón. Ella y su Alberto regresarán a los Países Bajos sin tener ninguna oportunidad de juzgar mi dulce vida privada.

¡De haber sido María Carolina, mi Charlotte! A ella le enseñaría todas mis rosas y árboles favoritos del Trianón. Saltando, le haría cruzar los puentes para visitar el Templo del Amor. Juntas comeríamos bayas en el balcón de mi refugio en la «aldea», y les daríamos de comer pan a los peces del estanque. Hasta le enseñaría la cueva secreta y la gruta cercanas al Belvedere, y por la noche todo se iluminaría de forma mágica para ella, seguido de un gran espectáculo de fuegos artificiales.

Después de que Cristina y su simple príncipe de Sajonia hayan abandonado Versalles, le pregunto con bastante descaro al conde Mercy si considera que la visita ha sido un éxito.

Con sinceridad y muy serio, él responde:

—La reanudación de la amistad entre las dos augustas hermanas no ha estado exenta de nubes.

—Entonces, dejad que sea «la Reina de las Nubes» —replico. Aunque las palabras son arrogantes, le sonrío cuando las pronuncio, ya que él ha sido mi amigo fiel durante todos estos años y lo quiero. Me devuelve la sonrisa. Sé que me prefiere a mí antes que a mi hermana.

CUESTIONES GRAVES Y ECONÓMICAS

Muy preocupado, el rey entra en mis estancias privadas donde descanso por la tarde y me cuenta con seriedad que el ministro de Hacienda, Calonne, cree que ningún banco nos renovará los préstamos.

—Estamos al borde de la bancarrota nacional.

Aunque mi esposo nunca me había dicho antes una cosa tan alarmante, me sorprende mi serena sugerencia:

—En ese caso, seguro que Calonne tiene algún plan para evitar semejante desastre. —Mi apartamento privado parece demasiado íntimo para mantener una conversación de tal envergadura sobre la nación. Levantándome de mi pequeña meridiana azul tan hábilmente encajada en su hueco, propongo que vayamos a su estudio.

Luis ha recuperado la compostura antes de que empecemos a atravesar los salones. Mientras caminamos me dice:

—De hecho, Calonne me ha entregado un documento que él mismo y su ayudante Talleyrand han redactado durante el verano.

—¿Y su título? —inquiero.

—Bastante apropiado: «Un plan para la mejora de la economía».

Cuando estamos en su estudio, el rey quita la tapa corredera de su gran y bello escritorio, creado por el ebanista Riesener. Casi como un reflejo de mi propia actitud tranquila, mi esposo parece que ahora se controla bastante. Levanta el documento para leerlo, despide a los criados, y empieza a compartir conmigo algunas de las características del plan de Calonne para nuestra salvación.

—Es una propuesta atrevida, y se centra principalmente en los impuestos. Todos los terratenientes, sin excepción, deberán pagar una tasa considerable y uniforme. Pero no los pobres.

—¿La Iglesia será gravada?

—Por la tenencia de tierras, sí. Y la nobleza ya no estará exenta de impuestos, dados sus evidentes indicios de opulencia. Los que más puedan pagar, la Iglesia y la nobleza, tendrán que aportar más ingresos a la nación. Por primera vez.

—¿Cómo puede implementarse semejante idea? —Ahora estoy verdaderamente alarmada, más por la solución propuesta al inminente desastre que por el desastre en sí. Recuerdo vagamente que Luis XV había tenido un plan, diseñado con Malesherbes, para gravar los bienes de la nobleza.

—Calonne asegura que debemos crear una Asamblea de Notables...

—Jamás había oído hablar de semejante convocatoria.

—No se ha producido ninguna desde hará unos ciento sesenta años, no desde la época de Luis XIII. Fue una maniobra instigada por el cardenal Richelieu. Los notables serán seleccionados lo más cuidadosamente posible. Cuando hayan aprobado las reformas, éstas se pasarán a los diversos Parlamentos. Presento las reformas como *lit de justice*, leyes que promulgo desde mi cámara privada.

—¿Y quién elige a los notables?

—Yo.

Ahora le corresponde al rey calmar mis nervios.

—Es necesaria una reforma —me explica—. No estoy en contra de un ajuste razonable de nuestra sociedad. Son los nobles los que se mostrarán más reacios al cambio.

22 de febrero de 1787

Paso este día arrodillada en la Capilla Real, rezando por el rey mientras convoca la Asamblea de Notables. Lo visualizo, vestido de terciopelo púrpura, flanqueado por sus dos hermanos. Pero también rezo por los propios notables, porque puedo entender sus reticencias a renunciar a sus privilegios y sus exenciones. Su apoyo y lealtad al rey se basan, en parte, en que éste protege sus bienes y su patrimonio familiar.

Cuando ceno con mi esposo, está abatido. Me dice que los Notables no tienen una actitud de obediencia. Desean dedicar gran cantidad de tiempo a debatir y discutir los temas. Ya ha sido mencionada la idea de tener una representación de los Parlamentos y posiblemente hasta convocar los Estados Generales.

El rey me explica:

—La Asamblea de Notables es bastante distinta de los Estados Generales. Los Estados Generales no se han convocado desde hace aún más tiempo. Desde 1614, hace unos ciento setenta años. Los tres estamentos representados en la Asamblea General son la nobleza, el clero y el pueblo llano. Para esa Asamblea cada estamento elige a sus propios representantes.

Siento que un escalofrío recorre mi cuerpo. No conozco la historia de Austria de hace tantos años, pero estoy bastante convencida de que no se estableció semejante precedente por el cual los campesinos participaran en el gobierno del imperio eligiendo a sus propios representantes.

—Pero ahora no hay necesidad de unos Estados Generales —le digo—. Quizá prolonguen las discusiones simplemente para postergar decisiones desfavorables para ellos.

El rey contesta que es el pueblo (como el de Cherburgo) el que realmente nos quiere, y debemos trabajar por su bien tanto como por el bien de la nobleza.

—Yo siempre he trabajado por el bien del pueblo de Francia —replico. Mi frase suena como un eco del lejano pasado. Sí, tiempo atrás hice esa promesa, cuando era joven, y el nuevo rey hizo frente a los disturbios de la «Guerra de la Harina» con inesperada firmeza.

Mi esposo comenta con pesar la muerte de Vergennes, el ministro de cuyos consejos ha dependido durante los últimos tres años. Ahora es preciso nombrar un nuevo ministro de Exteriores, y Luis ha propuesto a su amigo de la infancia Montmorin, que ha sido embajador en España. Sé que Mercy quiere otra cosa. Me ha ordenado que recomiende el nombramiento del conde de Saint-Priest, que es defensor de Austria y parece ser que un buen amigo de Axel von Fersen.

Cuando mi viejo amigo el conde Mercy insistió en mi intervención, le dije algo que nunca había dicho antes: «No es apropiado que la corte de Viena dictamine quiénes tienen que ser los ministros de la corte de Francia». Mi corazón está con el rey en estos tiempos difíciles, y siento que es mi deber brindarle mi silencioso apoyo. Mis hijos necesitan heredar de su padre un país próspero y bien gobernado. A mi esposo le dan accesos de decaimiento, y yo debo intentar estar alerta sin dejarme influenciar mucho por Austria. Con demasiada tristeza hemos aprendido la lección del collar de diamantes: en Francia hay que luchar por la justicia.

Asimismo, me preocupa la salud de Luis. Está muy grueso. Por las noches, cuando yo bebo mi agua mineral, él bebe bastante vino. En ocasiones, está tan cansado, especialmente tras un duro día de caza, la cual se ha ido convirtiendo cada vez más en una obsesión, que se tambalea y pierde el equilibrio.

El 8 de abril, Domingo de Pascua, el rey considera necesario despedir a Calonne, que es amigo de la duquesa de Polignac. El ministro Calonne ha especulado con tierras y pacta imprudentemente con la sociedad que suministra agua a París. El rey ha descubierto que Calonne ha falseado el déficit nacional en aproximadamente treinta y dos millones menos de lo que ha documentado. Ha hecho circular una declaración hostil exigiendo el pago de más impuestos: «¿Por parte de quién? Únicamente por aquellas clases privilegiadas que no han pagado suficiente. ¿Sería mejor cobrar impuestos a los que no gozan de privilegios, el pueblo de Francia?» Con semejante lenguaje público, Calonne acentúa la tensión entre nosotros y los notables. Se ha comportado de un modo temerariamente peligroso, sin solucionar la crisis financiera. Nos han dicho que ha adquirido con fondos públicos mil botellas de vino que guarda para su uso privado en un monasterio cercano a su casa.

Como está enfadada con nosotros por no proteger a su amigo y mantenerlo en su cargo, la duquesa de Polignac ha delegado la educación del Delfín en un tutor y se ha vuelto a marchar a Inglaterra. Su frialdad ha dolido mucho al rey, que siempre ha apreciado sus encantadores modales y simpatía. Para tratar de suavizar las cosas, ha accedido a pagar las deudas de su cuñada, la condesa Diana de Polignac (unas 400.000 libras), alegando como pretexto que el dinero ha sido destinado a mis pasatiempos.

Me sorprende el gran número de amigos nuestros entre la nobleza que se resienten amargamente con nuestro intento por economizar. Besenval, despojado de algunos de sus ingresos, ha dicho: «Esta clase de expropiación acostumbraba a ocurrir únicamente en Turquía». La Asamblea de Notables se disuelve. Cuando aparezco en la Ópera, me abuchean. En el teatro, hace tiempo que es tradición entre el público reaccionar a algún verso fortuito del guión como si fuese dirigido al mundo que está más allá del escenario. Cuando se pronunció un verso de Racine, «la cruel reina está desconcertada», el público aclamó y aplaudió ferozmente. Pero yo no les he hecho nada a ellos. He reducido mi servidumbre en 173 puestos en un intento por economizar.

Aun así, me llaman Madame Déficit.

Del presupuesto nacional, el 41 por ciento se destina simplemente a pagar los intereses de la deuda nacional. El nuevo ministro de Hacienda, Brienne, cuyo nombramiento favorecí mucho, puesto que es un viejo amigo del abad Vermond, mi tutor cuando era pequeña, me consuela señalando que el gasto de toda la corte supone nada más un seis por ciento del presupuesto anual.

Cuando le suplico a mi amigo el conde von Fersen que me describa con sinceridad cómo ven los demás mi posición y la del rey, me pide con suma bondad en su mirada que retire mi petición, pero yo insisto.

—Si así lo deseáis —responde, y alarga su mano hacia mí mientras habla, como si de este modo me ofreciera consuelo—. Me entristece mucho comunicaros que la reina es casi universalmente aborrecida. Todos los males se le atribuyen a ella, y no se le reconoce nada bueno. La gente asegura que el rey está débil y receloso, que la única persona en quien confía es la reina. La gente dice que estos días la reina lo está haciendo todo.

Sé que mi leal amigo (sus ojos están llenos de tristeza) ha hablado con sinceridad de nuestras lamentables reputaciones.

—Prometedme —le pido— no repetirle nunca esas palabras al rey.

SOFÍA

Aunque fue un bebé grande, mi hija no ha prosperado. Ha crecido muy poco, y entre mi preocupación por ella, y la salud del Delfín y el déficit, mi estado de ánimo es pesimista. Recuerdo cómo mi fe en su salud futura a menudo ha ayudado a Luis José a experimentar recuperaciones asombrosas, y procuro hacer lo mismo con Sofía.

Me siento junto a su cuna y le digo una y otra vez (este junio cumple nueve meses) que es hermosa y buena. Le digo que la quiero y que cuando crezca jugaré con ella a cocinitas y le enseñaré a tocar el arpa, pero es demasiado pequeña para entender estas promesas.

De la inquietud y la fiebre, pasa a sufrir convulsiones.

Su muerte es el momento más triste de mi vida.

Madame Elisabeth permanece junto a mí contemplando su pequeño cadáver en el Gran Trianón y la llama «mi pequeño ángel». Dicen que ha sido la aparición de tres dientes diminutos lo que le ha provocado las convulsiones.

—Habríamos sido amigas —murmuro.

Veo que Madame Royale ha aprendido la dura lección de la muerte. Su conmiseración por mi pérdida me produce más lágrimas. La niña parece perdida, como si jamás hubiera considerado al mundo capaz de semejante crueldad como la muerte de un bebé. Le digo que en estas cuestiones no podemos hacer nada más que someternos a la voluntad de Dios, cuya sabiduría supera con creces la nuestra. No podemos conocer sus razones.

Más tarde, después de consultarlo con mi esposo, le ordeno a mi amiga que borre a Sofía del retrato de terciopelo rojo con mis hijos. En el cuadro, la cuna aparece ahora vacía. El Delfín sigue señalándola como para recordarle a quienquiera que pueda observar el cuadro nuestra dolorosa pérdida.

Sin embargo, cuando en agosto llega el momento de exponer el cuadro de Vigée-Lebrun, el jefe de la policía me aconseja no aparecer en París. El odio hacia mí se ha vuelto más virulento debido a que Jeanne La Motte se ha fugado de la cárcel de La Salpêtrière y ha huido a Inglaterra, desde donde ha escrito y firmado una descripción de su «sáfica» relación nada menos que con la reina. «¿Alguna vez he estado realmente en su presencia?» Además, ella refuerza los rumores de que como lesbiana también he hecho el amor con la princesa de Lamballe y la duquesa de Polignac.

En el espacio vacío donde debería haber sido exhibido mi retrato, alguien ha colgado una nota que reza: «¡Contemplad el Déficit!»

A raíz de la fallida aprobación del Parlamento de la reforma financiera, el rey simplemente ha formulado la antigua declaración: «Ordeno la promulgación». De este modo, la nueva ley que impone la reforma financiera queda legítimamente instaurada. Desde hace mucho tiempo los monarcas tienen derecho a promulgar las leyes desde sus habitaciones, si fuera necesario.

Nuestro primo Felipe, duque de Orleans, ha protestado por la legitimidad de semejante declaración. Despreciando la tradición, asegura que como no hubo recuento de votos en la Asamblea de Notables, la nueva ley queda invalidada. El rey se ha visto forzado a mandar a su primo al exilio.

Ante la reunida Asamblea, mi esposo declaró furioso: «Es la ley porque yo así lo deseo».

Siguió un silencio aterrador.

Oigo mi propio suspiro mientras le escribo a mi hermano José II hablándole de estos inquietantes acontecimientos. Cojo mi pluma y añado: «Me disgusta que deban adoptarse estas medidas represivas; desafortunadamente, se han vuelto necesarias aquí, en Francia». Estoy a punto de poner unas gotas de cera en mi carta y presionar mi sello sobre la cera caliente cuando recuerdo la más espantosa y temida de las noticias. Desenrollo el pergamino para escribir otra vez que Luis espera apaciguar la agitación de que somos testigos por toda Francia y sobre todo en París convocando dentro de un periodo de tiempo no superior a cinco años una asamblea de los Estados Generales.

PARALELISMOS CON EL DESTINO
DE CARLOS I DE INGLATERRA

5 de octubre de 1788

A sabiendas de que la estación de otoño pronto desembocará en el invierno, he aprovechado la oportunidad de sentarme un rato junto a la fuente de Ceres. Cuando un mensajero me trae una petición para una audiencia en el castillo con el abad de Véri, me cubro con mi cálido chal de lana y aviso de que me encontraré con él en el Salón de la Paz. Me alegro de haber venido a los jardines en una silla de manos cubierta, y estoy feliz de entrar en su acogedor pequeño espacio y de que cierren la puerta detrás de mí. Aquí la brisa otoñal no puede alcanzarme.

Mientras volvemos al castillo, me pregunto cuál será el motivo de la visita del abad. Es amigo del rey, y con frecuencia mantienen eruditas conversaciones sobre el curso de la historia. Nunca he tenido muchas razones para conversar con él. Éstos son días tristes, así que es agradable que alguien que no pertenece a las paredes de Versalles haya solicitado mi compañía.

Cuando el abad de Véri entra en el salón, reparo en que lleva un gran diario encuadernado en piel, con el año 1788 grabado en oro, y que su semblante denota serios pensamientos.

Su complexión es cetrina, algo que se debe sin duda a las largas horas alejado de los saludables efectos de estar al aire libre. Tiene una nariz muy protuberante, pero sus ojos azules son de una mirada directa y penetrante. En este momento, abre el libro que he tomado por diario y me pregunta si me gustaría leer algo que ha escrito en él.

—¿O preferiría Vuestra Majestad que se lo leyera yo en voz alta?

Al percibir que su letra es diminuta y está apretujada (lo mejor para no malgastar papel, supongo), le invito a que me lo lea.

—No pretendían ser más que unas notas para mí mismo —comenta con humildad—, pero a medida que escribía, apareció en mi mente una visión de Vuestra Majestad, y tuve la sensación de que estaba siendo guiado, quizá simplemente a través de mi propia imaginación, a compartir mis pensamientos con Vuestra Majestad.

—Por favor, tened la amabilidad de leérmelo —repito alentadora, pero de pronto tengo un antojo casi violento de comer chocolate, que ignoro.

—«Las opiniones actuales se inclinan hacia cierta clase de revolución.» —Hace un alto para ver mi reacción, pero yo me limito a asentir para que continúe—. «Es un torrente que crece incesantemente y está empezando a reventar los diques.»

—Me pregunto si hay algo en particular que hayáis observado —intervengo.

—No es tanto la observación como la erudición lo que me da qué pensar —responde él—. También he anotado en mi diario una conversación que hoy he oído de pasada entre vuestro esposo, Su Majestad Luis XVI, y su ministro Malesherbes. Si me permitís continuar, entonces vuestros oídos estarán presentes como lo estuvieron los míos.

—Os ruego que continuéis —le pido. Su tono de voz es tan suavemente persuasivo que de ninguna manera quiero ser maleducada ante su preocupación por el rey. En cierta época, yo hubiese tenido serias reservas sobre Malesherbes porque, en opinión de Luis XV, deseó debilitar la monarquía. Pero mi esposo ha admirado la iniciativa de Malesherbes de usar el compromiso como medio para preservar la monarquía.

—Malesherbes empezó diciendo: «Sois un gran lector, señor, y sois más erudito de lo que piensan de vos. Pero la lectura no sirve de nada si no va acompañada de la reflexión. Recientemente he releído el pasaje sobre Carlos I de la *Historia de Inglaterra* de David Hume».

—Sí —interrumpo con cierto entusiasmo al abad de buen corazón, que sin querer ha escuchado una conversación, ya que reconozco la referencia—. La primera vez que vine a Francia, siendo una niña de catorce años, el Delfín me confesó su interés en el pensamiento de Hume, al que de hecho había conocido.

—Sí —contesta el abad y luego continúa leyendo en voz alta—. «Vuestras situaciones tienen mucho en común. Ese príncipe era afable, virtuoso, fiel a la ley, jamás insensible, jamás tomaba la iniciativa, justo y caritativo; murió, sin embargo, en el cadalso a manos del verdugo. Se convirtió en rey en una época en que se inició la discusión acerca de la prerrogativa de la Corona en oposición a las de sus súbditos, y vos estáis en una posición similar. Tal como lo hizo en Inglaterra el siglo pasado, la controversia ha surgido aquí en Francia entre el ejercicio habitual de la autoridad y las quejas de los ciudadanos. Una diferencia importante es que aquí, en Francia, no se discute ningún elemento religioso.»

»"¡Ah…! Sí, muy felizmente", ha respondido el rey entonces a Malesherbes, incluso poniendo su mano real sobre el brazo de su ministro, "en Francia no se cometerán las mismas atrocidades."

»"Y, además", ha contestado Malesherbes, "nuestra actitud más amable puede tranquilizaros acerca de los sangrientos excesos de aquellos días. Pero os despojarán gradualmente de vuestras prerrogativas, a menos que elaboréis un plan definitivo que especifique qué concesiones podéis hacer y en qué asuntos no debéis ceder jamás. Sólo vuestra propia determinación puede preservar la monarquía. Yo estaría dispuesto a jurar que la agitación no llegará al extremo de conducir a Vuestra Majestad hacia el destino de Carlos I, pero no puedo aseguraros que no haya otros excesos."

El abad cierra su diario.

—Creo que es la cuestión de la determinación lo que me ha traído hasta Vuestra Majestad. Puede que otros tengan una opinión diferente de Vuestra Majestad, pero yo sé que sois hija de María Teresa de Austria. Sé que debéis haber visto a esa augusta persona ejerciendo una determinación inequívoca de voluntad cuando la ocasión requería tales medidas.

»Sabéis que no estoy hablando de ninguna necesidad de fortalecer los lazos entre Francia y Austria que ahora tenemos. Pero le estoy pidiendo a Vuestra Majestad que en días venideros personifique el espíritu de su madre, que recuerde su coraje, su compasión y su ingenio.

—Así es —contesto con ligera gravedad—. Al igual que Malesherbes le ha recordado a mi esposo el destino de Carlos I de Inglaterra en el cadalso, vos me habéis recordado la fortaleza de la emperatriz de Austria.

—Exactamente, Vuestra Majestad. —El abad de Véri se levanta, hace una reverencia y se dispone a marcharse—. Que Vuestra Misericordiosa Majestad recuerde que siempre está en mis oraciones.

EN LA VILLA DE VERSALLES,
MAYO DE 1789

Desde la iglesia parroquial llamada Notre Dame, aquí en la villa de Versalles, a la cabeza de la Procesión de los Diputados de los Estados Generales, el rey y yo seguimos al palio suspendido sobre el Bendito Sacramento. Los miembros de los tres estamentos (nobleza, clero y el pueblo) caminan con sus respectivos grupos. Lentamente, cruzamos la Plaza de Armas. Mi esposo y yo volvemos nuestras cabezas hacia la ventana de una de las reales caballerizas para que el Delfín nos vea pasar. ¡Sí! Ahí está, su diminuto y frágil cuerpo acomodado sobre una gran pila de cojines. ¡Con qué valentía nos sonríe a nosotros, sus padres, mientras pasamos por debajo! Es un niño noble. Las lágrimas tratan de inundar mis ojos, pero debo ser tan valiente como él, de tan sólo ocho años. Es su espíritu lo que es noble, un hecho de mucha más importancia de lo que cualquier posición social puede transmitir.

Si esta gente aspira a ser noble, que practiquen el coraje y la compasión. Un niño pequeño podría enseñarlos.

Clavo de nuevo los ojos en el Sacramento que marca el camino desde la parroquia de Notre Dame hasta la iglesia de Saint-Louis. Todas las ventanas están llenas de espectadores y las calles están flanqueadas por una inmensa multitud, que en ocasiones aplaude. A menudo, cuando me ven se extiende un sombrío silencio. Levanto más la cabeza. El sol luce hoy deslumbrante. Ninguno de los presentes ha presenciado nunca semejante acontecimiento histórico: los Estados Generales se convocarán mañana aquí, en la villa de Versalles. Hacemos bien en implorar a Dios que nos guíe a todos. Algunos de estos diputados han repudiado a Dios o simplemente le han puesto el nuevo nombre de Ser Supremo, que se preocupa poco por el destino de los seres humanos. Yo no creo eso.

Con anterioridad nos hemos sentado un momento con el Delfín, que a veces tiene dificultades para respirar. Su columna vertebral está bastante encorvada, y apenas puede mantenerse erguido. Algunas de las vértebras sobresalen. Le da vergüenza su aspecto jorobado y no le gusta ser visto a menos que pueda confiar en el amor de quien lo visita.

—Vuestro vestido es muy hermoso —me ha dicho el Delfín en voz baja, y yo me he alegrado de que disfrute con el esplendor de mi amplio vestido cortesano, hecho de tela plateada toda brillante cuando le da la luz. El rey está ataviado con una túnica dorada adornada con brillantes; todo él resplandece, como tocado por una varita mágica, con botones de diamantes y hebillas en los zapatos, con una espada de diamantes, y las condecoraciones de la Orden del Toisón de Oro y la del Espíritu Santo. Lleva puesto el enorme diamante conocido como *Regent*, y mis cabellos están adornados con el perfecto y brillante diamante llamado *Sancy*.

—Mi papá debe de ser el rey de la magia además del de Francia —ha dicho el Delfín.

Entonces ha empezado a toser, y yo he podido ver un rubor febril cruzando su rostro. Galantemente, ha calmado sus jadeos y ha conseguido preguntar:

—¿La luz es más plateada o dorada?

Yo me he quedado boquiabierta y le he contestado:

—Cariño mío, yo hice la misma pregunta cuando viajé muchos días por Europa en el interior de las carrozas reales para encontrarme con vuestro padre.

Mientras avanzo a pie en la procesión, alguien se pone delante de mí y me grita a la cara: «¡Viva el duque de Orleans!» El insulto hace que me tropiece; menudo insulto, es casi una agresión a mi dignidad. Recupero el equilibrio.

Sí, para congraciarse con el pueblo, el primo del rey se opone a los acuerdos que Luis establecería entre el antiguo régimen y las nuevas exigencias de los ciudadanos. Lamento que toda la rama de la familia no haya sido desterrada. De Orleans no desfila en el lugar que le correspondería como príncipe de sangre, sino que se decanta por aquellos que carecen de nobleza caminando con ellos. De haber una revuel-

ta, De Orleans quiere que el pueblo vea en él a un amigo. Los gritos de
la gente me hacen sentir como si me fuera a desmayar, pero levanto el
mentón.

En la iglesia de Saint-Louis, el obispo sermonea sobre las riquezas de la
nobleza en contraste con la pobreza del pueblo. Observo cómo el rey
entorna los párpados. Entonces sus ojos se cierran completamente. Es
lo que pasa con él. Cuando no puede cazar en el campo, se evade durmiendo. Tan sólo espero que no ronque.

Al finalizar el sermón, a mi esposo le despiertan los aplausos. Antiguamente, nos enseñaban que no era respetuoso aplaudir cuando se
descubría el Bendito Sacramento. Esta gente carece de modales, es cruel
y salvaje.

Aquí, en la iglesia de Saint-Louis, prometo, siempre, tratar al pueblo
francés con cortesía, con la esperanza de que ésta nos sea devuelta a mí
y a mi familia. Quizá semejante esperanza produzca lástima.

En la apertura de la asamblea de los Estados Generales, el 4 de mayo, el
rey luce sus túnicas mayestáticas, resplandeciente de joyas. Me invita a
sentarme, pero le hago una reverencia y permanezco levantada. Desde
su elevado trono, justo cuando empieza a hablar, un rayo de sol entra a
través de un hueco de las cortinas e ilumina su cara como aprobación de
Dios. ¡Ojalá el Delfín se encontrase lo bastante bien para ver a su padre
bendecido de esta manera por el cielo!

Cuando los nobles se sientan, se ponen sus sombreros, como es su
costumbre hacerlo en presencia del rey, como señal de sus propios privilegios; ha sido así desde la antigüedad. Con tantas plumas ondeando, me
pregunto si no se parecen a la espuma de la cresta de una ola del océano,
tal como me ha descrito mi esposo. Desearía que mis hijos pudieran ver
el mar, pues dicen que las brisas saladas son reconstituyentes para los
pulmones.

De pie en el estrado real, espléndida con mi vestido, violeta y blanco, sé que no puedo evitar parecer triste: temo que el Delfín se esté muriendo. Me alegro de haberlo trasladado a Meudon, con vistas al río
Sena desde las tierras altas, no lejos de Sèvres, donde el aire es famoso

por su pureza. De pequeño, al rey lo llevaron en cierta ocasión a Moudon a recuperarse, pero la salud del Delfín no mejora.

El discurso de Luis se desarrolla sin contratiempos, después de que anoche lo ensayara una y otra vez. Habla de la crisis económica principalmente como resultado de nuestro gasto en la Guerra de Independencia norteamericana contra los ingleses. La denomina «una guerra exorbitante pero honorable». Y ahora ha sido ganada. Su voz es firme.

En cambio, escucho a medias el interminable discurso de Necker, aun cuando ha sido gracias a mi petición que éste ha vuelto a ser nombrado ministro de Hacienda. Mi alarma crece cuando es evidente que no tiene nada sustancioso que decir, ni siquiera acerca del asunto de cómo se permitirá votar a los estamentos.

Mis pensamientos derivan hacia el Delfín. Pienso en la gran ternura que siente por mí mi pequeño hijo, y en cómo cuando me pidió que cenase mi comida favorita con él en su habitación, tragué más lágrimas que pan. Pese a su frágil condición, me alegro mucho de haber dado a luz a semejante niño.

Recuerdo cómo cuando quería que lo sacaran al jardín (se parece mucho a su madre) pidió no ser llevado por determinado criado «porque siempre me hace daño». Cuando alguien le dijo que el criado hace todo lo que puede para aliviar al Delfín y que heriría sus sentimientos declinando sus servicios, él respondió: «Llamadlo ahora mismo, entonces; prefiero sufrir un poco que hacer daño a este hombre respetable».

Más maduro de lo que debería para su edad, el niño tiene una paciencia de santo, y mientras estoy sentada en este espacio público escuchando discursos políticos, trago y trago las lágrimas que resbalan por el interior de mi garganta, pues no les dejaré verme llorar para que no piensen que tienen algún poder sobre mí.

PESAR

Pasada la medianoche, mi hijo acaba de morir. Contemplo su torturado cuerpo y me alegro de que su espíritu esté con Dios. Es 4 de junio de 1789.

Al mismo tiempo, mi corazón está roto.

Corro hasta la ventana, la abro a la oscuridad, miro hacia abajo, hacia el descuidado jardín. El fragante aroma de las madreselvas, rosas, jazmines, todas marchitándose, inunda la habitación.

LA REVOLUCIÓN DE 1789

17 de junio

Me informan de que el tercer estamento, que representa, afirman, al 96 por ciento de la nación, se ha separado de los Estados Generales para formar un nuevo grupo, la Asamblea Nacional, la voz del pueblo. Cada vez que un cuerpo consultivo se crea y se disuelve (la Asamblea de Notables, los Estados Generales, la Asamblea Nacional), perdemos poder.

¿Quién tiene el poder? Es un hombre en su día llamado conde de Mirabeau, ahora normalmente conocido como Mirabeau. Aunque se dice que es todo menos atractivo, su presencia simboliza una especie de milagro. De estatura gigantesca, fue marginado por su propia familia noble. Sedujo a un sinfín de mujeres, pese a su rostro lleno de horribles marcas de la viruela, y su propio padre lo encarceló durante tres años por haber huido con una mujer. Cuando la hambruna y la penuria llegaron a Provenza, se convirtió en el portavoz del pueblo llano del tercer estamento y fue elegido su diputado. «¡Pobres clases privilegiadas!», se comenta que ha dicho, «pues los privilegios cesarán, pero el Pueblo es eterno». Enardece a la gente y a la vez la amansa. Asegura que respeta a la monarquía mientras conduce a Francia hacia el republicanismo de Inglaterra. Su cabello se alza sobre su pronunciada frente como una nube de tormenta, y sobre su espalda dicen que la gran maraña de pelo está recogida en una bolsa negra.

Se dice que el mismo Mirabeau es el autor de su propio panfleto promocional, que el rey me dio para que leyera:

El buen ciudadano [refiriéndose a él] es el mayor orador de su tiempo; su poderosa voz domina cualquier mitin como la tormenta subyuga el bramido del mar; su coraje asombra a todos los que lo oyen, y su fortaleza confirma que no hay poder humano que pudiera hacerle abandonar sus ideales o principios.

Temblamos al oír el nombre de Mirabeau. Con sus lágrimas, las mujeres y los niños de Francia bañan sus manos, su ropa, incluso las huellas que deja en la tierra.

No sólo es temido, sino amado. Pero nosotros también lo somos (todavía amados) hasta cierto punto.

20 de junio

Al impedírsele la entrada a la sala de reunión, el pueblo llano se reúne en las canchas de tenis de Versalles y hace un juramento de su causa. ¡Ojalá hubiese ordenado que labraran las canchas y plantaran rosas!

Tenemos opciones: hacerles frente o capitular.

Después de pensar en cómo animar al rey, cojo a mis dos hijos (dos, sólo nos quedan dos) de la mano para ir a hablar con su padre. Encuentro a mi esposo en su cámara.

—Cogedlo en brazos —le digo, empujando al nuevo Delfín, de salud absolutamente robusta, en brazos de su padre.

—Abrazad a vuestro padre —le ordeno a María Teresa.

—Protegedla —le digo al rey—. No permitáis que la monarquía se convierta en un fantasma de sí misma. Vuestros hermanos y los nobles estarán a vuestro lado.

Luis besa a sus hijos, y abre sus brazos hacia mí.

—Jamás dudéis de mi amor por mi familia —me dice—. Pero debo elegir el mejor camino, y ese camino no está claro. Necker nos aconseja que lleguemos a un acuerdo con el tercer estamento. Llevaos ahora a los niños, querida mía. Necker cree que, en el fondo, el tercer estamento nos quiere. Nos darán su apoyo en reformas que controlen la irresponsabilidad de la nobleza y el clero. No debemos precipitarnos. Reflexionaré sobre el futuro.

Hago lo que me pide, pero he sido testigo de la vacilación del rey demasiadas veces. Tengo pocas esperanzas.

24 de junio

La mayoría del clero se ha alineado con el tercer estamento exigiendo que se redacte una nueva constitución. Mirabeau ha propagado el mensaje de que el acaudalado clero, a menos que abandone sus privilegios para unirse al pueblo, no representa a los humildes sacerdotes que sirven al pueblo; por el contrario, al igual que la nobleza, el privilegiado clero está formado por parásitos. Los clérigos deben convertirse en funcionarios del Estado, representantes de la alfabetización para los pobres. Deben cuidar de los enfermos y cobijar a los moribundos.

25 de junio

Muchos nobles han acordado apoyar al tercer estamento; entre ellos está el primo del rey, el duque de Orleans. Brindando su apoyo a estos camorristas, traicionan a su propia clase social, pero más aún a la monarquía.

Me gustaría que nos fuéramos de Versalles, para ir a Compiègne, pero no estaríamos a salvo por las carreteras. Y si nos marcháramos, podríamos perder todo nuestro poder. El conde Mercy dice que todos hemos perdido la serenidad mientras el peligro de la hambruna, la bancarrota y la guerra civil es inminente.

27 de junio

Todavía hay corazones bondadosos en Francia. Ser leal al rey y a la familia real es ser leal al país que ellos adoran. Cuando ven que somos una familia, aun cuando ellos también son miembros de una familia, entonces sus corazones se conmueven. Aunque ya no puedo exigir su amor como una princesa encantadora, me pueden querer como madre de Francia, al igual que mi madre, con sus 15 alumbramientos, se convirtió en la madre de Austria. ¿Son ciertas estas ideas?

Sí, el rey es realmente la encarnación del pueblo. Cuando le mostré a sus hijos, se convirtió en un hombre otra vez, firme en su hombría. Cuando los diputados acudieron a mí, yo los recibí mientras sostenía la mano del nuevo Delfín. Estaban fascinados, y sus corazones llenos de lealtad. Luis Carlos representa a sus hijos y el futuro de sus hijos.

Sin duda fue porque lo quieren que los representantes del tercer estamento insistieron en que se les permitiese salpicar agua bendita sobre el pequeño ataúd plateado de Luis José. Cuando se arremolinaron alrededor del féretro, algunos de ellos comentaron la presencia de una maravillosa luz radiante; otros tuvieron la sensación de que habían vislumbrado en su pequeño líder el esplendor de Dios.

—Saldremos con vos al balcón —le digo a mi esposo— para que el pueblo os vea con vuestra familia. Quizás al mismo tiempo deseéis confirmar que se realizarán concesiones *à la* Necker. Dado que ésta es una nueva era, tal vez deberíais decir que dejaréis que los tres estamentos se reúnan juntos. Ya no nos aferramos a las tradiciones de 1614.

Antes de salir al balcón, nuestro escenario, me digo a mí misma que debemos salir a escena como si todos fuéramos a vivir eternamente. Aunque no es tan alto como Mirabeau, dicen, la estatura del rey contribuirá a consolidar su majestuosidad. La inocencia de los niños y su absoluta vulnerabilidad harán que el pueblo sienta que es nuestro protector legítimo, no nuestro adversario. Demostraré mi dicha de que hayan venido a visitarnos.

—Éste es nuestro pueblo, al que amamos —digo y sonrío a mi familia.

Sí, el rey sale primero, y la muchedumbre aclama con aprobación: su soberano está aún con ellos; no han perdido sus almas poniendo en entredicho nuestra autoridad. Rápidamente, sujetando las manos de los niños, nos ponemos junto al rey, y yo irradio amor mientras nos aclaman. Éste es el pueblo llano, la gente a la que Luis XV identificaba como una sola con la persona del monarca. Pero a veces nos odian. De forma espontánea, me inclino y levanto a mi hijo en mis brazos. Lo sostengo hacia arriba para que puedan verlo mejor, por encima de la barandilla del balcón. ¡Aquí está el futuro! «No nos da miedo mostrarle al pueblo el único hijo que nos queda. Confiamos en vuestro amor. Os mostramos cómo es el amor: compartimos nuestras vidas, incluso a nuestro miembro más preciado e inocente, con vos porque somos uno con vos.»

Sus demostraciones de afecto (aplausos, gritos, ovaciones) continúan y continúan. Les ofrecemos un banquete visual, y no podemos negarles el placer de mirarnos, en el balcón de Versalles, nuestra residencia oficial, y la sede de su Gobierno, el lugar de la gloria de la nación desde la época de Luis XIV hasta hoy. Nuestra autoridad es la de un padre cariñoso.

Si hay una balanza cuya barra oscilante representa el favor del pueblo, Mirabeau, ese conde gigantesco que renegó de sus orígenes para liderar al pueblo llano, está en un platillo de la balanza. Es pesado; la gente dice que su vestimenta debe ser estirada para cubrir su inmenso volumen; tiene una cabeza enorme, y el cabello, como la melena de un león. La gente nunca se cansa de pintar su retrato con palabras. Hay quien dice que su rostro se asemeja al rugido de un tigre. Mirabeau, el desertor de la nobleza, habla incesantemente, sin necesidad de notas, con voz estentórea. Germaine de Staël, la hija de nuestro Necker, ha dicho que es imposible no extasiarse ante la elocuencia de Mirabeau; le rinde este tributo aun cuando con ello vilipendia a su padre, nuestro ministro de Hacienda.

Pero la vista es más poderosa que el oído.

El recuerdo de lo que vemos es superior al recuerdo de lo que oímos. Y aquí en este patio y más allá hasta el otro patio más grande, e incluso más allá en el mayor de los patios, hay mucha más gente, embelesada, que aquellos que escuchan los debates sobre el tercer estamento y los discursos de Mirabeau.

En el otro platillo de la balanza que mide la lealtad de la gente, estamos nosotros, la familia real, el emblema del pueblo, una familia que es el arquetipo de todas las familias: un esposo poderoso, una esposa encantadora, un hijo, una hija. Juntos, como familia y emblema de la mismísima identidad de Francia, permanecemos en el balcón de Versalles durante un tiempo mayor que cuando Mirabeau cautivó a sus diputados propugnando acciones que auguran una revolución.

A veces dejo al Delfín en el suelo, y entonces cuando vuelvo a levantarlo, de nuevo la gente nos aclama con placer. Como en la música, creo un ritmo en su entusiasmo dejando al niño y volviéndolo a levantar. Mirabeau únicamente les habló a sus diputados; nosotros somos contemplados y gozamos de la aprobación del mismo pueblo.

Al fin, al fin, les decimos adiós con la mano.

Ahora entienden mejor quiénes somos.

Ahora han demostrado su propia buena voluntad.

Sin embargo, mañana sé que quizá deseen encarcelarnos, o peor. Son adictos a la intensidad, sea amor u odio.

Entramos. Beso a mis hijos y les doy las gracias por desempeñar tan bien sus papeles.

—Vuestra belleza, vuestro encanto, vuestras sonrisas y amabilidad —les digo— han contribuido a la paz y la felicidad futura de Francia. Siempre, siempre, debéis mostrarle al pueblo que vuestros corazones están llenos de amor. Aun cuando sois pequeños, en sus propias mentes, ellos son vuestros hijos. Si siempre les mostráis la confianza y la abundancia de vuestro cariño, entonces, como un espejo, ellos lo reflejarán a su vez sobre vosotros.

Ahora ante el rey no debo demostrar cansancio, ni debilidad, ni vacilación en mis principios más profundos.

—Ahora hemos dicho cuanto teníamos que decir —sonrío— sin pronunciar una palabra —lo tranquilizo. Me mira fijamente con amorosa gratitud. Está reviviendo las ovaciones de la gente mientras estábamos juntos en el balcón que da al Patio de Mármol—. Estaban tan apretujados —comento— que no podía ver los recuadros claros y oscuros del suelo del patio.

Nada más acabar de hablar me sorprendo por mi afirmación. ¿De qué sirve la fugaz imagen visual de unos pies ocultando el diseño decorativo del suelo? He bajado la guardia. Rápidamente añado:

—Ahora, puesto que les hemos ofrecido la imagen que deseaban y necesitaban ver, debemos actuar del modo en que necesitamos actuar.

El rey asiente.

—¿Y el mariscal de Broglie? —le pregunto. Nuestro nuevo ministro de la Guerra es muy mayor.

—Aun a su avanzada edad manifiesta un espíritu firme y de gran ingenio.

—Sí. —Hago un alto y sonrío a mi esposo—. ¿Y cuántas tropas promete?

—Treinta mil.

—¿Y dónde estarán localizadas? —Vuelvo a sonreír.

—En los alrededores de París.

Alargo mi mano hacia el rey. Quiero que sienta el calor de mi pequeña mano en la suya grande, y la confianza que tengo en él.

—¿Y en qué fecha estarán las tropas en su lugar? —inquiero.

—Ha prometido que el trece de julio.

Aunque mi esposo y yo estamos convencidos de que una exhibición de fuerza es necesaria, yo continúo mostrando un semblante relajado y alegre. Creo en nuestra fuerza, y en que le demostraremos al pueblo que la era de la aristocracia no ha finalizado. No somos británicos, ni norteamericanos, si bien Lafayette les ofrecería una constitución siguiendo el modelo de Norteamérica. Al igual que Dios es el rey del universo, los reyes garantizan el orden de sus países. Al igual que los ángeles se colocan en hileras alrededor del trono de Dios, los sectores de la sociedad deben colocarse por su rango. Es un plan divino, y es nuestro deber sagrado apoyarlo para que el caos del infierno no se extienda sobre la Tierra.

Una noche, mientras tomamos a sorbos chocolate con nuestros amigos (todos están aquí), Fersen, Saint-Priest, la princesa de Lamballe, los Polignac, Artois y el conde de Provenza y sus esposas (tengo entendido que la condesa de Provenza mantiene, de hecho, un apasionado romance con otra mujer), digo de pronto:

—La misma belleza del palacio y los jardines de Versalles atestiguan que es justo que gobiernen los reyes, de igual modo que la belleza de la Tierra refleja la gloria de Dios. —Como respuesta todos aplauden.

Más tarde les confieso a todos cuánto he admirado siempre el cuadro de la princesa de Lamballe en el seno de la familia de su esposo, disfrutando todos de una taza de chocolate acompañados de las pequeñas mascotas.

—Me pareció la esencia de nuestro siglo —comento.

Todo el mundo me mira con curiosidad.

—Es pura elegancia y refinamiento —añado.

—Y cualquiera que abrigara la esperanza de captar la esencia de nuestros días tendría que pintar a Vuestra Graciosa Majestad en el cuadro —dice Fersen con galantería.

El rey hace el ademán de levantar su taza para brindar por el elogio de Fersen, pero sus dedos son demasiado rechonchos para caber en la delicada asa. Alza la taza, no obstante, rodeando la circunferencia de su borde.

—Desde el instante en que llegasteis, Francia ha sido bendecida y honrada con vuestra presencia —dice mi esposo, y todos levantan sus tazas en un simpático brindis.

No puedo evitar sonrojarme de placer, sin embargo, casi como si hubiera voces fuera, ¡me parece oír el desdeñoso apodo *L'Austrichienne*!

Lo cierto es que no puedo evitar levantarme e ir a la ventana a mirar. Tan sólo unos cuantos jardineros merodean alrededor de los pedestales de las estatuas clásicas.

Mi esposo se apresura a decir:

—Podría ser peligroso quedarse frente a la ventana.

Obedientemente, me alejo del cristal. Ahora, si cualquiera viese a una mujer de pie junto a la ventana del iluminado palacio, pensaría que es simplemente una mujer, no la aborrecida reina. ¿O me quieren? Me querían cuando salí al balcón con el rey y nuestros hijos. Yo siempre he amado al pueblo de Francia. Fui yo la que no consentí que las partidas de cazadores galoparan a través de sus campos. Fui yo la que apoyé las reformas impositivas propuestas por el rey. Fui yo la que di limosnas y el pasado invierno pedí a Luis que ordenara que se hicieran hogueras en los cruces de las carreteras para calentar a cualquiera que tuviese que estar expuesto a los feroces vientos. Volviéndome ahora para mirar a mis amigos a la tenue luz de las velas, rodeada por los relucientes candelabros, comento:

—Si nuestra amiga Elisabeth Vigée-Lebrun estuviese con nosotros, le pediría que pintara esta escena para que pudiéramos tenerla siempre. Podría hacer una nueva serie de cuadros a la luz de las velas, y las esquinas serían cuevas de oscuridad.

Mi esposo se levanta y se me acerca. Levanta las dos manos de modo que los pulgares forman un ángulo recto con los demás dedos. Está improvisando un marco para la escena, y ambos miramos a nuestros amigos a través de él.

Por un momento, nadie se mueve.

No puedo evitar buscar la mirada de Fersen, y durante un breve instante me devuelve la mirada, su alma titila como las ascuas a través de sus ojos.

La nuestra es una tristeza agradable. Estamos viviendo el final de una era, pero estamos juntos.

1 de julio

La denominada Asamblea Nacional ha votado un nuevo nombre para sí: Asamblea Nacional Constituyente con autoridad para crear nuevas leyes.

Saint-Priest, nuestro ministro de la Casa del Rey, informa de que el pueblo se ha puesto nervioso por la aglomeración de soldados cerca de las entradas de la ciudad, y advierte que si las tropas recurren a la violencia, semejante violencia podría ser la chispa que provocara una conflagración.

9 de julio

Para apaciguar a los nobles (cuyo apoyo debemos conseguir para sobrevivir), el rey ha tomado una firme decisión, respaldada por servidora y por sus hermanos: despedir a Necker como ministro de Hacienda. Los nobles rechazan los esfuerzos de Necker por reducir sus privilegios de cualquier forma. Necker abandonará Francia tan discretamente como sea posible. Artois se ha mostrado especialmente firme rehusando llegar a un acuerdo en su esfuerzo para conservar lo que la gente ha empezado a llamar el *Ancien Régime*.

La decisión del rey con respecto al ministro me hace resplandecer de felicidad, y mi alma canta mientras recorro la Galería de los Espejos. Me siento tan etérea y poderosa como la luz del sol que se cuela por las ventanas y rebota en los espejos, llenando la galería de sí misma.

No sé si este estado de mi ser es poder o la ilusión de poder, pero tiene la maravillosa y espantosa habilidad de satisfacer al alma.

12 de julio

La conmoción en París, ante la noticia de la destitución de Necker, ha provocado el cierre de los teatros y la ópera. En busca de armas, los amotinados enfurecieron al descubrir que las espadas y hachas usadas con dramatismo sobre el escenario no son sino de cartón. Al grito de «¡Éstas son auténticas!», cogieron piedras de la calle y las arrojaron contra el Regimiento Real Alemán. Las tropas del príncipe de Lambec desenfundaron sus espadas auténticas y tomaron represalias.

Cuando acusaron al príncipe de excesiva brutalidad, en privado me puse de su parte junto con el rey y el conde Mercy: «¡Qué error castigar a alguien por ser leal al rey y obedecer órdenes!» El príncipe fue absuelto.

14 de julio

Cuando veo que han llegado nuevas tropas a Versalles, decido que deberíamos darles la bienvenida con vino y canciones, y pido ayuda a mis amigos para que me ayuden. Son jóvenes de lozanos rostros. Pronto empezarán a brindar por nuestra hospitalidad: «*Vive la Reine! Vive la Duchesse de Polignac! Vive le Comte d'Artois!*» ¡Benditas palabras! Mi aprecio y gratitud son muy fáciles de expresar.

Cuando me voy a dormir, están cantando debajo de mis ventanas. Con unos tipos tan leales y bondadosos, seguro que nos impondremos. Me dejo llevar por el sueño en una nube de esperanza. ¡Una tarde bien aprovechada!

Antes de que amanezca el rey me susurra al oído, pero me resisto a salir de mis sueños.

Al cabo de unos instantes oigo lo que me dice:

Oigo que la Bastilla ha sido atacada. ¡Qué extraño oír la voz incorpórea de mi esposo revelándome nuevas realidades en la oscuridad!

—A las dos de la madrugada me ha despertado el duque de Liancourt, quien me ha dado la noticia. Cuando le he dicho: «Pero esto es una revuelta», ha contestado: «No, es una revolución». Creo que debo prepararme para ir a París.

Me visto tan deprisa como puedo y luego me despido de mi esposo, que se va a hablar ante la Asamblea Nacional. Al atravesar el Patio de Mármol, únicamente lo acompañan sus dos hermanos, y experimento una gran zozobra por su seguridad. Cuando los tres pasan por debajo de mí, memorizo rápidamente sus queridas y familiares caras, ya que quizá no vuelva a verlos nunca más: el corpulento Provenza, de mandíbula cuadrada y bien angulada; el esbelto Artois, que quiso hacer una carrera conmigo la primera vez que vine aquí, con alargado y delicado rostro y sus ojos luminosos, como los de su abuelo; Luis Augusto, mi esposo, con un cuerpo y una cabeza como dos pedruscos, de afectuosidad pura y párpados siempre entornados. Se vuelve y levanta la vista por encima de su hombro, como si él también me memorizara.

Corro hasta la capilla, que está vacía, y me apresuro por el pasillo, donde caminé de novia. Me arrodillo en el altar dorado y miro hacia la alargada silueta del Cristo yacente, ¡cómo murió por nosotros! Con la cabeza inclinada y los ojos cerrados, paso la hora de rodillas, rezando por la seguridad de mi esposo y la de mis hijos. Tiempo atrás, mi madre me dijo que cuando acudiese a Jesús, él me consolaría.

Luis me ha dicho que han destruido la Bastilla, pero es una fortaleza enorme y no entiendo cómo eso podría realmente ser posible.

Por fin, oigo sus pasos en el suelo de mármol. Ha venido a mi encuentro. Me levanto del altar y corro hasta él, que me abre sus brazos.

Me cuenta que ha suplicado apoyo al grupo.

—Por primera vez —dice con tristeza— me he dirigido a ellos como Asamblea Nacional. Les he dicho: «Ayudadme a asegurar la salvación del Estado. Es lo que espero de la Asamblea Nacional».

—Pero ¿qué ha pasado en París?

Empezamos nuestro paseo hacia sus estancias.

Ordeno que le traigan el desayuno al rey y, mientras come, me explica lo que ha oído, que el pueblo fue a los Inválidos en busca de armas.

—París es un polvorín y en cualquier momento puede explotar. —Naturalmente, los insurgentes se enfrentaron con las tropas que están bajo el mando de Besenval; mi viejo amigo, quien me distrajo en el Trianón cuando tuve el sarampión y me dolían los pechos por la leche acumulada, no se atrevió a ordenar el ataque porque muchas de las tropas se estaban uniendo al pueblo, que se hizo con cuarenta mil pistolas y cañones. Entonces nada más les faltaba la pólvora, que creían que estaba almacenada en la antigua fortaleza y prisión, la Bastilla.

La Bastilla fue asaltada con un coste de cien vidas. Los liberadores encontraron únicamente a siete prisioneros encarcelados en el conjunto de la vasta estructura, la muchedumbre enloqueció de júbilo.

Se llevaron la pólvora que encontraron. Le cortaron la cabeza al alcaide de la Bastilla, el marqués de Launay, con un cuchillo, como hicieron con las cabezas de varios más que intentaron enfrentarse con la muchedumbre. Sus cabezas se clavaron en picas y se exhibieron por las calles en medio de una terrible celebración en nombre de la libertad.

La Bastilla fue demolida hasta que no quedó piedra sobre piedra.

Mientras el rey me explica la espeluznante historia, tengo la impresión que la habitación se sume en la penumbra. Con una garra terrorífica, el hielo aprisiona mi corazón. ¿Qué puedo hacer para salvarnos? Recuerdo la agradable tarde (únicamente ayer, 14 de julio) con las jóvenes tropas. Al fin, mi esposo me dice:

—Quizá deberíais recoger vuestras joyas y hacer vuestros baúles.

—¿Adónde vamos?

—Reuniremos a nuestros asesores y generales y discutiremos la situación.

A lo largo del día, en ocasiones escucho el debate, pero una y otra vez veo la cabeza del marqués de Launay siendo echada hacia atrás y su garganta expuesta al filo de un cuchillo. Quizá nos maten si nos quedamos; nuestras propias cabezas serán brutalmente separadas de nuestros cuerpos. ¿Nuestra ausencia de Versalles no sería síntoma de nuestra derrota? Mientras imparto órdenes a los criados para que preparen las maletas, me pregunto si es acertado marcharse. Me parece a mí que por lo menos el rey y la reina deberían quedarse. Y yo no podría soportar separarme de mis hijos.

Pero no quiero que mis amigos estén en peligro. Yolanda es casi tan odiada como yo debido a su amor por mí. Le consulto a Luis sobre nuestros amigos, y decidimos que debe pedírseles que se vayan. Ninguno de ellos desea abandonarnos. Finalmente, el rey ordena a Artois que se vaya.

Pregunto si podríamos huir a Metz, que sigue siendo Francia pero con la tranquilidad de que está cerca de los Países Bajos controlados por Austria, el territorio gobernado por mi hermana María Cristina y su esposo. El leal mariscal de Broglie titubea; ha sido muy difícil para su orgullo tener que reconocer que no podía confiar en sus tropas para tratar de recuperar París. Al fin, levanta la vista; tiene los ojos rojos y su cara está tan arrugada que da la impresión de que ha envejecido 10 años más.

—Sí —contesta—, podríamos ir a Metz. Pero ¿qué haremos en cuanto hayamos llegado?

Llevo a Yolanda a un aparte y la miro fijamente con toda la fuerza de mi cariño.

—Me aterra lo que pueda pasar. —Su mirada es un reflejo de la mía propia y alarga el brazo para tocar mi hombro, pero yo continúo—: Ahora es el momento de que escapéis de la ira de aquellos que me odian.

El rey, que casi siente tanto cariño por Yolanda como yo, le dice que si no accede a marcharse, le ordenará que lo haga como ha hecho con su hermano pequeño.

Finalmente, mi esposo pide el voto de los ministros presentes sobre lo que deberíamos hacer. El voto determina que la familia real permanezca en Versalles.

A medianoche estoy demasiado exhausta para seguir de pie. Me siento en mi *secrétaire*, cercano a mi cama, y le escribo unas cuantas líneas de despedida a mi queridísima amiga. Es terrible escribir la palabra *Adieu* y la punta de mi pluma casi se trastabilla. Pero, al fin, temiendo que quizá no vuelva a verla nunca más, escribo la palabra, y de este modo entrego a mi amiga al cuidado de Dios: *Adieu*. Y le hago un regalo de quinientos luises.

Ya no podré ayudarle más, mi Yolanda, fresca y dulce como una baya.

Entonces me levanto y estiro la espalda. Afrontaré mi destino aquí en Francia, aunque a mis amigos no les confiaré las inenarrables posibilidades. Veo la cabeza de Launay sobre una pica.

Dicen que le han puesto una recompensa a mi cabeza, y a la de Artois y los Polignac. Al menos en Suiza estarán a salvo. Yo me quedaré junto al rey.

Cuando las carrozas se alejan traqueteando por la mañana, hacia Bélgica, reparo en que todos mis amigos van disfrazados con el fin de no ser reconocidos por la majestuosidad de sus atuendos. Yolanda va vestida para parecerse a una criada. Hacer eso resulta extraño. ¿Cómo puedo yo desempeñar mi papel, es decir, cómo puede una mantener su identidad sin el vestuario adecuado?

17 de julio

Le suplico al rey que no vaya a París.

Se limita a decirme que es necesario: él mismo debe decirle al pueblo de París que Necker recuperará su cargo como ministro de Hacienda. Luis debe mostrarles su lealtad para con su causa, la del tercer estamento.

—Si vais a morir en París —declaro yo—, dejadme acompañaros.

Declina suavemente mi petición y me recuerda que debo proteger a los niños.

Voy de nuevo a la capilla; rezo toda la mañana, y luego pido una silla para poderme sentar cómodamente con la cabeza echada hacia atrás y contemplar la imagen de Dios Padre que vuela por el techo con su barba blanca, y su pie descalzo penetrando en una nube.

A veces pienso en mis amigos, de viaje, y me pregunto cómo estarán con sus disfraces, viajando en sus carrozas. ¿Y qué pasará hoy con mi esposo, en París?

A media tarde, vuelvo a arrodillarme ante el altar. Sé que el rey tiene su propio coraje; jamás ha sido un cobarde. Aun así, rezo para que su corazón se fortalezca.

En un momento dado, oigo la voz de mi hijo. Está corriendo y su querido ayudante de cámara, Hüe, lo persigue. Ambos están absolutamente felices, y las mejillas de Luis Carlos están rosas debido al calor del verano. Pienso en el friso dorado con niños jugando que rodea la antesala del rey, el Ojo de Buey. Algunos de los juegos de los querubines dorados son pacíficos; pero algunos de los chicos juegan a la guerra. De pronto deseo ver la sala de nuevo y ese reino infantil principalmente pacífico que representa. Quiero ver el balancín. Los niños aparecen reflejados sobre una celosía de jardín de oro, y me recuerda los cuartos de jugar del palacio de Schönbrunn, con sus pinturas tropicales y coloridas de vegetación y pájaros. Para mi sorpresa, me doy cuenta de que estoy pensando en alemán.

Es en su antecámara, en la que esperamos juntos esas largas horas cuando Luis XV se estaba muriendo, donde el rey me encuentra. No he oído llegar a sus caballos. Desde que mis amigos han abandonado la corte, en Versalles hay silencio. No corro hasta él, sino que me deslizo tan silenciosa como un fantasma.

—De modo que habéis vuelto. Sois vos.

Luis, sobresaltado, suelta una carcajada.

—¡Ah…, tendréis que juzgar vos misma si sigo siendo yo!

—Tenéis algo con colores muy vivos en la mano. —Puedo apreciar los colores azul y blanco, y también rojo.

—Es la escarapela tricolor. El alcalde Bailly, al que yo he colocado, afirma que es el emblema de la nación francesa. Creo que nosotros lo consideraríamos el emblema de la revolución que ahora tiene lugar.

No me puedo creer que el rey esté en lo cierto al pensar que se ha producido una revolución. Yo no creí que fuera posible que el pueblo quisiese sublevarse contra un buen rey (bondadoso, ético, racional) como mi esposo. El demente Jorge III de Inglaterra y las colonias norteamericanas eran un asunto completamente distinto. La barrera física del océano entre los dos países hacía mucho más lógico que debieran existir como estados separados.

Sin embargo, en el siglo pasado, incluso dentro de las fronteras de Inglaterra, la Iglesia fue desafiada y el campo estalló en una revolución sangrienta. Pensábamos que éramos mucho más civilizados, en este siglo más avanzado, que los ingleses del siglo XVII.

Cuando escribo preguntando por el conde Mercy, ahora huido al campo y protegido por guardias, éste me confirma las palabras de mi esposo. Escrita con su propia y elegante letra, la respuesta del conde Mercy reza: «Con toda seguridad el poder de la Corona ha disminuido tanto que uno debe reconocer que se ha producido una revolución, por increíble que eso pueda parecer».

Cuando el embajador ruso en París viene a Versalles a visitarnos, lo oigo comentar de un modo muy respetuoso que «en Francia se ha llevado a cabo la Revolución, y la autoridad real ha sido aniquilada. Me refiero, naturalmente, a la forma a la que estamos acostumbrados».

—Entonces, ¿lo peor ya ha pasado? —inquiero. Me siento resignada y esperanzada a la vez.

—No podría ir tan lejos como para asegurarles esa idea a Vuestras Majestades —replica.

Entonces el rey pregunta:

—Si estuvierais en mi lugar, ¿no iríais tan lejos como para aconsejarles a nuestros amigos o al conde de Artois que regresaran?

—No, Vuestra Majestad, no lo haría —contesta, cogiendo un pellizco de rapé.

—El palacio parece embrujado ahora —comento—. Embrujado por el silencio. Siempre he adorado la compañía de mis amigos, pero ahora sus rostros y su presencia me parecen más valiosos de lo que las palabras pueden expresar.

El rey me observa con compasión.

—Es preciso nombrar a una nueva institutriz para los niños, dado que nuestra querida duquesa de Polignac se ha marchado a Suiza.

Me satisface pensar que mi querida amiga está a salvo.

—Sí. La nueva institutriz será la marquesa de Tourzel. Ya le he dado muchas vueltas al asunto. Es madre de cinco hijos y un dechado de virtudes. Estará acompañada de su hija Pauline, que tiene dieciocho años.

El último mes del verano de 1789 continúa transcurriendo de un modo muy tranquilo. Como ya no tengo a mis amigos adultos, me dedico más plenamente que nunca al Delfín y a Madame Royale, y a su educación. No desatenderé la educación de mi hija como fue desatendida mi propia educación, ni quiero que el Delfín reciba más atención educativa por parte de Madame de Tourzel de la que le corresponda a costa de María Teresa. A mi hija ya le gusta leer más que a mí. En ocasiones me lee en voz alta mientras yo hago mi labor de aguja.

El Delfín adora a su hermana, y es muy travieso. Tiene una gran imaginación y se inventa sus propias historias (¡incluso sobre nosotros!), mientras que su hermana mayor debe ser transportada por las palabras de otros a cualquier mundo que no esté directamente ante sus ojos.

Hay aspectos de las personalidades de mis dos hijos que me preocupan. Al igual que su padre, María Teresa no es tan cariñosa o encantadora como yo podría desear que fuera. Sin duda, a sus nueve años, se ha vuelto menos egoísta a medida que ha ido creciendo, pero a veces sigue siendo arrogante. Sin embargo, sé que mi muerte no la dejaría indiferente. Ama a su familia; soy una de sus posesiones y no querría perderme.

La sensibilidad del Delfín es completamente adecuada para su edad, pero necesita aprender a distinguir entre realidad y ficción. Carece de tacto y discreción, aunque eso también es debido en parte a que todavía tiene menos de cinco años. De hecho, el mundo que yo conocía a su edad prácticamente se ha evaporado de mi memoria, era muy insustancial. No controla sus nervios tanto como a mí me gustaría. Prefiere los gatos a los perros, sobre todo si son grandes o si ladran con fuerza. Sin embargo, los propios perros parecen un tanto nerviosos estos días.

¡Ah…! Recuerdo que mi madre decía que prefería los perros tranquilos y prudentes a los nerviosos y ladradores, por muy bonitos que fueran. Recuerdo haber usado a algunos de los grandes perros del palacio de Schönbrunn casi como cojines.

El verano ha dado paso al otoño, pero todavía hace bastante calor para disfrutar al aire libre en los jardines de mi Pequeño Trianón. El conde von Fersen me escribe diciendo que volverá justo cuando acabe septiembre y empiece octubre.

5 de octubre

¡Ah! Viene a verme al castillo y viene aquí al Pequeño Trianón, él, el hombre de nobleza más innata, el más guapo, el más amable y bondadoso y cariñoso (¡oh, sí, por encima de todo cariñoso!) del mundo.

Ha convertido este año tan terrible en uno de felicidad. Yo llamo a esos momentos «islas atemporales», ya que cuando él está conmigo, estamos fuera del tiempo y el espacio y entramos en un reino que con toda seguridad forma parte de la eternidad. En su compañía, no hay más mundo que el tierno tejido espiritual del propio amor; quizá sea como no haber nacido, cuando el mundo es perfecto y todas las necesidades están cubiertas; sin embargo, no tengo ninguna sensación de estar encerrada o recluida.

Hoy regreso al mejor de los nidos: la gruta revestida de musgo. Desde aquí puedo ver mi Pequeño Trianón e imaginar la sencilla elegancia de su interior. Quizá mi propia casa esté dentro de mí tanto como yo resido en ella. Pero aquí, entre las rocas, donde una cascada cae con más naturalidad que cualquier fuente, donde el musgo es el mejor colchón, donde el espacio definido es tan absolutamente artificial que es la misma esencia de la naturaleza; aquí, hoy, soñaré con los días felices del pasado.

Es casi mediodía, e incluso la hora del día me complace: la mañana se precipita hacia su punto álgido, cuando saluda al sol y se despide de él con un beso, y empieza su descenso. Es la cresta de la ola, la cumbre, y para mí el momento de soñar despierta, de recordar y saborear. Ser tan amada…, seguro que en el mundo material no hay nada que pueda compararse con la idea de conocer al ser amado y ser igual y completamente comprendida por éste. ¿Quién puede querer más?

Yo no, yo no, yo no. Estoy tan contenta que mi ser se disuelve sin límites. No soy nada y soy todo, soy todos los lugares y ninguno. ¿Qué otra palabra que no sea *felicidad* puede describir el encuentro de dos mentes afines?

Égalité es una de sus palabras, pero *ellos* conocen únicamente su significado amargo, únicamente la *ausencia* de igualdad, y jamás su materialización perfecta, que tan sólo puede experimentarse en privado, lejos del mundo juzgante. *Liberté?* El corazón siempre es libre; el centelleo repentino del sentimiento, el rápido chorro de la pasión, el suave resplandor del amor saciado. En todos estos estados, el corazón tiene su independencia y no será gobernado. El gran secreto es que puede cumplirse con todas las convenciones de la sociedad y el corazón *seguir* siendo libre. El corazón conoce lo que conoce, y conoce cuando es *sorprendido* en un éxtasis de reconocimiento.

¿Y qué más exigen ellos? *Fraternité*. No. *Amour*. Eso seguro que todo el mundo lo conoce. Hundo mis uñas en el frío musgo y me siento estúpida. ¡Qué más da la *fraternité*!; ¡desconoce tanto la *sororité*! La hermandad entre mujeres es todo solidaridad, la derrota absoluta de la dominación. ¿La fraternidad? Los hombres bien pueden irse a cazar, que es lo que hacen.

Esto es lo único que no entiendo de Fersen; por qué desea ser soldado. Por qué ha estado dispuesto a arriesgar su vida y nuestra felicidad con el fin de imponer la voluntad masculina sobre cualquier cosa que ésta vea. Pero a mí él no me impone su voluntad más que yo a él. Vamos y venimos como nos place. Y cuando está ausente, el momento en que tomo conciencia de él es exactamente el mismo que cuando está presente. Somos los amigos perfectos.

Esta trascendencia de la separación es lo que aprendí de las cartas que nos escribimos el uno al otro. Las líneas de la página que introducen su *mente* en el hábitat de mi mente representan su estado de ánimo y su ser de un modo sincero, uno que siempre es confirmado cuando él aparece en persona. ¿Hay algo tan lujoso como las conversaciones largas? Son el verdadero sello de la amistad. Casi, a través de las palabras de mis propios pensamientos, me lo puedo imaginar siendo; como recientemente ha sido. Lo puedo visualizar de pie bajo un rayo de luz que se cuela en esta gruta por una grieta en las rocas.

Ahora miro hacia fuera (puesto que esta hendidura se hizo precisamente con este objetivo) para ver sin ser vista.

Y veo que alguien se acerca. Un mensajero del mundo exterior.

Cuando llego al castillo, me entero de que un mensajero ha sido enviado en un caballo veloz a buscar al rey, que está cazando. Aquí están el
conde y la condesa de Provenza, y Madame Elisabeth, y el emisario del
secretario de la Casa Real, todos hablando al unísono: el pueblo de París ha iniciado la marcha hacia Versalles.

¿Por qué?

Ahora temen una hambruna de pan, porque la cosecha anterior se
ha consumido toda y la nueva todavía no está lista. Temen una contrarrevolución dirigida por el rey, sirviéndose de las nuevas tropas que han
venido a Versalles, y desean que nos traslademos a París donde pueden
vigilarnos.

¿Quién dirige a la gente?

Son las mujeres del mercado.

Recuerdo sus pieles curtidas, cómo subían y bajaban sus brazos obs-
cenamente, cómo trataron de que me avergonzara por no darles un heredero.

—¡Pero ahora ya hay un Delfín! —exclamo.

Elisabeth dice:

—Protestan por el elevado precio del pan.

El conde de Provenza dice:

—Quieren que el rey ponga remedio a la situación de escasez de empleo.

Me entero de que estas mujeres van armadas con hoces, picas y pistolas y que es a *mí* a quien culpan de la crisis financiera, de la hambruna del invierno pasado, del hecho de que el clima fuese más frío que
cualquier otro año de los últimos setenta y cinco. Soy yo, y no la Guerra
Norteamericana, la que he vaciado el erario, y yo la que he protagoniza-
do las miles de acciones pornográficas descritas en los panfletos, y yo, en
la mayor de las atrocidades, la que he arrastrado al rey a unas actividades que han dejado al pueblo desamparado. Ni siquiera yo me considero inocente, pero no soy una arpía y he vivido la vida que me ha sido
dada con tanta bondad como he podido.

Ellos me han apodado *L'Austrichienne*, y piden mi cabeza mientras
avanzan, pero lo que en realidad quieren es un «chivo expiatorio», alguien sobre quien volcar todo su sufrimiento y su desgracia y decepción
y rabia. Sí, si yo soy la única responsable y se deshacen de mí, piensan
ellos, todo irá bien. Son dignos de lástima.

No tienen más razón que un grupo de chiquillos enloquecidos hirviendo de furia.

Algunos de los ministros dicen que deberíamos huir a Rambouillet, algunos que hasta Normandía. Yo no iré a ninguna parte hasta que regrese mi esposo.

A las tres de la tarde el rey y su comitiva de cazadores suben cabalgando hacia el castillo. Vienen como un torbellino, como antiguos caballeros, sus caballos y ellos cubiertos de sudor y polvo. Pero en cuanto llegan, sé bien lo que pasará.

Hablan.

La indecisión de Luis impera. El tiempo transcurre mientras más y más gente llega de París.

Pero se han detenido en los patios. No entran en el castillo; todavía.

A las ocho de la tarde la gente sigue llegando y empieza a acampar en la gran Plaza de Armas. Torrentes de lluvia descienden sobre la muchedumbre; aun así mantienen pocas hogueras encendidas. Nos enteramos de que están matando salvajemente y asando caballos, y puedo oler la carne de los animales, cruda y sangrienta, cocinándose y quemada.

En un remolino de confusión, les digo primero a las damas que preparen a los niños para marcharnos. Luego les digo a las damas que el rey y yo y los niños después de todo no nos iremos. A continuación, les digo que los carruajes ya están preparados.

—¡Coged lo que podáis! ¡Deprisa!

Nos enteramos de que cuando nuestros caballos y carruajes salgan de las reales caballerizas, serán rodeados por la turba. Cortarán los arreos y robarán los caballos. Desaparecen en el mar de la gente que va a pie. Quizá maten a los caballos y se los coman.

Sí, podríamos ir en otros carruajes; nos los han ofrecido Saint-Priest y La Tour du Pin, sus propios carruajes esperan detrás del Invernadero de Naranjas. El rey y yo nos miramos. Al no poder ir en nuestros carruajes, hemos perdido el ánimo de huir; no entiendo mi propio sentido de la identidad. Además, llueve con tanta constancia que seguramente la lluvia ahuyentará a la gente, empapará sus espíritus.

Reparo en nuestra incapacidad para imponer nuestras voluntades en esta situación. Debemos esperar y ver qué pasa.

Algo ocurre. A medianoche llega el marqués de Lafayette, comandante de la nueva Guardia Nacional, que marcha con el pueblo. Dado que Lafayette le inspira confianza al rey, y Luis confía en él, mi esposo accede: es hora de irse a la cama. Aquí, frente a mí, está su ayudante de cámara, repitiendo con sus jóvenes y temblorosos labios las palabras del rey:

—Vuestra Majestad puede estar tranquila en lo que concierne a los acontecimientos que acaban de suceder. El rey solicita que Vuestra Majestad se vaya a la cama, como él mismo está haciendo en este momento.

¿Son las dos de la madrugada? Oigo unos sonidos anormales, forcejeos, peleas.

—¡Salvad a la reina!

Es la voz de un guardia de seguridad apostado en el cuarto de los guardias. Por los sonidos de la encarnizada lucha, sé que están matando a mis guardias, que sus cabezas están siendo arrancadas de sus cuerpos. Salto de la cama, me pongo una falda, algo me rodea suavemente los hombros, y corro hasta la puerta secreta recortada en la pared que hay junto a mi cama. Mis dos damas están detrás de mí, y corro por las habitaciones interiores hacia la entrada interior del Ojo de Buey.

¡La puerta está cerrada! Oigo mi propia voz gritando para que abran la puerta, para que mis amigos vengan en mi auxilio, y ¡de repente la puerta se abre! Un alguacil está de pie frente a mí. Lo adelanto corriendo, entro en la cámara del rey y me encuentro su cama vacía, pero hay gente para ayudarme, gente buena que me dice que en el comedor del rey estaremos a salvo.

Y al cabo de un segundo aparece Luis con nuestro hijo en sus brazos. ¿Y Madame Royale?

Hay una escalera interior que conduce a su habitación. Bajo por ella volando, después me detengo, y le digo con suma tranquilidad que debemos marcharnos rápidamente. Cojo a mi hija de la mano (¡qué delgada y desvalida es!) y la guío de vuelta con los demás. Aquí están Mesdames las Tías con sus peinados torcidos, y me alegro mucho de verlas y las abrazo con cariño.

Oigo una pelea encarnizada en el Ojo de Buey. Pero el Delfín ha cogido una silla y se pone de pie sobre la misma para poder llegar mejor a la cabeza de su hermana. Enrolla sus pequeños dedos en los cabellos de ésta. Se embelesa tocando, tocando suavemente su pelo, deslizando los mechones por sus dedos, enroscándolos alrededor de un regordete dedo índice. No tiene ni idea de que hay hombres peleando y muriendo al otro lado de la puerta.

De repente el Delfín dice:

—Mamá, tengo mucha hambre.

Fuera, en el patio, la gente se está congregando y grita.

—Tenéis que salir al balcón del Patio de Mármol —le dice Lafayette a mi esposo, que se limita a convenir asintiendo.

Primero sale Lafayette ante la multitud. Ésta se calla, como ante un dios.

—Habéis jurado lealtad al rey —chilla con una voz terrible—. ¡Juradla de nuevo!

—La juramos. —¡Menudo sonido! Son cientos, o miles, o cientos de miles de personas hablando al unísono, como si hubiera hablado una montaña. Por poco me desmayo.

«Agarraos fuerte, María Antonieta.»

Recuerdo. Recuerdo quién soy.

Ahora el rey y yo y nuestros hijos estamos en el balcón junto al héroe, pero mi esposo no puede hablar. Algunas personas empiezan a llorar al vernos. Puedo ver sus rostros fundiéndose en un pavor reverencial y una asombrosa mezcla de terror, amor y compasión.

Lafayette promete, en nombre del rey, que el pueblo tendrá pan de mejor calidad y más barato, madera para reparar sus casas. Pero la gente ya no está en silencio. Han empezado a corear, más y más fuerte, y luego a gritar su petición:

—¡A París!

Rápidamente, mientras Lafayette procura seguir con su discurso acerca del estado del país, el rey, los niños y yo nos volvemos a meter dentro. Pronto ya no puedo oír las palabras de Lafayette, aunque puedo ver un lado de su cara y la fuerza con que chilla. Pero ellos también están gritando.

—¡La reina! ¡Dejadnos ver otra vez a la reina!

Los niños empiezan a llorar. Los cojo de las manos; todos los que me rodean me suplican que no salga. «Apareceré ante ellos.» Y salgo al balcón, con los niños, al aire húmedo del exterior.

—¡Sin los niños!

«¡Ay, entonces quizá quieran matarme!» Mejor estar sola. Mis manos giran primero a María Teresa por los hombros, luego empujan suavemente al Delfín por el centro de la espalda, y están dentro. Ahora me vuelvo y simplemente hago frente a la gente. Me invade la tristeza, pero les hago frente. El miedo me abandona. Inclino mi cabeza. A continuación inclino mi cuerpo en una profundísima reverencia. Cruzo mis muñecas frente a mi corazón. Mis fuertes piernas de bailarina aguantan, aguantan, aguantan la reverencia.

—¡Larga vida a la reina!

Es más de lo que me había atrevido a esperar. El grito es repetido. Una y otra vez hasta que el patio resuena con él. Pero también hay otro grito:

—¡A París! ¡A París!

El pueblo desea poseer al rey y la reina.

Lentamente, con dignidad, me enderezo y asiento con la cabeza, a la izquierda, al frente, a la derecha, de modo que ningún grupo, al margen de dónde se encuentre, sea ignorado. Después vuelvo a entrar en la cámara del rey de Francia, y del soberano anterior a él, y del anterior a él.

Primero cojo a mi hijo en brazos y lo limpio con mis lágrimas. Luego le susurro a Madame Necker el que sé que será nuestro destino: nos llevarán a París, precedidos por las cabezas de nuestros guardias de seguridad clavadas en picas.

Fuera, la gente clama y clama hasta que sabemos que debemos presentarnos ante ellos.

En esta ocasión el rey habla enérgicamente con voz clara y segura:

—Amigos míos, iré a París con mi esposa y mis hijos. Ellos son mucho más valiosos para mí que mi propia vida, y os los encomiendo a vos, mis leales súbditos, confiando en vuestro amor y vuestra bondad.

Volvemos a entrar. En mi propio apartamento, me apresuro a poner mis diamantes en un cofre para llevármelos, y regalo otras piezas de joyería a quienes han estado a mi servicio. Percibo un brillo extraño en un broche de rubí, y luego veo que está saliendo el sol y un rayo de luz se ha colado por una abertura de las cortinas para alcanzar el corazón de la piedra preciosa y hacerla resplandecer.

—Está amaneciendo —le digo con suavidad a mi hija—. Id a verlo.

—Y entonces recuerdo, y el recuerdo es amargo como la hiel en mi lengua, que las calumnias sobre mí empezaron cuando deseé inocentemente ver un amanecer. Ése fue uno de los primeros panfletos que dejaron mi reputación por los suelos y comenzó a preparar el odio y vilipendio de mi imagen.

El viaje para recorrer los escasos diecinueve kilómetros entre Versalles y París dura siete horas, tales son las multitudes apiñadas en la carretera. Durante el viaje, mi esposo está completamente callado. Yo estoy sentada, como petrificada. Pero puedo oír los gritos fuera del carruaje:

—¡Traemos de vuelta al panadero, a la esposa del panadero, y al hijo pequeño del panadero!

El Delfín, medio dormido en mi regazo, masculla con voz de bebé:

—Hacedme un pastel.

Cuando llegamos a las verjas de la ciudad, vemos que París ha venido a recibirnos. Ahora en la fase de amor de su paroxismo de odio y amor, sus rostros agotados y malhumorados nos sonríen. Sus caras están rosas, y bronceadas, algunas pálidas, algunas cetrinas (¡qué diversas complexiones puede adoptar la carne!). Veo una cara negra y recuerdo al pequeño paje negro de Madame du Barry. Por primera vez, me pregunto sin malicia cómo será su vida. ¿Es esta gente feliz y ansiosa la que ha marchado hasta Versalles, o son éstos otros ciudadanos más benévolos?

El alcalde Bailly, que es también un hombre de ciencia, un astrónomo, viene hacia nosotros. Por un horrible instante, me parece que lleva la cabeza llena de manchas de Luis XV.

No, es un cojín de terciopelo oscuro, y sobre él, bajo los rayos del sol vespertino, centellean las llaves de plata de la ciudad.

Sosteniendo el cojín y sus llaves con los brazos alargados, el alcalde Bailly declara con suma sinceridad:

—¡Qué día tan maravilloso, señor, en que los parisinos dan la bienvenida a Vuestra Majestad y a su familia a su ciudad!

—¡Larga vida al rey! —chillan ellos.

El alcalde Bailly se vuelve a Luis y le dice en privado:

—Enrique IV, el ilustre antepasado de Vuestra Majestad, conquistó en su día París como general. Ahora el reto de la ciudad es conquistar a Luis XVI con nuestros corazones.

Sospecho que el alcalde está intentando desplegar sus conocimientos históricos, así como su afable ingenio. Para mí, sus palabras destilan amarga ironía.

El rey responde en voz alta, con asombrosa cordialidad:

—Entre los respetables ciudadanos de mi buena ciudad de París, siempre siento un inmenso placer y alegre confianza.

Mi esposo representa tan bien el papel de un rey que disfruta con sus súbditos y las acciones de éstos que casi me creo que se ha convencido a sí mismo de que nos alegramos de estar aquí, a salvo entre súbditos leales.

ACTO QUINTO

LAS TULLERÍAS, PARÍS;
OTOÑO E INVIERNO DE 1792

Por la mañana me despiertan un soprano solista a un lado y un coro de cantantes al otro, en una especie de arreglo coral. Sí, sé dónde estoy. Estoy en el palacio de las Tullerías, en París, donde conservo una segunda residencia, aunque los reyes de Francia no han hecho de este sitio su hogar desde hace casi 200 años. Inspiro profundamente y huelo el polvo antiguo del lugar. Luis XIV se marchó de París para crear Versalles.

El solista no es un cantante; es la voz aguda de mi hijo, el Delfín, y me dice una y otra vez con voz cantarina:

—Mamá, ¿podría hoy ser todavía ayer? ¿Hoy es igual que ayer? Esto es feo, mamá, y está sucio. ¿Es esto como ayer?

Abro los ojos del todo y alargo mi brazo hacia él mientras permanezco aún tumbada en la cama. Mientras lo abrazo, él golpea el suelo con un pie.

—¡Haced que mañana sea diferente, mamá!

—Estamos en el palacio de las Tullerías, un alojamiento que jamás criticaremos de ningún modo, hijo mío. Fue lo bastante bueno para Luis XIV, y no debemos ser más exigentes de lo que era él.

Entonces, procedente de la terraza, oigo no un coro de contraltos, sino el airado murmullo de ordinarias voces femeninas. ¡Ah...! Debo vigilar esta tendencia de transformar los demonios en ángeles o no tendré ingenio para sobrevivir. Lo más deprisa posible, me visto, me pongo mi sombrero, abro las puertas de cristal que nos separan de la terraza, y salgo fuera.

Frente a los rostros de ira, sonrío y les deseo los buenos días a las mujeres del mercado congregadas en la terraza.

Varias de ellas, de pronto, se quedan congeladas en la actitud que sea que casualmente habían adoptado antes de mi aparición. Intimidadas en presencia de la realeza, son como estatuas. Otras se excitan más y piden explicaciones.

—Por favor —les digo con amabilidad—, decidme exactamente lo que deseáis explicarme. Es mi honor y mi placer atender a vuestras preguntas.

—¿Por qué tenéis sirvientes como si todos no fuéramos iguales y vos fuerais una privilegiada?

—No he decidido yo tener sirvientes. Me gusta vestirme sola y vestir a mis hijos, incluso como vos hacéis. Los criados llevan tanto tiempo siendo una costumbre de la corte que la gente ha olvidado que la vida puede vivirse de otro modo. Pero yo intento, cada día, hacer más y más tareas por mí misma. Si despidiera a mis sirvientes ahora mismo, no tendrían manera de ganarse la vida. Sin duda, os podéis imaginar lo que supondría verse súbitamente desprovisto del sueldo para vivir.

Les complace la humanidad de mi respuesta, y les pido que formulen las preguntas que quizá quieran hacerme.

En tono furioso, una me pregunta por qué habíamos planeado sitiar su ciudad el 14 de julio.

—Es cierto —respondo— que los soldados se estaban agrupando en las afueras de París, pero eso era porque se había detectado un brote de violencia en determinados barrios de la ciudad. La presencia de los soldados era para proteger a los buenos ciudadanos de París. Os ruego que recordéis que los soldados no abrieron fuego sobre los ciudadanos cuando éstos quisieron entrar en los Inválidos. Fueron los defensores de la Bastilla que ya estaban en la fortaleza quienes trataron de defenderla, lamentablemente con muertes como resultado. Nuestros soldados ni atacaron ni habrían atacado jamás a la buena gente de París. Mi corazón se llena de tristeza cuando se derrama cualquier sangre francesa. No es lo que yo deseo. El rey y yo siempre trabajamos por la paz y la reconciliación.

Me sorprende ser capaz de decir la verdad exacta dentro del contexto de darles respuestas dirigidas a tranquilizarlas. Me sorprende que, usando la voz que empleo sobre el escenario, sea capaz de proyectar mis palabras con claridad para que puedan oírme sin que pierda, al mismo tiempo, ni un ápice de su dulzura.

—Sería un delito que el rey abandonase el reino. ¿Por qué fomentáis una huida ilegal de nuestro soberano?

Ahora les explico que el rey no desea marcharse, que estamos en nuestro nuevo hogar en las Tullerías, y que siempre será mi deber y mi honor vivir junto a mi esposo. Veo que creen en mi lealtad al monarca, y en consecuencia hacia ellas, puesto que ellas se identifican con la persona del rey de un modo que forma parte de su fe religiosa. Creen en mi lealtad a Luis, ya que yo misma creo en ella.

—¿Es cierto que habéis amamantado a vuestros propios hijos, como hacemos nosotras?

—Es cierto —respondo con sencillez.

Y de pronto nuestra conversación gira en torno al cuidado de nuestros hijos, y a la educación, y a *sus* dificultades para poder pagar la comida y la ropa adecuada para sus familias.

Antes de volver al interior del palacio, aquellas que están más cerca preguntan si pueden quedarse con una flor o un lazo de mi sombrero como recuerdo de nuestro encuentro.

—Será un placer —contesto, alargando la mano para extraer un aciano azul de la cinta de satén que rodea mi sombrero.

Cuando entro de nuevo en la habitación, me sorprende ver a mi esposo y al conde von Fersen allí de pie.

—Vuestra Majestad ha amansado a las bestias salvajes —comenta el conde.

—Únicamente he hablado con ellas —respondo con modestia. Mi corazón late deprisa por el éxito del encuentro, un éxito en el que cuesta creer. Sigo viendo ante mis ojos los rostros de las mujeres, a medida que sus facciones pasaban de la hostilidad a la simpatía.

—La simple voz de Vuestra Majestad hablando suena a música —continúa Fersen, inclinando su cabeza hacia mí.

—Sabía que deseabais darle las gracias al conde —afirma mi esposo, sonriéndome—, como yo ya he hecho, por estar entre aquellos que consideraron importante estar aquí en las Tullerías cuando llegamos ayer noche, para que pudiéramos ser recibidos por rostros amables y familiares.

El conde von Fersen nos explica a ambos que ha puesto en venta sus caballos y su casa de la villa de Versalles y que busca una residencia cerca de París, pero yo estoy reviviendo el horror de nuestro viaje, las sangrientas cabezas clavadas en picas, los gritos de dolor cuando nuestro guardia de seguridad era degollado, las terroríficas caras que he visto justo ahora cuando he salido a la terraza.

—Querida, estáis temblando —afirma el rey.

—Intento mostrar calma en todo momento —replico—, pero no puedo controlar estos temblores. —Y entonces empiezo a sollozar.

Mi esposo me abraza con ternura mientras el conde von Fersen, tensando el rostro por la compasión, se pone cortésmente de espaldas a la escena. *¡Ah, mi caballero!*

Cuando ya no me tiembla la mano, le escribo una nota al conde Mercy usando como dirección las Tullerías, París: «Estoy bien. No debéis preocuparos».

El rey y yo no tardamos en dar una vuelta por el palacio, cuya construcción empezó hace mucho tiempo, en el siglo XVI, la reina Catalina de Médicis y terminó Luis XIV antes de trasladarse a Versalles. Dado que aquí hay cerca de 400 habitaciones, no pretendemos verlas todas. Deben seguir siendo «tierra desconocida», comenta mi esposo, como ciertamente sucedía con determinadas zonas en los mapas antiguos. Elige tres habitaciones de la planta baja con vistas a los jardines para su estudio, donde meditará sobre geografía. El apartamento inmediatamente adyacente ha sido redecorado por la condesa de La Marck, y le pido a Luis que compre su mobiliario para mí, y pido que algunos de los muebles hechos por Riesener los trasladen aquí desde Versalles, sobre todo el pequeño tocador mecánico que tanto me gusta.

En un acto que parece que forme parte de un mundo de ensueño, oigo que los cortesanos se refieren a algunas de las habitaciones de aquí con los nombres de estancias que han servido para estas funciones en Versalles: aquí también hay una antecámara llamada Ojo de Buey, a pesar del hecho de que esta antecámara no tiene una ventana ovalada que se asemeje al ojo de un buey.

Tal como requiere el protocolo, todos los ministros extranjeros nos hacen una visita oficial en nuestra nueva residencia para que las actividades puedan ser reanudadas. Cada vez que uno de ellos me expresa sus muestras de simpatía, apenas puedo reprimir las lágrimas. Cuando el embajador español me pregunta cómo se siente el rey, no puedo ocultar la verdad: «Como un rey cautivo».

Durante los siguientes días continúo con mis labores de aguja, entre mis damas, y superviso la educación de mis hijos junto con la marquesa de Tourzel. La princesa de Lamballe, que ha estado enferma, se instala en las Tullerías, pues sigue siendo la superintendente de la casa.

Me apresuro a abrazarla, y la llamo una y otra vez «mi querida amiga». Está un poco pálida (por su enfermedad, me explica), pero está tan hermosa como siempre, con su brillante pelo enmarcando sus bondadosos y separados ojos.

Y aquí está Madame Campan, que ha respondido a mis llamadas, y que me mira con gran aprobación.

—Viva donde viva Vuestra Majestad —comenta—, a cuantos la rodean les ofrece el mismo encanto y consideración. Todos los que están en la misma sala que ella desean acercársele y calentar sus manos con el resplandor de su amabilidad.

Cuando me pregunta en privado cómo estamos, le respondo al oído, confidencial y discretamente:

—Los reyes que se vuelven prisioneros no están lejos de la muerte.

Me resulta imposible expresarles cuánto valoro su presencia, y también la de Madame Elisabeth, que ha sido amiga mía desde que era una niña pequeña y observaba cómo yo abría los cajones del enorme cofre con las joyas por mi boda. Lamento que Elisabeth parezca hacer suyos los principios de los emigrados, encabezados por su hermano Artois, que exige que la realeza no pacte con los revolucionarios.

El rey y yo, que vivimos entre ellos, sabemos que la única esperanza para mantener cualquier clase de monarquía en Francia es pactar. Por este motivo tengo la intención de trabar amistad con el radical conde de Mirabeau, quien, pese a sus nobles orígenes, es, en realidad, portavoz de la Asamblea Nacional. Siento una tremenda aversión por él, casi de naturaleza física, como sentía por la condesa du Barry.

Madame Campan me pide que me acerque a la ventana para ver lo que está haciendo el Delfín en este momento bajo la atenta mirada de su guardia. Un pequeño grupo de bretones que están de visita se ha aglomerado detrás de la reja para observar cómo juega, y él se hace el simpático con ellos dándoles flores tardías de los jardines; crisantemos de color bronce. Pero de pronto los ha arrancado todos, y la gente le sigue sonriendo, esperando. Improvisa rápidamente. Arranca las hojas de un arbusto de lilas, desmenuza con cuidado una hoja en pequeños trozos verdes y se los ofrece a aquellos que alargan sus manos entre los barrotes. Su cortesía infantil conmueve a algunos de ellos y les hace saltar las lágrimas, y a su madre también.

Parece extraño que importemos a las Tullerías las costumbres de Versalles, incluido el acto oficial de levantarse de la cama por las mañanas y acostarse por las noches, rodeada por cortesanos que nos dan o nos quitan diversas prendas de nuestro atuendo en el ritual de cambiarnos de vestimenta. Los sofisticados procesos del *lever* todas las mañanas y del *coucher* antes de meternos en nuestras camas son más tediosos e inútiles que nunca.

Pero estas ceremonias marcan el paso de los días, y el paso del otoño al invierno.

Durante el máximo tiempo posible (hasta que llegue el tremendo frío), animo al Delfín a que juegue fuera en el patio, por el bien de su salud. Ahora que paso más tiempo con mis hijos y menos con la corte, mi propia salud mejora. El querido Delfín jugando se ha convertido, con lo pequeño que es, en una especie de atracción escénica en París. La gente lo adora y viene a observar cómo introduce sus pequeños barcos en los estanques que hemos hecho construir. A veces se queda hipnotizado delante de la pajarera del patio y contempla el revoloteo de los pájaros. En ocasiones, él aletea sus pequeñas manos y dedos como si también fuese a volar.

Dado que le hemos enseñado a contestar a cualquier observación, amable u hostil, con real elegancia, y dado que aún no tiene cinco años, después de haber hecho un oportuno comentario a alguien corre hasta nosotros y nos susurra al oído, con voz bastante alta: «¿Eso ha estado bien?» o «¿He hablado con amabilidad?»

Por las noches les escribo cartas a los amigos que no pueden estar conmigo: al conde von Fersen, cuando se ausenta como enviado de Gustavo III, o a la duquesa de Polignac. Todavía no sé si volverá algún día. Mientras Fersen viva en su cuerpo no me cabe duda de que tendré el placer de verlo de nuevo.

Le escribo a Yolanda:

El rey y yo vivimos en el mismo apartamento con los niños, que casi siempre están conmigo. Ellos son mi consuelo. Le chou d'amour es encantador, y lo quiero con locura. Sin pudores, corresponde a mi amor a su manera. Está bien, crece fuerte, y ya no tiene rabietas. Todos los días pasea o juega en el patio. Detrás de un acebo o sentada al otro lado de un tejo en el jardín, me sitúo discretamente; casi fuera de su vista, pero cerca, al alcance de la mano. De ese modo tengo la sensación y la tranquilidad de que está más protegido delante del impredecible público de París.

En cierta ocasión, le preguntaron al Delfín si prefería vivir en París o en Versalles. Como un pequeño diplomático, respondió: «En París, porque veo mucho más a papá y mamá».

Temo la proximidad del invierno, el último estuvo entre los más crueles de la historia reciente. Aun cuando ahora estamos cautivos y nos mantienen dentro de nuestra jaula en el corazón de París, si bien salimos para dar paseos en carruaje y a pie, a veces para ir a misa, si el invierno es duro, seguro que nos culparán a nosotros. Vivimos en el espacio que nos han asignado. Os alegraréis de que vea a Rose Bertin de cuando en cuando, aunque el presupuesto de mi guardarropa ha sido reducido a un tercio.

24 de diciembre de 1789

Esta noche me preparo yo sola para meterme en la cama porque es el día más feliz de mi vida.

—Quiero estar a solas —les digo a mis criadas—. Esta noche no habrá un interminable *coucher*. Id con los que os esperan. —Les sonrío con timidez—. Esta pequeña laxitud de las convenciones es otro regalo que os hago.

Es la noche del nacimiento del Niño Jesús, y he estado en misa y reflexionado sobre los milagros de Dios. *Me agacho para quitarme los zapatos, los tacones achaparrados y marcadamente curvos me recuerdan una vez más una tetera en miniatura.* Mi milagro más preciado es el regalo de mi propio hijo (Luis Carlos) y le he pedido a Dios que le conserve la salud y le ayude a crecer de tal modo que se gane el favor de Dios y de los hombres. Me saco la falda de encima, toda rigidez y ceremonia, y luego la suave camisa que forma con ella un charco en el suelo. Durante la misa, el olor a incienso ha llenado nuestras aletas de la nariz como una bendición mientras nos arrodillábamos y rezábamos y dábamos las gracias por el advenimiento del Niño Jesús.

Me pongo el camisón, suspendido momentáneamente sobre mi cabeza como una nube lista para descender. Y le he pedido al santo Niño Jesús que bese (¡oh, con la máxima ternura!) la mejilla de mi primogénito, Luis José, que ya se ha reunido con ellos. No puedo pensar en su nombre sin llorar.

Aquí tengo un pañuelo, en el bolsillo de mi camisón. Aquí hay un poco de suave estopilla adornada con encaje que ocupa casi tanto como el diminuto recuadro blanco de tela de su centro, con el que me enjugo la nariz y las mejillas. Aquí en mi mano, este pequeño pañuelo blanco es un emblema de las cosas de este mundo. Hermosas quizá (por lo menos para mi vista) y totalmente inadecuadas para la función que se espera de ellas. Un pañuelo está destinado a enjugar las lágrimas. Pero ¿y qué hay de la pena?

¡Ah! La música navideña, tan angelicalmente cantada por los niños pequeños con sus túnicas.

El Delfín tiró de mi manga y me dijo:

—¿Puedo cantar yo también, mamá?

Yo le he sonreído y le he dicho:

—Después. —Y entonces, sobre la cabeza de mi hijo he captado la paternal mirada de mi esposo, y justo detrás de éste, la mirada que contiene toda la comprensión en su cálido brillo, la del conde von Fersen. Pese a todas sus diferencias, sus rostros reflejaban lo mismo: estaban felices por mi felicidad.

¡Qué pacífico ha sido todo! ¡Qué quietud y bendito júbilo había contenidos en la catedral en Nochebuena!

¿Y por qué este 24 de diciembre ha sido el día más feliz de mi vida? El conde von Fersen ha pasado conmigo el día entero. Cuando se ha levantado para marcharse, me ha pedido que adivine lo que le escribirá a su hermana, a quien le confía todo sobre nuestro vínculo. Aunque yo no he conocido nunca a su Sofía, la quiero con todo mi corazón, porque ella quiere a Axel como yo. Es mi gemela.

Entonces los dos hemos pronunciado las mismas palabras simultáneamente:

—Imaginaos mi gozo.

Aunque han pasado un calentador entre estas sábanas, mi propio cuerpo, mientras me deslizo entre el lino, está todavía más caliente. Tiro de las colchas hasta cubrir mi nariz. Recuerdo la catedral iluminada con velas, y vuelvo a oír las reverberantes canciones de tiempos medievales que cantan a la «Navidad» y que a día de hoy continúan haciéndolo.

Me digo a mí misma que este cruel año, 1789, pronto llegará a su fin.

Y cierro los ojos apretándolos con fuerza mientras prometo tocar las cuentas de mi rosario hasta que me quede dormida, rezando para que el año del terrible cambio termine.

EL NUEVO AÑO, LAS TULLERÍAS, 1790

4 de febrero de 1790

Un día de discursos.

El rey pronuncia el suyo ante la Asamblea Nacional, y en el discurso se refiere a sí mismo como «la cabeza de la Revolución».

En las Tullerías, los diputados se presentan en la terraza y yo salgo fuera para hablar con ellos. Empiezo con un gesto. «Messieurs, contemplad a mi hijo.» Sé que quieren de *L'Austrichienne* alguna manifestación de su lealtad a Francia, y por eso hablo de «la nación que tuve la gloria de adoptar como propia cuando me uní con el rey».

27 de marzo de 1790

¡El cumpleaños del Delfín! Tiene cinco años.

Tras recibir sus regalos (este año nada adornado con joyas), le recuerdo nuestra visita reciente a un hospicio de niños abandonados. Le vuelvo a susurrar: «No olvidéis cuanto habéis visto. Algún día deberéis extender vuestra protección precisamente a esos niños desdichados».

Semana Santa, 1790

Que mi esposo aún sea rey y que yo sea todavía reina y que tengamos el privilegio de poder lavar los pies de los pobres, una antigua costumbre de los reyes y reinas de Francia, me llena el corazón de humilde dicha. Cada instante que paso de rodillas frente a ellos doce es un instante dichoso.

Veo las lágrimas en las mejillas del rey mientras coge agua y la echa sobre el descalzo pie derecho de cada uno de estos pobres hombres y mujeres, vestidos aquí con ropas nuevas. Humilde y modesto, veo moverse sus gruesos labios: «Que el Señor os bendiga y os proteja». Yo voy detrás de él, y cogiendo la servilleta proporcionada a cada pobre con este fin, la paso en un solemne ritual sobre el pie mojado, secando donde el rey ha lavado.

A decir verdad, alguien más ha frotado ya minuciosamete sus pies y quitado la suciedad de debajo de sus uñas, por lo menos del pie derecho al descubierto.

Hay algo real en la desnudez, hasta yo misma desnuda cuando era niña, el pie descalzo pintado de Dios Padre en el techo de la Capilla Real, o el pie de un pobre parisino. No puedo evitar recordar la extrema limpieza de mis vacas, en la «aldea», cuando yo decía que deseaba ordeñarlas. ¡Y el cubo! Hecho de la mejor porcelana. Qué divertido era dar uno o dos tirones a las ubres de las vacas, bastante parecidas a los dedos de los pies largos y limpios, aunque yo nunca ordeñé una sola gota de leche. Una auténtica granjera obtendría la leche rápidamente. Con una taza ancha de borde dorado, yo me acercaría la espumosa leche a los labios para tomar un sorbo caliente.

Casi temerosos de que se los lleven al mismísimo cielo, estos doce pobres vuelven a meter deprisa los pies en sus zapatos. Ahora se sienten otra vez ellos mismos y a salvo en suelo conocido. Puedo verlo en sus asustados rostros.

Se apresuran hacia las cajas de madera llenas con las cosas que necesitan llevarles a sus familias.

8 de abril de 1790

Hoy es la primera comunión de María Teresa.

Este acontecimiento sagrado no se celebra como se habría hecho antes de la Revolución. Mi esposo no asistirá al oficio religioso y yo lo haré sólo de incógnito.

Pero tenemos nuestra pequeña ceremonia privada anterior a la de la iglesia.

Hablándole con suma ternura a su hija, Luis le explica que no puede recibir de regalo los habituales diamantes que han caracterizado semejante día sagrado.

—Sois demasiado sensata para preocuparos por las joyas —le dice—. Y sois demasiado sensible para querer tales objetos cuando el pueblo sigue necesitando pan.

El rey pone la mano sobre su cabeza para decir una oración de bendición, y me invita a mí también a secundar su acto.

—Misericordioso Rey del Cielo, bendecid a mi querida hija cuyo destino es aún un misterio, continúe su crecimiento en Francia o en otro reino. Dadle, os lo ruego humildemente, la gracia para complacer y cubrir las necesidades de mis otros «hijos», el pueblo de Francia sobre el que me habéis dado dominio.

El 12 de mayo, el alcalde Bailly de París le da al rey una medalla de oro y a mí me da una de plata, con una de bronce para el Delfín. Todas nuestras medallas llevan este lema: «De ahora en adelante convertiré este lugar en mi residencia oficial». Quizás estas medallas sean pasaportes afortunados. En verano, con el fin de escapar del calor de la ciudad, la Asamblea Nacional nos permite a todos, más que milagrosamente, trasladarnos a Saint-Cloud. Justo en las afueras de París, Saint-Cloud me la compró el rey a mí tras el nacimiento del Delfín. Recuerdo lo cómodo que era quedarnos allí y venir a París para las óperas y los bailes, antes de que nuestra popularidad disminuyera.

Mientras viajamos hacia Saint-Cloud, les recuerdo a los niños que el imponente chorro de agua se eleva a 30 metros de altura en el aire porque su embalse está localizado en la parte superior del risco sobre los jardines. Mi esposo proporciona la explicación científica de que el agua busca su nivel original.

—Y la Gran Cascada —intervengo yo— es tan hermosa, ¿os acordáis?, que hasta el gran escultor italiano Bernini, que a menudo menospreciaba todo lo francés, exclamó al verla: *¡É bella! ¡É bella!*» —Durante nuestro viaje hacia Saint-Cloud estoy tan feliz como lo estaba en la infancia cuando dejábamos el palacio de Hofburg, en Viena, para pasar el verano lejos de la ciudad, en el palacio de Schönbrunn.

Para mi sorpresa, en Saint-Cloud un día me doy cuenta de que me estoy riendo. Pronto descubro que ya no me pongo los vestidos aburridos y feos de París. Llevo los atuendos ligeros que últimamente se han puesto de moda. Si bien he perdido las durezas de mis dedos que hacen que tocar el arpa sea un placer, puedo sin embargo tocar las teclas de marfil y madera del clave sin que me duela, y no tardo, ¿por qué?, ¡en cantar mientras toco!

Todas las noches viene a verme el conde von Fersen, que le ha pedido prestada al conde Esterhazy su cercana casa.

Pobre Saint-Priest, me ha advertido de que corre el rumor de que un guardia sorprendió al conde a las tres de la madrugada por los jardines y casi lo arrestó. «¡Ah! Debéis decirle al conde que sea más discreto, si estáis preocupado —contesté—. Por lo que a mí respecta, dejé mi interés por los rumores en Versalles.»

Las palabras de mi amigo me susurran por la noche, aun cuando él ya no está en mi presencia: *Sois la criatura más perfecta que conozco… Es vuestro coraje el que hace que mi alma se estremezca, y vuestra dulce bondad… Sois un ángel… Sois tan maravillosa conmigo que os lo debo todo… Vivo para serviros… Mi única tristeza es no ser capaz de consolaros plenamente… Merecéis un consuelo más completo del que yo os puedo ofrecer.*

Jamás ha habido un hombre tan caballeroso. Jamás la felicidad de una mujer ha sido protegida tan absolutamente. Su sensibilidad está hecha de fortaleza y valentía y, al mismo tiempo, de suma ternura. Con total modestia, él les oculta a los demás el lugar que ocupa en mí.

Sois un ángel. Es la realización de la tarea que me encomendó la emperatriz cuando me marché de Austria. *Haced tanto bien entre el pueblo francés que puedan decir que les he enviado a un ángel.*

Los franceses no piensan eso de mí. Pero yo lo he hecho lo mejor que he podido.

Curiosamente, formo otra alianza. El 3 de julio, el otrora noble Mirabeau del cabello como la melena de un león viene a visitarme. Me equivoqué al considerarlo un traidor cortado por el mismo patrón que el duque de Orleans. Sí, colabora con la plebe, pero también es un monárquico tan ferviente como Fersen. Es la nobleza, pero no la monarquía lo que él revisaría por el bien del pueblo. Mirabeau cree, al igual que el rey y yo, que debemos pactar con aquellos que están aquí, en Francia, y no conspirar con los que se marcharon al extranjero cooperando secretamente con potencias extranjeras para una contrarrevolución. Aunque en el pasado nos ha escrito cartas expresando estas ideas al rey y a mí, escucharle hablando es una experiencia mucho más convincente. Es apasionado y absolutamente sincero. Su rostro áspero y marcado por la viruela resplandece con su pasión por Francia.

Pese a su historial de persona disoluta me veo atraída por él mientras habla. Su mirada no es tan luminosa como una brasa en su cabeza. Es todo rudeza mientras que Luis XV era todo elegancia, pero el irresistible poder de ambos hombres es innegable.

Y Mirabeau me manifiesta un enorme respeto.

Cree que quizá necesitemos abandonar París, pero únicamente para irnos a alguna otra parte de Francia, donde haya más lealtad a la Corona. En este momento inclino un instante la cabeza, recordando las súplicas de Fersen de que todos deberíamos huir. Yo, sin duda, quiero irme de aquí enseguida, pero el rey no está seguro. Sí, será difícil volver a París después de la libertad de Saint-Cloud.

14 de julio

Este día debemos abandonar Saint-Cloud con el fin de asistir a la fiesta de la Federación, una nueva festividad parisina en honor de la destrucción de la Bastilla.

Han creado un inmenso anfiteatro para celebrar esta enorme atrocidad. El Campo de Marte puede albergar a 400.000 personas. Han erigido algo muy parecido a un templo pagano, con un altar e incienso, para homenajear a la diosa de la Libertad. No sabía que prosperaba con la sangre.

Aunque es un día de una lluvia torrencial, como si los cielos estuviesen llorando por este obsceno espectáculo, debemos participar. Las parisinas llevan vestidos blancos con las escarapelas azules, blancas y rojas en sus cabellos y lazos tricolores adornando sus vestidos. Están felices por el triunfo, arrogantes e insolentes. Cuando aquellas que tienen paraguas intentan levantarlos contra el diluvio, la turba grita: «¡Paraguas no!», ya que los paraguas obstaculizarían la vista a la que se consideran con derecho.

Encabezados por Talleyrand y el obispo de Autun, simulan la celebración de una misa, pero han olvidado sus principios cristianos, los mandamientos de la obediencia y de no matar.

Ahora exigen que su rey preste juramento de lealtad a la nueva constitución y sus leyes.

Mientras aplauden, levanto a nuestro hijo para mostrarles el futuro. Lo levanto tan alto como puedo de modo que su dulce rostro flote como un pequeño globo sobre sus cabezas.

Ahora chillan embelesados: «¡Larga vida a la reina! ¡Larga vida al Delfín!»

Me alegra oír ese ruido alegre, pero mi corazón es incrédulo.

Entonces reparo en que el Delfín se está mojando mucho y que el agua de la lluvia cae desde los enmarañados mechones de su pelo sobre su tierna nuca. Instintivamente, cojo mi chal y lo cubro con él. Ahora se vuelven realmente locas de amor. ¿Por qué? ¡Porque soy madre como ellas! Protejo a mi hijo lo mejor que puedo, sea cual sea la circunstancia.

Sus aplausos casi abrigan mi espíritu.

Con un susurro, Fersen critica duramente esta convocatoria de gente. «Esto no es más que intoxicación y ruido», afirma. «La ceremonia es ridícula e indecente.» Con gran desprecio etiqueta la celebración de nada más que «orgías y bacanales».

La palabra *orgías* me sorprende, ya que precisamente así han etiquetado los panfletistas a menudo mis inocentes salidas.

En el transcurso de los numerosos discursos, una amiga viene y me susurra al oído:

—Mirabeau cree que vuestro coraje salvará la monarquía ––dice la voz.

—¿De verdad? —inquiero. Me sorprende bastante enterarme de la impresión que le he causado al feroz orador.

—Asegura que el rey tiene a un solo hombre a su lado, su esposa. La seguridad de ésta reside únicamente en la restauración de la autoridad real. Mirabeau opina que la reina no querría vivir sin su corona, puesto que ella es realeza pura. Y está aún más seguro de que no podrá conservar su propia vida sin su corona. También dice que llegará el momento, y pronto, en que el mundo verá lo que una mujer y un niño pueden lograr cuando gobiernan.

Me vuelvo para ver quién me habla de esta forma al oído, pues su voz me resulta familiar. Es Jeanne, la pequeña costurera que en ocasiones acompañaba a Rose Bertin cuando ésta me tomaba las medidas para mis mejores galas. Mi memoria se apresura al pasado por el pasillo del tiempo: es Jeanne la que a veces solía esconderse entre el cortinaje del castillo de Versalles.

—¿Os ha enviado alguien conmigo? —inquiero.

—Sí.

Ella hace una pausa, pero yo le pido que me diga quién. Empieza a tartamudear.

—Creo que no querréis oír el nombre. Me dijo que evitara decirlo.

—Pero ahora estáis conmigo, y debéis hacer lo que os digo. Os ordeno que me lo digáis.

—Madame du Barry, Vuestra Majestad.

—¡La Du Barry! ¿Y qué más os dijo que me dijerais además de las palabras de Mirabeau?

—Dijo que, si me obligabais a revelar su nombre, yo debía añadir otra frase.

—Por favor, decidla.

—Sinceramente, preferiría no hacerlo.

—Se me saltará el corazón del pecho si no me lo decís.

—Me dijo: «Decidle: ahora las dos somos las rameras de Francia».

Curiosamente, detecto que una sonrisa revolotea en las comisuras de mis labios. ¿Empiezo, de hecho, en mi actual degradación, a sentir cierta hermandad con mi antigua enemiga, la Du Barry? Hay cierto placer sardónico en el pensamiento. Al fin y al cabo, ¿qué poder o protección me quedan? ¿No es ésa la posición de una ramera? ¿Incluso de una mujer respetable que sea pobre?

Me niego a sucumbir a semejantes ideas. Yo soy yo misma, y representaré mi propio papel y no el de otra persona.

Jeanne ha vuelto a desaparecer entre la multitud de ciudadanos, ¿o era Nicole d'Oliva, sin duda una prostituta, la mujer de la que también se ha dicho que se parece a mí, según el cardenal de Rohan?

Mi hermano José II de Austria ha muerto.

Su sucesor, mi hermano Leopoldo, se ha convertido en emperador de Austria, y ha decidido que el conde Mercy deje la embajada en Francia y se traslade a Bruselas.

Estoy desesperada y doblemente desesperada.

Sin el conde Mercy, no sé cómo aconsejar al rey, y sé perfectamente que soy capaz de cometer graves errores en lo relativo a la línea de acción, si es que hay una, que deberíamos adoptar. Más que nunca dependo del conde von Fersen y de su fe en mi bondad y en que mis instintos son buenos. Quizá yo misma pueda aprender a creer en ellos.

Está la cuestión del juramento que el Estado le exige al clero francés que preste. Debe jurar lealtad al nuevo Estado revolucionario, pero el Papa le ha prohibido hacerlo. El clero está en la posición de tener que decidir a qué autoridad obedecer, aunque el rey le ha suplicado al Papa que permita al clero prestar el juramento. Si no jura, me temo que el clero perderá la lealtad del pueblo.

De los tres estamentos, la nobleza ha perdido su poder, y ahora el clero está perdiendo también el suyo. Únicamente queda el pueblo, todo poderoso, y sus cabecillas, que por interés propio rebosan de crueldad y rebeldía. Como chicos adolescentes, quieren todo el poder para sí mismos, y si es ejercido de una manera arbitraria e ilícita, entonces todavía tienen más garantías de que su control es absoluto. Es hora de marcharse.

En agosto nos enteramos de que el marqués de Bouillé ha sofocado un disturbio al noroeste, en Nancy, y nos regocijamos con la idea de que la autoridad de la ley aún pueda dominar. El marqués es un gran amigo del conde von Fersen, quien me ha hablado muchas veces sobre la posibilidad de que deberíamos abandonar París. Bouillé bien podría ser el general que hiciera eso posible, ya que es una persona con coraje, y su regimiento alemán tiene en él una gran confianza. Se considera que lo asiste la buena suerte. En Saint-Cloud, lo celebramos.

En París, sin embargo, nos enteramos de que los manifestantes se han congregado en el exterior de las Tullerías, y tememos que marchen hasta Saint-Cloud, puesto que saben que el marqués de Bouillé es nuestro leal defensor; un monárquico a favor de la aprobación de una constitución. Algunos de nuestros asesores, incluido Mirabeau, creen que la guerra civil tendrá como consecuencia la sangría necesaria para purgar al país de la Revolución. Hasta mi cuñada Elisabeth piensa eso.

Mi esposo y yo convenimos en que sería una locura provocar la guerra civil.

No obstante, percibo la creciente rabia del pueblo contra nosotros. Gente como Mirabeau y Bouillé apoyarían la monarquía dando a su vez al pueblo más voz mediante una constitución creada de un modo lícito. Debido a cómo nos han educado, el rey y yo sentimos que es nuestro deber cristiano mantener el poder del trono, en tanto que sea posible, dada la sed de los franceses de un nuevo tipo de libertad. El derecho divino de los reyes a gobernar no debería ser limitado por simples hombres. Y, sin embargo, llegar a un acuerdo es, sin duda, una necesidad práctica.

Nada más volver a las Tullerías a fines de octubre, Edmund Burke publica en Inglaterra su tratado *Reflexiones sobre la Revolución Francesa*. Enseguida hay una traducción al francés y a la gente le ofende la compasiva descripción que ofrece de mi persona.

Para mí hay consuelo (así como peligro) en lo que ha escrito. Con qué cariño me describe como Delfina y trae de nuevo a la memoria esos días gloriosos en que el pueblo no paraba de expresarme su amor. «E, indudablemente, jamás brilló en este orbe, que ella apenas parecía que tocara, una visión más deliciosa. La vi justo sobre el horizonte... centelleando como la estrella matutina, llena de vida, y esplendor, y gozo.»

Las lágrimas inundan mis ojos, y saboreo su descripción, casi no quiero seguir leyendo. Sí, de joven vine a Francia llena de vida y calidez e inocencia. El gozo de la vida me acariciaba en todo momento. ¿Y qué podía haber conservado ese estado de ánimo? Era como una pompa de jabón demasiado frágil y temblorosa para durar, aunque hubiera sido protegida. «¡Ah..., pero era hermosa!»

Sigo leyendo el libro de Burke: «Poco podía yo imaginarme que viviría para ver la desgracia caer sobre ella en una nación de hombres galantes, en una nación de hombres de honor y caballeros. Pensaba que diez mil espadas serían al punto desenvainadas para vengar incluso una mirada que la amenazara con insultarla. Pero la era de la caballerosidad ha terminado».

No, no del todo. Sigue habiendo una espada que siempre saldrá en mi defensa, y es un hombre que protege y sustenta mi espíritu, no solamente mi persona. Ha creado un código secreto con su amigo Bouillé con el fin de poderse comunicar el estado de la nación y los planes (¿de huida?) que necesiten hacer.

18 de abril de 1791

Es Semana Santa de nuevo, y estamos preparados para ir a pasar la semana a Saint-Cloud. Mi ánimo asciende sobre alas de felicidad; una semana en el campo, lejos de esta espantosa ciudad, donde los carruajes salpican mis faldas a propósito si se me reconoce mientras doy un paseo.

Durante toda la misa no pienso en otra cosa que en nuestra inminente salida hacia Saint-Cloud. Estamos en el carruaje, y no puedo reprimir una sonrisa tan amplia que mi familia se ríe al verme.

Sin embargo, hay algún problema. El rey mira por la ventanilla de la carroza y dice que los hombres de la Guardia Nacional se han apoderado de los caballos. Se nos ha dado permiso para este viaje; hemos ido y vuelto de Saint-Cloud con anterioridad, pero estos hombres no nos dejan seguir adelante.

Finalmente, el rey saca la cabeza por la ventanilla y dice:

—Es asombroso que, habiendo dado libertad a la nación, yo mismo no sea libre.

Como comandante de las tropas, Lafayette no puede hacerles obedecer. Se siente humillado y le ofrece al rey el uso de la fuerza.

Nos retienen unas dos horas, y se dicen muchas amenazas y palabrotas horribles en presencia de los niños. Lo peor de todo es que alguien grita:

—Si se produce un solo disparo, el siguiente será para este cerdo gordo de la carroza, que volará en pedazos.

En ese momento le pido a mi esposo que ceje en el intento de ir a Saint-Cloud.

Él me responde:

—Si nos rendimos, entonces tendremos que asumir que regresamos a lo que únicamente puede llamarse prisión, ya que tras este ultraje no puede haber otro nombre para el palacio.

De este modo regresamos a las Tullerías.

Han pasado dos días y mis nervios están tan desquiciados que apenas puedo dormir por la noche. Justo ahora Luis me enseña una carta sellada. Habla en voz baja para que sólo pueda oírlo yo:

—Por fin —anuncia—, he escrito al conde von Fersen para empezar a poner en práctica los planes de los que hace tiempo que habla y sobre los que a menudo me ha insistido.

Esta noticia me llena de esperanza. Mis ojos se humedecen, al igual que las palmas de mis manos. Es posible que el conde von Fersen y el marqués de Bouillé hayan culminado sus planes para sacarnos de esta peligrosa ciudad, y el rey está de acuerdo con esos planes.

HUIDA DE PARÍS

20 de junio de 1791

—Entonces actuamos en una obra —me dice el pequeño Delfín. Le sorprende que lo despierten tan pronto tras haberse ido a la cama.

—Habrá soldados y fortificaciones cuando lleguemos allí —respondo—. De momento, dejad que os vistan como a una niña y no hagáis ruido. Nadie debe saber que nos vamos.

—Pero yo quiero llevar mi armadura, y mi sable —objeta mientras hace pucheros.

—Sólo un niño muy valiente se atreve a vestirse de niña —le explico—. Tenéis que representar un papel importante en nuestro drama.

No le he dicho al Delfín que huimos bajo la protección y según el plan del conde von Fersen.

—¿Irá papá? —pregunta de repente con preocupación.

—Por supuesto. No me iría sin él. Nos encontraremos todos en la gran carroza, la berlina. Pero subiremos en momentos distintos.

Mi hija susurra:

—Recuerdo nuestro paseo de esta tarde por los jardines públicos, mamá. Recuerdo que habéis dicho que no nos enfadáramos si pasaban cosas extrañas. Pero ¿este vestido? Es verde como los excrementos de oca.

—Es para que parezcáis corriente, y cuando nos metamos en la carroza, os diré a ambos vuestros nombres de ficción, por si alguien intentara pararnos. Mi nombre ficticio será Rosalía. Tendré el papel de vuestra niñera.

—Ya he dicho que actuábamos en una obra —repite mi hijo.

—Ahora que cada uno me dé una mano —les pido a mis hijos. El pequeño rostro de seis años de mi hijo está feliz ante la aventura.

Como fantasmas, cruzamos las salas vacías de un apartamento abandonado. No llevamos luz, pero la luz que entra por las ventanas ilumina nuestro camino oscuro. Veo una silueta, el contorno de un cochero de pie cerca de una puerta acristalada. Por lo visto nos oye llegar, ya que abre la puerta, y es el conde von Fersen, exactamente como habíamos planeado.

El Delfín se sorprende al ver a su noble amigo vestido con el atuendo de un cochero, pero María Teresa le dice tímidamente:

—Tenía la esperanza de que pudierais ser vos.

Mi Fersen coge a mi hijo de la mano y le guiña un ojo, mientras Madame de Tourzel le sujeta la mano a mi hija. Observo a los niños entrar en la carroza. Fersen sube y se sienta en el pescante, puesto que él mismo será nuestro cochero. Al igual que un cochero corriente, empieza a silbar para pasar el rato.

Regreso rápidamente, deslizándome con sigilo a través de las salas vacías hasta que me reúno con mi esposo, con el conde y la condesa de Provenza. Ellos se van a Bruselas, pero nosotros nos quedaremos en Francia, en Montmédy, donde hay una casa reservada para nosotros y viviremos entre un montón de leales soldados. Aun así, Montmédy está cerca de la frontera, y con toda seguridad allí tendríamos a nuestra disposición ayuda extranjera o podríamos huir más lejos. Tras nuestra acostumbrada cena juntos el conde y la condesa de Provenza se marchan a su casa en el palacio de Luxemburgo, mientras que nosotros soportamos los duraderos rituales de nuestros *couchers*. El rey tendrá que aparentar que se toma su tiempo, pues tanto el alcalde Bailly como Lafayette asistirán a la ceremonia de acostarse.

Yo saldré de las Tullerías después del rey; en caso de que yo sea capturada, él ya habrá huido. Tras ser desvestida, lavada con una esponja y vestida con mi camisón y mi gorro de dormir, me tumbo tranquilamente en mi cama, escuchando los ruidos nocturnos del gran palacio. Supongo que quizás ahora Luis se estará poniendo su peluca negra, ahora el abrigo marrón verdoso que se parece al que lleva el caballero de Coigny, quien ha venido a ver al rey durante dos semanas y luego ha abandonado las dependencias, saliendo al exterior del palacio por una puerta secreta. Para salir de su habitación, mi esposo se mete en un gran guardarropa de caoba, al fondo del cual hay una puerta secreta que conduce a una pequeña escalera. Avanza con cuidado para no hacer ningún ruido. Ahora está en la planta baja, detrás de la gente que ha participado en su propio *coucher*. Pero no sospechan nada. Ruego a Dios que no sospechen nada. Nuestra esperanza es que Luis sea tomado por el caballero, ya que ambos son grandes y corpulentos y tienen narices aguileñas.

Ahora me levanto y me pongo un vestido gris y un gran sombrero con un velo impenetrable.

Espero recorrer el apartamento vacío, pero ¡hay un centinela delante de la puerta principal del apartamento! Aunque apenas puedo respirar, intento inspirar silenciosamente. Debo esperar y observar.

¡Ah…, como buen centinela sabe que es menos cansado caminar que quedarse quieto en un sitio! Empieza a andar de un lado para otro. Cuento los segundos para ver cuánto tiempo está de espaldas a la puerta del apartamento. Calculo el número de pasos que tardaré en cruzar el vestíbulo y deslizarme por la puerta, que pido a Dios esté aún abierta. Ensayo la salida tres veces en mi mente, ¡y salgo!

Mi mano está en el pomo de la puerta. No he hecho ningún ruido. Está abierta. Y he entrado. Nunca ha sido tan útil como ahora ese elogiado paso sigiloso, sin admiradores, cuando me escabullo por las oscuras habitaciones hacia la libertad.

Aquí está la puerta de cristal, y Monsieur de Malden, mi escolta, de pie justo pasado el patio. Pero un momento, allí está Lafayette, esperando su propia carroza. Sin duda, se trata de su rostro y cabello rubio rojizo iluminado por la luz de la antorcha.

Ahora está dentro de su carroza.

Ahora pasa por delante, y yo avanzo apoyándome en el brazo de mi escolta, ya que mis piernas están aún débiles por el miedo.

Tan sólo un corto paseo y veo el carruaje, y el rey me abre completamente sus brazos y dice una y otra vez:

—¡Cómo me alegro de veros! —En un abrir y cerrar de ojos, estamos dentro de la carroza, todos juntos, y con un restallido del látigo el carruaje empieza a avanzar. Las caras de los niños brillan de emoción e Elisabeth está radiante de esperanza.

¿Es posible? ¿Es posible que vayamos realmente a huir de esta ciudad de odio? Todos habíamos coincidido de antemano en que la parte más peligrosa del viaje era salir del palacio. ¡Y eso lo hemos conseguido! Aquí estamos todos con nuestros extraños disfraces, pero por dentro somos nosotros, y estamos recorriendo París.

El rey empieza a hablarme de la carta que ha dejado en la cual explica la necesidad de que abandonemos la ciudad.

—Antes que nada están los acontecimientos del 18 de abril, y el ultraje perpetrado contra mi familia cuando se nos impidió ir a nuestra finca de Saint-Cloud —me cuenta—. Y he expresado mi indignación por haberle exigido al clero que preste un juramento que los rebaje al estatus de funcionarios, y mi rabia por que el viaje de Mesdames las Tías a Roma se retrasara. —Detecto que a mi esposo le ha aliviado mucho enumerar y manifestar con claridad su frustración y crítica contra el nuevo régimen.

Tras esperar pacientemente a que su padre finalice el relato de su huida, el Delfín pregunta adónde vamos ahora. Le explico que en primer lugar iremos al encuentro de otro vehículo, la berlina de la que he hablado.

—Es comodísima —le digo—, está tapizada de terciopelo blanco. Los bancos están cubiertos de suave cuero marroquí verde y albergan varias sorpresas. Quitando uno de los cojines, aparece un inodoro construido para nuestra comodidad.

Ni una sola vez contemplo París a través de la ventanilla, que casi espero no volver a ver jamás. Escucho el chacoloteo de los cascos de los caballos sobre los adoquines y visualizo las paradas que tendremos que hacer durante nuestro viaje cuando cambiemos de caballos. Cada instante que pasa me siento más aliviada y segura de que nuestro plan será un éxito. Me recreo observando los felices rostros de mi esposo y mis hijos, el Delfín tan parecido a una niña pequeña con sus largos rizos rubios que sé que cualquier otra persona creería que lo es.

Les llamamos Amelia y Aglaé, y ellos se dan codazos y se ríen nerviosamente en voz baja. Yo soy su niñera, Madame Rochet, y el rey debe ser tratado como un simple mayordomo llamado Durand. Él lleva el sombrero de un lacayo.

Todavía tenemos que atravesar la puerta de Saint-Martin en el perímetro de la ciudad.

—Son las dos de la madrugada —anuncia el rey—, estarán cansados. No tendremos problemas. —Deseo sentirme tranquila, pero ¿quién puede decir qué pasará a continuación durante este viaje?

Cuando llegamos a la puerta, vemos que sus vigilantes están comiendo y festejando. Tal como había previsto mi esposo, no nos prestan atención. Es así como, con un despreocupado saludo con la mano, cruzamos al otro lado. A sólo poca distancia, fuera del alcance de su vista, está la magnífica berlina, una pequeña casa verde sobre ruedas amarillas. Me asombra pensar que semejante estructura espaciosa pueda realmente ser tirada por caballos, y durante nada más un instante desearía que el vehículo fuera rápido y ligero como nos había aconsejado el buen Bouillé.

Los niños están ahora bastante somnolientos, pero a ellos también los asombra la berlina. Cuando estamos en su interior, el rey dice que disponemos de un hornillo para recalentar sopa o carne cortada en tajadas, y que si levantamos el suelo, que es doble, entonces tendremos una mesa para comer. En la berlina todo es nuevo y reluciente, ya que acaba de ser entregada el 18 de junio en la residencia de Fersen en París. De nuevo, el conde coge las riendas y partimos, con los caballos a trote muy rápido. Nuestro cochero no escatima en latigazos.

La siguiente parada es en la posta, en Bondy, donde cambiaremos los caballos. Es también donde Fersen nos dejará, ya que el acuerdo es que él vaya a caballo desde aquí hasta Bruselas. Lleva cartas para el conde Mercy, así como dinero, y esperamos volver a verlo dentro de dos o tres días. Fersen es un veterano luchador, un hombre decidido y de acción, y nos separaremos de él en Bondy, tal como ha dispuesto el rey, pero yo desearía que esta separación no ocurriera.

Ahora empiezo a mirar por la ventanilla, pero sólo veo la negra y melancólica noche. Las casas durmientes que hay a lo largo del camino están oscuras. Ahora el Delfín está acurrucado en el suelo de la berlina, resguardado bajo las amplias faldas de Madame de Tourzel. Ocasionalmente ella y yo intercambiamos una mirada, a veces de inquietud, a veces de aliento, pero no hablamos.

En Bondy, el rey y yo bajamos de la carroza para estirar las piernas mientras ponen los arreos a los nuevos caballos. Fersen habla con nosotros, y para mi sorpresa, casi le suplica a mi esposo que le deje continuar, que le permita ser nuestro cochero hasta que estemos a salvo. Pienso en su amplia experiencia, su coraje y determinación ante el peligro o lo inesperado, y desearía que Luis tuviera en cuenta su petición.

Pero el rey no titubea. Insiste en que Fersen se marche a Bruselas, pero habla con sinceridad, con una gran gratitud hacia el conde por todo lo que ha hecho para salvarnos. Yo sumo mi propio agradecimiento al de Luis.

Miro intensamente a mi amigo, rezando para que volvamos a vernos.

Fersen contesta que su mayor felicidad y privilegio es servirnos, pero puedo apreciar el sufrimiento en su rostro. Tiene miedo; pero únicamente por nosotros.

Nos despedimos apresuradamente del conde von Fersen. Da una vuelta con el caballo alrededor del carruaje y luego grita:

—¡*Adieu*, Madame de Korff! —que es el nombre adoptado por Madame de Tourzel. Aguzo el oído para escuchar el sonido de los cascos del caballo que se aleja, pero únicamente oigo nuestras propias ruedas girando. En mi imaginación, su valiente voz resuena: «*Adieu!*»

Si nos capturan, para él es mejor, naturalmente, no estar en nuestra compañía. Si nos capturan, es mejor para nosotros que él siga libre para poder continuar trabajando en nuestro nombre.

A medida que nos alejamos Luis parece de mejor humor que nunca. Yo trato de ocultar y luego hago desaparecer mis lágrimas. Ya hemos conseguido superar muchas coyunturas cruciales. Me produce inquietud el tiempo, ya que, debido a la duración de nuestros *couchers*, llevamos varias horas de retraso sobre lo previsto, pero el rey no está preocupado. Ahora la berlina es tirada por ocho caballos, en lugar de cuatro, y avanza a mayor velocidad. Creo que me sentiré realmente a salvo cuando durante el trayecto empecemos a encontrarnos con los escoltas armados. El conde von Fersen ha dispuesto que primero nos encontremos con una escolta montada dirigida por el joven duque de Choiseul, el hijo del hombre que organizó mi matrimonio. Pero llevamos aproximadamente dos horas de retraso. Cerca de Montmédy, nuestro destino no lejos de la frontera, será el marqués de Bouillé quien nos guiará bajo su fuerte protección.

Luis nos dice en voz baja pero jubilosa a Elisabeth, a Madame de Tourzel y a mí:

—Mi alegría por estar lejos de París, donde tan intensamente he bebido de la taza de la amargura, llena cada fibra de mi ser. Podéis estar seguras, queridas mías, de que en cuanto sienta mi culo de nuevo sobre una silla de montar seré un hombre distinto al que habéis visto últimamente. —De hecho, aun recluido en la berlina, ya puedo ver que está cambiando. A Fersen le ha hablado con una firmeza inusual y resuelta. Pero ¿qué ventaja tiene la felicidad si representa una decisión errónea?

Para mí han sido una pesadilla estos meses durante los cuales mi impulso instintivo de huir ha tenido que enfrentarse con mi lealtad al rey. Pero no pensaré en esos momentos: no dejamos de avanzar, y París se desvanece a lo lejos. Sin duda, habrán reparado en nuestra ausencia; sin duda, habrán enviado a hombres en caballos veloces tras nosotros. Pero ¿cómo iban a saber nuestra dirección? Quizá los jinetes hayan salido disparados de París por caminos que van en todas direcciones.

En este momento, uno de los caballos del carruaje tropieza y se cae. El carruaje se balancea peligrosamente, y salta a la vista que se ha caído otro caballo. Cuando nos detenemos somos informados de que los arreos se han roto.

Pueden repararse, pero hay que volverlos a coser. Viajamos con las herramientas para realizar esta tarea, pero arreglar los arreos lleva tiempo. Cada vez me preocupa más el retraso, pero no se puede hacer nada, salvo intentar mantener el ánimo y la esperanza. Del todo confiados, los niños están dormidos y siguen totalmente ajenos a nuestro percance. Procurando sacar algún provecho a lo que es, sin duda, una desafortunada incidencia, el rey y yo estamos de pie junto al carruaje para estirar nuestros cuerpos. No hablamos, pero ambos miramos fijamente la oscuridad. El cielo empieza a iluminarse gradualmente, y ambos damos unos cuantos pasos (en realidad, caminamos) de un lado a otro junto a la carroza. En una ocasión Luis da toda la vuelta alrededor del carruaje y los caballos. Cuando regresa a mi lado dice sin mirarme:

—Todo va bien.

En cuanto un postillón se presenta ante nosotros, nos hace una reverencia y nos informa de que podemos reanudar nuestro viaje, el rey y yo nos apresuramos a subir de nuevo al carruaje. Nuestros hijos siguen durmiendo. La cabeza de mi hija está echada hacia atrás, y respira con la boca ligeramente abierta. Contemplo el delgado borde de sus dientes y me pregunto si algún día habrá que ponerles alambres, como me pusieron a mí antes de dejar Viena.

Cuando empezamos a movernos, pienso en mi viaje a Francia, en cómo a veces viajaba en la carroza azul, a veces en la roja. En ningún momento se cayó un caballo ni se rompieron los arreos. El viaje entero, en el recuerdo, parece haber transcurrido en una salva de aplausos.

A las seis en punto tomamos el delicioso desayuno que Fersen nos había dejado en la berlina. La ternera y el pan renuevan la esperanza así como las fuerzas. Incluso dormito un poco después de comer. ¡Qué felicidad supone despertarse con la luz del día y saber que todavía estamos de viaje! Cuando llevamos más de una hora de camino, Luis extrae su reloj. Comenta que ahora son las ocho en punto de la mañana y añade, con una pizca de satisfacción pueril, que a Lafayette probablemente le haya avergonzado mucho descubrir que nos hemos marchado. Intento que las numerosas horas de viaje y los muchos kilómetros que hemos recorrido me consuelen. El sol está ahora en lo alto, y la gente clava los ojos con curiosidad en este gigantesco carruaje que pasa veloz por el campo.

A medida que el día se ilumina también lo hace mi ánimo, y el de Elisabeth. Cuando paramos para el cambio de caballos antes de Chalons, le digo a Valory, uno de los guardias que nos ha acompañado a caballo:

—François, da la impresión de que todo va bien. De detenernos, con toda seguridad a estas alturas ya lo habrían hecho. —La propia noche parece haber colocado una barrera entre nosotros y aquellos que puedan querer perseguirnos.

Él me responde tranquilizador:

—Ya no hay nada que temer. No levantamos suspicacias por ninguna parte. ¡Coraje, Madame! Todo irá bien.

Le creo. El rey ordena a Valory que se adelante para que le haga saber al joven duque de Choiseul que, aunque llegamos tarde, vamos avanzando hacia la posta y nuestro lugar de encuentro en Somme-Vesle, que es el pueblo después de Chalons. En el interior de la carroza, el calor veraniego empieza a elevar la temperatura hasta un nivel desagradable, pero estamos demasiado felices como para expresar cualquier queja.

—En Somme-Vesle —dice mi esposo—, cuando nos reunamos con el primer destacamento de tropas, nuestro trayecto estará protegido.

Mientras los caballos se esfuerzan por tirar de la berlina colina arriba, el rey decide estirar sus piernas caminando al lado del vehículo.

—Aligeraré la carga —comenta felizmente. Debido al creciente calor, las pieles de los caballos están oscuras por el sudor. Seguro que están agradecidos, a su manera animal, por la benevolencia de Luis. Mi esposo resplandece de felicidad.

Mientras el rey camina, llama a un campesino y le pregunta por las cosechas. Su voz está llena de buenos sentimientos y preocupación paternal. Sí, seguro que estamos a salvo. Estamos entre la buena gente de campo cuyas principales preocupaciones son el tiempo y sus cereales.

—¡El calor es bueno para la cosecha! —grita el rey confiadamente.

—Pero dentro de unos cuantos días iría bien que lloviera —se oye como respuesta.

En la cima de la colina Luis vuelve a entrar en el carruaje. En su rostro, sudoroso tras haber ascendido una colina a fines de junio, se refleja la felicidad.

Al no encontrar ninguna tropa en Somme-Vesle, simplemente decidimos continuar. Pero ¿qué ha salido mal? Nos da miedo preguntar si han pasado tropas por aquí, ya que no queremos llamar la atención. Algo ha salido mal. ¿Qué le ha pasado al joven duque de Choiseul? Empiezo a inquietarme. Aparte del retraso del comienzo y después la rotura de los arreos, todo ha ido muy bien. Pero ¿se habrá impacientado el joven Choiseul? ¿O tendría miedo? Me recuerdo a mí misma que a todos nos pareció adecuado que fuese él quien nos ayudara en nuestra huida, puesto que fue su padre quien dispuso la famosa Alianza entre Austria y Francia. Fersen confió en Choiseul, a pesar de su juventud. ¿Pueden los buenos planes desmontarse tan deprisa? ¿Se ha desmoronado la propia Alianza? Quizás alguien debería haber restaurado y mantenido una alianza entre la monarquía y el pueblo, dentro de Francia.

Hoy hablamos menos, pero todas nuestras caras están llenas de expectación y de cierta desazón. Cada minuto que pasa pienso que sería demasiado cruel que se nos permitiera llegar tan lejos y, sin embargo, fracasar en nuestra misión. Mientras estoy sentada mirando hacia delante, mis pies presionan contra el suelo, como si esta presión incesante contribuyese a nuestra velocidad. No dejamos de esperar soldados de apoyo, alguna señal de Choiseul. El Delfín parlotea a borbotones; le gustaría quitarse su vestido de niña, y la verdad es que yo no creo que pase nada si se cambia de ropa, pero su padre le da unas palmaditas sobre el hombro y le dice que sea paciente: es mejor esperar.

El calor del día ha aminorado ahora, pues son las seis y media de la tarde. Pero a medida que el cielo empieza a oscurecerse también lo hace mi ánimo. ¿Dónde están los soldados? Aun así no hemos encontrado ninguna resistencia. Quizá podamos simplemente hacer todo el camino hasta Montmédy sin escolta. Quizá Bouillé mandará a sus tropas camino abajo hacia nuestro encuentro. Campos de trigo, huertos de hortalizas, pequeñas casas, campesinos descalzos, gallinas…, pasamos por delante de todo, una y otra vez. Veo un solitario manzano inclinado hacia el sol poniente y ya cargado de pequeñas reinetas. Resulta desconcertante que el plan salga mal en uno u otro sentido.

En Orbeval, no encontramos ninguna tropa. Al dejar el pueblo atrás, me parece oír el tañido de unas campanas, pero el sonido es débil y Orbeval ya está a nuestras espaldas. El ruido de las ruedas de la berlina sustituye al sonido de las campanas del pueblo.

En Sainte-Menehould, al no ver tropas, empezamos a experimentar una gran inquietud. De pronto un solitario soldado se aproxima y nos dice:

—Los planes han salido mal. Levanto sospechas incluso hablando con vos. Proseguid el viaje.

Ahora llevamos aproximadamente 18 horas de camino, pero no podría estar más ansiosa de continuar nuestro viaje. ¡Ojalá yo misma pudiese espolear a los caballos!, pero en lugar de eso voy tranquilamente sentada en el acolchado asiento.

En Clermont, nos encontramos con el conde de Damas, que es coronel de los dragones del conde de Provenza. Un rayo de esperanza recorre mi cuerpo, pero lo miro a la cara y leo en ella más disgusto que determinación. Para nuestra desesperación, nos informa de que ha recibido un mensaje de Leonard, mi peluquero, quien viajaba en otra comitiva, de que no llegaríamos. No dudo lo más mínimo de la lealtad de Leonard, pero este malentendido indica que hay confusión acerca de nuestros planes, cuando necesitamos toda la claridad, toda la inteligencia y astucia. ¡Si Fersen estuviera con nosotros para ayudarnos en las decisiones que debemos tomar! Con su conducta férrea y discretamente profesional, él evaluaría la situación, daría órdenes a los soldados, reorganizaría lo que sea que vaya mal.

Damas ya ha dado permiso a sus hombres para desensillar sus caballos y retirarse a dormir. Se nos aconseja que sigamos hasta Varennes. Nuestros caballos están muy cansados. Oigo su dificultosa respiración.

Cuando llegamos al diminuto pueblo de Varennes, vemos que el lugar está totalmente a oscuras. A mi esposo le preocupa no poder encontrar caballos frescos aquí, pero cruzamos el puente (Varennes está dividido en dos partes por el río Aire) y es el propio rey el que llama a las puertas de las pequeñas casas para que le aconsejen sobre los caballos. Los guardaespaldas también buscan caballos. No falta tanto para Montmédy, y a punto estoy de insistir en que sigamos adelante, aun cuando los exhaustos caballos deban ir al paso. Todos los adultos podemos caminar junto a ellos.

De pronto suena la alarma de incendios del pueblo, y con ese sonido, presiento con gran temor que han nacido las sospechas sobre nosotros. El sonido rompe mi cerebro en dos partes. Un hombrecillo cansado, humilde y enjuto que se identifica a sí mismo como Monsieur Sauce aparece y nos pide ver nuestros pasaportes.

Madame de Tourzel le muestra los documentos, y el hombrecillo considera que están en regla. ¡Qué razón tenía el rey manteniendo la identidad femenina del Delfín! Lo bendigo por su prudencia y a mí misma por mi obediencia a su fortuito sentido común.

Monsieur Sauce se dispone a despedirse y dejarnos seguir cuando aparece un hombre que se hace llamar Drouet, procedente de Sainte-Menehould.

Sin preámbulos, Drouet le dice a Sauce a voz en grito:

—¡Estoy convencido de que en el carruaje viajan el rey y la reina! Si dejáis que crucen a un país extranjero, seréis culpable de traición.

Toda mi esperanza y mi felicidad se desintegran en mi interior. ¿Con qué autoridad se atreve este Drouet a delatarnos? Escudriño la oscuridad, esperando ver u oír algún indicio de una escolta armada.

Con su propio talante preocupado y humilde, Monsieur Sauce insiste en que no debemos marcharnos. Después nos convence de que vayamos a su casa a descansar hasta que amanezca, y el rey consiente.

Somos conducidos a una habitación del piso superior en la parte trasera de la casa. Por petición mía, les ponen sábanas limpias en la cama a los niños, quienes se duermen de inmediato. Cuando miro por la ventana, veo que los campesinos se están aglomerando abajo.

Durante todo el tiempo mi corazón grita con furia: «Debemos continuar, debemos continuar». Pero sé que es sumamente importante mantener la calma. Mi pavor corre por mis venas como el fuego, pero ¿qué podemos hacer? ¿Qué puedo hacer yo?

Mi esposo dice:

—Ahora que los niños están dormidos, y que la bondadosa Madame de Tourzel los vigila, debemos ir abajo y conversar con este Monsieur Sauce. —Me sonríe alentador, y ahora sé cuál es mi papel. Me corresponde a mí cautivar a este tendero de campo, miembro de este consejo provincial, hablar con su esposa, ayudarles a ver que no somos más que una familia, bajo coacción, como ellos mismos deben de estar de vez en cuando.

Madame Sauce nos hace sentar en sus mejores sillas entre barriles de harina y cerdo salado. Las cosechas no han llegado todavía, pero hay una caja hecha de listones con unas cuantas patatas mustias en ella, que han sobrado del invierno pasado. En la encimera hay una bolsa de malla con cebollas. Madame Sauce explica, disculpándose, que su esposo ha ido a buscar a un vecino.

—Nuestro vecino —asegura— vivió en Versalles. —Después añade—: Durante cinco años.

Luis y yo intercambiamos una mirada. Cualquiera que haya vivido en la villa de Versalles durante tanto tiempo con toda seguridad nos habrá visto. Pero creo que hemos cambiado mucho, espero.

Cuando Monsieur Sauce entra con su vecino y un reducido grupo de hombres, el vecino le hace una reverencia a su rey. El otrora ciudadano de Versalles está claramente nervioso y muy asustado; sus ojos miran locamente en todas direcciones. Se arrodilla.

Otro hombre del grupo da un paso hacia delante.

—Majestad —dice, no sin tosca dignidad—, somos el consejo municipal de Varennes. ¿Sois vos nuestro rey?

Mi esposo se levanta de la silla de la cocina. Alarga ambas manos hacia el atemorizado trozo de humanidad agazapado frente a él y levanta a su súbdito poniéndolo de pie. Abraza al hombre. A continuación retrocede y se dirige al grupo:

—Sí, soy vuestro rey —y avanza para abrazarlos a todos, uno por uno.

Los sollozos manan de mí a borbotones, como el agua de una roca golpeada. No tengo palabras. Se me desfigura el rostro por el dolor y me tiembla el cuerpo. Luis se coloca de pie a mi lado y pone su mano sobre mi hombro, pero su caricia no me consuela.

—Nosotros hemos abandonado París —les dice el rey—, porque las vidas de mi familia estaban todos los días bajo amenaza. —Su voz es calmada y tiene en ella un tono que sugiere (lo reconozco por primera vez) *fraternité*. De forma histérica, en los intersticios del momento, oigo la dulce y sabia voz de Luis José, mi niño moribundo, diciendo: «Papá no diría "nosotros" si se refiriera sólo a sí mismo; también habla por mí; se refiere a ambos cuando dice "nosotros"». Sofoco un grito ante la claridad de la voz de mi primogénito en mi mente, ya que él fue como un cordero sacrificado ofrecido a Fortunata cuando los Estados Generales comenzaron con las reuniones que dieron inicio a esta Revolución. Él fue el sacrificado, y ahora deben dejarnos libres.

El rey sigue hablando, explicando su posición a estos sencillos aldeanos:

—Ya no podía soportar vivir entre bayonetas y cuchillos de aquellos que nos asesinarían. —Habla con sencillez, como hombre, un hombre solitario suplicando a cada uno de ellos, también solos pese a estar incómodamente de pie en un grupo—. He venido a buscar asilo, para mí y para mi queridísima familia, entre mis leales súbditos.

Luis hace una pausa. Deseo que continúe hablando, que se convierta en Mirabeau, que ruja. Pero elige lo contrario. En su nueva dignidad, no actuará como político. No pronunciará un discurso; únicamente hablará (un hombre conversando con otros hombres, desconocidos, pero hombres como él).

No puedo evitar sino intentar ayudar. Con cuidado, incluso tímidamente, cojo la mano de Madame Sauce que está de pie a mi lado. Tiro de ella con mucha suavidad hasta que baja la mirada hacia mí, que miro hacia arriba, todavía sentada en su silla. Tengo que aclararme la garganta para hablar.

—Vos también sois madre y esposa —declaro—. ¿No podríais suplicarle a vuestro esposo que nos permita continuar nuestro viaje?

Los hombres conversan entre ellos. Tanto ella como yo podemos ver por sus rostros que nuestra difícil situación y las palabras del rey los han conmovido. Él está magnífico ante la concurrencia. Permanece de pie sin nervios, esperando tranquilamente, pero reservado. Vemos compasión y la oímos en el tono de la voz de ellos, pero también hay miedo.

Oigo la respuesta de Madame Sauce.

—Mi esposo pondría su vida en peligro, si permitiera a Su Majestad pasar. Para mí vale más la vida de mi esposo que la del rey. —Detecto rabia en sus palabras, que también están llenas de asombro por estar en posición de formular semejante pensamiento en un momento como éste. Sin embargo, ha utilizado su inteligencia. Yo habría dicho lo mismo.

—Acompañadme arriba —propone Luis—. Ved a mis hijos y a mi hermana pequeña, que nos acompaña. Observadnos mientras recogemos silenciosamente nuestras cosas, para no despertar a los niños. Todos seguiremos juntos hasta Montmédy. Nos acompañaréis. Veréis que no es nuestra intención huir del país, sino quedarnos en Francia, para gobernar desde un lugar seguro entre gente pacífica, y prepararnos desde allí para un nuevo orden en la capital, uno que mantenga el orden impuesto por la monarquía, un orden que es necesario para la llegada de la muy necesaria justicia que merece la gente. Acompañadme arriba, y hablemos allí tranquilamente.

Sin esperar a su respuesta, o permiso, el rey conduce al grupo por la escalera de caracol hasta nuestra habitación. Cuando llegamos al final de la escalera, oímos un grito del exterior.

—¡Los húsares están aquí!

Mi corazón salta de esperanza. ¡Los húsares de Choiseul! ¡Nuestra escolta!

Mi esposo dice con una calma absoluta:

—Dejad que su líder sea traído aquí, a esta habitación, para hablar con nosotros. Todos dialogaremos juntos. No tengo ninguna prisa hasta que vos, buena gente, estéis seguros de mis intenciones.

El número de personas congregadas en el exterior ha aumentado, y oímos retazos de las conversaciones que mantienen: a veces la frase *«Vive le Roi!»*, a veces la frase *«À Paris!»*

El joven duque de Choiseul entra en la habitación, su uniforme está cubierto de suciedad. Respira hondo, le hace una reverencia al rey y declara que espera órdenes suyas. Con increíble tacto y cortesía, los miembros del consejo municipal se retiran.

Sí, el joven Choiseul le dice al monarca, ha llegado con 40 hombres. A algunos de sus húsares puede hacerles desensillar sus caballos. Así el rey podrá cabalgar con el Delfín, y yo con Madame Royale. Los soldados nos protegerán mientras cabalguemos rumbo a la frontera.

—¿Estáran vuestros hombres en peligro? —pregunta Luis.

—Lucharemos hasta la muerte —contesta Choiseul.

El rey titubea. Veo la terrible bondad de su semblante.

—Nunca ha sido mi deseo que se derramara sangre alguna o que se produjera la muerte de cualquier francés para mi protección personal.

Atónito, Choiseul entrechoca sus talones y hace una reverencia en señal de sumisión. Es demasiado joven para intentar razonar con su rey. Ha sido entrenado para obedecer. ¡Si Fersen estuviera con nosotros!

—Quizás el consejo municipal decida dejarnos pasar —comenta mi esposo esperanzado. Le ordena a Choiseul que avise a los miembros del consejo de que vuelvan a entrar.

—Nos quedaremos y esperaremos vuestras órdenes —replica Choiseul. El blanco de sus ojos está enrojecido por la fatiga, y sus labios están agrietados por el calor y el polvo.

Nada más irse, rompo a llorar de nuevo, al igual que Elisabeth. Sentada junto a mis hijos en la cama de éstos, Madame de Tourzel se cubre la cara con sus manos.

Con renovada paciencia y con la confianza que únicamente un hombre justo que ha tomado el rumbo dictado por la conciencia puede asumir, el rey habla con el gobierno (el carnicero, el panadero, el fabricante de candelabros) de este diminuto y miserable pueblo.

No pasa mucho tiempo antes de que Madame Sauce reaparezca en la puerta, con una mujer muy anciana. De ningún modo fea, *inexpresiva* es la palabra que mejor describe a Madame Sauce. Su pelo moreno cae hacia ambos lados por una raya recta trazada en medio de su cabeza. Su rostro es ovalado.

Madame Sauce empieza a hablar con la cabeza inclinada, después levanta la vista hacia mí.

—Dejadme que os presente a la abuela de Monsieur Sauce. Nuestra abuela acaba de cumplir ahora ochenta años. Antes de morir, le gustaría ver a su rey y a su reina y a los hijos de éstos.

Enderezo mi cuerpo, como hace el rey, para poder representar nuestros papeles. Yo me limito a asentir para dar permiso.

Únicamente tras lanzarnos una rápida y atemorizada mirada, la encorvada anciana se arrastra hacia la cama donde el Delfín y Madame Royale duermen. Se acerca hasta ellos como las limaduras de hierro atraídas por un imán. «¡Ah, los niños!» Durante buena parte de un siglo los niños han agitado su anciano corazón con esperanza y amor. Los veo a través de sus ojos. Jamás ha habido niños tan hermosos, dormidos en su inocencia como ángeles.

La anciana mujer se arrodilla al lado de su cama, mira primero al rey y después a mí (como madre de los niños) y pide permiso humildemente para besar sus manos.

Yo le sonrío.

—Sería un honor para ellos ser bendecidos con vuestros besos.

Entrelazando sus deformadas manos, la anciana reza junto a mis hijos. A continuación abre los ojos. Con gran reverencia levanta las manos de éstos (sabe bien cómo tocar a un niño sin despertarlo) y acerca sus viejos y agrietados labios para rozar la tierna piel de mis hijos.

Como tiene dificultades para ponerse de pie, Madame Sauce la ayuda por un lado y de repente Luis también la ayuda, con su fuerte mano debajo del otro codo. La anciana lo mira incrédula, y los bondadosos ojos de él encuentran los suyos. A ella se le llenan los ojos de lágrimas, que brotan y resbalan por sus marchitas mejillas.

Con la cabeza inclinada, llorando copiosamente, se aleja cojeando.

El rey no ha hecho más que empezar a conversar de nuevo con aquellos que lo rodean cuando oímos pisadas corriendo por la escalera de caracol. Una delegación de París nos ha encontrado aquí, en Varennes. Nuestro destino ya no es un asunto que decidir por estos aislados aldeanos. Por desear un viaje pacífico, el rey se ha demorado demasiado.

Los cabellos del enviado están muy desordenados, y su túnica está mal abotonada. Jadea y habla con dificultad con una voz que vibra por la emoción.

—Señor, en París, se están degollando los unos a los otros... Es una masacre... Nuestras esposas y nuestros hijos morirán... Sin vos, no hay ni puede haber ningún orden... Señor, os suplicamos que no vayáis más lejos... Por el bienestar del Estado, Señor...

—¿Qué es lo que realmente deseáis decir? —inquiere el rey.

—Señor, os entrego el decreto de la Asamblea Nacional.

El rey lee rápidamente el papel que le han entregado y luego lo tira sobre la cama donde yacen nuestros hijos dormidos.

Me dice a mí con amargura:

—Ya no hay rey en Francia. —Entonces me susurra—: Choiseul ha enviado un mensaje al general Bouillé. Quizás él llegue con muchos más refuerzos, si podemos retrasar nuestra partida lo suficiente.

Me acerco al joven Choiseul y le pregunto sin subterfugios:

—¿Seríais tan amable de decirme, si lo sabéis, si el conde von Fersen está a salvo en Bruselas?

—Lo está, Majestad.

Bendigo al joven por esa información, aunque no consiguiera reunirse con nosotros en Somme-Vesle, el lugar señalado.

FERSEN

El marqués de Bouillé y sus tropas no llegan. Ahora estamos prisioneros e indefensos.

Rodeados de villanos y moviéndonos muy lentamente, la berlina no nos ha llevado muy lejos por la carretera de regreso a París cuando, mientras pasamos por el campo, un noble, el conde de Dampierre, cuyas tierras lindan con la carretera, intenta aproximarse a nuestro carruaje. Desea presentar sus respetos saludándonos. Cuando lo observamos viniendo hacia nosotros, es abatido por la turba y asesinado.

Al parecer, no me quedan más lágrimas. Aparto mi rostro de tal modo que mis ojos miran hacia el otro lado del carruaje.

Los cascos de los caballos y de la gente que viaja con nosotros levantan una cantidad de polvo tan intolerable que apenas podemos respirar. Además, el calor se vuelve intenso, y nos movemos a un ritmo tan lento que en la carroza no entra la más mínima brisa. Estamos obligados a mantener las cortinillas de las ventanillas descorridas con el fin de que todo el que lo desee pueda vernos.

Pasan las horas y, cada hora que pasa, a lo largo del trayecto la gente se vuelve más hostil. Resuelvo aprovechar el tiempo lo mejor que puedo, hablando con uno de nuestros captores, que ha decidido sentarse en el asiento contiguo del carruaje. Su nombre es Barnave, es miembro de la Asamblea Nacional. Es joven y está dispuesto a dejarse cautivar por la conversación de alguien que pasa por la reina. Hago cuanto puedo para convencerlo de nuestra humanidad y de nuestra preocupación por el bienestar de Francia.

Cuando llegamos a las Tullerías, Luis desciende tambaleándose del carruaje, pero sube las escaleras sin ser abordado por la aulladora muchedumbre. Cuando yo salgo, varias personas se abalanzan sobre mí; observo cómo se acercan desde la calma del agotamiento. Hete aquí, los miembros de la Guardia Nacional se interponen entre mis posibles agresores y yo. Un guardia gigantesco coge al Delfín en sus brazos y corre adentro.

Estoy cubierta del polvo gris de la carretera. Cuando Madame Campan me recibe en la puerta de mi apartamento, me saco mi gorra para enseñarle mi pelo, que se ha vuelto completamente blanco. Pido unas tijeras y corto un mechón, que tengo intención de enviarle más tarde a la querida princesa de Lamballe, cuya propia huida, rezo por ello, se ha llevado a término. Simplemente explicaré que el sufrimiento ha emblanquecido mis cabellos. Ahora pido darme un baño.

El rey es llevado ante la Asamblea Nacional para dar explicaciones de nuestra fuga.

—Sólo recordad —le digo suavemente al oído, mis labios están tan secos por el polvo que apenas puedo articular palabra— que jamás ha sido nuestra intención huir de Francia.

Pero me preocupan las acusaciones y quejas de las que mi esposo tan imprudentemente dejó constancia en su carta de despedida, para que todos las leyeran, antes de nuestra fuga.

Cojo mi pluma tan pronto puedo para escribir a Axel von Fersen:

Podéis estar tranquilo, ya que estamos vivos. Sí, existo, pero no tengo palabras para expresar lo mucho que me he inquietado por vos. Saber cuánto habéis sufrido por falta de noticias nuestras ha duplicado mi propio sufrimiento.

No me escribáis, ya conozco vuestros pensamientos y sentimientos, y una carta podría de algún modo incriminarnos más.

Por encima de todo, no vengáis a París con cualquier pretexto. Es bien sabido que vos planeasteis y contribuisteis a nuestra fuga, y echaríamos todo a perder, si vinieseis aquí.

Aunque me vigilan constantemente, tanto de noche como de día, no dejo que eso me incomode. No os impacientéis, ya que ha quedado claro que la Asamblea quiere tratarnos con amabilidad. Quieren creer que fuimos secuestrados y no nosotros mismos los responsables de nuestra ausencia.

Adiós. No puedo escribir nada más, únicamente os digo que os amo y, en realidad, eso es todo lo que tengo tiempo para decir. Decidme a quién puedo enviarle mis cartas dirigidas a vos, porque no podría vivir sin poder escribiros. Adiós, el más querido de los hombres y el más adorable de ellos. Con todo mi corazón, os abrazo a vos y sólo a vos.

Mi queridísima amiga, princesa de Lamballe:

No, no volváis, querida mía; no, no os metáis en la boca del lobo. Eso solamente aumentaría mi angustia y mi profunda y constante inquietud por mi esposo y mis pequeños pobres hijos. A toda costa, no vengáis. Mi chou d'amour firmará ahora su nombre con su propia y pequeña mano, y debéis obedecerme a mí y a vuestro futuro rey.

La princesa me contesta, a mediados de noviembre, desde la residencia de su suegro, el duque de Penthièvre, que desea volver como «un acto patriótico». El invierno se avecina y mi querida amiga no seguirá permitiendo que yo permanezca sola. Por lo visto soy incapaz de impedir su regreso, de modo que el buen Barnave ha persuadido a la Asamblea Nacional de que la deje vivir en un apartamento cerca de mí en las Tullerías y retome su puesto de superintendente de mi casa.

Paso mis días escribiendo a los monarcas de Europa, implorándoles que acudan en nuestro auxilio. Escribo a Fersen, mi defensor, quien viaja desde Bruselas hasta Viena para hablar con mi hermano Leopoldo, el emperador, y para hablar con su propio rey Gustavo, que quiere ayudarnos. Día tras día, me canso procurando resultar convincente, procurando evitar decir algo estúpido.

Les digo a mis amigos que los lobos que me rodean cada día son más fieros y están más hambrientos.

Con gran sigilo y únicamente en susurros entre los dos, el rey y yo hablamos del conde von Fersen y de cómo espera atraer el apoyo a nuestra situación entre los monarcas europeos. Seguro que preferirían sofocar la rebelión en Francia a hacerle frente en sus propios países. Pero al rey siempre le preocupa que cualquier fuerza de fuera de nuestras fronteras pueda entonces intentar *ocupar* Francia.

El día de Año Nuevo, de 1792, me pongo un nuevo vestido cortesano con amplios miriñaques con el esplendor de antaño. Si Barnave estuviese aún aquí, disfrutaría con semejante vestido, pero lo han expulsado por ser una voz demasiado moderada de la Asamblea. Su partido, llamado Feuillant, está siendo desplazado por aquellos llamados Jacobinos, y los Girondinos también luchan por el poder.

El vestido es de satén azul y a la gente le recordará el retrato azul que Vigée-Lebrun pintó, donde yo sostenía una rosa de color rosa y que a todo el mundo le encantó. Este vestido, sin embargo, es más sofisticado, y el satén está todo bordado.

Creo que es posible que haya una guerra civil; nada hay más horrible para el rey que la idea de que los franceses luchen entre sí, derramando sangre fraternal sobre el suelo de Francia.

Aunque todavía hace un frío glacial, llega febrero y con él, disfrazado y usando un pasaporte falso, ¡mi Fersen! ¿Cómo voy a ser infeliz cuando él está aquí? Mi dicha se paraliza por el peligro que él corre.

Estamos pletóricos por vernos otra vez el uno al otro, ambos vamos tan espléndidamente vestidos como antaño, pero él está arriesgando su vida para vernos. Tras pernoctar aquí esta noche, mañana conversará con el rey, le trae noticias de su homólogo de Suecia. En cuanto nos es posible, nos abrazamos, y yo comento que es como abrazar a un hombre de hielo.

Me dice que hace tanto frío fuera que las ruedas de su carruaje hacen exactamente el mismo sonido chirriante que hacen con el frío extremo de Suecia cuando ruedan sobre la nieve.

Entonces me dice que, pese al frío que persiste en su indumentaria, el corazón que lleva dentro es, eternamente, un ascua candente. Simplemente verlo de nuevo me llena del placer más exquisito, y sé que él siente lo mismo. ¡Somos tan amigos!

Hablamos de ese último día en mi querido Trianón. Le explico que había regresado a la gruta musgosa entre las rocas para recordar nuestra íntima relación cuando vi al mensajero llegar con la noticia de que las mujeres del mercado estaban marchando desde París.

—¡Ah! No sabía que estabais refugiada en ese lugar tan sumamente recóndito y delicioso cuando el mundo cambió. Pensar que no hemos tenido tiempo hasta ahora para que compartáis conmigo ese instante.

Coge mis dos manos entre las suyas, a continuación, lentamente, con esa combinación de pasión y esperanza que él evoca, se inclina para besar mis nudillos, después retrocede, nuestras manos todavía unidas, para contemplarme justo a la distancia creada por nuestros dos brazos alargados.

—Os estoy memorizando —anuncia—. Exactamente así.

—Y yo a vos.

Creo que ambos tenemos el presentimiento de que nunca más nos volveremos a ver. Pero es nuestra forma de ser y nuestra decisión impedir que la ocasión sea triste. No, cada momento que estamos juntos siempre ha estado y está lleno de alegría, al igual que la abeja llena perpetuamente el panal.

—¡Qué néctar! —le digo con una sonrisa.

Sabe muy bien a qué me refiero.

—Siempre ha sido así —me contesta.

Con exquisita donosura, me atrae un paso hacia delante y nos fundimos en un beso santo.

LA TORRE, 1792

1 de septiembre

Con enorme ironía pienso en nosotros de este modo: *Una tarde durante el Reino del Terror, es decir, el 1 de septiembre de 1792, el rey y la reina de Francia estaban sentados en la Torre, construida como parte del palacio de los antiguos Caballeros Templarios, en París, jugando una partida de* backgammon.

Por turnos, cada uno de nosotros coge los dados del tablero de juego, menea los cubos moteados en su cubilete recubierto de cuero, y arroja los dados entre las formas triangulares pintadas sobre el tablero, que se parecen un poco, al menos a mí me lo parecen, a la boca de un dragón llena de dientes hostiles y puntiagudos.

En función de los números que nos salgan, movemos nuestras fichas, las suyas de color marrón chocolate, las mías de color crema, en direcciones contrarias de modo que cada pequeño grupo de fichas tiene que enfrentarse y superar las defensas del adversario con el fin de llegar a casa. Normalmente, cuando jugamos intento mantener todas mis fichas a salvo, sin ser capturadas, mientras que el rey se arriesga más, poniendo obstáculos para impedir el movimiento de la tropa de color crema de la reina.

Jugamos por el bien de los niños, por María Teresa y Luis Carlos, el Delfín, para que puedan pensar que el Temple, tal como este palacio y sus torres son conocidos, se parece a un hogar seguro, en lugar de a la prisión que es en realidad. Debido a que los Caballeros de Malta dejaron una colección de aproximadamente 1.500 libros en la Torre, el rey tiene aquí una biblioteca. Él hubiese preferido retirarse arriba, a leer en el estudio del torreón contiguo a su habitación, a jugar al *backgammon*.

Reflexiono y me asombro por un instante de cómo mi esposo siempre ha sido un hombre que disfruta de la compañía de los libros, mientras que yo prefiero la conversación activa con mentes auténticas. Me pregunto si mi vida habría sido diferente de haberme gustado leer, o la suya, de haberle gustado conversar.

En su torreón, Luis lee dos veces al día, después del desayuno y después de la cena, durante dos o tres horas por sesión. Últimamente ha estado estudiando un relato del rey inglés Carlos I, que dejó su cabeza en la guillotina durante el siglo anterior. En realidad, el rey ha estado estudiando esta historia desde que tenía 15 años, e incluso antes de que yo viniera a Francia. Quizá siempre haya sido un relato admonitorio para él.

Los franceses, o más bien el doctor Guillotina, han introducido recientemente un método más humano de ejecución que el hacha sujetada con la mano a la altura del hombro del siglo XVII. Una elevada cuchilla afilada es elevada entre dos postes acanalados que hacen que el artefacto se asemeje al armazón de una alta puerta, con un travesaño de acero, algo parecido a un hacha de carnicero, pero más triangular y sin mango, colocado en la parte superior. Si la ejecución tiene lugar un día soleado, me han dicho, los destellos del sol en el acero pulido pueden ser vistos incluso por aquellos que están atrás de todo de la multitud. Junto a la base y en el ángulo adecuado para el funcionamiento vertical, en algo parecido a un trineo de madera, el criminal es obligado a ponerse boca abajo con las manos atadas juntas detrás de su espalda. El trineo con su carga humana es empujado hacia delante de modo que la cabeza de la persona se coloca justo pasada la puerta abierta, y la cuchilla repiquetea en su descenso por el marco acanalado para caer directamente sobre el cuello y cortar la cabeza del criminal, que cae hábilmente en un cesto preparado. Supongo que debe de haber un montón de sangre. Los espectadores han comentado, eso me han dicho, que todo sucede muy deprisa, mecánicamente, y que cuesta creer lo breve que es ese momento entre un cuerpo vivo… y lo que queda, es decir, entre la vida y la muerte.

Como empieza a temblarme la mano, me apresuro a coger mi cubilete y a menearlo frenéticamente, arrojando los «huesos» sobre el tablero. Descanso mi mano, encogida, sobre la mesa. Al rey no le pasa desapercibido. Pone su mano encima de la mía durante un instante, creando un pequeño refugio para mí.

Respiro profundamente, una larga inspiración de aire que entra en mis pulmones, y recupero mi coraje.

—Vuestro turno —digo, y sonrío.

Mientras jugamos ambos recordamos, aunque no hablamos para nada de ello, que tan sólo un par de semanas antes de esta partida de *backgammon* hubo una gran y brutal matanza por parte de los revolucionarios en las Tullerías. Creo que esperaban matarnos, pero la Guardia Suiza se interpuso entre nosotros y la turba, y los leales guardias fueron masacrados.

Tras la matanza, las Tullerías era inhabitable, e íbamos a ser trasladados al convento de los Bernardos. La turba abandonó las Tullerías con manchas de sangre y cubierta no sólo de jirones de ropa, terciopelo y brocados, sino también de trozos de carne humana. Fueron necesarios únicamente dos carruajes para transportar a quienes permanecíamos con vida de la corte de Luis XVI, incluida mi queridísima amiga la princesa de Lamballe. Casi he olvidado a mis otros amigos, como por ejemplo la duquesa de Polignac, que han huido, aunque me he enterado por Fersen de que éste tuvo un conmovedor reencuentro con ella en algún lugar de Europa.

Si pudiera, me gustaría mantener una conversación sensata con la pintora Elisabeth Vigée-Lebrun, pero no sé dónde está, ni si está viva o muerta. Me pregunto si la violencia de los tiempos que vivimos ha influido en su estilo artístico. Espero que haya vivido para pintar a la realeza de algún otro país más afortunado.

A medida que el carruaje se alejaba de las Tullerías, recuerdo que pensé lo hermoso y curiosamente sereno que estaba el rostro de la princesa de Lamballe. Nunca hemos sido amantes, no en el sentido que apuntaban los obscenos panfletos, pero mi amor por ella no tiene límites. De todos mis amigos de la corte que huyeron con éxito del país al comienzo de la Revolución, cuando la fuga era relativamente fácil, únicamente la princesa de Lamballe, al enterarse de que yo estaba sola, regresó a Francia. En el pasado, su sensibilidad era tan aguda que a veces rompía a llorar de miedo por un ratón o ante la conmovedora belleza de una rosa, pero su amor hacia mí le ha proporcionado el coraje de volver a un país cada vez más peligroso para cualquier aristócrata.

Mientras los carruajes nos transportaban por París, desde las Tullerías empapadas de sangre hasta el convento de los Bernardos, ella jamás se acobardó. El aire donde nos movíamos estaba lleno del gruñido de tambores militares y el ruido sordo de gigantescos atabales, junto con el agorero tañido de las campanas, por no mencionar los gritos de la gente de «¡No más rey!» Ella y yo ignoramos a aquellos que chillaban mientras nuestro carruaje traqueteaba por las piedras convexas en forma de rebanadas de pan. Gritaban que Luis XVI no es más que una marsopa gorda. A través de la ventanilla de la carroza, vi el enorme corazón de un buey con unos cuernos pegados a él, exhibido y etiquetado como el corazón del monarca. Pancartas y pequeñas maquetas con muñecas mostraban la imagen de una reina colgada del poste de un farol.

Una vez en el convento, todos estábamos felices de ocupar únicamente cuatro habitaciones, y aquellas habitaciones tenían en su mayor parte humildes suelos de ladrillo y paredes encaladas. La comida sobraba.

Pese a la tensión de los momentos, el rey dormía bien e ingería una cena de ocho entrantes compensados por ocho postres con cuatro asados entremedio. Yo no pude comer nada en absoluto, y mi amiga la princesa de Lamballe se unió a mí en mi abstinencia. Como la ropa escaseaba en el convento, mi maniática amiga, que no se había puesto ropa interior nueva desde hacía dos días, le envió una nota a una amiga pidiéndole una camisa prestada.

—En el convento nos quedamos únicamente varios días —le comento de repente a mi esposo. Está a punto de ganar esta partida de *backgammon* en la Torre, a menos que los dados le sean muy desfavorables. Nuestros ojos siguen los dados y el movimiento de las fichas del juego, mientras que nuestros pensamientos viajan al pasado.

Cada uno de los carruajes que salió del convento con destino al Temple estaba tirado por sólo dos caballos. Aunque dejamos el convento a las seis y media de la tarde, eran cerca de las nueve cuando los caballos lograron recorrer, tirando de sus pesadas cargas, la corta distancia entre estos dos lugares del interior de París. Por el camino, pasamos por delante de nuestra antigua residencia, el palacio de las Tullerías, donde alguien había colocado un cartel de «Se alquila». También pasamos por la vieja plaza de Luis XV, donde la gente ha derribado la estatua del abuelo de Luis XVI. La turba no sólo ha aplastado la cara y roto los brazos y piernas de la estatua, sino que también ha golpeado la cabeza de bronce del caballo que Luis XV montaba.

Dentro del carruaje, el procurador general de la Comuna señaló hacia la estatua mutilada y nos comentó:

—Así es como la gente trata a los reyes.

No carente de sentido del humor, Luis XVI contestó:

—¡Qué agradable para nosotros que su rabia vaya dirigida contra los objetos inanimados!

Ahora sonrío al pensar en su agudeza y le lanzo una mirada, pero él está absorto en sus propios pensamientos.

A medida que nos acercábamos a los muros del Temple, la gente coreaba: «Madame sube a su Torre/ ¿Cuándo volverá a bajar?»

Cuando nos condujeron a cenar en la zona del Temple conservada como palacio, me permití abrigar la esperanza de que quizá nos quedaríamos allí. La torre más alta no estaba lista para nosotros (únicamente temblé cuando oí a nuestros guardianes considerando la posibilidad de separar al rey del resto de la familia), pero a la larga fuimos juntos a la pequeña torre pegada al muro que rodea el palacio.

Aunque la ropa ha seguido escaseando, y hay que subir y bajar un montón de escaleras, la comida continúa siendo abundante en la Torre, y el rey disfruta de platos con los que está familiarizado: sopas sabrosas, aves, y los pasteles que tanto le gustaban cuando era un chico de 15 y 16 años. Dispone de champán y de vino de Burdeos y en ocasiones se toma una copa de vino dulce tras la cena. Pese a los horrendos rumores y numerosos panfletos que enturbiaron mi reputación describiéndome como alguien que a menudo participaba en orgías alcohólicas, nunca bebo ningún licor ni vino, ni siquiera ahora.

No sé si hay alguna virtud en mi abstinencia. Disfruto de mi mente despejada, y quiero reaccionar a la realidad sin estar ofuscada por el alcohol. La princesa Elisabeth algunas veces toma una copa de vino con su hermano.

Tras pasar una semana en la pequeña Torre, la Comuna nos informa de que la princesa de Lamballe debe ser llevada a la prisión conocida como La Force. Nos abrazamos, lloramos, nos separamos. Se me encoge el corazón.

De forma más indirecta, a través de los pregoneros del exterior de los muros del Temple, nos enteramos de que Lafayette, que luchó por la independencia norteamericana y fue considerado un héroe por el pueblo de Francia, ha huido del país y su burla del imperio de la ley en nombre de la libertad. Esta Revolución Francesa no ha desembocado en un orden mejor; ha abierto las puertas al caos y la anarquía.

EL TERROR, LA FURIA Y EL HORROR
SACUDEN LOS PODERES TERRENALES

El 2 de septiembre, unas 400 gargantas al otro lado del muro que rodea la Torre corean: «Que estrangulen a los cachorrillos y al cerdo gordo» y «Ella bailará colgada del farol». Si mi amiga la princesa estuviera aún aquí, juntas fingiríamos no oír estas voces.

Llega felizmente una carta, que nos entrega uno de nuestros guardianes, de las ancianas tías de Luis, que han huido a Roma y llevan allí vidas devotas como hijas de la Iglesia. Mi esposo y yo la leemos una y otra vez, en silencio y luego en voz alta el uno al otro como prueba de que hay lugares tranquilos y seguros en el mundo donde la gente no se comporta con más crueldad que los animales rabiosos.

La familia real (me refiero a nosotros) pasea el 3 de septiembre por dentro de los muros del jardín cuando de repente sus guardias la escoltan al interior. Redoblan los tambores, y la familia oye gritos y un confuso estruendo a lo lejos. Cuando un cañón es disparado en las proximidades, María Antonieta (a quien sus amigos llaman Toinette, pero aquí no queda ninguno de ellos y no sabe siquiera qué ha sido de la última de sus amigas, la hermosa princesa de Lamballe) grita: «¡Salvad a mi esposo!» Nadie les informa de lo que está sucediendo en París.

Otra vez dentro de la Torre, la familia real cena, y después el rey y la reina se acomodan frente a su tablero de juego, siempre vigilados por cuatro agentes municipales, uno de los cuales se apiada de la realeza y la trata con respeto. Madame Elisabeth (¿quién es, en realidad, la hermana menor del rey?) les lee en voz alta a los niños una de las fábulas de Esopo, posiblemente un relato agorero. Más parecida a un cuadro que a un espejo, la reina contempla la escena desde una distancia prudencial. Quizás haya en su mente cierta confusión temporal (tan grande es su preocupación por el futuro de sus hijos), pues da la impresión de que los monarcas llevan toda la vida jugando al *backgammon*, y la partida no avanza.

Súbitamente, la brusca e impasible vigilante del piso de abajo, Madame Tison, ¡chilla! El sonido es como un fuerte golpe con algo punzante en los intricados recovecos del cerebro.

Oigo gritos brutales procedentes de las calles que rodean la Torre: «¡Besad los labios! ¡Besad los labios!» Arriba, los agentes municipales se apresuran a cerrar nuestros postigos. Oímos el sonido de pisadas corriendo escaleras arriba, y cuatro revolucionaros desarmados irrumpen exgiendo que el rey y la reina se asomen a la ventana.

—*No* debéis acercaros a la ventana —me dice uno de los guardias municipales con su joven rostro irradiando desazón, pero el portavoz de la turba que ha irrumpido en nuestro dominio insiste con más vehemencia en que el rey y la reina de la Torre se dejen ver ante la multitud asomándose a una estrecha ventana que está justo allí. Es algo que ya hemos hecho en el pasado; enfrentarnos a ellos.

—¿Por qué no íbamos a mostrarnos ante la gente? —le pregunta el rey resueltamente al guardia con quien tenemos confianza.

—Debéis saber —contesta el guardia— que únicamente quieren mostraros la cabeza de la princesa de Lamballe.

Los gritos de abajo retumban: «¡Besad los labios que habéis besado con anterioridad!»

Los gritos me sacuden con fuerza. Me desplomo en una silla, mi mente imprecisa como una nube.

—La gente ha asaltado las prisiones y ha matado a los aristócratas —explica otro guardia.

Por una rendija del postigo cerrado, el peluquero Cléry mira hacia fuera y da un respingo horrorizado. Dice boquiabierto:

—La cabeza de la princesa de Lamballe está clavada en una pica. — Vomita y se lleva la mano a la boca.

Otro guardia ocupa su lugar frente a la ventana abierta. Retrocede un paso al tiempo que el grito de abajo se convierte en un recitar monótono: «¡La reina! ¡La reina! ¡La reina debe verlo!»

—Vuestra Majestad no debe verlo —insiste el guardia.

—Decidme lo que habéis visto, caballero. —No hay nada entre nuestro mundo y el de ellos, a excepción de la altura. La ventana está abierta, y el aire va y viene entre el interior y el exterior. Puedo oírlos con mucha claridad. Desde mi asiento, veo un estrecho rectángulo de cielo azul. Insisto—: ¿Qué hay allí fuera, en la calle?

—En una segunda pica hay un corazón que gotea. —El hombre empieza a sollozar, ya que con frecuencia ha estado en esta habitación con la princesa—. En una tercera, sus entrañas.

—¡Ya basta! —brama mi esposo. Se acerca a otra ventana cerrada, quedándose a un paso de ésta, pero mira detenidamente a través de la celosía—. Los hombres que sostienen en alto estos trofeos están chillando con regocijo e ira. Ahora están trasladando piedras y tablones para apilarlos contra la pared de la torre.

Paralizada, adivino sus pensamientos. Quieren que la reina bese los labios muertos de su amante. Sería el acto culminante de su banquete pornográfico. Pienso en perros de caza saltando contra el tronco de un árbol en cuya copa se ha refugiado su presa.

—Intentan construir una plataforma para subir la cabeza —explico—. Quieren hacer que María Antonieta bese los labios de la cabeza ensangrentada de su queridísima amiga. —Sí, sé que amontonan escombros para colocarlos junto a la pared de la Torre para poder trepar más alto y levantar la cabeza de la princesa hasta el siguiente nivel, donde creen que está la reina. Quieren hacer que los ojos de mi amiga fallecida aparezcan en mi ventana para que me miren.

—¡Chacales! ¡Chacales! —exclama el rey entre dientes con los ojos llorosos—. ¿Seguro que es la princesa? —le pregunta a Cléry.

Con el rostro surcado de lágrimas, éste se lo confirma:

—Sus rizos dorados flotan alrededor de su cara como si estuviera viva. Alguien le ha arreglado el pelo.

Con una alegría aterradora los hombres que han invadido nuestras estancias cuentan que, en efecto, la cabeza ha sido llevada a un peluquero y también a una aprendiza de modeladora de figuras de cera, Marie Grosholz. Al oír su nombre, vuelvo de golpe a la realidad, ya que en otros tiempos esta chica venía a palacio para darle lecciones de arte a Madame Elisabeth. Seguro que habrá reconocido a la princesa.

Uno de los rudos integrantes de la turba añade:

—Ella no quería tocar la cabeza, pero le obligamos a sostenerla entre sus rodillas y cubrirla con cera moldeadora. Para hacer un molde.

Conforme la ira y la frustración de la turba aumentan, piden no solamente el truculento beso, sino la cabeza de la reina «para pasearla al lado de la lesbiana Lamballe».

Uno de nuestros guardianes baja al piso inferior para hacer frente a los amotinadores. Puedo oír cómo les grita.

—No tendréis la cabeza de Antonieta —chilla—. Yo luzco el lazo tricolor. ¡Miradlo! Hablo con la autoridad de la Revolución. La cabeza de Antonieta no os pertenece.

Espero oír las precipitadas pisadas de la turba subiendo los escalones. Miro fijamente a mi hijo y me levanto para alejarme de él lo máximo posible.

El rey me coge de la mano para conducirme a la parte superior de la Torre. Entre los libros, me hace sentar en un pequeño sofá del torreón. Aquí hay una gruesa cortina de terciopelo, y él la corre a lo largo de la única ventana. Al mover la cortina, sus anillas de latón repiquetean.

Rígida por el dolor, permanezco toda la noche despierta, pensando en el suave y bondadoso cuerpo de mi amiga, mi primera auténtica amiga en Francia, la princesa de Lamballe. Recuerdo el día en que, con Elisabeth, aún una niña pequeña, nos sentamos junto a la fuente del dragón y contemplamos cómo la espuma de su boca salía en forma de columna hacia el cielo. Mis sollozos, como los de un niño, son convulsiones a las que no puedo poner fin.

Sentado a mi lado, el rey me dice con serena tristeza:

—Los demonios ya nos han dejado por esta noche. —La Torre está rodeada por el silencio de los ruidos corrientes.

—¿Ha habido otros muertos? —quiero saber—. En la prisión. —Seguro que conoceríamos a muchas de las personas encarceladas en La Force.

—Después de asaltar La Force, irrumpieron en las prisiones de Salpêtrière y Bicêtre…

—En la Bastilla, por lo menos liberaron a los prisioneros. No había más que siete.

—Estas prisiones, Salpêtrière y Bicêtre, estaban llenas de mendigos, niños pobres y prostitutas. Todos han sido violados y asesinados, incluso los niños pequeños, aunque sabe Dios qué crímenes contra el pueblo habían supuestamente cometido.

A pesar de mis sollozos, siento que debo hablar:

—Entonces estos revolucionarios sólo quieren —sí, diré la pura verdad, pese a que es monstruosa— beber sangre.

—No les preocupan la culpabilidad o la inocencia. Sólo sienten rabia y la necesidad de liberar su rabia.

Abajo, las ruedas de un carro lejano giran lenta y cuidadosamente sobre los adoquines.

Durante un instante, permanezco tumbada tan inmóvil y silenciosa que el rey teme que pueda haber muerto. Mis sollozos han cesado de repente.

—La princesa no estaba viva —murmura— cuando mutilaron su cuerpo. Ya la había matado el golpe de un martillo.

Lentamente, derramando muchas lágrimas, mi esposo me cuenta su historia:

—Cuando la princesa de Lamballe fue llevada ante el tribunal revolucionario, se le pidió que nos denunciara como conspiradores contra la felicidad de Francia. «No tengo nada que decir», respondió ella. Y para demostrar que no le intimidaban sus amenazas, añadió: «No me importa morir un poco antes o un poco después».

Luis hace una pausa en su relato:

—Encerrada aquí, en la Torre —reflexiona—, y no sabíamos nada de su valiente negativa a incriminarnos. Le dijeron que saliera por una puerta que daba al patio donde la turba esperaba. Se abalanzaban sobre cualquiera que saliera por la puerta. Uno de ellos se colocó junto a la misma para asestar un golpe en la cabeza con su martillo gigantesco en cuanto apareciera una persona. La princesa cayó muerta sobre el adoquinado.

Empiezo a respirar; inspiro el aire lentamente y a sacudidas por las aletas de mi nariz y luego articulo con dificultad unas desgarradoras palabras:

—Sea como sea, ellos *le* hicieron esas cosas.

Sin hacer ningún esfuerzo para levantar mi mano y enjugarme los ojos, prorrumpo en sollozos de nuevo, hasta el amanecer.

En un momento de tranquilidad, el rey coge una pluma y arranca una página en blanco de uno de los libros de su biblioteca para escribir.

—Escribiré un comunicado oficial y solemne —comenta.

Al amanecer, me incorporo, mis ojos están tan hinchados que nada más puedo ver por una pequeña abertura.

Mi esposo me lee:

—«La lealtad y devoción que la princesa de Lamballe nos ha demostrado durante nuestro infortunio justifica que la reina la eligiera inicialmente como amiga íntima.»

FIN DE LA MONARQUÍA

Hoy, 21 de septiembre, nos enteramos por los pregoneros, pagados por nuestros amigos para que griten las noticias en voz especialmente alta al pasar por delante de la Torre, que la monarquía en Francia ya no existe.

El rey no levanta la vista de su libro. Vuelve la página, y sus ojos empiezan su incesante recorrido de izquierda a derecha. No detecto cambio alguno en su rostro alargado e impasible. Despacio, me levanto de mi silla y camino hasta mi cama. Me he quedado sin fuerzas. Ni siquiera puedo enderezarme. En la cama me tumbo boca arriba de modo que mis dos orejas estén libres para escuchar los detalles de las noticias proclamadas en voz alta desde la calle de abajo.

Francia será gobernada por una Convención Nacional, los miembros de la cual serán elegidos.

En cuanto a la familia real, ahora nuestro nombre es Capeto; mi esposo es Luis Capeto, el nombre de unos antepasados que gobernaron en Francia hasta el año 1328.

Ya no estamos en el año 1792; es el año uno, cuya existencia es anunciada por trompetas por todo París.

El sonido de las trompetas tiene cierta viveza; algunas trompetas tienen un sonido plateado, otras tienen la dulce plenitud del oro. Yo prefiero cualquier sonido musical antes que el de voces humanas gruñendo su odio.

Ahora Francia tiene que vigilar sus fronteras. Los poderes europeos consideran que este país está débil; les gustaría derrocar este nuevo régimen (no rescatarnos), pero para hacerse con zonas de Francia que ansían desde hace tiempo.

¿Y cuál será nuestro destino? Nos arrebatan al rey, lo llevan a la Torre del Homenaje.

Los niños y yo estamos destrozados; no intentamos contener el caudal de lágrimas ni nuestras palabras de súplica a aquellos que controlan nuestro destino. Elisabeth se pone de rodillas. Para nuestra sorpresa y gran alegría, se enternecen: nos permiten hacer las comidas juntos con la condición de que no hablemos en susurros.

Sin embargo, algunas veces puedo mandarle a mi esposo un mensaje más privado («rezamos por vos») dentro de un melocotón o en una cavidad oculta en un alfajor. Seguimos comiendo muy bien, con servicio de plata, y Luis tiene vino. A finales de octubre, los niños y yo nos reunimos con el rey en la Torre del Homenaje, de habitaciones recién decoradas, incluyendo un inodoro hecho al estilo inglés, con cisterna de agua.

11 de diciembre de 1792

El sonido de los tambores retumba en mi corazón. Algo de enorme trascendencia está a punto de ocurrir. Podemos oír los pasos acompasados de soldados que se acercan hacia nosotros, subiendo las escaleras. El retumbo de los tambores se vuelve más y más intenso hasta que abren de golpe la puerta de nuestras habitaciones.

Pétion se presenta ante nosotros para leer el decreto dictado contra Luis Capeto. Es una extensa y monótona denuncia por traición que afirma que Luis «abandonó Francia como fugitivo con la intención de regresar como conquistador».

—Capeto no es mi nombre —replica mi esposo con suavidad—. Ese detalle, al igual que muchos otros, es incorrecto.

Pétion dice:

—Estos niños no pueden permanecer bajo la influencia de sus dos padres. Uno de los dos debe separarse de ellos. ¿Cuál?

Con el corazón en un puño, únicamente puedo ahogar un grito y mirar a mi esposo. Él me mira fijamente con cariño, incluso esbozando una sonrisa, y dice:

—Naturalmente, nuestros hijos deben quedarse bajo el cuidado y la protección de su insigne madre.

Él ve mi gratitud; estoy convencida de que la ve. Sin embargo, no puedo evitar prorrumpir en sollozos.

—Id ahora con ella —les dice suavemente a los niños, que obedecen viniendo rápidamente hasta mí.

Luis Carlos salta sobre mi regazo, se vuelve a su padre y le dice:

—Cuidaremos bien de ella, papá.

María Teresa se apoya cariñosamente en mi hombro.

Sólo después de que el rey se ha despedido y ha salido de la habitación con absoluta dignidad, me doy cuenta de que los tres hemos adoptado la pose en la cual fuimos pintados por última vez por Vigée-Lebrun, cuando yo iba vestida de terciopelo rojo y una alfombra de flores formaba remolinos debajo del cojín que hacía las veces de taburete. La diferencia es que ahora mi hijo es un hombrecito y no un bebé regordete, y mi hija se está convirtiendo en una señorita que pronto cumplirá los catorce.

19 de diciembre de 1792

Hoy es el cumpleaños de mi hija, y nuestro bondadoso y leal peluquero, Cléry, le ha traído un regalo de parte de su padre, un almanaque para el próximo año.

—Vuestro padre os envía este regalo con su bendición —improviso yo—. Que el próximo año os traiga seguridad, paz y alegría, y todos los años venideros os traigan incluso más alegría para que tengáis una vida larga y feliz.

En otro momento del día, le pido a Cléry que me vuelva a arreglar el pelo, y el de mi hija, por si la bondad de nuestros guardianes se extendiera como para permitir que el rey se reúna con su hija para cenar con ella en su cumpleaños.

Es uno de los pocos placeres que me quedan; las manos suaves y cuidadosas de mi peluquero mientras me peina y trenza o recoge mi pelo. Tengo como norma, con el fin de hacerle tanto a él como a mí misma más feliz, elogiarlo siempre por su última creación y encontrar algún rizo o elevación de pelo en mí que me guste especialmente.

Procuro transmitirle a mi hija este hábito de cortesía y siempre le pregunto, cuando Cléry ha terminado, qué es lo que más le gusta de su nuevo peinado.

Al finalizar el día, le digo a mi hija:

—Aunque a vuestro querido padre no le han dejado vernos, cuando os durmáis podéis estar segura de que estará pensando en vos y bendiciéndoos.

Hay un nuevo comisionado, Lepître, que se compadece de nosotros. Debido a que el clave de la Torre está en un estado tan lamentable que tocarlo sólo nos produce tristeza, le ha encargado uno nuevo a un artesano al que yo siempre recurría en el pasado.

Es el propio Lepître quien aparece con el instrumento, y recibimos a ambos con genuinas expresiones de gratitud. Mientras yo abro la funda, él pregunta extrañado:

—¿Qué es esto? —al ver unas partituras.

Respetuosamente, echo un vistazo a las hojas.

—Es una de las sinfonías de Haydn, de mediados de la década de 1780 —comento, esforzándome mucho por controlar mi emoción.

—¿Cuál de ellas? —pregunta curioso nuestro benefactor.

Sé que me vendré abajo en cuanto pronuncie el título, pero me obligo a mí misma a hablar con firmeza hasta que las palabras han salido.

—Es mi favorita, la que el compositor me dedicó, *La reina de Francia*.

Lepître llora con nosotros.

Día de Navidad, 1792

Me comunican que el juicio contra mi esposo empieza mañana, y él dedica este día sagrado a escribir su testamento. Me cuentan que se refiere a sí mismo como Luis XVI, rey de Francia, no como Luis Capeto, y que fecha su escrito según el calendario cristiano, no el ateo de los revolucionarios. Me cuenta que es partidario del perdón cristiano, y que le dice expresamente al Delfín que si tuviera la gran desgracia de convertirse en rey, debería dedicar su vida entera a la felicidad de su pueblo; de ninguna manera debería buscar venganza en nombre de su padre.

Así pues, el gran y bondadoso Luis XVI trata de allanar un camino libre de peligros para su único hijo.

Me cuenta Cléry, que ha memorizado las palabras en su esfuerzo por servirnos de intermediario, ¡que el rey implora el perdón de su esposa! ¡Mi perdón!

—«Por todos los padecimientos que ha sufrido por mí y por cualquier pesar que yo le haya podido causar en el transcurso de nuestro matrimonio, y ella puede tener la seguridad de que yo no le reprocho nada.»

Robespierre, me entero por el pregonero que está debajo de mi ventana, afirma que las acciones de Luis Capeto garantizan su muerte. Poca necesidad hay de un juicio. De todos los líderes de la Revolución, Robespierre es el más cruel y sanguinario.

Thomas Paine, un héroe revolucionario de Norteamérica, pide que Luis se exilie en ese lejano país al otro lado del océano.

Marat ridiculiza a Paine por su misericordia de cuáquero y automática aversión a la muerte como castigo. «¡Oh, dejad que los cuáqueros nos gobiernen a todos!»

Danton se muestra de acuerdo con Marat: las revoluciones se hacen con sangre, no con agua de rosas. «Sólo una nación de bárbaros reivindica la ejecución como justicia.»

Felipe Igualdad, el primo del rey, anteriormente llamado el duque de Orleans, vota por la pena de muerte.

A través de los pregoneros colocados bajo nuestras ventanas, en el pavimento de la calle, nos enteramos de la noticia. Mi esposo ha sido sentenciado a muerte. Mañana será ejecutado en la guillotina.

Lo veremos para despedirnos, les aseguro a los niños y a Elisabeth. Le diremos que lo queremos. Eso es cuanto queda. Y nuestra insondable aflicción.

Y aquí está el rey, de pie ante nosotros, un hombre formidable con los ojos llenos de tristeza y pesar. Enseguida le habla a su hijo de la necesidad de perdonar a los enemigos.

—Yo no los odio, y vosotros jamás debéis odiarlos.

Él sabe que sus hijos lo aman, que su amor por ellos es de los más tiernos y sinceros. Pero detecto que está sufriendo horrores por tener que dejarnos. Todos nos abrazamos con fuerza y lloramos.

Suplico que pase esta última noche con nosotros, pero es el propio rey quien dice que necesita estar solo para preparar su alma. Se nos promete otra despedida mañana temprano, pero ahora no reprimimos un ápice nuestro amor y nuestro dolor.

Cuando raya el alba, alguien aparece para darnos un libro de oraciones, pero mi esposo no viene de nuevo a vernos. Se nos comunica que será trasladado en un carruaje cerrado hasta el lugar de la ejecución.

Muy lejos, muy débilmente, después de esperar y rezar, oímos los tambores. Son las diez y media de la mañana del 20 de enero.

Ese grito, ese espantoso grito de alegría, tan alejado... debe de significar que el rey ha muerto.

Elisabeth estalla llena de odio:

—¡Qué monstruos! Están contentos.

HACIA LA CONCIERGERIE

25 de enero de 1793

Cuando mi hija se hace un corte en el pie accidentalmente, el color de
su sangre es lo que me hace recuperar de nuevo el juicio. La profunda
herida carmesí me grita con labios rojos que mi hija está todavía viva y
necesita mi ayuda. Soy yo quien tiene que conseguir paños limpios para
vendarla, y soy yo quien debe buscar un médico adecuado.

Me entero del coraje de Malesherbes, ministro tanto de Luis XV
como de Luis XVI. Se ofreció voluntario para defender a mi esposo. El
tribunal le preguntó al anciano ministro de dónde sacaba el coraje para
servir a Luis Capeto. Malesherbes respondió: «Os desprecio a vosotros
y desprecio la muerte».

7 de febrero de 1793

Ahora la herida del pie de mi hija ha sanado del todo. Durante varios
días ha estado tocando el clave ensayando una pequeña actuación musical con su hermano. A él lo oigo canturrear de vez en cuando, o cantar-
le a su hermana al oído.

Desde la muerte del rey, los guardias nos vigilan con mucho menos
detenimiento. Se nos permite divertirnos y hablar entre nosotros en voz
baja. A Lepître le han dado permiso para escribir unas cuantas palabras
para una canción y ayudar al Delfín a memorizarlas. La concentración
de su rostro mientras lee la letra casi me provoca una sonrisa. Quizás, al
igual que su padre, se convierta en la clase de lector que entregue su
alma a la palabra escrita.

Dado que mi hija quiere darme una sorpresa, ensaya la música únicamente en breves compases, reservando la composición entera hasta su representación. Ha preparado pequeñas invitaciones para nuestros guardias para que hoy acudan con nosotros a una velada musical. La música es original, compuesta para su adaptación a la letra de Lepître por Madame Cléry, una experta aficionada.

Mi hija parece toda una jovencita mientras guía a su hermano a donde está el clave; su escenario. Todos aplaudimos para recibirlos: Elisabeth y yo, y los guardias. Madame Royale se sienta en la pequeña banqueta frente al teclado, y el Delfín se queda de pie ante el instrumento. Ella anuncia que cantarán una elegía por la muerte de su padre. Todo mi ser está henchido de amor hacia mi familia; es casi como si estuviésemos todos presentes. Como solista, mi hijo tiene el privilegio de indicarle a su acompañante con un asentimiento de cabeza que está listo para empezar. Tras la breve introducción al teclado de mi hija, tocada con aplomo, él abre sus preciosos labios y canta con voz angelical:

Me han privado de toda dicha en esta Tierra,
pero todavía estoy junto a mi madre.

Nada podría ser más conmovedor. Sí. Naturalmente, yo vivo volcada en mis hijos, que me quieren y me necesitan. Ellos dos, uniendo sus sentimientos y talentos, tratan de consolarme, y yo debo corresponderles.

Hay un segundo verso, dedicado a Elisabeth, a la que aclaman como una querida segunda madre.

¿Cómo pueden estos niños haber sabido la tremenda necesidad de consuelo que tenemos Elisabeth y yo? Los ojos de los guardias están empañados de lágrimas por la pureza de los niños, como también lo están los míos y los de Elisabeth. Con entusiastas aplausos, convertimos nuestro pesar en reconocimiento. Pedimos un bis, y el Delfín canta su lamento con su encantadora voz cada vez con más seguridad.

Esta noche conservo la imagen de mis hijos y el sonido de su música vivos en mi conciencia hasta que me quedo dormida.

Mi salud no está bien: cuando la «Generala» me visita a intervalos de escasas tres semanas, la sangre es muy abundante, y como resultado, veo un rostro asombrosamente pálido cada vez que me miro en el espejo. El polaco Kucharski viene a hacerme un retrato, en mi vestido de luto negro, y consigue pintarme tan pálida como la muerte. Pero mi expresión es serena, y eso lo agradezco. Rezo continuamente para que mi alma esté en paz, venga lo que venga. Mi pía hermana Elisabeth me es de gran ayuda para guiarme por el camino de la devoción.

No sé qué pasará, pero es posible que me permitan regresar a Austria. En mi contrato nupcial original, el conde Mercy escribió en las cláusulas que, en caso de que mi esposo falleciera antes que yo, sería decisión mía dónde vivir. Asimismo, dado que la Francia revolucionaria está ahora en guerra con Prusia, Inglaterra, España y Holanda, quizá deseen preparar mi liberación o mi rescate.

Cuando Monsieur Moëlle, miembro de la Comuna de París así como comisionado aquí, en el otrora palacio de los Caballeros Templarios, me acompaña a la azotea de la Torre para respirar el aire más sano que hay allí, le pregunto qué cabe esperar. Como mi hija está con nosotros, dudo si formular tan directa pregunta, pero me da la impresión de que no debo dejar pasar esta oportunidad para la franqueza.

Monsieur Moëlle cree que quizás intervenga y me reclame mi sobrino Francisco II, ahora el nuevo emperador de Austria. Me asegura que derramar más sangre (se refiere a mi propia ejecución, y agradezco su circunlocución) sería considerado «un horror gratuito», lo cual va en contra de los preceptos de la Revolución. En este momento mi hija suelta un grito ahogado de esperanza, y no podemos evitar cruzar una mirada de tranquilidad. ¡Ah…, recuerdo que cuando ella nació yo dije que se convertiría en mi amiga!

Mediante cartas a los hermanos de mi difunto esposo, trato de establecer una conexión con la esperanza de que ellos, que están a salvo fuera de Francia, dialoguen con potencias extranjeras, encabezadas por el rey de Suecia, para nuestra liberación. Cuando mi esposo era trasladado para morir, me envió su colección de mechones de pelo procedente de su familia y también su anillo de boda. Había logrado conservar estos valiosos objetos. El primero de estos recuerdos sagrados se lo envío al conde de Provenza y el segundo al conde de Artois. En una posdata, los niños e Elisabeth también añaden sus firmas y unas cuantas cariñosas frases.

A través de mi secretario, le mando una brevísima nota al conde von Fersen con mi sello y su lema impreso, que significa: «Todas las cosas me conducen a vos». Sólo espero que mi mensaje me lleve la delantera y que algún día me pueda reencontrar con él.

En estos días tranquilos, mis pensamientos, especialmente cuando escucho a mi hija ensayando con el clave, a menudo se dirigen hacia lo que Fersen ha significado en mi vida. Con frecuencia ha estado lejos de mí, en el aspecto físico, pero siempre ha permanecido presente en los recovecos internos de mi alma. A partir de su regreso de la guerra norteamericana (en parte debido a nuestra correspondencia durante este periodo), fue imposible que él volviese a estar nunca completamente separado de mí, viajase a donde viajase. Él ha sido el espejo no de mi alma, sino de lo mejor que ha habido en mí. Ha sido el tranquilizador reflejo de todo cuanto yo aspiraba a ser. Ha creído en mi bondad, en que yo no era superficial, en que me esforzaba al máximo para hacer más felices a aquellos que me rodeaban. Durante los tiempos difíciles, él vio en mí cierta capacidad para el coraje y, una vez más, su fe en mí hizo que yo no temiera en absoluto por mí misma, aun cuando mi preocupación por mi familia haya sido abrumadora. Aun así, había una calma en mi interior, una certeza de que jamás podrían hacerme daño, no en mi esencia, ya que este querido y apreciado hombre la conocía.

Solía creer que si Axel von Fersen sostenía mi mano en mi lecho de muerte no tendría miedo en el momento de morir. Su roce facilitaría incluso ese tránsito. Ahora sé que no tengo que sujetar físicamente su mano. Pensar en él y en la perfección con la que nuestras almas se acoplan es suficiente, tanto ahora como en el momento de mi muerte, venga en la forma que venga.

3 de julio

Me preocupa la salud de mi hijo. En mayo tuvo una fiebre persistente; en junio me pidió que le palpase la ingle, y allí las yemas de mis dedos descubrieron un bulto que me alarmó por completo. Tras llamar a un médico, le fue diagnosticada una hernia, y se avisó a un fabricante experto en bragueros para colocar el arnés de cuero y acero en su pequeño cuerpo. Asimismo, el querido Delfín habló de un accidente que había sufrido con su caballito de madera en el cual se había hecho un cardenal en un testículo.

Al oír esta información, miro a Elisabeth con cierta alarma, ya que ambas hemos sorprendido al chico masturbándose de vez en cuando, y temo que él mismo se haya lesionado de ese modo, y no jugando. Le hemos dicho con firmeza que no abuse de su cuerpo, pero no me creo que lo hayamos curado de este hábito. Quisiera poder pedirle a un hombre que hablara con él del cuerpo y su debido cuidado.

Pero es un niño adorable, y estoy segura de que, al igual que superó sus rabietas, también será capaz de practicar el autocontrol en otras áreas. Aunque disfruto con su mente fantasiosa, me esmero en intentar enseñarle la diferencia entre fantasía y realidad.

A pesar de que es de noche y estamos todos cansados, oigo de pronto un alboroto en las escaleras, pasos muy decididos y fuertes voces.

Entra por nuestra puerta un puñado de comisionados, con un decreto. A la luz de las velas y sus oscilantes sombras, sus rostros adoptan rápidamente el deformado semblante de los demonios. Leen que a la vista de unos informes sobre posibles complots para secuestrar al «joven rey», éste debe ser ahora apartado de su familia y llevado a la habitación más segura de la parte superior de la Torre.

Mi pequeño, que lo entiende todo, se arroja a mis brazos, y yo lo estrecho con una fuerza salvaje que nunca antes había sentido.

—¡Jamás! —grito—. ¡Jamás me lo arrebataréis!

Él solloza y presiona su cara contra mi delgado pecho.

Ellos exigen, ellos amenazan, pero me mantengo firme. Durante una hora demostramos nuestras voluntades y nuestra inquebrantable determinación.

—Os mataremos si no lo soltáis. Os cortaremos los brazos por los hombros si es necesario.

—¡Jamás, jamás!

Les sorprende mi fuerza. Retroceden un poco para susurrar entre ellos. Entonces uno de ellos agarra a mi hija de la muñeca al tiempo que otro anuncia:

—Mataremos a esta niña si no nos dais al chico.

Otro dice:

—Lo que hacemos es por su propia seguridad y protección. Debéis tranquilizarlo a él en lugar de desafiarnos a nosotros.

—Y mataremos a la niña si es preciso.

Miro a mi hija y no veo miedo en sus ojos. Es su coraje, su osadía tan parecida a la mía propia, lo que en cierto modo me convence. Susurrándole a Luis Carlos: «No quieren haceros daño», dejo caer mis brazos junto a mi cuerpo. Rápidamente lo llevan con su grupo.

—Lleva la camisa de dormir —comenta Elisabeth—. Dejadnos vestirlo adecuadamente.

No me queda fuerza en mis manos y brazos con la que vestir a mi hijo. Su hermana y su tía traen su ropa y le ayudan a meter los brazos en su camisa y las pequeñas piernas en sus pantalones. Su hermana se arrodilla frente a él para ponerle los zapatos.

Mientras se lo llevan, él no chilla, pero solloza.

De madrugada, escucho sus sollozos, pues resuenan por toda la torre de piedra. Le mando todo el amor de mi corazón susurrando una y otra vez: «No estáis solo», hasta que al fin sus sollozos disminuyen porque debe de quedarse dichosamente dormido.

Ahora mis días transcurren íntegramente tratando de encontrar ángulos desde los que poder vislumbrar a mi hijo mientras ellos lo llevan al patio a pasear. En ocasiones, lo veo. Cómo corre entonces mi corazón hacia él, y me crucifico tanto con la esperanza de que mire en mi dirección como con la esperanza de que no lo haga, no sea que lo alejen más de mí.

Lo ponen al cuidado de un rudo zapatero, Simon. Dicen que tienen que hacerle olvidar su rango. Le enseñan a decir palabrotas. Para complacerlos, puedo oírlo decir cosas horribles de su hermana, su tía y de mí. Él no sabe lo que está diciendo, pero sus guardianes se ríen con regocijo. A veces me tapo los oídos con mis dedos, pero hacer eso es privarme del sonido de su voz. *Mon chou d'amour.*

1 de agosto

Tengo entendido que a consecuencia de las desastrosas derrotas militares de los franceses, a un miembro del Comité de Salvación Pública se le ocurre esta idea: los enemigos de la nación han creído que los franceses están débiles, y esa falsa creencia les ha proporcionado el coraje para lograr sorprendentes victorias en la batalla. ¿Por qué han pensado los enemigos que los franceses son débiles? Porque la nación tiene una «profunda amnesia de los crímenes de *L'Austrichienne*», quien, al igual que su esposo, debe ser llevada ante el tribunal de justicia.

Yo albergaba la esperanza de que no vinieran a buscarme de noche, pero es en plena madrugada (las dos de la mañana) cuando nos despiertan. No me permiten tener intimidad para ponerme un vestido, sino que me observan. Me dejan llevarme unos cuantos objetos conmigo, incluido un pañuelo. Recojo estas escasas cosas con calma aparente, pero mi corazón llora por mis hijos y por mi querida hermana, que ahora debe tratar de cuidar de ellos sola.

En respuesta a la apremiante pregunta de mi hermana, ellos dicen que me llevan a la antigua prisión llamada la Conserjería, en la Isla de la Cité, en medio del río Sena. Yo no pregunto nada. No siento nada, pero quiero que mis manos y pies entumecidos hagan lo que deben hacer y vayan a donde deben ir en su pequeño circuito alrededor de mi cámara.

Me dan poco tiempo para despedirme, pero aprovecho cada oportunidad que tengo para decirle a mi hija, mi María Teresa, que obedezca a su tía, que la considere como su segunda madre, que ayude a su hermano. Recuerdo los versos de la canción de mi hijo dedicados a su tía (cuando cantó unos versos acompañado por el clave), pero no aludo a éstos. Con los labios de mi más tierno amor, les doy a las dos un beso de despedida. Sé que mi hermana tendrá la fortaleza de una roca y que enseñará a mi hija a abrirle su corazón a Dios. En cuanto a mi pequeño…, ni siquiera me atrevo a pensar en su nombre.

Me conducen escaleras abajo, y al parecer me doy un golpe en la cabeza.

—¿Os habéis hecho daño? —pregunta alguien.

En mi mente, oigo el sonido que mi cráneo debe de haber acabado de hacer contra una viga de madera baja, pero yo no siento nada.

—No —contesto a la pregunta del guardia—. Ya nada puede hacerme daño.

Abandonamos la Torre y empezamos a cruzar los oscuros y silenciosos jardines del Temple hasta el palacio. Aquellos que me rodean portan pistolas, espadas y dagas y tengo la sensación de que me muevo por dentro de una bestia hecha de metal con muchas piernas y brazos. Entramos y atravesamos el palacio, y recuerdo nuestra cena allí antes de ser conducidos a la Torre, cuando la princesa de Lamballe estaba aún conmigo.

Salimos a la calle, donde diversas carretas de alquiler esperan junto con un gran grupo de soldados. La ciudad está absolutamente silenciosa, y el sonido de las ruedas del carruaje, los cascos de los caballos y las botas de los soldados sobre los adoquines suenan con sombría cadencia. Las torres gemelas de la catedral de Notre Dame se yerguen en lo alto sobre nosotros, en su estado cuadrado e inacabado, y pienso en los momentos en que he orado dentro de ese santuario y dado las gracias por mis hijos recién nacidos, en cómo en cierta ocasión me volví y vi la luz colándose a través de los gigantescos vitrales con un esplendor que hizo que deseara arrodillarme de nuevo. La resplandeciente ventana hace las veces de manifiesto intermediario entre Dios y los hombres. Ahora estamos en el puente, y recuerdo que siempre solía emocionarme al cruzar un puente; el ligero peligro de que pudiera caerse, la esperanza de que una lo cruzara hacia un nuevo ser.

¡Ah!, pasamos el puente y nos dirigimos a la Isla de la Cité, donde nació París, donde los bárbaros se aglomeraron protegidos de los enemigos por los brazos del Sena, cuyas aguas están detrás de mí y también delante. En esta isla, los soldados romanos de César fundaron los comienzos de la cultura franca. Recuerdo esa otra pequeña isla, ese lugar neutral alrededor del cual se precipitaban las aguas del Rin cuando perdí mi nombre austríaco y me volví francesa. *María Antonia*, *Antoine*, me llamaban aquellos que me querían. No he pensado en mí misma con mi nombre alemán desde hace muchísimos años.

He visto una maravillosa descripción de este lugar, esta Conserjería, en un facsímil de un libro medieval que en cierta ocasión me dio el rey, *Las muy ricas horas del duque de Berry*, sumamente iluminado. Sí, puedo visualizar esa pequeña y encantadora página y dejar que sustituya a la oscuridad de esta noche brutal. El diminuto edificio pintado es digno, noble y regio en su estructura, pero su emplazamiento es rural. Los campesinos, blandiendo guadañas, siegan el heno en un primer plano, y las mujeres están rastrillándolo formando montículos de gavillas junto a un arroyo donde crecen los sauces, ya que lo que rodeaba la Conserjería y es ahora la ciudad de París antaño era una pradera. Hace un día precioso, un día de orden y belleza. Yo también he conocido horas muy ricas; no de opulencia, sino de espíritu.

Aquí entre el revoltijo de edificios parisinos, avanzamos en la oscuridad de la noche, a escondidas de la ciudad. Por encima de los tejados vislumbro la silueta del piso superior de la Santa Capilla gótica, «el joyero». Una vez lo vi en una noche nevada, las luces del interior brillando sobre la nieve a través del intenso color de las ventanas. Aunque es verano, me estremezco; es la propia oscuridad la que me envuelve de aire frío. Yo también voy vestida de negro, soy una viuda.

Atravesamos el portalón, donde aguarda el conserje. Y de pronto tengo la frente empapada de sudor y la opresión del calor del verano me envuelve. ¿Hace frío o calor? Apenas sé quién soy.

—¿Vuestro nombre? —inquiere el secretario, y yo únicamente puedo contestar:

—Miradme —con la esperanza de que me reconocerá y sabrá quién soy, aunque hasta yo misma he olvidado cómo me llamo.

Soy la prisionera número 280.

¡Ah…, mi pañuelo está aquí para ayudarme! Me enjugo la frente. Avanzamos a través de verjas y pasajes.

LA MUERTE DE MARÍA ANTONIETA

Aquí está el fin. Mi celda. El suelo es de ladrillo, y puedo oler la humedad subiendo de la oscura arcilla. Dos sillas y una mesa esperan a sus ocupantes. Una silla es, sin duda, para mí. Puedo imaginarme a mí misma sentándome aquí quizá para leer, o, si me permiten tener agujas e hilo, podría ejercer ese arte sentada en una de esas sillas; desde luego aquí me sentaré para comer. Bendigo la silla, ya que la conoceré íntimamente. Sobre la mesa hay una agrietada palangana de porcelana en la que me lavaré la cara. Hay un catre con dos colchones encima, una única almohada para elevar mi cabeza. La colcha es fina, pero ahora estamos en agosto, el mes más caluroso. Junto a la cama hay un cubo. Realmente, poco más se necesita.

Entran dos mujeres, la más joven de ellas lleva un taburete. Sus rostros son amables. Madame Richard, la de la cara más arrugada, se presenta y me explica que ella y Monsieur Richard son los conserjes de la prisión. La luz de la vela proyecta un cálido brillo sobre su rostro un tanto deteriorado.

Miro mi reloj de oro.

—Debo disculparme por lo tarde que es —digo—. Acaban de dar las tres de la madrugada. Sé que he perturbado su descanso.

La mujer joven, sosteniendo el taburete en sus manos entre nosotras, parece extremadamente somnolienta. De pronto caigo en la cuenta de que su rostro me resulta increíblemente familiar. ¿Dónde la he visto antes?

—¿Cuál es vuestro nombre, querida?

—Rosalía, Vuestra Majestad. —Ella y el taburete hacen una ligera reverencia. En su otra mano, su vela se balancea. Durante nuestra fuga *mi* nombre era *Rosalía*.

—Aquí —le digo—, no me tratéis como miembro de la realeza. Vivimos aquí en igualdad, aunque mi libertad quizá sea más dudosa que la vuestra. —Le sonrío de modo tranquilizador—. Por favor, dejad el taburete, hija.

Veo que una tira de puntilla bordea la funda de la almohada, que está limpia y recientemente planchada.

—Habéis preparado esta habitación para mí con esmero —les digo—. ¡Qué puntilla tan bien planchada!

Madame Richard contesta:

—Quería que vierais algo… un poco bonito cuando vinierais. Queríamos estar aquí para recibiros. Os oímos recorriendo el pasillo.

—Madame Richard estaba despierta y pendiente de vuestra llegada, pero a mí me dejó dormir. Acaba de sacudirme el brazo y me ha dicho: «Deprisa, deprisa, despertad, Rosalía».

—Y habéis traído vuestro taburete con vos —añado. La chica está bastante desconcertada.

—Sí. No sé por qué.

—Veo que hay un clavo en la pared —constato—. Si me subo a vuestro taburete, estaré lo suficientemente alta para llegar a él y allí colgaré mi reloj.

Ella coloca el taburete junto a la pared, y con la misma agilidad de la que cualquier muchacha podría hacer acopio, subo corriendo su travesaño y me encaramo al pequeño pedestal. Aun así debo ponerme de puntillas para llegar lo bastante alto, pero el taburete es firme, ¡y ya está! Mi reloj ya está colgado del clavo de la pared. Bajo con un poco más de cuidado que al subir.

—Bien hecho, Madame —dice Madame Richard con una sonrisa.

Le devuelvo la sonrisa y, por un instante, las tres intercambiamos nuestras miradas. Me siento muy recluida en este espacio, delimitado tanto por el mobiliario y nuestra propia presencia como por las paredes. Iluminadas en zonas alternas del cuerpo y por brochazos ondulantes de la luz de las velas, seguimos siendo nosotras mismas a pesar de todo. Sé que mis guardianas son una bendición, quizás una sea varios años menor que yo, la otra es realmente una mujer muy joven. Yo soy la matriarca del grupo.

—Deberíamos retirarnos todas a la cama —anuncio, e inmediatamente empiezo a desabotonarme la ropa.

—¿No queréis que os ayude, Madame? —pregunta Rosalía con voz clara y cantarina teñida de miedo.

—Gracias, preciosa. Desde hace algún tiempo no he tenido a nadie a mi lado que me ayude a vestirme o desvestirme. Lo hago yo misma. Aquí también cuidaré de mí misma.

Las dos se miran, entonces Madame Richard asiente, se lame el pulgar y el dedo índice y pellizca la mecha de su vela. Rosalía hace lo mismo, pero antes de marcharse, se inclina para abrir la colcha de mi cama. Madame Richard ya está en la puerta. Al estar yo entre ambas, puedo oír que Rosalía murmura: «Es indigno», pero no sé si Madame Richard la oye. Como esposa del actual conserje de la prisión, Madame Richard sabe que obedecer con prontitud es una señal de respeto.

Enseguida ambas se marchan. Como llevan unos pesados zuecos, sus pasos resuenan. De nuevo, en la semipenumbra (el amanecer está empezando a volver gris la negrura), mis dedos dan con mis botones, pequeños y familiares centinelas. Rezo por mis hijos y por Elisabeth, allá en la Torre, ya que ahora están fuera del alcance de mi ayuda.

Al cabo de poco tiempo me despiertan otra vez, pues la Conserjería está llena de gente que va y viene. Abogados, magistrados, presos; como un enjambre de hormigas corretean por este extenso nido. El propio Tribunal Revolucionario está en este edificio, pero a cierta distancia. Es un lugar adonde, sin duda, yo misma seré llevada. Esta celda que llamaría mía es únicamente un corral de confinamiento.

A medida que pasan los días, mucha gente curiosa es traída hasta aquí para verme, ya que yo, en mi jaula, soy un espectáculo por el cual pueden cobrar entrada. Aun así, no es una jaula, sino simplemente una habitación de suelo de ladrillo y paredes de piedra con barrotes aquí y allí en lugar de cortinas. El rey solía decir que yo siempre me enamoraba de mis pertenencias, que les estaba agradecida por su mera proximidad, y sin embargo me lleva un tiempo, descubro con pesar, encariñarme un poco con las cosas de aquí. Una de las sillas me gusta más que la otra. Rosalía no reclama su taburete y si bien los celadores encuentran cómodo sentarse a veces en él, yo siempre identifico el taburete macizo con Rosalía, aun cuando ella no esté presente. Dado que en esta celda no hay ningún otro mueble como éste, el taburete me parece un tanto enigmático.

Para pasar el tiempo haciendo algo, deslizo mis anillos de diamantes de un lado a otro de mis delgados dedos.

No logro recordar dónde he visto antes a Rosalía, aunque la impresión persiste. A excepción de los celadores, aquí somos todas mujeres esperando nuestros juicios. Una ventana con barrotes da a un patio empedrado y en ocasiones observo a las mujeres que caminan por él para hacer ejercicio.

Al principio me resultan reservadas, pero la segunda tarde una mujer monja se arrodilla frente a esta ventana y extiende sus brazos hacia la misma. Yo retrocedo sorprendida. Entonces caigo en la cuenta de que se ha enterado de quién es la prisionera número 280, y está rezando por mí. Doy unos pasos hacia la ventana para que ella pueda ver mis rasgos a través de los barrotes.

Lo que más me gusta ver es el trozo de cielo suspendido como una tapa azul sobre el patio. El cielo siempre me ha parecido el límite de nuestro mundo, aun cuando cubría mis jardines alrededor del Trianón. Recuerdo esas flores con enorme cariño. A veces me imagino a mí misma recorriendo esos senderos en distintos meses del año, ya que sé que cada mes tenía su estado de ánimo, expresado en flores concretas.

Ayudada por Rosalía, los Richard me sirven las comidas: el desayuno a las nueve, el almuerzo un poco después de las dos. Al principio la chica se queda tímidamente junto a la puerta, pero yo le digo:

—¡Entrad, Rosalía! No temáis.

Con gran fascinación, ella observa cómo uso mi cuchillo para separar la carne del pollo asado de su hueso. En un momento dado, casi a su pesar, murmura:

—Debéis de haber practicado muchas horas y muy a menudo para hacerlo tan bien. —Como si comer con delicadeza fuese el atributo necesario de la realeza.

De repente, oigo el sonido de la música de arpa, y mis manos se congelan en el aire sosteniendo el cuchillo y el tenedor de plata.

—¿Qué ocurre, Madame? ¿Qué problema hay? —inquiere Rosalía.

—¿Alguno de los prisioneros toca el arpa? —pregunto.

—Es la hija del cristalero. Toca para su padre mientras éste trabaja reponiendo los cristales rotos de las ventanas.

—He pasado muchas horas tocando mi arpa —le cuento—. Siempre fue una buena amiga para mí. Siempre la apoyaba cerca de mí con gran cariño, y mis dedos siempre estaban ansiosos de pulsar sus cuerdas.

—Creo que los ángeles con frecuencia tocan el arpa en el cielo —afirma Rosalía.

—Hay numerosas descripciones de ellos con arpas —replico—. O tocando trompetas.

—Si os gustan los libros —comenta la chica—, sé dónde hay algunos.

Como la veo tan entusiasmada, contesto con absoluta elegancia:

—Me encantaría leer unos cuantos libros.

Cuando me sonríe, su rostro me parece el más juvenil y hermoso que he visto jamás.

Del exterior de estas gruesas paredes llega un paquete, y en él un vestido blanco, diversas camisas, más pañuelos, medias de seda negras, unas enaguas hechas de algodón de la India, y para mis hombros dos pañoletas, una de crep y otra de muselina, y lazos; lazos para recoger mis finos y blancos cabellos. Todo esto ha sido doblado y envuelto con tanto amor que exclamo:

—¡Intuyo la mano de mi hermana Elisabeth en esta obra gentil!

Ahora tengo unas cuantas pertenencias, un guardarropa, y cada prenda es como un tesoro. Pueden combinarse de infinitas maneras.

—Creo que ahora le podría arreglar el pelo a Madame —me propone Rosalía—. La gente dice que se me da bien peinar. —De hecho, su propio pelo castaño está cada día peinado de distinta forma, algunas veces con la raya aquí, otras veces allí, a veces suelto y a veces recogido con un pequeño pañuelo.

—Os estaría de lo más agradecida —contesto—. ¿Creéis —le pregunto a Madame Richard— que podría tener una caja para meter dentro mis cosas?

Madame Richard inclina su cabeza con pesar.

—Me temo que no, Madame. Podría parecer que os favorezco de un modo especial que sería peligroso para ambas.

—Yo tengo una caja de cartón —anuncia Rosalía—. ¿Me dais permiso para traerla aquí?

Con los ojos clavados en el suelo, Madame Richard masculla:

—Sí.

Uno de los guardias dice:

—Yo podría quitar el moho de los tacones de vuestros zapatos, Madame, con mi cuchillo.

Me siento sin vacilar en el borde de mi cama y le doy primero una y después la otra chinela de color ciruela. Se ha formado una especie de moho marrón a causa del suelo húmedo que recubre los pequeños tacones abombados, pero él los raspa hasta dejarlos de nuevo limpios para mí, y su elegante curva emerge de lo que se había convertido en una antiestética capa debajo de mi pie.

A cambio, le doy mi sincero agradecimiento e inclino mi cabeza.

El buen gendarme se conmueve tanto que tiene que abandonar la celda para ocultar sus lágrimas.

Esa noche, esperando a quedarme dormida, visualizo a Elisabeth reuniendo lazos e hilo para mí. Me pregunto cómo estarán pasando el tiempo mis hijos desde que me fui, y me duele pensar en su preocupación por mí.

—Estoy bien —susurro—. Hay muchos motivos para tener esperanza.

Apenas veo ya a la multitud de gente que paga entrada para mirarme fijamente. Quizá los animales cautivos no ven más allá de las rejas de sus jaulas.

Una noche Rosalía me asusta. Está de pie en la tenue luz junto a la puerta, observándome, pero la luz sólo ilumina su falda, cómo cuelga con sus pliegues, y aunque es una falda muy sencilla, su caída me recuerda las cortinas de las ventanas del castillo de Versalles. Temiendo una alucinación, me aferro al instante de mi reconocimiento equivocado.

—Os ruego me perdonéis —dice Rosalía con su voz más dulce y clara, suave como una campana vespertina—. Os he traído una tisana. Para vuestros nervios, para que podáis dormir mejor.

Mi guardia está dormido. Sigilosamente, Rosalía camina hacia mí y veo que va con los pies descalzos por las húmedas losas. Me apresuro a beber la tisana y le devuelvo la taza, indicándole con mis ojos que debe marcharse. Al darle la taza, la última gota de la tisana cae sobre el suelo de ladrillo.

Ella me sonríe, e incluso a oscuras, puedo ver cómo brilla su rostro. Desaparece.

Entonces se me llenan los ojos de lágrimas. Me agacho y con un movimiento de mi dedo índice seco esa gota, no vaya a ser que su presencia revele de un modo u otro una visita no autorizada.

¡Oh, sí! He aprendido muchas lecciones en la Conserjería. Como ésta sobre la abrumadora belleza de la bondad sencilla. No son los actos en sí, sino el espíritu con que se llevan a cabo (la más ligera mirada comprensiva) lo que me reconforta. ¿Cómo es posible que ella, una chica modesta, entienda tan absolutamente cómo me siento y cómo brindarme su compañía?

Vuelvo a mi cama, y me echo mirando hacia la ventana, aunque ahora no es más que un recuadro negro. El sabor y la temperatura de la tisana caliente perduran en mi boca.

Con su presencia, Rosalía hace que el momento sea un poco menos solitario. Recuerdo cómo cuando yo era pequeña, después de que Charlotte abandonara Austria para contraer matrimonio, trajeron a una niña llamada Lynn para jugar conmigo. Nada más verla me ponía contenta. Y Fersen, mi amigo del alma. Sí, esta Rosalía, la pequeña Lynn, y él... La calidad de su atención, eso es lo que los hace distintos, sea cual sea la ocasión.

Entonces recuerdo una noche en que el cortinaje del castillo se movía y una joven había salido de entre sus pliegues. La forma en que la falda de Rosalía se balanceaba me ha recordado ese movimiento, y sí, Rosalía se parece un poco a esa chica, aunque es más joven de lo que esa doncella podría ser ahora. Sin embargo, hay algo inquietante en la mirada de estas dos chicas, un conocimiento de la vulnerabilidad humana y de nuestras necesidades, independientemente del estatus.

A lo largo de los días perdidos, mi memoria se llena de lugares y la gente querida que antaño estaba conmigo es recordada para habitar esos lugares. Recuerdo la fuente enrejada del derribado Titán Encélado y naturalmente los bosquetes de Ceres y su hija Flora. Pienso en mi pequeña habitación del Trianón, donde los acianos están bordados en la lana blanca que tapiza las sillas. Recuerdo mi cama, la meridiana, en la habitación llamada la *Méridienne*, en mi cámara privada de las entrañas del castillo, y el espejo que cubre la pared que hay junto a la pequeña cama. Recuerdo el busto de Luis XIV de Bernini, y cómo lo contemplaba en compañía de «papá rey», Luis XV, cuando todavía no tenía los 15. Recuerdo acostarme en mi cama nupcial, cogiendo la mano del joven Delfín, y cómo galopábamos a caballo durante la cacería, saltando zanjas y formando gráciles arcos. Recuerdo a mi madre, siempre frente a su escritorio, siempre trabajando. Nunca me pongo mi vestido negro sin pensar en ella, y en su redondeada y bondadosa cara. Y en ocasiones sueño que bailo, para su deleite, sobre el escenario, disfrazada de pastora. Soy tan esbelta y ágil que mis pies apenas rozan los listones del escenario. Mientras bailo soy consciente en todo momento de cómo las grandes cortinas de terciopelo, como ríos, fluyen hacia abajo a los lados del escenario.

Durante la primera semana de encarcelamiento, procuré no visualizar semejantes escenas ni a mis seres queridos (su ausencia me entristecía demasiado, incluso imaginarme su vestimenta me partía el corazón), pero ahora no trato de controlar mi memoria. Invito a todos los que me vienen a la memoria. Incluso a mi antigua enemiga, la adorable Madame du Barry, y recuerdo lo mucho que me sorprendió su aspecto la primera vez que la vi y yo no sabía de su relación con el rey. Deseaba conocerla. En ciertos aspectos, quería ser ella, con sus hermosos senos en lugar de mis pechos magros tan planos como un escudo. En ciertos aspectos, quizá la princesa de Lamballe, también rubia, fuese una sustitución de la Du Barry, si bien no era tan atractiva y era mucho más íntegra y pura.

Aquí, para el mes de septiembre, he establecido el reino de la cortesía, y el matrimonio Richard, marido y mujer, me tratan con tanta consideración como se atreven. Rosalía me brinda el máximo cariño, que los Richard autorizan tácitamente, ignorando o apartando con discreción la mirada cuando el rostro de la joven se ilumina por la compasión o el amor.

Todos ellos juntos se confabulan para traerme a un cura de los de antes, cuya lealtad es para con Roma y no para con la república, y la confesión y la comunión me proporcionan un gran consuelo. Me entero de que las guerras no marchan bien para Francia, y el cura alberga cierta esperanza de que la república sea derrocada y el antiguo régimen reinstaurado. Yo no creo que los ejércitos extranjeros lleguen a tiempo para salvarme y, si llegan a las puertas de París, me matarán de inmediato; aun así, mi única esperanza es el rescate extranjero, y sé que Fersen trabaja día y noche por esta causa.

Susurro:

—Padre, ¿no es una ironía que en mi mayor esperanza resida también mi mayor peligro?

—La ironía define la condición humana —musita el cura—. De esa prisión, no hay escapatoria, salvo mediante la fe en la bondad suprema de Dios.

Me cuenta que la condesa du Barry fue arrestada a lo largo del verano, denunciada por Zamore, su antiguo paje. Sin embargo, debido a que recibió el apoyo unánime de los habitantes de Louveciennes, el Comité de Salvación Pública la exoneró, diciendo que «legítimamente no se puede realizar ninguna acusación contra la ciudadana Du Barry».

Durante unos instantes pienso con amargura que incluso ahora ella es más querida de lo que lo fui yo, pero ese pensamiento es endulzado por otro: su bondad y belleza inherentes han inspirado a los magistrados a hacer justicia.

Al constatar el gran bien que obra en mí esta visita, todos ellos juntos se confabulan para dejar que Hüe, que antaño fue el ayudante de cámara de mi hijo, me venga a ver.

—Os encuentro más glorioso que al ángel Rafael —le digo.

—Vengo para hablaros de vuestros hijos —se apresura a decirme, no sea que se lo lleven antes de que pueda pronunciar sus valiosas palabras—. Están bien. Madame Elisabeth cuida de vuestra hija como si fuese su propia madre. Y el Delfín... ¡Oh!, es muy listo; sabe cómo engañar a sus carceleros y hacerles creer que es uno de ellos. Pero en una o dos ocasiones su hermana ha cruzado una mirada con él, y ésta asegura que no ha cambiado en absoluto, no en su adorable corazón, aunque ahora es un poco más alto.

Contemplo la felicidad de sus ojos, su alegría por verme, su dicha por poder hablar juntos de aquellos que amamos. Nunca se le acaban las escenas, sino que describe una detrás de otra (lo que llevaban puesto, sus mismísimas palabras, la calidad de sus miradas) hasta que Madame Richard dice al fin que, lamentándolo mucho, ya ha transcurrido el tiempo prudencial de la visita.

Me levanto de mi silla de inmediato.

—Marchaos ya con todas mis bendiciones y mi amor. —Controlo mi emoción. Le hago una muy profunda reverencia y recupero el control de mis rasgos en ese momento en que me inclino. Al incorporarme únicamente queda un vacío donde él estaba. Pero era auténtico.

Mis hijos viven. ¡Viven!

Unas cuantas horas depués de que Hüe se haya ido, Rosalía aparece con una taza de relajante té de hierbas. Debajo de la taza hay un platillo decorado con una rosa pintada.

—Monsieur Hüe tan sólo ha deseado hablaros de vuestra querida familia durante su visita. Pero mientras lo acompañaba al portalón me ha susurrado otra historia aterradora.

—¿Sobre quién es la historia? —le pregunto.

—Sobre la condesa du Barry. —Inclina la cabeza mientras pronuncia su nombre como para evitar, con el mayor de los tactos, cualquier expresión que pueda cruzar mi rostro.

—Pienso en ella de vez en cuando. He acabado deseándole suerte.

Alentada por mi respuesta, Rosalía me explica que al amante de Madame du Barry, el duque de Brissac, lo mataron salvajemente cuando era trasladado de una prisión a otra. En el plazo de una hora, la turba llevó su cabeza en una pica hasta Louveciennes. Rompieron una ventana y la arrojaron al interior, donde cayó a los pies de Madame du Barry.

Ahora mi tisana castañetea sobre el platillo y aprieto mis párpados con todas mis fuerzas, con el fin de que los celadores no sepan por mis lágrimas que he recibido la noticia más angustiosa. En mi mente, me dirijo a Dios, dándole las gracias por ahorrarme la visión de la cabeza cortada de mi queridísima y más leal amiga, la princesa de Lamballe.

Esa noche estoy tumbada en mi catre, incapaz de dormir. Si pudiera, estrecharía a la Du Barry entre mis brazos con toda mi ternura. Busco en la oscuridad las escenas de la amistad en mi memoria. Una y otra vez me veo a mí misma charlando con Yolanda de Polignac detrás de nuestros abanicos, intercambiando una cómplice mirada con la duquesa de Devonshire en las mesas de juego, sentada entre las míticas fuen-

tes de Versalles con la princesa de Lamballe. Finalmente, cuando el recuadro de la ventana de mi celda empieza a rosarse, recuerdo aquel
amanecer en que la princesa se sentó conmigo sobre la hierba a contemplar el esplendor de la salida del sol. En este amanecer no aparece ninguna nube rosa y dorada, pero recuerdo su asombrosa belleza.

Luego pienso en mis hijos y en las historias que Hüe me ha contado
y que me han hecho visualizarlos de nuevo.

Un día, cuando los dos celadores están tan aburridos con su juego que
se quedan dormidos con los abanicos de cartas en sus manos, Madame
Richard viene a verme y se sienta frente a la mesa.

—¿Qué tejéis? —pregunta.

—Un par de medias con una veta rosada en el lateral. Son para vos.
Ella se muestra abrumada y se lleva la mano al cuello.

—Mis medias siempre han sido lisas —contesta. Se levanta la falda
y me enseña una pierna negra.

Yo asiento y mis dedos continúan trabajando.

—En cierta ocasión oí una historia —comenta—. Quizá fuera un
cuento de hadas, ni siquiera sobre vos y el rey en realidad.

—¿Una historia?

—Una historia hermosa.

—Entonces me gustaría oírla.

—En vuestro antiguo país, donde había montañas, ¿os gustaba ir en
trineo?

—Sí —contesto—, e ir en un trineo tirado por un caballo veloz. El
rey y yo disfrutamos muchas veces yendo aquí en trineo.

—Pero una vez, que no había nieve porque era verano, vos quisisteis
ir en trineo. Así se lo confiasteis al rey una calurosa noche. Mientras dor-
míais, él hizo cubrir la calle de vuestra pequeña «aldea» con azúcar, y
cuando os despertasteis, os asomasteis a la ventana y todo era de blanco
reluciente. Vuestro alféizar estaba repleto de azúcar. Besasteis al rey y
dijisteis: «¡Con vuestra varita mágica, habéis hecho que nieve en julio!»
Él os dijo: «Vuestro trineo os espera». Vos os asomasteis y allí estaba, la
nieve amontonada en todas partes, y una caballo blanco adornado con
cascabeles de plata. Corristeis afuera y subisteis al trineo y os cubristeis
los hombros con un manto rojo ribeteado con piel de armiño, y con el

rey a vuestro lado, sujetando las riendas, disteis una vuelta en trineo como si estuvieseis en el gélido invierno. ¿Es cierto?

—Tal vez no todos los detalles —le digo, pues percibo cuánto se deleita imaginándose las escenas.

—¿Es cierto que fuisteis amada... tan espléndidamente?

De pronto veo la imagen de Fersen, sentado en el pescante de la berlina, con las tiras de cuero, las riendas, colgando con soltura de sus manos enguantadas. Y veo al rey junto a él, dispuesto a desempeñar el papel de cochero por mí.

—Sí —afirmo—, fui espléndidamente amada.

Entre una multitud de los habituales curiosos, hay aquí alguien que conozco y lleva dos claveles rojos: Alexandre de Rougeville. Deja las flores a mis pies. De inmediato me agacho a recogerlas. Vuelvo brevemente la espalda a esta multitud de visitantes mientras mis dedos buscan y encuentran una nota diminuta, que leo en un instante. «¿Fuga?», dice.

Durante una aterrador momento esta gente que ha venido a ver mi celda empieza casualmente a discutir sobre cómo personas del exterior han urdido intentos por organizar mi fuga, planes de los cuales yo no he sido informada. Los peluqueros, me entero por esta conversación fortuita, elaboraron un plan, y los antiguos reposteros del castillo trataron de sumarse a la trama antes de ser descubierta. El terrible peligro en que está esta gente me llena de horror. Me saco un broche de mi vestido y procuro, con mano temblorosa, escribir «No» haciendo pequeños agujeros en el trozo de papel, pero alguien que no está al tanto del plan advierte mi respuesta inacabada. Llaman a un celador, luego a dos o tres; los visitantes se apresuran a marcharse mientras yo escondo la nota en mi manga.

Cuando veo que Rougeville ha huido, digo que sí había una nota, pero que se me ha caído. Nos ponemos todos juntos a buscarla por el suelo. Únicamente la encuentro cuando ha pasado el tiempo suficiente para que los visitantes hayan salido. Al extraer la pequeña nota («¿Fuga?» con unos cuantos agujeros hechos de la palabra «No»), los celadores se van dando fuertes pisadas. Sus pasos resueltos son tremendamente amenazantes, pero trato de tranquilizarme.

Sosteniendo en mis manos las hermosas flores rojas de pétalos ribeteados, digo:

—En el pasado me apasionaban las flores como éstas. —Sin decir palabra, la valiente Rosalía coge un pote marrón e improvisa un jarrón para ellas.

La trama de los claveles no está exenta de repercusiones, puesto que esa noche vienen a interrogarme a mi celda. Se van, únicamente para venir de nuevo, decididos a extraer alguna verdad de mis palabras.

Me interrogan durante 16 horas, pero una fabulosa serenidad se ha apoderado de mí. Ya no temo cometer errores ni decir algo estúpido o peligroso. Con esta serenidad, noto que soy tan inteligente y astuta como los abogados. He practicado la discreción durante toda mi vida; ahora la empleo para confundirlos.

Quieren saber si me interesan las victorias militares de los enemigos de Francia.

Tras echar un vistazo a las paredes de esta celda impenetrable, respondo que mi único interés reside en el éxito de la nación a la que mi hijo pertenece.

—¿Y a qué nación es él leal?

—¿Acaso no es francés? —replico como desconcertada.

A mi alrededor sus rostros parecen lobunos. Pero no titubeo. No caeré. Pienso en las palabras de la valiente princesa de Lamballe: «Poco me importa morir ahora o más tarde, puesto que morir es el destino de todos nosotros».

—Cuando estuvisteis en la Torre, tras la ejecución del rey, ¿no le disteis a vuestro hijo, que ostentaba el título sin valor de rey, un lugar especial presidiendo la mesa? ¿Eh, Madame? ¿Y privilegios especiales para inculcar en él la idea de su superioridad innata?

—Mi único deseo es ver que Francia es poderosa y próspera —contesto.

—No podéis negar que deseáis ver a un rey ocupando el trono de Francia.

—Si Francia está satisfecha teniendo rey, me gustaría que ese rey fuera mi hijo, pero soy igualmente feliz, como lo es él, si Francia está satisfecha sin rey.

—¿Podéis negar que apoyáis a los enemigos de Francia a través de vuestros emisarios y mediante comunicados secretos?

—Considero mi enemigo a cualquiera que pudiese hacerles daño a mis hijos.

—¿Qué queréis decir con daño? ¿Qué consideráis dañino, Madame? —Su voz es afilada como una navaja de afeitar.

Mi respuesta será franca. Me repito a mí misma.

—Cualquier clase de daño… Cualquier cosa que pueda ser dañina.

Mis palabras serpentean con vacilación. Sí, he sido entrenada para desempeñar un rol. Mi mente es tan perspicaz como la suya, y, básicamente, la verdad está de mi parte, ya que siempre he deseado la prosperidad de Francia.

¡Ay, han arrestado al bondadoso matrimonio Richard!

Se han llevado mis anillos de diamantes y el reloj de oro que colgaba del clavo como un amuleto de la suerte. Esa noche no puedo controlar mis sollozos. Lloro sobre mi almohada como la niña que era cuando el reloj me fue entregado por primera vez de manos de mi madre. Coloco el taburete de Rosalía junto a mi cama y finjo que es esa compasiva chica.

Tumbada en la cama, acaricio con mi pulgar el dedo vacío donde llevaba mis anillos. Les habría encantado *arrancármelos* de los dedos.

—¡Esperad! —ordené. Entonces me saqué yo misma los anillos y los puse en la palma extendida del celador. Reparé en que la palma era amarilla y callosa por el trabajo, como si se estuviese convirtiendo en cierta sustancia córnea. Él cerró sus grandes dedos alrededor de mis pequeños aros de plata.

Hoy, Monsieur Bault, el nuevo conserje, se lleva el taburete.

13 de octubre

Dos abogados se presentan en mi celda. Han sido recientemente elegidos y quieren que yo escriba pidiendo un aplazamiento para que puedan preparar mi defensa.

—¿Cuándo empieza mi juicio? —inquiero.

—Mañana —contestan a dúo con expresiones de suma ansiedad y apremio definiendo sus rostros.

—No quiero pedirles clemencia o consideración alguna —contesto—. Ellos no tienen autoridad ni para juzgarme ni para responder a mi petición.

Monsieur Chauveau-Lagarde dice que quiere defender mi vida.

—Por vuestro propio bien, Madame, naturalmente, pero sobre todo para que vuestros hijos no se queden huérfanos de madre.

Observo a este hombre con más detenimiento. Su pelo está peinado hacia atrás despejando su afilado y aguileño rostro. No tiene miedo. Veo parte de mí reflejada en él.

—¿Estáis dispuesto a defender a una mujer indefensa?

—He defendido a Charlotte Corday, juzgada por el asesinato de Marat, que murió en su bañera.

—¿Marat, el extremista, ha sido asesinado? —Marat se manifestó en contra de la propuesta de que nos exiliáramos en Norteamérica.

—Cuando estaba en su bañera —añade el otro abogado. Su nombre es Tronson Doucoudray.

—¿Y qué ha sido de ella, de Charlotte Corday? —Al tratar de imaginármela veo a Juana de Arco.

Chauveau-Lagarde no contesta, pero Tronson Doucoudray dice con intencionada ironía:

—Encontró la muerte rápida y humana que ofrece la guillotina.

—Sois hombres valientes al acceder a defenderme.

Ahora Chauveau-Lagarde sonríe.

—No tan valientes. Mientras atravesaba el portalón y el laberinto de pasillos, he tenido la sensación de que descendía al infierno. Me temblaban las rodillas. Pero es preciso que hagamos este esfuerzo, Madame, por vuestros hijos.

—Por la cordura de Francia —añade su colega.

—Por vuestros hijos —reitera Chauveau-Lagarde—. En vuestra persona, la viuda de Luis XVI, defendemos a la madre de los hijos del rey.

Cojo mi pluma y pido un retraso de tres días para que los numerosos documentos que atañen a mi situación puedan ser examinados por quienes han sido designados para llevar mi defensa. Con lánguida satisfacción, los tres sonreímos por la sensatez de nuestra petición.

Antes de irse, mis abogados me informan, a su pesar, de que los guardianes de mi hijo le han sonsacado declaraciones que han resultado en documentos que aseguran que su tía y yo lo hicimos acostarse entre nosotras en la cama y tener relaciones de naturaleza sexual.

—Hay documentos de entrevistas con su hermana y su tía contradiciendo las acusaciones.

—Los bribones se han inventado esta acusación en su totalidad —digo con firmeza, pero tengo el corazón afligido. ¡Cómo deben de haber manipulado a mi hijo para hacerle decir semejantes cosas! ¡Cómo lo han mancillado y le han robado su inocencia!

Quieren juzgarme no como ser humano, sino como monstruo. En sus obscenos panfletos me han descrito de esa manera: una arpía con mi rostro, una mujer endiablada con garras de acero.

La petición de aplazamiento es ignorada, y hoy, 14 de octubre, vienen los celadores para conducirme a una parte alejada de esta enorme fortaleza, donde me juzgarán ante el tribunal de la Convención Nacional.

Mientras camino por los pasillos hasta su tribunal, mi decisión es únicamente preservar mi dignidad. ¡Qué extraño resulta poner un pie delante del otro! Dentro de varios días, no me cabe ninguna duda, estos pies estarán sin vida, y descansaré bajo tierra. Tales ideas carecen de viveza en mi mente, sin embargo creo que son ciertas. Sólo mis zapatos son vivos, sus puntas de color ciruela emergiendo ocasionalmente por debajo del dobladillo de mi vestido negro, apropiado para una viuda, mientras cruzo el pasillo.

A veces noto la sangre de mi femineidad saliendo a borbotones de mi cuerpo, pero Rosalía me ha envuelto firmemente con telas en esa zona, usando a tal efecto sus propias camisas. ¡Qué extraño ha sido estar de pie delante de ella, con sus suaves dedos rozando en ocasiones mi vieja carne!

Al entrar en su tribunal, levanto la cabeza, pues soy hija de María Teresa, emperatriz de Austria, y la madre de María Teresa, la niña más querida de la cristiandad, mi amiga. Y soy la amiga de Rosalía, que se ha convertido en mi hija secreta. Soy yo la representante de las costureras, lavanderas y pintoras, de las madres y hermanas de Francia, y no estos hombres rabiosos. Miro al hombre llamado Robespierre a los ojos. Tan sólo una vez le mostraré mi espíritu. Tras esta mirada será indigno de mi consideración.

Unos 40 testigos serán llamados, y mis abogados me susurran que no terminaremos hoy. ¡Ah…, viviré un día más! No me importa.

Presto juramento como María Antonieta de Lorena y Austria, viuda del rey de Francia, nacida en Viena, de casi 38 años, pero en sus disertaciones siempre se refieren a mí como la viuda de Capeto.

Poco me importa. Respondo con la mayor brevedad posible a sus descabelladas acusaciones: que envié enormes cantidades de dinero a mi hermano José II a través de los Polignac, que manipulé al rey y le di malos consejos, que urdí una trama para que asesinaran con bayonetas a los diputados del pueblo, que emborraché con vino a los celadores, que me he acostado con mi hijo pequeño.

Todos los testigos que están en mi contra mienten. Son todo habladurías. No presentan ningún documento, únicamente aseguran que podrían hacerlo. De vez en cuando, veo que mis manos se mueven sobre la mesa como si estuvieran tocando el clave. No sé con exactitud qué notas toco. Creo que es una pieza de esa forma musical llamada fantasía, una que es de naturaleza libre. Sigue los pensamientos del compositor mientras éstos van flotando, como las nubes en una ensoñación.

En cierta ocasión oí una pieza semejante para pianoforte, compuesta por Mozart, a quien conocí de pequeño, pero hace varios años que ha muerto. Dicen que murió pobre y solo. Y sin embargo estoy convencida de que tenía talento. Era un niño brillante. Tal como he hecho a lo largo de toda mi vida, recuerdo la pregunta de ese niño: «¿Me queréis ahora?», le preguntó a mi madre sentándose en su regazo.

De pronto pienso en el enorme talento de mi amiga la pintora Elisabeth Vigée-Lebrun. Con todo mi corazón espero que ella y sus pinceles hayan huido de esta nación de salvajes.

A través de mis abogados me he enterado de que la Du Barry ha sido de nuevo denunciada por un criado compañero del pequeño paje nubio, ahora adulto y convertido en su lacayo. Codician su riqueza. Al igual que yo, ha sido encarcelada y quizá le espere esa rápida y humana muerte inventada por los franceses ilustrados. Pero los abogados no saben nada de mi amiga la pintora.

Creo que el tribunal acabará hoy con todos los testigos. Quizá me lleven directamente a la guillotina, pero no, ellos necesitan un segundo día. Para mí, todo es uno solo. No tan importante como para ser un calvario, este acontecimiento me deja tremendamente fatigada, y he sangrado tanto que temo que el dorso de mi vestido pueda haberse manchado.

Esta noche Rosalía viene a verme. Me trae ropa limpia y se lleva la ropa sucia para lavarla.

—Calentaré la plancha y la plancharé hasta que esté seca —susurra—. Ahora intentad comer un poco. —Me habla como una madre.

El segundo día es más de lo mismo hasta que vuelven al asunto de mi hijo.

—Ciudadano Presidente —insiste uno de los miembros del jurado—, os ruego que le pidáis a la acusada que responda a los hechos relativos a lo que sucedió entre ella y su hijo.

Me enciendo. Me levanto. Mi compostura real me abandona, y hablo con toda la vehemencia de mi indignación:

—Si no he contestado, es porque la propia naturaleza se niega a responder a semejante acusación contra una madre. —Se produce un revuelo en la sala del tribunal. Algunas mujeres, las mujeres del mercado, dicen a gritos que este proceso judicial es injusto, que el tribunal es un insulto a todas las mujeres, que el juicio debe detenerse.

—Hago un llamamiento a todas las mujeres presentes —añado, y a continuación me siento.

El murmullo disminuye. Las mujeres del mercado tienen demasiada curiosidad por ver qué sucederá a continuación; desean pasar el rato. Hoy no tienen ánimos de cambiar el curso de los acontecimientos humanos.

Casi jadeando, procuro dominar mi impulso de engullir el aire. Chauveau-Lagarde pone su mano sobre la mía con amabilidad. Se ha acabado.

—¿Lo he hecho bien? —le pregunto. Me ruborizo por el éxito de mi apelación, por cómo no he reconocido nada.

—Madame, sed vos misma y siempre estaréis perfecta —me contesta.

Hay una pausa en el procedimiento judicial. Veo que Rosalía se acerca, trayendo sin duda un poco del consomé del que tan orgullosa está. La esposa de uno de los miembros del jurado se interpone en su camino e insiste en ser ella quien sirva a la depuesta reina de Francia. Es una mujer descuidada, y observo cómo derrama buena parte de la sopa sobre el hombro de otra mujer.

No he comido nada desde esta mañana.

No importa.

Sí, queda un poco y me lo meto en la boca con la cuchara, buscando la mirada de Rosalía para darle las gracias únicamente clavando los ojos en ella. Ninguna de mis expresiones en público podrá nunca ser interpretada como motivo de arresto.

Cuando se me pregunta si deseo hablar antes de que los miembros del jurado se retiren, me pongo de pie y simplemente digo:

—Nadie ha demostrado ninguna de las acusaciones contra mí. Termino destacando que fui la esposa de Luis XVI. Fue siempre mi deber obedecerlo y someterme a su voluntad.

Chauveau-Lagarde recuerda al jurado que durante el juicio contra Luis XVI en ningún momento se mencionó que yo hubiera influido en el rey de ninguna manera. Tiene un elegante pico de oro con toda la fuerza del hierro. Entonces se manifiesta contra la acusación de que he conspirado con potencias extranjeras. No ha habido pruebas. Chauveau-Lagarde no sólo habla con convicción, sino con vehemencia. Doucoudray manifiesta que no he conspirado con enemigos del Estado dentro de sus fronteras. No ha habido pruebas de conspiración por mi parte, únicamente acusaciones sin fundamento, insiste.

Cuando finalizan, les doy las gracias con la máxima calidez y gratitud. A mis valientes defensores les digo:

—Vuestra elegancia y honestidad se ponen de manifiesto en cada sílaba. Perdonadme si mis propias palabras no dejan de ser inadecuadas para mostraros el suficiente agradecimiento. —Mirando los compasivos ojos de Chauveau-Lagarde, digo—: Os ruego no olvidéis lo indeciblemente agradecida que os estaré incluso hasta mi último aliento.

El hombre se sonroja, y hace una reverencia. Ha dicho cuanto puede decir.

Espero una hora. Me imagino que me deportarán, puesto que es mi merecido. Espero ese veredicto, pero no confío en su justicia.

Ahora me llaman.

El veredicto es que soy culpable de alta traición y condenada a muerte.

No siento nada. Noto mi mentón levantado... ¡oh, sí, la costumbre real! Me complace que mi cuerpo recuerde los gestos típicos de mi vida.

En mi celda, me dan pluma y papel y le escribo a Madame Elisabeth:

Me han condenado, no a una muerte deshonrosa, puesto que es deshonrosa sólo para los criminales, sino para reunirme con vuestro hermano. Inocente como él, espero demostrar el aplomo que él demostró en estos últimos momentos.

Lamento profundamente tener que abandonar a mis pobres hijos. Vos sabéis que he vivido sólo para ellos y para vos, mi bondadosa y querida hermana.

Durante unos instantes pienso en Elisabeth de pequeña, viniendo a ayudarme a abrir el enorme cofre con las joyas de la boda, en cómo me entregó una rosa de color rosa. La quería entonces, y la quiero ahora. Realmente se ha convertido en mi hermana.

Vos, que por amistad lo habéis sacrificado todo para estar a nuestro lado en todas nuestras vicisitudes...

Que mi hijo no olvide jamás las últimas palabras de su padre, que yo repito expresamente, de no vengar nunca nuestras muertes. Respecto a la enorme angustia que este niño os debe haber causado, perdonadlo, mi querida hermana. Recordad su edad y lo fácil que es conseguir que un niño de sólo ocho años diga cualquier cosa, incluso cosas que no comprende...

Muero en el seno de la religión católica, apostólica y romana, la religión de mis padres, aquella en la que crecí y que siempre he profesado...

Perdono a todos mis enemigos el daño que me han causado. Desde aquí me despido de mis tías y de todos mis hermanos y hermanas, mis compañeros durante tantos años.

Tuve amigos. La idea de separarme de ellos para siempre y su pesar es una de las cosas que más lamento de morir; que por lo menos sepan que pensé en ellos hasta el final.

¡Adiós! Adiós.

Ahora estoy tumbada en la cama y pienso en mi vida aquí en la Conserjería. A su modo fue un nuevo comienzo, privada como estaba de todos aquellos a quienes amaba y por quienes hacía todos mis esfuerzos, mi familia. Como alma solitaria, he tenido que familiarizarme con mi yo más sobrio. Y, sin embargo, he sobrevivido, aunque he sufrido profundamente. He asistido al nacimiento de varios lazos nuevos de cariño. He explorado el mundo del recuerdo, ese extraño reino donde nada es real, pero el pensamiento hace que lo parezca. Nunca me imaginé un futuro. ¡Ojalá hubiera intentado hacerlo!

Me hubiera gustado haber aparcado mi arrogancia juvenil y ser más amable con la condesa du Barry. Le deseo paz. Me hubiera gustado haber elegido tener menos para que el pueblo de Francia hubiese podido tener más. Les deseo felicidad.

Con las yemas de mis dedos palpo mi propio cuerpo. Le estoy diciendo adiós; las protuberancias de los huesos de mis muñecas, mis costillas curvas. Me toco una oreja y noto el cartílago flexible que le da forma. Tiro del lóbulo de mi oreja. Finalmente, coloco una mano sobre mi cabeza y la otra sobre mi cuerpo. Mañana me arrancarán la cabeza del cuerpo. Me toco la garganta, y luego mis dedos buscan las vértebras de la nuca. Es aquí donde caerá la cuchilla. No le será difícil, cayendo como cae desde arriba, partir esta columna de pequeños huesos. ¿Tendré un último pensamiento quizás incluso mientras la sangre se va de mi cerebro? Si debo hacerlo, lo haré. De lo contrario, habrá un vacío, quizás un tanto parecido a este momento en blanco.

Tañe una campana. Todavía estoy en este mundo. Muevo mis pies, doblo los dedos. Tengo frío, pero me dijeron que no me podían dar otra manta. Rezo, pero no dejo de estar aterida. Puedo obligarme a realizar ciertos movimientos: mantener mi rostro levantado, mirando al cielo, contemplando el amanecer. No puedo obligarme a sentir. Es mejor no sentir el dolor de separarme de aquellos por quienes siento tanto cariño. Es verdad: aquí he llegado a conocerme de un modo en que antes no me conocía.

Rosalía está conmigo.

Coge mi caja de cartón y me dice que no me dejarán subir al cadalso con mi vestido de luto, no sea que despierte la compasión del pueblo. Me ayuda a ponerme mi vestido blanco, y trata de colocarse entre mi persona y los celadores, los cuales no me gustaría que vieran ni mi desnudez ni mi ropa sangrienta. Le hablo al joven, con tanta suavidad como puedo, ya que es demasiado joven para haber aprendido gran cosa sobre la necesidad de que los seres humanos se traten con delicadeza.

—En nombre de la decencia, Monsieur, permitidme que me cambie de ropa interior sin testigos.

—No puedo dar mi consentimiento a vuestra privacidad —responde.

Mientras me ayuda, Rosalía me tapa. Mi nueva camisa es de piqué blanco, con una suave textura de estrías cuadriculadas. En la oscuridad, ya me he despedido de Rosalía con un beso, explicándole que no debo hacer eso delante de nuestros carceleros, no sea que al igual que a los Richard la arresten por exceso de compasión.

Asimismo, le digo que me dé un beso, como haría una hija.

—Y otro más —le pido—, como haría un hijo. Vos sois su representante, pero también os quiero por vuestro propio y querido yo.

Entre las dos nos las ingeniamos para embutir mi ropa sangrienta en una grieta de la pared de piedra que hay junto a mi cama.

Oigo campanas que tañen quizá diez veces. Es por la mañana, y entra una muchedumbre para leerme de nuevo la sentencia, y eso lleva su tiempo y finaliza.

Aquí esta el verdugo.

—Extended las manos —dice.

—¿Deben atarme las manos? —Esperanzada les recuerdo—: Las manos de Luis XVI no fueron atadas.

El verdugo Sansón titubea.

—Cumplid con vuestra obligación —le dicen los jueces, y con jactanciosa brusquedad él obedece.

Me quita mi gorro para cortarme el pelo. La cuchilla me roza la nuca, y con una sola pasada llena de irregularidades me quedo sin pelo. Levanto la cabeza y siento el extraño impulso de sonreír. Se produce esa curiosa ligereza que una siempre siente después de que le cortan el pelo.

En el patio aguarda la pequeña carreta con dos grandes ruedas de madera. Es una carreta descubierta, y ningún ser querido subirá conmigo. Me ordenan que me siente de espaldas a los caballos, pero antes de volverme reparo en sus poderosas grupas de color canela. Son caballos de tiro, de gruesos músculos. Siempre he admirado las inmensas grupas de semejantes caballos. Seré una ligera carga para ellos.

Cuando empiezan a avanzar por el patio, el traqueteo me hace perder el equilibrio y por poco me caigo de mi banco. Dado que tengo las manos atadas detrás de mí, debo sentarme en el borde de la tabla y no puedo aguantarme con las manos, pero alargo rápidamente un pie y recupero mi equilibrio y mi postura erguida. Miro hacia mis zapatos de color ciruela. Se han conservado bien y siempre me ha gustado su forma y color, aunque ahora están estropeados.

Durante unos instantes me pregunto la mano de qué zapatero creó mis zapatos, apenas intuyendo que yo los llevaría puestos ahora. Esbozo una sonrisa por mi extravagante pensamiento.

Sé que nos movemos muy lentamente entre una gran multitud de gente por las calles de París. ¡Qué gentío había ese día en Versalles cuando el globo de Montgolfier ascendió! Aquel día, una oveja voló. *Montauciel* ascendió a los cielos. Oigo los abucheos y los gritos de escarnio, pero mis ojos y mis oídos están dirigidos hacia el interior. Que vean un cordero expiatorio en su camino hacia la matanza. Ahora es el momento de pensar en aquellos a quienes he amado. Ahora es el momento de meditar sobre el amor de Dios hacia mí y sobre mi fe en su misericordia.

Ahí está, en el centro del amplio círculo ahora conocido como la Plaza de la Revolución… atestada de soldados y espectadores: la guillotina es como el marco de una puerta abierta, con la brillante cuchilla en lo alto. ¿La luz es más plateada o dorada? Hoy hay bruma, y la luz del sol no se refleja en la cuchilla.

Todo mi cuerpo está como lleno de aire. Da la impresión de que no peso nada, y me muevo con gran facilidad, casi como si estuviera bailando. Bajo el pequeño escalón colocado al final de la carreta. Tengo buen equilibrio y olvido que mis manos están atadas. No las necesito. Ingrávida, subo los escalones del cadalso. Pero en la plataforma piso un bulto carnoso. He pisado el pie de Sansón, el verdugo. Enseguida pido perdón.

—No lo he hecho a propósito —digo con modesta sinceridad.

Uno de sus curas aprobados por la Revolución me habla, pero no recurro ni recurriré a él en busca de consuelo.

—Éste es el momento, Madame, de armaros de coraje.

¡Ah…, él no sabe que mi madre me armó de coraje cuando yo era apenas una niña! Miles de ojos me observan.

—¡Coraje! —exclamo—. El momento en que finalicen mis padecimientos no será el momento en que me falle el coraje.

Me arrodillo con el fin de tumbarme sobre su tabla, y ellos me ayudan para que mi cuerpo permanezca recto. Así se tumbó mi noble esposo hace nueve meses; yo no hago más que seguirlo. A través de un hueco entre los tablones veo debajo a un hombre acuclillado sobre sus pies. Tiene el rostro malévolo y levantado de un loco. ¡Ah! Está esperando para bañarse con mi sangre. Mis ojos se clavan en su mirada salvaje. El trineo se desliza hacia delante, el cesto, no es necesario agarrarse, abro las manos que descansan donde termina mi espalda, el cesto, tuve amigos, amigos cariñosos (no tengo miedo).

EPÍLOGO

Para los lectores interesados en los destinos históricos de aquellos cercanos al corazón de María Antonieta, quizá basten unos cuantos datos. Su hijo pequeño Luis Carlos (Luis XVII) murió en prisión el 8 de junio de 1795, probablemente de tuberculosis, como había hecho su hermano mayor Luis José. Su hija María Teresa fue liberada en un intercambio de prisioneros con Austria en 1795, cuando tenía 17 años. Finalmente, se casó con su primo, el duque de Angoulême, el hijo de Artois. El desdichado matrimonio no fue consumado, y ella falleció en 1851 a la edad de 73 años.

Los dos ambiciosos hermanos de Luis XVI fueron reyes de Francia. El conde de Provenza se convirtió en Luis XVIII en 1814 y falleció en 1824. El conde de Artois se convirtió en Carlos X y abdicó en 1830.

Juzgada por unas acusaciones falsas de espía británica, la condesa du Barry fue ejecutada durante el Terror, en diciembre de 1793. Al igual que María Antonieta, fue trasladada en una carreta hasta la Plaza de la Revolución. Pese a sus sollozos, súplicas y resistencia, la subieron por las escaleras hasta la guillotina.

El conde Axel von Fersen murió el 20 de junio de 1810, a manos de una embravecida turba sueca que creía que él había envenenado al heredero al trono sueco, Christian.

Abandonando sus pertenencias y disfrazándose ella y su joven hija, Julie, de plebeyas, Elisabeth Vigée-Lebrun, la amiga de María Antonieta y retratista, huyó de la Revolución Francesa. Retomando su trabajo de artista, Vigée-Lebrun viajó por toda Europa y se estableció de nuevo como pintora en Turín, Florencia, Roma, Viena, San Petersburgo (donde pintó a Catalina II), Berlín y Londres, regresando al fin a París e instalándose en una agradable casa en Louveciennes, donde vivió hasta casi los 87 años.

AGRADECIMIENTOS

La amistad, el aliento y sabio asesoramiento tanto de Joy Harris, mi agente literaria, como de Marjorie Braman, mi editora, hacen posible mi trabajo como escritora.

Opulencia, una novela sobre María Antonieta está dedicada a mi hija Flora, que me ha proporcionado mucha alegría e inspiración. John C. Morrison, mi marido, tradujo material referente a Axel von Fersen del sueco; tanto John como Flora me han apoyado constantemente con su tierno aliento a lo largo de la redacción de esta novela. Tengo una feliz deuda de gratitud con mi familia y amigos, que me acompañaron en viajes de investigación a Francia, Austria y Suecia: John Morrison, Flora Naslund, Amanda Jeter, John Sims Jeter, Derelene Jeter, Lynn Greenberg, Nancy Brooks Moore y Marcia Woodruff Dalton. Expreso mi más profundo agradecimiento a aquellos amigos escritores y familiares que leyeron el manuscrito de esta novela y me dieron generosamente su asesoramiento profesional: Nancy Bowden, Julie Brickman, Lucinda Dixon Sullivan, John Morrison, John Sims Jeter, Marcia Woodruff Dalton, Katy Yocom y Karen Mann. Le doy las gracias a Kelly Creagh, asistente titulada del máster en escritura de la Universidad Spalding, por ayudarme en la preparación del manuscrito.

A otros amigos y familiares que me dieron su inestimable y sincero apoyo: Ralph d'Neville-Raby, Frank Richmond, Nana Lampton, Kay Callaghan, Mary Welp, Alan Naslund, Robin Lippincott, Neela Vaswani, Thelma Wyland, Pam Cox, Debbie Grubbs, Pam y Bob Sexton, Deborah y David Stewart, Suzette Henke y Jim Rooney, Annette Allen y Osgood Wiggins, Patricia y Charles Gaines, Elaine y Bobby Hughes, Loretta y Bill Cobb, Norman y Joan MacMillan, Sandra y John Lott;

David Morrison, Marvin «Buba» Jeter y Charlotte Copeland, Sara, Michael y Ashley MacQuilling, mi muy especial agradecimiento. Gracias a Leslie Townsend por una reveladora conversación sobre el concepto de la *abundancia*.

Al ser ésta una novela basada en las investigaciones publicadas de otros, necesito hacer referencia, con admiración y gratitud, a autores concretos de ensayo y sus obras, que me proporcionaron los cimientos para mi recreación imaginaria de María Antonieta y su época: Antonia Fraser, *Marie Antoinette: The Journey* (2001); Evelyne Lever, *Marie Antoinette. The Last Queen of France*; Ian Dunlop, *Marie-Antoinette, A Portrait* (1993); Stefan Zweig, traducido del alemán al inglés por Eden y Cedar Paul, *Marie Antoinette: The Portrait of an Average Woman* (1993); Olivier Bernier, *The Secrets of Marie Antoinette* (1985); Olivier Bernier, *The Eighteenth-Century Woman* (1982); Chantal Thomas, *La Reina desalmada: Origen y evolución del mito de María Antonieta* (2003); Madame Campan, *Memoirs of the Court of Marie Antoinette, Queen of France*; Elisabeth Vigée-Lebrun, traducida del francés por Lionel Strachey, *Memoirs of Madame Vigée-Lebrun* (1903); Mary D. Sheriff, *The Exceptional Woman: Elisabeth Vigée-Lebrun and the Cultural Politics of Art* (1996); Gita May, *Elisabeth Vigée LeBrun: The Odyssey of an Artist in an Age of Revolution* (2005); Amanda Foreman, *Georgina duquesa de Devonshire* (2001); Simon Schama, *Citizens: A Chronicle of the French Revolution* (1989).

Por su apoyo administrativo en tanto que escritora residente en la Universidad de Louisville, quiero expresar mi profundo agradecimiento a James Ramsey, el rector, y a Blaine Hudson, decano del College of Arts and Sciences, y a mis colegas de los departamentos de Inglés, Humanidades y Lenguas Modernas; asimismo le doy las gracias a la rectora Jo Ann Rooney y a los vicerrectores L. Randy Strickland y Tori Murden McClure de la Universidad Spalding, y al personal, cuerpo docente y alumnos del programa de escritura del máster de estancia breve de Bellas Artes, donde trabajo de directora de programas.

Una merecida nota especial de agradecimiento para el J.B. Speed Art Museum, en Louisville, por patrocinar una instructiva visita con conferencia a París y Versalles, «El arte y la arquitectura en la época de María Antonieta», y a los responsables de la visita, Barbara Castleman y John Martin, y a mis compañeros de viaje.

SJN, Louisville, 2006

Visite nuestra web en:

www.umbrieleditores.com